THE EFFIGIES

·2· L'Assaut des ombres

L'auteur

Sarah Raughley a grandi dans l'Ontario, en inventant des histoires de filles dotées de pouvoirs surhumains, ce qu'elle rêvait en secret de devenir. C'est une immense fan de science-fiction, de fantasy, de jeux de rôle et de manga, mais elle soutient mordicus que c'est Jane Austen qui lui a inspiré l'envie de devenir écrivain. En plus de ses activités d'auteur young adult, Sarah termine une thèse en littérature anglaise – elle rêvait de faire des études de médecine mais ne supporte pas la vue du sang ! *The Effigies* est son deuxième ouvrage.

Sarah RAUGHLEY

THE EFFIGIES

·2· L'Assaut des ombres

Traduit de l'anglais (États-Unis)
Par Diane Durocher et Sofia Tabia

LUMEN

Titre original : *The Effigies book 2 – Siege of Shadows*

À toute ma famille

PREMIERE PARTIE

« Voilà un étrange tableau et d'étranges prisonniers.
Voilà pourtant ce que nous sommes. Et d'abord, crois-tu que dans cette situation ils verront autre chose d'eux-mêmes et de ceux qui sont à leurs côtés, que les ombres qui vont se retracer, à la lueur du feu, sur le côté de la caverne exposé à leurs regards ?
Non, puisqu'ils sont forcés de rester toute leur vie la tête immobile. »

Platon, *La République*, « Livre septième »,
traduction de Victor Cousin, 1846

Chapitre 1

— J'ai envie de vomir…

Il existe sans doute meilleur encouragement avant une mission classée top secret, mais c'était la stricte vérité.

Je ne cessais de me remémorer que l'armure électromagnétique de notre hélicoptère nous protégeait des spectres qui rôdaient en plein ciel, mais, entre leurs longs cris stridents mêlés aux violents vents sahariens qui fouettaient la carrosserie métallique et mon mal des transports, j'avais l'estomac complètement retourné.

— Je suis sérieuse, je ne me sens vraiment pas bien !

— Contente d'entendre que je ne suis pas la seule ! s'exclama Lake, avec un rire nerveux, depuis le banc opposé où l'agent chargé de nous escorter l'aidait à fixer son parachute. C'est drôle, j'ai l'impression d'être sur le point de suffoquer !

Elle tira sur le treillis bordeaux qu'elle portait sous un gilet similaire au mien, puis se tourna vers l'employé de la Secte.

— Êtes-vous certain que cet accoutrement devrait me serrer autant ?

Je me gardai d'ajouter que le mien aussi était un peu étroit, persuadée qu'il valait mieux respecter à la lettre les consignes de sécurité avant d'effectuer le saut de l'ange depuis un appareil en vol.

— *Quelle bande de mauviettes !* s'exclama Chae Rin.

Pour les besoins de la mission, Belle et elle se trouvaient à bord d'hélicoptères différents, mais sa présence sarcastique ne se faisait pas oublier si facilement. Son rire me martela le crâne par le biais de mon oreillette.

— *À vous entendre, on croirait que c'est votre première mission ! Ressaisissez-vous un peu !*

— N'oubliez pas que nous sommes aussi des humains ! rétorqua Lake, très théâtrale avec son accent britannique.

— Désolée de vous interrompre, intervins-je, mais je vais vraiment vomir, là.

— *Alors ravalez*, asséna sèchement une voix à mes tympans.

Encore une preuve de l'incroyable manque de compassion de Sibyl Langley, la directrice de la Division européenne de la Secte. De toute façon, que pouvais-je espérer de cette femme qui depuis deux mois ne cessait de m'envoyer sans scrupule au cœur du danger ?

— Vous êtes cruelle, répliquai-je.

— *Vous n'êtes pas la première à me le dire. Mais je m'en remettrai, et vous aussi.*

Elle dirigeait les opérations depuis le département Communications de Londres. Je pris soudain conscience que chacune de mes phrases, aussi idiote soit-elle, était retransmise en direct dans une pièce pleine d'agents, sans doute ravis de se trouver à des milliers de kilomètres du danger. Les petits chanceux !

— *Bon,* continua Sibyl, *il ne reste que cinq minutes avant l'arrivée en zone de largage. C'est une mission délicate, je vais donc en récapituler les détails une dernière fois.*

— *Encore ?* s'indigna Chae Rin. *Vous savez bien que j'aime me détendre avant d'entrer en action !*

— *Nous avons aujourd'hui une occasion unique de capturer Saul, je veux donc m'assurer que vous connaissez la marche à suivre sur le bout des doigts. Et maintenant, silence.*

Pas de seconde chance… Comme toujours avec Saul – l'homme avait tout de même réussi à contrôler les spectres pour faire régner la terreur sur le monde ! Il avait usé de son pouvoir sur ces créatures pour déclencher des attaques sur plusieurs villes, dont celle que j'habitais, et tuer des hommes par milliers. Je m'étais trouvée au cœur de ces carnages et je n'étais pas près d'oublier les images sordides des morts que ce monstre de cruauté avait laissés dans son sillage. Lake, Belle, Chae Rin et moi, les Effigies, avions été réunies pour mettre fin à cette tuerie, découvrir l'identité du responsable de ce massacre et les raisons de sa folie meurtrière. Nous avions d'ailleurs réussi à le capturer, mais il s'était évadé sans que nous parvenions à percer ses secrets.

Puis, en avril, soit deux mois plus tôt, nous l'avions manqué de peu, alors qu'il s'apprêtait à détruire un train rempli d'innocents. Nous avions empêché le massacre, mais il était parvenu à nous échapper. Depuis, la Secte avait traqué sa fréquence des semaines durant, en vain… jusqu'à aujourd'hui. Sibyl avait donc de quoi nous bousculer. D'autant que depuis que Saul s'était soustrait à sa surveillance à Londres, la directrice subissait une pression terrible – des gouvernements du monde entier, bien sûr, mais aussi de ses supérieurs au sein de l'organisation internationale qui attendaient qu'on leur apporte la tête du criminel sur un plateau. Et cette tâche nous incombait.

Je jetai un regard à Lake qui, fébrile, triturait la paire de lunettes fournie par la Secte pour nous protéger les yeux de la tempête de sable. Nous redoutions toutes d'affronter de nouveau Saul, mais nous devions accomplir notre devoir : nous étions les Effigies et lui, un terroriste.

J'adressai tout de même mon sourire le plus rassurant à ma coéquipière.

— À bien y réfléchir, c'est une mission de routine : on capture Saul, et on repart ! De préférence, sans trop d'égratignures…

— *Rappelez-vous qu'avec lui, rien n'est aussi simple*, répliqua Sibyl, dont je me représentais soudain le dos raide et le front plissé. *Selon nos renseignements, il se cache dans ce secteur.*

Des coordonnées géographiques apparurent dans un coin de l'écran fixé juste au-dessus de la tête de Lake, qui se contorsionna pour observer les indications. Un carré rouge clignotait sur une image satellite de dunes désertiques.

— Ce rat a trouvé un trou où se terrer avec la vermine, raillai-je.

— *J'aime beaucoup cette image, elle lui va bien, mais ça n'arrange pas nos affaires puisqu'on va devoir le débusquer*, répliqua Chae Rin d'une voix claire et forte dans mon oreillette. *Enfin, c'est moi qui m'y colle, pour changer… Je vais finir par vous demander des dédommagements, les filles !*

— *Exact*, confirma Sibyl. *Le bunker devrait se trouver à une trentaine de mètres sous terre et c'est Chae Rin qui dégagera l'accès. Lake se chargera d'amortir votre descente depuis l'hélicoptère.*

— C'est plutôt à moi que vous devriez donner de l'argent, maugréa l'intéressée.

D'un soupir, Sibyl les réduisit toutes deux au silence.

— *Sa signature spectrographique nous indique qu'il se trouve bien ici, en ce moment même.*

La Secte était en effet capable de localiser le cylithium, un minéral particulier présent de façon naturelle dans l'organisme des spectres… ainsi que dans celui des Effigies. Dans notre cas, un signal apparaissait sur les radars dès que nous utilisions nos pouvoirs – même si l'agence n'avait aucun moyen de déterminer à quelle Effigie il appartenait. Saul, lui, leur donnait davantage de fil à retordre car il avait trouvé le moyen de masquer sa fréquence. Si sa détention avait duré un peu plus longtemps, peut-être aurions-nous été en mesure de déterminer comment il y parvenait. Mais pour l'heure, nous devions nous contenter de le traquer, sans nous poser plus de questions. Ne nous restait plus qu'à espérer obtenir un jour des réponses, une fois que nous l'aurions attrapé.

Mes bras furent soudain parcourus d'un frisson : je ne parvenais pas à me faire à l'idée que Saul était lui aussi une Effigie.

— *Mais je le répète,* continuait Sibyl à mon oreille, *combattre cet individu n'est jamais simple. Après l'affrontement du train, sa signature spectrographique est restée instable pendant plusieurs jours, comme s'il était devenu soudain incapable de la dissimuler. Votre rencontre a peut-être déstabilisé sa psyché.*

— Pas étonnant, tu lui as quand même tranché la main… me lança Lake.

En effet, et il l'avait bien mérité.

— *Nous avons ensuite perdu sa trace… jusqu'à aujourd'hui,* reprit Sibyl. *Ne baissez la garde en aucun cas. Nous avons remonté sa piste, certes, mais il risque à tout moment de…*

— Disparaître, terminai-je.

Notre ennemi avait sur nous un bel avantage : il pouvait se volatiliser selon ses envies.

— Un instant… (Lake, occupée à tripoter les sangles de son parachute, s'était soudain raidie.) Si ce monstre s'évanouit dans la nature avant notre arrivée… alors toute cette opération n'aura été rien d'autre qu'une perte de temps, n'est-ce pas ?

Ses yeux, qui trahissaient son inquiétude, se posèrent sur un point derrière moi – pas besoin d'être devin pour comprendre les raisons de son anxiété… Je me tournai vers le hublot, où le coucher de soleil filtrait derrière une bourrasque de poussière.

Nous étions cernés par les spectres.

— *Nous en sommes conscients,* répondit la directrice, *mais une telle occasion ne se présentera peut-être pas de sitôt. Même si vous ne parvenez pas à capturer Saul, réunissez toutes les informations que vous pourrez, analysez chaque indice que vous trouverez dans sa planque. Je veux savoir à quoi il a passé son temps, et surtout qui l'a aidé.*

La question se posait, en effet. Sans sa bague, Saul ne contrôlait plus les spectres. Alors pourquoi choisir de se cacher dans une zone morte ? Il aurait eu tout intérêt à profiter de la protection d'un territoire habité et de sa technologie plutôt que de risquer de périr encerclé par les monstres. Il avait dû se procurer des appareils au marché noir pour survivre aussi longtemps dans une région non protégée. Les réseaux clandestins étaient très développés dans ces secteurs.

À cette pensée, je sortis de la poche inférieure gauche de mon épais gilet une boule de métal lisse : l'un des trois dispositifs anti-spectres qui nous avaient été confiés. Lake et moi en partagions un, Belle et Chae Rin possédaient chacune le leur.

— *Nous ne pourrons tenir les spectres à distance que le temps de votre descente*, ajouta Sibyl. *Une fois au sol, vous devrez saisir le code pour activer manuellement votre DAS à l'endroit exact de vos coordonnées.*

— *Le tout avant de nous faire dévorer, de préférence*, ajouta Chae Rin.

Sur l'écran, autour du carré rouge qui clignotait pour indiquer l'emplacement du bunker où se terrait Saul, trois petites lumières bleues – toutes à quatre cents mètres du site – formaient un triangle parfait. Nos trois DAS fonctionnaient en réseau et chacun devait être placé à l'un des sommets du triangle. C'était d'ailleurs pour cette raison que nous nous trouvions à bord d'hélicoptères différents. La consigne était d'activer notre appareil une fois que nous serions parvenues au niveau des coordonnées qui nous avaient été attribuées – Lake et moi au sud, Chae Rin au nord-est, et Belle au nord-ouest –, et ce, exactement en même temps. Si la manœuvre réussissait, la planque du fugitif se trouverait alors au cœur d'un champ de protection assez large pour que nous puissions nous déplacer et pour permettre à des renforts éventuels d'intervenir. Face à Saul, mieux valait envisager le pire.

— *Le satellite nous permettra de garder le contact depuis le département Communications.*

— Parachutage dans soixante secondes, nous annonça l'agent, en sortant du cockpit. Mettez-vous en position.

Lake, dont la peau chocolat virait au gris à vue d'œil, chaussa ses lunettes et me fit signe de l'imiter.

— C'est vraiment génial ! Tu sais, je viens tout juste d'apprendre que je suis sélectionnée pour les *Teen Viewer's Choice Awards*. C'est la première fois depuis que j'ai quitté ce satané groupe. Cette foutue émission aura lieu dans quelques semaines, et, bien sûr, les autres harpies y seront puisqu'elles ont été nommées dans plusieurs catégories alors qu'elles ne le méritent pas le moins du monde ! s'insurgea-t-elle sans reprendre son souffle, avant d'ajuster son masque de protection dont le bandeau écrasait sa longue queue de cheval. Je ne vais pas leur faire le plaisir de mourir avant, tu peux me croire !

— Oui, enfin… en réalité, nous sommes sélectionnées toutes les quatre, la corrigeai-je en positionnant à mon tour mes lunettes. D'ailleurs, je n'aurais jamais cru qu'être choisie pour une quelconque remise de prix canadienne te tiendrait autant à cœur. Pour être franche, ça m'était complètement sorti de la tête.

— *Tu peux bien envoyer toutes les piques que tu veux sur mon pays, ça ne m'atteindra pas !* grinça Chae Rin, qui vivait à Vancouver.

— Ça va aller, Lake ? demandai-je.

— Ouais, répondit-elle après un bref silence. Enfin, je crois. Et toi ?

À mon tour, j'hésitai. Au cours des dernières semaines, nous avions toutes deux beaucoup appris et amélioré nos compétences, mais nous étions toujours en équipe avec l'une des autres filles, voire toutes ensemble. Le moment était à présent venu pour nous deux de faire nos preuves.

— On va y arriver, répondis-je avec conviction, sans prêter attention aux battements affolés de mon cœur. On en est capables, toi, moi... toutes les quatre. On peut s'en sortir indemnes.

Le regard de Lake dériva jusqu'au hublot.

— Tu en es sûre ? Ce qui nous attend dehors semble horrible.

— J'en suis certaine, acquiesçai-je, les poings serrés. Après tout, nous formons une équipe à présent.

Lake sembla quelque peu étonnée par ma réponse, mais m'adressa tout de même un signe de tête résolu.

— Commençons par essayer de survivre, ajoutai-je avec un demi-sourire.

Nous étions à moins d'une minute de la zone de largage. L'heure fatidique avait sonné.

— *N'oubliez pas d'activer vos DAS en même temps*, nous rappela Sibyl. *Nous n'avons détecté aucune présence ennemie dans ce périmètre, mais restez prudentes. Rassemblez le plus d'informations possible, puis lancez le signal de retrait.*

— *Bien reçu*, répondit Belle.

Je l'avais presque oubliée, tant elle était restée silencieuse. Mais sans doute se préparait-elle simplement à bord de son propre hélicoptère, calme et à l'écoute. Dans sa voix, je devinai la sérénité d'une Effigie habituée aux missions suicides depuis l'enfance.

Comme j'aimerais pouvoir m'accaparer ne serait-ce qu'un tiers de son assurance, songeai-je, alors que j'essuyais mes mains moites sur mon treillis. Pourtant, c'était justement afin de parer à des situations comme celle-là que j'avais suivi pendant deux mois un entraînement intensif, loin de chez moi. Il était donc hors de question de jouer les poules mouillées !

Lake et moi échangeâmes un signe de tête d'encouragement. Vingt secondes. Dix. La trappe s'ouvrit.

— *Début de la mission*, annonça Sibyl.

Au signal, je sautai de l'hélicoptère et fus aussitôt assaillie par des serpents monstrueux dont les larges mâchoires aux crocs d'ivoire claquaient autour de moi. De la fumée sombre s'échappait de leurs carapaces noires en décomposition et leurs yeux fantomatiques luisaient dans la faible lumière du coucher de soleil. D'instinct, ils décelaient nos pouvoirs d'Effigies. À la réflexion, nous n'étions pas tellement différentes de ces créatures, si ce n'était que nous étions leurs ennemies.

Les spectres se jetèrent sur nous, mais le bouclier électromagnétique du DAS de l'hélicoptère remplit son office à merveille. Il semblait bien plus performant que ceux dont seuls les plus riches pouvaient faire l'acquisition pour protéger leurs voitures et leurs yachts. La puissance de son rayon était suffisante pour nous protéger sans mal, même durant notre descente. En revanche, je fus vite malmenée par les vents du désert qui me fouettaient la peau, vibraient contre mes lunettes, s'engouffraient dans mes vêtements et mon épaisse chevelure bouclée, avec une telle force que je peinais à garder les lèvres fermées.

Après quelques secondes de chute libre, j'aperçus le désert du Sahara en contrebas.

— *Ouverture des parachutes*, ordonna Sibyl.

Nous nous exécutâmes. La poussée ascendante me souleva avec tant de violence que j'eus l'impression être coupée en deux. La descente ne s'annonçait pas plus paisible, en raison des brusques rafales de vent.

— *Lake !* cria Sibyl.

À travers mon masque, j'aperçus ma coéquipière battre l'air de ses longues jambes fines, les bras tendus devant elle. Je l'imaginais, les yeux fermés et la respiration haletante, en train de se concentrer pour maintenir l'équilibre délicat nécessaire au contrôle de son élément.

« Capturer et libérer. »

Lake ne cessait de me répéter ces quelques mots lorsqu'elle m'entraînait à la maîtrise du feu. Malgré ses facilités indiscutables, elle devait déployer des efforts considérables pour dompter une telle tempête dans une zone aussi vaste.

Je devinai qu'elle y était parvenue lorsque les bourrasques autour de moi retombèrent et que je pus à nouveau respirer à mon aise. Je me rappelai pourtant que le répit serait de courte durée, quand, malgré le vif reflet du soleil couchant sur mes lunettes, j'aperçus les spectres à l'affût qui sinuaient et grouillaient dans le vent du désert, suivis de leur longue queue de serpent. Le DAS de l'hélicoptère – sa portée aussi longue soit-elle – ne nous protégerait bientôt plus, et à la seconde où nous sortirions de son champ, nous nous retrouverions seules. L'alternative était simple : si nous ne nous défendions pas, nous nous ferions dévorer.

Enfin, une voix masculine nous annonça depuis la salle des Communications ce que nous redoutions tant.

— *Trente secondes avant que les sujets ne sortent du périmètre du DAS.*

— *Vous êtes assez bas pour atterrir en toute sécurité à présent,* nous déclara Sibyl. *Pensez bien à détacher vos parachutes dès que vous quitterez la zone sécurisée.*

À partir de cet instant et jusqu'au moment où nous activerions nos DAS – soit durant de longues et horribles minutes –, nous nous trouverions dans la confusion la plus totale. Il allait nous falloir agir vite. Et nous battre.

Vingt secondes. Dix…

— *Bonne chance, mesdemoiselles !*

Les cris des spectres retentirent soudain. Apparemment, ils étaient prêts.

Tant mieux, car nous aussi.

Chapitre 2

Cinq spectres fondirent sur nous et Lake dut détourner son attention du vent pour combattre. Les rafales reprirent mais elle parvint à en tirer parti, concentrant toute sa puissance pour les transformer en autant de lames qui déchiquetèrent la première vague d'assaillants. Cette manœuvre lui demanda tant d'efforts qu'elle me percuta de plein fouet, à cause du recul. Elle en perdit le contrôle de son élément et nous fûmes projetées dans la mauvaise direction.

— *Détachez vos parachutes, maintenant !* ordonna Sibyl à nos oreilles.

Nos équipements s'envolèrent avec un claquement sec.

— Lake, attrape mes mains ! hurlai-je, les bras tendus vers elle.

Elle s'exécuta sans réfléchir et notre chute libre commença, au gré des bourrasques. À peine quelques instants plus tard, mes bottes de combat percutèrent le sol – avec tant de violence que l'onde de choc se propagea dans mon corps tout entier. Je réussis malgré tout à rester debout… jusqu'à ce qu'un monstre surgisse du sable, juste entre mes jambes.

Par réflexe, je m'écartai de son chemin et évitai son attaque de justesse alors qu'il fonçait sur moi. Je n'eus pas le temps de reprendre mes esprits que je sentis comme un dard osseux sous mes semelles. Un autre spectre était en train d'émerger et me soulevait de terre.

Les créatures adoptaient différentes tailles et formes, souvent semblables à celles d'espèces représentées à l'état naturel dans le monde. Comme de nombreux spectres que j'avais affrontés et la plupart de ceux qui traînaient dans le ciel en cet instant, celui qui se trouvait sous mes pieds ressemblait à un gigantesque serpent à la carapace couleur nuit. Par endroits, sous plusieurs couches de chair et de fumée, on voyait sa cage thoracique ressortir de son long corps sinueux. Il avait jailli du sable comme s'il m'avait attendue, tapi là pendant tout ce temps.

Je me jetai sur le côté au moment où deux autres monstres s'élançaient vers nous. Même si j'étais plutôt douée pour éviter les spectres, j'étais encore loin de pouvoir me comparer à Lake, qui utilisait le vent afin de bondir dans les airs et de déjouer leurs assauts.

— *Cible à trente mètres*, nous informa un agent des Communications, au moment où je plongeais dans le sable.

— *Comment ?* s'exclama Chae Rin dans mon oreillette. *Qu'est-ce qui s'est passé, encore ? C'est pas vrai, j'aurais dû me douter que vous alliez tout faire foirer, vous deux !*

— *Vous allez devoir rejoindre le site par vos propres moyens*, enchaîna Sibyl.

— Bien sûr ! C'est tellement facile… grommelai-je entre mes dents alors que je me relevais.

Soudain, j'entendis un grognement juste derrière moi.

« Capturer et libérer. »

Les pieds bien ancrés dans le sol, je repoussai les larges crocs pointus de la bête avec mes deux paumes. Le mastodonte, tout à son attaque, résistait tant que je m'enfonçai davantage dans le sable. Je tins bon un moment, mais fus bientôt assaillie par la puanteur de la salive épaisse et nauséabonde qui coulait de sa gueule pour me glisser entre les doigts. Incapable de lutter plus longtemps, je roulai sur le côté et laissai le spectre s'élever dans les airs. Loin d'en avoir fini avec moi, il s'arc-bouta de toute sa longueur, avant de me foncer droit dessus, la gueule béante.

Je peux y arriver ! À quelques secondes de la collision je fermai les yeux afin de me concentrer. *Pourvu que ça fonctionne...* Je me savais capable de réussir la manœuvre, l'ayant déjà effectuée auparavant. *Maintenant !*

Je sentis d'abord la chaleur envelopper mon corps, puis le manche lisse et noir obsidienne qui vint se matérialiser entre mes mains. Comme toujours, mon cœur bondit à la vue des petites flammes qui crépitaient à mes pieds, mais je refusai de me laisser envahir par la peur. Lorsque le spectre se jeta sur moi, je bondis et l'esquivai de justesse puis atterris sur mes pieds avec maladresse – peut mieux faire en gymnastique... Même si j'étais en proie au tournis, je visai le cou, et d'un geste ample, le décapitai de ma faux.

Si les exemples par le passé étaient rares, la Secte avait établi que chaque Effigie possédait le pouvoir d'invoquer une arme spécifique, ce qui nous avait sans doute valu le surnom des « Quatre épées ». Et en cet instant, je venais de révéler la mienne.

— Attention ! m'avertit Lake.

Un autre spectre hurlait dans mon dos. J'eus à peine le temps de lever mon arme que mon équipière repoussait déjà le monstre avec une telle force qu'il sembla renversé par un bélier invisible. Alors que je regardais le vent emporter la chair noire de son ventre en putréfaction, une idée me vint à l'esprit.

— Où devons-nous aller, exactement ? demandai-je, les sens encore en alerte, à Lake qui se battait toujours derrière moi.

— *Nous vous envoyons les coordonnées sur-le-champ*, répondit un technicien des Communications. *Pressez le petit bouton situé sur le côté droit de vos lunettes.*

Je ne compris pas d'emblée à quoi il se référait, mais après quelques secondes de tâtonnements, je finis par trouver une excroissance à l'endroit indiqué et appuyai dessus.

— Incroyable !

De minuscules lumières rouges apparurent à l'intérieur du verre de mes lunettes, comme dans certains jeux vidéo. *Génial !*

— *Elles ont aussi une fonction appareil photo !* s'enthousiasma mon interlocuteur dans l'oreillette, avant de se reprendre.

Le moment n'était pas très bien choisi pour jouer les geeks, mais comment lui en vouloir ? Ce gadget était tellement cool ! Un point clignotant écarlate marquait notre position, et dans le coin supérieur gauche de cet écran improvisé, un autre signalait le site où nous devions connecter notre dispositif anti-spectres à ceux de Chae Rin et de Belle.

Je décidai de mettre mon plan à exécution.

— Lake, la hélai-je en pivotant sur moi-même. Prépare-toi à faire un peu de stop… On s'offre un trajet à dos de spectre !

La pop-star me dévisagea, incrédule.

— Pardon ?

— C'est notre seule chance d'atteindre notre but vivantes, façon Chae Rin.

— *Bonne idée*, acquiesça l'intéressée à mon oreille. *Un peu dangereux, mais faisable ! Vous verrez, c'est comme chevaucher un taureau mécanique. En revanche, enfoncez bien vos doigts dans la chair pour vous cramponner à l'os ou vous serez très vite éjectées !*

Cette ancienne artiste de cirque possédait une certaine expertise en la matière, d'autant qu'elle s'était un jour essayée au rodéo sur l'une de ces créatures.

— Lake peut utiliser son pouvoir pour nous diriger, ajoutai-je, mes mains moites crispées sur le manche de mon arme.

— Si je comprends bien, c'est à moi de faire le sale boulot ! Merci ! rétorqua Lake, hors d'haleine.

Les trois autres spectres qui approchaient à toute vitesse interrompirent notre dispute avant même qu'elle n'ait commencé.

— Je te le revaudrai plus tard ! (Les créatures se rapprochaient dangereusement… elles étaient à présent presque sur nous !) Maintenant arrête de tergiverser et trouve-nous une monture !

Avec un cri de douleur, Lake en attira un dans son tourbillon. Je laissai ma faux s'évaporer et courus à toute vitesse vers le monstre, puis je sautai sur son dos où ma coéquipière me rejoignit un instant plus tard.

— Aïe ! hurlai-je en essayant de me rétablir sur la colonne aux vertèbres pointues de la créature.

Sentant que mes jambes glisser de manière désagréable sur l'épaisse carapace charnue, je tentai de trouver une prise et mes avant-bras disparurent sous un voile de fumée.

Soudain, derrière nous, un rugissement terrible attira mon attention sur les créatures à notre poursuite.

— Lake !

— Oups... Il est temps de mettre les voiles !

Notre monture batailla ferme, contre la volonté de Lake, en vain. Bousculée en tous sens, j'enfouis mes doigts dans la chair humide pour agripper l'os en dessous. Ma camarade, elle, empoigna l'arrière de mon gilet de sa main droite tout en continuant à manier le vent de droite et de gauche afin de nous amener jusqu'à la zone de largage.

Diriger un spectre n'était pas une science exacte : notre monture ne cessait de faire des embardées et de se tortiller, poursuivie sans relâche par ses congénères qui, en plus de grogner, claquaient des mâchoires dans le vide. Mes jambes, contractées autour du corps de la bête, commençaient à fatiguer... Chae Rin était vraiment inconsciente de s'être essayée à chevaucher un tel monstre ! Malgré tout, cette stratégie semblait payer : je vis sur l'écran de mes lunettes que nous approchions rapidement de notre cible, grâce à la poigne de Lake qui manipulait l'énergie cinétique de l'effroyable serpent.

— On saute !

J'attrapai le bras de ma partenaire pour m'aider à me relever et, d'un bond, m'éjectai avec elle. À peine notre monture, déstabilisée, s'était-elle élevée dans les airs avec un cri strident qu'un autre spectre plongeait sur nous.

D'un geste rapide, je tapotai l'écran de mes lunettes puis levai mes bras au-dessus de ma tête. « *Capturer et libérer.* »

— Maia ! m'interpella Lake qui venait d'esquiver de peu une autre attaque.

Du feu jaillit du bout de mes doigts et embrasa la gueule béante de la créature qui s'approchait dangereusement de ma tête. Je tombai à la renverse, quelques secondes avant que les flammes ne se propagent le long de son corps, centimètre par centimètre… En un rien de temps, la moitié du spectre avait été engloutie, réduite à un amas de chair carbonisée et de fumée. Je plongeai sur le côté, juste à temps pour éviter le reste de la carcasse qui s'écrasa au sol.

Malgré deux mois d'entraînement, je ne contrôlais pas encore tout à fait mon élément. Penser à des flammes rougeoyantes, ou à la chaleur du feu sur ma peau suffisait à me donner la chair de poule. Je devais me faire violence pour ne pas imaginer ma famille prisonnière du brasier qui les avait tués. Je faisais de mon mieux, et c'était déjà beaucoup.

— *Où en êtes-vous ?* cria Chae Rin dans l'oreillette. *Vous êtes encore en vie ? Je vous rappelle que nous avons ordre d'activer les DAS au même mo…*

La fin de sa phrase fut couverte par un grognement : elle aussi était aux prises avec un spectre. Même si la nuit et les tourbillons de sable m'empêchaient de discerner Chae Rin et Belle, je savais qu'elles se battaient aussi.

— *Lake, Chae Rin, Maia !* nous appela Belle. *Si vous avez atteint vos cibles, sortez les appareils.*

À ces mots – les premiers de Belle depuis le début de la mission – je sortis le DAS de la poche gauche de mon gilet. L'écran carré encastré dans un métal lisse me rappelait les protections électromagnétiques sécurisées par un code qu'on trouvait dans les voitures de luxe.

Je plaçai l'appareil sur le sable avec précaution.

— Je suis prête !

— Dépêchez-vous ! s'exclama Lake, le regard fixé sur le sol qui tremblait à quelques pas de nous.

— *Maintenant !* ordonna Belle.

Je saisis le code à toute vitesse : *« 4EXX#G7 »*.

L'écran vira au bleu et la boule de métal vibra à plusieurs reprises avant de s'immobiliser, pour s'enfoncer un peu dans le sol. D'un petit coup, je tentai de le mettre en marche, mais malgré les ondes du sable, l'objet restait inébranlable. Puis, en un instant, un nuage bleuté lumineux apparut sous l'engin et un trait net se dessina sur le sable, jusqu'à disparaître dans les ténèbres. Après avoir rallumé mes lunettes, je pus distinguer les lignes bleues qui, depuis trois directions différentes, formaient un triangle autour de la cachette de Saul, signalée par un point clignotant.

— *Champ activé !* déclara Chae Rin.

— *Alors dépêchez-vous d'y entrer !* nous ordonna Sibyl.

Inutile de nous le répéter : un autre spectre nous talonnait déjà, aussi Lake et moi plongeâmes ensemble dans la zone protégée. Nous évitâmes de peu ses mâchoires gigantesques, qui se refermèrent sur le champ lumineux. En quelques instants, notre assaillant fut réduit en cendres et fumée, vite éparpillées au gré du vent.

Lake rampa sur quelques mètres, sans se soucier d'abîmer ses mains délicates en les enfonçant dans le sable, et s'écroula à terre, haletante. À bout de souffle, je m'accordai quelques secondes de repos avant de rouler sur le dos. Le champ avait beau n'être qu'un voile fin, ses particules renvoyaient juste assez la lumière des étoiles pour que je distingue ses ondulations dans la nuit.

— *Mesdemoiselles, le temps presse,* reprit Sibyl. *Dirigez-vous vers la cachette de Saul.*

D'après les renseignements de la Secte, notre cible se trouvait dans cette zone, sous terre. Sa première capture nous avait demandé des efforts incroyables, et cette fois, nous ne pouvions pas le manquer.

D'une petite tape pour essayer de la revigorer, je bousculai Lake avant qu'elle ne perde connaissance.

— Allez, on se lève !

— Toi d'abord !

J'essuyai le sable de mes joues et je me hissai sur mes jambes pour aider Lake à se relever. Nous jetâmes un regard furtif aux monstres qui rôdaient derrière le champ de protection avant de partir vers la cachette de Saul.

L'intensité des bourrasques commençait à diminuer, même si certaines, de temps à autre, soulevaient encore le sable jusqu'au sommet des rares arbustes verts sur les collines désertiques. Je tentai de faire abstraction des cris des spectres pour me concentrer sur les étoiles dans le ciel sombre au-dessus de nous.

Quand nous étions petites, June admirait souvent les étoiles par la fenêtre de notre chambre, à Buffalo. De nous deux, ma sœur était la rêveuse. Lors de ses divagations, peut-être imaginait-elle que l'impossible deviendrait un jour réalité. Qu'aurait-elle pensé si elle m'avait vue combattre des spectres en plein désert ?

Désormais, « impossible » ne faisait plus partie de mon vocabulaire. C'était la vie d'une Effigie, voilà tout.

Alors que nous approchions de la cachette de Saul, Lake, abasourdie, désigna la silhouette de Chae Rin qui courait au loin.

— Comment trouve-t-elle encore toute cette énergie ?

Même pour une Effigie, la Canadienne du groupe avait une endurance et une force incroyables. Pourtant, ses manches déchirées ainsi que les traces de sang qui maculaient sa peau pâle au niveau de ses épaules laissaient deviner que les spectres ne l'avaient pas épargnée. Comme elle approchait, mes yeux se posèrent sur la pointe de ses cheveux bruns qui balayait ses épaules.

— Tout va bien ? lui criai-je.

— Oui, plus de peur que de mal ! répondit-elle, en levant son bras menu, avant de ralentir et de balayer les alentours du regard. Où est notre princesse guerrière ?

Je devinai qu'elle parlait de Belle, qui ne se fit pas attendre bien longtemps. L'intéressée émergea soudain des ténèbres. Nous ne pouvions suivre sa progression que par intermittence, à cause des bourrasques qui soulevaient encore des gerbes de sable. Elle s'arrêta un instant pour soulever ses lunettes et sa queue de cheval blonde flotta encore un peu dans son dos. Dans le noir, nous aperçûmes tout de même son regard bleu glacial, dont l'air fatigué se dissipa pour laisser place à la détermination quand elle nous repéra dans le noir.

Aussitôt, la peur s'insinua en moi et je fus parcourue d'un frisson. J'étais loin d'imaginer, quelques mois plus tôt, que cette Effigie, à la beauté froide et distante, devenue une guerrière redoutable grâce à des années d'expérience, me ferait un tel effet. J'étais alors une tout autre personne, une groupie qui collectionnait cartes et posters. Ces reliques du temps où j'adulais Belle – au point de rêver d'être elle – étaient restées à New York et se trouvaient sans doute toujours dans le placard de ma chambre, avec toutes les affaires que j'avais abandonnées derrière moi au moment de mon départ pour Londres.

Il avait fallu que je la rencontre en personne pour me rendre compte que je m'étais fait une fausse idée de sa personnalité.

— Tu as raison, prends tout ton temps ! s'exclama Chae Rin.

Lorsque Belle s'arrêta devant nous, je retins un mouvement de recul avant de me redresser. *Il n'y a aucune raison de s'inquiéter. Arrête d'y penser.*

— C'est ce qu'on appelle « soigner son entrée » ! Mais j'imagine que c'était le but, n'est-ce pas ? railla Chae Rin.

— Ces appareils ont été spécialement conçus par le département Recherche et développement pour nous aider dans nos missions, déclara Belle sans prêter attention aux provocations de notre camarade, vexée. Il faut malgré tout agir vite, car leur charge est limitée, donc leur champ électromagnétique aussi.

— Oui, enfin… c'est moi qui vais devoir me dépêcher, marmonna Chae Rin.

— *Vous avez raison toutes les deux*, intervint Sibyl dans l'oreillette. *Vous disposez de quinze minutes avant que le champ cesse de fonctionner. Souvenez-vous qu'une fois que vous serez sous terre, nous ne pourrons plus communiquer, alors surveillez le chronomètre dans vos visières.*

Un compte à rebours démarra dans le coin supérieur droit de l'écran transparent de mes lunettes.

— Bien reçu, lança Belle qui remettait son masque.

Face à une telle résolution, je cédai malgré moi à un sentiment d'émerveillement mêlé de crainte. J'étais presque soulagée de la voir concentrée de la sorte, même si depuis quelque temps, sa détermination se limitait uniquement au combat.

— Très bien, poussez-vous, ordonna Chae Rin avant de faire craquer ses phalanges.

Nous prîmes toutes soin de rester en arrière au moment où elle abaissait les mains, signe qu'elle allait utiliser son pouvoir. Nous n'étions pas obligées de procéder de la sorte pour manipuler les éléments, mais nos membres nous facilitaient la tâche, tels des paratonnerres. Quand Chae Rin releva les bras, la terre se dressa autour d'elle.

Un travail d'orfèvre. Pourtant, je ne pouvais m'empêcher de m'inquiéter à l'idée que si Saul percevait les mouvements du sol au-dessus de lui, il lui suffirait d'un claquement de doigts pour disparaître. Mais malgré les risques, il nous fallait accomplir notre mission, car Sibyl n'était pas la seule au cœur de la tourmente : le monde entier attendait que nous lui livrions le terroriste.

De fines couches de sable se dispersèrent loin de nous, emportées par le tourbillon que Lake venait de provoquer. Très vite, nous découvrîmes une trappe en métal blanc – aux angles aussi parfaits que poussiéreux –, juste assez large pour que nous puissions y descendre une par une.

Nous échangeâmes toutes les quatre quelques regards entendus. Le moment était venu de travailler de concert et d'affronter l'ennemi. Après tout, la Secte nous avait réunies pour cette raison. Nous formions un groupe mal assorti, né par nécessité et relié par une destinée commune : les Effigies.

Parfois, je me laissais envahir par la force indescriptible qui nous unissait. Une connexion, un lien… Du moins comme je l'imaginais. Même si nous n'étions pas devenues amies malgré tous les combats que nous avions menés ensemble et tout le sang que nous avions versé, nous étions à présent une équipe. Et ce n'était pas si mal, après tout.

— Pas de temps à perdre, s'exclama Chae Rin, les manches retroussées. Allons le débusquer !

— Attends… l'arrêta Lake d'un geste de la main. Madame la directrice… êtes-vous sûre et certaine que Saul se trouve dans ce bunker ?

— *Nous détectons encore sa fréquence sous vos pieds*, répondit un technicien des Communications.

— *Il est toujours là*, confirma Sibyl d'une voix solennelle.

— Nous ne pouvons descendre qu'une par une, remarquai-je. Il nous entendra arriver à coup sûr, si ce n'est pas déjà le cas.

— J'y vais la première, décida Belle. Je suis la plus expérimentée, je neutraliserai plus vite Saul.

Elle se pencha en avant pour attraper la poignée et, avec prudence, souleva la lourde trappe.

— Belle… commençai-je.

Elle m'interrompit de son doigt levé et désigna l'ouverture d'un signe de tête éloquent. Puis, aussi agile que silencieuse, elle se glissa dans le trou et entama sa descente… jusqu'à disparaître dans les ténèbres.

Dès lors, nous attendîmes, à l'affût du moindre signe de sa part. Chae Rin observait le puits noir et béant d'un air grave, prête à réagir à la moindre alerte. Lake, elle, remuait les jambes presque imperceptiblement. Toujours rien… J'essuyai mon visage recouvert de sueur et de poussière, et pris une profonde inspiration en silence.

Une explosion fit soudain trembler le sol sous nos pieds. Je redressai la tête d'un geste brusque : nous pouvions considérer ça comme un signal. Aussi, nous relevâmes nos lunettes de concert.

— Allons-y ! s'exclama Chae Rin avant de s'engouffrer dans la trappe.

Après une légère hésitation, Lake disparut à sa suite.

C'est maintenant ou jamais.

Je fus la dernière à m'engager. Pendant toute ma descente, je pris garde à ne pas glisser sur les barreaux de métal sales et poisseux. Dès que je touchai le sol, le froid me saisit. Je me retournai et découvris le petit bunker tapissé de givre qui, sous la faible lumière, étincelait et mouchetait l'air lourd et humide de la pièce défraîchie dont le seul mobilier consistait en une couchette aux draps blancs et sales. La glace de Belle avait envahi les lieux jusqu'au plafond, recouvrant les ombres noires projetées sur les murs.

Il s'agissait en fait de silhouettes d'hommes, peintes à la bombe sur les briques rouges. Les parois en étaient couvertes : les personnages représentés étaient tous de tailles différentes et dotés d'épais membres tracés à la va-vite, comme par un enfant.

Peut-être était-ce l'œuvre de Saul, dont le corps semblait distordu derrière la prison de glace en suspens où Belle l'avait enfermé. D'aucuns auraient pu le prendre pour un soldat, avec sa combinaison bleu marine cuirassée et ses bottes noires. Son visage était dissimulé sous un casque métallique d'un blanc des plus purs.

— On dirait un cyborg, observa Lake.

Les larges fentes noires devant ses yeux donnaient en effet l'impression de pouvoir s'illuminer à tout moment d'une lueur rouge sang.

— Il a parlé ? demanda Chae Rin. Enfin, avant que tu le… congèles ?

— Non, il n'a pas prononcé un mot, répondit Belle, les doigts appuyés sur la glace au niveau du visage de Saul. En revanche, il a esquissé un geste étrange vers moi.

— Il t'a menacée ? demanda Lake, les bras croisés.

— Non, répéta Belle. Il a juste… bougé dans ma direction. Au début, j'ai cru qu'il s'apprêtait à m'agresser, mais, à bien y réfléchir, il avait plutôt l'air…

— Oui ? l'encourageai-je en effectuant un pas vers elle.

— D'être vaincu d'avance, termina-t-elle après un instant.

D'une petite tape, elle fit fondre juste assez de glace pour libérer le corps de notre prisonnier qui tomba dans ses bras. Les membres de Saul pendaient, inertes. Seuls un petit mouvement de sa tête et sa main gauche crispée autour d'un objet avec l'énergie du désespoir m'indiquèrent qu'il était toujours en vie.

— Comment enlève-t-on ce truc ? pesta Belle, qui, après avoir étendu le corps du jeune homme sur le sol, se débattait pour lui retirer son casque afin de dévoiler son visage. Aidez-moi !

Lake et moi nous mîmes en quête d'un mécanisme semblable à un levier, une fente ou un loquet.

— Regardez, il y a un interrupteur, juste là, leur fis-je remarquer.

À côté de l'oreille se trouvait un minuscule bouton que nous pressâmes. Le casque émit comme un déclic puis vibra et s'ouvrit, laissant échapper un peu de vapeur avant de révéler un visage… qui n'était pas celui de Saul.

— C'est qui ce type ?

Chae Rin se pencha au-dessus de nous pour mieux l'observer. Nous nous trouvions face à un adolescent au visage pâle et anguleux, couvert de cicatrices, dont les cheveux blonds étaient collés sur son front.

— Comment est-ce possible ? demandai-je sans le lâcher des yeux. Je croyais que le département Communications avait traqué la fréquence de Saul jusqu'ici ?

Belle restait muette. Pendant ce temps, le compte à rebours continuait : sept minutes et quarante-cinq secondes, sept minutes et quarante-quatre secondes...

— Eh bien ? la pressai-je.

— La Secte a détecté la fréquence du cylithium d'une Effigie ici, déclara-t-elle enfin.

Le bunker fut de nouveau plongé dans le silence jusqu'à ce que le garçon se mette à tousser.

— Tout va bien, le rassurai-je à mon propre étonnement.

Mon peu de méfiance me surprenait moi-même... Et s'il s'agissait d'un ennemi ? Mais quelque chose dans sa faible plainte et les battements vains de ses paupières m'indiquait que ce n'était pas le cas.

Agenouillée à ses côtés, Chae Rin le secoua par l'épaule.

— Oh ! Qui es-tu ? demanda-t-elle, avant de le bousculer de nouveau face à son silence. On n'a pas toute la journée !

— Chae Rin, attention ! la réprimanda Lake. Il est déjà mal en point...

Si elle espérait de la compassion de la part de Chae Rin, c'était peine perdue.

— Les DAS sont sur le point de s'éteindre, rétorqua l'intéressée. Nous devons faire vite !

— Monsieur, qui êtes-vous ? l'interrogea Belle, à présent plus calme.

Le jeune homme bafouilla quelques paroles incompréhensibles.

— Pardon ? demanda-t-elle alors qu'elle se penchait vers les lèvres en mouvement du blessé.

— Êtes-vous… Secte ?

— Nous sommes les Effigies, me hâtai-je de répondre.

Ma réponse sembla le soulager, pourtant, lorsque je l'effleurai avec précaution, je sentis son bras trembler de manière incontrôlable.

— Qui… repris-je avant de m'interrompre, plus très sûre de vouloir connaître la réponse. Qu'es-tu ?

— Je les ai fuis… Je me suis caché ici… Je voulais que vous me trouviez, souffla-t-il, haletant, entre deux quintes de toux. Ils allaient me forcer… Je ne pouvais pas… m'en empêcher… J'ai attendu que tout cesse de fonctionner… Une fois libre, j'ai couru… Il fallait que vous me trouviez…

J'avais l'impression de me trouver devant un puzzle avec de nombreuses pièces manquantes. Je ne parvenais pas à percevoir le sens de ses phrases.

— Je ne comprends rien, rétorqua Belle, crispée. Qui t'a forcé ? À quoi ? Comment ? Et d'abord, qui es-tu ?

À l'évidence, prononcer ces quelques mots avait demandé au jeune homme un effort surhumain, aussi ne put-il répondre sur-le-champ.

— Si tu voulais que la Secte te trouve, pourquoi t'être terré ici ? lui demandai-je, avec autant de douceur que possible, vu l'urgence de la situation. L'organisation possède des antennes dans le monde entier.

— Pas la Secte ! lâcha-t-il avant d'inspirer un grand coup. Vous ! Je savais… qu'ils vous enverraient quand ils m'auraient repéré… pour le capturer, lui. Je dois vous faire confiance. Ma… famille…

Ses paroles commençaient à me faire frémir. Sa famille ? De quoi parlait-il ? Il ouvrit soudain sa main gauche pour révéler une clé USB grise de la taille de sa paume. Il l'avait serrée tellement fort que la forme resta dessinée dans sa chair, même après que Belle l'eut récupérée. Sa main se décrispa peu à peu avant de retomber mollement.

— Que contient cette clé ? l'interrogea Belle.

— Je l'ai volée au labo… J'ai couru… Il fallait que vous me trouviez… D'autres comme moi vous cherchent. Je ne suis que… le premier…

Les yeux rivés sur moi, il se mit à convulser. J'attrapai alors son bras pour répéter d'une voix calme :

— Dis-moi qui tu es.

Au début de cette mission, je m'étais attendue à beaucoup de choses, mais certainement pas à voir ce garçon aux yeux verts fondre en larmes. Au moment où je déglutissais pour tenter de soulager ma gorge serrée, le jeune homme desserra une dernière fois les lèvres.

— Il est trop tard pour moi… Nul ne peut me soigner… S'il vous plaît, trouvez Alex… Il est… encore…

Il n'eut pas le temps de terminer sa phrase : sa tête roula sur le côté, et son corps s'immobilisa.

Chapitre 3

Belle vérifia son pouls puis secoua la tête pour nous confirmer ce que nous savions déjà : il était mort.

— Je ne me sens pas bien, se plaignit Lake, m'ôtant les mots de la bouche.

Elle s'écarta de nous pour s'accroupir et se coincer la tête entre les genoux.

— Belle, à quoi pensais-tu quand tu as parlé d'Effigie ? commença Chae Rin, la bouche entrouverte, pensive. À qui appartiendrait la fréquence que nous avons suivie jusqu'ici ?

— Il a dit que nous étions sa famille… murmurai-je. Peut-être voulait-il nous faire comprendre que…

— Non, me contra Chae Rin, d'une voix ferme. Il délirait, c'est évident.

— Le reste de ses propos était plutôt cohérent ! Il y a forcément une explication. Et s'il était aussi…

— Une Effigie ? me coupa-t-elle, sceptique.

Ses sourcils froncés et ses lèvres pincées donnaient à son beau visage des airs de vieux pruneau.

— « Ma famille », voilà ses termes exacts, reprit-elle. Ça pourrait signifier n'importe quoi. Après tout, il était en train de mourir, donc ses facultés cognitives devaient déjà lui faire défaut. Qu'en pensez-vous ?

Comment reprocher à Chae Rin de s'agacer ? Nous avions tous appris la même chose à l'école, depuis toujours : il existait quatre Effigies, et chacune détenait le pouvoir d'un élément différent – le feu, la terre, l'eau et l'air. Lorsque l'une d'entre elles mourait, une autre prenait sa place et le cycle se répétait sans cesse. Pourtant nos origines ainsi que celles des spectres restaient incertaines, malgré les moyens que la Secte et les différentes agences gouvernementales consacraient aux recherches à ce sujet.

Quatre filles et un monde peuplé de spectres. C'était la règle universelle jusqu'à ce qu'on en découvre une cinquième en la personne de Saul. Toutes nos certitudes s'étaient alors trouvées remises en question.

S'il en existait davantage… où cela s'arrêtait-il ? Nous pouvions très bien être des dizaines, des centaines, des milliers… Le peu de connaissances que nous possédions sur notre monde venait de voler en éclats.

— Belle, un avis ? lui demanda Chae Rin. (Elle saisit le poignet de notre équipière, restée silencieuse.) Oh ! Tu m'entends ? Que se passe-t-il ?

— Je n'en sais rien ! Calme-toi ! s'énerva l'intéressée en dégageant son bras – elle était malgré tout incapable de dissimuler son expression terrifiée.

Mon regard se posa de nouveau sur le jeune homme dans ses bras. Soudain paniquée à l'idée de me trouver si près de ce corps sans vie, dont les yeux révulsés détonnaient avec les teintes sombres du bunker, je reculai et manquai de glisser sur le givre qui recouvrait en partie le sol. Belle dut le comprendre car après un bref coup d'œil dans ma direction, elle lui ferma les paupières.

— Eh bien, beau travail, Barbie, ce type est mort. Tu l'as tué ! lâcha Chae Rin, d'un ton accusateur avant de croiser les bras. On aurait au moins pu lui soutirer quelques informations, comme son identité ou ce que contient ce gadget !

— Ce n'est pas moi qui suis responsable, je... Mon attaque n'était pas assez puissante ! se défendit l'accusée, la clé USB à la main.

— Tu l'as tout de même agressé alors qu'il ne te menaçait pas. C'est toi-même qui l'as dit, s'obstina Chae Rin avec un geste pour montrer la pièce. Regarde cet endroit ! Il ne manque plus qu'un marché de Noël ! Tu as paniqué, reconnais-le.

Elle avait raison, l'attaque de Belle était démesurée. Pourtant ce n'était pas son genre de brûler les étapes.

Ça ne lui ressemble pas.

Ce n'était pas la première fois que je me le disais depuis qu'en France, la conscience de son mentor, décédée, avait repris vie dans mon corps pendant quelques instants.

Je me souvins de la peur sourde qui m'avait envahie quand elle avait promené un regard étrange de la bague de Saul à moi, ou quand elle avait ressassé une idée bien dangereuse... Je me rappelai aussi sa mine résolue apparue en un éclair pour disparaître presque aussi vite, dissipée par ses larmes.

Ces événements avaient eu lieu des semaines plus tôt, mais je devinais à l'hésitation de Belle, à sa manière de déglutir et de serrer la mâchoire que sous ses airs bravaches, elle devait encore lutter contre elle-même.

Incapable de répondre à Chae Rin, elle prit une profonde inspiration et observa le jeune homme inerte dans ses bras.

— Il a affirmé que personne ne pouvait le guérir…

— Il nous a aussi demandé de trouver un certain Alex, dis-je en me remémorant la brève lueur qui était apparue dans ses yeux. Alex… Peut-être était-ce lui, sa famille ?

Les sourcils froncés, Belle inclina sa tête pour observer le cou du jeune homme.

— Un problème ? demandai-je, trop effrayée pour approcher.

Avec précaution, Belle plaça le corps sur son flanc droit pour examiner de plus près la peau blanche.

— Regardez cette marque.

Sans autre choix, je m'approchai juste assez pour me pencher au-dessus des épaules de Belle. Le corps était couvert de cicatrices, mais celle à la base de sa nuque semblait avoir été infligée de manière délibérée. Il s'agissait d'un hématome rond, rouge foncé, de la taille d'une pièce de monnaie. Je devinai qu'il l'avait gratté à plusieurs reprises au vu des griffures irrégulières qui le striaient. Des secrets… comme marqués au fer rouge dans sa chair.

Soudain, nos lunettes émirent toutes des signaux d'alarme, courts et saccadés. Je rabaissai les miennes, afin de contrôler le chronomètre.

— Cinq minutes. On n'a plus beaucoup de temps !

— Cet endroit est sans doute protégé des spectres grâce à une armure électromagnétique, suggéra

Chae Rin, dont les yeux fouillaient la pièce. La voilà !

Du menton, elle désigna un angle du plafond où était fixé un petit demi-disque gris métallique, tel un système de vidéosurveillance sans caméra. Derrière mes verres de protection, j'aperçus des fils et des mécanismes qui émettaient une lumière bleu pâle clignotante.

— Les trafiquants ont souvent recours à une technologie rudimentaire dans les zones mortes, continua Chae Rin. Cette base est peut-être utilisée par l'un de leurs groupes. Ce gars a dit avoir fui jusqu'ici… Cette planque doit appartenir à leur réseau. En revanche, pour ce qui est de Saul, je doute qu'il ait seulement mis les pieds ici.

— Certes, mais je croyais qu'ils emportaient leur matériel avec eux, suggérai-je, car j'avais un peu étudié le sujet.

— S'ils ont tout laissé ici, c'est qu'ils prévoyaient de revenir.

— Ce n'est pas ce que je veux dire, rétorquai-je avant de balayer la pièce du regard. Ce sont des nomades, ils doivent donc posséder tout un équipement pour parcourir les zones mortes ou les contourner.

— Elle a raison, admit Belle, imperturbable. Ils ne se déplacent jamais sans leur matériel.

— S'il a fui, c'est qu'il était seul.

— Et alors ? insista Chae Rin.

— Comment est-il parvenu jusqu'ici ? As-tu vu l'ombre d'un dispositif anti-spectres sur lui ? continuai-je alors que j'avais repéré qu'il ne portait que son uniforme et son casque. Il aurait donc eu besoin d'aide, tu ne penses pas ?

— Je n'en ai aucune idée, gamine, soupira Chae Rin.

Elle effleura les briques du bout des doigts et, soudain, se rapprocha du mur, comme si elle avait été interpellée par une ombre dans un coin de la pièce, près de la trappe.

— Venez voir !

— As-tu trouvé quelque chose ? demandai-je.

Je m'approchai pour observer à mon tour le coin mal éclairé et y devinai une sorte de spirale entourée d'un cercle et dont les lignes finissaient par se rejoindre en une petite virgule. À ses contours irréguliers et grossiers, je devinai que le motif avait été gravé dans la brique avec un outil pointu mais imprécis, comme une pierre. Mes yeux suivirent les circonvolutions de la ligne jusqu'à la petite pointe et une image se forma peu à peu dans mon esprit.

— On dirait… une flamme, murmurai-je, avant de me tourner, presque par réflexe, vers les ombres dessinées sur le mur. Que représentent-elles ?

— Prends des photos de toute la pièce avec tes lunettes, me suggéra Belle qui entreprit de soulever le cadavre. Lake… Lake, debout !

Lorsque l'intéressée se retourna avec un gémissement après s'être frotté le visage, je remarquai ses yeux rougis.

— Commencez à fouiller, on va passer les lieux au crible avant de partir, continua Belle. On n'a pas beaucoup de temps, alors dépêchez-vous.

Elle se releva et, d'une main, comme s'il ne pesait rien, hissa le corps sur son épaule, tout en tenant le casque du jeune homme dans l'autre.

— Bien, chef ! railla Chae Rin qui partit d'un rire rauque et nerveux, les lunettes à nouveau abaissées. Dépêchons-nous !

Maia… Maia… Tu m'écoutes ?

Au cours des dernières semaines j'avais entendu à de nombreuses reprises ce murmure doux et inquiétant depuis les tréfonds de mon esprit. J'en avais fait un signal qui m'indiquait que je m'étais endormie et que je devais me réveiller.

Je discernai ensuite les notes lentes et précises d'une mélodie mystérieuse dans les ténèbres qui m'aveuglaient. Lorsque ma respiration se calma, une voix qui m'appelait me parvint : *Maia ?*

Puis la scène apparut, plus nette : un bras inerte retombait sur un canapé, les longs doigts de Natalya qui laissaient échapper un verre.

Non, pas encore ! J'essayai de détacher mon regard de ce tableau, mais j'étais comme pétrifiée. Puis, j'aperçus un homme se faufiler dans la lumière, les mains tremblantes et la tête baissée, les yeux rivés sur la jeune femme en train de rouler de son fauteuil avant de s'immobiliser au sol.

Je suis tellement désolé, murmura Rhys, les larmes aux yeux.

Maia, n'aie pas peur, m'appela Natalya. *Rejoins-moi…*

— Non !

J'ouvris les yeux d'un coup et me trouvai dans la voiture, haletante, pliée en deux sur mon siège. Par réflexe, je me pris la tête dans les mains.

Ne pense pas à lui. Oublie tout, me répétai-je jusqu'à ce que son beau visage à la mâchoire carrée et aux lèvres délicates s'efface de mon esprit. Quand ma respiration s'apaisa enfin, Lake, qui était assise à côté de moi, me secoua par l'épaule.

— Tout va bien ? Respire, calme-toi.

— Ouais… bredouillai-je avec un signe de la tête avant d'avaler le peu de salive qui me restait. (Je constatai alors que ma bouche était sèche et envahie par un goût amer.) Ce n'était qu'un cauchemar, ne t'inquiète pas, ça va.

Je me serais volontiers passée de ce mauvais rêve qui me réveillait de manière bien trop fréquente, ces derniers temps.

— Tu m'as fait peur, admit Lake, la tête penchée, tout en se rapprochant pour examiner mon visage. Tu as un peu de…

Avec un soupir, j'essuyai la salive qu'elle désignait aux commissures de mes lèvres.

Les murs argileux du complexe de la Secte prenaient une teinte ocre sous la lumière du soleil. Même si j'appréciais la brise marocaine qui soufflait sur Marrakech, et dont la douceur contrastait agréablement avec la violence des bourrasques que nous avions affrontées dans le désert quelques heures plus tôt, je trouvais la chaleur toujours aussi harassante. La fourgonnette de la Secte que nous avions utilisée était garée devant le bâtiment, et le portail automatique noir et terne s'était refermé derrière nous. Comme la climatisation ne fonctionnait plus, nous laissions les portières ouvertes pour ne pas suffoquer.

Aussi, les quelques mouches qui bourdonnaient dans la touffeur allaient et venaient dans le véhicule. D'un geste de la main, j'en repoussai une qui me titillait l'oreille puis je me renfonçai dans mon siège en grimaçant, comme acculée par le soleil.

Depuis les tréfonds de mon esprit, j'entendais toujours cette voix qui continuait de m'appeler, avec la régularité d'un tambour dont chaque battement m'agaçait davantage : *Maia... Maia...* Mes doigts frémirent quand je les portai à mon front avant de fermer les yeux pour tenter de faire abstraction de ces appels.

Nous conservions notre pouvoir d'Effigies jusqu'à la mort. Ensuite, une autre fille en héritait, ainsi que de nos souvenirs et d'une partie de notre conscience. Natalya Filipova, une légende vivante, était l'Effigie du feu qui m'avait précédée – aussi, je possédais désormais des réminiscences de sa vie. Et elle semblait déterminée à ne pas me laisser oublier qu'elle n'avait pas péri en héroïne.

Au bout de quelques instants, je m'aperçus que ma main tremblait contre mon front et l'abaissai d'un geste vif pour mieux l'observer. Je reconnus la peau douce couleur sable, ainsi que les lignes sombres qui s'étiraient sur la paume rosée et les ongles blancs coupés court. C'était bien ma main, à moi.

Pourtant, je gardais un souvenir vivace du moment où Natalya l'avait déplacée grâce à sa seule volonté.

C'est la mienne. Je serrai le poing, comme si la douleur qui émanait de mes ongles s'enfonçant dans ma chair en était la preuve.

Avec un frisson, je lus l'heure sur mon téléphone : je n'avais dormi que trente minutes qui avaient suffi à me plonger dans un état apathique que je ne réussissais pas à quitter. Mon corps avait encore besoin de temps pour se remettre de ces missions qui me faisaient tellement voyager que toutes les villes se mélangeaient dans mon esprit. Soudain, ma vision se brouilla et je me frottai les yeux : le stress de la bataille avait dû malmener mon corps. Belle avait beau me répéter qu'on s'y habituait avec l'entraînement, je ne parvenais pas à en convaincre mes muscles.

Au moins, je n'étais pas la seule à m'être écroulée de fatigue. Comme après chaque mission, Chae Rin s'était roulée en boule sur le côté et occupait toute la banquette arrière à elle seule. Elle dormait à poings fermés, ses écouteurs enfoncés dans les oreilles et ses jambes nues collées au cuir des sièges par la chaleur et la sueur. Elle ne portait plus son treillis de la Secte mais ses vêtements civils, comme nous toutes. Il faisait déjà bien trop chaud au Maroc, inutile de se torturer avec des habits épais.

Sur le siège voisin, Lake tapotait sur son téléphone d'une main et dirigeait son mini-ventilateur vers son visage de l'autre.

— Sont-ils toujours là ? demanda-t-elle, avant de jeter un coup d'œil à l'extérieur. Pourquoi est-ce aussi long ? Est-ce qu'ils n'ont pas déjà emporté le…

Elle s'interrompit et se mordit la lèvre.

Le corps. La dépouille du mystérieux jeune homme que nous avions trouvé dans la planque du désert. Sibyl avait exigé que nous le confiions au quartier général de la Division africaine, à plusieurs kilomètres du lieu de la mission. Non contentes d'avoir mené à bien cette expédition dangereuse sans y laisser trop de plumes, nous avions donc dû rapatrier le corps jusqu'au Maroc – sans oublier de le placer bien à l'abri dans un sac blanc stérile pour le transport – et nous assurer de sa bonne réception. À notre arrivée devant le grand portail noir, une équipe médicale nous attendait déjà. Nous patientions depuis une bonne demi-heure et nous aurions dû pouvoir repartir, mais Belle s'entretenait encore avec le directeur du complexe.

— Pendant que des chanteuses minables aux productions médiocres récoltent fortune et gloire, non seulement je me bats au péril de ma vie mais en plus, je me coltine des cadavres à transporter après avoir mené des missions secrètes, soupira Lake, les yeux clos face au souffle du ventilateur. Heureusement, Sibyl nous autorise à aller aux *TVCA* ! Et, cette fois, je vais assister à cette remise de prix parce que je suis nommée pour mon mérite, et non parce que mon agent a joué de son influence sur un pauvre stagiaire sous-payé pour m'obtenir une invitation. C'est au moins ça de gagné ! s'exclama-t-elle, tout sourire, sans pour autant rouvrir les yeux. J'ai hâte de revenir dans la course !

— Tu plaisantes ? m'exclamai-je, éberluée.

Lake consultait déjà la sélection sur la page d'accueil du site Internet de l'émission. Nos noms y figuraient dans la catégorie « Personnalité la plus démente de l'année », avec ceux de scientifiques, d'une star des réseaux sociaux, d'un athlète olympique et d'un chanteur de pop tout juste sorti de cure de désintoxication. Aussi surprenant que ça puisse paraître, une Effigie avait tout à fait sa place parmi ces personnalités éclectiques.

Quel étrange phénomène que la célébrité !

Nous risquions nos vies en permanence lors de dangereux combats contre des monstres et mourions le plus souvent dans de sanglantes et sinistres circonstances. Pourtant, les Effigies, connues dans le monde entier, étaient traitées par les médias exactement comme des célébrités de téléréalité ou des starlettes alcoolisées qui écumaient les soirées branchées de Los Angeles. Lorsque j'étais enfant, j'idolâtrais ces jeunes femmes héroïques, et en fidèle groupie, j'achetais tous les objets à collectionner commercialisés par la Secte. Mais je les vénérais davantage pour leur courage héroïque que pour leur notoriété. Eussent-elles été d'illustres inconnues que je les aurais adulées malgré tout – voire davantage car ma passion n'aurait pas été parasitée par celle des autres fans.

— Tu ne comptes tout de même pas nous traîner là-bas ? lui demandai-je, méfiante.

— En fait, j'ai déjà choisi vos robes !

— Oh non, pitié !

Je laissai retomber ma tête contre ma ceinture de sécurité. Contrairement à moi, Lake se délectait de se trouver sous le feu des projecteurs. Elle avait connu la notoriété grâce à une audition pour un télécrochet britannique – qui confinait au ridicule – lorsqu'elle appartenait à un groupe de pop. Depuis, son statut d'Effigie lui avait assuré des années de célébrité, même si sa carrière musicale était, elle, au point mort. Son producteur ne cessait d'ailleurs de retarder la sortie de son premier single en solo si bien que ses fans commençaient à douter de son existence.

— T'as jeté un coup d'œil à *Doll Soldiers* ? Attends, je vais voir.

Lake se connecta sur son téléphone au forum de discussion en ligne dédié aux fans des Effigies que, ironie du sort, j'avais passé des heures à consulter avant d'en devenir une moi-même. Je me penchai vers ma camarade pour lire sur son écran et constatai sans surprise que le sujet dédié au décompte des spectres exterminés par Belle continuait d'amasser les vues.

Tout sourire, Lake me désigna ce qui avait été surnommé avec créativité le « Fil officiel des *TVCA* ».

— Nos fans organisent des soirées à l'occasion des votes ! C'est génial, non ?

Sans doute le regretta-t-elle aussitôt mais elle cliqua sur le lien et commença sa lecture.

— Oh… grimaça-t-elle.

[+299, –173] MDR ! Les @Stalactites veulent snober les *Teen Viewer's Choice Awards*. Tu parles, si Belle était « au-dessus de ce concours ridicule », elle n'y assisterait pas, n'est-ce pas ? Or leur agent a confirmé qu'elles s'y rendraient toutes. Alors, vous répondez quoi à ça, bande de nazes ?

[+230, –101] Arrêtez de croire que si les Cygnes incitent à participer au vote, c'est juste pour ressusciter la carrière de Lake ! Vous êtes jaloux, c'est tout ! Ce genre d'événements aide les filles à supporter la pression qu'elles subissent. Essayez de vous mettre à leur place ! Tous les Effigistes qui soutiennent L4V devraient se mobiliser. Alors les Stalactites, oubliez un peu votre ego et VOTEZ !

— Qu'est-ce que c'est, « L4V » ? me demanda Lake, qui avait deviné que j'avais perdu assez de temps à surfer sur Internet pour en connaître le jargon.

— « Les 4 Vraies », expliquai-je. Nous quatre, les Effigies au complet !

— Exactement ce que je disais ! se réjouit Lake, alors que je m'intéressais à un autre commentaire.

[+220, –180] O.K., mais les fans de Belle ne se sont jamais appelés les Stalactites, alors arrêtez tout de suite avec ce nom !

— C'est vrai, depuis quand les appelle-t-on ainsi ? m'interrogeai-je à voix haute, les yeux plissés pour lire la suite de la conversation qui devenait de plus en plus anarchique.

[+218, –194] J'adore les filles, mais, à l'évidence, les Cygnes sont prêts à tout pour faire parler d'eux, c'est pathétique. Telle idole, tels fans !

[+218, –150] Moi je vais voter pour Aaron. Il sort tout juste de désintox et il n'a pas posté de photos de ses parties ou pissé en public depuis un bon mois ! Ça, c'est une preuve de courage !

[+210, –130] Je rêve ! Ces filles sont des guerrières, elles n'ont rien à voir avec les déchets de l'industrie du divertissement présentés dans cette émission ! Réveillez-vous !

Ce dernier internaute marquait un point. Malheureusement, après l'évasion de Saul des locaux de Londres et le désastre notoire qui s'était ensuivi, nous n'avions pas de meilleure solution que d'utiliser notre notoriété d'Effigies pour distraire l'opinion publique afin de laisser à la Secte le temps de se ressaisir.

— Quand ont-ils choisi le surnom « Stalactites » ? s'étonna Lake, la tête penchée. C'est bien trouvé, non ? Mais ils feraient mieux de voter au lieu de se chamailler... (Elle se frotta le visage avant de pousser un gémissement, comme un enfant en plein caprice.) Restez soudés, bande d'idiots ! Je veux gagner, moi !

Espérer que la communauté de fans des Effigies se rassemble autour d'un but commun revenait à essayer de remonter le temps – ce qui aurait d'ailleurs sans doute été plus aisé –, même moi je le savais. La colère des fans enflait, les poussant à alimenter de plus en plus souvent Internet de longues diatribes au vitriol. Mais après tout, j'avais moi-même été un membre actif de ce forum, alors qui étais-je pour les juger ?

Affalée sur la banquette, Lake continua de parcourir les commentaires. Faute d'une meilleure occupation, je calai ma tête contre le siège de devant et me préparais pour une nouvelle sieste quand quelqu'un s'appuya violemment contre la carrosserie. La secousse fut telle que je sursautai et serais tombée de la voiture si je ne m'étais pas rattrapée de justesse à mon accoudoir.

— Venez avec moi ! Chae Rin ! lança Belle d'un ton sec.

Peu soucieuse de la ménager, comme toujours, elle ramassa un caillou dans le sable qu'elle jeta sur sa cible. Touchée au front, Chae Rin se réveilla en sursaut et nous gratifia du même flot d'obscénités que je l'avais déjà entendue proférer à plusieurs reprises ces dernières semaines. Le plus souvent, lorsque je la tirais du sommeil, après avoir traversé la jungle sombre de sa chambre, pour nous rendre à l'entraînement... Elle prenait toujours soin de souligner son propos d'une expression meurtrière.

— Le directeur Chafik nous invite à le suivre au département Communications pour nous transmettre des informations, déclara Belle.

— Au sujet du gars qui est mort ? lui demandai-je, certes sans grand tact ni respect pour le défunt. Ou de la clé USB ?

Elle jeta un bref regard par-dessus son épaule vers Chafik qui attendait à l'entrée du bâtiment.

— Je ne la lui ai pas encore donnée. Une intuition.

— Mais...

— Pas un mot devant lui tant que je n'ai pas élaboré de stratégie, ordonna-t-elle, le dos bien droit. Allez, on y va !

Si aucune de nous n'aimait être menée à la baguette, nous sortîmes tout de même de la voiture, en nage et épuisées.

— Ce nouveau rebondissement ne me dit rien qui vaille, grogna Chae Rin avant de refermer la portière derrière elle.

Elle ne manquait jamais une occasion de montrer son mécontentement. Pour sa part, Lake se contenta de hausser les épaules et, docile, emboîta le pas à Belle. J'étais sur le point de les suivre quand Chae Rin me retint par la manche de mon T-shirt.

— Écoute, je sais qu'à l'hôpital, en France, j'ai dit qu'on devait se serrer les coudes et nous étions toutes d'accord. Mais devons-nous pour autant laisser Belle prendre toutes les décisions ?

— Ce n'est pas nouveau, remarquai-je d'un ton faussement nonchalant pour tenter de masquer la pointe d'effroi qui prenait le pas sur la lassitude dans ma voix.

— Les filles ! nous appela Lake, sur le point d'entrer dans le bâtiment avec Belle et le directeur Chafik. Vous venez ?

— On arrive ! répondis-je avec un petit geste de la main. Une minute !

— Écoute, tu sais aussi bien que moi que quelque chose cloche chez Belle depuis…

Hésitante, elle jeta un regard vers nos coéquipières qui disparaissaient à l'intérieur.

— Depuis qu'elle a semblé souhaiter que Natalya prenne pour de bon le contrôle de mon corps, continuai-je.

Chae Rin se raidit avant de pousser un long soupir.

— Depuis qu'elle a appris que Natalya ne s'est pas suicidée, comme le prétend la Secte.

Et depuis qu'elle savait que l'organisation était impliquée dans cette mort. J'étais la seule à avoir assisté à la scène, en rêve : un des avantages à posséder les souvenirs des Effigies précédentes. Ces doutes autour de la disparition de son mentor expliquaient peut-être pourquoi Belle rechignait à leur donner la clé USB.

— On devrait la lâcher un peu, murmurai-je. Belle traverse une période difficile en ce moment.

— Parce que tu trouves que tout est rose pour nous ? s'exaspéra-t-elle. De toute façon, inutile de te demander pourquoi tu es toujours prête à fermer les yeux sur ce qu'elle fabrique, espèce de lèche-bottes !

— Ça n'a rien à voir !

— Ah bon ? Alors, vas-y, dis-moi ce qu'il y a ?

Je ne pouvais pas lui expliquer pourquoi mes doigts se crispaient de culpabilité, et mon cœur se serrait chaque fois que je voyais Belle.

Je n'avais encore détaillé à personne le souvenir que Natalya m'avait montré en France.

Chae Rin m'administra une pichenette en plein milieu du front. Par chance elle avait modéré sa force car elle aurait pu me trouer le crâne.

— Enfin, tu ne vas quand même pas prétendre que son attitude ne te met pas mal à l'aise ! Rappelle-toi l'état du bunker quand on est entrées !

Certes, mais que faire ? Après notre avant-dernière rencontre avec Saul, deux mois plus tôt, nous avions décidé d'unir nos forces afin d'être mieux à même de surmonter les obstacles encore à venir. Toutes les équipes ont besoin d'un chef ! Or Belle s'était, sans que nous l'énoncions de vive voix, imposée comme le nôtre. Nous savions toutes qu'elle était la plus expérimentée de nous quatre. À la différence de Lake et Chae Rin, qui étaient des Effigies depuis deux ou trois ans seulement, Belle, du haut de ses dix-neuf ans, survivait à ses combats contre les spectres depuis déjà six ans. Un véritable exploit !

En effet, selon la « règle des sept ans » – une théorie de la Secte dont Belle m’avait parlé un jour –, si une Effigie survivait plus de sept années, c’est soit qu’elle se cachait en permanence, soit qu’elle était devenue une vraie déesse guerrière. C’était Natalya qui détenait le record mondial avec ses quatorze ans de combat. Ce nombre était à la fois énorme et ridicule… L’espérance de vie des Effigies était terriblement brève, et cette vérité ne cessait de me terrifier.

— Quoi qu’il en soit, Belle est la plus qualifiée d’entre nous. En plus, ce n’est pas une dictature, si elle dépasse les bornes nous interviendrons, déclarai-je, sans grande conviction.

— Ouais… grommela-t-elle, le visage mauvais avant de faire craquer ses articulations. Je peux t’assurer que je m’en occuperai.

Génial ! Je soupirai alors que Chae Rin s’éloignait. Une querelle intestine était la dernière chose dont nous avions besoin. Mais depuis quelque temps, nous nous laissions vite gagner par une dispute après une mauvaise journée, et ce malgré notre « arrangement ». Nous étions pourtant censées former une équipe… Pour ma part, en tout cas, c’était ce que je souhaitais.

Mais peut-être le terme était-il trop fort.

Chapitre 4

Avec son bon mètre quatre-vingts, le directeur Chafik nous dominait toutes, sauf peut-être Lake qui avait une taille de mannequin. Après de brèves salutations, nous le suivîmes dans le complexe.

Les bâtiments de la Secte devaient tous avoir été conçus selon les mêmes plans, car bien que je ne sois entrée que dans deux autres quartiers généraux (l'argentin et le londonien), je constatai que tous comportaient les mêmes couloirs sinueux et stériles et le même département Communications que cet endroit. Lorsque nous eûmes atteint de larges portes gris acier, Chafik saisit un code de sécurité sur un petit clavier numérique, puis plaça son visage face à un étrange scanner à la douce lumière bleue afin d'être identifié. Les portes coulissèrent alors pour révéler une véritable fourmilière : sur deux étages, des agents en costume se hâtaient pour transmettre des renseignements à d'autres postes. La plupart étaient installés devant de nombreux ordinateurs organisés en rangées. Ils pianotaient à toute vitesse sur leur clavier, en même temps qu'ils parlaient dans leur casque, sans doute avec des collègues qui se trouvaient ailleurs dans le bâtiment ou dans un autre complexe.

En tant qu'organisation internationale non gouvernementale, la Secte possédait des locaux dans le monde entier. Presque tous servaient de bases opérationnelles mais certains étaient destinés à l'entraînement des agents et d'autres, comme à Londres, à celui des Effigies. Ceux de Marrakech semblaient dédiés à la recherche. En effet, selon le directeur Chafik, le département Recherche et développement – où le mystérieux jeune homme avait été transporté – était bien plus vaste que celui de Londres.

— C'est là que nous conservons le corps, expliqua Chafik dont l'accent donnait l'impression qu'il peinait à articuler. Nous allons tout d'abord procéder à une autopsie, puis à davantage d'examens. Nous ne pourrons pas communiquer la moindre information sur nos découvertes avant plusieurs jours.

L'épaisse barbe noire du directeur remontait jusqu'à ses oreilles. Aux petites rides, sans doute dues à l'âge, qui marquaient son visage, venaient s'ajoutaient des plis sur son front mat car il ne cessait de froncer les sourcils, même au repos. Belle marchait à côté de lui, la même expression sévère sur le visage. On eut dit qu'ils se livraient à un concours d'austérité !

— Merci pour votre aide, déclarai-je assez fort pour couvrir le bruit de mes pas lourds sur le carrelage.

Mon regard se posa ensuite sur Belle qui avait encore la clé cachée dans ses vêtements, peut-être dans la poche de sa chemise à carreaux en flanelle. Ne faisant que partiellement confiance à la Secte, nous nous devions de prendre toutes les précautions possibles. Les parents de Natalya nous avaient mises en garde contre l'organisation – à juste titre, d'ailleurs, puisqu'elle s'était révélée être impliquée dans la mort de leur fille. Pourtant, nous restions membres de la Secte, et étions donc tenues de respecter certaines règles. Si nous voulions de nouveau capturer Saul afin de percer ses mystères, nous n'avions d'autre choix que de collaborer avec l'organisation, peu importe le nombre de leurs agents impliqués dans le meurtre de Natalya.

À cette pensée, ma bouche s'asséha d'un coup et ma poitrine sembla se contracter, comme chaque fois que mon esprit dérivait vers l'un d'entre eux en particulier. *Concentre-toi sur autre chose !*

Je fermai les yeux afin de chasser l'image avant qu'elle ne se précise. Très vite, je rouvris les paupières puis, alors que, sur le point de prendre la parole, je croisai les bras pour me redonner contenance, mon regard rencontra celui d'un agent, qui pivota aussitôt sur son siège.

Je soupirai. Depuis notre arrivée, certains, se croyant dissimulés derrière leur écran d'ordinateur, nous jetaient sans cesse des coups d'œil furtifs coupables, conscients qu'il était peu élégant de nous dévisager mais incapables de s'en empêcher. Même après des semaines, je ne m'habituais pas à ces œillades indiscrètes, dont le seul intérêt n'était autre que Maia Finley, l'Effigie du feu, au détriment de Maia, la « civile ».

Lake se redressa un peu lorsqu'elle remarqua les regards, Chae Rin, elle, se mit à soupirer de manière exagérée, et Belle afficha l'indifférence qui la caractérisait. Quant à moi, je me trémoussai, embarrassée, comme si l'on me dévisageait parce que je sentais mauvais.

— Quel genre d'informations avez-vous à nous communiquer ? demandai-je après avoir atteint l'ordinateur situé au centre de la pièce.

À l'inverse des enfilades de bureaux situées devant et derrière nous, la petite zone circulaire où nous nous trouvions ne comportait qu'une seule machine et deux écrans plats fixés ensemble sur la table. Je devinai que cet emplacement était réservé au directeur du complexe. Chafik m'adressa un bref signe de tête au moment de rallumer son appareil en l'effleurant du doigt.

— Mlle Rousseau m'a expliqué que vous aviez trouvé ce corps en suivant la fréquence d'une Effigie au cœur du désert.

— Oui, nous pensions traquer Saul, expliqua Chae Rin, avant de marmonner : Mais il semblerait que la piste n'était pas des plus fiables.

Le directeur, pensif, lâchait de temps à autre des grognements de baryton à faire trembler le sol.

— Oui, c'est une situation particulièrement étrange. D'autant que notre département a lui aussi suivi la signature spectrographique de Saul.

— Et alors ? insistai-je.

Il tapota de nouveau sur l'écran pour afficher une image satellite de la planète. Un cercle rouge terne clignotait autour de la planque saharienne, avec la régularité d'un rythme cardiaque, et pour légende « Dernier emplacement » en épaisses lettres vertes.

— C'est le seul signal que nous ayons repéré depuis des semaines, expliqua-t-il.

— Le seul... répétai-je. Et il ne provient peut-être pas de lui.

J'inspirai pour me calmer. Après tout, la fréquence que les scanners de la Secte avaient détectée était peut-être émise par notre inconnu à présent mort. Mais les conséquences de cette éventualité nous dépassaient. D'apprendre que Saul, un homme, était doté de capacités semblables à celles des Effigies, alors que nous étions censées n'être que quatre, avait déjà bouleversé nombre de nos certitudes. Aussi, d'imaginer qu'il puisse en exister encore d'autres de notre espèce me troublait un peu plus chaque fois que j'y pensais.

— Pourtant tout portait à croire que c'était bien la signature spectrographique de Saul, continua Chafik, dont les paroles ravivèrent en moi une lueur d'espoir. Nos scanners ont détecté l'apparition furtive d'une Effigie juste après votre bataille en France dans la périphérie de Londres. (Il pianota sur l'écran pour que la lumière clignotante de la fréquence indique les déplacements spécifiés.) Puis la même est reparue un peu plus tard au Groenland, avant de disparaître à nouveau. Nous avons bien sûr fouillé la zone, mais aucune trace de Saul.

— Il a fui peu après que Maia lui a tranché la main, intervint Belle, avec un mouvement de tête faisant onduler sa queue de cheval. Il a très bien pu retourner à Londres, mais à quelle fin ? Pour y retrouver quelqu'un ? Et pourquoi se rendre ensuite au Groenland ? Pourquoi son signal s'arrêterait-il là ?

— Lorsqu'il se manifeste à l'écran, le signal d'une Effigie clignote à une cadence régulière. Or la sienne était erratique, arythmique, peu importait l'endroit où il se trouvait.

— Selon Sibyl, la signature spectrographique de Saul s'est montrée instable pendant plusieurs jours après notre confrontation en France, lui expliquai-je. Puis plus rien jusqu'à aujourd'hui.

Je me remémorai l'interrogatoire que Sibyl avait conduit après la capture de Saul, au complexe de Londres. Enfermé dans un caisson froid et métallique, il délirait sous l'effet des drogues. Son regard, d'abord terrifié, empreint de désespoir alors qu'il divaguait, s'était ensuite animé d'une lueur malveillante que j'avais reconnue avec effroi… et qui était accompagnée du même sourire infâme que celui qu'il affichait quand, assisté de son armée de spectres, il massacrait des innocents à New York.

— Saul est un déséquilibré, c'est certain, continuai-je. Lors de sa dernière incarcération dans les locaux de la Secte, sa signature spectrographique et ses ondes cérébrales ont révélé deux personnalités : Alice et…

— Nick Hudson, termina Chafik.

Il fit disparaître l'image satellite, et quelques secondes plus tard, Saul, ou plutôt Nick, apparut.

Malgré tout le mal qu'il avait fait, le garçon restait très beau et possédait un charme indéniable. Nick et Saul étaient deux individus différents. Sur le cliché en noir et blanc, un groupe de garçons posait sur les marches d'un escalier qui menait à la grande porte d'entrée d'un bâtiment en pierre. Le jeune homme, vêtu d'une redingote et d'un pantalon du XIXe siècle, un sourire juvénile et insouciant sur les lèvres, se démarquait par sa beauté. Je reconnus sa bouche charnue, son nez fin et son visage aux traits bien dessinés – peut-être était-il légèrement plus joufflu. En revanche, il était toujours aussi élancé, même si sa musculature discrète indiquait une pratique sportive plutôt occasionnelle. Si la photo avait été en couleur, j'aurais pu y observer son pâle regard bleu turquoise.

Seuls ses cheveux sombres le différenciaient de Saul, à la chevelure argentée.

— À la suite de l'interrogatoire que vous évoquez, mademoiselle Finley, nous avons effectué des recherches historiques. Nick Hudson est né en 1847 dans une riche famille britannique qui possédait une petite compagnie ferroviaire argentine très rentable, jusqu'à ce qu'elle soit rachetée et absorbée par une plus grande entreprise britannique.

— Alors Nick était un gosse de riches, railla Chae Rin.

— Mais il est ensuite devenu une Effigie, ajouta Belle.

— Alice est la plus perverse de ses personnalités, dis-je.

Je revis les corps amoncelés dans le hall du *Manoir*, lors de cette nuit sanglante à New York, et Saul, juché sur le spectre reptilien qu'il s'était choisi pour monture, en train de se repaître du spectacle du massacre avec un air satisfait. En France, c'était Nick que j'avais affronté. Il ne s'était jamais départi de ses bonnes manières, même lorsque, escorté de ses créatures, il m'avait prise en otage et menacé de s'attaquer un train rempli d'innocents. Mais pour moi, cela ne faisait aucune différence.

— Ce sont tous deux des meurtriers, repris-je, les lèvres pincées et les yeux rivés sur le visage de Nick, encore plus beau en noir et blanc.

— Mais alors, qui est cette Alice ? demanda Lake. Avez-vous trouvé des informations sur elle ?

— Rien jusqu'à présent, répondit Chafik. Nous ne connaissons que son nom. Nous avons fouillé parmi tous les associés et toutes les fréquentations connus de Hudson, en vain.

— S'il est une Effigie, alors Alice pourrait être celle qui l'a précédé, remarqua Chae Rin. La petite voix dans sa tête… C'est elle qui est aux manettes, et à l'évidence, elle est en pleine partie de *Mortal Kombat*, ricana-t-elle, contente de sa référence. Cette Alice a entraîné le pauvre garçon dans une aventure sanglante…

Elle s'interrompit soudain en voyant l'expression sur mon visage. Pendant qu'elle parlait, les souvenirs de ce que j'avais ressenti quand Natalya avait pris possession de mon esprit m'avaient assaillie – j'avais été comme arrachée à ma propre chair et emprisonnée dans mon esprit. Mon corps s'était tassé, ma tête affaissée, et mon regard éteint. Je connaissais moi aussi le risque de cohabiter avec une autre conscience qui attendait, tapie juste sous la vôtre. Au moindre faux pas…

Je serrai mes bras contre ma poitrine pour me rassurer, puis les laissai retomber.

— Si Alice était bien la dernière Effigie avant lui, elle a forcément vécu et péri à la même époque, dis-je. Personne n'est immortel, pas même les Effigies. Nick devrait donc être mort depuis longtemps.

— Réfléchissons… Saul, qu'est-il ? demanda Lake. De quoi est-il capable, en plus de se téléporter ? Ah oui, il peut contrôler les spectres !

— Non, pour ça il s'est servi de la bague.

Chae Rin en savait quelque chose puisque auparavant elle présentait un numéro de spectres et d'Effigie dans un cirque, grâce à l'anneau qu'elle avait volé à Natalya. Je me demandais souvent si notre camarade ne regrettait pas les sensations éprouvées quand elle chevauchait des spectres sans risque pour gagner de l'argent. Pour ma part, après avoir tenté l'expérience récemment, je n'avais aucune envie de recommencer.

— « Maudit », murmurai-je au souvenir de cette nuit en France. Il a dit qu'il était maudit, et que nous l'étions aussi. Selon lui, sa longévité est une malédiction. Peut-être est-il immortel… (Je tressaillis à l'idée que nous ne pourrions peut-être pas le tuer.) Nous contrôlons toutes un élément, mais lui… repris-je. Se téléporter, l'immortalité… On dirait qu'il manipule l'espace-temps.

— Dot Nguyen, une chercheuse de notre centre de Londres, a développé une théorie à ce sujet, renchérit Chafik. Pendant des siècles, les philosophes ont tenté de démontrer l'existence d'un cinquième élément : l'éther. Des expériences ont été menées au XIXe siècle pour analyser ses propriétés en tant que support de forces gravitationnelles et électromagnétiques. D'après Nguyen, il n'y avait peut-être pas quatre Effigies à l'origine, mais cinq. Ce qui voudrait dire que Saul manipulerait l'éther. Malgré tout, ce ne sont que des hypothèses qu'il nous faut vérifier. (Il rappela l'image satellite à l'écran.) Comme vous le disiez, Saul peut apparaître et disparaître à loisir. Des semaines après avoir perdu son signal au Groenland, le département Communications de Londres a de nouveau détecté une fréquence d'Effigie dans le désert du Sahara. Ils en ont déduit que Saul s'y trouvait et vous ont envoyées le capturer. Or cette fois, le signal n'est pas apparu en un seul point, il s'est peu à peu élargi à des dizaines de mètres autour du site avant de se figer.

Il fit démarrer la vidéo envoyée par le centre londonien, où je vis le point rouge, surgi comme par magie, qui clignotait puis devenait de plus en plus vif, tel un cœur rouge sang, jusqu'à s'arrêter et disparaître au beau milieu d'une zone morte infestée de spectres.

— Grâce aux questions que Langley a posées à Saul lors de sa garde à vue, nous savons qu'il n'est capable de masquer sa signature spectrographique que lorsqu'il est contrôlé par Alice, déclara Chafik. C'est donc Nick que nous avons traqué après votre combat en France. Sibyl a raison, l'affrontement a dû le déstabiliser. Pourtant…

Il s'interrompit, les lèvres pincées, avant de pousser un nouveau grognement.

— Oui ? le pressai-je.

— Saul peut toujours apparaître et disparaître à son gré, termina-t-il. Dans ce cas, pourquoi se serait-il aventuré dans cette zone infestée par les spectres pour atteindre cette destination ? Surtout avec les blessures que vous lui avez infligées…

— Le signal du désert n'appartenait donc sans doute pas à Saul, mais au soldat décédé, conclus-je, une image soudain claire à l'esprit. Si cet inconnu a traversé la zone morte, c'est qu'il ne pouvait pas se téléporter. Ce qui est normal, après tout, puisqu'il s'agit du pouvoir de Saul, et que les Effigies… (Je m'humectai les lèvres, forcée de me rendre à l'évidence, car je savais que nous avions chacune un don unique.) Alors il en existerait bel et bien d'autres !

J'avais beau ressasser cette information, je peinais toujours à y croire.

— Peut-être, mais le signal d'une Effigie reste stable et ne varie pas en intensité, continua Chafik avant de pianoter de nouveau sur l'écran où trois points argentés apparurent à quelques kilomètres du bunker, à Marrakech – à l'évidence, il s'agissait donc de nous. Voilà pourquoi la Secte est capable de vous retrouver n'importe où, une fois que vous possédez vos pouvoirs.

Il ne semblait pas conscient de l'effet que ses propos pouvaient avoir sur nous.

— Donc, *primo*, le signal que nous avons suivi dans le désert n'était sans doute pas celui de Saul, récapitula Chae Rin en comptant sur ses doigts, une main dans ses cheveux noirs, collés à son front par la sueur. Et, *secundo*, même s'il appartenait au soldat mort, il n'était peut-être pas une vraie Effigie ? Dans ce cas, à quoi aurait-on affaire ?

— Beaucoup de questions restent sans réponse, répliqua Chafik, les yeux rivés sur l'écran. Comment ce soldat a-t-il pu traverser seul une zone morte ? Pourquoi la fréquence de Saul au Groenland et celle apparue dans le désert étaient-elles instables ? Masquer sa signature est-il un pouvoir propre à Saul, ou est-ce une propriété commune aux Effigies lorsqu'elles sont contrôlées par celle qui les a précédées ?

Autant d'énigmes à résoudre ! Les Effigies, comme les spectres, avaient été découvertes au cours du XIXe siècle, mais restaient un mystère pour le reste de la population, malgré toutes les études et recherches menées depuis deux siècles à leur sujet. Pourtant, l'inquiétude me gagna lorsque Chafik posa les yeux sur moi.

— J'ai pu discuter avec Sibyl Langley pendant que vous attendiez dans la voiture. Nous pensons tous deux qu'il est temps d'utiliser nos atouts afin de répondre à ces questions. Et nous avons besoin de vous.

Je levai les yeux et vis, dans la rangée la plus proche, l'attitude hagarde des agents qui attendaient ma réponse sans pour autant arrêter de pianoter sur leur ordinateur.

— Que… Qu'attendez-vous de moi ? demandai-je, les mains étrangement engourdies.

— D'après nos informations, vous avez déjà pratiqué la divination à New York, répondit Chafik en se grattant la barbe comme pour se remémorer sa conversation avec Sibyl. Lors d'un contact rapproché avec Saul, une connexion prématurée s'est établie entre votre esprit et les différentes Effigies de votre lignée. Peut-être cet événement a-t-il suffi à rappeler ne serait-ce qu'un instant la fille qui a connu Nick ou Alice.

— Marian, soufflai-je.

L'Effigie qu'Alice et Nick voulaient à tout prix retrouver pour lui soutirer des réponses à leurs questions.

— Quelle que soit la nature de ce lien, ils devaient avoir une relation assez intime avec elle pour qu'un baiser la réveille, remarqua Lake.

« Intime »... Amoureuse ? Elle avait raison, et la manière dont Nick avait parlé d'elle lors de notre dernière rencontre en France, avec le regard dans le vague quand il avait prononcé son nom, semblait le confirmer.

— En tout cas, Maia, vous êtes capable de franchir votre barrière psychique et d'atteindre la conscience d'une autre Effigie. Vous pourriez donc nous permettre d'étudier le comportement des fréquences. Saul et l'homme que vous avez trouvé sont-ils tous deux des Effigies ? Le croisement des personnalités de Nick et d'Alice en la personne de Saul a-t-il altéré sa capacité à masquer sa signature ? Langley suggère de nous servir de vous pour répondre à ces questions, Maia, et je suis d'accord avec elle.

— Vous voulez mener vos expériences sur moi ? demandai-je avec un mouvement de recul, la mâchoire crispée. Comment comptez-vous vous y prendre ? Vous allez m'enfermer ici, comme un rat de laboratoire ?

— Nous souhaitons juste mesurer vos ondes cérébrales et votre signature spectrographique pendant que vous pratiquez la divination. Cette opération ne devrait pas durer plus de quelques heures.

— Votre intention est d'observer ce qui se produit lorsqu'une personnalité domine l'autre, comme Alice avec Nick, n'est-ce pas ? objectai-je, pétrifiée par le souvenir horrible qu'une telle expérience m'avait laissé. Vous voulez me faire subir le même sort !

— Natalya... murmura Belle d'une voix atonique qui me fit tressaillir.

— Hors de question ! protestai-je, en secouant la tête à chaque mot. Elle a déjà tenté de prendre le contrôle, vous comprenez ? J'ai peur qu'elle…

— C'est justement pour l'en empêcher que nous vous surveillerons tout au long de l'expérience. (Au regard de Chafik, je compris qu'il était sincère. La lueur dure au fond de ses prunelles noires s'était même quelque peu adoucie, comme pour essayer d'amortir le choc de sa proposition.) Nous savons que votre divination est encore instable, et c'est précisément pour cette raison que nous vous avons choisie. Le combat mental de Saul s'apparente davantage au vôtre qu'à celui de Belle, par exemple, qui étudie et pratique la divination depuis des années.

Mon esprit offrirait une représentation plus exacte de ce qui arrivait à Saul. Après tout, nous nous ressemblions, Nick et moi : contrairement à Belle, nous avions tous deux été les spectateurs impuissants et horrifiés des mouvements de notre propre corps. Pourtant, cette opération me paraissait toujours trop dangereuse. Je ne devais… je ne pouvais pas !

Du regard, je cherchai un soutien auprès des autres filles et constatai avec soulagement que Lake et Chae Rin semblaient aussi sceptiques que moi. Belle, en revanche, inclina la tête sur le côté d'un air pensif, comme si l'idée lui semblait envisageable.

— Tu nous serais d'une grande aide, approuva-t-elle. Découvrir la nature de Saul… et de ce soldat constituerait un premier pas considérable. De même, comprendre le fonctionnement de la fréquence de Saul nous permettrait de l'identifier pour le capturer.

— Elle… elle n'a pas tort, gamine, admit Chae Rin avant de m'attraper par l'épaule. Je ne suis pas très convaincue par le procédé, mais force est de constater que certaines questions ne peuvent rester sans réponse.

— Facile à dire ! m'insurgeai-je. Lake et toi n'avez jamais pratiqué la divination ! Vous n'avez pas idée de l'horreur que c'est de… de…

De se faire voler son propre corps. J'avais repoussé sa main et m'étais recroquevillée sur moi-même, parcourue d'un frisson.

— Tu as raison, répliqua calmement Chae Rin. Mais avons-nous vraiment une meilleure solution ?

— Le temps presse, ajouta Lake.

J'en avais bien conscience, seulement l'idée ne m'était pas plus agréable pour autant. J'inspirai profondément, serrai les dents et me tournai vers Chafik.

— Êtes-vous sûr et certain de ne pas me perdre durant le processus ?

— Ne vous inquiétez pas, acquiesça l'interpellé. Nos techniciens feront tout pour assurer votre sécurité. L'un de nos laboratoires du service Recherche et développement est déjà prêt. Je vous l'ai dit, vous serez placée sous haute surveillance afin de parer au moindre incident. Il suffira que la conscience de Natalya affleure à la surface pour que nous puissions observer l'interaction entre vos deux esprits. Nous ne laisserons rien de plus vous arriver.

— Ne t'inquiète pas… Nous serons toutes présentes, m'assura Lake même si elle semblait savoir que ses paroles étaient vaines. Tout va bien se passer.

— Pas sûre que tu en dises autant dans quelques heures, quand tu seras obligée de partager ta chambre avec Natalya !

— Eh bien, répliqua Lake, pensive, avec un peu de chance elle ne ronflera pas, elle.

Elle attendit que je réponde à son sourire mais finit par hausser les épaules, penaude. Je n'étais pas d'humeur à plaisanter.

— Écoute gamine, nous ne sommes pas ce qu'on pourrait appeler de grandes amies, ajouta Chae Rin après s'être gratté la tête, mais aucune d'entre nous ne souhaite que tu disparaisses, compris ?

— C'est clair ! renchérit Lake. Après tout, nous formons une équipe ! Tu l'as dit toi-même, non ?

Belle, en revanche, restait silencieuse. Soudain, elle parut épuisée, comme si toute son énergie venait de lui être volée. La fatigue s'immisçait-elle enfin dans son corps ? Elle était tellement difficile à décrypter…

— Allons-y, souffla-t-elle enfin, hochant la tête d'un air absent.

Chapitre 5

Ce n'est qu'une simple visite médicale, me répétai-je pendant que je me rendais, seule, de la salle d'observation au laboratoire. Sauf que tous les contrôles de routine que j'avais passés jusqu'à présent étaient des plus conventionnels, assurés par un médecin équipé d'un stéthoscope. Cette fois, je me trouvais bien en présence d'un docteur – à en juger par la longue blouse blanche qu'il portait et par son air important –, mais, au lieu d'infirmières, il était entouré de techniciens qui bricolaient des écrans et des câbles, ainsi qu'une quantité d'équipements médicaux que je n'aurais su nommer.

— Ah, vous voilà ! s'exclama-t-il lorsque j'eus fermé la porte derrière moi. Maia, n'est-ce pas ? Je suis le docteur Rachadi. Asseyez-vous ici, ce ne sera pas long.

Il était jeune, mince et ténébreux, mais même l'idée de pouvoir admirer son beau visage ne me procura pas grand réconfort. Je n'avais pas eu le temps de m'installer que deux techniciens me traînaient déjà vers la table d'examen. Si je ne les voyais pas, je savais que les filles et le directeur Chafik m'observaient de derrière le grand panneau noir situé à ma gauche. Je gardai cette idée en tête pendant que je me couchais sur la table et que les techniciens me reliaient aux appareils avant d'entraver mes bras avec des sangles noires.

— Réglez le trépied, ordonna Rachadi à un assistant qui se hâta de réorienter la caméra placée dans le coin.

— Que cherchez-vous ? demandai-je, frissonnante. (Comme je regrettais la chaleur d'un lit !) Qu'allez-vous faire avec tous ces engins ?

De longs tubes serpentaient au sol et sur les tables, tels des sarments de vigne métalliques. Le Dr Rachadi attrapa le long pied d'un écran plat transparent pour l'orienter vers moi.

— Ce dispositif a pour seule fonction de mesurer votre fréquence spectrographique et vos ondes cérébrales en simultané, expliqua-t-il, la main sur ces équipements complexes. Nous allons surveiller votre dosage de cylithium, qui devrait beaucoup augmenter lorsque vous tenterez d'entrer en contact avec Natalya.

Ces quelques mots me glacèrent... M'auraient-ils abandonnée sur une planète extraterrestre, que je ne me serais pas sentie en plus mauvaise posture.

— Ah, le cylithium... la substance magique...

— D'après certaines études il agit comme une sorte de conducteur ou de support qui vous permet à la fois de contrôler votre élément, et de communiquer avec les consciences des Effigies. Nos recherches ont révélé que l'expérience cognitive de la divination augmente la production de cylithium. Aujourd'hui, pour votre sécurité, vous ne pratiquerez pas seule : nous allons vous plonger en état de méditation en ajustant votre taux de cylithium à une quantité définie, et nous le régulerons grâce aux commandes qui se trouvent sur le panneau le plus éloigné de vous.

Lorsque je relevai la tête, je découvris en effet des techniciens affairés à tourner ou pousser des boutons de toutes tailles sur le mur opposé.

— Ainsi, continua-t-il, vous pourrez maintenir le délicat équilibre psychique entre votre esprit et le sien.

— Contentez-vous d'éviter de me tuer.

Il effleura l'écran du bout des doigts et, en quelques clics, un schéma bleu électrique de mon corps apparut au milieu de statistiques et de chiffres minuscules que je n'arrivais pas à déchiffrer depuis la table.

— Maia Finley, seize ans, groupe sanguin : AB, poids…

— Inutile de le dire tout haut ! protestai-je.

Je fus tentée de me relever mais les câbles qui me reliaient aux étranges machines qui m'entouraient m'en empêchaient. J'avais envie de me frictionner les bras, couverts de chair de poule, dont je ne savais si elle était provoquée par la peur ou la température négative qui régnait dans le laboratoire. Ils auraient tout de même pu me prévenir ! Au moins, je me serais habillée en conséquence, comme eux.

— Finley, calmez-vous, s'il vous plaît, me demanda le directeur Chafik par l'interphone.

Ben voyons ! Facile à dire pour lui qui ignorait ce qui m'attendait.

— Ouais, t'inquiète pas, gamine, on est toutes là, me rassura Chae Rin.

— Et on ne partira pas avant la fin, tu entends ? ajouta Lake.

Belle demeura silencieuse. Je me demandai ce que les filles faisaient de l'autre côté de la paroi. Peut-être se moquaient-elles de moi. En d'autres circonstances, nul doute que Chae Rin s'en serait donné à cœur joie ! Cependant, elle possédait un certain sens de la bienséance, même si, selon ses propres termes, « nous n'étions pas ce qu'on pouvait appeler de grandes amies ».

Nous ne nous détestions pas, mais nous étions tellement différentes les unes des autres… Combattre ensemble nous avait malgré tout rapprochées. J'appréciais la franchise de Chae Rin dont j'enviais la capacité à se montrer impitoyable lorsqu'il le fallait – du moins la plupart du temps. Je n'en attendais donc pas moins de sa part. Lake et moi nous entendions bien mieux, peut-être parce que des quatre, nous étions celles dont les personnalités étaient les moins affirmées. Ma camarade, qui était la bienveillance même, était sûrement aussi nerveuse que moi en cet instant.

Quant à Belle… Je n'avais pas la moindre idée de ce qui se passait dans sa tête, et ça m'effrayait.

Avant, cette fille était mon idole. Je la vénérais et rêvais de devenir une guerrière de sa trempe. Je m'imaginais face à elle, épatée par ma force, et elle en devenait plus réelle à mes yeux. À présent que je la côtoyais, j'enviais toujours ses talents au combat, ainsi que son habileté et sa concentration, mais j'avais l'impression que chacune de nos conversations depuis notre première rencontre nous éloignait davantage, et me la rendait un peu plus étrangère.

D'ailleurs, la situation semblait empirer à présent que nous avions effectué nos découvertes sur Natalya et qu'elles deux avaient presque établi un contact à travers moi en France. Toujours plus froide et réservée, pressée de passer à l'action, elle assénait trop souvent le premier coup en mission, comme le prouvait la mort du soldat.

Je repensai à son regard perdu et fatigué dans la salle de Communications. Au cours des dernières semaines, pendant nos rares moments de répit, j'avais été étonnée de la découvrir parfois, les yeux ternes et dans le vague. Quelque chose chez elle ne tournait pas rond, mais nous étions toutes dans ce cas depuis la mort de Natalya, c'était évident.

Le fantôme de la jeune femme nous hantait, sauf que dans mon cas, une confrontation entre nos deux esprits se préparait.

Le Dr Rachadi pianota sur l'écran. Une lumière jaunâtre parcourut le schéma de mon corps de la tête aux pieds, et les deux barres rouges à droite se mirent à osciller.

— Pourquoi fait-il aussi froid ici ? demandai-je, alors qu'un frisson me parcourait l'échine. Ces conditions ne sont pas franchement propices à la divination.

— C'est exact. La frontière psychique entre votre esprit et celui de votre devancière a été affaiblie par le dernier contact, expliqua-t-il, l'air de rien. Vous savez sûrement que pour communiquer en toute sécurité avec le subconscient d'une autre Effigie, vous devez être le plus calme possible.

— Oui, sinon elle prendra le contrôle, répliquai-je, le menton relevé au maximum. Pourtant, c'est ce que vous souhaitez qui se produise, n'est-ce pas ?

— Dans de telles conditions, l'esprit de Natalya ne pourra pas prendre le pas sur le vôtre. Soyez tranquille, je vous répète que nous vous surveillerons de près.

Pourtant, à l'évocation de ma devancière, la peur m'avait saisie. Tout ça était bien réel, j'allais être l'objet de leur petite expérience… Je tentai de me convaincre que leurs promesses de veiller sur moi étaient sincères et que je n'étais pas tombée dans un piège. Notre objectif était de percer Saul à jour, coûte que coûte. Je me rappelai aussi que les autres Effigies se tenaient de l'autre côté de la paroi, prêtes à intervenir si ces scientifiques tentaient de me faire du mal.

Restait à savoir qui pourrait arrêter Natalya…

En France, elle avait utilisé mon corps avec brio – mieux que je n'en serais jamais capable – pour affronter Saul et ses spectres. J'avais assisté au combat depuis les tréfonds de mon esprit, cloîtrée dans les ténèbres, comme enterrée vivante. Je fus de nouveau envahie par un sentiment de désespoir lorsque je visualisai le visage de Natalya Filipova qui, dans un passé proche, était une héroïne à mes yeux.

— J'ai changé d'avis, ahanai-je. Je ne me sens pas capable de…

Au même moment, je sentis mon cœur cogner dans ma poitrine et une vive douleur me traverser le bras. Indifférent à mon accès de panique, l'un des techniciens m'avait presque attaquée avec une seringue remplie d'un liquide bleu pâle. Comment m'assurer qu'ils n'allaient pas tenter de m'assassiner ? Dans quel pétrin m'étais-je fourrée ? Je n'eus pas le temps de tenter d'envisager des réponses à ces questions qu'un liquide chaud se déversait déjà dans mes veines. Je tressaillis avant de fermer les yeux, incapable d'articuler la moindre protestation. J'avais l'impression que mon corps ne pesait plus rien, comme s'il flottait au-dessus de la table, seulement relié au plateau par mes membres inertes.

En cet instant, j'aurais voulu que mon oncle soit présent. Nathan… Nous n'avions eu aucune nouvelle l'un de l'autre depuis mon départ de New York, des mois plus tôt. S'il avait été là, je me serais vraiment sentie en sécurité. J'aurais été… en paix…

— Augmentez la fréquence du transducteur à vingt mégahertz. Début…

— Pénétration cognitive réussie…

— Et éliminez les parasites dans le signal retour du cylithium…

Les voix s'entremêlaient pour former une mélodie inquiétante pourtant agréable et paisible.

— Augmentez encore le signal, ordonna une voix, que j'attribuai au directeur Chafik car elle était bien plus grave et calme que celle du docteur, en harmonie avec les battements lents de mon cœur. Nous devons laisser Natalya pénétrer davantage dans son esprit. Elle y survivra.

« Survivre ». Je me répétai ce mot intérieurement. Sur… vivre…

Survivre… survivre… Vivre… Je veux vivre… Je veux vivre, Maia.

Vêtue de mon T-shirt et de mon short en jean, j'étais étendue sur un sol invisible, plongée dans les ténèbres.

Je ne reconnaissais en rien la divination que j'avais déjà eu l'occasion de pratiquer. Belle m'avait expliqué qu'il existait une bonne et une mauvaise manière de procéder. Selon elle, c'était comparable à rentrer dans une maison par la porte d'entrée ou en se faufilant par une des fenêtres de derrière. Lorsque Saul m'avait embrassée, à New York, ce contact soudain et déstabilisant avait affaibli la limite déjà ténue entre ma conscience et celle de Natalya, la dernière Effigie du feu avant moi. Désormais, si je n'y prenais pas garde, je pouvais rêver de ses souvenirs, et j'en ressortais toujours plus vulnérable. La véritable divination se pratiquait grâce à la méditation et à la concentration. Il s'agissait de contrôler sa conscience à l'extrême et non de glaner quelques souvenirs au hasard.

Or, cette fois-là, cela ne correspondait à aucune de ces deux expériences. Je ne parvenais pas à me faire une idée de la situation. Les ténèbres s'étaient dissipées pour me laisser devant le complexe de Marrakech. Notre fourgonnette de la Secte était garée là, sous un soleil de plomb. J'essuyai la sueur de mon front puis tournai la tête vers les tours de guet et la rangée de palmiers espacés dont les longues feuilles raides zébraient le ciel.

— Maia…

Au son de cette voix suave et tendre, je me réchauffai d'un coup. Le jeune homme descendit du van du côté conducteur et ferma la portière derrière lui. Le vent balayait ses cheveux bruns, qui avaient un peu poussé depuis notre dernière rencontre.

— Rhys !

Les bras ballants et le cœur battant la chamade, j'observai sa silhouette mince vêtue d'un costume noir, uniforme des agents de la Secte lorsqu'ils n'étaient pas sur le terrain. Le voir dans cette tenue me désarçonna, d'autant que je l'avais toujours vu habillé de jeans élimés, de sweat-shirts aux couleurs d'équipes de baseball, ou, lors de notre première rencontre, d'un nœud papillon.

— Oh, tu es là ! s'exclama-t-il, tout sourire, avant d'ajuster sa cravate et de s'approcher de moi. Tu sais, il y a quelque chose que j'ai envie de faire depuis des lustres.

Je reconnus la scène sur-le-champ : j'avais déjà rêvé de ce moment à de nombreuses reprises depuis notre première rencontre dans le hall du *Manoir*. Seul le décor changeait, mais nous nous trouvions toujours dans des lieux surprenants. Il m'enlaça alors de ses bras athlétiques… Je connaissais la suite.

Non, mais, n'importe quoi ! Qu'est-ce que je fabrique ? Je ne suis pas censée agir de la sorte ! Pas alors que…

Il m'embrassa soudain avec fougue, conformément à la suite habituelle du rêve. Aussi embarrassant que soit ce scénario, il avait pourtant fini de m'étonner.

Je m'étais attachée à ce garçon avec une rapidité déconcertante. À ma décharge, nous avions affronté ensemble tant d'épreuves… Il m'avait protégée en silence, m'avait soutenue à chaque instant dans ma nouvelle – et souvent pénible – vie d'Effigie. Ce jeune homme, au charme aussi envoûtant que dangereux, était aux petits soins pour moi, qui n'était qu'une geek introvertie et complexée. Comment aurais-je pu résister ?

Mais, tandis qu'il me serrait contre son torse et que ses doigts remontaient dans mon dos pour s'enrouler autour de ma nuque, mon cœur me sembla soudain bien lourd, gorgé à la fois d'horreur et de désir. Un frisson me parcourut l'échine et mes bras se raidirent contre mes hanches. Lorsque ses lèvres humides s'emparèrent des miennes, je me demandai si je trouverais assez de courage pour lui poser l'horrible question qui me torturait si souvent la nuit, mais que je n'avais jamais osé énoncer.

N'aie pas peur, Maia. Vas-y, demande-lui.

La voix de Natalya résonnait dans mon esprit. Prise de panique, je m'écartai de Rhys et sur-le-champ, presque par réflexe, mes mains se refermèrent, prêtes à donner des coups de poing. Après une brève inspiration, je fis volte-face.

Elle se tenait derrière le portail noir, immobile dans la légère brise, telle une statue.

— Natalya, dis-je d'une voix à peine audible.

Impossible de ne pas la reconnaître, avec ses cheveux noirs coupés ras, son nez droit et ses yeux marron, à la fois troublant et perçants.

— Que se passe-t-il ? lui demandai-je. Je pensais être en train de rêver… Sommes-nous en pleine séance de divination ?

Tes rêves… mes souvenirs. Mes souvenirs… tes rêves…

La brise souleva plusieurs de mes mèches et siffla à mes oreilles, sans pour autant atteindre Natalya, dont la robe blanche mi-longue restait impeccablement lisse. La divination pouvait-elle ressembler à un rêve ? Nos consciences étaient-elles si étroitement liées que les deux se confondaient ?

Elle avait beau se trouver à plusieurs mètres, je sentais sa présence écrasante me repousser un peu plus à chaque seconde, comme si elle parvenait à me dominer par la seule force de sa volonté.

De sa main couverte de cicatrices, elle agrippa la garde de son épée et en promena la pointe au ras du sol. L'image de Natalya Filipova, la légendaire guerrière qui avait porté le titre d'Effigie du feu avant moi, et de sa lame, *Zhar-Ptitsa*, était intacte dans mon esprit. À la différence près que toute couleur avait disparu du petit visage anguleux de la jeune femme. Elle était entrée dans mes rêves avec la pâleur de la mort.

Je suivis le geste lent et déterminé de son bras gauche qui levait son épée étincelante… vers moi.

Mon cœur battait à tout rompre, j'étais tétanisée. Natalya se trouvait devant moi et s'apprêtait à voler mon corps une nouvelle fois, à me faire disparaître tout entière. Je plaçai mes mains autour de mon cou pour tenter de reprendre mon souffle, en vain. Elle brandit sa lame au-dessus de sa tête… et lorsque l'arme quitta sa main pour aller droit sur sa cible, je fus incapable d'esquisser le moindre mouvement, me contentant de fermer les yeux pour attendre l'impact.

Je rouvris les paupières lorsque j'entendis les gémissements désespérés de Rhys : du sang dégoulinait de ses lèvres délicates et ses doigts étaient serrés sur la garde de l'épée plantée dans son torse.

C'est un rêve, me répétai-je alors que Rhys tombait à la renverse dans la poussière sans que je puisse le rattraper. *Un rêve.* Le vrai Rhys n'était pas mort. Je m'agenouillai près de lui et posai d'un geste délicat mes mains sur ses joues glacées, alors que je tentais de ravaler mes sanglots. Il n'était pas mort.

— Rhys… Rhys !

Prends garde, car tel est le destin des traîtres.

— Que veux-tu ? hurlai-je après m'être relevée. Mon corps, c'est ça ? Réponds ! Tu penses qu'en me terrorisant tu parviendras à me contrôler, comme la dernière fois. J'ai raison, n'est-ce pas ?

Elle coupa court à ma tirade de questions en me faisant signe du doigt de la suivre.

Je veux que tu m'attrapes, dit-elle, avec un bref sourire avant de s'enfuir.

Je me sentis alors propulsée malgré moi vers la loge du gardien. Sans en avoir pleinement conscience, je venais de prendre en chasse cette fille qui brûlait de s'emparer de mon corps.

J'appuyai alors mon pied sur le rebord de la guérite déserte pour me projeter dans les airs, assez haut pour atteindre le toit et m'y agripper. Portée par mon élan, je grimpai jusqu'au sommet et courus sur les plaques métalliques couvertes de mousse verte pour finir par bondir par-dessus le portail. L'image de Rhys, la joue ensanglantée, ne quittait pas mon esprit.

Je repérai Natalya grâce au bas de sa jupe blanche qui voleta derrière elle lorsqu'elle disparut à l'angle d'un bâtiment. Loin au-dessus de moi, elle sautait de toit en toit, à pas si rapides et si légers qu'elle semblait voler. Je la poursuivis à travers la ville, puis dans les rues étroites et poussiéreuses du marché bondé que le conducteur de la Secte avait empruntées pour nous conduire au complexe. Je remarquai que cette fois, les passants se mouvaient au ralenti. Leurs mains occupées à remplir leurs paniers de nourriture ou à chercher de l'argent demeuraient presque figées dans les airs. De même, leurs bouches semblaient à peine entrouvertes et aucune de leurs paroles ne me parvint quand je les dépassai. J'étais encore en train de rêver. Où Natalya pouvait-elle bien m'emmener ?

Ne me perds pas de vue. Attrape-moi, vite !

La conscience de la fugitive avait conservé une puissance particulièrement forte puisqu'elle était la dernière de ma lignée d'Effigies à être morte. Elle savait d'ailleurs profiter de cet avantage pour m'envoyer des messages et des rêves. Elle était même parvenue à m'apparaître parmi les vivants, comme porteuse d'un présage, le jour où je prêtais mon serment d'Effigie dans une cathédrale remplie d'échos. À l'époque, je croyais qu'elle voulait me mettre en garde contre la Secte. Par la suite, j'avais décidé de lui accorder ma confiance lorsque j'avais découvert qu'elle enquêtait sur Saul quelque temps avant sa disparition, et que la Secte mentait à propos de son suicide.

Puis, bien vite, j'avais appris que même dans la mort, Natalya avait bien l'intention d'arriver à ses fins.

Elle sauta d'un toit pour disparaître dans une ruelle. Toujours à ses trousses, je me faufilai entre deux bâtiments en bois blanc et déboulai, à mon grand étonnement, dans un musée.

Tout à coup, je me sentis plus grande, et je trouvai mes bras plus longs, plus pâles. Je compris alors que ce n'étaient pas les miens. Ce corps ne m'appartenait pas. Je… Je pivotai sur moi-même et reconnus l'étage principal qui grouillait de monde. Je me trouvais au Musée national de Prague pour une mission que je n'avais pu mener à bien. J'étais seulement parvenue à laisser un message pour Belle dans *Les Ouvrage de Castor*. Lorsque je m'étais retournée, j'avais été surprise de découvrir cet homme sur le pas d'une porte, que j'avais pourtant crue verrouillée.

Aidan… Il s'était rendu au musée le même jour que moi, avec un groupe de personnes que je ne connaissais pas. J'ignorai s'il avait vu ce que je faisais mais il n'avait posé aucune question, et je lui en étais reconnaissante. Nous étions à présent de retour dans le hall où, pour pouvoir me parler, il avait abandonné ses amis au bas d'un long escalier en colimaçon.

— Natalya, je suis désolé de t'avoir effrayée tout à l'heure, commença-t-il. Mais quand je t'ai aperçue dans le musée, je n'ai pas pu retenir ma curiosité. Je ne m'attendais pas à te trouver ici.

Vêtu d'un T-shirt noir rayé et d'un jean, il affichait ce sourire de charmeur que je lui connaissais bien.

— Je ne t'avais même pas remarqué, Aidan.

— Eh oui, moi aussi je sais faire preuve de discrétion ! répondit-il, en riant.

Je trouvais très étrange de le rencontrer là le jour même où j'avais décidé d'accomplir la mission que m'avaient confiée Baldric et Naomi : retrouver l'ouvrage secret de Castor.

— Tu sais, Aidan, j'étais juste en train de…

— Ne t'inquiète pas pour ça. Fais ce que tu as à faire, ça ne me regarde pas.

Comme toujours, il m'adressa un sourire bienveillant et sincère qui me rassura. J'avais fait sa connaissance trois ans plutôt, lors d'une opération dans une zone rurale de l'État de New York, où il était alors en poste. Il n'avait à cette époque que quinze ans, mais était déjà très doué. Depuis, nous étions devenus amis et, en plus de taquineries, il m'offrait un soutien indéfectible. Je n'avais aucune raison de douter de lui, même si je me devais tout de même de rester sur mes gardes.

— Tant que tu es là, pourquoi tu ne te joindrais pas à nous ? On va visiter l'exposition sur les dinosaures ! Tu as vu ? J'ai même réussi à traîner quelques amis avec moi !

Un peu plus loin, ses camarades en question semblaient commencer à s'impatienter. Sa passion pour les énormes créatures préhistoriques, aussi dangereuses soient-elles, m'avait toujours dépassée. Il avait même essayé à plusieurs reprises de m'emmener voir un spectacle de cirque, au Canada. Quelle joie pouvait-on avoir à observer des monstres ?

— Allez, viens ! insista-t-il. N'oublie pas que la vie n'est pas faite que de combats sanglants à l'issue plus ou moins glorieuse. Prends un peu de temps pour toi, Natalya.

Mais, toi, Aidan, étais-tu vraiment là pour le plaisir ?

Chargée de fureur et de chagrin, la voix de l'Effigie, aux intonations meurtrières, m'éjecta de son corps, et je m'enfonçai dans de sombres abysses.

Il me suivait… il m'espionnait. Et ensuite, il m'a tuée.

— Non… Je suis certaine que tu me mens ! Tu cherches simplement à me voler mon corps.

Elle m'avait déjà montré ce souvenir en France, et comme la première fois, je refusais de me fier à elle.

Il m'a tuée !

— Il n'aurait jamais fait ça !

Serait-ce à cause de ton béguin ridicule que tu ne me crois pas ?

Natalya éclata de rire et je me sentis perdre pied, comme si je me noyais. Sa conscience était en train de me submerger.

Pitoyable ! Ce corps, cette vie… Tu ne les mérites pas !

Sa conscience implacable enfouissait la mienne, l'engloutissait.

— Non… Sors de ma tête ! (Elle m'entraînait toujours plus profond.) Non ! Non ! hurlai-je.

— Maia ? Maia !

— Non ! criai-je de nouveau avant de m'éveiller, parcourue de frissons.

Chae Rin, qui me maintenait plaquée à la table, m'ordonna de me calmer. Je lâchai prise et parcourus la pièce du regard. Le Dr Rachadi me dévisageait, la bouche ouverte et le front couvert de sueur. Le directeur Chafik et les autres filles étaient penchés au-dessus de moi. Seuls les bips des écrans perturbaient le silence qui régnait en ces lieux.

— Alors ? finit par demander Lake. Avez-vous obtenu ce que vous cherchiez ?

À mesure que je reprenais mes esprits, mes yeux s'emplissaient de larmes et je sentis une vive douleur envahir progressivement mes membres et ma tête.

— Sa fréquence est devenue instable au cours de la divination, comme celle de Saul, déclara le Dr Rachadi en s'essuyant le front. En revanche, pendant les quelques minutes où Natalya a émergé, nous n'avons observé aucune stabilisation, contrairement à ce qui s'était passé à l'apparition d'Alice lors de l'interrogatoire de Saul. Nous pouvons donc en déduire qu'il est la seule Effigie capable de masquer sa fréquence. D'autre part...

— Tu l'as vue ? me pressa Belle, dont le regard trahissait un désespoir flagrant, presque insupportable. Savait-elle que j'étais là ? T'a-t-elle parlé de moi ?

— Je l'ai vue, oui. Natalya... Elle ne s'arrêtera pas... commençai-je, le corps secoué de tremblements, avant de me recoucher sur la table. (Des larmes roulaient sur mes joues.) Elle est déterminée... à me faire disparaître pour de bon.

J'étais à bout de forces, mes muscles fourbus, mon esprit blessé. Sur le point de m'évanouir, je m'empressai de prier pour ne pas revoir Natalya.

J'ouvris les yeux dans la nuit noire malgré le clair de lune, réveillée par le frémissement des rideaux soulevés par la douce brise qui pénétrait par la fenêtre ouverte. Me trouvais-je toujours au complexe ? Ces bâtiments disposaient pour la plupart de chambres destinées aux agents et aux apprentis, et ce lit ressemblait fort aux commodités sommaires que la Secte leur réservait en général. Je repoussai les couvertures grises avant de rouler mon corps courbaturé sur le côté. Ils avaient dû me transporter là quand je m'étais évanouie. J'attrapai mon téléphone posé à côté de mon oreiller plat blanc pour découvrir un message envoyé par Lake une heure plus tôt. Ses propos confirmaient ma pensée.

> Sibyl a appelé après ton malaise. Elle exige qu'on rentre tout de suite pour lui faire un compte rendu et continuer ton entraînement. ☹ ☹ JE SAIS, ÇA NE S'ARRÊTERA JAMAIS !!! Mais ne te tourmente pas trop. Départ prévu tôt demain matin ! Bisous <3 <3

Je lâchai mon portable et laissai retomber ma tête sur le coussin, le poignet posé sur le front. Je fus alors soulagée de me rappeler que je n'avais pas rêvé de Natalya. Je redoutais tellement sa présence, car je la savais tapie au fond de mon esprit, à l'affût de la moindre faiblesse de ma part. Mon cauchemar lors de l'expérimentation continuait d'ailleurs de me hanter.

Deux mois plus tôt, j'avais déjà rêvé de cette visite de Natalya au Musée national de Prague. Ou plutôt avais-je pénétré, grâce à la divination, dans l'un des souvenirs de Natalya pendant mon sommeil. Je l'avais vue laisser un message pour Belle dans une pièce secrète, mais la scène s'était interrompue à l'instant où elle avait perçu une présence derrière elle. Je me rappelais encore sa stupeur. J'avais alors cru qu'un Indicateur l'avait suivie. Ces agents étaient employés spécialement par la Secte pour surveiller les Effigies et transmettre à l'organisation des rapports détaillés de leurs filatures. À présent, je savais que je m'étais trompée, il s'agissait de Rhys.

Rhys… Je me remémorai le sang qui coulait de sa bouche et ses yeux sombres qui s'éteignaient. Non, ce n'était pas réel : les souvenirs de Natalya et mes rêves avaient dû se mélanger pendant que le Dr Rachadi triturait mon cerveau. À moins que la conscience de Natalya n'ait réussi à prendre l'ascendant.

« Serait-ce à cause de ton béguin ridicule que tu ne me crois pas ? »

Je fermai les paupières. Deux mois plus tôt, lorsque je lui avais raconté l'escapade de Natalya au musée, Rhys avait semblé très mal à l'aise. Aussi, avais-je décidé de ne plus évoquer le sujet. Plus tard, la veille de ma confrontation avec Saul en France, ma devancière m'avait enfin montré la fin de la scène : Rhys l'avait empoisonnée.

Quand j'y repensai, une douleur sourde me tenailla la poitrine. Les détails du rêve m'échappaient, mais je me souvenais du soulagement de Natalya face au sourire enfantin de Rhys. Il me faisait le même effet, sans doute était-ce grâce à sa tendresse mêlée au charme ténébreux du soldat préparé dès l'enfance au combat. Je ne l'avais pas revu depuis son retour chez lui, quelques semaines plus tôt. Quoi qu'il en soit, j'avais été attirée par sa gentillesse et le peu de temps que nous avions passé ensemble avait suffi pour que je m'attache à lui. Mais en fin de compte, comme Natalya, je ne savais presque rien de lui.

Seulement, j'en prenais conscience trop tard.

Rhys avait-il tué Natalya ? Difficile à dire… Je ne devais pas oublier que Natalya nourrissait l'ambition de revivre, et son seul moyen d'y parvenir était de se glisser dans mon corps. Quand j'utilisais la divination pour lire ses souvenirs, j'étais plus vulnérable, ce qui lui laissait le champ libre, comme la dernière fois, en France. Elle aurait très bien pu me montrer cette scène pour me déstabiliser. Un mensonge, le plan parfait. Ou bien, la vérité.

J'avais alors décidé de taire cette information, même à Belle, tant que je n'étais sûre de rien.

Désormais, je ne pouvais même plus faire confiance à mon propre esprit. Qu'arriverait-il si elle parvenait à ses fins ? Que ferais-je alors, piégée dans mon corps, sans espoir de retour ? Je cachai mes yeux sous ma paume tremblante pour tenter de contenir mon chagrin. Je devais me ressaisir, rester forte. Quelques larmes glissèrent quand même entre mes doigts, dévalant le long de mes oreilles. Parfois, je ne parvenais plus à supporter tout ce que le sort me réservait.

— Ne pleure pas, Maia.

Je sentis un souffle à mon oreille et une main caressa ma joue avec tendresse. J'ouvris les yeux d'un coup. L'importun était venu s'asseoir sur mon lit en douce. Sa large capuche violette masquait une partie de son visage, mais je reconnus ses lèvres charnues et retroussées. Mon corps palpitait de se trouver si près de lui.

Non !

— Ne me cherche plus, me dit Saul. Je suis là maintenant.

Je m'élançai vers lui avant même que ma faux ne se matérialise dans ma main, et que mon corps ne s'auréole de flammes. En quelques pas félins, il s'écarta du lit pour éviter le premier assaut de mon arme qui se planta dans le mur.

Une occasion unique se présentait à moi de le capturer. Il fallait à tout prix que je me calme.

Je m'attendais à voir Saul disparaître d'une seconde à l'autre, comme il était apparu, pourtant il s'en abstint. D'un seul geste, j'arrachai la lame du mur pour attaquer à nouveau. Sa tunique se souleva au moment de l'impact quand, à la place de sa main, je frappai un membre de métal, argenté et brillant, dont les doigts fins aux articulations grossières grincèrent lorsqu'ils se refermèrent autour de ma faux.

— Où as-tu trouvé le moyen de remplacer ce que je t'avais ôté ? demandai-je d'un ton glacial. Pas quand tu te terrais au Groenland, en tout cas.

Je tirai sur le manche de mon arme pour la récupérer, mais Saul était trop fort. Droit comme un i, il résistait à mes assauts sans le moindre effort.

— Il paraît que vous me traquez depuis que nous nous sommes quittés, me répondit-il. Tu te rappelles ce que tu m'as fait ce jour-là, n'est-ce pas ?

Il se mit à serrer la lame si fort que je la crus sur le point de se briser.

— Je me souviens surtout de tes actes à toi !

Comment oublier les corps des innocents qui jonchaient le hall du *Manoir* ? Je fis disparaître ma faux en vitesse avant de donner un grand coup de pied dans le dos de mon visiteur et d'invoquer un nouveau tourbillon de flammes sans me préoccuper des rideaux qui risquaient de s'embraser à tout moment. J'étais obnubilée par l'idée de capturer Saul coûte que coûte. Il esquiva mon assaut suivant et ma faux se planta dans le sol.

— Comment m'as-tu retrouvée ? demandai-je après avoir récupéré ma faux, non sans mal.

— J'ai entendu dire que tu étais ici, alors j'ai décidé de passer.

— Qui t'a renseigné ? Seule…

Je m'interrompis, abasourdie : seule la Secte savait où nous nous trouvions.

— Tu n'es pas contente de me voir ?

À ses intonations fantaisistes je crus reconnaître Alice, l'Effigie sociopathe de sa lignée. Puis je me ravisai, elle n'aurait pas su garder un tel calme pendant un combat.

— Nick, tu es là ? C'est bien toi ?

— Je suis certain que tu connais déjà la réponse à cette question. Mais après tout, quelle importance ? souffla Saul.

Les deux personnalités se livraient une guerre constante pour obtenir le contrôle du corps de Nick. J'avais beau connaître cette sensation, je n'éprouvais aucune compassion pour l'homme qui se tenait devant moi, même s'il redoublait d'efforts pour paraître humain. Ni lui ni Alice n'étaient dignes de confiance, il l'avait presque avoué lui-même.

Mon adversaire esquiva les deux coups que je lui assénai et broya mon poignet de sa main métallique.

— Du calme, Maia. Tu n'as rien remarqué ?

Il me lâcha et me repoussa en douceur – sans doute les bonnes manières de Nick refaisaient-elles surface. Ce n'est que lorsqu'il désigna le lit que je remarquai enfin les flammes qui dévoraient les couvertures grises et léchaient les murs. Pendant un moment, pétrifiée, je fus hantée par la vision de ma maison en feu à Buffalo, des corps des membres de ma famille qu'on emportait dans des sacs... Maman, papa, ma sœur jumelle June...

Mais pas question de me laisser déstabiliser. À quoi auraient servi tous ces mois d'entraînement, sinon ? Malheureusement, ma faux avait déjà disparu, et les mains tremblantes, j'assistai à la propagation de l'incendie.

— Fais disparaître les flammes, Maia. Vas-y, n'aie pas peur.

Saul se tenait si près de moi que je pouvais sentir son corps robuste frôler mes boucles châtaines dans mon dos – son torse se trouvait à quelques centimètres à peine de ma tête. Il avait déjà eu de nombreuses occasions de me tuer, qu'il n'avait pas saisies. Je devais me concentrer.

C'était l'inverse de « capturer et libérer ». Décidée à réussir, j'inspirai et levai les bras afin d'attirer l'énergie vers mon corps, comme pour priver les flammes d'oxygène. Je poussai un long souffle avant de m'écrouler en arrière, tremblante, dans les bras de Saul.

Hébétée, je restai recroquevillée contre lui, même si mon cerveau hurlait à mes muscles de bouger.

— Bien, très bien...

Saul, triomphant, pencha son visage angélique au-dessus du mien et je vis ses yeux bleus comme la mer briller dans le clair de lune.

— Mieux tu contrôleras tes pouvoirs, plus il te sera facile de trouver Marian.

Une décharge d'adrénaline parcourut mes membres quand je me souvins qu'il n'avait pas seulement la capacité de disparaître : il pouvait aussi m'entraîner avec lui comme la dernière fois.

Je me dégageai de son étreinte, mais Saul me retint par le poignet.

— Je ne souhaite ni te blesser ni t'emmener, pas encore du moins. Il reste trop à faire, alors calme-toi, tu ne crains rien pour l'instant.

— Tu n'en as donc pas fini avec moi ? crachai-je. Tu vas continuer à me pourchasser, n'est-ce pas ?

Il abaissa sa capuche pour révéler ses longs cheveux argentés, qui étaient bruns à l'époque de la photo que le directeur Chafik nous avait montrée.

— Ce n'est pas de moi que tu devrais te méfier, Maia, répondit-il. Pour être honnête, tu m'as laissé en piteux état, en France. Mais à force de persévérance, j'ai retrouvé contrôle et concentration.

La théorie de Sibyl s'avérait juste, finalement. Pendant quelques instants, je crus discerner une étrange oscillation dans son regard.

— J'ai d'autres chats à fouetter avant de revenir te voir, reprit-il, plus assuré que jamais.

— De quoi tu parles ? demandai-je, affolée.

— Alice et moi sommes sur le point de réussir ce à quoi nous travaillons depuis des années, voire des décennies. Je te l'ai déjà dit, elle et moi avons un vœu à exaucer. Avec l'aide de Marian, nous allons refaire le monde !

Ses paroles proférées d'un ton posé et déterminé me rappelèrent la nuit où je l'avais affronté en France et m'effrayèrent bien davantage que la folie meurtrière d'Alice. Il avait ôté sa capuche, me dévoilant son beau visage anguleux aux traits fins et son sourire doux, discret : celui de Nick, qui dissimulait sa perversité.

— Nous vivons dans un monde d'ombres, Maia, me souffla-t-il à l'oreille, penché en avant – ses cheveux argentés lui balayaient les épaules. Et souviens-toi que c'est là que se tapissent les secrets. Bientôt tu comprendras. Je t'enverrai un signe qui ne pourra pas t'échapper.

Son haleine chaude me chatouillait la peau à chaque mot, et sa voix mélodieuse résonnait dans l'air lourd et piquant. Il recula de quelques pas puis disparut, me laissant seule dans la pièce obscure.

Chapitre 6

Nous devions retrouver Sibyl pour lui faire notre compte rendu sans tarder. La réapparition de Saul au Maroc et l'inconnu que nous avions trouvé à sa place dans le bunker au milieu du désert, constituaient deux grands mystères qu'il nous fallait élucider. Mais la prudence était de mise car certaines informations ne pouvaient être divulguées à la Secte.

Pendant le trajet dans les rues de Londres, puis sur l'autoroute protégée des spectres, dans la fourgonnette qui nous ramenait au complexe, j'observai le soleil couchant à travers la vitre et repensai avec un frisson au moment où Saul m'avait serrée dans ses bras.

— Ça va mieux, Maia ? me demanda Lake pour la énième fois, avant de se pencher vers moi. C'était une séance de divination plutôt violente… Sans parler de l'apparition de Saul dans ta chambre !

Face à mon mutisme, Chae Rin, qui, comme Belle, me regardait de travers depuis que nous avions quitté l'Afrique, me donna une tape sur la tête.

— Oh tu écoutes ? On t'a demandé comment tu allais !

Je me frottai le crâne et la fusillai du regard.

— Je vais bien. En tout cas, je suis toujours vivante.

— Et pendant la divination, alors ? Qu'as-tu vu ? m'interrogea Lake en m'administrant une pichenette sur le bras.

Au fil des mois, elle avait perdu toute retenue et s'était mise à me gratifier, sur le bras ou encore la joue, de ce petit geste qui m'agaçait tant, bien que je ne proteste pas. Je remarquai alors que Belle, assise à l'avant sur le siège passager, avait tourné la tête.

— Pas grand-chose, mentis-je, soudain nerveuse. Tout ce qui compte, c'est que j'aille mieux.

Je ne peux pas te le dire maintenant, pensai-je à son intention. *Pas en présence d'agents de la Secte.*

Le décès de Natalya était une affaire bien trop complexe qui impliquait à la fois Saul, la Secte, et…

Ma main tressaillit contre l'accoudoir de la portière. *Oublie-le*, me sermonnai-je. *De toute façon, tu ne le verras plus. Il est rentré chez lui, ça n'a plus aucune importance.*

Rhys.

Même si je n'avais vécu la scène qu'en rêve, je sentais encore ses bras autour de ma taille, sa main qui m'agrippait la nuque, je revoyais le sang qui gouttait de ses lèvres, le sourire qu'il avait adressé à Natalya dans le musée… *Non !* Je secouai la tête pour chasser cette image de mon esprit.

Je devais désormais me concentrer sur la Secte et ses mensonges autour de la mort de Natalya. D'autre part, je soupçonnais l'organisation d'avoir révélé à Saul où je me trouvais. De toute façon, qui était au courant, à part eux ?

Qui était derrière tout ça ?

Tant que je n'étais pas certaine de pouvoir faire confiance à Sibyl, je m'interdisais de lui parler de mes visions : il fallait que je protège certains secrets. *Et pas seulement de la Secte*, pensai-je lorsque mon regard se posa sur le reflet de Belle dans le rétroviseur.

La Secte possédait une antenne principale sur chaque continent et le complexe londonien était le quartier général de la Division européenne. À quelques kilomètres de la ville, la végétation luxuriante des profondeurs de la forêt d'Epping dissimulait de gigantesques bâtiments composés de plusieurs ailes reliées entre elles. L'organisation avait implanté des locaux dans le monde entier, mais tous ne disposaient pas des ressources et de l'équipement nécessaires à l'accueil des Effigies. Après avoir franchi le premier portail, le véhicule se faufila entre les arbres sur un chemin sinueux.

— Qu'est-ce que c'est que ce bordel ? s'exclama soudain le chauffeur qui brisa l'atmosphère paisible.

Je sortis en sursaut de ma torpeur. Penché sur le volant, l'homme observait une foule en délire massée devant la grille intérieure. Quelques instants plus tard, les flashes des téléphones se mirent à crépiter et les pancartes semblèrent s'agiter comme portées par la clameur. Je m'agrippai à l'appuie-tête de Belle.

Oh non, pas encore des groupies !

— C'est… C'est mon nom sur cette bannière ?

« Les Lucioles soutiennent Maia Finley ». Mes fans avaient décidé de s'appeler les « Lucioles ». Ce nom ne me déplaisait pas, mais j'aurais pu trouver mieux.

Jusqu'à présent, les communautés de nos admirateurs attachaient peu d'importance à leurs noms. Certaines Effigies avaient des fans inconditionnels, bien sûr, mais ils n'étaient pas aussi organisés. Seuls les « Cygnes » de Lake s'étaient attribué un surnom car ils suivaient aussi sa carrière de chanteuse pop. Mais depuis que nous nous étions réunies, cette mode s'était vite propagée. En plus des « Cygnes » et des « Lucioles », les « Stalactites » de Belle, et les « Cordes tendues » de Chae Rin avaient désormais vu le jour. Le service des Relations publiques de la Secte encourageait bien sûr cette ferveur pour s'assurer la sympathie du public – même si certains se montraient un peu trop dévoués.

Des agents de sécurité étaient déjà sur place pour empêcher la foule de profiter de l'ouverture du portail pour pénétrer dans l'enceinte du complexe. La plupart n'essayèrent même pas, tant ils étaient obnubilés par notre fourgonnette. Une jeune femme surexcitée plaqua une réplique grandeur nature de l'épée de Natalya contre la vitre de Belle, sans envisager un instant qu'elle puisse ne pas apprécier. De l'autre côté du véhicule, un homme bedonnant brandissait un magazine avec Lake en couverture et essuyait d'une main tremblante des larmes sous ses lunettes. Chaque fois que je me trouvais face à une telle foule, mon estomac se nouait d'embarras. Je m'imaginais parmi eux, à l'époque où je courais d'un événement à l'autre pour obtenir un autographe de Belle sur mes chaussures, mes posters, ou la première chose qui me tombait sous la main. Leur avais-je ressemblé ? L'envers du décor offrait une image tellement différente…

— Ces tarés d'Effigistes ! s'exclama Chae Rin avec dégoût. Comment ont-ils réussi à pénétrer jusque-là ?

Je jetai un regard indigné à ma coéquipière. Certes, leur comportement pouvait paraître étrange, mais pourquoi les mépriser ?

J'aurais dû me douter que quelque chose ne tournait pas rond car ils ne se trouvaient pas entassés dans les rues devant la première grille – comme toujours depuis notre bataille en France, même s'ils étaient en général moins nombreux. Éblouie par les flashes, je me couvris les yeux jusqu'à ce qu'un grattement frénétique à ma vitre me fasse sursauter.

C'était la fille à la bannière. Âgée de treize ans à peine, elle avait de longs cheveux châtains attachés en deux tresses qui pendaient de chaque côté de sa tête. Si sa peau avait été un peu plus mate, elle m'aurait rappelé June, ou moi-même.

Elle nous ressemblait.

J'appuyai une main sur la vitre et m'approchai pour mieux observer son expression suppliante.

— Ils sont dingues ! Maia ! m'interpella Chae Rin après m'avoir donné un coup de coude dans les côtes. Dis à tes potes d'aller jouer ailleurs !

— Comment ça, mes « potes » ?

— Oui, je ne parle pas le geek, moi ! Allez, occupe-toi d'eux ! asséna-t-elle avec un claquement de doigts dédaigneux.

Je lui jetai un regard noir puis me retournai vers la jeune fille. Que pouvais-je dire, en particulier à cette adolescente qui me suppliait presque d'abaisser ma vitre ?

Tout chez elle m'était familier : depuis l'espoir vain dans son regard vert jusqu'au chevrotement de sa voix quand elle m'appelait, en passant par le tremblement de sa main qui me tendait un crayon et un carnet. J'avais été à sa place tant de fois.

À l'avant de la voiture, Belle, les yeux fermés, se frottait le front d'un air las, sans prêter attention à la foule. Fidèle à elle-même, elle ne remarquait pas plus ce qui se passait autour d'elle que le jour où je l'avais attendue devant le Lincoln Center à la Fashion Week avant de devenir une Effigie.

Mais moi, je les voyais.

— Belle ! cria un fan.

Encore ce silence abasourdissant dont je me souvenais parfaitement. La froideur de Belle, que j'avais un jour admirée, m'irritait à présent. Aussi, en guise de rébellion, je commençai à baisser ma vitre.

— Que faites-vous ? aboya le chauffeur qui m'avait remarquée dans le rétroviseur.

— Maia ! Maia ! cria la pauvre fille, écrasée contre ma portière.

— Recule, s'il te plaît !

À peine avais-je descendu la vitre que la gamine reposa sa banderole pour sortir de sa poche une enveloppe rose qu'elle glissa dans l'interstice. Lorsque le morceau de papier tomba dans ma main, je m'apprêtais à lui dire ce que j'aurais souhaité entendre à l'époque : « Garde la tête haute ! Tu n'as rien d'anormal, tu es très bien ainsi. Tu es forte. »

Parfois, je me prenais encore à espérer que Belle prononce ces mots. Mais je n'avais pas encore ouvert la bouche que la jeune fille avait disparu dans la cohue.

Nous franchîmes enfin les portes, pour être de nouveau assaillies alors qu'elles se refermaient derrière nous. Dans le reflet de la vitre, je vis le visage renfrogné de Belle.

— Et maintenant, des journalistes…

Les paparazzis trouvaient toujours de nouvelles méthodes pour nous approcher ou obtenir des informations sur nous. J'avais même lu que l'un d'eux avait fouillé les poubelles de mon immeuble à New York. Or en temps normal, ils n'étaient pas censés pouvoir passer le portail.

— On fait quoi ? demandai-je quand notre fourgonnette s'arrêta, la lettre toujours serrée dans ma main.

Dès que Belle sortit de la voiture d'un mouvement leste, les vautours plongèrent sur elle.

— Eh bien, mademoiselle, me répondit le chauffeur, vous n'avez pas vraiment le choix, il me semble.

Lake, qui avait déjà retouché son rouge à lèvres et ramené ses cheveux noirs en un chignon au sommet de sa tête, me tapota l'épaule.

— Ne te laisse pas impressionner, montre-leur que tu es au-dessus d'eux mais fais en sorte qu'ils se reconnaissent en toi, d'accord ?

Elle enfila ensuite l'une des trois paires de lunettes de soleil qu'elle gardait en permanence dans son sac en tissu et ouvrit la portière pour s'offrir en pâture à la foule affamée. Je poussai un soupir résigné, puis je glissai la lettre de la fille dans la poche avant de mon sweat-shirt à capuche et sortis à mon tour.

— Maia !

— Mademoiselle Finley, une minute s'il vous plaît !

Sibyl n'aurait jamais autorisé des journalistes à pénétrer dans l'enceinte du bâtiment, et l'endroit était bien trop sécurisé pour qu'ils s'y soient faufilés en douce. À présent que le portail, désormais clos, nous isolait des fans à l'extérieur, les agents de sécurité se contentaient de nous observer, alors que nous nous faisions aveugler par les appareils photos.

— Maia, que pouvez-vous dire de…

— Avez-vous des informations au sujet…

Un des journalistes tenta de m'attraper par le bras, ne réussissant qu'à me pincer la peau. Je grimaçais de douleur.

— Pourriez-vous nous laisser un peu de place ? hurlai-je pour tenter de couvrir le vacarme. Allez, reculez !

Je m'apprêtai à passer mon chemin quand j'entendis les mots : « opération secrète ». Je m'arrêtai net.

— Qu'avez-vous dit ? Que se passe-t-il ? demandai-je, en même temps que je protégeais mes yeux des flashes.

— Du calme, s'il vous plaît ! ordonna une voix de baryton à l'accent britannique. Nos Effigies rentrent tout juste de mission, ayez la courtoisie de leur laisser un peu d'air.

Dans la cohue, je n'avais pas remarqué qu'un homme de haute taille, charpenté, se tenait sur le pas des portes du bâtiment principal du complexe. Il portait un long manteau noir plutôt élégant sur une veste bordeaux, et des mocassins qui claquèrent sur le sol quand il s'approcha de nous. Bartholomäus Blackwell adorait en mettre plein la vue.

Il ne semblait pas le moins du monde perturbé par la présence des médias, pourtant, de par son rôle au sein de la Secte, il n'y était que rarement exposé. En effet, à la tête de chaque division se trouvait un directeur – comme Sibyl pour la zone européenne, ou encore le directeur Chafik pour l'Afrique. C'étaient eux qui coordonnaient le travail entre les différents complexes placés sous leur juridiction, et mutualisaient leurs renseignements. D'autre part, il y avait le Conseil, sorte de présence ombrageuse, qui supervisait toutes les opérations de la Secte. Blackwell en était le représentant, ou plus exactement le porte-parole diplomatique auprès des dirigeants étrangers, puisque les membres du Conseil conservaient l'anonymat.

Le reste du temps, il assistait à des concerts symphoniques ou se prélassait à la campagne dans son gigantesque manoir en bon crétin plein aux as qu'il était.

Il avança vers nous, tous les regards braqués sur lui – ce dont il semblait se délecter, à voir son sourire suffisant qui tranchait avec sa peau pâle rendue blafarde sous les flashes des appareils photos.

— Merci à tous d'être venus, déclara-t-il lorsqu'il fut assez près pour que j'observe ses boutons de manchette en diamant. Je vous prie de m'excuser d'arriver en retard à ma propre conférence de presse… D'aucuns trouveraient ça déplacé.

J'aurais dû me douter qu'il n'était pas étranger à cette mascarade, ce n'était pas la première fois qu'il nous faisait le coup. Ses épais sourcils noirs se haussèrent quand il nous remarqua, écrasées par la foule.

— Ah, parfait, mesdemoiselles, vous êtes arrivées ! s'exclama-t-il en nous faisant signe d'approcher. Rejoignez-moi. Laissez-les passer, je vous promets que nous allons répondre à toutes vos questions.

Enfin, les journalistes daignèrent s'écarter un peu, ce que nous ne manquâmes pas d'apprécier. Je n'étais pas pour autant davantage disposée à obéir au doigt et à l'œil à Blackwell. Mais, lorsque Belle se tourna vers nous avec un hochement de tête, j'obtempérai, réticente. En fin de compte, il restait un représentant haut placé de la Secte, et nous ne pouvions lui désobéir devant tous ces appareils photos – ce dont il avait sûrement conscience.

— Ne soyez pas timides !

Il eut beau utiliser sa voix la plus mielleuse et nous tendre les bras, aucune d'entre nous n'approcha de lui : nous préférâmes rester derrière Belle et nous aligner comme des prétendantes à un quelconque titre de miss, offertes aux regards affamés.

Face à la foule de journalistes qui brandissaient leurs micros, à l'affût de la moindre bribe de parole, une crispation se fit sentir dans notre groupe. Même Lake, qui d'ordinaire était plutôt du genre à rechercher l'attention des médias comme une bouée de sauvetage, n'avait pas pris la peine de rabaisser ses lunettes et attendait les prochains mots de Blackwell avec une lueur d'appréhension dans le regard.

— Bien, commençons. Ne vous inquiétez pas, je serai aussi bref que possible, promit-il avant d'ajuster son panama sur ses longs cheveux noirs et bouclés. Je comprends bien les craintes du monde entier quant aux problèmes de sécurité rencontrés par la Secte, et c'est pourquoi je vous ai convoqués. L'organisation n'a rien perdu de son efficacité, et ce, grâce au dur labeur de nos jeunes et courageuses Effigies (il nous adressa un petit sourire hypocrite), ainsi qu'à l'implication de nos représentants... Je pense notamment à la directrice Langley, qui s'est chargée de l'opération. Je suis à présent en mesure de vous communiquer les détails de notre récente mission.

Je me figeai. Du coin de l'œil, je remarquai la mâchoire de Belle se contracter, même si elle-même ne cilla pas. Cette action n'était-elle pas censée rester confidentielle ?

— Monsieur, les récents problèmes de sécurité que vous évoquez ont-ils un lien avec la capture manquée de Saul, le terroriste international ? demanda un journaliste au premier rang.

— Entre autres, répondit-il, songeur, promenant un doigt le long de sa mâchoire carrée. Cependant, j'ai de bonnes nouvelles à vous communiquer ! On vient tout juste de m'informer, qu'après avoir traqué les déplacements de Saul, nous l'avons localisé et capturé. (*Pardon ?* Je le dévisageai, ahurie, mais il n'avait pas terminé.) Il est en ce moment même détenu par la Secte au quartier général de Marrakech, en grande partie grâce au travail de nos Effigies.

— Celle-ci ne semble pas d'accord, remarqua un journaliste suspicieux.

D'un coup, tous les regards se braquèrent sur moi, et je compris que mon visage m'avait trahie.

Des semaines plus tôt, dans notre chambre, Lake, grande prêtresse des médias, m'avait prodigué une leçon de communication. « *L'appareil photo est ton meilleur ennemi. Si tu l'aimes, il te le rendra. Mais sache qu'au premier signe de faiblesse, il surgira de l'ombre pour te rabaisser. L'objectif est un serpent qui te considère comme sa proie. Alors garde ton calme en toutes circonstances, modère tes réactions, contrôle tes paroles.* »

J'essayais de mettre la théorie en pratique, mais… trop tard ! Mes traits avaient laissé transparaître confusion et panique, et je compris que les judicieux conseils de Lake ne m'étaient pas revenus en mémoire à temps.

Je me détournai pour reprendre mes esprits et décrisper mon visage avant d'affronter les journalistes qui ne me lâchaient plus des yeux.

— Y a-t-il un problème ? demanda l'un d'eux.

— Le terroriste est-il vraiment en détention ?

Ils oubliaient soudain toute retenue, à l'instar des fans qui hurlaient toujours à pleine voix, pressés contre le portail.

Qu'avais-je fait ?

De la sueur se mit soudain à ruisseler sur mon front. Blackwell nous avait tendu un piège, et il n'en était pas à son coup d'essai. À la fin de la dernière conférence de presse qu'il avait organisée, par exemple, il avait annoncé au monde entier qu'un certain nombre d'agents, dont son ancien bras droit, avaient aidé Saul à s'échapper. En cet instant, pourtant, il nous dévisageait toutes les quatre, et départi de son sourire, il semblait aussi confus que nous.

— Mesdemoiselles, vous l'avez capturé, n'est-ce pas ? souffla-t-il.

Je priai de toute mon âme pour qu'aucun journaliste n'ait enregistré ces quelques mots. Nous étions au bord de la catastrophe. L'évasion de Saul avait déjà entamé le peu de confiance que l'on nous avait accordé. Qui avait bien pu fournir de fausses informations à Blackwell ? Et qui l'avait laissé organiser une conférence de presse ?

Soudain, le portail s'ouvrit pour laisser entrer une farandole de fourgonnettes de la Secte, ce qui eut au moins le mérite de disperser les journalistes. Les véhicules n'étaient pas encore à l'arrêt que Sibyl Langley ouvrit grand sa portière et courut à notre rencontre sur le chemin goudronné. Son pantalon de tailleur crème rehaussait le noir de sa peau et détonnait parmi les uniformes des agents autour d'elle.

— Madame la directrice !

— Madame Langley, pouvez-vous nous expliquer…

Mais sans prêter la moindre attention aux journalistes, elle fondit sur Blackwell d'un pas déterminé, le regard, tranchant pour se planter à quelques centimètres de lui.

Pendant un court instant, les deux adversaires semblèrent se livrer une lutte silencieuse acharnée, chacun refusant de lâcher prise. Malgré sa petite taille, Sibyl vint à bout de son adversaire d'un seul regard. Déconfit, Blackwell détourna la tête, haussa les épaules et contracta sa mâchoire. Quand la directrice fit volte-face, ses courts cheveux noirs fouettèrent l'air.

— Je vous remercie d'être venus. Cette conférence est terminée. Les gardes vont vous indiquer la sortie, déclara-t-elle aux journalistes stupéfaits. Mesdemoiselles, suivez-moi, s'il vous plaît.

Son intonation ne laissait aucun doute sur l'attitude à adopter : nous quittâmes Blackwell pour lui emboîter le pas.

— Une conférence de presse...

— Monsieur... commença Sibyl, très vite interrompue d'un signe de la main par l'homme au visage cramoisi qui nous faisait face, sur l'écran géant.

— Une conférence de presse au sujet d'une mission non seulement secrète, mais qui s'est soldée par un échec !

Face à sa colère tout juste contenue, personne dans la vaste salle de réunion n'osa répliquer. En revanche, tous les regards se tournèrent vers Blackwell qui, bien sûr, s'était installé au bout de la table. L'homme secoua la tête, accablé.

— Quelle stupidité... Quelle incroyable incompétence !

Le porte-parole du Conseil s'enfonça dans son siège.

— Il s'agit en effet d'un problème de communication. Le fait que la Secte me fournisse des informations erronées sur nos opérations récentes révèle une incompétence généralisée au sein de l'organisation, ne pensez-vous pas ? Et donc de sa direction. (Il pencha légèrement la tête et ses mèches noires roulèrent sur ses larges épaules.) Mais est-il juste de me reprocher ce manque de professionnalisme, Arthur ? Après tout, mon rôle en tant que représentant du Conseil est très différent de celui de directeur.

J'en savais peu sur Arthur Prince, directeur de la Division nord-américaine, mais bien qu'il soit l'homologue de Sibyl, il semblait se considérer au-dessus d'elle, vu son air suffisant et la manière dont il l'avait réprimandée. Pourtant, sans son visage énigmatique ou sa carrure intimidante, ses cheveux courts châtain clair, son costume gris et sa cravate rayée le classaient plutôt dans la catégorie expert-comptable.

Il lança un regard noir à Blackwell, dont la large mâchoire se contracta, ce qui fit trembloter la peau autour de son cou et de son menton, devenue lâche avec l'âge.

— Vous avez organisé une conférence de presse à la hâte pour révéler des informations sensibles. À vos yeux, notre incapacité à capturer Saul ne nuisait donc pas déjà assez à l'image de la Secte ? L'ensemble des directeurs a dû se coordonner pour parvenir à faire collaborer nos équipes de recherche à l'échelle mondiale tout en aidant, entre deux attaques de spectres, les différents gouvernements à réparer les dommages causés par ce terroriste. Avez-vous idée de la pression que nous subissons ? Langley… (Elle lui répondit d'un bref hochement de tête.) Je vous sais capable d'occuper ce poste. J'ai moi-même supervisé votre entraînement à Philadelphie et je vous ai préparée à remplacer le directeur Bradshaw à la tête de la Division européenne après son décès.

C'était donc lui qui s'était occupé de sa formation… Aussi l'appelait-elle sans doute encore « monsieur » par habitude ou par respect pour son ancienneté, même s'ils avaient le même grade. Cela expliquait également pourquoi elle écoutait son monologue en silence au lieu de le mettre en pièces comme je l'en savais capable.

— Je n'ai pas oublié, admit-elle d'un ton mesuré.

— Les autres directeurs et moi-même avons accepté la proposition du Conseil de vous confier la supervision des Effigies parce que je vous croyais à même de diriger la mission pour la capture de Saul.

— Cette décision émanait du Conseil, monsieur, rétorqua-t-elle froidement. Aucun d'entre vous n'a eu voix au chapitre.

— Certes, mais jusque-là, votre manière d'appréhender la situation n'a attiré à la Secte qu'une surveillance accrue, dont nous nous passerions volontiers, étant donné les problèmes de sécurité interne que nous devons affronter.

— Avec tout le respect que je vous dois, monsieur, répliqua-t-elle avec une diplomatie déconcertante, je vous ferai remarquer que j'ai interrompu la conférence de presse, qui n'aurait jamais dû avoir lieu d'ailleurs, dès que j'en ai été informée, continua-t-elle alors qu'elle fusillait Blackwell du regard.

— Mais il était tout de même trop tard.

L'air mal à l'aise, Prince s'enfonça dans son siège et posa les deux mains sur son bureau, comme s'il allait prendre appui pour s'élancer à travers l'écran et nous rejoindre.

— Et je ne parle même pas de votre manière de diriger les Effigies.

Lake et moi échangeâmes un regard. Disciplinées, nous étions jusqu'alors restées toutes les quatre assises en silence autour de la longue table rectangulaire. Pourtant, il semblait que notre tour était venu d'en prendre pour notre grade. Quand Sibyl nous avait demandé de la rejoindre dans la salle de réunion, je m'étais imaginé devoir affronter une foule de regards furieux, mais nous

nous trouvions en la seule compagnie d'une rangée de chaises vides, sous la lumière éblouissante des plafonniers.

— Pardon ? Puis-je savoir ce que vous entendez par là ? demanda notre directrice.

Blackwell, qui semblait s'amuser de voir le professeur sermonner son ancienne élève, entreprit d'entortiller une mèche de ses cheveux autour de son index.

— Eh bien ! intervint-il, étant donné votre expérience à la tête du centre d'entraînement féminin botswanais, le Conseil vous pensait tout indiquée pour cette tâche. Vous étiez même chargée de modeler leur image publique pour nous faire bénéficier de l'attention des médias sans risque.

— Mais pour ça, continua Prince, il faudrait qu'elles apprennent à se contrôler devant les objectifs. Alors, peut-être, pourrons-nous maîtriser l'image de la Secte.

Chae Rin me donna un coup de pied sous la table que je me contentai d'encaisser, peu désireuse d'interrompre cet homme cruel et effrayant qui nous criait dessus.

— D'aussi longtemps que je m'en souvienne, la Secte a toujours eu du mal à gagner la confiance mondiale, remarqua-t-elle avant de se tourner vers Blackwell. Le vrai problème, ce n'est pas cette conférence de presse inopportune, mais le plaisir que vous semblez prendre à fournir des informations confidentielles aux médias.

À sa place, je me serais tortillée sur ma chaise, intimidée par le regard meurtrier de Sibyl, mais Blackwell se contenta de croiser les jambes d'un air amusé.

— Je suis le représentant du Conseil, il n'est pas surprenant que j'apparaisse parfois en public.

— Pour rencontrer des représentants étrangers, peut-être, mais certainement pas pour transmettre des informations sur nos opérations. Vous avez commis un impair, et ce n'est pas la première fois.

— Gardez vos accusations pour vous, vous êtes loin d'être irréprochable, répliqua-t-il, appuyé contre son dossier. Je vous rappelle que les agents qui ont aidé Saul à s'échapper étaient sous votre supervision.

— C'est Vasily Volkov, votre agent personnel, qui a orchestré cette évasion ! rétorqua Sibyl.

Vasily. Mes poings se serrèrent sur la table froide quand je songeai à cet employé de la Secte, rompu au combat, mais d'une violence insoupçonnable. Il avait coupé le doigt d'un homme et m'avait presque étranglée dans le jardin de l'ancien foyer de Belle. Je pouvais encore sentir ses mains brutales sur mon cou, voir son sourire pervers et ses longs cheveux blond pâle qui frôlaient mon visage alors qu'à califourchon sur moi, il me maintenait au sol. Je tressaillis et je me retins de me toucher la nuque.

— Ancien agent, la corrigea Blackwell. Nous nous sommes chargés de Vasily. Les traîtres ne m'intéressent pas.

— Les traîtres envers vous ou envers la Secte ? lâchai-je malgré moi en posant sur l'orateur un regard assassin.

Il sembla choqué, presque insulté, que j'ose intervenir sans permission dans leur conversation « entre adultes ».

— Je vous demande pardon, jeune fille ?

— Vasily s'est-il montré déloyal envers vous, ou bien envers la Secte ? Si mes souvenirs sont exacts, il a prétendu avoir reçu l'ordre de me tuer en France. À qui obéissait-il, alors ?

L'espace d'un instant, je vis la façade suffisante de Blackwell se craqueler. Était-ce de la culpabilité ou de l'indignation ? Impossible à dire. Il ne devait pas avoir l'habitude d'être interpellé par une adolescente... Aussitôt, il se ressaisit pour me répondre.

— Croyez bien, ma chère, que ma volonté se conforme à celle de la Secte. Si notre organisation avait souhaité votre mort, le Conseil s'en serait chargé lorsque vous avez prêté serment et vous ne seriez jamais sortie de cette cathédrale, commença-t-il avant de s'interrompre lorsqu'il me vit retenir un frisson. Si le Conseil vous a épargnée, c'est que tel était le désir de l'organisation. Or dans ce cas, pourquoi souhaiterais-je vous éliminer ?

Pour m'empêcher de découvrir le message que Natalya avait caché à l'intention de Belle et, dans la boîte dissimulée sous le plancher de sa chambre, la lettre d'Alice. Je ne voyais pas d'autre raison possible.

— Je me suis déjà expliqué à ce sujet auprès des directeurs et du Conseil, qui a vérifié l'exactitude de mes propos. Vasily a agi contre mon gré. Vous savez d'ailleurs que je n'interviens pas dans les décisions du Conseil. Notez tout de même... ajouta-t-il avant de se tourner vers Sibyl, que c'est sous votre responsabilité que des agents ont relayé des informations erronées sur une mission confidentielle, qui a par ailleurs échoué. Le directeur Prince l'a dit lui-même, nous ne pouvons pas y faire grand-chose... Mais ce résultat n'est-il pas la conséquence directe de votre mauvaise gestion ?

Pour toute réponse, Sibyl plissa les yeux d'un air rageur. Exaspéré, Prince poussa un soupir rauque et reprit.

— Vous êtes ridicules ! J'ai l'impression de voir deux enfants qui se chamaillent… dit-il en se frottant le front.

Ou des parents… pensai-je, lorsque je nous vis toutes les quatre, penaudes, en train d'observer cette querelle d'adultes.

— De toute façon, je vous tiens tous les deux pour responsables de ce désastre, et vous en subirez les conséquences, déclara-t-il sèchement.

On sentait bien qu'il faisait d'immenses efforts pour contenir sa rage.

Blackwell décroisa les jambes puis se pencha en avant, les coudes sur la table.

— Modérez vos propos, Arthur. C'est votre élève qui a commis cette erreur, et n'oubliez pas que je représente toujours le Conseil.

— À mes yeux, Bart, cracha l'interpellé, vous n'êtes qu'un nouveau membre de la famille Blackwell, qui a toujours été et sera toujours inutile et décorative, tel un macaron sur le col de la Secte. Le porte-parole glorifié du Conseil, un messager… (Il esquissa une grimace à ces mots.) Si Langley et moi vous avons admis dans nos conversations, c'est uniquement pour vous éviter de vous sentir inutile. Est-ce de là que vous est venue l'idée des conférences de presse ? À moins que vous ne trouviez le poste sous-payé d'agent de liaison avec les médias plus gratifiant que la fonction qui vous revient et vous permet de colporter des messages ou de dîner de temps à autre avec le seul Premier ministre qui daigne vous accorder son temps ? Vous n'êtes qu'un enfant gâté inintéressant et inutile. Mais l'adage dit vrai, tel père, tel fils.

Cette diatribe avait pétrifié Blackwell. Après un bref silence, Sibyl s'éclaircit la voix.

— Et si nous passions à un autre sujet ? Si je vous ai appelé, monsieur, c'est pour vous demander conseil à propos de notre prochaine action envers Saul. Maia ?

Je tressaillis quand elle prononça mon prénom. Pour la première fois depuis le début de la réunion, quelqu'un se souvenait spontanément de notre présence.

— Lors de notre dernière conversation, vous m'avez rapporté que Saul était apparu devant vous à Marrakech.

— Oui, acquiesçai-je. Il a proféré une kyrielle d'inepties plus énigmatiques les unes que les autres avant de disparaître.

— Pourtant nos scanners n'ont pas détecté sa signature. Sans vous, nous n'aurions même pas su qu'il se trouvait au Maroc. Il doit donc être à nouveau capable de masquer sa fréquence.

La Secte avait traqué Saul durant des semaines après la disparition de son signal au Groenland, en vain. Peut-être avait-il repris le contrôle là-bas... Je secouai la tête. Si ce terroriste avait réussi à dissimuler sa signature spectrographique pendant tout ce temps, alors l'Effigie que les Communications avaient identifiée dans le désert ne pouvait être que le soldat mort.

— Saul avait le champ libre pour enlever Maia quand il était dans sa chambre, remarqua Belle, les bras croisés. Elle est sans doute son objectif final, mais nous devons envisager l'éventualité qu'il soit sur un plus gros coup.

— Une attaque ? demanda Chae Rin. C'est possible, qu'en pensez-vous ?

— Il m'a dit qu'il voulait changer le monde, répondis-je, les ongles enfoncés dans mes paumes. Heureusement, sans sa bague, il lui est impossible de contrôler les spectres.

— Ça ne l'empêchera pas de continuer à vous pourchasser, répliqua Sibyl. Depuis le début, vous l'obsédez.

J'inspirai un grand coup et fermai les yeux pour me calmer. Elle avait raison, Saul voulait me mettre la main dessus à tout prix, car j'étais son unique moyen d'atteindre Marian, une Effigie tapie dans mon subconscient avec toutes les autres. Elle détenait une information primordiale aux yeux du garçon : elle seule pouvait lui indiquer l'emplacement du reste de la pierre qui avait servi à fabriquer sa bague. Et posséder cette pierre entière était l'unique manière pour lui d'exaucer son vœu le plus cher, quel qu'il soit. Là où Belle se trompait, c'est que son objectif final était Marian, moi, je n'étais qu'un emballage peu accommodant.

Un grincement de métal contre le parquet nous interrompit : Blackwell, visiblement satisfait d'avoir obtenu notre attention, repoussait sa chaise avec un vacarme prolongé et délibéré.

— Très bien, je vous laisse planifier notre prochaine opération. Mais, Arthur, n'oubliez pas que je suis le porte-parole du Conseil, ajouta-t-il d'un ton menaçant. Nous attendons des résultats et nous n'hésiterons pas à procéder à des ajustements à tous les niveaux de l'organisation, si nous n'obtenions pas satisfaction. (Il se leva, ajusta son long manteau sur ses épaules, les yeux rivés dans ceux de Prince en signe de défi, et tout en jouant avec ses boutons de manchette, ajouta :) Moi, en revanche, je n'ai pas à m'inquiéter. Hériter d'un poste d'apparat présente quelques avantages, Arthur… La sécurité de l'emploi, par exemple.

Les doubles portes claquèrent derrière lui avec un fracas qui résonna dans toute la pièce. Agacé, le directeur de la Division nord-américaine se mordillait la lèvre inférieure, les yeux fermés, mais parvint tout de même à conserver son calme.

— Que proposez-vous, Sibyl ?

— Si Saul prépare une attaque, il aura besoin de ses bagues pour contrôler les spectres, expliqua-t-elle alors que ses doigts tapotaient sur la table.

— Sont-elles toujours en votre possession ?

— Oui, assura-t-elle. Dans un lieu fortifié sous surveillance permanente. Mais nous…

Le directeur l'interrompit encore d'un geste, pour prendre un appel cette fois – ce qui ne manqua pas de contrarier Sibyl. Après un hochement de tête, il répondit à son interlocuteur :

— Très bien. S'il est déjà arrivé au complexe, demandez-lui de se rendre directement en salle de réunion, j'ai à lui parler.

— Monsieur, reprit Sibyl quand il eut raccroché, de qui parliez-vous ?

Prince déglutit péniblement, ce qui fit remonter sa pomme d'Adam.

— À dire vrai, j'y pensais depuis que j'ai découvert vos difficultés évidentes à capturer Saul. Vous avez raison de penser qu'il ne s'en prendra ni à la Secte ni à Maia sans arsenal. Pour l'instant, nous avons l'avantage car il aura besoin d'au moins une bague. Toujours est-il que les brèches que nous avons découvertes récemment dans notre fonctionnement m'amènent à douter que les anneaux soient en sécurité au sein de votre complexe.

— Depuis l'évasion de Saul, j'observe de près nos agents de Londres, affirma-t-elle d'une voix grave, sans laisser paraître qu'elle était sur la défensive, ce que trahissait la raideur de son dos. J'ai tout mis en œuvre pour maintenir ces pièces sous haute surveillance.

— Je reste sceptique, veuillez m'en excuser, répliqua-t-il, catégorique. Mais n'ayez crainte, Sibyl, tout ça tombe à pic. De toute façon, j'avais déjà envisagé de déplacer les anneaux dans un lieu plus sûr. C'est une opération délicate qui nécessitera l'intervention des Effigies et d'une poignée d'agents dignes de confiance dont je peux me passer.

— Une unité opérationnelle...

— J'ai déjà établi une liste d'hommes et de femmes de ma division. Certains ont déjà collaboré sans problème avec votre équipe par le passé. Je les ai dépêchés à Londres dès que j'ai eu vent de vos difficultés. Je crois qu'il est préférable de s'en tenir à mon plan, surtout maintenant que Saul a confié ses intentions à Maia.

— Quels agents avez-vous réquisitionnés ? demanda Sibyl, les sourcils froncés.

— L'un d'entre eux devrait arriver sous peu.

Lorsqu'il passa la porte à peine quelques secondes plus tard, j'étais déjà debout.

J'aurais dû m'en douter.

Ses pommettes saillantes avaient retrouvé leurs couleurs et ses cheveux noirs étaient plus courts. Il semblait s'être tout à fait remis d'avoir failli périr en me protégeant de Saul, deux mois plus tôt. Durant ses semaines de convalescence, qu'il avait passées dans un hôpital londonien, je ne lui avais rendu visite qu'aux heures où je le savais endormi. Puis, après son retour à son poste de simple agent de terrain dans la campagne de l'État de New York, j'avais décidé de prendre de la distance et d'ignorer ses textos. En revanche, j'avais archivé ses messages vocaux dans la mémoire de mon téléphone.

Pendant quelque temps, j'avais cru qu'en l'effaçant complètement de ma vie, je parviendrais à supporter l'idée qu'il ait peut-être assassiné Natalya. Je pourrais enfouir au fond de mon esprit cette information, qu'elle soit vraie ou non, et finir par l'oublier.

J'aurais dû m'en douter, me répétai-je.

— Rhys.

Je le dévisageai bêtement, bouche bée, les bras ballants. Le nouveau venu ne m'accorda pas la moindre attention. Ses yeux étaient déjà fixés sur l'écran, au fond de la pièce, où notre interlocuteur affichait le même regard de pierre.

— Aidan. Bien, tu es arrivé.

Prince joignit les mains et se concentra sur Rhys, droit comme un i, que je n'avais jamais vu aussi crispé.

— Oui, répondit-il d'un ton formel, même si la lueur étincelante au fond de ses prunelles trahissait un sentiment tout autre. Bonjour, papa.

Chapitre 7

— Non ! s'exclama Lake dont les yeux passaient de Rhys à Prince à toute vitesse. Vous êtes vraiment père et fils ?

Les deux hommes, trop occupés à se dévisager, ignorèrent sa question. Je me souvins alors que Rhys m'avait un jour raconté qu'il appartenait à l'une de ces familles qui travaillaient pour la Secte depuis des générations, de celles qui lui étaient dévouées de père en fils. *« Mon père a été au combat, tout comme mon frère. »*

Le seul détail qu'il avait passé sous silence était que son père dirigeait une division entière de la Secte.

— « Monsieur le directeur », le corrigea Prince.

Je remarquai alors qu'ils ne portaient pas le même nom de famille. Rhys était-il un surnom ? Un nom de code ? À moins qu'il ait changé de patronyme pour des raisons de sécurité… ou personnelles. Les questions se bousculaient dans mon esprit. J'en ignorais beaucoup trop à son sujet.

— Ici, c'est « Monsieur le directeur », répéta son père.

Pour toute réponse, Rhys tira sur sa veste en jean d'un geste sec et releva le menton. Son visage fin aux lignes délicates était crispé et les muscles de son cou élancé, contractés. Même au garde-à-vous, il défiait l'homme comme un enfant, et ne semblait pas prêt à lui obéir.

Sibyl se leva et, la main tendue s'approcha du nouveau venu, qui sembla enfin se détendre.

— Ravie de vous revoir, agent Rhys.

— Moi aussi, directrice Langley, depuis tout ce temps…

Le trouble semé par son père parut enfin se dissiper. Ses traits s'adoucirent, et il adressa à Sibyl son sourire de gendre idéal qui éclaira son doux regard brun avant de se tourner vers nous.

— Bonjour, les filles. Désolé, Lake, en effet, je te présente… mon père.

À ces mots, son sourire jovial se transforma en rictus, jusqu'à ce que son regard croise le mien, ce qui le fit tressaillir.

— Content de te voir, souffla-t-il à mon intention tout en se retournant vers Sibyl. On m'a déjà résumé la situation pendant le trajet : depuis la mission pour capturer Saul jusqu'à cette conférence de presse, continua-t-il avec un petit sourire narquois. Quel coup de théâtre ! Toute la presse en parle déjà… même si ce n'est pas vraiment à notre avantage.

— Nous nous serions bien passés de l'attention des médias, admit Sibyl.

— Le directeur Prince m'a parlé du transfert des bagues. Il nous faudra agir dans le plus grand secret, c'est pourquoi j'ai déjà commencé à préparer l'opération.

Son père lui adressa un signe de tête approbateur.

— Cette mission exige la plus grande précision. Sibyl va t'expliquer la situation actuelle, puis nous établirons tous les trois un plan opératoire avant d'étudier la liste d'agents de la Division nord-américaine que j'ai constituée. Nous devons nous tenir prêts.

— Et nous ? demanda Chae Rin, penchée en avant, avec un regard dans notre direction.

— Il est tard et vous rentrez tout juste de mission, répondit Sibyl. Si nous voulons être efficaces, il est impératif que chacun soit au maximum de ses capacités. Mangez, reposez-vous et concentrez-vous sur votre entraînement, comme à votre habitude. Nous nous occupons de la partie logistique.

— Mais…

— Vous interviendrez quand nous vous solliciterons, pas avant.

Lui tournant déjà le dos, notre directrice ne vit pas Chae Rin, désabusée, rejeter la tête en arrière. Sibyl ne pensait sans doute pas à mal mais ses paroles s'étaient faites cinglantes à nos oreilles. D'ailleurs, Chae Rin savait très bien, comme nous toutes, quel statut nous était accordé : nous étions les muscles. Je tentai de me remémorer la manière dont Tracy Ryan, une sénatrice conservatrice à la tête de pigeon, nous avait qualifiées… « Armes de destruction massive en chair et en os ». L'image était un peu exagérée, mais avait l'avantage d'être claire : nous, les Effigies, nous incarnions les héroïnes que le monde entier pouvait idolâtrer, à coups de pancartes en carton et de lettres manuscrites, alors qu'en réalité, nous n'étions rien de plus que les marionnettes de la Secte.

On nous indiquait où et quand intervenir, ne nous restait plus qu'à essayer de nous en tirer vivantes.

Nous exécutions les ordres, mais la mort de Natalya nous avait appris que lorsqu'on travaillait pour une organisation où le secret régnait en maître, la confiance devenait un luxe.

— Elle a raison, confirma Belle alors que j'observais Rhys du coin de l'œil. Autant utiliser notre temps à bon escient. Allons-y !

Aussitôt, nous nous levâmes toutes pour partir. À cause des récents accrocs dans la confidentialité de la Secte, Prince se montrait vigilant à l'extrême et triait sur le volet les agents qu'il admettait dans son unité opérationnelle. Mais nous, les Effigies, nous avions notre propre mission. Le tout était de rester sur nos gardes pour l'accomplir.

Quand je passai près de lui, mon épaule frôla le bras de Rhys, qui tourna à peine la tête. C'était encore pire que d'être totalement ignorée. L'espace d'un instant, mon cœur s'emballa, et je me détestai d'y attacher autant d'importance. La prudence était de mise.

Lorsque j'atteignis la porte, j'entendis Prince interpeller son fils dans mon dos.

— Rhys, sache que si je t'ai sélectionné pour faire partie de l'unité opérationnelle, c'est avant tout parce que je te fais confiance. Tu es un soldat de la Secte, et tu le resteras jusqu'au bout.

Effectivement, j'étais bien placée pour le savoir… et Natalya aussi.

*

Alors que je m'affalais lourdement à plat ventre sur le canapé, mes jambes percluses de courbatures reposant sur l'accoudoir, je sentis un froissement au niveau de mon sweat-shirt.

Je sortis de ma poche l'enveloppe rose fermée par un adorable autocollant à l'image d'un lapin que m'avait donnée ma fan.

— Qu'est-ce que c'est ? me demanda Chae Rin. Oh, c'est la lettre de cette gamine ?

Après avoir refermé la porte, elle s'approcha de moi et m'arracha l'enveloppe des mains avant que je puisse la remettre dans ma poche. Je protestai et me levai pour la récupérer, mais ma camarade m'évita en virevoltant.

— Voyons voir… Oh, elle est écrite à la main ! C'est trop mignon !

D'un geste, elle avait décollé la gommette et sorti la lettre. Comme le papier était fin, je distinguai par transparence les pattes de mouche de la jeune fille. Chae Rin, sarcastique, ne se priva pas de prendre une voix idiote pour lire les quelques mots qu'elle contenait.

Chère Maia,
Tu es géniale ! Toutes mes amies adorent Belle, Lake ou encore Chae Rin…

— Pas étonnant ! s'exclama l'intéressée, le torse bombé.

Mais moi je trouve que c'est toi la plus cool, parce que j'ai l'impression de te ressembler. J'espère que tu ne lis pas les commentaires sur Internet et que tu ne prêtes pas attention aux gens qui pensent que tu ne fais pas le poids. Tu as commencé depuis à peine un mois, et ta faux est démente ! Je suis même en train d'en fabriquer une en carton !

— Vous avez entendu ça ? lâcha Chae Rin avec emphase. Elle fait une réplique en papier ! Oh, elle a raison, tu es vraiment… trop géniale !

La tête penchée, la lettre pressée contre son cœur, elle parlait d'une voix mielleuse agaçante.

— La ferme ! répliquai-je, les joues en feu.

Mais je ne parvenais pas à cacher mon enthousiasme. On me trouvait « cool », moi, Maia Finley ! Mieux valait tard que jamais.

Il y a une convention de fans en août prochain et j'adorerais que vous veniez, alors s'il vous plaît, réfléchissez-y !

— Ce serait marrant, suggérai-je.

— Trop de geeks pour moi… Non merci ! rétorqua Chae Rin, avant de me lancer la missive, puis l'enveloppe. Eh bien, félicitations, tu as enfin une admiratrice ! La boucle est bouclée, tu es passée de groupie à Effigie sur le point de décevoir tous ses fans !

— Oh, ça va, tais-toi !

Lake gloussa en passant à côté de nous. Je fourrai la lettre dans ma poche puis m'avachis de nouveau dans le canapé d'où je suivis du regard Chae Rin qui quittait la pièce. Ma valise était restée près de la porte, alors que Belle transportait déjà la sienne à l'étage, vers les chambres de notre petite maison.

Ma maison… Je n'y avais pas mis les pieds depuis deux mois. Dans le cadre de notre entraînement, Sibyl nous interdisait de rentrer chez nous ou de voir nos familles, afin que notre concentration soit totale. Même Lake, dont les parents vivaient pourtant à Londres, n'avait pas le droit d'aller en ville pour leur rendre visite. Je savais que Nathan était vivant, c'était le principal. Il était forcément au courant que j'étais devenue une Effigie, à présent, même si je n'avais pas eu l'occasion de le lui apprendre moi-même. Décidément, après que le feu lui avait pris son frère, sa belle-sœur et une de leurs filles, voilà que les flammes – celles du destin, cette fois – lui avaient volé son autre nièce.

Mon oncle était la seule famille qu'il me restait. J'aurais dû lui parler dès que j'avais compris ce qui se passait, mais il était trop tard désormais, et je crois que je préférais ne pas avoir à l'affronter.

En tout cas, depuis mon départ de New York en avril dernier, j'avais un nouveau chez-moi. Ce duplex rond était devenu le quartier général des Effigies, comme en témoignaient les miettes parsemées sur le tapis, la vaisselle sale empilée dans l'évier, et la télécommande poisseuse au milieu des bouteilles vides couchées sur la table. Lake s'efforçait de maintenir un semblant de propreté et Belle était très ordonnée. Mais depuis quelque temps nous enchaînions les missions, toutes plus stressantes les unes que les autres, et, malgré les remarques de nos colocataires, Chae Rin et moi cédions facilement à la paresse. D'ailleurs, j'étais certaine qu'une bonne moitié des chaussettes sales éparpillées par terre m'appartenaient. Alors que j'en ramassais une pour l'examiner, je vis Lake foncer vers la cuisine. La pièce étant constituée d'un espace ouvert avec un plan de travail à l'américaine, j'entendais donc très bien ce que ma collègue trafiquait depuis le salon.

— J'ai faim, je n'ai rien mangé depuis ce truc frit dégoûtant à l'aéroport. Vous voulez quelque chose ? Voyons ce qui reste…

Lake sortit du réfrigérateur l'un des nombreux tupperwares étiquetés à son nom – ce qui n'empêchait d'ailleurs ni Chae Rin ni moi de les lui voler – et l'agita vers moi.

— Maia, tu veux des bananes plantains ?

Je me redressai pour mieux voir les fruits coupés, mais encore crus. Lake était nigériane et appréciait comme moi certains plats que ma mère caribéenne avait l'habitude de cuisiner. Quelques jours plus tôt, nous nous étions toutes deux rendues en ville – sous surveillance, bien sûr, puisque Sibyl voulait empêcher ma camarade de retrouver en douce sa famille à Woolwich. Ce que notre chaperon ignorait, c'est que les parents de Lake connaissaient le propriétaire d'un magasin afro-caribéen à Southwark.

— Ta famille est encore au Nigeria en ce moment, c'est ça ? lui demandai-je. Ils n'avaient pas un mariage ?

— Oui, c'est ce qu'ils m'ont rapporté à la boutique, lâcha-t-elle avec un de ces soupirs théâtraux dont elle avait le secret. Ils sont partis profiter des festivités alors que leur fille est enfermée dans ce complexe avec pour seule occupation le droit de prendre part à des missions plus périlleuses les unes que les autres. Quelle cruauté ! À croire que je ne leur manque même pas !

J'en doutais, à voir combien M. et Mme Soyinka l'avaient couvée par le passé – autant qu'une fille unique de dix-sept ans peut l'être. J'aimais beaucoup me rendre au magasin afro-caribéen avec Lake. Et par-dessus tout, nous appréciions de posséder un point commun autre que le devoir qui nous avait été confié par la Providence. Et avec l'interdiction de voir nos familles, ce lien entre nous comptait beaucoup à nos yeux.

Elle versa de l'huile dans une poêle et alluma le feu. À côté d'elle, Chae Rin se baissa pour attraper une canette de soda dans le réfrigérateur avant de remarquer :

— Je croyais que je serais fatiguée, mais, c'est étrange, je me sens en pleine forme ! Comment est-ce possible, à votre avis ?

— Tu es accro à l'adrénaline, voilà pourquoi, rétorquai-je.

Je me mis à genoux sur le canapé puis laissai pendre mes bras par-dessus le dossier.

— C'est possible…

Elle se dirigea vers un des tiroirs à couverts… et me lança un couteau, que j'interceptai par la pointe à seulement quelques centimètres de mon front.

— Non, mais ça ne va pas ? Tu t'ennuies à ce point ? m'écriai-je alors qu'elle éclatait de rire.

— Je vérifie tes réflexes, bizut ! répondit-elle, adossée au réfrigérateur, puis elle avala une grande gorgée de son soda. Je constate que mon entraînement commence à porter ses fruits, je suis impressionnée !

— Donc j'ai raison, tu cherches une occupation ! conclus-je, accompagnée par le claquement du bois du couteau, que je venais de jeter sur la table toute proche.

Chae Rin et Belle possédaient chacune leur propre chambre, et si Lake et moi nous partagions la troisième, c'était, sans doute à raison, pour éviter que l'une de nous ne meure étouffée sous un oreiller.

À nous quatre, nous formions une équipe. C'est du moins ce que je me répétais sans relâche. Pendant les longues nuits où la peur de rêver de Natalya me tenait éveillée, ou bien quand j'essayais de ne pas penser à Nathan et à ma famille disparue, savoir mes trois camarades près de moi me réconfortait. Mon sort me semblait alors plus supportable. Pourtant, j'avais beau souhaiter de tout mon cœur que notre coopération réussisse, la cohabitation n'allait pas toujours de soi.

— Tu ferais mieux d'économiser ton énergie pour la prochaine mission, au lieu d'essayer de me tuer !

— Encore une ! geignit Lake. Combien de temps devrai-je encore affronter tout ce sang et ces morts ?

Elle ajouta des tranches de bananes plantains dans la poêle, et une forte odeur de sucre chaud envahit la pièce. Chae Rin esquissa une grimace pour imiter un sourire niais qui se termina en un rictus.

— La vie était bien plus facile quand tu te contentais d'ignorer les appels de la Secte, n'est-ce pas, Victoria ? ricana-t-elle.

J'étais tellement habituée à l'appeler par son nom de scène qu'entendre le vrai prénom de Lake m'étonnait toujours. Chae Rin ne l'utilisait que pour l'embêter, ce qui lui valut un regard meurtrier de l'intéressée.

— Ça te dit, un demi-litre d'huile bouillante en pleine figure ? répliqua-t-elle en agitant le manche de la casserole d'un air menaçant.

— Maintenant que nous sommes toutes là, m'interposai-je avant que la situation ne dégénère comme souvent, je dois vous confier ce qui m'est arrivé au Maroc.

— Alors, tu vas enfin nous raconter ce que tu as vu dans ton fameux rêve ? s'enquit Chae Rin tout en s'asseyant à la table, les jambes croisées.

Je m'agrippai au canapé.

— Tu l'as vue, n'est-ce pas ? demanda Lake d'une voix forte pour couvrir le grésillement de la friture.

— Oui, j'ai vu Natalya. Et elle... elle n'était pas dans... son état normal.

Mes deux interlocutrices me dévisagèrent, mais notre attention fut détournée par un mouvement à l'étage. Je levai les yeux et découvris Belle, penchée en avant, les cheveux tombant sur ses épaules. Elle avait refermé la porte de sa chambre sans bruit et nous observait, depuis la rambarde métallique, sans que nous ne l'ayons remarquée.

— Que veux-tu dire ? m'interrogea-t-elle, les yeux rivés sur moi.

— On dirait la Dame blanche ! marmonna Chae Rin. Prononcez « Natalya » trois fois et soudain, Belle apparaît !

D'habitude, ce genre de sarcasmes laissaient Belle indifférente. Mais cette fois, elle ne put retenir un regard si glacial que Chae Rin même en parut un peu ébranlée. Elle but une autre gorgée de soda en silence alors que notre colocataire descendait l'escalier.

— Maia, qu'est-ce que tu entends par là ? insista-t-elle sans me lâcher des yeux.

Lorsqu'il était question de Natalya, mieux valait que je pèse mes mots.

— Cette fois, elle était étrange… violente, effrayante… Elle est entrée dans mes rêves.

Je me remémorai avec un frisson l'épée enfoncée dans le torse de Rhys, mais préférai passer cette scène sous silence. De toute façon, j'étais incapable d'en parler.

— Mais ce n'était pas la première fois pourtant, si ? demanda-t-elle après s'être arrêtée au niveau du canapé. Le seul moyen d'entrer en contact avec les précédentes Effigies est de recourir à la divination, d'épurer son propre esprit afin d'accéder à leur passé. Pour y parvenir, tu dois être en transe ou bien rêver. Tu le sais, puisque tu avais déjà vu ses souvenirs dans ton sommeil auparavant.

— Oui, mais cette fois, c'était différent. D'habitude, je m'endors et j'assiste à ses souvenirs. Là, elle m'est apparue pendant un rêve que j'étais en train de faire. Elle courait dans Marrakech en me demandant de l'attraper pour me conduire vers un nouveau souvenir.

— Comment ça ? demanda Chae Rin. On dirait que tu parles d'un gourou… Il suffit qu'elle te parle pour que tu la suives n'importe où ?

— Je n'en sais rien. Avant, quand je voyais des bribes de son passé, c'était toujours involontaire. Autrement, elle n'a essayé délibérément d'entrer en contact avec moi que deux fois : lorsque j'ai prêté serment dans la cathédrale d'Ely, et en France, lors de ma première véritable séance de divination.

Après quoi elle avait tenté de s'emparer de mon corps. Rien que d'y penser, je me raidis et mon pouls s'accéléra.

— Auparavant, tous mes rêves étaient issus de mon esprit, mais une nuit, les souvenirs de Natalya les ont remplacés, et ça continue depuis, repris-je. Ensuite, depuis notre mission en France, je l'entendais plus souvent dans ma tête, et voilà qu'elle intervient dans mes propres rêves. Je croyais au départ que c'était cette première séance de divination qui m'avait troublée. Mais j'ai peur que la barrière entre mon esprit et le sien se détériore depuis bien longtemps…

À l'idée que Natalya soit encore plus à même de me manipuler et de me voler mon corps, ma gorge se noua et de la sueur perla à mon front brûlant.

— Ne tirons pas de conclusions hâtives, lança Lake depuis la cuisine, sa spatule dégoulinant sur le plan de travail à la main. Peut-être qu'elle a toujours pu le faire, mais qu'elle vient juste de passer à l'action. Et dans ce cas, c'est plutôt bon signe, non ? Nous savons que la Secte a menti à propos du suicide de Natalya et que Vasily a tenté de te tuer. (Elle relevait un doigt chaque fois qu'elle citait un indice.) Nous savons aussi qu'avec la complicité d'autres agents du département Recherche et développement, il a aidé Saul à s'échapper des cellules de la Secte. Quelque chose me dit qu'elle veut nous voir découvrir le fin mot de l'histoire. Après tout, c'est elle qui nous a orientées vers la boîte dans l'ancien foyer de Belle. Et depuis, nous attendions un autre message de sa part à travers toi, Maia.

Elle avait raison. Pourtant, tout ce que j'avais obtenu de l'ancienne Effigie du feu, c'étaient des railleries et toujours le même cauchemar où je revivais sa mort, comme si la chaîne des rêves s'était enrayée.

— Chaque fois que tu entres en contact avec la conscience de Natalya, tu en apprends davantage sur ses derniers instants et son enquête secrète au sujet de Saul. Ce sont tous ses efforts pour découvrir la vérité qui l'ont menée à sa…

Belle s'interrompit, incapable de prononcer le mot, mais elle se ressaisit vite et rejeta ses longs cheveux en arrière.

— Où qu'elle te guide, c'est forcément pour une bonne raison.

Oui, ou alors pour me déstabiliser… C'était tout le problème. La jeune femme semblait hésiter entre me dévoiler les raisons mystérieuses de sa mort et utiliser ses souvenirs pour m'attirer dans un piège afin de me voler mon apparence.

— C'est Natalya, tu peux lui faire confiance, asséna Belle avec assurance et une pointe d'ironie cruelle fort à propos.

— La dernière fois, elle a essayé de s'emparer de mon corps, lui rappelai-je à mi-voix, avant de sortir de ma poche, par réflexe, la lettre de ma fan et me mettre à la triturer.

— Oui, eh bien… je t'avais prévenue que la divination comportait des risques ! se hâta-t-elle de répondre après une brève hésitation. Pendant une séance, tu dois être calme pour avoir le contrôle total de toi-même. Mais cette fois-là, tu étais en train d'affronter Saul. Cette situation a dû provoquer chez toi un stress qui a affaibli la barrière entre vos deux consciences, et elle l'a franchie par inadvertance.

— Sauf que ça n'avait rien d'involontaire, répondis-je d'une voix sourde, l'estomac noué, la missive serrée dans ma main. Elle savait très bien qu'elle allait m'enfermer dans mon esprit !

Je me souvenais de chaque seconde de cette expérience douloureuse. J'avais eu l'impression d'être emmurée, enterrée vivante. Et à présent, mon esprit n'en était sans doute que plus affaibli, ce qui lui permettait de revenir à la surface avec davantage de facilité.

Mais Belle le comprenait-elle ? À voir sa moue embarrassée et ses tentatives subtiles d'éviter mon regard noir, elle se voilait la face.

— Nous étions toutes les deux en danger, ajouta-t-elle, la tête haute, presque en signe de défi. Saul m'avait capturée, et dans le même temps, Chae Rin, Lake, ainsi qu'un train rempli de passagers étaient retenus en otage par les spectres. À toi seule, tu ne pouvais pas nous sortir de là. Elle l'a vu à travers tes yeux, et bien sûr qu'elle a voulu se battre !

Son regard croisa le mien, cherchant le conflit.

— Tu parles, elle voulait surtout revivre.

— C'est plutôt humain, tu ne crois pas ?

Les mots de Belle résonnèrent dans le silence épais qui s'était installé entre nous, et que seul venait perturber le grésillement de la poêle de Lake.

De nouveau, je ressentis le malaise insidieux et tenace que j'avais éprouvé dès notre première conversation au *Manoir* : à ses yeux, je n'étais rien de plus qu'une remplaçante temporaire pour Natalya. Je baissai la tête. Pendant cette fameuse nuit, en France, alors que Belle avait la bague de Saul dans la main, j'avais eu l'impression, l'espace d'un instant, qu'elle allait tout faire pour voir Natalya revivre dans mon corps, à ma place. Saul lui avait d'ailleurs confirmé que son vœu était facile à exaucer. Pourtant, j'avais envie de croire que la véritable Belle était celle qui s'était écroulée à terre, en larmes, lorsqu'elle avait lâché l'anneau… Mais si la plupart du temps, j'avais le sentiment qu'elle acceptait l'idée que nous formions une équipe et mon statut d'Effigie du feu, j'en étais moins certaine à d'autres moments.

Peut-être souhaitait-elle le retour de Natalya au point de sacrifier ma vie ?

Chae Rin reposa sa cannette de soda et s'écarta de la table.

— Non mais, Belle, tu t'entends ? Tu es en train de nous faire l'apologie du vol de corps, maintenant ! s'exclama-t-elle, choquée.

Comprenant son erreur, l'interpellée secoua la tête face à nos regards noirs et s'empressa de répondre.

— Ce n'est pas ce que je voulais dire…

— Ben voyons ! ricana Chae Rin, incrédule. Tu es tombée bien plus bas que je ne l'imaginais !

— Ce n'est pas du tout ce que je voulais dire ! s'écria Belle en se tournant vers moi alors que le remords emplissait son regard bleu. Maia, je te le jure ! (Sa voix, teintée d'un soupçon de panique que je ne lui connaissais pas, résonna dans la pièce.) Maia, ce n'est pas ce que je voulais dire, répéta-t-elle encore, penaude. S'il te plaît, crois-moi. Je n'oserais jamais ! Jamais !

À son expression mortifiée, je sus qu'elle se souvenait aussi bien que moi de cet instant en France.

— De toute façon, je n'ai pas d'autre choix… répondis-je avec un haussement d'épaules résigné.

Et puis, au fond, je voulais la croire, j'y étais forcée.

— Eh bien, quelle équipe soudée et opérationnelle nous formons ! railla Chae Rin, les yeux au ciel. Belle, on sait toutes que Natalya était ton mentor et que vous étiez très proches, mais regarde la réalité en face.

Elle se dirigea vers le placard de la cuisine et bouscula Lake sur son passage. Lorsqu'elle glissa les mains sous une pile de magazines dans le tiroir du bas, je devinai sur-le-champ ce qu'elle cherchait. Nous avions placé le coffret à cigares que Natalya avait enfoui sous le parquet de l'ancienne chambre de Belle dans un endroit qui n'attirait pas les soupçons.

Quelques semaines plus tôt, Belle avait profité d'un week-end pour nettoyer la mousse et la poussière collées sur le bois sombre du couvercle, avant de polir les magnifiques gravures artisanales afin de mieux en apprécier le dessin. Mais c'était le contenu qui nous intéressait. Chae Rin ouvrit la boîte et en sortit avec précaution un petit éclat de pierre blanche, identique à la mystérieuse gemme des bagues de Saul.

— D'après toi, ce terroriste veut récupérer le reste, n'est-ce pas ? me demanda-t-elle. Cette pierre, alimentée par la mort, exauce les souhaits, et l'une des précédentes Effigies du feu sait comment trouver la partie manquante. (Elle ajouta à l'intention de Belle et Lake :) C'est pour ça que Saul n'a de cesse de capturer Maia. Si Natalya nous a menées à ce coffret, c'est sûrement pour nous inciter à lever le voile sur ce mystère. Mais nous devons rester vigilantes, surtout après ce qui est arrivé à Maia. Il n'est pas exclu que ton mentor poursuive plusieurs objectifs, Belle.

Chae Rin avait raison. Restait à savoir ce qui lui importait le plus : nous voir résoudre cette énigme qu'elle n'avait su élucider ou ressusciter ? Sans doute ne le savait-elle pas elle-même…

Notre camarade replaça l'éclat dans la boîte qu'elle referma et se tourna vers moi.

— Natalya ne va pas arrêter de te parler, et c'est tant mieux, car nous avons besoin d'elle. Écoute ses messages, mais reste sur tes gardes, d'accord ? Peut-être n'est-elle pas tout à fait sincère.

En effet, c'était le moins qu'on puisse dire ! Surtout au regard de son dernier souvenir : Aidan Rhys, debout, qui la regardait agoniser puis succomber au poison qu'il lui avait administré.

Où était la vérité ?

Pour la énième fois, j'essayai de justifier ma méfiance envers elle. Comme si c'était nécessaire… Si moi, cloîtrée au fond de mon esprit, j'avais pu la voir utiliser mon corps pour décimer les spectres de Saul en France, alors Natalya avait sans aucun doute la possibilité de regarder à travers mes yeux. Elle savait donc comment je me comportais avec Rhys. Elle avait senti la tension dans ma poitrine lorsqu'il se rapprochait, les palpitations de mon cœur quand il souriait. Et puis…

Je repensai au mouvement presque instinctif qu'il avait esquissé lorsque j'étais passée près de lui, dans la salle de réunion.

Elle était forcément au courant.

D'ailleurs, Natalya s'était empressée de me voler mon corps dès que mon esprit s'était effondré à l'idée que Rhys l'avait peut-être assassinée.

Moi, je savais ce qu'elle avait ressenti quand ses poumons s'étaient de nouveau emplis d'air, quand l'adrénaline avait inondé ses veines. Cette sensation l'emportait largement sur sa soif de vérité. La vie qu'elle avait perdue représentait tout à ses yeux. Pourtant, ces souvenirs m'avaient semblé tellement vrais… presque trop réels pour avoir été fabriqués de toutes pièces, et…

Que croire ?

— Maia ?

La voix de Belle me sortit de mes sombres pensées.

— Ou… oui ?

— Est-ce qu'elle te l'a montré ? demanda-t-elle, après un silence, d'une voix fluette, presque brisée.

— De quoi tu parles ?

— Son tueur… ajouta-t-elle sans me regarder.

En une seconde, une vague de chaleur me submergea et ma vision se brouilla. Je bredouillai les mots que je m'étais exercée à répéter.

— Non, pas encore. Tout ce que je vois est… flou, imprécis. Tu avais raison, la divination n'est pas très fiable quand on manque d'entraînement.

— Alors continue à t'entraîner, répliqua-t-elle tandis qu'elle se tournait vers l'escalier. Si nous voulons achever la dernière mission de Natalya, nous devons connaître toute l'histoire.

— Bien sûr, il va sans dire que c'est uniquement pour des raisons professionnelles, grommela Chae Rin. Rien à voir avec son envie de découper le meurtrier en morceaux.

À ces mots, je sentis mon cœur se glacer.

Belle s'enferma dans sa chambre et le silence, tendu, s'étira.

— C'est prêt ! annonça soudain Lake d'une voix enjouée qui dissipa l'effroi qui s'était abattu sur nous. Maia, tu en veux ?

La cuisson terminée, elle avait mis les rondelles chaudes et huileuses de bananes plantains à sécher sur une assiette couverte de papier absorbant. C'était dans sa nature : chaque fois que l'ambiance se gâtait, Lake s'évertuait à l'alléger. Le cœur serré, je ne parvins à esquisser qu'un faible sourire.

— Merci, mais je n'ai pas faim, je vais me coucher.

Je gravis les marches d'un pas lourd, et disparus dans ma chambre.

Chapitre 8

Même après une bonne séance d'entraînement, j'étais encore fébrile. Belle, elle, profitait de la fin de la matinée pour faire un jogging et nos deux autres colocataires avaient préféré retourner dans leur chambre pour faire un brin de toilette. Seule dans le gymnase, je regardai le sac de frappe noir fixé dans un coin puis levai mes poings protégés par une paire de gants de boxe et enroulés dans des bandages, comme Chae Rin me l'avait montré. J'étais loin encore d'atteindre son niveau presque professionnel, mais j'avais adopté sa méthode d'entraînement au fil des semaines. Le choc régulier de mes gants sur le cuir rempli de sable et la secousse dans mes os conjugués au balancement de mon indomptable chevelure nouée sur ma nuque m'offraient le soulagement dont j'avais rêvé. Avec Saul dans la nature, et Natalya qui complotait contre moi dans mon esprit, j'étais pétrie d'angoisse, étouffée par tous ces secrets, mensonges, et trahisons.

Les doubles portes du gymnase s'ouvrirent avec un grincement qui résonna sous le haut plafond voûté. Je crus que l'une des filles était revenue, peut-être Chae Rin qui avait oublié sa bouteille d'eau sur le banc – Lake ferait un scandale si elle utilisait encore la sienne sans sa permission.

C'était presque drôle de voir qu'il n'existait presque plus aucune gêne entre nous, alors que nous avions tant de mal à nous entendre sur d'autres sujets.

Je n'accordai pas grande importance aux pas que j'entendis derrière moi, absorbée par mes poings qui voltigeaient.

— Tu as fait des progrès !

Mon cœur cogna dans ma poitrine et je me retournai vivement, coupée dans mon élan. Le sac de frappe, dont j'avais oublié l'existence l'espace d'un instant, revint à toute vitesse, me heurtant de plein fouet. Je trébuchai avant de m'affaler aux pieds de Rhys.

— Hmm... peut-être pas en fait.

Il s'agenouilla et, d'une main, me prit doucement par le bras, juste au-dessus du coude, pendant que de son autre main il m'attrapait par la taille. Je frémis mais ne me dégageai pas. La lumière qui filtrait par les hautes fenêtres éclairait son regard sombre.

— Ne t'en fais pas, ce n'est que moi.

Ben voyons, la belle affaire... Sa voix avait recouvré sa douceur désarmante, si bien que j'eus soudain envie de lui accorder ma confiance.

— Désolé, je ne voulais pas te faire peur, ajouta-t-il alors qu'il m'aidait à me relever.

— Ce n'est pas grave.

Il dut alors se rendre compte qu'il avait toujours les mains posées sur moi, car il les retira brusquement. Gênée, je tressaillis et fixai mes yeux sur mes baskets puis mes jambes nues, jusqu'à reprendre mon souffle. Je levai alors la tête vers son visage aux traits si fins.

— On peut dire que ça fait un bail ! dis-je.

— Effectivement...

Dans de tels moments, j'oubliais le soldat affûté de la Secte pour ne voir en lui que le garçon de dix-huit ans. Le regard rivé sur le sac, il paraissait aussi nerveux que moi.

— J'espère que tu ne m'as pas trouvé trop froid dans la salle de réunion, reprit-il. Mais, on ne s'était pas parlé depuis longtemps...

Il avait risqué sa vie pour sauver la mienne, et même si je souhaitais à tout prix comprendre pourquoi, j'avais ensuite évité ses appels pendant des semaines. Il était normal que j'en paie le prix.

— Remarque, tu ne m'as pas non plus rendu visite à l'hôpital, ajouta-t-il avec un sourire contrit, la tête penchée sur le côté. J'ai cru que tu m'avais oublié pour de bon. Mais tu es toute pardonnée !

Je m'étais détournée dès que ma gorge avait commencé à se nouer. J'étais passée le voir à trois reprises, toujours lorsqu'il dormait. Simplement, j'avais supplié les infirmières de ne pas lui en parler. Chaque fois, j'avais observé son visage et écouté sa respiration régulière, me demandant s'il était un meurtrier, et, le cas échéant, si je parviendrais à le dénoncer. De toute façon, à qui ? À la Secte ? À Belle ?

Mon sang se glaça quand je repensai à la fureur meurtrière de ma coéquipière. À supposer qu'il soit bien responsable de la mort de Natalya et qu'elle le découvre – si je la laissais le soupçonner – Belle le tuerait de sang-froid, c'était certain. Peut-être qu'en fin de compte, je préférerais ne jamais connaître la vérité...

Je m'éloignai de Rhys et me dirigeai vers le sac de frappe que je stabilisai de mes mains gantées.

— Que fais-tu ici ? Je croyais que Sibyl, ton père et toi prépariez la prochaine mission.

Il resta silencieux un moment, peut-être surpris que j'évoque ce père dont il avait tu la présence jusqu'à présent.

— Je suis venu voir Belle car certains éléments m'intriguent dans son dernier rapport de mission. Tu t'es mise à la boxe ?

Je me figeai, les mains en l'air et le cœur battant à tout rompre, à l'idée d'une discussion entre Belle et lui. J'eus beau inspirer et expirer, mon angoisse ne disparut qu'en partie.

— Oui, c'est pour évacuer le stress.

Et j'en aurais bien besoin en cet instant…

Rhys était beaucoup plus grand que moi, aussi, lorsqu'il s'approcha pour poser une main sur le sac, je pus contempler son mètre quatre-vingts dans toute sa hauteur.

— Tu n'as pas lésiné sur les entraînements, j'imagine ?

— Ça, non ! répondis-je avec fierté. Si tu me voyais en mission, Aidan, je suis une vraie terreur, maintenant !

Il m'adressa son petit sourire enfantin et, sans que je sache pourquoi, je me sentis heureuse de notre discussion.

— Montre-moi !

— Pardon ? demandai-je alors que Rhys retirait déjà sa veste en jean. (Il portait un T-shirt à manches courtes qui épousait à merveille sa belle carrure. Les joues écarlates, je ne parvenais pas à détacher mes yeux de ses bras musclés.) Qu'est-ce que tu fais ?

— Enlève tes gants, et montre-moi ce dont tu es capable ! me lança-t-il, les sourcils froncés.

Je devinais une grande humilité en lui, même si je n'avais aucune idée de son niveau d'entraînement ou de sa force… J'ignorais à quel point il pouvait se montrer redoutable – et pas seulement envers les spectres.

Je reculai d'un pas, incapable de décider si je devais rester ou non… D'ailleurs, parviendrais-je seulement à m'enfuir, même si je le voulais ? J'avais la chair de poule et je sentais le rouge gagner de plus en plus mon visage, mais cette sensation ne me perturbait pas. Mon état relevait de l'inconscience, et c'était bien pour ça que je m'étais donné tant de mal pour éviter ce garçon. En sa présence, je me trouvais au cœur d'un tourbillon d'émotions et de souhaits contradictoires – rester ou partir, croire Natalya ou non.

Mes mains tremblaient, j'avais besoin de frapper quelque chose.

Je jetai mes gants sur le côté avant de lever mes poings devant mon visage, en position de garde. Rhys haussa les sourcils, mais sa surprise se mua vite en enthousiasme et il me fit signe d'approcher. Je lui envoyai un direct qu'il esquiva d'un pas sur le côté. Aussitôt, je me rapprochai de lui. Si je ne voulais pas le blesser, l'ivresse qui précédait tout combat me gagna et, pendant un moment, me procura la paix intérieure dont j'avais tant besoin. Je n'avais qu'un seul but : le toucher. Pour une fois, quelque chose dans ma vie était simple.

Rhys était cependant encore plus doué que je l'imaginais. Il ne rendait jamais les coups, se contentant de les éviter. Rapide, précis, il s'accroupissait ou s'écartait, baissait la tête, ou tentait de me déséquilibrer d'un coup d'épaule.

Puis il se mit à tourner autour de moi et tira le dos de mon T-shirt avec espièglerie. Surprise, je m'arrêtai pour le dévisager, et sans que je m'en aperçoive, lui adressai un large sourire. Sa bonne humeur était communicative. Quand je me jetai de nouveau sur lui, mon cœur tambourinait dans ma poitrine. À cause de l'effort physique, certes, mais pas seulement. Malgré la vitesse de ses mouvements, j'appréciai la manière dont son avant-bras se tendit et se contracta ainsi que la légère tension dans son cou élancé quand il releva le menton pour éviter mon poing. Son corps se mouvait avec grâce et fluidité – la douceur et la puissance incarnées.

— Tu t'amuses bien ? m'exclamai-je lorsqu'un adorable petit rire lui échappa.

— C'est vrai que tu as fait beaucoup de progrès, mais de là à te qualifier de terreur… (Il attrapa mon poignet et m'attira près de lui, avant de pencher son visage à quelques centimètres du mien, ce qui me coupa la respiration l'espace d'un instant.) À moins que tu ne retiennes tes coups ?

Je reculai légèrement pour rencontrer son regard félin et malicieux. Son souffle, aussi saccadé que le mien, me chatouillait les pommettes, et nos poitrines, même si elles ne se soulevaient pas au même rythme, s'effleuraient à chacune de nos respirations. J'en oubliai presque tous mes doutes.

Presque.

— Figure-toi que contrairement à toi, je n'ai pas passé ma vie à m'entraîner, rétorquai-je, obnubilée par la proximité de nos corps.

— Le secret, c'est de ne jamais s'arrêter.

Sa main enserrait toujours mon poignet, bloquant mon bras contre sa hanche.

— Ça n'a pas dû être facile, pendant toutes ces années…

— Oh, tu sais, je n'avais pas beaucoup d'amis pour me distraire, répondit-il en haussant les épaules.

Un détail dans sa phrase retint mon attention. *Des amis…* Je me raidis en repensant à mon rêve.

« Tant que tu es là, pourquoi tu ne te joindrais pas à nous ? On va visiter l'exposition sur les dinosaures ! Tu as vu ? J'ai même réussi à traîner quelques amis avec moi ! »

— Tu… tu es déjà allé à Prague ?

Ce n'est qu'à l'expression étonnée de Rhys que je compris avoir posé la question tout haut.

— Prague ? répéta-t-il, avant de me lâcher la main, hésitant. Peut-être pour une mission… Je ne sais plus trop.

Mes bras me parurent soudain ankylosés.

— Et le musée, risquai-je. Tu l'as visité ?

Le faible sourire qui subsistait sur le visage de mon adversaire s'évanouit.

— Pourquoi est-ce que tu me demandes ça ?

— Pourquoi refuses-tu de répondre à une question aussi simple ?

Une ombre énigmatique passa sur son visage, aussitôt chassée par son regard à la fois amusé et interrogateur. Ce changement d'humeur fut si furtif que j'en vins presque à douter de mes sens.

— Je ne me défile pas, Maia, c'est juste que ta question sort un peu de nulle part. Mais puisque tu y tiens tant… (Il réfléchit, les sourcils froncés.) Prague ? Alors… En fait, oui, j'y suis allé une fois. J'y ai même vu une exposition sur les dinosaures, il me semble. Je ne sais plus trop quand c'était, sans doute en début d'année… Pourquoi ? Tu veux qu'on y aille ensemble ? ajouta-t-il avec un sourire taquin.

Il avouait s'être rendu au musée. S'il avait cherché à dissimuler le meurtre de Natalya, l'aurait-il admis aussi facilement ? À moins qu'il n'ait pris ce ton détaché que pour mieux me tromper ? Je ne savais plus que penser.

— Tout va bien ? Tu es fatiguée ? me demanda-t-il en tendant la main vers moi.

J'eus un mouvement de recul tellement violent qu'il la retira aussitôt, stupéfait.

— Maia…

— Désolée… Ça va, mentis-je.

Nous restâmes ainsi un moment à nous dévisager.

Avait-il tué Natalya ? J'ignorai encore la réponse à cette question mais je venais de prendre conscience que je n'étais pas prête à affronter la vérité et ses conséquences.

Chapitre 9

En début de soirée, je reçus un appel de Cheryl, l'assistante timorée de Sibyl.

— La mission débutera dans seize heures. Mais avant le briefing, la directrice Langley souhaite que vous vous présentiez au département Recherche et développement, au quatrième étage.

Elle semblait distraite, aussi lorsque j'entendis un froissement de papier en fond sonore, j'en déduisis qu'elle s'attaquait sans doute à une nouvelle montagne de paperasse. Elle devait désormais, en plus de son vrai travail d'assistante, s'occuper de questions plus frivoles et superficielles comme traiter les demandes incessantes pour des séances photos ou des interviews radiophoniques et accomplir d'autres tâches liées au marketing. Je parierais qu'elle n'avait pas imaginé écoper de tout ce travail quand elle avait suggéré à Sibyl de nous utiliser comme image de marque de la Secte.

— Seulement moi ? demandai-je, exténuée après la scène de la matinée.

— Oui, juste vous, répliqua-t-elle, agacée, comme souvent ces derniers temps. Votre nouvel équipement doit être ajusté avant la mission.

Depuis quand avions-nous droit à des accessoires ? Je bondis de mon lit, excitée comme une puce. J'avais toujours été jalouse des armes high-tech et des gadgets qu'ils fournissaient aux agents... Nous, les Effigies, ne pouvions compter que sur nos pouvoirs et notre capacité à créer de toutes pièces des armes grandeur nature grâce aux éléments...

Enfin, ça aussi, c'était génial, bien sûr ! Mais disposer d'un véritable équipement ne pouvait qu'ajouter un peu de piment à la chose. Je m'imaginais déjà, faisant mon marché parmi une sélection d'armures et d'accessoires avant une mission... comme dans *Metal Kolossos* quand on choisissait l'équipement d'Aki. La vie d'Effigie était dangereuse, sanglante, et se concluait presque toujours par une mort tragique. Alors, si l'occasion de s'amuser un peu se présentait, pourquoi s'en priver ? D'autant plus que j'avais bien besoin de me changer les idées en cet instant.

Chae Rin et Belle étaient retournées s'entraîner, chacune de son côté... rien d'étonnant de la part des deux membres de notre équipe les moins enthousiastes à l'idée d'en faire partie. Lake, ma chère camarade de chambre, était, quant à elle, toujours allongée à plat ventre sur son lit, occupée à poster des commentaires anonymes assassins au sujet de son ancien groupe sur des forums de musique.

— Qu'est-ce qu'il y a ? me lança-t-elle. C'est ma manière d'évacuer le stress avant notre prochaine mission.

— Qu'est-ce que tu dirais d'aller prendre l'air, plutôt ?

Je la tirai par les pieds pour la faire tomber du lit. À choisir, je préférais ne pas me rendre seule au département Recherche et développement : je n'appréciais guère le labyrinthe de couloirs en pierre et de passerelles surplombant les espaces de travail qu'il fallait emprunter pour y accéder.

Nous nous rendîmes dans un laboratoire gigantesque au quatrième étage, où des scientifiques arpentaient la longue allée pendant que d'autres pianotaient, concentrés sur leur ordinateur. Ils étudiaient des listes de données bleu électrique projetées sur des écrans LCD transparents, à la fois si fins et si larges que les chiffres semblaient voler dans les airs. La lumière tamisée du soleil qui pénétrait à travers les stores baissés de la rangée de fenêtres se mêlait à celle, puissante, des plafonniers électriques.

Je balayai la pièce du regard et découvris une quantité de petits écrans fixés aux murs ainsi qu'un autre, gigantesque, dans la partie avant du laboratoire, qui affichait une carte du monde sur fond noir. Certaines zones y étaient délimitées par des disques rouges de différentes tailles, dont la couleur était plus vive en leur centre. Je dépassai Lake sur la passerelle et pointai l'écran du doigt.

— Qu'est-ce que c'est ? demandai-je.

— Une carte… Révolutionnaire, n'est-ce pas ?

Derrière l'un des ordinateurs à ma droite, juste devant une armoire vitrée remplie d'armes de la Secte et d'uniformes bordeaux, se tenait Rhys, vêtu d'un sweatshirt de baseball bleu ardoise et d'un vieux jean ajusté.

— Je te jure, je n'étais même pas en train de te suivre ! ajouta-t-il lorsqu'il remarqua mon trouble.

Il alla pour s'approcher de moi, mais au souvenir du silence gêné qui s'était installé entre nous dans le gymnase, je commençai à tourner les talons, prête à saisir n'importe quel prétexte pour fuir.

— Ces cercles rouges représentent les zones riches en cylithium. C'est de cette manière que nous pouvons anticiper les attaques de spectres.

De ses longs doigts délicats, il replaça sa chevelure noire en arrière.

— Ah… d'accord, dis-je en reculant de plus belle. Et toi, qu'est-ce que tu fais là ?

Impossible de le regarder sans penser à Natalya ! Le sujet était déjà bien assez sensible lorsqu'il n'était pas dans les parages, alors en sa présence…

— Je t'ai posé une question ! répétai-je d'un ton un peu trop sec.

Rhys s'immobilisa, une lueur de déception – ou était-ce de la peine ? – au fond des yeux.

— Quelques améliorations ont été apportées à vos uniformes, expliqua-t-il, le doigt pointé vers l'armoire en verre. Je suis juste venu m'assurer que tout était prêt pour la mission, c'est tout…

Sa voix était mal assurée, sans doute à cause de mon ton peu amène. Il avança encore un peu, mais à peine eus-je le temps de m'en rendre compte et d'avoir l'idée de m'enfuir, qu'il s'arrêta devant un ordinateur situé à sa droite, près du mur, et posa une main sur l'épaule d'une toute petite femme. Je ne voyais pas à quoi elle s'affairait sur sa paillasse, ne distinguant que la fumée qui s'élevait du petit fer à souder qu'elle manipulait avec précaution. Le geste de Rhys la fit légèrement tressaillir, aussi leva-t-elle ses lunettes de protection pour lui jeter un regard noir, les manches remontées au-dessus des coudes. Il se contenta de me montrer du doigt, visiblement amusé. Dès qu'elle m'aperçut, elle cligna des yeux, et tout sourire, m'adressa un signe de la main.

— Ah, vous voilà enfin ! Très bien, venez par ici et retirez vos vêtements.

— Pardon ? s'exclama Lake derrière moi.

Je n'avais pas terminé d'examiner le visage de la femme qu'elle nous tournait déjà le dos. Au poste voisin, une blonde secoua la tête.

— Dot, tu te trompes. Ce sont deux des Effigies, lui expliqua-t-elle avant de me désigner du menton. Vous êtes Maia, n'est-ce pas ?

— Oui… Et il est hors de question que je me déshabille !

— Oh, mais bien sûr ! s'exclama Dot.

Elle plaqua sa paume sur son front, et je pus enfin détailler son minuscule visage et ses grands yeux noisette, qui luisaient comme des pierres précieuses au milieu de son teint cireux et maladif.

— Je suis vraiment désolée ! Oubliez ça et filez, je n'ai pas besoin de vous. Ah mais non, attendez… Le collier ! Pardon… J'étais justement en train d'y travailler. Venez par là !

Ses chaussures à talons aiguilles d'un rose éblouissant claquèrent sur le carrelage lorsqu'elle vint se poster de nouveau devant sa paillasse dans un bruissement de blouse.

— Comme je vous le disais, je suis encore sur votre équipement. Je vous expliquerais bien son fonctionnement, seulement, je n'ai pas tout à fait terminé, dit-elle, le fer à souder à la main. Vous pouvez attendre là, si vous voulez. En fait, je devrais déjà avoir terminé, mais nous avons eu un petit problème avec la réserve dans le couloir. Par chance, Pete et Mellie, ici présents, étaient là pour m'aider.

Postés devant un ordinateur à proximité, les deux jeunes laborantins réagirent à leur nom et Mellie, la blonde qui m'avait reconnue quelques instants plus tôt, lâcha son écran du regard pour lever les yeux au ciel.

— Oui enfin… c'est juste que tu avais oublié ton mot de passe. Et si c'était la première fois, encore !

— Dire que tu venais à peine de le changer… une fois de plus ! ajouta Pete.

Sans un regard pour Dot, il passa une main dans ses cheveux châtains au niveau de la nuque, avant de se pencher sur le plan de travail pour tripoter des câbles reliés à l'un des écrans. Près de lui, je remarquai une sorte de boîte, que je ne pouvais distinguer avec précision à cause de la grande taille du jeune homme.

— Certes, mais après tout, c'est votre rôle d'assistant, répliqua celle qui était visiblement sa supérieure.

D'une main gantée, elle gratta sa joue creuse. Avec ses pommettes saillantes, elle était d'une maigreur à faire peur.

— Bien sûr, c'est passionnant de te rappeler la date tous les jours ! grogna Mellie après avoir secoué la tête, et du même coup, ses cheveux blonds coupés en un carré court.

— Au fait, je te présente Dot Nguyen, m'annonça Rhys qui contenait son hilarité. C'est une experte en armement et en technologie, venue tout droit de Toronto. Elle est arrivée il y a quelques semaines. C'est elle qui a conçu le stylo d'inoculation que tu as utilisé contre Saul.

— Vraiment ? m'exclamai-je, contente de rencontrer la créatrice de ce gadget génial qui m'avait sauvé la vie à Buenos Aires, quand j'avais planté la longue aiguille dans le cou de Saul afin d'annihiler ses pouvoirs l'espace de quelques instants.

Je me souvenais à présent que le directeur Chafik avait déjà mentionné ce nom sur lequel je pouvais désormais mettre un visage. Secouant son fer à souder comme s'il contenait de l'encre, Dot Nguyen bondit en arrière lorsqu'elle manqua de le laisser tomber sur ses genoux.

— Enfin, elle est compétente dans son domaine, c'est le principal ! conclut Rhys en se grattant la tête.

Dot se massa le crâne à travers sa chevelure noire emmêlée.

— Eh bien, ne restez pas plantées là ! Asseyez-vous. Et ne prêtez pas attention au désordre, mon bureau est un peu…

Encombré… Des outils, des plans, des béchers et du matériel étaient éparpillés de manière anarchique sur le plan de travail blanc. Dot pointa son instrument sur une puce électronique blanche de la taille d'une chips, avant de rabaisser ses lunettes de protection au moment où de la fumée commença à s'élever de la pointe.

Après une brève hésitation, Lake et moi nous approchâmes, poussées par la curiosité. L'experte n'était pas la seule à s'affairer : ses assistants, eux, semblaient en plein milieu d'une expérience. Lorsque Pete s'écarta enfin, j'aperçus ce que sa carrure nous avait masqué : deux récipients en verre, pas plus grands que des boîtes de mouchoirs. L'éclat blanc à l'intérieur de l'un d'eux était à peine visible à travers la surface claire. En revanche, l'étrange et long objet tordu niché à l'intérieur du second attira mon attention.

Lake se dirigea vers le laborantin qui se leva de son fauteuil pour ne plus se départir de son sourire niais.

— C'est quoi, ce truc ? l'interrogea-t-elle.

Pete ajusta un câble relié à l'une des boîtes, puis en souleva le couvercle.

— Un demi-orteil de spectre.

— Comment ? s'exclama Lake.

— Un vrai ? On dirait qu'il est cristallisé, remarqua Rhys, qui s'approchait du bureau situé à côté de moi.

Les yeux plissés, il examina l'objet à travers le bocal. Les spectres avaient en effet la capacité de matérialiser leur carapace pour la transformer en un bouclier impénétrable. Pendant notre combat en France, j'avais entendu Saul appeler ce phénomène la « pétrification », et grâce à la bague, il avait pu forcer les monstres à lui en faire la démonstration. Jamais je n'oublierai le craquement de leurs os qui se solidifiaient dans la nuit.

L'orteil ressemblait à une branche d'arbre noueuse, à l'extrémité pointue et fourchue, un peu comme une griffe. Rhys se pencha au-dessus de la table pour mieux l'observer, et esquissant un geste pour toucher le récipient, son bras frôla le mien. Je ne pus alors retenir un mouvement de recul maladroit. Ce n'est que lorsque j'aperçus l'incompréhension au fond de ses prunelles et l'expression interloquée de Lake que je pris conscience de mon attitude. Je ne pipai mot, mais Rhys s'éloigna de moi en silence.

— Et ça, qu'est-ce que c'est ? demanda lentement ma camarade, sans me lâcher des yeux, intriguée.

Son sourire idiot toujours accroché aux lèvres – sans doute son enthousiasme avait-il un rapport avec la manière dont il dévorait Lake du regard –, Pete répondit :

— C'est un échantillon de la pierre que nous avons extrait de la bague. Nous avons mené différentes expériences pour déterminer comment elle influe sur les spectres, en les soumettant à divers stimuli. Nous avons notamment tenté de découvrir si les deux compositions partageaient certaines propriétés chimiques.

— Comme vous le voyez, expliqua Dot alors que Mellie étudiait des schémas bleu foncé de la pierre et de l'orteil, nous avons tout tenté pour essayer de comprendre la nature de cette satanée pierre, d'où elle vient et comment elle fonctionne. Saul pourrait sans doute nous aider, mais malheureusement pour nous, il court toujours. Toutes ces expérimentations nous ont pris plus de temps que nécessaire car un grand nombre d'agents ont été arrêtés durant ces deux derniers mois, après le fiasco de la « libération » de Saul. Nous ne comptons plus les heures, les jours, les tableaux, graphiques, ordinateurs, et écrans…

— Je pense qu'ils ont compris, l'interrompit Mellie, qui se trouvait près de Pete.

— La pierre ne vient pas de notre monde.

Dot fit volte-face si brusquement que Rhys sursauta, sans doute par instinct de survie. Elle était tellement fébrile qu'elle semblait ne s'alimenter que d'oxygène et de caféine.

— Nous sommes arrivés à la conclusion que ce minéral n'existe pas à l'état naturel dans notre monde, ou alors nous ne l'avons pas encore découvert. (Elle passa une main gantée dans ses cheveux noirs ébouriffés, et l'en ressortit seulement lorsqu'elle s'accrocha à des nœuds.) Soit il s'agit d'une bague d'une autre planète, soit nos connaissances sont encore trop limitées.

« Un monde d'ombres… C'est là que se tapissent les secrets. »

— Saul a utilisé ce bijou pour contrôler les spectres et les déchaîner sur les cibles de son choix, poursuivit Pete, tandis que Mellie continuait d'étudier les chiffres et les graphiques affichés çà et là sur l'écran tactile. Mais nous pensons que son champ d'action pourrait être bien plus large. Des témoins de l'attaque survenue en France, il y a deux mois, ont notamment rapporté que les créatures qui accompagnaient Saul s'étaient pétrifiées autour du train avant de revenir à la vie pour vous assaillir.

— Il l'a fait exprès pour prendre les passagers en otage.

— C'est probable, mais jamais il n'y serait parvenu sans la bague, continua Pete. Ce qui veut dire qu'en plus de permettre de manipuler les spectres, elle peut contrôler leur organisme jusqu'au niveau moléculaire. Quel que soit le matériau dont elle est constituée, il est relié d'une manière très profonde aux spectres, et c'est cette connexion qui nous échappe pour le moment.

Dot poussa un long soupir.

— Je donnerais tout pour disséquer le cerveau de Saul ! Avez-vous idée des dégâts que vous avez causés en le laissant s'échapper ?

— Nous ? protesta Lake. Vous êtes gonflée ! Les traîtres qui l'ont aidé à s'évader étaient affectés à votre département !

La chercheuse pencha la tête sur le côté avant de hausser les épaules.

— Ah oui, c'est vrai. Mais vous auriez tout de même pu vous débrouiller pour nous le ramener.

— Libre à vous de croire que c'est chose aisée, surtout quand on est attaqué par des spectres…

Occupée que j'étais à tenter de mettre en relation ce que nous venions d'apprendre avec les révélations du directeur Chafik, au sein du complexe marocain, je ne tentais même pas de soutenir ma camarade, qui avait pourtant toutes les raisons de s'indigner.

— C'est vous qui avez développé la théorie de l'éther, selon laquelle Saul représenterait un cinquième élément, n'est-ce pas ?

— Oh, vous avez lu mes travaux ? s'enthousiasma Dot.

— Non, mais on nous a parlé de vos recherches, au Maroc. Les pouvoirs de Saul, la vie éternelle, les disparitions et réapparitions incessantes… Vous pensez qu'il maîtrise l'espace-temps.

— Eh bien, ce n'est qu'une théorie. Vous quatre manipulez chacune un élément différent, et nous avons cru pendant un certain temps que vous étiez uniques, jusqu'à ce que Saul apparaisse… Une cinquième Effigie.

Sans parler du soldat mort, qui pourrait être la sixième…

— Pendant des siècles, les scientifiques ont tenté de prouver que l'éther était nécessaire à la propagation des forces gravitationnelles et électromagnétiques. Cette substance serait l'essence pure de tout l'espace… La mystérieuse source de l'univers. Dans ce cas, ne pourrait-elle pas être l'élément de Saul ? Et l'influence de la bague provient-elle de cette même force ?

Dot se perdit quelques instants dans ses pensées, avant de baisser les épaules avec un soupir et de se remettre à souder, comme l'indiqua la fumée qui s'éleva au-dessus de ses lunettes de protection.

— Nous devons étudier ce garçon. Et plus encore, nous devons découvrir ce qui relie cette pierre aux spectres et aux Effigies. Avec davantage d'informations, nous pourrions déterminer l'origine de ces trois entités mystérieuses. Maia, je sais que vous avez effectué un rapport et passé des entretiens après votre mission en France, mais des détails peuvent parfois prendre du temps pour revenir à l'esprit. Êtes-vous certaine que Saul ne vous a rien révélé d'autre au sujet de la bague lors de votre confrontation ?

Je cachai mes mains dans mon dos comme une enfant prise en train de chaparder des gâteaux. J'étais prête à faire mon possible pour les aider. Surtout depuis que je savais que se servir de la bague qui contrôlait les spectres pour tuer augmentait son pouvoir – soit exaucer des souhaits. C'était d'ailleurs à cette fin que Saul s'en était servie, semant autour de lui la mort et la destruction.

J'étais certaine que tous ces renseignements auraient été utiles à Dot et au département Recherche et développement, je les leur aurais d'ailleurs fournis volontiers si la Secte n'avait pas été impliquée dans la mort de Natalya et dans l'évasion de Saul.

Aussi, je secouai la tête de gauche à droite et Dot soupira.

— Eh bien tant pis… De toute façon, ce n'est pas pour cette raison que je vous ai appelée. Attendez un instant.

Elle ouvrit l'un des tiroirs de sa paillasse et en sortit une petite mallette. Elle déverrouilla le couvercle puis le souleva. Tout de suite le scintillement argenté d'un collier d'acier attira mon regard. À l'aide d'un tournevis, elle en ouvrit une petite partie et commença à y insérer la puce qu'elle avait soudée.

— Qu'est-ce que c'est ? lui demanda Lake.

— Maia, vous rencontrez des difficultés à pratiquer la divination, si je ne m'abuse ? (Rhys tourna les yeux vers moi.) Le Dr Rachadi, du complexe de Marrakech, nous a transmis les résultats de vos examens, expliqua-t-elle sans cesser de triturer la carte. Lors de votre rencontre à New York, Saul vous a obligée à invoquer votre arme trop tôt. Votre esprit est à présent vulnérable face à la conscience des Effigies de votre lignée. Par exemple, je suis certain que vous avez beaucoup vu Natalya ces derniers temps, n'est-ce pas ?

Elle avait reposé le collier et l'intensité de son regard me paralysa. Je hochai la tête sans même penser à nier et vis le dos de Rhys se raidir un peu.

— C'est vrai ? me demanda-t-il.

— Je t'avais dit, il y a longtemps, que j'avais rêvé d'elle, répondis-je. Eh bien, ces apparitions dans mon sommeil sont de plus en plus fréquentes.

— Elle t'a parlé ? insista-t-il, avant de s'interrompre pour reprendre aussitôt. Qu'a-t-elle fait ?

— Pourquoi cette question ?

Son haussement d'épaules nonchalant me soulagea pendant quelques secondes, puis le doute revint à la charge. Rhys n'était pas bête : s'il avait bel et bien tué Natalya, il savait que je finirais par le découvrir grâce aux souvenirs de l'Effigie. Était-il innocent ou attendait-il tranquillement le retour de bâton ? Peut-être que nous étions deux à nous voiler la face…

— Je m'inquiète pour toi, c'est tout, expliqua-t-il, soucieux, les bras croisés sur le torse. Tes devancières dont les consciences grouillent dans ton esprit constituent un grand danger, Maia. Tu le sais, non ?

Pourquoi ne le dénoncerais-je pas ? C'est vrai, pourquoi pas ? S'il avait commis ce crime, il méritait d'être puni.

Mais mes lèvres tremblèrent quand je l'imaginai cloîtré dans une prison de la Secte jusqu'à la fin de ses jours, s'il n'était pas condamné à mort. Était-ce vraiment ce que je souhaitais ?

Son attitude semblait plutôt convaincante et naturelle, mais pourquoi ne m'interrogeait-il pas sur ce que j'avais vu en divination ? C'était la question la plus évidente, après tout ce qui m'était arrivé.

Que dois-je faire ? me demandai-je, désespérée, avant de me détourner de lui.

Dot, qui avait enfin terminé, approchait, l'appareil entre les mains.

— Il a raison, c'est dangereux. Voilà d'ailleurs pourquoi j'ai conçu ce collier. N'oubliez pas que Sibyl attend toujours que vous retrouviez cette Marian grâce à la divination : c'est bien elle que recherche Saul, non ? Or nous ne voulons pas prendre le risque de vous blesser, Maia. Ce collier vous permettra donc de réguler les réactions chimiques de votre cerveau lorsque vous pratiquerez la divination, et vous évitera ainsi de nouvelles visites surprises des Effigies précédentes. Voyons s'il vous va… Pouvez-vous soulever un peu vos cheveux ?

— Ah !

Le contact du métal froid sur ma peau m'avait coupé le souffle. L'effet presque imperceptible du bijou était facile à ignorer, mais si je me concentrais, les yeux fermés, je sentais sa vibration discrète dans mes muscles.

— Nous pourrions également lui injecter un sérum pour stabiliser ses niveaux de cylithium, ajouta Mellie.

— Oui, bonne idée, répondit Dot en se tournant vers son assistante. Occupe-t'en, s'il te plaît.

— Tout ça ne va-t-il pas rendre la divination plus difficile ? s'inquiéta Lake, soucieuse de préserver un moyen d'entrer en contact avec Natalya.

Pourtant Dot avait raison, ces rencontres étaient dangereuses, et je n'avais aucune envie de me perdre en cours de route.

— Si. La communication sera plus difficile car une sorte de mur se dressera dans votre cerveau. En revanche, les fenêtres seront toujours là, vous devrez juste pousser un peu plus fort pour les ouvrir… C'est toujours mieux que de risquer de voir une tempête s'engouffrer à l'intérieur, non ?

Le collier n'était pas très discret, mais je pourrais prétendre qu'il s'agissait d'un accessoire de mode extravagant, si l'on me posait des questions à son sujet. Tout me paraissait plus supportable que de me faire voler mon corps par Natalya.

— Je ne comprends toujours pas comment l'esprit de Natalya peut continuer à vivre dans le mien, dis-je en secouant la tête quand Dot eut retiré l'accessoire. Je veux bien croire toutes ces histoires de fréquences et de vibrations, d'éléments chimiques, ou je ne sais quoi, mais au final, l'esprit d'une autre personne habite bel et bien en moi. Et ça, ça reste un véritable mystère…

— Bienvenue dans notre univers ! répliqua Dot avec une tape sur mon épaule. Le contrôle des éléments, les Effigies qui se transmettent des consciences après leur mort… Aussi improbable que ça puisse vous paraître, vous utilisez de la magie. Nous autres, simples mortels, en sommes réduits à tenter de l'expliquer grâce à la science. (De sa main osseuse, elle s'appuya sur la table de ses assistants.) Car nous devons nous rendre à l'évidence, nous ne pouvons rien faire de plus. Comment ces pouvoirs parviennent-ils à émaner du corps humain ? Et pourquoi existent-ils aussi chez les spectres ? (Emportée par ses explications, elle retira ses lunettes de protection pour me faire face, puis tapota deux fois ma tête du doigt.) Comment l'esprit est-il connecté au corps ? Et à la magie ? Comment la conscience et les capacités de Natalya vous ont-elles été transmises après sa mort ? La conscience, le surnaturel, le corps humain... Depuis un siècle, nous nous escrimons à trouver des réponses, mais tout ce que nous récoltons, ce sont davantage de questions !

— Certes, mais je ne suis pas plus avancée sur mon sort, répondis-je.

Dot retourna à son poste en se massant les cervicales.

— Imaginez que vous regardez les parois d'une caverne à travers un judas, ou que vous deviez saisir l'univers dans vos mains en n'utilisant que notre pauvre technologie insuffisante. (Elle s'empara d'un tournevis sur la table.) Souvenez-vous, Maia... la vérité se trouve toujours juste en dehors de notre portée.

Chapitre 10

Même si Sibyl veillait à rester discrète sur ses occupations, organiser une mission secrète à l'insu de la grande majorité de ses agents, perspicaces et hautement qualifiés, n'avait pas dû être une mince affaire. Les rares qu'elle avait mis au courant se trouvaient déjà dans le vaste hangar souterrain quand nous arrivâmes, Chae Rin, Lake et moi. Belle était partie la première et devait donc être parmi eux. À travers les parois vitrées de l'ascenseur qui descendait, j'aperçus de toutes petites silhouettes qui chargeaient sept camionnettes de livraison blanches, censées passer inaperçues aux yeux des civils.

Ces véhicules constituaient l'élément central du plan. Lorsque Sibyl en donnerait l'ordre, chacune des camionnettes partirait dans une direction différente. Ainsi, nos ennemis éventuels seraient forcés de diviser leurs forces, ce qui nous permettrait de les empêcher de s'emparer des bagues. Deux anneaux, deux camionnettes, deux équipes de deux Effigies prêtes à bondir comme des diables à ressorts, escortées par une petite équipe d'agents. Sibyl avait eu l'idée de ce tour de passe-passe à l'échelle de la ville, et Rhys avait tracé les itinéraires et affecté les agents à chaque camionnette. Vêtu d'un costume bordeaux en kevlar semblable à celui que j'étais en train d'enfiler, il étudiait une carte étalée sur une grande table près de l'une des camionnettes.

— Howard ?

J'agitai la main avec enthousiasme lorsque Howard Day, l'agent chauve et costaud que j'avais rencontré à New York, souleva ses lunettes de soleil pour me saluer. Son visage n'avait rien perdu de sa gravité.

— Content de te revoir, Maia, dit-il sur le même ton sérieux qu'à son habitude.

J'étais heureuse qu'il aille mieux car la dernière fois que je l'avais vu, il était en piteux état.

— Qu'est-ce que c'est ? me demanda-t-il, les yeux plissés et la tête penchée sur le côté.

Il désignait mon cou entouré du foulard à motif léopard que Lake m'avait prêté afin de dissimuler le collier d'acier qui faisait office de sourdine pour les petites voix dans ma tête.

— Le règlement interdit de porter des bijoux en mission, remarqua-t-il, me rappelant ainsi son caractère pointilleux. Ils peuvent constituer une distraction sur le terrain et…

— Je le trouve joli, moi. Nous en avons déjà parlé, Howard, ne sois pas aussi sévère, le coupa l'inconnue près de lui, un sourire à mon intention. Je suis Eveline, sa femme.

C'était une femme charmante, de petite taille – ce qui créait un contraste plutôt drôle à côté de la stature de son époux –, dotée de longs cils et d'yeux d'un vert saisissant sur un teint mat semblable au mien. Ses cheveux noirs coupés court faisaient ressortir sa mâchoire carrée, et trois clous blancs au coin de son oreille gauche brillaient sous la lumière du hangar.

— Je ne savais pas que tu étais marié, dis-je à Howard alors qu'Eveline saluait Chae Rin et Lake.

— Eh bien, tu sais ce qu'on raconte des couples qui flirtent ensemble avec la mort... plaisanta Rhys.

Il laissa sa phrase en suspens pour m'adresser un regard et un sourire furtifs. Impassible, je me tournai vers la carte.

— Ce sont les routes que nous emprunterons ?

Rhys se raidit – il avait bien remarqué mon esquive.

— Oui, reprit-il après une courte pause, les itinéraires des différentes camionnettes ont tous été surlignés, là. Une fois sortie du complexe, chacune suivra son propre chemin. Belle et toi vous trouverez dans la camionnette qui empruntera le tunnel.

J'observai les lignes rouges qui traversaient Londres et Essex et ceinturaient Epping, où nous nous trouvions. Rhys tapota l'une d'entre elles de la pointe de son marqueur.

— La L-9 est une voie rapide souterraine. Elle a été construite pendant la Seconde Guerre mondiale pour faciliter la communication, mais a été rénovée depuis par la Secte et équipée de nouvelles structures. Des agents postés sur tout le parcours surveilleront la route et le DAS du tunnel.

— Nous ne nous rendons pas tous au même endroit ? l'interrogea Chae Rin.

De la musique me parvenait de ses écouteurs qui pendaient sur sa poitrine, reliés à son téléphone dans sa poche gauche.

— Non. Lake et toi ferez partie de l'unité 2 qui filera vers le port de Douvres. L'unité 3 vous suivra en renfort. Belle et Maia se dirigeront au nord-ouest dans l'unité 7, escortée par la 6. Dans un souci de sécurité, nous ne vous communiquerons pas votre destination, vous ne la découvrirez qu'une fois sur place.

— Je serai dans l'équipe d'agents qui t'accompagnera, Maia, ajouta Eveline.

Elle prit un pistolet sur la table et le glissa dans son holster, au creux de son dos, ce qui sembla fasciner Chae Rin.

— Je peux en avoir un ? s'exclama-t-elle. Quoi ? Je ne peux pas générer ma propre arme, moi, il me faut bien un moyen de me protéger ! argua-t-elle quand Howard lui adressa un regard en coin.

— Êtes-vous certains que nous aurons besoin de tous ces renforts ? demandai-je.

Je balayai des yeux le hangar, où de nombreux agents étaient en train de s'équiper… De se préparer à combattre Saul, tels des soldats sur le point de partir à la guerre. Mon estomac se noua lorsque je les vis s'installer dans leurs camionnettes respectives.

— Il y a fort à parier que Saul attaquera pour s'emparer des bagues, répliqua Howard. Et nous devons nous tenir prêts : il a plus d'un atout dans sa manche.

Rhys enroula la carte et me parla d'une voix légère, dont la douceur me fit chavirer. De ses deux personnalités différentes – de garçon ordinaire et de soldat entraîné au combat depuis l'enfance – je me demandai laquelle pourrait se révéler la plus dangereuse à mon égard.

— Ne t'inquiète pas, je serai avec toi. De ce que je me rappelle, nous formons une bonne équipe, non ?

Il avait raison, je le savais, mais je ne lui rendis pas son sourire pour autant.

— Bon, enchaînai-je. Il est temps de finir de se préparer. Et si on allait prendre place dans nos véhicules respectifs, par exemple ?

J'avais eu tort de croire que je ne me laisserais pas atteindre par son regard attristé. Pour me protéger, je feignis de ne pas l'avoir remarqué, tout comme j'ignorai mon pincement au cœur à l'idée que j'étais peut-être en train de lui faire de la peine pour rien. S'il était innocent…

Pourtant je n'arrivais pas à me débarrasser de l'impression qu'il me manipulait.

— Bonne chance ! lançai-je à Howard avec un signe de tête, avant de partir.

J'éprouvais un profond malaise – un trouble qui me rappelait les interminables journées où j'avais caché à Nathan mon tout nouveau statut d'Effigie. Le pire, c'était quand je passais devant un miroir : le cœur soudain serré, je me trouvais plus minable que jamais.

Arrête tes simagrées ! Affronte-le ! me sermonnai-je, alors que je continuai de marcher. Mais à l'idée de confronter Rhys à son crime supposé, je fus submergée par une nouvelle vague de panique. Je n'étais pas préparée à voir la vérité éclater au grand jour et à devoir admettre qu'il puisse assassiner une amie de sang-froid. J'étais lâche… et sentimentale.

« Serait-ce à cause de ton béguin ridicule que tu ne me crois pas ? Pitoyable ! Ce corps, cette vie... Tu ne les mérites pas ! »

J'entendais encore le rire de Natalya... En cet instant, elle devait regarder la scène à travers mes yeux, plus déterminée que jamais à prendre ma place. Enfin, si tel était son plan.

— Dis, Maia, m'interpella Lake, à côté de moi, en tirant sur ma manche. Il s'est passé quelque chose entre Aidan et toi ?

Nous longions le hangar où des agents chargeaient leurs armes mais sa question m'arrêta net.

— Non, pourquoi ? Qui t'a dit ça ? Qu'est-ce que tu insinues ?

— Calme-toi ! s'esclaffa-t-elle, surprise, avant de baisser la voix. Et cache cet air coupable si tu veux que je te croie. Vous avez vraiment un comportement étrange tous les deux, depuis son retour.

— Qu'est-ce que tu racontes ? rétorquai-je, la bouche sèche. Il n'y a pas de « tous les deux » et il n'y en a jamais eu, O.K. ?

Heureusement, Chae Rin était en train de persécuter un agent pour qu'il lui prête une arme à feu « au cas où », sinon elle ne se serait pas privée de me questionner, vu mon malaise évident. Lake, elle, se contenta de hausser les épaules.

— Je ne sais pas, vous sembliez vous apprécier, tous les deux, avant, répondit-elle avec un petit sourire qui m'irrita. Beaucoup, même... Surtout lui, j'ai toujours eu l'impression qu'il était un peu amoureux de...

— Ce n’est pas possible, la coupai-je, écarlate.

— Ah bon ? s’étonna Lake, affairée à rattacher ses cheveux en un chignon serré au sommet de sa tête. Qu’est-ce que tu entends par là ?

— Eh bien, ça n’arrivera pas, articulai-je.

— Pourquoi ? Voyons, il faut que tu aies un peu plus confiance en toi ! Ne va pas t’imaginer que quelque chose cloche chez toi ! (Elle se tut un instant après m’avoir donné une petite tape sur l’épaule puis reprit sur le ton de la plaisanterie :) Certes, tu es névrosée et prompte à critiquer, mais qui ne l’est pas ? Ah si, en fait, tu es la seule !

Mon manque de confiance en moi n’aidait pas, c’est certain. J’avais toujours été ainsi, même avant la mort de ma famille, événement après lequel je m’étais renfermée davantage, plus à l’aise et assurée dans l’intimité de ma chambre ou face à un bon jeu vidéo, qu’en présence d’un membre du sexe opposé. L’autre raison qui me perturbait devait rester secrète pour le moment, tant que je ne connaissais pas la vérité sur Rhys.

— Désolée, je ne suis pas très douée avec… les sentiments amoureux, répondis-je d’un ton tellement guindé qu’il provoqua à juste titre l’hilarité de Lake.

— Bref, ne t’en fais pas. S’il doit se passer quelque chose, ça arrivera, reprit-elle avec une dernière accolade. Tu sais, je suis la première à dire qu’il n’y a rien de mal à ce qu’une petite idylle se noue sur le champ de bataille. En plus, il est vraiment canon. Beau visage, corps de rêve… Tu as plutôt bon goût !

— C’est noté, grognai-je, embarrassée.

Alors que Chae Rin revenait bredouille, la voix de Sibyl retentit au-dessus de nos têtes.

— *Quatre minutes avant le début de la mission, tout le monde à son poste.*

Même à distance, elle savait nous mener à la baguette. Comme le département Communications était trop exposé aux regards pour y diriger une mission censée n'impliquer qu'une partie de ses hommes, elle nous parlait depuis son bureau.

— Ça y est, je commence à stresser, admit Lake.

Pendant quelques secondes, elle s'agita, mal à l'aise, et au soulèvement de sa poitrine, je devinai qu'elle peinait à trouver son souffle. Puis, soudain, comme si on avait appuyé sur un interrupteur, elle releva la tête d'un geste brusque.

— D'ailleurs Maia, en parlant de Rhys…

— Je ne vois pas ce que tu veux dire, rétorquai-je.

— Puisque vous êtes un peu en froid, tous les deux, veux-tu que je lui obtienne une invitation pour les *TVCA* par mon agent ? Si ça peut arranger les choses…

— Comme toujours, tu nous rebats les oreilles avec ton festival de la bêtise pour célébrités, au lieu de te concentrer sur la mission en cours, ricana Chae Rin. L'inverse m'aurait étonnée…

Je l'entendis ensuite marmonner « imbécile ».

— Quoi ? Désolée de vouloir égayer un peu l'ambiance ! protesta Lake d'une voix d'un calme qui allait, j'en étais sûre, très vite se dissiper. Bien sûr, toi, tu ne t'intéresses qu'au sang, à la mort et à la destruction, mais ce n'est pas le cas de tout le monde ! En plus, je te rappelle que cet événement a son importance. Nos devoirs envers la Secte ne se limitent pas au combat, tu sais.

— Non mais je rêve... Comme si ça ne suffisait pas !

— Je ne rigole pas ! répliqua l'ancienne pop-star, assez fort pour couvrir le ricanement de Chae Rin. Réfléchis, si Sibyl et Cheryl nous ont donné le feu vert pour nous rendre à cette cérémonie, c'est qu'elles tiennent à ce qu'on s'y montre !

— Bien sûr, et comme par hasard, au moment où ton ancien groupe sort son premier tube. Lake, tu n'es vraiment qu'une sale hypocrite...

— Je suis quoi ? Répète un peu !

Je ne saurais dire qui eut le dernier mot car elles se disputaient toujours lorsqu'elles grimpèrent dans leur camionnette. Alors que je m'éloignais, Belle, dont les cheveux étaient coiffés en une tresse qui partait du haut de son crâne, surgit de derrière un véhicule.

— Ah, te voilà ! Tu es avec moi. Dépêche-toi, c'est l'heure.

Je la suivis après avoir pris une profonde inspiration.

Il était 1 heure du matin. Les fourgonnettes de livraison sortirent des hangars par un réseau souterrain qui nous ramena à la surface. Ce fut seulement lorsque le complexe eut disparu dans la nuit que chaque camionnette quitta la procession silencieuse pour suivre son propre itinéraire.

Quiconque se trouvant sur l'autoroute en même temps que nous aurait trouvé notre véhicule des plus ordinaires. Mais, malgré sa forme banale, il était en réalité équipé d'armes fixées aux parois ainsi que de lames et de bombes électromagnétiques anti-spectres entreposées dans des compartiments sous le capitonnage des banquettes noires.

L'espace séparant l'habitacle de la partie arrière – d'ordinaire réservée à la marchandise mais où nous nous trouvions – était occupé par le coffre-fort noir qui renfermait l'une des bagues de Saul. L'unique accès à notre compartiment se faisait par une porte à fermeture électronique verrouillée au moyen d'un code. Une autre camionnette identique nous suivait à quelques voitures de distance.

Malgré la vibration du plancher sous mes bottes, j'entendais les véhicules qui nous dépassaient à toute vitesse. Les mains moites, j'étais assise près de Belle, qui avait appuyé sa tête contre la paroi et gardait les yeux fermés. Rhys s'était placé en face de nous, et observait attentivement l'écran central où des points rouges indiquaient les positions des différentes fourgonnettes.

Les parties gauche et droite de l'écran nous permettaient de surveiller différents angles extérieurs, même si tous n'y apparaissaient pas.

— Eveline, du nouveau ? demanda Rhys, un doigt posé sur son oreillette.

— Jusque-là, R.A.S.

Je ne pouvais que l'entendre car elle était assise dans le siège passager, à côté de Lock, notre conducteur.

— *Toutes les unités au rapport*, ordonna Sibyl à nos tympans.

— Ici l'unité 7, R.A.S., répondit Rhys.

— *Ici l'unité 6, R.A.S.*
— *Ici l'unité 5, R.A.S.*
Et ainsi de suite.

— Saul ne risque pas de nous prendre en embuscade, n'est-ce pas ? demandai-je à mi-voix, mal à l'aise sur mon siège.

— Si, c'est justement pour ça qu'il y a des bombes sous la banquette, Maia.

Je n'étais pas habituée à ce ton acerbe de la part de Rhys, qui m'évitait du regard, toujours en contact avec les autres équipes. La gorge serrée, je tentai de déglutir. Après tout, je n'avais aucun droit de me plaindre.

— Maia ? m'interpella Belle.

Je levai les yeux vers elle et restai bouche bée. Ses paupières étaient à moitié closes et sur ses lèvres se dessinait un timide sourire d'encouragement.

— Il s'agit d'une simple précaution. Ne t'inquiète pas.

Sa voix, plus douce et plus fragile qu'à son habitude, semblait moins assurée lorsqu'elle se montrait chaleureuse. De temps à autre, tentant d'oublier son chagrin, elle s'essayait à ce genre d'attentions, peu naturelles chez elle. C'était comme si elle se souvenait soudain pendant quelques minutes – alors très bizarres – que partager la destinée de son mentor me pesait plus qu'autre chose. J'appréciais toujours ces moments où, luttant contre le désespoir, elle s'essayait à la compassion.

Mais très vite, son sourire disparut et le pli entre ses sourcils resurgit sur-le-champ.

— Je suis désolée, reprit-elle. Je sais que ces derniers temps je me suis comportée de manière… étrange.

Elle repoussa quelques mèches folles qui avaient glissé sur son front mais n'ajouta rien. Malgré tout, je compris ce qu'elle avait voulu me dire et scrutai mes genoux avec une pointe de culpabilité.

— Ce n'est pas grave, répondis-je. De toute façon, tu as raison, cette mission me rend un peu nerveuse : je ne suis pas sûre d'être prête à affronter de nouveau Saul.

— Tu devrais pourtant, ce n'est pas ta première mission, répliqua Rhys, les yeux rivés sur l'écran et les doigts s'attardant sur la pointe recourbée de son couteau préféré. Je croyais que tu t'étais entraînée ? Tu es censée t'être endurcie depuis tout ce temps, non ?

Comme cela lui arrivait parfois, il dissimulait maladroitement la lueur provocatrice qui brillait dans ses yeux sous ses airs de petit garçon innocent tout à son occupation – en l'occurrence, l'observation de son arme. Mes mains se crispèrent sur mes genoux, mais je n'eus pas le temps de répliquer : notre voiture traversait un péage de la Secte et la voix d'Eveline résonna dans nos oreillettes.

— *Nous entrons dans le tunnel.*

En effet, sur l'écran, le tracé de l'autoroute à doubles voies s'étirait dans les ténèbres, moucheté des petites lumières de sécurité du souterrain.

— Alors, comme ça, on lit les critiques en ligne à mon sujet, Rhys ? Ravie de voir que tu as trouvé à t'occuper pendant ton temps libre, répondis-je amère, les lèvres crispées.

— Tu veux dire pendant ma convalescence ?

Je ne pouvais pas oublier les blessures que Saul lui

avait infligées alors qu'il me protégeait, ni l'image du couteau enfoncé dans sa poitrine, si près de son cœur.

Je m'en sentais en partie responsable.

Mon instinct me disait qu'il avait bon fond – il me l'avait montré lorsque nous étions ensemble – mais mon esprit doutait et le convaincre ne serait pas chose aisée… d'autant que d'autres consciences y cohabitaient.

— Bon, et si on s'arrêtait là pour se concentrer sur la mission, Maia ? reprit-il d'un ton nonchalant. Il ne va rien t'arriver aujourd'hui, ne sois pas ridicule.

— Comment ? m'exclamai-je en me redressant sur ma banquette. Et toi, si tu commençais par arrêter de te comporter comme un crétin ?

Ses mâchoires se contractèrent et ses épaules s'affaissèrent sous le coup de l'insulte qu'il répéta à voix basse. Il semblait vouloir riposter, mais se détourna avec un air peiné et indéchiffrable. Comme pour conclure notre altercation, Belle poussa un petit soupir.

Nous quittâmes bientôt la voie rapide principale pour nous engager sur une route barrée réservée à la Secte : la L-9. Les véhicules qui empruntaient le tunnel étaient nombreux, mais nul ne pouvait soupçonner son existence car la bifurcation était dissimulée derrière un mur qui s'élevait de la route goudronnée jusqu'au plafond.

Les deux camionnettes durent s'arrêter pendant que la paroi coulissait de manière fluide pour révéler un vaste souterrain à double sens, qui avait tout d'un bunker long de plusieurs kilomètres.

— Nous avons atteint la route sans incident, déclara Rhys d'un ton très professionnel, bien différent de celui qu'il venait d'employer pour me rudoyer.

— *Bien*, répondit Sibyl, qui semblait tendue. *Nous n'avons pas détecté de fréquence suspecte de notre côté non plus. Poste de contrôle n° 1, au rapport.*

Elle interpellait sans doute les agents postés derrière le garde-corps de la cabine située sur la passerelle de l'étage supérieur. L'un des deux hommes en position lui répondit.

— *Aucun danger en vue. La voie est libre.*

— Il y a un complexe secret dans un petit village de l'Oxfordshire, nous expliqua Rhys. Seuls quelques agents connaissent son existence. L'endroit est placé sous haute surveillance, mais ce tunnel permet d'y accéder directement.

— Les bagues y seront-elles à l'abri ? demanda Belle. (Elle avait les jambes croisées et les yeux rivés sur l'écran.) Et où en est l'autre convoi ?

— Il se dirige vers un autre lieu tenu secret, répondit-il. Tout semble bien se dérouler de leur côté aussi. Leur trajet sera un peu plus court que le nôtre.

— Dommage pour toi…

Je me sentais minable, mais je ne parvenais plus à retenir ma hargne.

— Maia, écoute, je ne sais pas ce qui t'arrive ni pourquoi tu te conduis comme une idiote avec moi, ou encore ce que j'ai fait pour mériter un tel traitement, mais sache que ça m'est complètement égal !

— Ça tombe bien ! m'exclamai-je d'une voix forte, oubliant toute réserve. Ça ne te regarde pas ! D'ailleurs,

Rhys, ne t'avise surtout pas de me juger sur quoi que ce soit ! Tu n'en as aucun droit.

L'intéressé me dévisageait, bouche bée, et je sentais le regard de Belle sur moi. Je me rappelai alors que ce garçon était peut-être un assassin, et ma coéquipière sa potentielle meurtrière : je venais de me fourrer dans un sacré pétrin. Les mains fébriles, je serrai les dents et tournai la tête pour me cacher le visage derrière mon épaisse chevelure, en attendant de trouver une meilleure échappatoire.

— Maia, est-ce que ça va ? me demanda ma camarade, penchée vers moi.

Au poste de contrôle suivant, les voix de plusieurs agents résonnèrent dans nos oreillettes pour effectuer leur rapport. Nous dépassâmes ensuite plusieurs des nôtres qui surveillaient les environs, prêts à tirer.

Sortie de mon hébétude, je portai mes doigts tremblants à mon cou, effleurant le foulard qui dissimulait le collier censé me protéger de Natalya. Depuis des semaines, je faisais chaque jour le même cauchemar, et je n'avais toujours pas de réponse à mes interrogations, du moins aucune qui me satisfasse. Je pris une profonde inspiration.

— Tout ce que je veux dire, c'est que… Je ne suis peut-être pas aussi calme que toi en mission, Rhys, mais nous n'avons pas tous eu la chance d'être entraînés dès l'enfance au combat. Alors fiche-moi un peu la paix !

— Parce que tu crois que c'est que c'était facile ? murmura le jeune homme comme si ces mots étaient empoisonnés. Comme si j'avais eu le choix…

Nous nous dévisageâmes dans un silence lourd de sous-entendus. L'agent m'avait déjà raconté sa formation depuis son plus jeune âge dans un complexe au Groenland. Il y avait rencontré celui qui deviendrait le bras droit déjanté, violent et vicieux de Blackwell, Vasily – qui, d'après Rhys, n'avait pas toujours été ainsi.

« *Certaines bases ont une discipline plus stricte que d'autres* », m'avait-il expliqué.

— Laisse tomber, dis-je presque à moi-même.

— Pas trop tôt, conclut Belle, agacée. Je vous rappelle que nous sommes en mission.

— Très bien…

Mon adversaire céda, la main crispée sur le manche de son couteau. Les longues minutes de silence qui suivirent furent par chance interrompues par la voix d'Eveline.

— *R.A.S. Nous approchons du poste de contrôle n° 3.*

— Bien, nous y sommes presque. Poste de contrôle n° 3, au rapport, marmonna Rhys.

Distrait par sa colère, il ne remarqua pas tout de suite qu'il ne recevait aucune réponse. Il cligna les yeux et, comme moi, regarda l'écran.

Deux agents se trouvaient bien près de la cabine derrière la rambarde. Ils étaient équipés des mêmes longues armes à feu que les précédents, similaires à celles que Howard avait utilisées devant moi pour pulvériser les spectres de Saul à New York. En revanche, je ne comprenais pas pourquoi ils braquaient sur nous leurs canons dont les bandes métalliques latérales, illuminées de bleu, indiquaient la charge.

Belle se leva sur-le-champ. Rhys, lui, m'avait attrapé par la main avant que je prenne conscience du danger, mais il était déjà trop tard. Une violente explosion me perfora les tympans, et je n'entendis plus rien qu'un horrible sifflement quand notre camionnette fut propulsée dans les airs.

Chapitre 11

Après deux détonations, notre véhicule fit un tonneau puis atterrit au sol avec fracas. Je sentis l'onde de choc se répandre jusque dans mes os lorsque, déjà blessée et malmenée, je m'écrasai contre le métal. Je dus ensuite perdre connaissance car je fus réveillée par le vacarme de bottes qui atterrissaient sur le toit – en fait le châssis – au-dessus de nous.

— Rhys…

Du sang dégoulinait sur mes paupières et m'empêchait de les ouvrir en grand. Les yeux plissés, à plat ventre sur le plafond du véhicule, je tâtonnai dans la pénombre. Je sentis du métal froid, puis des mèches de cheveux sous mes doigts.

— Belle ?

Au son de ma voix, elle remua et bredouilla quelques mots que je n'entendis pas, toujours sourde. Du sang s'écoulait en deux sillons rectilignes de chaque côté de sa tête, dans ses cheveux, jusqu'à ses oreilles. Certaines armes avaient été éjectées de leur compartiment et plusieurs bombes anti-spectres roulèrent le long de mes jambes jusqu'à ma cheville gauche toute tordue. Heureusement, elles étaient restées verrouillées et aucune ne s'activa.

— Rhys !

Secouée par une quinte de toux, je soulevai mon ventre pour balayer du regard l'intérieur de la camionnette et le découvris, inconscient… *Ou mort ?*

Mon cœur s'emballa et je rampai jusqu'à lui pour vérifier son pouls. Il était vivant. Avec précaution, j'essuyai une partie de la poussière mêlée de sang qui maculait son visage, puis poussai un soupir de gratitude avant de le secouer. Au-dessus de nous, les bottes martelaient toujours le toit.

— Rhys, réveille-toi. Vite ! U… Unité 6 ? croassai-je, en vain, à l'intention de la camionnette qui nous suivait tout en essayant une nouvelle fois de ranimer le jeune homme. Eveline ? Lock ? À toutes les unités, l'unité 7 est touchée, je répète, l'unité 7 est touchée. Nous avons besoin de renfort ! Est-ce que quelqu'un m'entend ?

Je sentis soudain une odeur de fumée et, lorsque je levai les yeux, découvris un rayon rouge de laser qui découpait le métal.

— Saul, soufflai-je. Oh, mon Dieu ! À toutes les unités, nous sommes attaqués. Ce doit être Saul !

Sauf que lui pouvait disparaître et réapparaître à loisir, il n'avait donc pas besoin de percer la carrosserie pour nous atteindre. Alors qui était-ce ?

— Oh ! criai-je aussi fort que possible. Vous m'entendez ?

— Ils ont coupé la communication, souffla Belle d'une toute petite voix. Je crois que notre mission est terminée.

C'était bien la dernière chose que je voulais entendre, d'autant que nous manquions de temps. Je secouai encore

Rhys, qui revenait à lui peu à peu, mais pas assez vite à mon goût. Notre assaillant, lui, avait bondi au sol. Aussitôt, je pensai aux portières arrière qui étaient déjà tordues, à moitié arrachées de leurs gonds – je voyais d'ailleurs notre ennemi approcher par l'interstice. Il n'aurait qu'à donner un coup dans la carrosserie pour nous trouver, entassés dans la camionnette.

D'ailleurs, était-ce bien un homme ? Ses cheveux et ses traits étaient dissimulés sous un casque blanc en métal, mais sa combinaison ajustée laissait plutôt deviner une silhouette féminine de taille moyenne.

Soudain, un détail attira mon attention.

— Ce sont les mêmes ! murmurai-je. Le même casque et la même combinaison que ceux que portait l'inconnu que nous avons trouvé dans le bunker au milieu du Sahara.

J'ignorais qui était cette femme, mais elle semblait déterminée à nous empêcher de passer et venait nous chercher. D'un geste, Belle créa un épais mur de glace pour nous protéger. Seulement, à voir comment la mystérieuse soldate était déjà en train de le marteler, il était certain qu'il ne résisterait pas longtemps. Consciente que je devais agir, je me traînai et posai une main sur la paroi. Mon esprit était encore ébranlé par le choc, mais le temps pressait. Je mobilisai donc toute ma volonté, jusqu'à ce que je sente les crépitements de mon pouvoir jusqu'au plus profond de mon être. Je dirigeai cette puissance le long de mes bras, et mon pouls s'accéléra lorsque mes doigts la libérèrent.

Calme-toi, m'ordonnai-je quand mon cœur commença à palpiter. Je chassai de mon esprit l'image de ma maison en feu dès qu'elle surgit. *Ne pense pas à ta famille. Tu n'y es pas, tu es ici.* La moitié de la paroi devint soudain brûlante. Belle rampa vers Rhys pendant que le cercle au-dessus de nous achevait de se dessiner.

— Rhys, relève-toi !

Elle lui administra une énorme gifle, à l'instant où le laser s'arrêtait. D'un dernier coup dans la barrière de glace, la soldate la fit s'écrouler et un bloc vola sur Belle qui le repoussa du bras avec un cri de douleur. Dans un grognement, je laissai les flammes jaillir dans mes mains et plissai les yeux, éblouie. Le reste de la paroi du véhicule se détacha et glissa au sol. Rhys était juste assez conscient pour s'agripper à Belle quand nous bondîmes hors de la carcasse.

Je retombai sur le dos et me retournai juste à temps pour voir la femme atterrir dans la camionnette dans un claquement de bottes. Elle ne pouvait plus nous atteindre, mais n'en sembla pas perturbée pour autant : plutôt que de nous attaquer alors que nous nous relevions péniblement, elle s'affairait à l'intérieur du véhicule.

La bague ! Voilà ce qu'elle devait chercher.

— Elle vole l'anneau, criai-je à Rhys et Belle. Il faut…

Au poste de contrôle, les agents de la Secte abaissèrent leurs armes pour tirer les pistolets de leur holster.

Une pluie de balles s'abattit sur nous. Aussitôt, nous courûmes nous accroupir à couvert de la camionnette. Un projectile fusa tout près de ma tête et un autre me transperça le bras droit. Les Effigies guérissaient vite, mais à cet instant, cette idée n'enlevait rien à la douleur aiguë, difficile à supporter. Haletante, Belle se tenait le ventre, encore secouée par l'explosion. Eveline et Lock, toujours en vie, s'extirpèrent de l'habitacle par la fenêtre du véhicule pour s'abriter avec nous. L'inconnue, elle, restait à l'intérieur, protégée des tirs par le blindage de la camionnette de la Secte, et nous n'étions pas en état de l'empêcher de se servir.

— C'est de la folie ! s'écria Rhys, une main serrée sur le manche de son couteau, alors que l'autre était plaquée contre son crâne, qui devait le faire souffrir. Unité 6 ! hurla-t-il au lieu d'utiliser l'oreillette. Nous avons besoin de renf…

Il s'interrompit quand il les aperçut enfin derrière le pare-brise. Le cou des agents était tordu selon un angle étrange et, au milieu de leur front, un filet de sang s'écoulait d'une blessure provoquée par une balle qui avait traversé la vitre. Ils étaient morts.

— Rachel ! hurla Lock d'effroi, la main sur son holster.

Le meurtrier bondit du toit de la seconde camionnette et atterrit sur le capot qui s'enfonça légèrement. Avec sa stature de culturiste sous stéroïdes, il devait dépasser son équipière d'au moins trente centimètres et peser quarante-cinq kilos de plus, voire davantage. Chacun de ses membres était protégé et il portait un casque lisse et robotique, similaire à celui de la femme. En revanche, il se mouvait de manière étrange, mal assurée, presque inhumaine, comme s'il convulsait à chaque pas. Sa claudication ne l'empêchait pourtant pas de pointer son arme sur nous.

— Attends ! s'écria Eveline alors que Lock nous dépassait à toute vitesse, pistolet au poing.

Elle tenta en vain de le retenir par la manche et finit par se lancer à sa poursuite.

Les balles ricochaient sur la poitrine caparaçonnée du colosse dans un tintement strident. Quand il leva sa main gantée, l'un des projectiles la transperça, sans provoquer chez lui le moindre tressaillement ni faire couler la moindre goutte de sang. Cette créature avait-elle seulement besoin d'une protection ?

L'un des agents sur la passerelle toucha Lock au bras, arrachant à sa victime un hurlement de douleur. Notre mystérieux ennemi en profita pour se jeter sur notre camarade, l'empoigner par le cou et lui briser les cervicales. Eveline n'avait pas été assez rapide pour l'en empêcher, tout comme ses mains ne furent pas assez agiles : elle n'avait pas attrapé le pistolet de Lock que son meurtrier la mettais déjà en joue. Mais, grimaçant de douleur, Belle s'interposa entre eux et, d'un geste, glaça l'arme avant que la balle ne quitte le canon. Pourtant, je pressentais que cet homme n'avait pas besoin de munitions.

Dans un premier temps, je décidai de me débarrasser des agents traîtres de la Secte. J'étirai mon bras dans un cri et fis sauter la passerelle, la transformant en un mur de flammes – les hommes qui s'y trouvaient valsèrent dans les airs avec les débris de la structure.

— Recule ! ordonnai-je à Rhys.

Cette fois, je projetai notre camionnette contre la paroi, espérant emporter la femme avec. Je préférais voir la bague détruite plutôt que volée par un duo de tueurs cyborgs.

Mais j'avais agi trop tard. La soldate sauta de l'arrière du véhicule une seconde avant qu'il ne percute le mur dans une explosion que je remarquai à peine : notre ennemie se jetait déjà sur moi. L'instant qui suivit, l'épée de Belle apparut entre ses mains, mais la femme évita sa lame sans difficulté. Rhys empoigna à son tour son couteau. Sans réfléchir, j'agrippai son T-shirt.

— Attends ! m'exclamai-je. Est-ce que ça va ? Tu es blessé !

— Ça ira, me répondit-il d'une voix qui trahissait sa souffrance.

— Mais… articulai-je alors que je le dévisageai, envahie par une nouvelle vague de peur.

D'un geste délicat il essuya le sang sur ma joue.

— Va aider Eveline.

La main serrée sur son arme, il rejoignit Belle. Il avait raison, aussi, je me forçai à détacher les yeux de sa silhouette et lui obéis. Notre deuxième assaillant se déplaçait avec le peu d'agilité que lui octroyait sa carrure d'armoire à glace, sans prendre la peine d'esquiver les tirs d'Eveline, même lorsqu'une balle fendit son casque. Au moins, il me serait plus facile à atteindre.

Tu peux y arriver, Maia, m'encourageai-je. *C'est agir ou mourir.*

— Recule ! ordonnai-je à Eveline.

Je me mordis les lèvres et me forçai à me calmer. Le feu s'embrasa à mes pieds et la faux lisse apparut dans mes mains, qui éprouvèrent aussitôt son poids familier. Prenant de l'élan, je la fis tournoyer dans les airs, comme je l'avais répété lors de mes entraînements, pour abattre la lame sur le colosse. Il n'essaya même pas de s'écarter, et la pointe recourbée se ficha dans le creux de son cou.

Il n'en cessa pas pour autant d'avancer d'un pas lourd, sans se préoccuper le moins du monde de l'arme plantée dans ses muscles. Terrifiée, je lâchai le manche et reculai, bouche bée. Une seule idée me vint alors à l'esprit : créer un brasier assez haut pour lui barrer le passage. Eveline bondit en arrière au moment où les flammes crépitantes encerclèrent le colosse.

— Ce n'est pas possible, cette chose ne peut pas être humaine ! cria-t-elle, la main plongée dans sa poche, en quête de munitions.

C'était effectivement peu probable. Sa partenaire, en revanche semblait bien faite de chair et d'os. J'entendais son rire aigu et sardonique à chaque assaut de Rhys et Belle qu'elle évitait. Encore affaiblis par l'attaque, ils étaient loin de pouvoir utiliser toutes leurs ressources pour se battre, mais la rapidité des mouvements de cette fille et son agilité en faisaient de toute façon une adversaire redoutable. De son biceps cuirassé, elle bloqua la lame de Belle et slaloma à toute vitesse entre les tirs de Rhys, pour parvenir jusqu'à lui.

— Quelque chose ne va pas, Aidan ? Ce n'est pas terrible, tout ça. Tu étais bien meilleur tireur à l'époque, chéri.

L'interpellé n'avait jusqu'à présent pu distinguer le visage de son adversaire. Aussi, cette voix à l'accent australien lui fit-elle, un bref instant, perdre tous ses moyens, dont l'inconnue profita pour se glisser derrière Rhys. Elle lui saisit alors la main avant de mettre Belle en joue.

— Laisse-moi t'aider !

Une balle transperça la jambe de l'Effigie. Je m'élançai aussitôt vers l'agent pour tenter d'arrêter la soldate qui venait de lui tordre le bras et pointait à présent l'arme contre lui. Heureusement, Rhys parvint à redresser son coude avant qu'elle appuie sur la détente... le coup partit dans le vide. D'un geste sec, elle lui brisa le poignet avant de le repousser. Il se plia en deux de douleur.

— Rhys ! criai-je. (Il trébucha sur une roue qui s'était détachée de l'essieu, mais je le rattrapai de justesse avant qu'il ne s'écroule.) Rhys !

— Jessie... murmura-t-il, livide. C'est Jessie !

La femme qu'il appelait Jessie était beaucoup trop alerte. Elle évita chacun des tirs d'Eveline jusqu'à ce que l'arme de l'agent cliquète dans le vide. Elle fondit alors sur Belle, dont le jet de glace, trop lent, la manqua et se répandit au sol à quelques pas de nous. Notre adversaire en profita pour saisir le bras de son assaillante d'une main gantée tout en projetant la seconde à son cou. Si son geste m'étonna au premier abord, je compris bientôt en voyant la glace au bout des doigts de Belle faiblir et disparaître. Le gant devait contenir un appareil.

J'aperçus une tache de sang là où Jessie avait saisi ma camarade, dont les pouvoirs avaient... disparu.

Jessie profita de la stupeur de l'Effigie de l'eau pour l'assommer d'un coup de coude bien placé à la tempe, puis se rua sur moi à toute vitesse. De la fumée s'échappa de ma main alors que j'essayai de me rasséréner. Mais déjà, Jessie avait attrapé mon poignet et dirigeait vers mon cou sa paume gantée, où était niché un petit appareil métallique de forme circulaire avec une minuscule aiguille scintillante en son centre.

Lorsque la pointe percuta mon collier, un petit tintement se fit entendre. Je devinai la surprise de Jessie, quand de sous son casque, elle jeta un regard hésitant à son gant, puis à ma nuque.

À la faveur de son étonnement, je la repoussai d'un coup de pied et tentai une fois de plus d'invoquer mon arme. Un bruit de pas lourds derrière moi me força à me retourner. Le colosse se précipitait dans ma direction, l'armure encore fumante d'avoir traversé les flammes.

D'instinct, j'abattis ma faux sur lui avec l'espoir que cette fois, l'arme lui trancherait le cou. Mais, en plus de l'esquiver, il attrapa le manche juste en dessous de la lame et me souleva dans les airs. Abasourdie, je ne pus que battre des jambes. De son autre main, l'homme-monstre frappa Eveline – qui avait bondi vers lui – à la tête, et l'envoya valser comme on se débarrasse d'une mouche trop agaçante. De son côté, Rhys s'était lancé dans un combat au corps-à-corps avec Jessie. Aussi, lorsque Eveline s'effondra sur le sol, inconsciente, je compris qu'il me faudrait achever mon adversaire seule.

J'attrapai sa tête et l'enflammai, provoquant une explosion qui me propulsa loin de lui. Dans ma chute, je parvins à lui arracher son casque, ce qui me donna une première idée de son apparence.

Mon Dieu !

Lorsque mes bottes percutèrent le sol, je trébuchai et m'écroulai, épouvantée. Mon estomac se noua à la vue des minuscules asticots qui grouillaient dans ses orbites, au milieu de la masse de chair en décomposition d'où saillaient quelques morceaux du crâne qui lui tenait lieu de tête. Horrifiée, je me couvris la bouche de la main.

Ça ne pouvait être réel.

— Oh non ! s'exclama Jessie. Tu as gâché la surprise ! Mais reconnais tout de même que c'est impressionnant.

Elle bondit en arrière pour s'écarter de Rhys, retira l'un de ses gants qui révéla une main fine à la peau très pâle, et claqua des doigts.

Docile, le colosse commença à claudiquer d'un pas lourd. Les spectres étaient pourtant censés être les seuls monstres à exister en ce monde ! Avec les Effigies…

— Empare-toi d'elle, cadavre ! ordonna la soldate à son esclave. Attrape la fille !

La « fille », c'était moi ! Les bras engourdis, je ne parvenais plus à bouger, j'étais comme hypnotisée par les asticots qui allaient et venaient dans la chair de la créature.

Soudain, des sirènes retentirent autour de nous, puis des véhicules de la Secte surgirent en trombe de toutes parts. Revigorée par l'arrivée des renforts, je me retournai pour affronter mes ennemis. Une seconde plus tard, je vis Jessie traverser le tunnel sans mot dire, puis attraper un petit appareil métallique dans sa poche arrière et le lancer contre la paroi. Le dispositif se fixa au béton grâce à quatre bras métalliques, chacun illuminé d'une barre rouge sur toute sa longueur, qui s'étirèrent pour former une sorte de trèfle.

Après quelques instants, une explosion retentit. Rhys et moi nous empressâmes de protéger nos yeux de nos bras.

Quand le nuage de poussière se fut dissipé, Jessie avait disparu, et son monstrueux pantin gisait sur le sol en un tas d'os et de chair morte.

Chapitre 12

Échec, trahison. Nous passâmes vingt-deux heures en plein désarroi, le temps que Sibyl procède à une vérification interne de l'ensemble du personnel londonien, même si bon nombre d'agents n'avaient pas la moindre idée de ce qui s'était passé dans les tunnels.

Pourtant, les membres du Conseil étaient loin d'être rassurés. Après avoir convoqué une réunion d'urgence, ils avaient décidé de réquisitionner un agent d'un autre complexe afin qu'il vienne nous « apporter son aide ». Restait à savoir si sa mission serait d'assister Sibyl ou de l'interroger… Mais après les derniers événements, nous aurions été bien en mal de leur reprocher de prendre de telles mesures. L'enquête avait permis de démasquer les deux agents qui avaient aidé les mystérieux soldats à préparer leur attaque, mais c'était déjà deux traîtres de trop. Et si l'unité de Lake et Chae Rin avait réussi à convoyer la seconde bague jusqu'à sa nouvelle cachette blindée, Jessie était tout de même parvenue à s'enfuir avec celle que nous transportions. D'ailleurs, sans l'arrivée des renforts, elle m'aurait sans doute également enlevée.

Sibyl nous avait demandé de rester à l'écart dans nos chambres, pendant qu'elle menait ses investigations. Mais très vite notre attente fut interrompue par un martèlement à notre porte.

— Ouvrez, c'est une urgence ! s'écria Rhys.

Chae Rin leva les yeux de son ordinateur portable, Lake et Belle surgirent de leur chambre à l'étage, et je bondis de ma chaise pour courir lui ouvrir.

— Que se passe-t-il ?

J'observai le plâtre bleu autour du bras que Jessie lui avait brisé, les cernes noirs sous ses yeux et ses lèvres pleines, gercées par la déshydratation. Il ressemblait à un suspect que l'on avait interrogé toute la nuit.

— Le DAS de Bloemfontein a été piraté. Certains quartiers ont été attaqués par les spectres.

J'inspirai profondément et mes épaules se soulevèrent en même temps que ma poitrine. Je pris conscience avec horreur de ce que cette nouvelle impliquait. Saul était de retour.

— Des agents ont-ils été envoyés dans les zones concernées ?

Belle descendit l'escalier, les yeux rivés sur Rhys. Ses blessures étaient presque toutes guéries, grâce à ses pouvoirs d'Effigie.

— Oui, mais on ne dirait pas un assaut à grande échelle. Les spectres ont mis quelque temps à saccager un marché fermier avant de disparaître.

— Sommes-nous certains que Saul soit derrière celte attaque ? lui demanda Lake, depuis la rambarde de l'étage.

— En tout cas, ce mode opératoire correspond au sien, répondis-je tout bas, en me souvenant de New York.

D'autant plus que je vois mal ces monstres se cantonner à un endroit spécifique pour se volatiliser ensuite.

Ces créatures étaient des forces de la nature, dont la seule vocation était de semer la dévastation dans leur sillage. Jusque-là, seule la bague avait pu canaliser cette folie destructrice pour l'instrumentaliser. C'était forcément Saul.

— Et nous sommes convoqués au service Communications, continua Rhys, qui rebroussait déjà chemin. Dot a fait une découverte.

— Au sujet de la fille qui nous a attaqués ? demandai-je avant de lui emboîter le pas jusqu'au seuil de la porte. Jessie ?

Le visage de notre visiteur s'assombrit alors qu'il détournait la tête et frottait son plâtre d'un air absent, le regard dans le vague.

— Nous en reparlerons plus tard. Allons-y.

Sous le ciel nocturne, nous suivîmes Rhys à travers le complexe, puis nous prîmes l'ascenseur jusqu'au deuxième niveau où Sibyl, Dot et Pete nous attendaient au département Communications. Au fond de la pièce, une immense paroi en verre donnait sur l'étage principal.

Il s'agissait sans doute d'un miroir sans tain. Aussi, même si en contrebas je voyais les agents pianoter sur leur clavier et étudier les moniteurs qui s'éclairaient quand les systèmes détectaient des interférences tout autour du globe, eux ne voyaient sans doute pas – et c'était tant mieux – Sibyl faire les cent pas devant un grand écran où une femme cramoisie déversait en direct son habituel discours contre la Secte. Il s'agissait de Tracy Ryan, la sénatrice de Floride, qui soutenait que nous, les Effigies, devrions être officiellement classées par le droit international parmi les armes biologiques de destruction massive, afin que le pouvoir politique puisse nous placer en quarantaine.

« *Constatez par vous-même l'incompétence de la Secte* », déclarait-elle.

Son visage étroit et dur, semblable à une tête de pigeon, occupait la moitié de l'écran de la chaîne CNN, en regard d'images de l'attaque de spectres à Bloemfontein.

Mes mains se glacèrent quand je vis les énormes créatures, semblables à des araignées aux pattes griffues, se disperser dans les rues. Les habitants hurlaient et s'enfuyaient à toutes jambes, abandonnant leurs barricades de fortune pour échapper à ces bêtes, dont la tête parvenait à mi-hauteur des immeubles.

« *Je le répète, les Accords de Greenwich ne sont rien de plus qu'une manière de prendre la communauté internationale en otage alors que la Secte prétend lutter contre ces menaces. En réalité, cette organisation rassemble ses forces et assoit sa puissance sous couvert de protéger le reste du monde, attendant le bon moment pour frapper.*

— *Pourtant,* objecta le présentateur, *il n'existe aucune preuve que la Secte cherche à consolider son pouvoir dans une intention précise.*

— *Ces images ne vous suffisent-elles pas ?* »

Le gros titre rouge près du visage de la sénatrice semblait étayer ses propos : « Terreur à Bloemfontein : une autre erreur de la Secte ? »

« *Si nous ne faisons rien, la Secte utilisera ce pouvoir à son avantage. Il est temps que la communauté internationale s'unisse pour mettre sur pied des protocoles de défense indépendants. À l'échelle du pays, nous devons commencer par augmenter le budget de l'armée et renforcer nos frontières. Mais nous devons aussi faire front face à cette terrible menace.*

— *Qu'entendez-vous par là ?* demanda le présentateur, la tête penchée. *Parlez-vous des spectres, du terroriste dénommé Saul ou de la Secte ?*

— *Pouvons-nous encore les différencier ?* »

Sibyl attrapa la télécommande sur la table ronde au centre de la pièce et éteignit la télé.

— Imbécile ! Je ne m'attendais pas à moins d'absurdités de la part de cette paranoïaque, en particulier en période électorale… Mais là, vraiment…

Absorbée par ses pensées, elle secoua légèrement la tête et se mordilla les lèvres, les yeux rivés sur l'écran noir, avant de jeter soudain la télécommande par terre. Pete observa les débris de plastique, puis releva la tête et nous aperçut enfin.

— Euh… Oh, salut ! s'exclama-t-il d'une voix aiguë peu naturelle. Lake ! Et toute la troupe, bien sûr ! Venez par ici, je vous en prie.

D'un sourire nerveux, il nous invita à le rejoindre avec des grands signes frénétiques tout en s'écartant de Sibyl. Dot était penchée au-dessus de l'un des deux grands écrans qui occupaient le long bureau contre la vitre. Elle tapota deux fois le moniteur et des photos apparurent. Toutes présentaient le même cadavre blafard étendu sur une table métallique. Lake, qui se tenait derrière moi, eut un haut-le-cœur. En d'autres temps, je l'aurais imité, mais comparé à celui de l'homme du tunnel, ce corps sans asticots me parut bien plus regardable, aussi grotesque soit-il.

— Non… murmura Rhys.

La bouche entrouverte, il scrutait l'écran. Après tant d'années dans la Secte, il avait pourtant dû voir son lot de dépouilles. Mais son visage blêmissait à mesure qu'il détaillait les images du défunt.

— C'est impossible… Je ne peux pas… dire…

— Qu'y a-t-il ? lui demandai-je alors qu'il se ruait aux côtés de Dot. Qui est-ce ?

— En voilà une bonne question, répondit Dot, le crayon pointé vers l'écran. Un dénommé Philip.

— Philip… En êtes-vous sûre ? Peut-être lui ressemble-t-il seulement.

L'agent avait bredouillé chaque syllabe comme s'il s'exprimait dans une langue étrangère. Mes yeux passèrent de son visage aux photos.

— Rhys, est-ce que tu le connais ? Qu'est-ce qui t'arrive ?

— Tu connais le soldat qu'on a retrouvé mort dans le désert ? demanda Pete en se grattant la nuque.

— C'est lui ? l'interrogea Rhys.

Le défunt était en effet le mystérieux jeune homme que nous avions trouvé dans une planque au milieu du Sahara. Muette, je dévisageai notre camarade qui pâlissait à vue d'œil.

— Mon Dieu… Il est vraiment… mort ! s'exclama Lake tandis qu'elle se couvrait la bouche.

— Ces photos le montrent avant la dissection. Si tu voyais celles après… On peut en tirer une quantité d'informations incroyable !

Pete avait répondu d'un ton un peu trop désinvolte, comme s'il avait oublié que les autopsies et autres opérations du même genre ne présentaient un intérêt qu'aux yeux d'un groupe très restreint d'individus aux goûts particuliers, dont Lake, à voir sa mine dégoûtée, ne faisait pas partie.

— Rhys, repris-je calmement. Tu as déjà vu cet homme ?

— C'est… c'est…

Il s'interrompit. Il tremblait un peu et clignait des yeux à toute vitesse. À l'évidence, il ne parvenait pas à se concentrer, mais il finit par calmer sa respiration.

— Je crois que c'est…

— Philip Anglebart.

Dot pianota sur l'écran, qui devint noir avant d'afficher ce qui ressemblait à une photo de remise de diplômes. J'y reconnus le garçon qui était décédé dans les bras de Belle, malgré quelques différences notables : ses cheveux blonds coupés court, son teint rose et non blafard, son apparente jeunesse – la photo datait sans doute du début de son adolescence. Mais ses yeux rapprochés et le haut de son nez, eux, n'avaient pas changé.

— Il faisait partie des sept agents sélectionnés pour être formé au sein de la base d'entraînement Fisk-Hoffman, au Groenland, expliqua-t-elle en faisant tourner son crayon entre ses doigts. Tout comme les agents Rhys et Volkov.

Le nom de Vasily acheva d'accabler Rhys – la lueur au fond de ses prunelles s'éteignit. Les muscles du cou contractés, il serra les dents et hocha la tête.

— C'est bien lui, je le reconnais. Nous… commença-t-il, avant de poser un instant les yeux sur moi et de s'éclaircir la voix. Nous avons été entraînés ensemble.

Il prenait soin à présent d'éviter mon regard. Lorsqu'il m'avait parlé de sa formation au Groenland, il était resté très laconique. *« Certaines bases ont une discipline plus stricte que d'autres. »*

Il secoua la tête.

— Il était mort. Ils sont tous morts ! Seuls Vasily et moi avons survécu à… l'incendie.

— Quel incendie ?

Je m'approchai de lui et, inclinant la tête pour plonger mes yeux dans les siens, j'agrippai une de ses larges épaules qui se décontracta sous ma paume.

— De quoi est-ce que tu parles, Rhys ?

— Le centre a fermé il y a quatre ans, répondit Sibyl. (Son regard perçant se durcit alors qu'elle fixait l'image du jeune homme.) À la suite d'un immense feu causé par un court-circuit électrique.

Mon corps se raidit malgré moi. Ce scénario m'était beaucoup trop familier, mais je refusai de me replonger dans de si douloureux souvenirs.

— La base n'a jamais rouvert, continua-t-elle, une trop grande partie du personnel y a trouvé la mort, notamment l'ensemble du corps enseignant et des étudiants. Les seuls survivants, Rhys et l'agent Volkov, ont été assignés ailleurs.

— Je l'ignorais…

Rhys tourna les talons et s'éloigna de moi.

— Attendez, il serait vivant alors que tout le monde croit le contraire ? demanda Lake, songeuse. Enfin, je veux dire, maintenant il est bien décédé, mais avant… Comment pouvait-il être encore en vie avant de mourir, s'il était déjà mort ? Enfin, vous voyez ce que je veux dire.

Incapable d'expliquer la situation plus clairement, elle poussa un soupir d'impuissance.

— Les cinq autres étudiants étaient présumés morts mais leurs corps n'ont jamais été retrouvés après l'incendie, expliqua Sibyl.

— Je vais récupérer leurs dossiers, suggéra Dot.

Après une série de clics, sept portraits d'adolescents vêtus de blazers, comme pour une photo de classe, apparurent sur l'écran : Philip Anglebart, Talia Nassar, Gabriel Moore, Alexander Drywater, Jessie Stone, Aidan Rhys et Vasily Volkov. La longue chevelure noire de Talia, séparée en deux, tombait sur sa poitrine. Le beau Gabriel, très mince, avait de petits yeux et une peau noir charbon. Alexander, aux allures de joueur de football américain, le plus massif de tous, avait des cheveux roux rasés de près, comme ceux de Philip.

— Jessie… murmurai-je.

Je sentis Rhys réagir à ce nom. Sur le cliché, la jeune fille, plutôt potelée, avait un nez busqué et une mâchoire carrée qui donnait l'impression qu'elle avait avalé une boîte. Dotée de cheveux châtains lâchés autour de son visage et d'yeux verts pétillants, elle adressait un sourire enthousiaste et innocent à l'objectif. Difficile de croire qu'il s'agissait de la femme qui avait bien failli nous tuer dans les tunnels. Je m'intéressai ensuite de plus près à l'image du garçon costaud et me tournai vers Belle.

— Alex… Tu te souviens ? lui demandai-je, en me tournant vers Chae Rin, qui, assise sur la table ronde, non loin de l'Effigie de l'Eau, balançait ses jambes dans le vide. Avant de mourir, Philip nous a demandé de trouver un certain Alex !

Pete remua, mal à l'aise.

— Eh bien, c'est chose faite puisque vous lui avez mis la main dessus… dans les tunnels. Bon… fit-il avec un soupir las, conscient que je ne comprenais pas. Nous avons pu identifier la créature en décomposition qui vous a attaqués.

Oh…

Mon estomac se contracta au moment où Rhys faisait volte-face.

— Vous plaisantez ? Vous…

Il dévisagea chacune d'entre nous, comme s'il espérait découvrir que c'était juste une mauvaise blague. Le visage crispé à cette idée, il se précipita vers la porte et se plia en deux. Pendant un instant, je crus qu'il allait vomir, mais il se ressaisit. Comment lui en vouloir ? Son ancien camarade était la masse de chair morte qui avait assassiné nos coéquipiers… L'idée aurait été insupportable à n'importe qui.

— Êtes-vous en train de nous expliquer que ces gamins ont disparu d'une base en ruine pour réapparaître des années plus tard, transformés en monstres ? demanda Sibyl, les bras croisés.

— Une chose est sûre, en effet, c'est qu'ils n'ont plus rien d'humain. Reste cependant à déterminer leur nature, répliqua Dot avant de tapoter de nouveau sur l'écran pour afficher une image analytique en noir et blanc du corps de Philip. Le complexe de Marrakech a trouvé des particules dont la composition est similaire à celle du cylithium dans tout son corps.

— Il s'agirait donc bien d'une Effigie, conclut Belle, les sourcils froncés et les bras croisés sur la table.

Mon cœur cogna violemment dans ma poitrine. Au fond de moi, j'avais envie de croire que nous avions bien suivi Saul jusqu'à cette planque avant qu'il ne disparaisse et laisse cet autre garçon à sa place pour combattre à sa place. Mais Chafik avait raison, pourquoi se serait-il risqué à traverser une zone morte pleine de spectres alors qu'il n'avait qu'à se matérialiser où il le souhaitait ? Depuis le début, nous traquions Philip, une Effigie.

— Pas vraiment répliqua Dot.

Elle adressa un signe à Pete qui afficha un diagramme du bout du doigt.

— Son corps produit du cylithium, en effet, mais pas de manière naturelle.

— C'est-à-dire ? s'étonna Chae Rin, avant de croiser les jambes. Où voulez-vous en venir ? Ce type était-il une Effigie, oui ou non ?

La chercheuse se redressa et tira sur sa queue de cheval mal nouée pour la resserrer.

— Je ne saurais vous répondre pour l'instant. Comme je vous l'ai dit, chaque découverte engendre toujours plus de questions. Ce dont je suis certaine, c'est qu'on a trouvé un réseau électromagnétique dans sa moelle épinière. Nous avons à peine commencé à étudier la dépouille d'Alex au laboratoire, mais nous y avons décelé des composants similaires. Je serais prête à parier que tous ces gamins en ont… Enfin, à part Vasily et Rhys, si l'on se fie à leurs derniers examens physiques.

— Il pourrait s'agir de nanomachines bien trop élaborées, même pour nous, déclara Pete qui toucha ensuite l'écran pour faire remonter l'image analytique du corps, qui s'illumina. Ce réseau, le long de sa moelle épinière, fournirait peut-être le cylithium à son organisme. Nous en avons détecté un autre à la base de sa nuque, mais il est trop abîmé pour être étudié. (À ces mots, je me souvins de l'ecchymose rouge sur sa peau.) En fait, il était déjà en train de mourir bien avant que vous ne le trouviez, ajouta-t-il, le doigt pointé sur une partie du diagramme. Dégradation cellulaire, atrophie musculaire… Ses cellules ne pouvaient plus maintenir leur intégrité, comme si son corps ne supportait pas toute cette magie. En bref, ce garçon surchauffait.

Après cette démonstration, je comprenais mieux pourquoi l'attaque de Belle l'avait tué si vite…

— Mellie est restée au laboratoire pour étudier la structure de ces dispositifs, reprit-il. Dot pense avoir déjà reconnu une partie de leur signature chimique.

Sibyl s'approcha, perchée sur ses hauts talons qui claquaient sur le sol.

— Comment ça ? demanda-t-elle. Savez-vous qui est à l'origine de cette technologie ?

Dot, épuisée, passa une main dans ses cheveux aussi noirs que sales, et d'un coup ses yeux semblèrent perdre de leur éclat. Encore une qui ne dormait pas assez.

— Je ne voudrais pas trop m'avancer. Nous n'en sommes encore qu'aux balbutiements de ce type de nanotechnologie. Mais ce… commença-t-elle avant de secouer la tête. Je n'en suis pas certaine, mais tous ces composants me rappellent beaucoup des recherches qui ont débuté dans les années soixante, après le siège de Seattle. Il y a dix ans, certains travaux menés au sein d'une université scandinave ont été interrompus alors qu'ils représentaient une avancée considérable dans ce domaine. Je l'ai appris, il y a quelques années de ça, en lisant une thèse qui établissait un lien entre la nanotechnologie et la télépathie synthétique.

Je clignai des yeux.

— La quoi ?

— La télépathie synthétique, répéta-t-elle. Lorsqu'on l'injecte dans le cerveau d'un individu, la micro-puce agit alors comme un receveur et peut y transmettre directement le signal codé de la voix d'une personne.

— Un lavage de cerveau, en somme, ajouta Pete.

— C'était en effet le sujet de ces études, répondit Dot en haussant d'épaules. En revanche, cette capacité à injecter du cylithium dans l'organisme n'a rien de comparable. Elle semble des plus complexe, et je ne suis pas sûre…

— Trouvez-les, la coupa Sibyl. Il faut retrouver ces gamins.

— Euh, à ce propos... répliqua Pete, un sourire nerveux sur les lèvres. Cette mission risque d'être difficile à accomplir puisque, à priori, ils ont tous disparu.

— Il faut leur remettre la main dessus au plus vite ! Ressortez les travaux cités par Dot. Je veux savoir comment nos ennemis, quels qu'ils soient, procèdent. Nous devons les localiser, ajouta-t-elle, nous tournant déjà le dos pour se diriger vers le plan de travail près de la vitre. Où qu'ils se terrent, amenez-moi les individus responsables de ces manipulations. Si ces... soldats nous ont fourni un indice, c'est bien que cette technologie n'en est plus à ses balbutiements depuis bien longtemps.

Elle se redressa et observa l'étage inférieur.

— Pensez-vous qu'ils... créent des Effigies ? articula Chae Rin.

Pendant un instant, un rire nerveux lui échappa, puis ses épaules s'affaissèrent. Elle décroisa ensuite les jambes et se pencha en arrière. Lorsque je rencontrai son regard, j'eus l'impression de me voir dans un miroir, tant son visage reflétait mon sentiment.

J'observai les ondes des particules sur l'écran de l'ordinateur. À bien y réfléchir, nous faisions pâle figure à côté d'eux.

— Rhys, tu n'as vraiment revu aucun d'entre eux depuis l'incendie ?

Je ne voyais que son dos, car il se tenait face à la porte, mais je remarquai que la douce intonation de ma voix l'avait fait frémir.

— Je les croyais morts. Ce n'étaient que des gamins ordinaires... comme moi.

— Peut-être, répliqua Belle. Au détail près qu'ils se sont transformés en Effigies après l'incendie…

Pete secoua la tête.

— Nous ne pouvons pas encore le confirmer.

— Mais c'est forcément le cas, insistai-je. J'ai bien vu ce que Jessie a fait à ce fameux Alex… Elle lui a ordonné de combattre pour elle. Elle avait une emprise surnaturelle sur lui, dont elle aurait été incapable avant. Quelqu'un a dû la modifier.

Je me remémorai les mouvements présomptueux de cette petite silhouette fine, son plaisir presque charnel quand elle avait brisé le poignet de Rhys, sa rapidité… Non seulement cette fille avait appris à combattre, mais elle aimait faire souffrir les autres.

— Même si c'est bien une Effigie, le département Communications n'a pas réussi à détecter sa signature spectrographique, déclara Pete.

— Oh, elle en a forcément une puisqu'elle possède du cylithium dans son système, intervint Dot, avant de retrousser les manches de sa blouse. Mais peut-être qu'elle peut la masquer, comme Saul.

Saul…

— S'ils parviennent à créer de nouvelles Effigies, alors Saul pourrait avoir également bénéficié de cette nouvelle technologie, non ?

Dot ne parut pas étonnée par mon intervention.

— C'est la question que je me pose depuis que j'ai vu les résultats de l'autopsie. Mais d'après nos précédentes conclusions, Saul, ou plutôt Nick, est né au XIXe siècle, alors que la nanotechnologie n'existait pas encore.

Je continue donc de croire dur comme fer en ma théorie d'un cinquième élément.

Elle avait sans doute raison, mais je ne démordais pas de mon idée : si Jessie et lui pouvaient masquer leur fréquence, c'est qu'un lien les unissait, forcément. Et pourtant, cette lutte entre Nick et Alice me rappelait trop celle qui m'avait opposée à Natalya. Alice ne représentait pas seulement un fragment de la personnalité de Saul, elle vivait en lui. Je l'avais bien vu, la première fois que j'avais pratiqué la divination au *Manoir*. Or, aussi développée que soit cette nouvelle technologie, je doutais qu'elle permette de synthétiser une autre vie dans l'esprit d'un individu. Ce phénomène allait au-delà du rationnel.

— N'oublions pas non plus que Jessie était équipée pour combattre une Effigie.

Dot saisit un long tube sur la table et le fit tourner entre ses doigts. Je reconnus aussitôt le stylo d'inoculation que j'avais utilisé contre Saul en Argentine.

— Ils ont utilisé la même technologie que nous, mais l'ont adaptée pour qu'elle tienne dans son gant, déclara-t-elle avec un regard à l'intention de Belle. C'est un moyen d'annihiler les pouvoirs d'une Effigie de façon temporaire. Je regrette de ne pas en avoir eu l'idée… ajouta-t-elle, amère, avant de secouer la tête. On ne rencontre pas ce genre de matériel à chaque coin de rue. Il a dû être fourni par quelqu'un… ou plusieurs d'ailleurs, ayant accès à une technologie de pointe.

— « Quelqu'un », ça ne se met pas au pluriel, marmonna Pete.

— Un membre de la Secte, par exemple, dit Sibyl, en se redressant. Après tout, cet équipement a été développé par notre organisation. Et si l'on va plus loin, les techniciens du département Recherche et développement ont permis à Saul de s'échapper. Puis, ce sont deux agents au courant de la mission secrète qui ont aidé Jessie, devenue Effigie grâce à la technologie de la Secte, à dérober la bague pour le compte de Saul, un terroriste soi-disant sorti de nulle part qui attaque des villes du monde entier.

— « Soi-disant » ? répétai-je.

— D'où vient Saul ? demanda-t-elle, alors que son regard pénétrant nous interrogeait un à un. Nous savons qu'il vit depuis le XIXe siècle. Très bien. Qu'a-t-il fait pendant tout ce temps ? Pourquoi n'est-il apparu que récemment ? Comment a-t-il infiltré la Secte pour détourner des agents, des scientifiques et d'anciens étudiants de l'une de nos meilleures bases d'entraînement ?

— Le Groenland ! m'écriai-je, exaltée d'avoir fait le rapprochement. D'après l'agent Chafik, vous pouviez détecter le signal de Saul durant un certain temps après notre combat en France, jusqu'à ce qu'il disparaisse au Groenland !

— Oui… C'est un autre point commun. Nous avons déjà envoyé une équipe sur place. Leurs recherches n'ont rien donné mais peut-être faudrait-il y jeter un nouveau coup d'œil. À présent, il me paraît évident que certains membres de la Secte ont forgé une alliance avec Saul. Nous savions que l'organisation abritait des traîtres, mais ils pourraient bien se révéler plus nombreux que nous ne le craignions.

— Et de beaucoup, approuva Dot. Son influence ne se limite d'ailleurs sans doute pas à la Secte. Ces traîtres travaillent avec Saul, le soutiennent même. Reste à savoir si c'est lui qui mène la danse ou s'il n'est qu'un pion sur l'échiquier.

Saul m'avait avertie lui-même, à Marrakech, que ce n'était pas de lui que je devais me méfier. Il s'était constitué une armée, mais pourquoi l'un de ses soldats avait-il tenté de s'échapper ?

— À votre avis, combien de temps avant que toute la Secte ne s'écroule ? s'interrogea Dot, qui lança son crayon en l'air et le rattrapa. Les paris sont ouverts !

— Est-ce qu'on ne peut pas juste… commençai-je avant de laisser retomber ma tête dans un soupir. Ces monstres guerriers à la composition étrange nous ont attaqués. Et maintenant, Saul a la bague et s'en prend de nouveau à des innocents. Voilà sur quoi nous devons nous concentrer. Que sommes-nous censés faire ?

Soudain, la porte s'ouvrit avec fracas sur Cheryl qui déboula dans la pièce.

— Je suis désolée, madame la directrice, s'empressa-t-elle de s'excuser, trop perturbée pour masquer son accent cockney comme elle en avait l'habitude. Je vous aurais prévenue plus tôt si j'avais su qu'il était là…

D'une main, elle remonta ses lunettes.

— C'est bon, merci, vous pouvez disposer.

Le torse bombé avec arrogance malgré une carrure plutôt maigrichonne peu impressionnante, un jeune homme la frôla, lui tapant sur l'épaule au passage.

Ses cheveux châtain clair semblaient avoir été lissés à grand renfort d'anti-frisottis et de gel, et sa frange peignée en arrière avec précision, afin de former une vague. Son costume sombre et guindé ainsi que sa cravate bleue lui donnaient des allures de premier de la classe, tout comme ses lunettes argentées, bien ajustées sur son nez. Il balaya la pièce du regard, nous prenant de haut, mais le petit air suffisant qu'il se composa, menton relevé, lorsqu'il resserra sa cravate laissait penser qu'il s'agissait davantage d'une façade qu'autre chose.

— Non, mais je rêve ! s'exclama Rhys en secouant la tête. Je n'y crois pas, papa t'a envoyé, toi ? C'est une blague !

Impassible, le nouveau venu jeta un coup d'œil furtif vers l'agent.

— Oh, tu es là aussi, Aidan. Content de te voir, depuis tout ce temps.

Rhys ne répondit pas. Ils parlaient avec le même accent américain, mais le ton pincé de l'inconnu les différenciait, comme s'il attachait autant d'importance au son de sa voix qu'à son apparence.

Chae Rin se pencha sur le côté, pour s'écarter de la table.

— Rhys, tu connais ce type ?

— Directeur adjoint, corrigea le jeune homme, le dos raide.

— Brendan Prince, enchaîna Sibyl, avant de chasser du bout du pied les débris de la télécommande. Anciennement assigné au complexe de Munich, et fils aîné du directeur de la Division nord-américaine.

Rhys fit une grimace embarrassée quand je le dévisageai d'un air interrogateur. Lake se mit à les observer tour à tour.

— Ton frère ? J'imagine que... Ah oui, je vois la ressemblance. Je sens qu'on va rire !

Je n'étais pas certaine de partager son avis pour la partie de rigolade, mais l'air de famille ne m'avait pas échappé. Brendan avait plus de points communs avec son père que Rhys, mais ils possédaient le même nez droit et les mêmes belles pommettes hautes. Voir Brendan lisser les plis de son costume ajusté, face à Rhys qui s'affaissait dans son sweat-shirt de baseball, les poings serrés contre son vieux jean, nous confirma que leur ressemblance semblait s'arrêter à leur patrimoine génétique.

— Prince ! renifla Chae Rin, avant d'ajouter dans sa barbe : Le nom lui sied à merveille !

Les lèvres de Sibyl s'étirèrent en un rictus amusé à mesure qu'elle le détaillait. Elle s'efforça de s'adresser à lui d'un ton neutre mais ne parvint pas à cacher le mépris dans sa voix.

— Alors c'est vous que le Conseil a dépêché. Intéressant... Le fils ambitieux de Prince. Et dire qu'il y a peu, votre père reprochait à Blackwell d'avoir obtenu son poste par héritage. Pourtant, tout prête à croire qu'il a saisi la première occasion de faire monter en grade sa progéniture.

— Et alors ? J'ai entendu dire qu'il avait aussi glissé un mot en votre faveur pour le poste que vous occupez actuellement, rétorqua-t-il.

— Sauf que je n'ai volé la place de personne, moi, répliqua Sibyl. C'est toute la différence entre nous, Brendan. Je n'agis pas dans le dos de mes collègues.

— Suis-je censé comprendre ce à quoi vous faites référence ? lança-t-il en lissant son blazer. Mon père m'a peut-être recommandé, mais c'est le Conseil qui m'a envoyé ici au vu de la piètre qualité de votre travail.

— Ben voyons ! cracha Sibyl alors que Brendan l'avait déjà dépassée pour avancer dans la pièce.

— Je ne vais pas vous apprendre ce qu'ont diffusé les chaînes d'information, n'est-ce pas ? Vous n'avez été qu'une figurante dans la capture de Saul, que vous avez laissé s'échapper tout de suite après. Et vous avez bâclé votre dernière mission, ce qui lui a permis de récupérer l'arme qu'il avait déjà utilisée pour assassiner des innocents. Comment voulez-vous que le Conseil vous accorde encore la moindre confiance ? (Il s'interrompit pour jeter à Sibyl un regard assassin puis, arrivé à hauteur de Pete, se pencha par-dessus son épaule pour regarder l'écran.) S'agit-il des renseignements que vous avez reçus du complexe de Marrakech ?

Il devait se tenir un peu trop près de l'assistant, qui s'écarta à la hâte.

— Eh bien, oui. Ce sont les rapports d'autopsie, sauf que…

L'homme chercha du regard l'aide de Dot, qui se contenta de hausser les épaules.

— Pourquoi le Conseil vous a-t-il envoyé ici ? demanda Sibyl, les bras croisés. Allez-vous enquêter sur moi ?

— Oh non ! répondit Brendan. Enfin, bien sûr, vous ferez l'objet d'une investigation, mais je ne la dirigerai pas. C'est mon équipe qui s'en chargera.

Pendant une seconde, le regard de Sibyl s'assombrit.

— Une enquête a déjà été menée en interne.

— Oui, par vos propres hommes… ricana-t-il. C'est rassurant !

— Un peu de retenue, intervins-je, les sourcils froncés. Sibyl a fait tout son possible en de telles circonstances.

Je savais que notre directrice travaillait dur et qu'elle essayait tant bien que mal de maintenir la barque à flot face à chaque nouvelle menace qui surgissait, comme dans une version malsaine du Jeu de la Taupe.

— C'est bien beau, rétorqua-t-il. Il est cependant évident que ce complexe présente un grave problème, que seuls des agents extérieurs pourront résoudre grâce à des solutions radicales.

— Et quel remède miracle papa a-t-il trouvé ? l'interrogea Rhys, en insistant de manière moqueuse sur le mot « papa ».

Brendan se raidit, mais conserva son sang-froid, sans manquer d'adresser un regard noir à son petit frère.

— Sibyl est destituée de ses fonctions dès à présent, et ce jusqu'à nouvel ordre, déclara-t-il. (Il marqua une pause afin de ménager son effet.) Pour l'instant, je prends la relève, sur décision du Conseil, c'est voté. Vous allez être raccompagnée chez vous, à Philadelphie, et placée sous haute surveillance le temps que la Secte mène une enquête approfondie sur vous et vos méthodes.

— Eh bien, vu le jargon de la Secte, on dirait bien que je suis bonne pour la maison d'arrêt, commenta l'intéressée qui, les yeux au ciel, secouait la tête avec incrédulité.

— Ils ne peuvent pas faire ça ! s'écria Cheryl. La directrice Langley n'y est pour rien !

Belle s'assit devant les ordinateurs.

— Des DAS du monde entier sont piratés. D'après vous, qui est derrière ces attaques ? demanda-t-elle avant de planter son regard dur dans celui de Brendan. Et maintenant, nous voyons arriver des soldats d'un genre complètement inédit, dotés de pouvoirs mystérieux similaires à ceux que nous seules possédons. (Elle leva le bras et un nuage de neige se forma au-dessus de sa paume, puis disparut quand elle ferma le poing.) Sont-ils la création d'une seule personne ou d'un complexe tout entier ? Le problème est plus grave et insidieux qu'il n'en a l'air. Mettre la directrice Langley à l'écart n'est rien de plus que de la poudre aux yeux pour apaiser le grand public et lui faire croire que la Secte prend des mesures. Mais rejeter la faute sur elle ne vous épargnera en aucun cas le jugement de l'opinion.

— Elle a raison, Bren, ajouta Rhys. Ce n'est pas en te contentant de voler le poste de quelqu'un que tu sauveras l'image de l'organisation.

De toute évidence, Brendan n'aimait pas être défié, il resta cependant impassible et se redressa davantage.

— Le Conseil a voté, répéta-t-il, comme si ce seul argument suffisait. Désormais, je suis aux commandes. Si l'un d'entre vous a des doutes quant à mes intentions ou mes qualifications, je vous invite à vérifier mes références.

— Donc ton père, ricana Chae Rin.

— J'ai déjà compris que pour faire mes preuves en tant que dirigeant, je ne devais pas hésiter à prendre des initiatives. Je suis donc venu avec un spécialiste, en plus des agents chargés de l'enquête sur le complexe. Il s'occupera de nos… sujets les plus difficiles.

— Qu'entendez-vous par là ? s'exclama Sibyl, les yeux plissés.

— Il se trouve dans la cellule de Vasily Volkov en ce moment même, ajouta Brendan. J'allais justement les rejoindre. Aidan et mademoiselle Finley, j'aimerais que vous m'accompagniez.

Rhys et moi échangeâmes un regard circonspect. Je n'avais pas revu ce psychopathe depuis qu'il avait essayé de me tuer, en France, et je ne m'en portais pas plus mal. Mais désormais je devais obéir aux ordres de mon nouveau directeur, et il semblait en avoir décidé autrement.

— Si vous parlez de la personne à laquelle je pense, je vous conseille d'y réfléchir à deux fois, intervint Sibyl. Même moi, je n'approuverais jamais de telles méthodes.

— Malheureusement, votre avis ne compte plus, à présent. Ne vous inquiétez pas, mes agents ont fait l'objet d'une enquête minutieuse, et eux sont loyaux.

Brendan avait pressé un bouton sur l'un des écrans, et en quelques instants, nous vîmes débouler cinq agents de la Secte, dont les visages impassibles étaient en partie masqués par des lunettes de soleil. Mes entrailles se tordirent quand je vis Sibyl, la tête redressée en signe de défi et le regard toujours aussi étincelant, quitter la pièce à leur suite.

Chapitre 13

Les gardes à l'entrée de l'aile de détention scannèrent la carte magnétique de Brendan. Pendant tout le trajet, il s'était pavané en nous racontant son parcours : diplômé avec mention de l'une des académies de la Secte en Virginie, entraîné spécialement dès l'enfance, envoyé au Zimbabwe avant la fin de son adolescence pour sa première mission, etc. À chaque anecdote – dont il n'omit aucun détail insupportable comme pour s'assurer d'obtenir le respect et l'admiration qu'il recherchait –, il ne cessa de guetter mes réactions, et sans doute mon émerveillement. C'était peine perdue, car je n'avais qu'une seule envie : lui arracher les yeux. S'il avait tant besoin de reconnaissance, voler le poste d'un autre agent n'était pas un bon début.

Pour être franche, je n'appréciais guère Sibyl, mais elle m'avait jusque-là toujours inspiré confiance. Elle s'efforçait de nous préserver, ce que je respectais. Brendan, en revanche, paradait comme un paon en quête d'adulation, et ne constituait pas un remplaçant digne de ce nom à mes yeux.

Les gardes, qui ne semblaient pas l'estimer davantage, jetèrent un regard las à l'écran quand Rhys passa dans le scanner corporel à rayons X.

— Rien à signaler, dit l'un d'eux. Vous pouvez entrer.

— Oui, marmonna son partenaire, si bas que je l'entendis à peine. Je vous en prie, entrez.

Après avoir franchi de lourdes portes blindées, nous arrivâmes dans un dédale de longs couloirs dont les murs en plâtre étaient d'un blanc immaculé. Je dus accélérer le pas pour réussir à suivre les longues enjambées rapides des deux hommes.

— Aidan t'avait-il confié qu'il avait un frère, Maia ? me demanda Brendan après avoir ajusté une fois de plus son costume.

— Tu n'as pas arrêté de parler depuis que nous avons quitté le département Communications, le coupa Rhys, qui le dépassait d'une bonne tête. Pourrais-tu te taire un peu ?

— Oh, Aidan, ne sois pas comme ça avec moi ! Nous sommes du même sang, après tout !

Il tapota l'épaule de son frère, mais son sourire s'évanouit en l'absence de toute réaction. À l'évidence, Rhys ne partageait pas la satisfaction de Brendan à l'idée de cette petite réunion de famille.

— J'ai quatre ans de plus que lui, reprit le directeur adjoint. On se ressemble, n'est-ce pas ? D'ordinaire, tout le monde trouve qu'Aidan tient plus de notre mère, et moi de notre père. Comment va maman, d'ailleurs, Aidan ?

— Tu n'as qu'à l'appeler pour le lui demander.

La situation commençait vraiment à devenir gênante. Mes épaules se contractèrent et je laissai échapper un minuscule soupir. Sibyl me manquait déjà.

— Attendez ! m'exclamai-je, soudain intriguée par un détail. Vous portez des noms de famille différents, mais avez les mêmes parents ?

— J'utilise le nom de jeune fille de ma mère, répondit Rhys qui se frottait le bras d'un air absent. C'est plus facile de travailler comme agent sans l'étiquette de fils du directeur.

Je souris à cette idée.

Aidan Prince.

— Décidément, tu es un garçon surprenant ! J'en apprends tous les jours à ton sujet !

— Et c'est mal ? demanda-t-il, sans me quitter des yeux.

— Pas toujours. Parfois...

Mon sourire s'évanouit. Même de profil, je pouvais discerner de la vulnérabilité dans son regard doux et nous étions assez proches pour que je sente la chaleur qui émanait de son corps. Ou était-ce un effet de mon imagination ? Quand il pressa un peu l'allure, les yeux braqués droits devant lui, l'illusion s'était envolée.

— Il n'a pas pris le nom de notre mère seulement pour des raisons professionnelles, reprit Brendan, ce qui lui valut un coup d'œil énigmatique de son frère.

Nous bifurquâmes ensuite pour nous trouver face à une double porte blanche verrouillée. Brendan passa sa carte magnétique plastifiée sur le rayon rouge du scanner, et nous entendîmes les verrous se débloquer.

Le battant devait être lourd car notre guide dut s'agripper au cadre pour l'ouvrir et nous dévoiler ainsi des ténèbres à peine éclairées par quelques lampes fichées le long d'un mur de briques rouges et sur une volée de marches qui descendait vers l'inconnu.

— Le Trou… C'est là que nous incarcérons les pires criminels, expliqua Brendan.

Nous empruntâmes un étroit escalier qui descendait entre deux murs de briques. L'endroit était tellement différent du cocon high-tech de la Secte que nous venions de quitter qu'il semblait que nous avions pris le mauvais chemin et que nous nous étions perdus dans le donjon d'un château ancien. Si les lumières n'avaient été électriques, j'aurais cru que cet endroit avait été construit des siècles plus tôt.

Je descendais avec précaution, Brendan un niveau en dessous, et Rhys un au-dessus. Mais, chaque fois qu'une marche craquait sous mes pieds, je sentais des vibrations remonter le long de ma colonne vertébrale. À l'évidence, le budget entretien de cette zone n'était pas des plus élevés.

— Les pires criminels, comme Vasily… précisai-je.

— Vasily Volkov est dangereux, tu devrais le savoir, répondit Brendan. D'après ce que j'ai lu dans les rapports, vous vous êtes rencontrés à plusieurs reprises.

— Effectivement, oui…

Je n'étais pas près d'oublier son sourire féroce lorsqu'il avait coupé le doigt d'un homme.

— Je comprends pourquoi on l'a enfermé dans un endroit appelé le Trou, continuai-je.

— Il doit être attiré par le vide… ajouta Brendan qui s'était arrêté pour se retourner, une main posée sur le mur afin de garder son équilibre, et jeter un coup d'œil éloquent à son frère.

Rhys, impassible, garda son regard fixé droit devant lui.

— Le Gouffre du diable... murmurai-je, me souvenant de l'autre nom de la base au Groenland, qu'ils avaient tous les deux fréquentée.

— Continuez à descendre, nous intima mon camarade, que je n'avais jamais vu aussi tendu.

— Rhys, tu m'as dit un jour que certaines bases ont une discipline plus stricte que d'autres. Que s'est-il passé là-bas ? Comment était-ce avant l'incendie ?

— Nous n'avons aucune raison d'en parler, Maia.

Brendan se tourna vers lui, et secoua la tête, incrédule.

— Je ne comprends pas que tu éprouves autant de rancœur d'avoir dû t'entraîner à Fisk-Hoffman ! Tu es incroyable ! Tu es un vrai enfant gâté qui ne sait pas apprécier à leur juste valeur les opportunités qu'on lui offre ! (Son frère se figea, telle une statue.) Maia, savais-tu que cette base est... enfin, était l'un des camps d'entraînement les plus prestigieux de la Secte ?

— Vraiment ? demandé-je, perplexe.

On était loin de la description que Rhys m'avait faite la première fois qu'il m'en avait parlé, en France.

— Mais je ne suis pas étonné qu'une jeune civile n'en ait pas entendu parler, ajouta Brendan, le nez relevé de manière hautaine. Depuis l'ouverture, dans les années soixante, sept étudiants issus des complexes du monde entier étaient sélectionnés à chaque édition de leur programme spécial. De futurs dirigeants, comme notre père et notre grand-père, forgés pour devenir des héros.

— Décidément, c'est de famille...

Une famille de combattants à la solde de la Secte, tous entraînés aux côtés de leurs semblables triés sur le volet… jusqu'au tour de Rhys.

— Et toi, tu as participé à ce programme ? demandai-je à Brendan.

Pendant un instant, il parut dépité, mais releva aussitôt le menton un peu plus haut, comme pour sauver les apparences.

— Non. La sélection ne se fait pas en fonction du nom de famille, mais des compétences. Rhys a été choisi quand il avait douze ans, un an plus tôt que les autres, ce qui, même si la recommandation de notre père a joué en sa faveur, reste un immense honneur. (L'écho de sa voix résonna plus bas, dans les ténèbres, puis il marmonna, la mâchoire en avant :) Surtout pour le plus jeune de la famille. Mais monsieur n'a pas apprécié que l'entraînement ait été un peu difficile… Il aurait pu s'y attendre, c'est tout l'objet de ce programme !

— J'étais sérieux quand j'ai dit que nous n'avions aucune raison d'en parler !

Je sentais au pas de Rhys dans mon dos, à présent plus lourd, que son ton menaçant ne tarderait pas à s'extérioriser. Même si je savais que son frère était le seul objet de sa colère, je restai tendue. D'autant que Brendan ne semblait pas disposer à changer de sujet de conversation.

— Cette attitude ne m'étonne même pas, reprit-il, à mon intention, comme s'il avait abandonné l'idée de s'adresser à son cadet. En un an, nous ne nous sommes pas vus, et à peine parlé. Pourtant, il n'a même pas pris la peine de me saluer, alors que moi, si. C'est vrai que je suis le plus poli et le plus responsable de nous deux… Le plus sympathique aussi ! Alors que lui, il est resté planté devant moi, comme toujours. Je parie qu'il ne t'a raconté que des horreurs sur notre père et moi.

Il ne semblait pas se rendre compte du ridicule de son comportement. Je sentis le regard agacé de Rhys sur ma nuque et me crispai.

— En fait, il ne parle presque jamais de vous deux.

— Parce que c'est personnel, s'énerva l'intéressé. Et toi, Maia, tu me parles beaucoup de ta famille peut-être ?

— L'essentiel figurait sans doute dans le dossier que tu as lu avant de me rencontrer, lui rappelai-je froidement.

Il avait raison, je ne lui donnais que peu d'informations à mon sujet. Or toutes mes questions n'étaient pas seulement le fruit de ma curiosité mais aussi ceux des appels de Natalya au fond de mon esprit.

Penser à elle me fit porter la main à mon collier dont l'acier était d'un froid sépulcral. Je ressentis un petit pincement là où Mellie m'avait fait l'injection et me demandai quand la sensation disparaîtrait.

— Le problème, Aidan, c'est que tout ça n'a jamais rien eu de personnel, continua Brendan. Papa t'a choisi, et tu devrais en être fier. Toi… souffla-t-il d'une voix faible. Fisk-Hoffman a toujours eu la réputation d'être dur mais juste. Et de toute façon, tu as intégré ce soi-disant « Gouffre du diable » quand cette image austère n'avait plus lieu d'être. Le Conseil s'était débarrassé du personnel récalcitrant, et après cette mauvaise passe, la base avait recouvré son prestige d'antan. Tu y as bénéficié des meilleures conditions possibles.

Je m'apprêtais à demander des précisions au sujet du « personnel récalcitrant » mais le ricanement froid de Rhys m'interrompit.

— Son prestige d'antan ?

Il se tut, et Brendan s'arrêta enfin pour lui faire face.

— Exactement ! Mais tu ne sembles pas d'accord, alors explique-moi donc en quoi je me trompe !

Son interlocuteur ne broncha pas, se contentant de promener son regard sur le mur. Peut-être était-ce à cause de la manière dont ses yeux luisaient dans la pénombre mais ils semblaient brillants, comme humides, ce qui ne me plaisait pas du tout.

— Rhys...

Je tendis la main vers lui, mais il cligna vite des paupières et se détourna.

— Je ne sais toujours pas si c'est à cause des cinq victimes présumées de l'incendie, ou si tu te comportes ainsi parce que l'entraînement s'est révélé plus ardu que tu ne le croyais, reprit Brendan après avoir fait claquer sa langue d'impatience. Quoi qu'il en soit, aussi brève fut-elle, tu as reçu la meilleure des formations, dans la même base que papa, et grâce à ses recommandations toujours efficaces.

Rhys le fusilla du regard.

— Comment oses-tu affirmer ça ? Tu connais le personnage aussi bien que moi !

Brendan porta la main au bras gauche de son frère et le frotta d'un geste doux, comme si, par réflexe, il voulait le consoler. Il ne le lâcha pas lorsqu'il lui répondit :

— Oui, nous savons tous deux qu'il est un homme sérieux, dévoué, qui aspire seulement au meilleur...

— Qui exige la perfection…

— Non seulement pour ses fils, mais aussi pour la Secte. Il n'a jamais confié à un agent plus de tâches qu'il n'était capable de gérer. Depuis toujours, il agit dans l'intérêt de l'organisation ou de sa famille, et chacune de ses décisions est prise pour le bien de l'une ou l'autre. As-tu quelque chose à redire à cela, Aidan ?

Dans le silence qui suivit, Rhys ferma les yeux, et au sourire suffisant de Brendan, je devinai qu'il l'interprétait comme un signe de reddition de son cadet. Je venais d'assister à une lutte de pouvoir qu'il mourait d'envie de remporter, et se croyant vainqueur, il bomba davantage le torse.

— Bien, je suis ravi de constater que tu envisages la situation sous le même angle que moi, petit frère.

Il avait insisté sur le mot « petit », sans doute pour rabaisser Rhys, mais il n'en parut que plus prétentieux.

— Bon, suivez-moi, reprit-il après s'être redressé. D'ailleurs, Aidan, je te conseille d'employer un ton plus respectueux avec moi, à partir de maintenant. Nous avons beau faire partie de la même famille, n'oublie pas que je suis le directeur.

Rhys éclata d'un rire sonore avant de lâcher :

— Mais, tu vas la fermer, oui !

Il bondit sur la marche où je me trouvais et agrippa la manche de Brendan de sa main encore valide.

— Attendez, vous n'allez pas vous battre, quand même ! Temps mort !

J'eus beau agiter les bras en tous sens, Rhys se jeta quand même sur son frère. Comment la situation avait-elle pu dégénérer aussi vite ? Mais, à ma grande surprise, Brendan n'eut droit qu'à une pichenette dans la tête.

— Aïe ! gémit-il avant de porter ses paumes à son front.

Tout sourire, son frère bloqua son geste et le gratifia d'une nouvelle chiquenaude.

— « Je suis le plus poli et le plus responsable ! » répéta Rhys d'un ton moqueur, tout en empêchant son aîné de se défendre. Oh, Bren, tout ce cinéma parce que tu attendais une minuscule preuve d'amour de ton frérot, c'est ça ? J'ai raison, hein ?

Il termina sa phrase d'un ton enfantin, comme s'il jouait avec un chiot, puis essaya d'étreindre son frère, qui voulut se défendre.

— A… arrête ! s'exclama Brendan. Ton comportement est complètement déplacé !

Mais Rhys, victorieux, l'enveloppa de tout son bras intact, et le serra si fort que les lunettes de Brendan se placèrent en travers de son visage.

— Regarde-toi, tu ne peux même pas me repousser, alors que j'ai un plâtre ! s'amusa-t-il en même temps qu'il montrait son poignet cassé. (L'instant d'après, il bloqua avec le creux de son coude le cou de Brendan, qui luttait en vain contre cette poigne de fer.) On dirait qu'une semaine ou deux au Groenland ne t'auraient pas fait de mal ! Dommage, c'est moi que Papa a recommandé, pas toi. Je comprends que tu sois jaloux. Enfin, sans doute n'étais-tu pas assez doué pour devenir l'élu !

— Comment ? cracha Brendan, indigné. Je n'ai jamais… Qui a dit…

— Pitié ! Et puisque nous en sommes aux confidences, tu devrais peut-être révéler à Maia que tu as mouillé ton lit toutes les nuits jusqu'à tes douze ans. À moins que tu ne préfères lui raconter cette période où tu es resté cloîtré dans ta chambre pendant des jours pour écrire de mauvais poèmes parce que ta copine t'avait largué…

— Ça suffit !

— Et n'oublie pas de lui dire que monsieur le directeur a participé à un concours de slam et s'est complètement rétamé !

J'avais tout imaginé quand Rhys avait sauté les marches pour empoigner Brendan, de la bagarre musclée à la violente joute verbale, mais sûrement pas cette liste d'anecdotes embarrassantes. Le visage cramoisi de son frère et les œillades qu'il ne cessait de me lancer m'indiquèrent que c'était sans doute bien pire. Pourtant, la tension avait laissé place à une ambiance plus taquine. Après tout, Rhys riait, même si son enthousiasme était mâtiné de froideur.

— O.K., c'est bon, on arrête, maintenant ! On a bien rigolé mais on va éviter que l'un de vous se casse le cou !

Je fus obligée de les séparer moi-même pour qu'ils cessent de se chamailler, et reprennent leur souffle pendant qu'ils défroissaient leurs vêtements.

— Tu n'as aucune raison d'être jaloux, Brendan, constata Rhys, avec amertume. Toi, tu n'as pas été obligé d'aller dans cette base. Sinon, crois-moi, ta vie en aurait été changée à jamais.

On aurait pu croire qu'il faisait référence aux autres adolescents, dont Philip et Jessie faisaient partie, ça aurait été logique. Mais j'avais le sentiment que son hostilité s'expliquait par de tout autres raisons, qu'il n'osait évoquer ouvertement. Cet accès d'animosité m'avait laissé entrevoir, de manière très fugace, un Rhys bien différent, qui me rappelait étrangement son sourire enfantin et me poussait à remettre toutes mes certitudes en question.

Chapitre 14

Enfin, l'escalier déboucha sur une porte d'acier de deux mètres de haut. La carte magnétique de Brendan nous permit de la déverrouiller, pour pénétrer dans une longue allée entre deux rangées de cellules très espacées, chacune fermée par une solide porte en fer rouge.

— On se croirait dans un réfrigérateur ! Et ce silence…

Malgré mes manches longues, je sentais mes poils se hérisser sur mes bras. Brendan avait redressé ses lunettes sur le haut de son nez et repris son air arrogant.

— C'est fait exprès, répondit-il. Les murs et les portes sont tous insonorisés. La température est la même qu'à l'intérieur des cellules.

— Ainsi les prisonniers se montrent plus dociles, expliqua Rhys, d'une voix sinistre. Où se trouve-t-il ?

Le seul moyen de différencier les cachots les uns des autres était leur numéro, indiqué par de minuscules chiffres forgés dans du métal noir et cloués sur chacune des portes. Sans répondre, Brendan nous guida dans le couloir silencieux jusqu'à la treizième cellule à droite.

— Pourrait-on me dire pourquoi je suis ici, à la fin ?

Quand je parlai, mon souffle se mua en buée et disparut dans l'air.

— Il n'acceptera de parler qu'en ta présence.

Brendan me jeta un coup d'œil, avant de passer sa carte devant le boîtier de sécurité pour ouvrir la porte. L'intérieur de la pièce, d'un blanc aveuglant, était plus vaste que je l'imaginais. À quelques pas de nous, les cheveux blonds de Vasily, souillés de sueur et de sang, s'étalaient sur la table où il était attaché par des sangles de cuir marron tellement serrées autour de son corps émacié que je pouvais voir ses côtes saillir à travers son haut blanc. Il fermait les yeux, peut-être gêné par les sillons écarlates qui striaient son visage.

— Qu'est-ce que c'est que ça ?

Lorsque la main de Vasily tressaillit sur la table, je reculai prestement, ma paume sur ma bouche. Un homme, dont je n'aurais su dire s'il portait une blouse de technicien ou une camisole, était penché au-dessus de lui – à moins que l'individu en question ait le dos naturellement courbé.

Rhys attrapa de nouveau son frère par le col, mais cette fois, ses yeux étincelaient de colère.

— Tu as amené le Chirurgien ici ?

Ce nom plutôt approprié expliquait le masque bleu marine qui couvrait la moitié de son visage, la charlotte de même couleur nouée autour de sa tête, ainsi que le scalpel argenté et acéré entre ses mains. Mais, à en juger par les blessures irrégulières et sanglantes sur les jambes nues de Vasily, cet homme-là n'avait suivi aucune formation médicale.

— J'ai soumis l'idée, en effet, mais c'est le Conseil qui l'a votée, balbutia Brendan.

— Quand vas-tu cesser de te réfugier derrière le prétexte que quelqu'un d'autre a approuvé une décision, aussi mauvaise soit-elle ? explosa Rhys, livide. La place de cet individu est en prison, je n'arrive pas à croire que le Conseil l'ait relâché… Surtout pour l'intégrer aux rangs de ses employés ! Quand est-ce arrivé ?

— Je te rappelle que c'était un agent de la Division nord-américaine de la Secte, membre d'une équipe d'élite spécialisée dans les interrogatoires.

— Ouais, grinça Rhys, dégoûté. Jusqu'à ce qu'il devienne incontrôlable et se mette à enlever les civils qu'il était censé protéger pour les réduire en charpie !

Je n'en croyais pas mes oreilles. Un frisson me parcourut l'échine lorsque je posai de nouveau les yeux sur cet homme qui avait utilisé ses compétences, acquises grâce à la Secte, pour mutiler des innocents. Nous étions tout près de lui, aussi le Chirurgien avait dû nous entendre, mais il semblait obnubilé par ses découpes dans l'intérieur de la cuisse de Vasily, au ras de son boxer.

Je serrai les dents et me détournai en me couvrant de nouveau la bouche pour contenir un haut-le-cœur. Je n'éprouvais que peu de compassion à l'égard du prisonnier, mais méritait-il un tel traitement ?

— Le Conseil recherchait désespérément un agent capable d'interroger…

— De torturer ! cracha Rhys.

— D'interroger Vasily pour qu'il parle ! termina Brendan, excédé, avant de repousser son frère de ses deux mains dans un élan de colère. Saul vient juste d'attaquer une autre ville. As-tu constaté la détresse des civils ? Sans compter que des membres de la Secte sont sûrement impliqués dans ces massacres. Toi-même, tu as frôlé la mort hier soir, à cause de tout ça ! Alors oui, j'ai convoqué le Chirurgien, car ses techniques ne se limitent pas à la douleur physique, il est aussi capable de s'infiltrer dans un esprit, de jouer avec les émotions d'un sujet. Mais Vasily...

Il fut interrompu, les yeux étincelants de fureur, par le détenu, qui, comme s'il avait reçu un signal, se mit à tousser en crachant du sang... Enfin, ses expirations bruyantes et saccadées auraient aussi bien pu provenir d'un petit rire douloureux. Je n'aurais pas été étonnée qu'il ait perdu la tête.

— Tu aurais dû savoir que Vasily ne craquerait pas, reprit Rhys. D'ailleurs, toi qui sembles tant te préoccuper des fuites d'informations au sein de la Secte, tu as justement choisi un agent qui a été emprisonné pour trahison...

— De ce côté-là, nous n'avons rien à craindre. Une seule chose l'intéresse...

Brendan laissa ses sinistres paroles en suspens pour avancer vers la scène macabre.

— Brighton, laisse-nous quelques instants.

Le Chirurgien ne sembla pas se soustraire à sa tâche de gaieté de cœur, comme le laissait deviner la seule partie à découvert de son visage : ses petits yeux noirs enfoncés et trop rapprochés. Pourtant, il recula d'un pas lent, en silence, de toute évidence handicapé par son dos bossu. Brendan me fit alors signe d'approcher.

J'aurais préféré me trouver ailleurs, n'importe où. La vue du sang et de la chair mutilée de Vasily me retourna l'estomac et je dus me retenir pour ne pas vomir. Mais le prisonnier ne parlerait qu'à moi, et j'avais bien l'intention d'en découvrir la raison.

Au premier mouvement que j'esquissai, Rhys m'attrapa le poignet pour m'attirer à lui. Je levai les yeux et vis son expression se radoucir d'un coup. Résolu, il me retenait, le regard plein d'inquiétude.

— Maia, c'est ridicule. Tu ne devrais pas voir ça, et encore moins te trouver ici !

Mon cœur se serra jusqu'à me faire mal pendant une seconde quand il me fit légèrement pivoter vers lui. Il avait peur pour moi et souhaitait me protéger.

— S'il te plaît, ajouta-t-il. Je ne veux pas risquer que tu sois blessée durant l'interrogatoire. (Il relâcha son emprise et sa main glissa vers mon poignet, jusqu'à ce que ses doigts effleurent ma paume.) Tu n'es pas obligée. Allez, laisse-moi te faire sortir d'ici.

Sa main se referma sur la mienne : il me suppliait en silence.

Je retrouvais le Rhys que je connaissais. Malgré les questions et les mystères irrésolus, malgré la peur de découvrir un autre visage, cet homme-là accélérait les battements de mon cœur. Et moi qui n'avais quasiment pas d'amis ou de famille, moi qui n'avais jamais rencontré de garçon comme lui, beau et fort, qui me dévisageait de son regard profond, j'ignorais comment résoudre le conflit de mes émotions. Fallait-il le craindre ? Devais-je ou non croire Natalya ?

— Il est attaché, murmurai-je. Ça va aller.

— Tu sais qu'avec Vasily, les liens n'y changeront rien.

Rhys avait presque chuchoté ces quelques mots, et pourtant ils m'étaient parvenus distinctement, ce qui m'avait fait prendre conscience de notre proximité physique en cet instant. Je me forçai à me calmer et me dégageai de l'emprise de Rhys.

— Ça ira, lui assurai-je.

Le détenu sembla me sentir approcher et, à l'instant où je prononçai son nom, il ouvrit ses yeux collés par le sang séché puis m'adressa un large sourire, comme s'il n'était pas attaché sur une table d'opération, couvert de plaies béantes et d'hémoglobine.

— Tu es venue, dit-il avec un petit rire, vite remplacé par une quinte de toux. Laisse-moi te regarder.

— Pardon ? Est-ce que je peux savoir ce que tu fais ?

Je fus parcourue d'un frisson quand il souleva le menton, autant que la douleur le lui permettait, et que ses yeux se promenèrent de mon visage à mon cou, jusqu'à ce qu'une lueur embrase son regard. Puis il laissa retomber sa tête, et referma les yeux, satisfait.

— Ne me dis pas que je te plais ! m'exclamai-je, dégoûtée. Ne le prends pas mal, ce n'est pas ton physique, mais les sociopathes, ce n'est pas mon genre.

Vasily esquissa un sourire narquois.

— Ne t'inquiète pas, je n'essaierais jamais de conquérir ce qu'Aidan convoite aussi peu discrètement. Nous étions très proches, tu sais. Je parierais que c'est ton innocence qui l'intrigue.

Je sentis Rhys se crisper, comme moi, mais je ne vérifiai pas s'il rougissait lui aussi. Si mes joues n'avaient pas été aussi brûlantes, j'aurais peut-être demandé à Vasily comment il pouvait imaginer une chose aussi…

Ridicule. Enfin… Étions-nous dans la bêtise ou bien, au contraire, face à une évidence ?

Je sentis ma gorge se serrer. Je déglutis avec peine et me concentrai : j'avais un interrogatoire à mener.

— Elle est là, déclara Brendan, les bras croisés sur son torse. Alors maintenant, parle.

— Ne te vexe pas, Maia, mais je t'assure, tu ne m'as jamais intéressé. Je voulais juste t'observer… de mes propres yeux, lâcha-t-il, avant de soulever une paupière. C'est vrai que tu es belle. Je comprends mieux pourquoi Rhys était prêt à me tuer pour te protéger.

Je remarquai soudain que mes épaules étaient crispées. Sans un regard pour Aidan, je tentai d'en relâcher la tension.

— Tout ça pour te rappeler mon apparence ? Je ne te crois pas…

— J'aime bien juger sur pièces, voilà tout.

Il toussa et crachota du sang, sans même y prêter attention. Brendan se plaça à droite de Vasily, puis se pencha vers lui.

— Moi aussi, rétorqua-t-il. Maintenant, dis-moi, ou si tu préfères, dis-lui à elle, qui t'a demandé de libérer Saul en avril dernier ?

La bouche du prisonnier, surplombée par une fine moustache clairsemée, plus claire que ses cheveux, m'apparut pâle et gercée. À n'en pas douter, ils l'avaient privé d'eau, et, qui sait, peut-être de nourriture aussi.

— Saul lui-même, voyons. Vous ne l'avez donc toujours pas compris ?

— Mais il n'agit pas seul, n'est-ce pas ? suggéra Rhys en s'approchant à grands pas. Tu obéis à Blackwell, comme toujours.

— Pas comme toujours… Il fut un temps où c'était à toi que j'obéissais, mon ami. Et je n'étais pas le seul.

Il avait laissé retomber sa tête sur le côté, mais ses yeux félins ne quittaient plus son ancien camarade, que je sentis se figer à mes côtés. Je dus me contenir pour ne pas aller en son sens : Vasily tentait de prendre l'ascendant dans l'interrogatoire, et je refusais de le laisser y parvenir.

— Sais-tu que nous avons retrouvé quelques-uns de tes anciens collègues de Fisk-Hoffman, il y a peu ? Certains ont des capacités plutôt intéressantes maintenant.

— Vraiment ?

Les paupières du prisonnier frémirent à cause du sang qui perlait au bout de ses longs cils. À l'inverse de Rhys, il ne paraissait pas un brin surpris qu'ils aient survécu à l'incendie de la base. S'ils constituaient les soldats de Saul, alors lui aussi appartenait au bataillon, même s'il était dénué de tout pouvoir. Je plissai encore le front.

— Qui a ordonné à Jessie de nous attaquer la nuit dernière, Saul ou un autre membre de la Secte ?

Les lèvres abîmées de Vasily s'étirèrent en un grand sourire. Sa tête roula de l'autre côté, et il remua les bras autant que les sangles de cuir le lui permettaient, comme ranimé.

— Jessie ? Je suis navré d'avoir manqué vos petites retrouvailles… D'autant qu'elle avait un sacré béguin pour toi… C'est elle qui t'a fait ça ?

Il releva le menton pour observer Rhys, et lorsque je me retournai pour l'imiter, je vis que les doigts de mon équipier s'étaient instinctivement portés à son plâtre.

— Du Jessie tout craché ! (Il se mit à tousser, mais sa quinte ne l'empêcha pas de continuer à narguer son ancien ami.) Tu aurais dû savoir jusqu'où sa cruauté peut aller, Aidan, puisque c'est toi qui lui as tout enseigné, comme à nous tous. J'espère que tu ne t'en veux pas, mon ami, tu as été formidable.

Sous la lumière des plafonniers, la salive faisait luire ses dents.

— Qui d'autre travaille pour toi au sein de la Secte ? Donne-moi des noms !

La voix de Brendan résonna dans la pièce. Immobiles, Rhys et moi nous dévisagions : lui était pétrifié d'horreur à l'idée de voir un lourd secret commencer à refaire surface, et moi, terrifiée quant à la nature de ce mystère.

Le directeur adjoint, d'abord silencieux, poussa soudain un soupir impatient et sortit son portable pour pianoter dessus.

— Qui appelles-tu ? sifflai-je.

Pour toute réponse, il se contenta de retourner le téléphone et de montrer à Vasily le visage sur l'écran.

Il avait affiché la photo d'identité d'une jeune femme aux yeux enfoncés dans leurs orbites, et dont le teint cireux se distinguait à peine de ses cheveux filasse, tirés de manière stricte en une queue de cheval, à la base de la nuque.

Pour la première fois depuis notre rencontre dans une petite ville québécoise, l'expression de Vasily s'adoucit. Son sourire s'évanouit, et ses lèvres retombèrent en une moue identique à celle de la femme à l'expression malheureuse.

— Tu la reconnais, n'est-ce pas ?

Brendan s'approcha davantage afin que le prisonnier distingue mieux l'image.

Le détenu détourna la tête et je lui découvris un regard abattu, d'où toute joie sadique s'était envolée. Ses prunelles prirent une teinte bleu délavée qui n'était pas sans rappeler celle des yeux morts de la femme qu'il refusait de regarder.

— Elle était l'un des meilleurs agents de la Secte, continua Brendan. Pourtant, ses supérieurs savaient bien que quelque chose clochait chez elle. Regarde-la !

Il attrapa le menton de Vasily pour le forcer à observer l'écran, et tressaillit légèrement quand sa proie cracha du sang à cause d'une terrible quinte de toux.

— Peut-être n'a-t-elle pas tenu le rythme de l'entraînement…

— La ferme ! siffla Vasily.

Il fut secoué d'un spasme violent, mais je n'aurais su dire s'il convulsait ou tentait de se libérer de ses attaches.

— Quand Irina Volkov s'est suicidée il y a onze ans, elle a laissé derrière elle un orphelin de sept ans. Quel gâchis !

Vasily lui cracha au visage, ce qui fit frémir Brendan même s'il ne s'avoua pas vaincu pour autant. Il essuya le sang et la salive sur sa joue.

— Est-ce pour cette raison que tu voulais rejoindre la base Fisk-Hoffman à tout prix ? Pour marcher dans les pas de ta mère ? (Il glissa le téléphone dans sa poche.) Tu avais l'impression de te rapprocher d'elle ?

— Brendan !

Cette fois, Rhys s'était interposé, lui-même surpris de se soucier de Vasily, qui le remarqua, et sembla lui adresser un message silencieux. Mais le prisonnier ne put retenir son sarcasme plus longtemps.

— Ne t'inquiète pas, Aidan, ricana-t-il, les commissures de ses lèvres agitées par un spasme. Crois-tu que Brighton ne m'a jamais parlé de ma mère depuis qu'il s'est mis à me triturer la chair ? Allons…

Derrière ses paroles bravaches, je crus déceler un tremblement.

— Vasily, reprit Rhys d'une voix blanche. Philip est mort, tout comme Alex… Arrête ton petit jeu.

À ces mots, le détenu serra les dents et resta quelque temps silencieux.

— Je ne savais pas… C'est bien dommage.

— Alors tu étais au courant pour Jessie, conclus-je. Tu travailles donc avec Saul.

— Et tu n'es pas le seul agent de la Secte, ajouta Brendan. Pourquoi ? Quel est le but au final ? Qu'en tireras-tu ?

— Là est toute la question, n'est-ce pas ? (Vasily émit un petit rire amer, presque incrédule, comme si la réponse était évidente.) Si tu veux le savoir, tu devras me le demander autrement. Que s'est-il passé au Gouffre du diable ? Allez, Maia, je suis certain que tu meurs d'envie de le savoir !

En effet, pourtant je n'osais formuler mes interrogations à voix haute. À l'évocation de la base canadienne, Rhys fit quelques pas en arrière et tressaillit, les yeux rivés au sol, alors que sa pomme d'Adam remontait puis redescendait dans sa gorge.

— Regarde-moi ! intervint Brendan, droit comme un i, tourné vers le détenu. Je t'ai posé une question.

— Que s'est-il passé ? continua Vasily, le regard fou. Demande-le-moi, Maia.

— Arrête ça, tout de suite !

Je me ruai aux côtés du prisonnier et repoussai la table où était entreposée une collection d'instruments sanglants, ainsi qu'une perceuse industrielle. Debout sur le côté, le Chirurgien attendait son tour sans s'inquiéter du remue-ménage. Du coin de l'œil, je vis que mon camarade tremblait.

— Laisse Rhys tranquille et réponds aux questions ! Pourquoi travailles-tu avec Saul ? Qui sont vos alliés dans la Secte ? Quel est votre plan ?

— Les péchés de Saul, quels qu'ils soient, ne sont rien, comparés à ceux de la Secte, déclara Vasily, dont la voix calme contrastait avec ses mains couvertes de sang qui se contractèrent. Tu te rappelles, hein, Aidan ? Tous ceux qui se trouvaient avec nous, le personnel, les médecins, le Dr Gladstone ? Tu ne les as pas oubliés, n'est-ce pas, Aidan ?

— Ça suffit.

Rhys baissa la tête, mais je vis tout de même ses yeux perdus s'écarquiller. Les doigts entremêlés, il restait immobile telle une statue. Le prisonnier laissa sa tête rouler sur le côté, un rictus aux lèvres, lorsqu'il ajouta, presque nostalgique :

— On devrait y aller, Aidan. On devrait y retourner ensemble, un jour.

— Assez !

L'interpellé se rua vers le cou de Vasily, bousculant Brendan au passage.

— Si nous y retournions… je parie qu'on trouverait le cadavre de Gladstone. Quel dommage… Elle t'appréciait beaucoup, elle aussi. Mais tu sais comme moi qu'elle n'est pas morte dans cet incendie.

La voix rauque du détenu s'étrangla quand Rhys lui serra la gorge.

— Arrête de mentir ! rugit l'agent avant de se tourner vers moi, paniqué et implorant. Il ment, ne le crois pas ! Ne crois pas un mot de ce qu'il dit !

— Aidan, lâche-le ! lui intima Brendan, les bras levés comme pour dompter une bête sauvage.

— Rhys, ça va aller.

La douceur de ma voix le ramena soudain à la réalité et il me dévisagea, l'air hagard, comme réveillé d'un rêve en sursaut, son regard interrogateur plongé dans le mien, inquiet. Puis il sembla enfin remarquer ses mains serrées autour du cou de Vasily, poussa un soupir rauque et recula, choqué.

— Désolé, bredouilla-t-il.

S'adressait-il à Vasily, à son frère, à moi ou à nous trois à la fois ? Peu importait. Sans relever la tête, il quitta la pièce.

— Maintenant que tu es là, il y a quelque chose dont je voulais te parler, Maia, commença Vasily, à bout de forces, avant de déglutir avec peine. Ce jour-là, en

France, j'ai eu tort d'essayer de te tuer. J'ai agi seul et je le regrette. Je te prie de m'excuser.

Mal à l'aise, il s'agita sous ses sangles jusqu'à ce que du sang commence à couler de son poignet droit et humecte les traces sèches sur sa chemise. Il n'était pas le premier à me présenter des excuses, mais je ne le croyais pas.

— Alors maintenant, tu t'en veux d'avoir tenté de m'éliminer ? Pourtant, l'objectif de Saul est de m'enlever et tu l'as quand même relâché sans problème, non ?

— Saul ne souhaite pas ta mort. Ne te trompe pas d'ennemis, Maia. La Secte… commença-t-il avant de remuer de nouveau violemment, une expression glaciale plaquée sur le visage. C'est la Secte qui agit mal, pas moi, ni Saul ou Jessie. Oui, Jessie… Maia, le moment venu… écoute tout ce qu'elle a à te dire.

L'écouter ? Quel message tentait-il de me faire passer ? À moins que ce ne soit qu'une ruse pour me déstabiliser… De sa voix très sincère, essayait-il de me convaincre de rejoindre son équipe de psychopathes et de meurtriers ? Impossible, ce garçon était fou.

— Espères-tu me pervertir ? répondis-je, la mâchoire si contractée que mes dents grinçaient presque. De toute façon, si Saul en a après moi, il peut apparaître quand bon lui semble pour m'enlever, n'est-ce pas ?

Mon sang se glaça quand je compris soudain que je n'étais en sécurité nulle part.

— Peut-être, mais il ne le fera pas. Tu comprendras quand tu connaîtras notre plan. Tout vient à point à qui sait attendre… Tu finiras par nous rejoindre de ton plein gré, Maia. Qu'y aurait-il de si terrible à quitter la Secte ? demanda-t-il en secouant la tête. À moins que tu n'aies pris goût à ta prison ? Dans ce cas… je te plains de tout cœur.

Vasily essuya le sang qui coulait entre ses doigts et, soudain très sérieux, plissa les yeux.

— Ça suffit, cette conversation ne nous mène nulle part, déclara Brendan qui s'en apercevait enfin. Maia, on y va. Et toi, continua-t-il à l'intention du prisonnier, nous verrons bien dans quelques heures si tu n'as toujours aucune information à nous donner. Brighton !

Le Chirurgien, qui attendait au fond de la pièce, revint vers nous. Aussitôt, mes jambes semblèrent reprendre vie et je sortis à la suite du directeur adjoint. Alors que la porte se refermait sur le ronronnement d'une perceuse, mon attention fut détournée par un bruit sourd sur le béton : Rhys avait flanqué Brendan par terre. Penché au-dessus de lui, il l'attrapa par le col.

— Qu'est-ce qui t'a pris, Bren ? C'était ça, ton interrogatoire ? Tu es satisfait de ton plan ?

— Rhys, arrête ! lâchai-je en attrapant son bras dans son dos.

Mais la victime ne tentait même pas de se défendre. Ses lunettes en travers sur son nez, elle observait son petit frère. Sa façade fière et prétentieuse se délita et sa lèvre inférieure se mit à trembler.

— Aidan… Ne…

J'entendis les sanglots avant même d'apercevoir les larmes qui roulaient sur les joues de Rhys. Il se hâta de se détourner de moi, mais son corps tout entier tremblait alors qu'il étouffait ses pleurs dans sa main intacte.

Avec précaution, je m'approchai davantage et posai ma paume sur sa joue pour l'attirer à moi et tenter de capter son regard, mais il se libéra d'un mouvement de tête.

— Je suis désolé, marmonna-t-il. Je ne peux pas, Maia. (Il me tourna le dos, son beau visage trempé par les larmes, le corps parcouru de secousses incontrôlables.) Il n'a pas menti. Je suis désolé… Je voudrais que tu ne m'aies jamais rencontré.

Chapitre 15

« *Je voudrais que tu ne m'aies jamais rencontré.* »

— Arrête d'hésiter ! aboya Chae Rin.

Sans m'en apercevoir, je m'étais immobilisée une brève seconde, et son bō, ce bâton beaucoup utilisé dans les arts martiaux, approchait déjà de ma tête. Pourtant ce fut celui de Belle qui fouetta mes pieds par-derrière. Quand mon dos heurta lourdement le tapis, mon arme m'échappa des mains.

Le soleil matinal pénétrait par les hautes fenêtres dans le gymnase d'entraînement. Même si nous nous exercions depuis l'aube et que l'heure du petit-déjeuner était passée, je me sentais, comme au saut du lit, incapable de bouger. D'habitude, je me débrouillais bien mieux pendant ces leçons. J'avais même obtenu un hochement de tête approbateur de la part de Belle, pourtant plutôt avare de compliments.

Mais ce jour-là, mes mouvements étaient lents et même les attaques faciles parvenaient à m'atteindre. Je manquais aussi de vigilance face aux estocades simultanées de Belle et de Chae Rin, comme d'ordinaire difficiles à parer, et encore plus avec la tête ailleurs.

— Concentre-toi !

Ma camarade canadienne me tendit une main pour m'aider à me relever, mais quand j'agrippai ses doigts et commençai à me soulever du sol, elle les retira pour me laisser retomber.

— Et ne baisse jamais ta garde ! ajouta-t-elle.

Elle me frappa la jambe de son bâton, puis Belle, le menton en l'air, me donna un petit coup du sien dans la tête.

— Debout !

Je m'exécutai, fourbue, et ramassai mon bō au passage. Les bandages blancs noués autour de mon bras gauche pour panser une blessure causée par Chae Rin commençaient à se détacher. À quelques pas de nous, Lake, qui grimpait à l'épaisse corde suspendue au haut plafond, ne passait sans doute pas un meilleur moment. Centimètre par centimètre, elle était tout de même parvenue à mi-hauteur, mais j'entendais ses gémissements d'en bas.

— Pourquoi es-tu aussi distraite ? me demanda Chae Rin en cognant son bâton contre le sol, ce qui me fit tressaillir. Que se passe-t-il ?

— C'est Natalya ? renchérit Belle.

Soudain, elle bascula son buste sur le côté pour frapper de nouveau mes jambes. J'évitai son attaque d'un saut et me tournai ensuite pour bloquer l'arme de mon autre adversaire. Lorsqu'elles s'entrechoquèrent, les tiges de bois émirent un claquement qui résonna sous le haut plafond.

— Non, grognai-je avant de parer un nouvel assaut de l'Effigie de l'eau et de me pencher en arrière pour esquiver Chae Rin. Ce truc en acier a mis les voix dans ma tête en sourdine.

Je portais toujours le collier autour de mon cou, tel un chien. Son efficacité n'avait pas faibli mais ma nuque me brûlait encore à cause de la fichue injection que Mellie m'avait administrée, et je devais me retenir pour ne pas me gratter.

— Dans ce cas, tu devrais peut-être t'essayer de nouveau à la divination, suggéra Belle, le bâton abaissé. Saul peut attaquer à tout moment, alors mieux vaut prendre de l'avance sur lui. D'autant que nous savons maintenant qu'il s'est constitué une armée, composée de ces soldats et d'autres traîtres potentiels au sein de la Secte, ce qui complique le problème. Hier soir, j'ai tenté d'accéder au contenu de la clé USB que Philip nous a donnée, mais elle est cryptée. Natalya aura peut-être une idée de ce que prépare Saul.

— Encore faudrait-il qu'elle accepte de me révéler ce qu'elle sait, rétorquai-je, la main sur la nuque, parce que pour l'instant, elle semble plus intéressée par un petit numéro de ventriloque avec mon corps que…

Je m'interrompis, car Belle ne supportait pas qu'on critique Natalya et ne s'en cachait pas. Après tout, je la comprenais… Qui apprécierait qu'on égratigne son héros ? Même si les propos contenaient une once de vérité… voire plus.

Seulement, tout ce qui concernait ma devancière, vérité ou mensonge, était dangereux et fragile. Certes, cette entrave d'acier autour de mon cou, l'empêchait de pénétrer trop loin dans mon subconscient, mais je restais persuadée qu'elle pouvait malgré tout m'aiguiller dans la mauvaise direction.

— Tu sais, je n'ai pas très envie de revivre cette expérience, mais puisque mon esprit est à présent en état de communiquer avec elle dans les deux sens, je n'ai pas le choix, lui dis-je. J'aurai quand même besoin de ton aide, Belle.

Plus énigmatique que jamais, l'intéressée m'observa en silence, et je me demandai, comme toujours, si dans mes yeux elle cherchait sa protégée ou son mentor. Pourtant, depuis quelques semaines, elle avait le mérite de m'aider à pratiquer la divination avec le plus grand sérieux, en toute sécurité, et de nous proposer un entraînement spécial afin de nous préparer aux combats à venir. Elle faisait des efforts pour nous, pour l'équipe.

Mais ses techniques de respiration ne m'étaient pas d'une grande aide pour pratiquer la divination, d'autant plus que j'étais loin d'être aussi calme que Belle.

— Je ne maîtrise toujours pas cette pratique, lui rappelai-je.

Je me frottai la poitrine au souvenir du moment où l'esprit de Natalya s'était répandu dans le mien, tel un virus, avant d'envahir mon corps, comme l'air dans un ballon de baudruche. Comme j'aurais aimé ne plus jamais avoir à la contacter. Mon ancienne idole réfléchit quelques instants.

— Je connais un lieu où nous pourrions nous rendre.

— Où est-ce ?

— Ici, à Londres. Ils pourraient t'aider à te mettre en condition.

Soudain, une estocade de Chae Rin dans mon dos me fit tomber. Je me retournai pour l'observer, au-dessus de moi.

— Non mais ça ne va pas !

— Elle a raison, tu devrais reparler à Natalya. Et je te l'ai dit, ne baisse jamais ta garde.

Elle appuya le bâton contre son épaule. Au même moment, les doubles portes s'ouvrirent avec un grincement qui résonna dans tout le gymnase.

— Oh, super, le revoilà !

Chae Rin leva les yeux au ciel quand elle vit Brendan franchir les portes. Il portait toujours le même costume bien taillé, mais avait tout de même changé de cravate pour l'assortir à sa nouvelle chemise.

— Bonjour, mesdemoiselles. Quel plaisir de constater que vous faites le nécessaire pour vous maintenir en forme !

Je ne pus retenir une grimace en réponse à la nullité de cette remarque, mais Brendan ne sembla pas la remarquer. Les mains dans le dos, il avançait vers nous avec un sourire mielleux, sans rien laisser transparaître de sa vulnérabilité de la nuit précédente, quand il était redevenu un simple garçon dont les yeux s'étaient emplis de larmes à la vue de son petit frère en pleurs devant lui.

— Je n'ai pas pour habitude de me déplacer en personne.

— Tiens donc, quel honneur ! s'exclama Chae Rin, le dos tourné. Comme Sibyl me manque… ajouta-t-elle en faisant tournoyer son bâton autour d'elle pour ne pas se refroidir.

— J'ai une question importante à vous poser, reprit-il avec un petit raclement de gorge.

— Que se passe-t-il ? grogna Lake, avant de lâcher la corde pour se laisser tomber au sol, ce qui fit se soulever son short de sport. (Elle se précipita vers lui et agrippa son bras, puis tira sur sa manche comme une enfant.) Est-ce encore un problème avec Saul ? Une nouvelle attaque ? Nous n'allons pas être obligées de nous battre, si ? Pitié, pitié, non ! J'ai besoin de souffler ! Regarde l'état de ma peau… et mes cernes… Tout ça à cause du stress !

Le front de Lake commençait en effet à se couvrir de boutons, ce que je pensais pourtant impossible, étant donné la quantité de produits de beauté hors de prix – dont un pour lequel elle prêtait son image – qui envahissaient notre salle de bains. Or le regard de Brendan ne s'intéressait pas à ces impuretés, mais au beau visage de ma colocataire, avant de glisser honteusement, en une seconde, jusqu'à son T-shirt noué sur son ventre.

— Hmm… On vous dérange ? m'exclamai-je.

Je me penchai entre eux et claquai des doigts. D'un bond, Brendan dégagea son bras de l'emprise de Lake, ce qui le fit tituber, si bien que ses lunettes glissèrent sur son nez.

— Je suis désolé, Victoria… enfin, mesdemoiselles. Je ne suis pas venu pour vous parler de Saul. En revanche, j'ai un travail à vous confier.

Il déglutit et s'écarta de notre comparse. *Super, encore un fan !*

— Eh bien, vas-y !

Alors que Lake allait récupérer sa bouteille d'eau près du mur, Belle attendait, les bras croisés. Notre directeur adjoint s'agita, gêné par le regard perçant de la jeune femme, mais sans se décomposer, ce qui méritait d'être souligné.

— Blackwell organise un gala de charité jeudi prochain. Ce sera une soirée très guindée, réservée à l'élite politique. L'entrée ne se fera que sur invitation.

— C'est dans trois jours, remarquai-je.

— À quoi rime son petit manège ? demanda Lake, avant de boire. Tout représentant du Conseil qu'il est, sa conférence de presse m'a paru très louche ! La Secte lui a peut-être fourni de faux renseignements comme il le prétend, mais ne penses-tu pas qu'il mériterait d'être interrogé ?

— Oh si, crois-moi, déclara Brendan. Il a d'ailleurs subi un interrogatoire très poussé, tout comme d'autres agents du complexe. L'enquête est encore en cours mais, pour le moment, Blackwell semble fiable. De toute façon, le Conseil a déjà donné son feu vert à cet événement.

— Pourquoi ? l'interrogeai-je alors que je retirais le reste de bandages de mon bras gauche. Quel est le but ?

— D'abord, il s'adressera à la presse : ce sera une occasion pour les membres les plus importants de la Secte de se montrer aux côtés des dirigeants politiques, avec pour intérêt commun de collecter des fonds au profit des victimes civiles des attaques de spectres, là où les DAS n'ont pas suffi à leur protection. Voilà pour notre dessein avoué.

— Et officieusement ? Quel est le véritable objectif du Conseil ? demanda Belle, qui pressa son bâton sur le tapis, le bras enroulé autour du bois.

— Parfait, je vais prévenir le Conseil de ta présence.

Et sans rien ajouter, il s'éclipsa. Je jetai mes bandages ensanglantés dans la poubelle et lui emboîtai le pas pour le rattraper dehors.

— Attends !

— Que veux-tu ? me demanda-t-il quand j'eus fermé les portes derrière moi.

— Eh bien…

À présent que je me trouvais face à lui, je ne savais plus par où commencer. Je fus distraite un instant par la lueur du soleil impitoyable du matin, ainsi que par la brise qui me chatouillait le visage et agitait mes cheveux bouclés contre mon front.

— C'est à propos d'Aidan, n'est-ce pas ?

Brendan me dévisagea comme s'il me comprenait. Après tout, Rhys était son frère, sa famille. Son regard marron étincela d'un coup et je me sentis soudain à nu, comme si je me rappelais tout juste qu'une moitié de moi manquait. Je fus alors envahie par la tristesse douloureuse qui resurgissait chaque fois que je pensais à ma sœur.

— Il va s'en remettre, lâcha-t-il avant que je ne parle. Tu es son amie, n'est-ce pas ?

Je baissai les yeux, faute de pouvoir répondre à cette question.

— Sa petite amie ?

Je sursautai et secouais la tête avec fermeté. Le jeune homme leva la main comme pour la poser sur mon épaule, mais, envahi par la gêne, il se contenta d'un petit signe de tête.

— En tout cas, merci de t'occuper de lui. Je sais qu'il n'est pas toujours facile à vivre. Insolent, rebelle... Il avait la mauvaise habitude de répondre à notre père... enfin, avant le Groenland, ajouta-t-il après un silence.

Nous restions muets et je devinai qu'il était tiraillé par les mêmes questions que moi.

— Brendan, murmurai-je. Ce que Vasily a dit, au Trou...

— Cet homme est un menteur, m'interrompit-il d'un ton sec, avant de reprendre : Il essayait seulement de nous déstabiliser. J'aurais dû me douter que cet hypocrite agirait de la sorte et laisser Aidan en dehors de tout ça.

Mais sa réponse ne me paraissait pas satisfaisante.

— Brendan, Vasily a laissé entendre qu'il s'était passé davantage que l'incendie.

— C'est faux, rétorqua-t-il. Vérifie les rapports si tu en doutes, tout est public. Mais tu peux me croire, je les ai lus un nombre incalculable de fois. Certes, le complexe du Groenland n'a jamais failli à sa réputation : la discipline y était stricte et l'entraînement difficile. Après l'incendie, il restait si peu de survivants que le Conseil en a voté la fermeture. C'est tout, il n'y a rien de criminel là-dedans. Tous les survivants ont été soigneusement interrogés, même Aidan. Le pauvre, à seulement quatorze ans, était traumatisé. D'autant plus qu'il n'avait jamais voulu étudier là-bas, remarqua-t-il, les lèvres tremblantes. Ce n'est vraiment pas quelqu'un de mauvais.

— Non...

J'étais d'accord avec lui. Depuis notre rencontre, Rhys agissait avec sincérité, mais tout en lui me semblait contradictoire. Plus je le découvrais, plus ses bons côtés disparaissaient pour révéler des zones d'ombre que je n'étais pas certaine de pouvoir accepter.

— Pour être honnête, tout est très simple, quand on y pense, dit Brendan avec un haussement d'épaules. C'est un garçon bien, plein de bonté, ce qui a peut-être rendu la situation plus difficile à accepter pour lui… Certes, il a dû traverser des épreuves, comme nous tous, mais il va mieux désormais, il a fait table rase du passé.

Je fis mine de le croire. Les secrets s'accumulaient comme des ossements dans un cimetière. Natalya, qui le savait aussi, devait bien se moquer de moi, devant la porte rouge où elle m'attendait. Elle possédait des réponses à mes questions et le moment était venu de les obtenir.

Je devais aller la voir.

Comme à chaque fois que Belle souhaitait s'éclipser sans nous révéler où elle se rendait, nous empruntâmes la Coccinelle rose délavé sur le parking de la Secte dont les vitres teintées rendaient une balade en ville beaucoup plus agréable : elles permettaient de regarder dehors sans être vu. Cette pensée me réconforta quand nous franchîmes le portail extérieur, où s'était massée une foule bruyante de fans et de détracteurs de la Secte, très remontés depuis les attaques de Bloemfontein, qui manifestaient de l'autre côté des grilles. J'appuyai ma tempe contre ma portière alors que Belle conduisait.

— Que pouvons-nous faire de plus ?

— Des agents tentent de localiser les derniers élèves de Fisk-Hoffman, dans l'éventualité où ils seraient vivants. Et le département Communications cherche toujours Saul, mais comme il a masqué sa fréquence, la tâche est ardue. D'autant que nous n'avons pas la moindre idée du lieu de la prochaine attaque. Bien sûr, ils utilisent la méthode habituelle qui consiste à traquer les déplacements de spectres et à détecter un pic d'activité, mais malgré tous nos efforts, nous aurons toujours un temps de retard sur lui. La seule manière de pouvoir le devancer est de découvrir son identité et ses ambitions.

Et pour ça, nous allions avoir besoin de Natalya, Marian, et moi…

— Nous savons qu'ils finiront par venir me chercher, répondis-je. Et puis Vasily semble persuadé que je m'allierai à eux de mon plein gré. Il m'a conseillé d'écouter Jessie, même si j'ignore ce qu'il entend par là. En tout cas, je dois rester sur mes gardes.

Le ciel sinistre reflétait mon angoisse à la perfection. Les yeux fermés, je tentai d'ignorer la froideur de la vitre contre ma joue. Les pancakes que Nathan me préparait pour le petit-déjeuner me semblaient soudain tellement loin, presque d'une autre époque. Devenir une Effigie avait détruit ce lien dont j'avais le plus besoin en cet instant même. Pire, mon nouveau statut faisait de moi la cible d'un terroriste sanguinaire.

— Nous serons avec toi toutes les trois, répondit-elle, sans quitter la route de son regard grave.

— Vous trois…

Je n'eus pas besoin d'achever ma phrase, les mots semblaient déjà peser entre nous. « *Toutes les trois.* » Je me consolai en pensant que mon lien avec Nathan avait été remplacé par d'autres, que je ne devais pas oublier.

— Malgré tout, on est dans le même bateau, n'est-ce pas ?

Belle me jeta un coup d'œil et acquiesça. Ce simple geste fit disparaître un instant le fantôme de Natalya entre nous, comme si nous en étions toutes les deux libérées. L'espace de quelques secondes, nous devînmes ce que j'avais toujours souhaité : un mentor et sa protégée, appartenant à la même équipe. J'ignorais combien de temps cette proximité durerait mais je souris.

La jeune fille nous conduisait dans les rues sinueuses de Londres. À l'angle de Friary Road, nous découvrîmes une église dont le clocher surmontait un grand cadran solaire, gravé dans la pierre.

— C'est là ? demandai-je, les sourcils froncés, alors que Belle garait la voiture sur le bas-côté.

— Un jour, Natalya m'a amenée ici pour un entraînement, répondit-elle avant de détacher sa ceinture.

— Cet endroit est donc censé m'aider ? l'interrogeai-je, songeuse. Certes, la divination demandant du calme, je peux comprendre ce choix… Et je sais que tu es catholique, mais pour ma part, je ne suis pas très croyante.

— Moi non plus. D'ailleurs, ce n'est pas un lieu de culte catholique, déclara-t-elle avant de sortir de voiture et de refermer sa portière.

Alors que je l'imitai, de petites inscriptions en latin sous le cadran solaire attirèrent mon attention. Je plissai les yeux, éblouie par le soleil pour lire tant bien que mal les gravures peu profondes.

— *Et in… in tenebris… invenies* ?

— « Et parmi les ombres, tu les trouveras. »

Sans un mot de plus, Belle se dirigea vers les marches en pierre et pénétra dans l'église. À peine avais-je franchi la porte voûtée et découvert la procession solennelle de robes noires qui remontait la longue allée que je compris où nous étions. Le cortège avançait sur des accords d'orgue, profonds et envoûtants, à un rythme régulier. Au creux de leurs mains gantées de noir, se trouvaient de grandes bougies que les silhouettes portaient jusqu'à l'autel, au fond de l'église, où un homme vêtu d'une ample tunique blanche tendait les bras en signe d'accueil. Des spectres noirs étaient peints sur les murs blancs.

— Attends… C'est… le fameux culte de la mort, murmurai-je pour ne pas déranger le vieil homme assis sur le dernier banc qui s'était retourné quand la porte avait claqué derrière nous. Tu te moques de moi ? Ce sont des *écailles*, Belle !

— Des *deoscali*, corrigea-t-elle.

Elle avait utilisé le terme exact pour les désigner, comme si elle craignait de vexer un groupe de fous qui trouvait honorable de se laisser dévorer par un spectre. J'avais entendu dire qu'ils pratiquaient leurs rituels d'adoration dans des « églises » comme celle où nous nous trouvions, avant de partir en pèlerinage dans les zones mortes grâce à des réseaux clandestins, pour s'y laisser tuer par les monstres. Nous avions débarqué en plein milieu de l'une de ces cérémonies. Si le *Cirque de Minuit* de Montréal avait développé une fascination malsaine pour ces créatures au point de les utiliser dans un numéro de divertissement, au moins y assurait-on la sécurité de tous dans les règles de l'art. Mais les écailles, elles, poussaient l'idolâtrie jusqu'à violer la loi pour se faire occire.

D'un geste, Belle me demanda de la suivre et s'assit sur l'avant-dernier banc. Écœurée, je m'exécutai tout de même d'un pas traînant. Au même moment, le vieil homme se jeta sur moi et m'attrapa par le col avant de me repousser violemment.

— Effigie ! cracha-t-il. Vous n'êtes pas la bienvenue ici…

Il essaya à nouveau de me repousser, mais je le clouai sur place, le pied sur son torse.

— Belle, commençai-je sans prendre la peine de chuchoter, pourrais-tu m'expliquer pourquoi tu m'as amenée dans ce repaire de tarés adorateurs du culte de la mort et des spectres ? Sachant qu'ils nous haïssent, en plus ? ajoutai-je, alors que mon assaillant tentait de se dégager de mon emprise.

— Ce n'est pas le cas de tout le monde ici, me répondit le prêtre debout devant la chaire.

Le fracas que nous avions fait n'avait pas interrompu la procession du cortège vers lui. Soudain, le maître de cérémonie, dont les cheveux ondulés et châtains étaient noués en un catogan – ce qui révélait les lignes douces de son petit visage –, leva une main délicate.

— Joseph, fais sortir M. Goffin, s'il te plaît.

Avec un hochement de tête, un homme massif posté en silence près d'un pilier blanc attrapa le perturbateur qui jurait par le bras et le traîna vers la porte.

— Voilà, et apprenez-lui les bonnes manières, par la même occasion ! ajoutai-je.

— Pasteur Charles, lança Belle au maître de cérémonie qui approchait, je croyais que vous aviez amélioré votre manière d'enseigner.

— Et de quelle nature sont ces leçons, exactement ? demandai-je après avoir tiré sur mon chemisier. Enfin, je ne suis pas sûre de vouloir le savoir.

Le cortège s'était arrêté pour se tourner vers nous, et je pus enfin distinguer chacun des visages, aux formes, tailles et couleurs multiples, où peur et méfiance se mêlaient. La stupidité des écailles allait jusqu'à vénérer les monstres qui menaçaient l'humanité. Il n'y avait donc rien d'étonnant à ce qu'ils nous voient comme des ennemies. À leurs yeux, nous étions Lucifer personnifié – quatre fois, même.

— Asseyez-vous, je vous en prie, nous demanda le pasteur. Laissez-moi terminer cette cérémonie, nous aurons tout le temps de parler ensuite.

L'homme demanda aux fidèles de reprendre, mais ils n'obéirent qu'avec réticence. Peu à peu, les regards se détournèrent de nous et ils parvinrent tout de même à achever leur rituel : le cortège avança jusqu'aux marches de l'estrade de la chaire et entoura l'autel avec ses bougies. De ma place, j'observais et écoutais le ronronnement de leur chant doux et grave qui, sur le sol, me fit l'effet des vibrations silencieuses d'un tremblement de terre. Pendant les dix minutes que les écailles passèrent à « offrir leurs remerciements » aux monstres qu'elles appelaient « les esprits de la vie et de la mort », « car où la vie naît, là doit aussi commencer la mort », j'eus du mal à me concentrer.

— Les esprits, voyez-vous, expliqua le pasteur Charles après la fin de la procession et le départ des adeptes, sont à l'origine des deux.

— C'est ainsi que vous appelez les spectres ? lui demandai-je en me levant en même temps que Belle. Est-ce le terme politiquement correct ? Ou la dénomination commerciale utilisée dans les lieux de culte ?

— Non, ce sont deux phénomènes très distincts, répondit-il. Même si les spectres sont faits de la même matière que les esprits. L'existence de ces derniers permet l'enchaînement naturel de la vie et de la mort en ce monde. De cette manière, ils sont l'un des rouages du destin. (Il s'approcha de nous dans l'allée, les bras en croix, comme si les silhouettes de spectres allaient se détacher des murs pour voler à lui.) La vie et la mort… reprit-il en plaçant ses mains dans son dos. Durant notre brève existence, les esprits maintiennent cet équilibre et nous apportent les clés de la vie. Ils sont présents partout. Ils sont nos âmes, celles de la nature, des animaux, des éléments, de l'univers… Ils ne nous quittent jamais, même lorsque nous ne pouvons les voir ou les sentir. (Les yeux fermés, il prit une grande inspiration, qui le fit paraître encore plus fou.) Et, à notre mort, les esprits quittent notre corps pour rejoindre les chœurs, jusqu'à ce que le moment vienne pour eux de renaître. Ils ne sont pas nos ennemis, mademoiselle.

— Très bien, admettons, dis-je, inclinant la tête. Vous prétendez que les spectres, sans être des esprits, sont « faits de la même matière ». J'ignore ce que vous entendez par ces inepties, mais j'ai l'impression que vous cherchez à minimiser leur responsabilité. Et dans ce cas, malgré tout le respect que je vous dois, monsieur, laissez-moi vous dire qu'après avoir vu les ravages qu'ils sont capables de causer, je ne peux que condamner vos propos.

Depuis que j'étais une Effigie, je n'osais fermer les yeux plus d'une seule seconde, par peur de revoir les cadavres de tous les innocents que je n'avais pu sauver des griffes de ces créatures de cauchemar.

— Non, les spectres ne sont pas des esprits. Et, en effet, ils sont néfastes, approuva mon interlocuteur, à ma grande surprise. À la différence des esprits et des Effigies. C'est ce que je me suis toujours évertué à enseigner ici.

— C'est-à-dire ? Qu…

— Pasteur Charles, m'interrompit Belle, je vous ai appelé car j'ai un service à vous demander.

— Ah, oui, acquiesça-t-il. Et vous, vous devez donc être Maia Finley.

Malgré ses opinions incroyablement tordues, il semblait plutôt sympathique. Je lui serrai la main.

— Je ne partage pas vos opinions, mais enchantée.

— Suivez-moi, répliqua-t-il avec un signe de tête vers le fond de l'église. Rendons-nous au sous-sol.

Nous franchîmes à sa suite une porte qu'il ouvrit avec une clé, pour aller jusqu'au coin droit le plus éloigné de l'église. Il continua de nous expliquer sa théorie tout en nous guidant dans le couloir.

— On croit souvent que les *deoscali* vénèrent les spectres, et ce n'est pas faux. Cette idée est aussi très répandue parmi les *deoscali*, mais est en fait issue d'une altération du précepte initial que nous a légué Emilia Farlow, la fondatrice de cette Église.

Son aube blanche frôlait le sol de pierre.

— C'est-à-dire ? demandai-je, le sourcil levé.

— Selon elle, ce sont les esprits qui sont les rouages de la vie, de la mort et du destin, pas les spectres. Vous voyez, nous, les *deoscali,* sommes un groupe religieux assez récent. La vénération de ces derniers a commencé peu après leur apparition, pour évoluer en un culte du sang que vous méprisez sans doute. Jadis, j'ai moi-même cédé à cette idéologie, ajouta-t-il, visiblement peiné, avant de secouer la tête. Nous étions nombreux à considérer les Effigies comme des ennemies, à l'instar de Groff, qui a grandi avec cette croyance et n'a rejoint notre mouvement qu'il y a peu. Un trop grand nombre de *deoscali* ont fini par croire que le terroriste Saul était une sorte de prophète, envoyé par les spectres.

Décidément, ces individus étaient bien crédules.

— J'ai tenté de remettre certains de ces égarés dans le droit chemin. On ne peut haïr les Effigies que si l'on vénère les créatures qu'elles combattent. Mais contrairement à ces monstres, les esprits, eux, ne sont dans le monde qu'une foule d'ombres silencieuses qui le protègent sans jamais se révéler à nos yeux.

Les paroles que Saul avait prononcées la nuit où il était apparu à Marrakech me revinrent.

— « Un monde d'ombres »... murmurai-je.

— Je vous l'ai dit, les esprits, créateurs de vie, de mort, et donc du destin, existent tout autour de nous, en nous-même. Ils nous lient par une chaîne cosmique, à travers l'espace et le temps. Ils ne prennent la forme de spectres que lorsqu'un terrible péché ou une influence malfaisante les y incite. À ce moment-là, ils deviennent une manifestation de ce déséquilibre et se muent en créatures cauchemardesques.

Je ne parvenais pas à déterminer s'il jouait sur les mots pour apaiser la culpabilité du culte voué à ces monstre. Il semblait pourtant très sérieux.

— Vraiment ?

Il était trop absorbé par son propre babillage pour remarquer le sarcasme dans ma voix, ou du moins n'en laissa-t-il rien paraître. Une sérénité surnaturelle semblait s'emparer de lui quand il prêchait ses convictions. Le moins qu'on puisse dire, c'était qu'il faisait froid dans le dos. Mais peut-être que tous les croyants provoquaient le même effet…

— Et nous, que sommes-nous, alors ?

— Les Effigies, répondit-il en poussant un petit soupir, comme si nous étions une énigme qu'il peinait à résoudre. Les écrits de Farlow parlent beaucoup des esprits et des spectres, mais ne vous citent qu'une seule fois, toutes les quatre.

— Et que dit-elle de nous ?

— Que vous êtes bénies, me répondit-il avec un sourire. Les esprits pourraient vous avoir offert vos dons, à moins que vous ne soyez reliées à eux d'une manière unique que le reste du monde ne peut imaginer.

Ma famille n'avait jamais été très croyante. Alors que beaucoup trouvaient refuge en l'Église pour expliquer l'existence des spectres, d'autres, comme nous, avaient choisi d'accepter la situation. Pour ma part, j'avais toujours cru en l'existence d'un dieu. Dieu, la magie, les esprits, les Effigies et les monstres : où se trouvait la vérité ? Tout ça pouvait-il être vrai, en ce monde où l'impossible n'existait plus ?

Je secouai la tête alors que nous contournions l'angle et descendions une volée de marches.

— Qu'y a-t-il au sous-sol ?

— J'ai rencontré Natalya, l'Effigie du feu qui vous a précédée, environ un an avant sa triste disparition, répondit le pasteur Charles, alors que Belle se raidissait à côté de moi. Elle s'intéressait à mes opinions, ainsi qu'aux différences qui peuvent exister entre mes enseignements et le discours habituel des *deoscali*. Un jour, à l'occasion d'une discussion, je lui ai montré ceci.

Le sous-sol ressemblait à une petite crypte carrée, bâtie en blocs de pierre grise, dont l'obscurité n'était atténuée que par les rayons de soleil qui pénétraient à travers une fenêtre en forme de trèfle.

Mais cette pièce était aussi chargée d'une atmosphère que je ne parvenais à nommer. Un silence épais emplissait l'air, au point que je pouvais presque le sentir sur ma peau. Et lorsque j'inspirai, quelque chose de primitif se réveilla en moi dans un grognement, provoquant un léger frisson qui me perturba.

— Quel est cet endroit ? demandai-je.

J'observai mes mains, qui me démangeaient, comme si je les voyais pour la première fois. Dans le coin opposé de la pièce, l'une des roches était recouverte d'inscriptions gravées que je ne pouvais déchiffrer de si loin.

— C'est une sensation incroyable, n'est-ce pas ?

Cette fois, je compris pourquoi il relevait la tête et fermait les yeux. Ces lieux renfermaient un élément qui nous plongeait dans une sombre hébétude.

— Il y a longtemps, quand j'étais encore jeune et égaré, j'ai eu la chance de participer à un pèlerinage spirituel avec un groupuscule de *deoscali* itinérants. C'est à cette occasion que j'ai commencé à me référer aux anciens enseignements de Farlow, à savoir qu'il existe en ce monde de nombreux secrets dépassant la vieille dichotomie des spectres et des Effigies.

— Il appelle ce sous-sol l'Écoute, m'apprit Belle avec un geste pour désigner la chambre. C'est exactement comme dans mes souvenirs. Peux-tu ressentir la présence de cylithium ici ?

En effet, si cet élément existait dans la nature, plus concentré dans certaines zones en général évitées par la population à cause des spectres susceptibles d'en surgir, cet endroit était différent. Cette atmosphère s'insinuait en moi pour influer sur mes nerfs, mais m'apaisait aussi, étrangement. Malgré les puissants dispositifs anti-spectres de Londres, je m'attendais à voir ces montagnes d'os et de chair putride bondir devant nous à tout moment, sortant de nulle part, comme toujours dans les régions riches en cylithium. Mais rien n'apparut, à part une paix troublante qui me submergea.

— Je... Je ressens un grand calme, soufflai-je.

— « Car seul le calme te permettra de les entendre », récita le pasteur. La dirigeante de ce groupuscule a fait construire une cave semblable sous une vieille chapelle, où elle se reposait de temps en temps. Elle l'utilisait pour méditer et communier avec les esprits.

Lorsque je pris une profonde inspiration, mes os me parurent liquides.

— Comment avez-vous pu attirer autant de cylithium ici ? Qu'avez-vous fait ? demandai-je, intriguée car je savais que, comme bon nombre de villes, Londres n'en recelait que peu.

— Rien, répondit-il. Quelques-uns des *deoscali* itinérants dont je vous parle ont eu l'amabilité de construire cette salle sous mon église, mais ont refusé de révéler leurs secrets. Depuis, je ne parviens pas à les retrouver. Natalya est venue méditer ici une ou deux fois, afin de pratiquer ce que vous appelez la divination, à des moments où son esprit était trop agité pour qu'elle y parvienne sans aide. Vous, les Effigies, semblez disposer de votre propre moyen pour communiquer avec les esprits de ce monde.

Non... Je refusais de croire que mon état était provoqué par la présence d'êtres immatériels, persuadée que c'était le cylithium qui agissait sur mon organisme.

— Vas-y, me dit Belle. Essaie d'obtenir le plus d'informations possible de la part de Natalya, et tente de trouver Marian.

Plus j'avançais vers le centre de la pièce, plus mon corps me paraissait ankylosé... J'avais des fourmis dans les pieds. L'air dense semblait m'assécher de l'intérieur, et j'avais l'impression que la chaleur de mes paumes et de mes joues avait été aspirée à travers ma peau. Mes pensées parurent filtrer à travers mon corps.

Les secrets du monde… Je soupirai et m'assis doucement sur le sol, puis je fermai les yeux. Je les rouvris avec un frisson quand je sentis un frôlement sur ma joue, mais je ne vis rien. Je devais me concentrer, ignorer la présence de Charles et Belle, tout évacuer. Les exercices de respiration que l'Effigie de l'eau m'avait appris m'aidaient à m'apaiser, mais en ces lieux, tout me semblait amplifié : la puissante énergie dans l'air, le silence, mes sensations comme absorbées par mon corps.

Je tendis l'oreille et reconnus la mélodie qu'elle n'avait de cesse de fredonner. Ce fut elle qui me transporta jusqu'aux recoins de mon esprit.

Depuis que Saul m'avait forcée à plonger dans mon subconscient, à New York, et que j'avais commencé à voir les souvenirs des Effigies de ma lignée, j'avais remonté à de nombreuses reprises le ruisseau blanc, dont l'eau paisible trempait mes chevilles. Pendant longtemps, j'avais pataugé, insouciante et imprudente, dans les pensées de Natalya où je n'entrevoyais que les fragments lapidaires d'un plus grand tableau. Mais comme Belle me l'avait enseigné, il me fallait suivre ce cours d'eau blanc sous une brume épaisse, puis franchir une somptueuse porte rouge : le portail qui menait à ses souvenirs, et le premier, peut-être, d'une longue série.

Quand je remarquai que Natalya ne se tenait pas devant l'entrée, je sentis, contre la peau nue de mon cou, la pointe de son épée dont le métal tinta sur l'acier de mon collier.

— Cette… chose, commença Natalya avec son accent russe. Tu les laisses te mettre en cage. Tu accordes trop facilement ta confiance.

— Que t'arrive-t-il ? Tu es en colère parce que tu ne peux plus te balader dans mes rêves comme avant ?

Je tentai de garder ma voix et ma respiration le plus calme possible, car je ne pouvais me permettre de perdre mon sang-froid. En effet, mon adversaire savait utiliser mes nerfs comme un loquet pour ouvrir un passage vers mon corps.

— Tes rêves, mes souvenirs, continua Natalya, qui riait derrière moi, ses lèvres fermées. Nous étions en train de nous rapprocher, toi et moi. Mais la barrière entre nous n'est plus aussi solide que tu le crois. Qui sait ? Peut-être allons-nous encore nous rapprocher davantage…

— Ça te plairait, hein ? sifflai-je. Ainsi, il serait plus facile pour toi de me voler mon corps !

— Je pourrais surtout mieux te guider, comme je m'y efforce toujours, vers le bon souvenir, sur le bon chemin. Fais-moi confiance.

Sa lame remonta, et je sentis qu'elle appuyait davantage sur ma peau. Puis elle la retira enfin et s'éloigna sur le côté, en laissant son arme traîner dans l'eau.

— Tu viens pourtant de dire que je n'étais pas assez méfiante.

— C'est vrai.

Natalya, silencieuse, pointa à nouveau son épée vers mon cou. Pendant quelques instants, je touchai le métal, déconcertée, avant de me ressaisir, consciente que, si elle me tendait un piège, je ne devais pas la laisser me distraire.

— Voilà pourquoi je ne te crois pas, repris-je, le cœur serré.

— À propos de quoi ?

— De Rhys.

— Il m'a tuée. Tu penses que je te mens, Maia ?

Je me retrouvai enfin face à cette question qui me minait, et me hantait chaque fois que je croisais le regard sombre de cet homme. Je craignais de découvrir les secrets de Rhys, mais la sensation vertigineuse que j'éprouvais quand nos yeux se rencontraient ainsi que le frisson qui me parcourait dès que je le touchais étaient bien trop réels, et tout aussi puissants que la volonté de Natalya de revivre. À quoi bon tenter de me raisonner, je devais laisser parler mes sentiments et mon cœur, qui se serrait quand ses larmes coulaient. Je savais qu'il n'avait pas mauvais fond. J'en étais persuadée. Le garçon qui avait combattu à mes côtés, qui m'avait protégée, taquinée, qui avait ri avec moi, c'était le Rhys en qui j'avais confiance, le seul que je voulais connaître.

Je décidai alors de lui répondre.

— Oui, murmurai-je enfin. C'est faux ! (Ma voix était exagérément aiguë, mais quand j'aperçus la détermination dans les yeux de Natalya, je me ressaisis.) Rhys est trop gentil, trop doux pour commettre un meurtre.

— Tout ce que tu dis est vrai, répondit-elle, les yeux levés vers le ciel dépourvu de soleil ou de nuages. C'est un garçon adorable et il a le cœur pur, certes… mais c'est aussi un tueur.

Sa main couverte de cicatrices se resserra sur la poignée de son épée.

— Je ne te crois pas ! répétai-je, sans pouvoir masquer la tension dans ma voix.

— Je suis incapable de te mentir, Maia.

Son sourire me paraissait aussi menaçant que sincère. Comment était-ce possible ? Cette femme qui avait été notre idole, à ma sœur June et à moi, que nous avions adulée… La noble guerrière… Son rictus en cet instant me donnait envie de vomir.

En fait, j'avais vraiment la nausée. Mon corps commença à se contracter et se plia en deux. Me trouver là me demandait trop d'efforts, drainait trop d'énergie et de volonté. À chaque seconde passée dans cette brume, je sentais mon esprit défaillir. J'avais l'impression qu'on me harponnait de l'intérieur pour me tirer en arrière.

— Puisque tu refuses de me croire, je vais te donner une preuve de ma sincérité… Naomi, ajouta-t-elle, les yeux fermés, la tête baissée.

— Pardon ?

— Naomi te répondra. Mais Maia…

Une brise balaya ses courts cheveux noirs quand elle me dévisagea. La mort n'avait rien enlevé de la noblesse et de la détermination de son visage.

— Tes ennemis sont partout autour de toi. Ne les vois-tu donc pas ?

— Maia !

Je reconnus la voix de Belle. J'étais tombée et j'étais à présent en proie à de réels haut-le-cœur. Ma camarade et le pasteur Charles m'aidèrent à me relever.

— Je suis désolé, me dit-il. Venir ici constituait aussi une expérience très éprouvante pour Natalya. Surtout la dernière fois, ajouta-t-il en secouant la tête. Je ne vous envie pas... Être une Effigie représente un tel fardeau...

— C'est-à-dire ? Qu'est-il arrivé quand elle est venue ? demanda Belle, alors qu'elle passait mon bras autour de son épaule.

— Oh, elle était... bouleversée. Elle ne m'a pas dit pourquoi, mais elle a mentionné une certaine Alice.

— Alice...

Je m'essuyai la bouche et relevai la tête.

— Elle m'a également posé des questions sur les écrits d'Emilia Farlow, sur la dirigeante du groupuscule itinérant, et a cité un certain Baldric.

— Vraiment ? Qui est-ce ? l'interrogea Belle. Elle ne m'en a jamais parlé.

— Je l'ignore. Elle ne m'a rien expliqué. Elle m'a trop appris, sur trop de sujets pour que je me souvienne de tout. En revanche, je me rappelle bien un symbole qu'elle a dessiné : elle voulait savoir si je le reconnaissais, mais je n'ai pas pu l'aider.

— Possédez-vous encore ce croquis ?

— Oui, dans mon bureau. Je vais le chercher.

Il disparut dans le couloir principal et revint quelques minutes plus tard avec un morceau de papier à lettres déchiré. Malgré mon esprit embrumé et mon corps rendu léthargique par la divination, je me relevai à toute vitesse puis m'appuyai au dossier du banc pour observer le dessin d'une flamme vacillante.

— Elle-même en ignorait la signification, expliqua Charles. Elle m'a dit avoir aperçu cette forme pendant la divination, dans les souvenirs d'une ancienne Effigie appelée Marian.

Marian… La fille que Nick et Alice cherchaient en moi. Belle attrapa la feuille et scruta le tracé comme s'il pouvait lui apporter des réponses.

— Je suis certaine d'avoir déjà vu ce symbole.

En effet… Je mis une bonne minute à me le rappeler, mais un dessin identique se trouvait dans le bunker au milieu du désert. À présent que nous savions qu'il était lié à Marian, nous possédions un autre indice sur l'identité de cette femme. J'observai les ombres gribouillées sur le mur.

Les secrets du monde.

Chapitre 16

Nos recherches au sujet du symbole ne donnèrent aucun résultat, même dans les écrits des *deoscali* qui se trouvaient à la bibliothèque de la Secte. Belle tenta une deuxième fois de lire la clé USB que nous avions récupérée des mains de Philip, persuadée qu'elle contenait des indices sur la planque où avait été retrouvé le garçon, mais le décryptage se révéla toujours aussi impossible. Néanmoins, l'Effigie de l'eau affirmait avec certitude avoir vu le symbole ailleurs, sans se souvenir où.

Le jeudi soir, après trois jours de vaines investigations, je fus détournée de ces occupations par une tout autre affaire : le gala de charité de Blackwell. L'idée était de le rejoindre dans son domaine de Henley-on-Thames, dans l'Oxfordshire, escortée par quelques agents du complexe de Londres pour me montrer aux côtés d'un groupe très fermé de dignitaires. Je devrais me faire à l'idée que mon travail d'Effigie impliquait aussi de parader tel un animal de cirque devant les appareils photos.

Le véhicule de la Secte qui me transportait s'arrêta dans le vaste parc de près de deux cents hectares, à côté d'une longue rangée de voitures de luxe stationnées le long de l'allée. Bien entendu, la propriété de Blackwell ressemblait à un petit palais perché sur un haut plateau au-dessus du fleuve, tout en pierres rustiques et en arches sombres, avec une pointe d'architecture caractéristique de la Renaissance française. Le dépliant qu'on nous distribua lorsque nous franchîmes les doubles portes en fer rouge expliquait que le domaine avait d'abord été une maison de campagne du roi britannique avant que la famille Blackwell ne l'achète au XIXe siècle grâce à la fortune accumulée par le biais de ses empires ferroviaire et naval.

— Il a vraiment fait imprimer une brochure sur sa fichue maison ! m'exclamai-je, les yeux au ciel.

J'essayai de cacher ma gêne en tirant sur ma robe jaune à volants. Lake avait tenu à me la prêter et me l'avait fait enfiler pendant qu'elle vociférait contre son agent au téléphone, parce que son single enregistré en février n'était toujours pas sorti, malgré l'imminence des *TVCA*. Grâce à ses efforts herculéens et à son arsenal de fards et de peignes, je pouvais affronter la tête haute les appareils photos, qui ne manquaient pas.

Blackwell avait ouvert les portes du manoir aux photographes et aux journalistes, bien décidés à tirer le meilleur profit de la soirée. Leurs flashes aveuglants crépitaient et capturaient des images des hommes et des femmes importants venus de divers pays, en train de siroter leur vin sous le plafond voûté.

Tant de dignitaires, de pouvoir et de richesse, dont je ne reconnaissais que de rares représentants, réunis en un si petit espace… J'avais cru pouvoir me faufiler discrètement entre eux pour me fondre dans la masse incognito, mais c'était sans compter les regards braqués sur moi et les mains tendues qui m'attiraient dans tel ou tel cercle pour qu'on m'y adresse quelques paroles. Je rencontrai successivement un membre du Parlement britannique, un diplomate ghanéen et un magnat des médias australien qui me félicitèrent des missions que nous avions réussies et m'interrogèrent sur notre plan pour capturer Saul. L'un d'eux me posa même des questions sur mes études. Happée par ce tourbillon fou, je serrai mon petit sac à bandoulière noir contre moi.

— Pour l'instant, je suis des cours particuliers, répondis-je avec un sourire nerveux à un consul général mexicain en poste à Ottawa.

Sibyl avait en effet embauché un professeur qui venait une ou deux fois par semaine, et bien entendu, j'en avais encore moins appris avec lui que sur les bancs du lycée d'Ashford, du temps où je luttais pour rester éveillée en classe.

— Mer… Merci de me le demander, monsieur.

— Ma fille vous admire beaucoup. Vous permettez ?

Je n'eus pas le temps de réfléchir à ma réponse qu'il sortit son téléphone pour nous prendre tous les deux en photo. Je n'osais même pas imaginer quel rictus étrange s'était dessiné sur mon visage.

— S'il vous plaît, mesdames et messieurs, annonça un employé de maison depuis la porte. Si vous voulez bien me suivre dans la salle de réception, M. Blackwell vous y attend.

La pièce en question était majestueuse, dotée d'un haut plafond voûté soutenu par des colonnes de marbre blanc et pourvue de murs blanc cassé décorés de tapisseries séculaires, que certains admiraient un verre à la main pendant que d'autres les photographiaient. Des bustes de philosophes étaient exposés sur des consoles de chêne sombre disposées dans les coins, où se tenaient les domestiques, avec leurs plateaux de nourriture et de boissons. Installé au piano à queue à l'entrée, le pianiste, au comble de l'ennui, attendait qu'on lui ordonne de reprendre sa performance.

À leurs costumes et lunettes noirs, je devinai que les agents intimidants et peu discrets qui surveillaient les entrées et les recoins travaillaient pour la Secte, mais qu'ils devaient être assignés à plein temps à la protection de Blackwell. De temps à autre, je les voyais incliner la tête et parler tout seuls, comme s'ils discutaient avec un ami invisible. J'en déduisis qu'ils communiquaient par oreillettes interposées. Pour assurer la sécurité de tout ce beau monde, la vigilance était de mise.

— Maia, te voilà !

Mes pieds dérapèrent légèrement sur le sol de marbre lorsque j'interrompis ma déambulation. Brendan, vêtu d'un costume italien à la coupe élégante, s'extrayait de la foule pour venir à ma rencontre. Avec ses cheveux lissés dans un style B.C.B.G., il semblait tout droit sorti d'une illustration ringarde des années cinquante de Norman Rockwell.

— Avec un peu de chance, pas pour longtemps, maugréai-je, serrant mes bras nus autour de mon torse. Bonjour, au fait, ajoutai-je plus fort.

— Content de te voir ! Euh… Comment vas-tu ?

Le collier de Dot me gênait. Lake m'avait prêté un ras-de-cou en crochet qui le cachait plutôt bien, mais ma nuque me brûlait toujours. Comme j'avais peur de retirer le bijou, j'essayais de le frotter contre ma peau, ce qui me valut un regard interrogateur de Brendan.

— Bien, répondis-je avec une grimace. Cet endroit est très impressionnant, tu ne trouves pas ?

Au centre de la pièce s'élevait une grande statue en pierre blanche qui représentait une femme nue drapée dans sa longue chevelure comme dans une toge, avec à la main, brandie au-dessus de sa tête, une sorte de perle blanche. Décidément, le maître de maison aimait en mettre plein la vue.

— Puisque tu es là, certains invités aimeraient te rencontrer… commença Brendan.

Mais il fut interrompu par la voix de baryton de Blackwell qui retentit dans la pièce, amplifiée par les enceintes fixées aux murs.

— Bienvenue à tous et merci d'être présents ce soir.

Qu'un homme aussi riche et égocentrique que notre hôte s'installe en hauteur pour s'adresser à nous ne m'étonna pas une seconde. Quelques invités se tenaient sur les premières marches du majestueux escalier en colimaçon de l'autre côté de la salle, mais seul Blackwell se trouvait à l'étage supérieur, derrière la rambarde rococo en bronze et en fer forgé, le regard baissé sur l'assemblée. Son épaisse et longue chevelure noire retombait sur son costume blanc en belles boucles, et à ses doigts, des rangées de bagues brillaient dans la lumière du lustre du XIXe siècle suspendu au-dessus de lui. Sa voix était bien assez puissante pour qu'il parle sans micro, pourtant, il semblait apprécier d'en utiliser un.

— Ce domaine, comme vous avez pu le lire dans vos dépliants, a été acheté par mon arrière-arrière-grand-père, Bartholomäus Blackwell II, il y a plus d'un siècle. Depuis, nos portes ont toujours été ouvertes à nos collègues de la Secte et à nos amis estimés du monde entier. Ma famille a toujours eu à cœur d'utiliser sa richesse, ses ressources et ses relations afin d'accomplir un dessein grandiose : débarrasser l'humanité des monstres mystérieux qui la tourmentent. Nous avons pris cette responsabilité très au sérieux dès notre nomination au rang élevé de représentant du Conseil, un poste pour lequel moi, Bartholomäus Blackwell VI, je m'implique tout autant que mes ancêtres.

Alors qu'il poursuivait son discours, Brendan, toujours près de moi, fronça les sourcils.

— Si mon père l'entendait…

— Comment ça ? chuchotai-je, afin qu'aucun « ami estimé » du maître des lieux ne nous entende le critiquer.

— Après que la Secte s'est affranchie du contrôle de la couronne britannique et s'est établie comme agence indépendante, Blackwell II aurait soudoyé et fait chanter ses membres afin d'obtenir une place importante dans l'organisation, ou du moins celle qu'ils voulaient bien lui accorder.

Quels avaient été les mots du directeur Prince pour parler de cette famille, déjà ? Ah, oui, *« inutile et décorative, tel un macaron sur le col de la Secte »*. Je fus rassurée de constater que son fils aîné partageait ce mépris manifeste.

— Bien sûr, l'histoire officielle n'en parle pas, mais la relation entre ses ancêtres et la Secte est loin d'être aussi harmonieuse que Blackwell le prétend. Au moins, l'organisation bénéficie de son immense richesse et de ses ressources, sans doute en contrepartie de ce népotisme.

— Comme lorsque ton père t'a aidé à voler le poste de Sibyl quand le Conseil l'a renvoyée ?

Les oreilles de Brendan rougirent, mais avant qu'il ne puisse bredouiller une réponse cohérente, des applaudissements retentirent dans la pièce. Je me moquais d'avoir manqué la fin du discours de Blackwell. De toute façon, les puissants communiquaient grâce à un langage qu'eux seuls comprenaient, bien au-delà des mots.

L'espace d'un instant, les yeux rivés sur l'orateur, j'essayai de m'imaginer à la tête d'une fortune aussi immense et avec autant de pouvoir. Je remarquai alors, derrière lui, une peinture à l'acrylique dans un cadre d'or qui représentait un chevalier médiéval au sommet d'une montagne de corps, l'épée pointée vers le crâne d'un squelette suppliant – un homme qui avait vaincu la mort. Depuis ce piédestal, il m'inspira soudain un mauvais pressentiment.

— Voici le directeur Prince et le sénateur Abrams de Colombie-Britannique, me dit Brendan, le doigt pointé vers l'autre côté de la pièce où la foule s'était dispersée.

Brendan avait l'air de souhaiter que je rencontre son père. J'aurais cru que le directeur de la Division nord-américaine avait mieux à faire – d'ailleurs je ne savais même pas qu'il serait présent –, mais, après tout, ses priorités n'étaient peut-être pas celles que j'imaginais.

Vêtu d'un costume gris, il semblait beaucoup plus grand et musclé que ses deux fils. À côté de lui, le sénateur Abrams paraissait minuscule, à l'exception de son tour de taille. Et avec eux, un verre de vin à la main…

— Tracy Ryan ? La sénatrice folle de Floride ?

Ses traits tirés étaient impossibles à confondre. Malgré sa grande taille, elle ressemblait à un épouvantail à côté de Prince. Ses cheveux courts et bruns se soulevèrent légèrement quand elle adressa un signe de tête à Abrams, qui partait pour répondre à un coup de fil.

— Bien, il y a des photographes, constata Brendan, avant de poser la main sur mon épaule. Maia, j'aimerais te présenter la sénatrice Ryan et le directeur Prince senior.

— Qu'est-ce que je vais bien pouvoir leur dire ? demandai-je, livide.

— Contente-toi de civilités. Montre-leur que tu es impliquée dans ton travail. Tu dois juste paraître affable, n'oublie pas que c'est ta mission de ce soir. Attends-moi ici.

Alors qu'il se dirigeait vers son père et la parlementaire, je me surpris à imaginer les titres des fils de discussion de *Doll Soldiers*. « Maia établit des liens avec Tracy Ryan », au-dessus de photos de moi en train de serrer la main de cette femme célèbre pour ses discours xénophobes, anti-immigration et sa politique arriérée et misogyne. S'il ne tenait qu'à moi, ce serait plutôt « Maia trahit ses valeurs pour une ordure politique » ou « Une fille d'immigré mal dans sa peau coopère avec une raciste », ou encore « Maia fricote avec la femme qui suggérait il y a peu qu'elle et ses équipières devraient être enfermées et torturées ».

Soudain déterminée, je fis volte-face avec tant d'élan que mon sac se balança du haut de mon épaule, et je faillis percuter Rhys, habillé d'un costume gris parfaitement ajusté à sa silhouette élancée.

— Maia… commença-t-il avant de tendre la main pour m'empêcher de tomber. Je pensais bien que c'était toi. Tes cheveux…

Il montra ma tête et par réflexe, je portai la main à mon épaisse chevelure bouclée, sans un mot. Il était encore plus beau que d'habitude, avec sa carrure plus large que celle de son frère et ses vêtements qu'il remplissait joliment, grâce à ses muscles impressionnants. Je ravalai mon salut avec difficulté.

J'avais déjà résolu mon conflit intérieur en décidant qu'il ne pouvait avoir tué Natalya. J'aurais donc dû me sentir plus à l'aise en sa présence, mais mes émotions continuaient de tourbillonner. Était-ce dû aux sentiments qu'il m'inspirait ? Ou bien à ses secrets qui ne cessaient de ressurgir ? Je n'en savais rien.

Malgré le petit sourire aimable plaqué sur son visage, il battit de ses longs cils et se racla la gorge avec nervosité. Je me remémorai alors la nuit où Vasily l'avait mis en pièces avec de simples mots, et les larmes qui avaient coulé sur ses joues lorsqu'il m'avait regardée, honteux.

Il attendait que je réponde, mais mes paroles restaient coincées dans ma gorge. Je ne savais même pas qu'il serait présent. « Comment vas-tu, Rhys ? » avais-je juste envie de lui demander.

— Ton… commençai-je d'une voix timide et hésitante. Ton poignet semble aller mieux.

Je désignai son articulation encore noire, même si sa main semblait avoir gagné en mobilité.

— Oui, les médecins ont été efficaces et je me suis reposé.

— Tant mieux…

Encouragé par mon petit sourire, son visage s'éclaira, et il continua :

— Maia, je veux…

— Maia ! Oh, Aidan, c'est très aimable à toi d'être venu.

Mince, j'avais trop attendu. Je me tournai vers Brendan, Prince et Tracy Ryan qui approchaient en file indienne. De près, leur père était impressionnant, et je pouvais percevoir son caractère hautain rien qu'à sa démarche. Arrivé devant moi, il me jaugea en silence, d'un rapide coup d'œil.

— Mademoiselle Finley, dit-il enfin, je suis ravi de faire votre connaissance.

— Ouais… commençai-je avant de me ressaisir : Euh… moi aussi, monsieur.

Ce titre lui allait comme un gant. À les voir tous les trois côte à côte, je remarquai que le père avait partagé la plupart de ses gênes avec son fils aîné : leurs cheveux châtain clair, leur tête carrée. Seul son regard perçant était identique à celui de Rhys.

— Bonjour, monsieur le directeur, le salua ce dernier, qui ne reçut qu'un bref signe de tête en retour.

— Maia, tu connais le directeur de la Division nord-américaine, intervint Brendan avec dans la voix une fierté que je n'avais pas décelée chez Rhys. Et voici la sénatrice Tracy Ryan.

La femme m'adressa un sourire commercial qu'elle réservait sans doute aux photographes, mais qui ne parvenait pas à cacher sa perfidie. Je regardai la main qu'elle me tendait sans la serrer.

— Heureuse de rencontrer l'une de vous en personne, Maia.

— Ah oui ? Alors, dites-moi, cette entrevue vous permettra-t-elle de mieux me déshumaniser et me rabaisser, ou, au contraire, vous rend-elle la tâche plus compliquée ?

— Maia ! me réprimanda Brendan entre ses dents serrées.

D'un signe de tête peu subtil, il m'indiqua la présence d'un journaliste en pleine conversation avec un dignitaire, à quelques pas de nous.

— La sénatrice a certes tenu des propos plutôt défavorables envers la Secte, commença Prince, dont je remarquai soudain la pomme d'Adam proéminente. Mais nous les écoutons bien volontiers, car notre organisation ne s'est jamais considérée au-dessus de la critique ou de la surveillance. Comme toutes les agences, elle est tenue de rendre des comptes au reste du monde et elle n'y a jamais manqué.

Même s'il cachait bien son jeu, je le vis balayer la salle de réception des yeux pour s'assurer que sa voix porte assez pour être entendu de tous.

— C'est ce que vous affirmez, remarqua Ryan qui faisait tourner son vin dans son verre. Mais je ne suis pas là pour en débattre. Dieu sait que par moments les trêves sont nécessaires. Je suis ici à titre convivial, pour le bien des civils, comme tout le monde. Permettez-moi tout de même d'ajouter que si vous souhaitez convaincre la population, vous devriez surveiller davantage l'attitude de ces filles, elles sont sous votre responsabilité, après tout.

Je clignai les yeux et secouai la tête, atterrée.

— Si vous avez quelque chose à me dire, allez-y, je me trouve juste devant vous.

— Vous voyez, continua Ryan, toujours à l'adresse de Prince qui poussa un soupir embarrassé, achevant de me mettre en colère. Je sais que ce n'est pas votre faute, dit-elle en s'adressant enfin à moi. C'est bien le problème avec les jeunes femmes. Malgré tout, vous êtes parvenues à garder la situation sous contrôle jusqu'à présent, et je vous en félicite.

Elle prit une gorgée de vin, et je ne pus m'empêcher de l'observer avec un regard meurtrier. De quel droit se permettait-elle de me complimenter comme si j'étais une enfant qui commençait à aller sur le pot ?

— Mais vous ne pouvez pas reprocher à d'honnêtes citoyens de s'inquiéter alors que vous ne savez même pas vous tenir à un gala de charité, ajouta-t-elle.

— Et qui désignez-vous en ces termes, au juste ? demandai-je en jetant un regard à la ronde. Pas vous, j'espère !

— Assez ! m'interrompit Prince d'une voix basse mais ferme. Ce n'est pas le moment de faire une scène, alors restez à votre place !

Je savais bien que mon coup d'éclat me serait reproché mais sa remarque me blessa, surtout à cause de l'expression suffisante et victorieuse de Ryan et de celle, docile, de Brendan qui évitait mon regard.

— Eh bien… Impressionnant ! N'est-ce pas, Maia ? me dit Rhys en toisant son père. Et maintenant, monsieur le directeur ? Est-ce parce que nous sommes entourés d'appareils photos que tu prétends t'intéresser aux opinions d'une femme que tu considères comme, je cite, « l'équivalent politique d'un singe sur un tricycle » ?

Ryan, qui entendait visiblement ces mots pour la première fois, s'indigna, mais l'agent n'en avait pas fini.

— Comme la Secte a mauvaise image, tu fais mine d'y associer une bande de crétins dans son genre et les laisses s'adresser à nos hommes comme bon leur semble.

— Change de ton, n'oublie pas à qui tu t'adresses ! siffla Brendan, furieux.

— C'est lui qui devrait surveiller son langage, gronda Rhys de plus en plus fort, sans plus se soucier de sa tenue en public, avant de poser un regard furibond sur son père. Comment oses-tu la réprimander comme une gamine qui doit être rappelée à l'ordre ? Maia n'est pas ton enfant !

— Mais toi, si, rétorqua Prince.

Il n'avait pas eu besoin de hausser la voix pour paraître menaçant. À l'inverse de son fils, il restait d'un calme glacial et contrôlait sa colère comme seul un homme de son âge sait le faire. Son attitude dominante laissait deviner qu'il savait comment s'y prendre pour briser un individu, et qu'il n'avait pas hésité à s'en servir sur celui qui se trouvait face à lui en cet instant.

— Ne recommence pas à tester mes limites.

Rhys bouillait, mais se contint, peut-être freiné dans son élan. Les mains tremblantes – et pas seulement de colère –, il se ratatina sous le regard assassin de son père. J'aperçus même un éclair de peur fugace dans ses yeux et ceux de Brendan.

Alors que Prince et Ryan s'éloignaient, mon camarade resta cloué sur place, le regard rivé sur une cible depuis longtemps sortie de sa ligne de mire.

— Tu ne sais vraiment pas t'arrêter, n'est-ce pas ?

Même si le ton du directeur adjoint paraissait bien moins menaçant que celui de son père, il trahissait son opinion. Il parla à voix basse pour ne pas attirer l'attention sur nous.

— Même dans une pièce pleine de journalistes, tu ne peux pas t'empêcher de te comporter en gamin capricieux, Aidan ! Je croyais que tu avais retenu la leçon, depuis le temps… Je te parle ! ajouta-t-il, car son frère ne le regardait même pas. Tu sais aussi bien que moi combien il est idiot de pousser papa à bout de la sorte. Il serait temps que tu apprennes le respect !

Il avait attrapé son cadet par le cou pour l'obliger à lui faire face, mais Rhys le repoussa d'un haussement d'épaules.

— Tu te prends pour papa ? C'est lui qui me répétait toujours que je devais apprendre l'obéissance, avant de m'envoyer au Groenland.

— Les garçons, pas maintenant ! m'exclamai-je après avoir jeté un coup d'œil anxieux sur la pièce. On se calme, d'accord ?

Je voulais éviter à tout prix que cette dispute figure en une des journaux nationaux, mais aucun des deux ne m'écoutait. Les muscles du cou de Brendan se crispèrent.

— Pourquoi refuses-tu d'obtempérer aux ordres ? chuchota-t-il. Nous sommes membres de la Secte et d'une famille de combattants d'élite. L'obéissance est indissociable de tout entraînement.

— Notre cher père a réussi à t'en persuader à coups de poing, c'est ça ? Oh, bien sûr, ajouta-t-il avec un rictus quand Brendan se figea, ça aussi, ça faisait partie de notre « entraînement ».

Son frère resta coi. À présent, il me regardait, sur la défensive, les lèvres entrouvertes, terrifié, à raison, à l'idée que je comprenne ce qu'avait insinué Rhys. La gorge nouée, je me tournai vers mon camarade et étudiai son regard fou.

— Arrête, ce n'est ni le moment, ni l'endroit, souffla Brendan.

— Pendant toutes ces années, tu m'as envié car tu croyais qu'il m'avait envoyé à Fisk-Hoffman parce que j'étais… Quoi ? Plus méritant que toi ? Mais non, il était simplement furieux que je ne sois pas docile, ou du moins, pas autant que toi !

L'aîné des Prince sursauta comme si on venait de lui cracher au visage, ses épaules retombèrent et il secoua la tête alors qu'il tentait de contrôler ses tremblements.

— Mais moi… je… Finalement, moi aussi j'ai cédé, continua Rhys, la main sur le front.

— Aidan…

— Laisse tomber. Je suis venu seulement parce que maman me l'a demandé, répliqua-t-il avant de tourner le dos à son frère.

— Rhys… est-ce que ça va ? demandai-je.

D'instinct, j'attrapai sa manche au niveau de son coude pour le retenir, mais quand il me regarda, mon cœur bondit dans ma poitrine et je retirai aussitôt mes doigts. Pendant une seconde, nous nous dévisageâmes, la bouche entrouverte sans pouvoir prononcer des mots qui semblaient venir bien plus facilement quand nous n'avions pas à nous les dire.

— Je suis désolé que tu aies assisté à cette scène, marmonna-t-il.

Il prit ma main, l'étreignit en douceur, puis s'éclipsa, me laissant avec son frère dans un silence embarrassé.

— Euh, Brendan…

— Oublie ce que tu as entendu, me coupa-t-il, avant d'imiter Rhys pour partir dans la direction opposée.

— Génial… grommelai-je.

Alors que je me faufilais entre les convives et tentais d'éviter les flashes d'appareils photos, je pouvais encore sentir la peau de Rhys sur la mienne, ce qui rendait la douleur dans ma poitrine encore plus insupportable. À présent, je comprenais très bien pourquoi il détestait son géniteur. Quand nous étions enfants, la pire punition que notre père nous avait infligée, à June et à moi, c'était de nous priver de télévision. La douleur que Aidan avait endurée, si jeune, me semblait impensable…

Un garde m'observa alors que je franchissais la porte d'un couloir plein d'invités.

— Anderson au point de contrôle n° 4, R.A.S., l'entendis-je déclarer derrière moi, accompagné par le chuintement familier de l'oreillette.

Je gardai la tête baissée afin que l'on ne me reconnaisse pas, ce qui fonctionna plutôt bien jusqu'à ce que je manque de renverser une serveuse. Nous évitâmes la collision de justesse, mais elle glissa et tomba à la renverse. Le plateau de nourriture qu'elle portait sur sa paume droite lui échappa, et vint s'écraser contre l'escalier blanc derrière elle. Par chance, nous nous trouvions un peu à l'écart des dignitaires et des photographes.

— Oh non, je suis vraiment désolée ! Est-ce que ça va ?

Son minuscule téléphone portable noir avait atterri sur le sol, à quelques centimètres de la nourriture, mais semblait intact. Je me penchai pour le ramasser, sauf qu'elle fut plus rapide.

— Oui, oui, c'est bon, marmonna-t-elle avec un étrange accent américain. Oh, et merci quand même, ajouta-t-elle, agitant le portable dans sa main, avant de le glisser dans sa poche. J'attendais un appel.

Elle se gratta la nuque. De taille moyenne, elle était très jolie avec ses yeux verts presque trop grands, son petit visage en cœur et son nez un petit peu retroussé. Ses cheveux, d'un roux si riche et si profond qu'il en paraissait pourpre, étaient noués en un chignon soigné au sommet de sa tête, grâce à des rubans sombres. Elle lissa son pantalon noir et sa chemise de costume blanche.

— Êtes-vous certaine que vous ne voulez pas d'aide ?

Je me penchai pour attraper son plateau, mais elle l'écarta.

— Non, ça va. Ne vous inquiétez pas, ma belle.

Elle avait glissé la main dans sa poche, et je vis furtivement un objet briller entre ses doigts. Souriante, elle se frotta à nouveau le cou, au moment même où mon téléphone se mit à sonner. Je lui adressai un signe de tête contrit, me relevai et décrochai, tout en refermant mon sac de l'autre main.

— Allô ? dis-je alors que je m'écartai de la serveuse.

— C'est Belle.

— Et moi ! ajouta Lake, en fond sonore.

— Et moi, termina Chae Rin. Écoute, on n'a pas beaucoup de temps... Eh, branche le haut-parleur !

— Que se passe-t-il ? Où êtes-vous, toutes les trois ?

— Dans l'ascenseur, nous descendons au hangar, répondit Chae Rin. On nous a appelées pour une mission éclair en Écosse. La Secte soupçonne une attaque. Pas une énorme à la Saul, ne t'inquiète pas, plutôt une masse de spectres en pleine campagne. De la rigolade !

Comme toujours quand le DAS local n'était pas assez puissant, les agents stationnés dans la zone auraient sûrement pu s'en charger seuls, mais la Secte devait soigner ses apparences.

— Le plus important, c'est que je crois me rappeler où j'ai vu le symbole, intervint Belle.

La flamme... Par réflexe, je regardai autour de moi et attendis qu'un couple marié me dépasse avant de chuchoter :

— Où ça ?

— Dans *Les Ouvrages de Castor*. J'ai lu plusieurs parties des trois premiers tomes il y a quelques années, au début de mon entraînement. Je me rappelle l'y avoir vu.

— Dans quel volume ? soufflai-je.

— C'est bien là le problème, je ne sais plus si c'était le premier ou le deuxième des douze livres.

— Pourquoi ça ne peut jamais être simple ? lâcha Lake dans un soupir.

Les Ouvrages de Castor. Thomas Castor, l'un des agents des débuts de la Secte, y relatait ses premiers voyages quand son équipage et lui avaient tenté de percer les secrets des spectres et de réunir les premières Effigies. Chaque volume comprenait plusieurs centaines de pages, alors « le premier ou le deuxième » ne permettait pas vraiment d'affiner les recherches.

— Bon, j'irai à la bibliothèque dès mon retour, déclarai-je.

— Nous sommes déjà allées y faire un tour, mais les deux tomes ont été empruntés, et nous n'avons pas le temps de les chercher. Tu te trouves bien au domaine de Blackwell, n'est-ce pas ? me demanda Belle. Il s'est vanté à plusieurs reprises de sa vaste collection d'ouvrages par le passé. Va dans son cabinet personnel y jeter un coup d'œil, tant que tu y es.

J'observai les alentours et constatai que des agents étaient postés devant presque chaque entrée.

— Le problème, c'est que… je risque de me faire prendre si je me promène dans la maison et fouine dans ses affaires. La sécurité est vraiment renforcée, ici.

— Alors reste discrète, idiote ! me coupa Chae Rin, qui n'avait pas tort.

— Bonne chance, ajouta Belle avant de raccrocher.

Je poussai un soupir et rangeai mon téléphone dans mon sac. Je songeai à Vasily, toujours au Trou, qui avait été désavoué par le représentant du Conseil dont il était le bras droit. Si Brendan m'assurait que toutes les enquêtes avaient jusque-là conclu à l'innocence de Blackwell, je n'en étais pour ma part pas convaincue. Je préférais éviter de lui mettre la puce à l'oreille, ainsi que de demander aux gardes de m'indiquer sa bibliothèque. Qui pourrait bien m'aider ?

Je déambulai dans les couloirs, passai devant une cuisine surchargée d'employés aux abois qui couraient en tous sens, trop occupés pour perdre une minute en bavardages. J'interrogeai quelques convives qui ne savaient pas où il se trouvait. Quand j'atterris devant des portes vitrées qui donnaient sur l'extérieur, je compris que je m'étais perdue.

De l'autre côté, je vis une femme assise seule sous un kiosque, le regard levé vers le ciel étoilé derrière les barreaux. Vivait-elle là ? Appartenait-elle à la famille Blackwell ? S'agissait-il de son épouse ? Je n'aperçus aucune bague à ses doigts. En tout cas, je pouvais bien lui demander mon chemin, à condition d'inventer un prétexte.

J'empruntai le sentier pavé qui menait au centre du jardin. De la menthe, du jasmin et d'autres odeurs printanières que je ne reconnaissais pas embaumaient l'air, et semblaient pénétrer par mes pores pour m'apaiser.

— Bonsoir…

Quand la femme se tourna vers moi, sa beauté me coupa le souffle. Son regard marron clair éteint, qui contemplait jusque-là la fontaine avoisinante, était à présent braqué sur moi. Son teint livide et ses joues roses contrastaient avec ses longs cheveux ondulés noirs comme la nuit, qui tombaient en cascade dans son dos élancé. Était-elle plus âgée que moi ? Je n'aurais su le dire, tant ses traits paraissaient juvéniles.

— Êtes-vous perdue ? demanda-t-elle avec un accent américain.

Sa voix délicate me sembla familière. Elle paraissait frêle mais possédait quelque chose de royal, comme la statue de l'autre côté de la fontaine qui représentait une autre femme avec une perle entre les mains, taillée dans la même pierre blanche que celle de la salle de réception.

— Maia ?

— Vous me connaissez ? demandai-je en clignant des yeux, avant de grimacer d'embarras. Oh, oui, bien sûr… Tout le monde me connaît.

Elle émit un petit rire élégant et féminin. Cette sonorité… Je me souvenais de cette force tranquille, mais où l'avais-je croisée ? Je tentai tout de même de garder le fil.

— En fait, ajoutai-je, je suis ici en mission. Le directeur Prince m'a chargée de récupérer pour M. Blackwell un objet qui se trouve dans la bibliothèque de notre hôte.

— Vraiment ? demanda-t-elle, intriguée.

— C'est urgent, mentis-je. Sauriez-vous par hasard où il est situé ? Est-ce que vous vivez ici ?

— Non… répondit-elle, songeuse, tout en frottant la peau nue de son majeur droit. Mais le cabinet particulier de Blackwell se trouve au sous-sol. Retournez dans la salle de réception et sur la gauche, vous trouverez un escalier qui y descend.

L'idée de revenir sur mes pas ne me réjouissait guère, mais au moins, je savais désormais où me rendre.

— Merci, dis-je avant de tourner les talons.

— Maia…

Je m'arrêtai. La célébrité procurait aux inconnus une fausse impression d'intimité, aussi, ils s'adressaient souvent à moi comme s'ils me connaissaient depuis que je portais des culottes courtes. Mais cette femme avait prononcé mon nom avec tant de naturel que j'en fus ébranlée.

— Qu'est-ce que Blackwell vous a demandé d'aller chercher… dans sa bibliothèque ? reprit-elle.

Je m'éclaircis la voix pour grappiller quelques secondes de réflexion.

— Euh… C'est confidentiel. Une affaire très importante, répliquai-je avec un hochement de tête ferme, pour donner davantage de solennité à mon mensonge.

— Soyez prudente.

— Oh, euh, oui, bien sûr.

À la regarder, j'avais l'impression de me trouver au bord d'un puits profond et sombre, tant ses yeux semblaient receler de nombreux secrets. J'en eus le vertige. Mes muscles se contractèrent et je ressentis une forte envie de partir dans la direction opposée. Pourtant, une pensée me retint.

— D'ailleurs… repris-je, la tête penchée pour étudier son visage, ma question risque de vous surprendre, mais nous sommes-nous déjà rencontrées ?

Sa voix, mais aussi ses traits anguleux, et la lueur malicieuse dans ses yeux quand elle souriait me semblaient familiers…

— Oui et non.

Si ça, ce n'était pas énigmatique... Je secouai la tête. Cette femme poussait son interprétation de la créature mystérieuse un peu loin, d'autant qu'elle était déjà assez étrange.

— O.K... Je ne comprends pas.

— Vous vous en êtes très bien sortie, Maia... Partez maintenant, votre devoir vous attend.

Chapitre 17

Je retournai dans la salle de réception et avisai l'escalier en pin qui menait au sous-sol, dont l'apparat ne dépareillait pas avec le rez-de-chaussée. Boiseries sculptées à la main, meubles en chêne massif, dorures et poignées en argent qui se reflétaient sur le parquet d'acajou couvert par endroits de tapis persans. Loin de l'agitation d'en haut, je ne croisai que quelques mécènes qui flânaient dans les parages ainsi que deux domestiques chargés du buffet. Je demandai mon chemin à l'un d'entre eux et, au moment où je commençais à douter de ses indications, je tombai, au détour d'un couloir, sur une porte à deux battants – où se tenait un agent de sécurité.

— Ici Crane, poste 12, rien à signaler, annonça-t-il à son oreillette. (Je reculai aussitôt, dans l'espoir qu'il ne s'aperçoive pas de ma présence. Peine perdue : il m'avait repérée.) Tiens ? Que faites-vous ici ?

Il semblait très surpris, et peut-être aussi un brin fébrile. Son regard n'avait pas encore l'éclat autoritaire et froid propre à son métier, sans doute en raison de son jeune âge. Pourtant, son excitation se dissipa très vite, et il fit mine de prononcer quelques mots supplémentaires dans son oreillette.

— Attendez ! m'écriai-je en tendant le bras vers lui pour l'interrompre. C'est bien ici que se trouve la bibliothèque de Blackwell ?

— Exact, me répondit-il alors qu'il réajustait le cordon tendu entre son cou et son tympan.

Pourquoi prendre autant de précautions autour de cette pièce ? Je n'avais croisé personne dans les environs. D'un coup d'œil derrière moi, je m'en assurai : ce couloir, tout particulièrement, était désert. Et jusque-là, seules les entrées principales étaient gardées. Je ne voyais qu'une seule raison pour que Blackwell installe un vigile là. Il voulait interdire l'accès à cette pièce en particulier et à ce qu'elle renfermait.

— Mademoiselle Finley ? Vous êtes perdue ?

Je tressaillis lorsqu'il prononça mon nom. Je ne m'habituerais probablement jamais à être reconnue par des inconnus que je rencontrais pour la première fois.

— Je dois récupérer quelque chose à l'intérieur.

— Désolé, personne n'est autorisé à entrer. Pas même vous.

— Ordre de la Secte, insistai-je.

— Je suis vraiment navré, s'excusa-t-il une nouvelle fois. Mais puisque vous êtes là… (Il se gratta l'arrière du crâne d'un air penaud, avant de se décider à extraire une serviette en papier de sa poche.) Je n'ai pas de stylo, mais…

C'est une blague ?

— Vous voulez que je vous signe un autographe, achevai-je, éberluée.

— Ce n'est pas pour moi, mais pour ma petite sœur, s'empressa-t-il de m'expliquer en agitant sa feuille improvisée sous mon nez. S'il vous plaît !

— Si je m'exécute, vous me laissez passer ?

Pour toute réponse, il haussa les épaules d'un air évasif. Je décidai de saisir l'occasion, et sortis de mon sac de quoi écrire en soupirant.

— C'est pour qui ?

— Steven. (Je l'interrogeai du regard.) C'est le diminutif de Stéphanie.

— Bien sûr, je vois.

Pendant que je griffonnais, je vérifiai que personne n'approchait dans le couloir.

— Ça vous convient ? demandai-je en lui tendant mon œuvre.

Le visage radieux, il examina ma signature, comme pour s'assurer que l'encre était bien réelle.

— C'est très gentil, merci beaucoup ! Pardonnez-moi mais je n'avais encore jamais rencontré de célébrité alors…

— Pas de souci. Tout le plaisir est pour moi.

Pourtant, lorsque je tentai d'avancer vers la porte, il me barra le passage de son bras.

— Désolé, personne n'est autorisé à rentrer.

— Vous vous fichez de moi ? grognai-je. (Je jetai un dernier coup d'œil par-dessus mon épaule.) O.K., dans ce cas, passons au plan B.

Ma tactique consistait à frapper très fort le jeune homme à la nuque, d'un coup trop rapide pour qu'il ait le temps de réagir. Il s'écroula, mais je le rattrapai avant qu'il ne s'écroule au sol afin de n'alerter personne avec le bruit de sa chute, puis je le traînai à l'intérieur de la pièce. « *Reste discrète* », m'avait très justement conseillé Chae Rin. Eh bien, j'étais mal barrée. Peut-être arriverais-je à monnayer le silence de Crane, une fois qu'il aurait recouvré ses esprits, contre un second autographe ? Quoi qu'il en soit, ses collègues allaient rapidement s'apercevoir que quelque chose clochait, ce qui ne me laissait que peu de temps pour agir.

La pièce, de forme ovale, était une ravissante bibliothèque à l'odeur de renfermé. Des rayonnages en acajou, probablement construits sur mesure, occupaient la moitié gauche des murs. Par endroits étaient suspendus de beaux portraits du XIXe siècle, et un tapis luxueux s'étalait sur le parquet. En revanche, le cabinet ne comportait que peu de fauteuils : deux devant les étagères, un derrière le grand bureau en face de moi, et un canapé à carreaux bordeaux et bruns en face de la cheminée, adossé au mur de droite. La pièce maîtresse de l'ensemble était sans conteste la statue qui trônait au centre : une autre femme avec une perle taillée dans une pierre blanche. La courbe harmonieuse de ses yeux lui donnait un regard à la fois vide et plein de sagesse, exactement identique à celui des deux autres.

Pourtant, à bien y regarder, ces sculptures avaient chacune une posture unique. Celle que j'observais en cet instant enveloppait son bien de ses bras, contre sa poitrine, comme un trésor qu'elle protégerait. Décidément, Blackwell avait des goûts particuliers en termes de décoration.

Si Crane était dans les vapes pour l'instant, il ne le resterait pas indéfiniment, aussi devais-je trouver une explication à lui fournir à son réveil. Mais chaque chose en son temps : avant, je devais mettre la main sur *Les Ouvrages de Castor*.

Je cachai le garde inanimé dans un placard où étaient rangées des vestes de smoking et coupai la sonnerie de mon portable, afin de ne pas risquer qu'un appel tonitruant trahisse ma présence. Puis je me mis en quête des carnets.

— C'est parti… chuchotai-je.

Du doigt, j'effleurai le dos des livres : rien que des éditions originales.

Je n'eus aucun mal à trouver *Les Ouvrages de Castor*. Certains tomes manquaient, mais heureusement, le premier était bien rangé sur l'étagère. Le monstrueux volume était aussi lourd qu'il le paraissait, et je dus le caler dans le creux de mes coudes pour le transporter. Des centaines de pages, fines et glissantes… Comment pourrais-je en venir à bout en si peu de temps ?

— Merci pour la mission, Belle, grommelai-je en me grattant l'arrière du crâne, car ma piqûre me démangeait en permanence.

Je déposai le pavé sur le bureau, laissai tomber mon sac au sol, et m'installai dans le fauteuil, non sans pousser un profond soupir. Quand on pensait que Castor, à l'époque, avait rédigé toutes ces lignes à la main… Désemparée, je caressai la reliure de velours bleu avant de compulser l'ouvrage.

Un instant !

Le signet rouge devait sans doute marquer la dernière page que Blackwell avait lue. Je tournai les pages avec précaution, afin de ne pas perdre le repère, jusqu'à l'atteindre.

Alors, voyons de quoi il s'agit…

Egbaland, 1878.

L'une des domestiques – celle que les indigènes appellent Omotola –, a dérobé un joyau de grande valeur parmi les nombreuses richesses de Mme Tinubu, la Iyalode des lieux. Mais, bien sûr, c'est pour d'autres raisons que j'ai offert au marchand d'esclaves de la racheter : cette jeune femme me semble dotée de qualités qui m'intéressent au plus haut point.

Après avoir entendu parler de ces ouragans qui apparaissent et s'étiolent en un instant ainsi que d'une fille qui danse au-dessus des cimes comme si le ciel la portait, j'étais convaincu qu'il s'agissait d'une de ces demoiselles aux talents particuliers, comme celle que j'avais rencontrée à Pékin, trois ans plus tôt. D'ailleurs, Tinubu elle-même a concédé qu'Omotola possédait quelque chose de magique. Elle ne me permettra jamais de l'acquérir. Toutefois, faisant preuve d'un remarquable esprit d'entreprise, elle m'a proposé un marché : si je l'aide à retrouver sa servante, elle me révélera les méthodes secrètes qu'elle a utilisées pour permettre à sa maison d'être épargnée par les cauchemars qui s'abattent à la périphérie de la ville. Un trésor qu'elle a enfoui profondément sous terre.

— Un trésor enfoui sous terre ? répétai-je à voix haute.

Quel genre d'objet, une fois enterré, pouvait écarter les spectres ?

En effet, comme j'ai eu l'occasion de le constater au gré de mes voyages, les cauchemars commencent à sévir par-delà nos contrées. Ils ne sont pas encore très nombreux, ce qui ne constitue qu'un maigre réconfort, mais nous devons nous en satisfaire en ces temps incertains. Il se passe ici la même chose qu'ailleurs. En Angleterre, l'apparition des premiers spectres, il y a treize ans, n'a été qu'un épisode de terreur temporaire. Puis, après une année de trêve, les monstres ont réapparu. Après avoir assisté à la tuerie de York, je pensais qu'ils ne tarderaient pas à s'imposer en maîtres du monde, anéantissant l'espèce humaine. Pourtant, d'après mes observations et celles que je reçois depuis les colonies, il semble que ces créatures n'attaquent que de manière limitée, à des moments et en des lieux précis. Les assauts répertoriés n'ont jamais duré plus d'une heure. Passé ce délai, les bêtes se volatilisent, comme si quelque chose les bridait. Comme si, malgré leur pouvoir dévastateur, les spectres n'étaient que la face visible d'une monstrueuse expérimentation ou du jeu cruel d'un dieu terrible.

Ce témoignage correspondait à ce que j'avais appris à l'école : les spectres, apparus seulement en 1865, n'étaient pas nombreux à l'époque. C'est avec le temps qu'ils ont multiplié la fréquence et la puissance de leurs offensives. En ne déployant pas toutes leurs forces, à une période où la technologie ne permettait pas encore de contre-attaquer, ils ont laissé à l'humanité une chance de survivre et de s'organiser malgré les massacres et les déplacements de populations. Je me souviens qu'à l'occasion d'une fête de la science, June avait dû préparer un exposé sur le prototype du dispositif anti-spectres créé par Nicolas Tesla. La technologie en était à ses balbutiements, mais la société a réussi à faire évoluer ces premières découvertes pour se protéger de manière efficace. Seulement, plus la technologie se perfectionnait, plus les attaques se multipliaient et se propageaient à la surface du globe, jusqu'à atteindre la situation actuelle. Ces créatures ne semblaient pas disposées à nous laisser vivre en paix.

Quoi qu'il en soit, les dispositifs primaires se bornaient à quelques impulsions électromagnétiques et autres bricolages scientifiques que je n'avais jamais vraiment étudiés. Or, à l'évidence, le « trésor » que possédait cette Mme Tinubu et qu'elle avait enterré n'en faisait pas partie. De quoi pouvait-il bien s'agir ?

S'il n'était pas question de science, c'était donc sans doute de la magie. Mais de quelle sorte ?

L'Empire britannique a épuisé nombre de ses ressources dans l'espoir d'en apprendre davantage au sujet de ces bêtes funestes qui sèment la mort dans leur sillage. Mais les locaux ont découvert ici un mystérieux objet : le trésor de Tinubu. Si je parvenais à rapporter cet artefact ainsi que la servante sur les terres anglaises, la Couronne et la Secte m'en seraient profondément reconnaissantes.

Je ne m'attendais pas à trouver autant de notes griffonnées à la main. J'aurais juré que Blackwell serait du genre à tout conserver intact, mais il n'avait pas hésité à entourer « un objet mystérieux », et à inscrire « Sans danger ? » dans la marge.

Qu'entend-il par là ? me demandai-je avant de me replonger dans ma lecture avec un soupir.

Est-ce véritablement quelque objet enterré qui protège le clan de Tinubu des dangers alentour ? Au cours de mes voyages, il m'a été donné de visiter ce genre de lieux. Il y règne un calme parfait. Un silence absolu. Des endroits où même l'air semble promettre des bénédictions divines. Ici, à Egbaland, je respire cette atmosphère dense si particulière. À l'instant où j'ai posé le pied sur ces terres, je l'ai compris. Je me trouve sur l'un de ces territoires si particuliers.

« *Un calme parfait* ». Je fermai les yeux, et, sans mal, j'imaginai… Ou plutôt, je me souvins de cette paix qui vous enveloppait comme le silence le plus pur. Cette sensation à laquelle Castor faisait référence pouvait-elle s'identifier à mon expérience dans la cave du pasteur Charles ? Finalement, pourquoi pas ? L'homme ne savait pas ce qui se cachait sous son église. C'était le groupuscule religieux nomade qui avait créé cette pièce, sans lui révéler son fonctionnement. Peut-être fallait-il en tirer des conclusions.

Depuis que j'avais rencontré ce prêtre, j'avais ressassé son baratin à propos des esprits et des spectres, sans pour autant parvenir à y voir plus clair. Quant au sous-sol, il semblait simplement concentrer une quantité exceptionnelle de cylithium. C'était l'explication la plus pragmatique, d'autant qu'elle ne nécessitait pas de se perdre dans des élucubrations cosmiques sur les liens du destin, de la vie, de l'univers et du reste. Pourtant, la science ne parvenait pas à décrypter l'étrangeté du procédé. Je ne comprenais toujours pas pourquoi les zones riches en cylithium produisaient cet effet reposant.

Blackwell semblait tout aussi intrigué que moi car il avait entouré les mots « ces territoires si particuliers », mais n'y avait ajouté aucune annotation.

La porte grinça. Bon sang, avais-je oublié de la fermer à clé ? Mon premier réflexe fut de me tapir sous le bureau, ce qui était tout à fait idiot puisque, même recroquevillée, on ne tarderait pas à m'y trouver. Il était de toute façon trop tard pour changer d'avis : quelqu'un était entré dans la pièce. Je retins ma respiration, un peu plus nerveuse à chaque pas qu'effectuait le visiteur. Je pensai à ce pauvre Crane qui continuait sa sieste forcée bien caché derrière les portes du placard et je priai pour que l'intrus s'abstienne de s'aventurer trop près de ma cachette. Ainsi je ne me retrouverais peut-être pas plongée dans l'embarras, forcée d'expliquer mon infraction, le livre ouvert et la raison qui me poussait à me terrer sous le meuble.

Mes prières semblèrent s'exaucer puisque j'entendis les pas s'éloigner, et enfin, le cliquetis de la poignée qui se refermait.

Le silence s'abattit de nouveau dans la pièce : qui que ce soit, la personne avait quitté les lieux.

J'attendis encore une bonne minute, l'oreille tendue, puis sortis de mon abri.

— Surprise ! me lança Rhys depuis l'autre côté du bureau.

Mon cœur cogna si fort dans ma poitrine que je manquai de m'effondrer dans le fauteuil de Blackwell. Mon visiteur se pencha en avant et m'attrapa par le poignet pour m'empêcher de tomber.

— Mais que… réussis-je à articuler, la gorge nouée. Qu'est-ce que…

— Tu te demandes ce que je fais là, c'est ça ? (Il me montra son téléphone.) J'essaie de te joindre depuis des plombes.

— J'ai coupé la sonnerie, plaidai-je en ramassant mon sac. Désolée, je n'ai pas entendu qu'il vibrait.

Il s'était visiblement apaisé depuis que je l'avais laissé. Il jeta un coup d'œil à la bibliothèque puis repéra le livre ouvert.

— Qu'est-ce que tu fabriques ? (Il tourna l'ouvrage de son côté pour en lire le titre.) *Les Ouvrages de Castor* ?

— Je voulais réviser un peu. Je m'ennuyais à mort là-haut.

— Je ne te crois pas.

— Oh, je t'en prie ! m'exclamai-je en me penchant vers lui. Est-ce que j'ai une tête de menteuse ?

Je m'attendais à tout sauf à ce qu'il pince délicatement mon menton entre ses doigts calleux pour observer mon visage avec minutie. Je sentais sa peau rêche et la chaleur de sa paume contre ma peau.

— C'est bon, je te crois, répliqua-t-il avant de me relâcher en souriant.

— Ah bon ?

— Tu es complètement névrosée et absolument adorable. Comment pourrais-je faire autrement ? fit-il avec un haussement d'épaules.

— Je… je vois, répondis-je, tentant d'ignorer les martèlements dans ma poitrine. (Je me raclai la gorge avant de reprendre :) Comment as-tu su que j'étais ici ?

— C'est ma mère qui me l'a dit.

— Ta… (*Oh !* Cette femme magnifique que j'avais rencontrée plus tôt et qui avait un faible pour les allusions énigmatiques.) C'était ta mère ?

La ressemblance me parut soudain flagrante. Rhys avait hérité de certains traits durs de son père, mais aussi de la douce beauté maternelle.

— Oui. Elle a perdu son alliance et m'a demandé de la lui retrouver. C'est la femme du directeur, après tout, cet anneau a son importance !

Même s'il était déjà plutôt détendu, parler de sa mère avait radouci son visage. Nous étions bien loin des affres où il se trouvait en présence de son paternel… Ce qui n'avait rien d'étonnant d'ailleurs, vu les dernières révélations au sujet de cet homme et de ses méthodes d'éducation…

Rien que d'y penser, mon cœur se serra. Je me balançai, mal à l'aise.

— Alors, qu'est-ce que tu me veux ?

Il passa une main dans ses cheveux en bataille et détourna les yeux.

— Eh bien, je voulais te demander pardon pour la scène de tout à l'heure. Nous n'aurions pas dû te mêler à ça. Ce sont nos histoires, à Brendan et à moi.

— Aucun souci, il n'y a pas de mal.

Il m'observait du coin de l'œil sans oser poser son regard sur moi. Souhaitait-il me parler de son père ? J'ignorais comment aborder le sujet sans paraître trop intrusive.

— Je tenais aussi à te présenter des excuses pour ce que ce cher directeur Prince t'a dit, ajouta-t-il.

— Ce n'est rien, fis-je, à ma grande surprise. Tu n'es pas responsable des actes des autres.

Tout en parlant, j'avais refermé l'énorme volume que je tenais entre les mains après avoir veillé à bien laisser le ruban rouge en place.

— Le problème, c'est que j'ai aussi du mal à me faire pardonner les miens.

Je baissai la tête et serrai mon sac contre moi. Je savais que la tristesse dans son regard n'était pas seulement causée par les déboires avec sa famille ou les événements du Groenland. Il était hanté par autre chose… Mais j'avais décidé de croire qu'il ne pouvait pas avoir assassiné son amie, aussi devais-je m'en tenir à cette version. Je sentis mes jambes flageoler lorsqu'il contourna le bureau pour s'approcher de moi. Pourtant, cette fois, je ne me dérobai pas. Et quand il prit ma main, je le laissai faire.

— Maia, commença-t-il d'une voix sourde, comme si les mots qui allaient suivre risquaient de le briser. Les propos de Vasily…

— Avant de parler, le coupai-je aussitôt, permets-moi de mettre une chose au clair.

Un ange passa. J'avais besoin de ce répit silencieux pour reprendre le contrôle de mes nerfs et rassembler mon courage afin de lui poser la question qui me brûlait les lèvres, depuis cette fameuse nuit, en France.

— Je ne sais pas ce que je ressens pour toi.

Ce fut la seule phrase que je réussis à prononcer – et c'était vrai, par ailleurs.

— Est-ce que tu me détestes ?

— Quoi ? lâchai-je en levant les yeux, abasourdie par sa réaction.

— Tu as dû te rendre compte que mon comportement pouvait parfois être étrange, malgré mes efforts pour te donner le change depuis qu'on s'est rencontrés.

— Vu le résultat, tu aurais dû te ménager… (Je tentai de retenir le sourire narquois qui s'étirait sur mes lèvres.) Mais… ça ne me déplaît pas, tu sais. Je ne suis pas tout à fait normale non plus.

Il sourit tristement.

— Ma vie n'est pas… commune. Un peu comme la tienne. Tu te souviens de ce que je t'ai confié, ce soir-là, dans le train ? Ce sentiment que la Secte peut sembler une puissance inébranlable. Et lorsqu'on en fait partie… elle vampirise notre existence, notre être. Même si l'on souhaite de toute son âme être plus qu'un de ses rouages.

Oui, j'avais éprouvé un désespoir semblable face à l'acharnement dont Natalya avait fait preuve pour reconquérir la vie à travers mon corps, lacérant sans scrupule les protections de mon esprit. Agents ou Effigies, nous étions tous enchaînés au même mur.

— Je sais, lui assurai-je.

Il n'en fallut pas davantage pour que son regard se brouille. Quelqu'un le comprenait, ou du moins essayait, sans se soucier des secrets qu'il avait enfouis en lui pour montrer au monde une autre facette de sa personnalité. Je n'avais pas prévu que ces deux petits mots produiraient un tel effet sur lui, mais l'explication était simple. Nous étions simplement deux enfants qui peinaient à porter un héritage bien trop lourd pour leurs épaules.

— Tu es encore si innocente. C'est peut-être pour ça que… (Il déglutit et baissa les yeux.) Enfin, si tu ne sais pas ce que tu ressens pour moi, ce n'est pas grave. Mais je t'en prie, ne me déteste pas. Je ne te demande rien d'autre. Tu n'es pas obligée de m'apprécier… ni de tomber amoureuse de moi.

Tout le temps de sa tirade, il avait tenté de masquer la détresse dans sa voix, en vain. Cependant, il avait prononcé ces derniers mots dans un murmure, avec une inflexion particulière. Puis, soudain, je vis ses yeux rougir et ses lèvres se crisper comme pour faire barrage aux émotions qui risquaient de s'exprimer. Je tressaillis. Rhys ne m'avait pas lâchée, et je ne faisais rien non plus pour me libérer de son étreinte, que j'appréciais bien plus que je ne l'aurais avoué.

— Quoi qu'il arrive, je t'en prie, ne me déteste pas. Promets-le-moi.

— C'est loin d'être le cas, répondis-je dans un souffle.

Je dégageai ensuite mon poignet et poussai gentiment le jeune homme contre le bureau pour prendre son visage entre mes mains et l'embrasser.

Mon premier baiser. Même avant que ma famille meure, je préférais de loin aux relations humaines, le sanctuaire de mon monde virtuel. Sentir les bras de ce garçon autour de mon corps me terrifiait, mais cette étreinte me hantait depuis trop longtemps. Natalya pouvait bien m'espionner, pester tant qu'elle voulait, je m'en moquais car Rhys m'embrassait en retour. Malgré tout, j'avais besoin de clarifier mes pensées… mais c'était peine perdue.

Ce moment était merveilleux. La chaleur des lèvres de Aidan semblait s'être emparée de moi, accélérant les battements de mon cœur, électrisant mon corps tout entier, sans pour autant me donner l'ombre d'une réponse. Je n'avais fait que compliquer davantage les choses. Je m'écartai de lui et me détournai, dans l'espoir que les palpitations dans ma poitrine s'apaisent.

— Maia, chuchota-t-il.

Je devais être honnête et l'affronter – mais j'échouai.

— Je ne suis qu'une trouillarde, lançai-je à la fois pour Rhys et pour moi-même, et peut-être aussi pour Natalya qui, j'en suis sûre, aurait hurlé de fureur – ou de rire – si elle n'avait pas été muselée par mon collier. Franchement, je ne sais plus où j'en suis. Je n'arrête pas de dire que je veux tirer cette histoire au clair, mais la vérité…

La vérité, c'était que je ne voulais pas savoir. J'aimais ce garçon et je me haïssais d'être aussi faible. Je m'esquivai pour lui échapper, puis je posai les mains sur le bureau comme pour me concentrer.

— Je n'aime pas ce que je ressens pour toi.

À peine avais-je prononcé ces mots que la honte m'envahit à la pensée de Belle qui, tous les soirs, attendait, prostrée devant sa toile vierge, les yeux toujours plus vides. La première fois que je l'avais trouvée ainsi, elle m'avait expliqué que nous n'étions pas des héroïnes. Son discours aurait-il été le même face à Natalya ? Depuis, j'avais compris que c'était la mort de son mentor qui l'avait brisée à ce point.

— Je ne comprends plus rien, repris-je. Et ça ne me plaît pas. J'ai l'impression de ne plus être nulle part, d'être partout à la fois. Tu te trompes à mon sujet, Rhys, je ne suis pas innocente, je suis juste complètement paumée.

Je vis ses grandes mains trembler le long de son corps et je repensai à tous ces jours pénibles où j'avais dû affronter tant bien que mal un destin qui ne semblait pas m'appartenir. Je me trouvais malgré moi au cœur d'une bataille dévastatrice que je ne savais comment remporter – sans mon oncle, sans mon foyer.

— Mais tu as toujours été là pour moi, ajoutai-je en relevant les yeux vers lui. Même quand tu n'y étais pas obligé.

Or si la vérité était celle que je craignais, il ne resterait pas à mes côtés.

— Maia…

— Je suis… paralysée, admis-je en haussant les épaules. J'ai peur des conséquences du moindre de mes actes. Que… qu'est-ce que je dois faire, Rhys ?

Un frisson me parcourut quand il passa une main sur ma joue, et effleura du bout des doigts le haut de ma nuque, juste en dessous de mon oreille, soulevant mes anglaises au passage. Il prolongea sa caresse et je retins ma respiration…

Rhys n'interrompit son geste qu'au moment où la porte grinça et où Blackwell entra dans la bibliothèque. L'homme sembla peu surpris, presque amusé de nous voir ainsi derrière son bureau. Nul doute que la découverte de son garde, assommé dans le placard, aurait achevé de le réjouir. Pauvre Crane…

— Loin de moi l'intention de troubler un rendez-vous galant entre deux jeunes tourtereaux, commença-t-il. Mais…

Mes mâchoires se crispèrent lorsque je vis ses yeux se poser sur le livre, posé en évidence sur sa table de travail, alors qu'il n'avait rien à y faire. Je pressai mon sac contre ma hanche, en même temps que je tentai d'inventer une excuse quelconque.

— Désolé, lança Rhys. J'ai emmené Maia ici car nous souhaitions nous retrouver un peu seuls.

Il m'attrapa alors par la taille pour m'attirer contre lui, de manière presque possessive. Mon cœur s'emballa mais il me vint à l'esprit que c'était sans doute une façon de suggérer notre besoin d'intimité, qui n'avait d'ailleurs rien de mensonger. Mon partenaire était particulièrement convaincant, au demeurant, ainsi penché contre moi, sa main agrippée à ma hanche. Quant à moi, mon interprétation était plus vraie que nature, avec mes joues brûlantes et mon regard baissé – qui n'avaient rien de feints.

— Aidan, que penserait ton père s'il te voyait ? demanda Blackwell qui s'avançait vers nous, les bras croisés sur le torse. Tu nous as habitués à plus de décence, surtout dans le cadre d'une mission.

— Je n'y peux rien si votre fête est si ennuyeuse…

— Pardon, ça ne se reproduira plus. (J'attrapai Rhys par le poignet et le tirai vers moi pour le déloger de derrière le bureau.) On s'en va.

Je sentis le regard de Blackwell dans mon dos alors que je me précipitais hors de sa bibliothèque, mon complice sur les talons.

— Tout va bien ? s'enquit Rhys lorsque nous fûmes au sommet de l'escalier, en train de nous mêler à la foule des invités.

Il devait avoir remarqué que je ne cessais de triturer ce collier ridicule qui me démangeait le cou.

— Oui, désolée. Dis, tu crois que tu pourrais nous faire sortir d'ici ?

Blackwell – ou quelqu'un d'autre – ne tarderait pas à trouver Crane étendu dans le placard, derrière les vestes de costume. Et j'aurais alors bien plus de mal à trouver une excuse, cette fois.

— J'aimerais rentrer au complexe, ajoutai-je.

Après une petite seconde de réflexion, il acquiesça sans discuter.

— Empruntons la voiture de mon frère. Ne bouge pas, je vais chercher les clés.

Il disparut à l'autre bout de la salle. Je me calai dans un coin, tentant d'ignorer les petits groupes de convives qui me jetaient des regards plus ou moins discrets accompagnés de murmures. Je constatai, atterrée, que j'avais beau me trouver en présence du gratin des hommes et femmes d'affaires, de la fine fleur de la politique, leur comportement me donnait l'impression de revivre le bal de fin d'année de mon lycée.

— Mademoiselle Finley ? appela un journaliste qui accourait vers moi.

Il ne manquait plus que ça ! J'aurais dû attendre dehors…

— Je suis Jonathan Headey, du *Sun*. Auriez-vous quelques minutes à m'accorder pour une interview ?

— En fait…

— Désolé, mais Melle Finley est demandée ailleurs.

Le garde, à la carrure impressionnante, s'était montré poli mais péremptoire. Son collègue, en revanche, repoussa le reporter sans ménagement.

La revanche de Crane… Blackwell devait l'avoir découvert, j'étais fichue.

L'un des gorilles m'attrapa par le bras et m'entraîna avec lui. Je jetai un coup d'œil hagard autour de moi : il me serait difficile d'embraser ces types sans attirer tous les regards sur moi.

— C'est Blackwell qui vous envoie, n'est-ce pas ? lançai-je alors que nous fendions la foule des dignitaires. Oh ! (Je tirai mon bras vers l'arrière d'un geste brusque, me dégageai et stoppai net.) Je vous ai posé une question !

— Non, ce n'est pas lui, concéda le plus grand des deux.

Derrière leurs lunettes de soleil, leurs visages fermés étaient difficiles à déchiffrer.

— De qui s'agit-il, alors ?

— C'est Mme Prince, répondit l'autre vigile. Elle souhaite s'entretenir avec vous dans le bureau de M. Blackwell. C'est urgent. Veuillez nous suivre.

La mère de Rhys ? Étrange… Je décidai de leur emboîter le pas. Nous empruntâmes une succession de couloirs, jusqu'à ce que le nombre des invités diminue et que nous nous retrouvions seuls devant une porte fermée.

Juste à ce moment-là, je sentis mon téléphone vibrer contre ma hanche. Mon camarade devait se demander où j'étais passée.

— Désolé, mademoiselle, dit l'un des gardes en posant une main sur mon portable alors que je m'apprêtais à répondre. Nous sommes arrivés, et le temps presse.

J'examinai les deux hommes qui m'encerclaient afin d'évaluer mes chances de parvenir à les assommer au cas où ils m'auraient attirée dans un piège. Si Blackwell m'attendait derrière cette porte, prêt à en découdre, j'étais presque sûre de pouvoir le mettre au tapis, mais je doutais qu'il soit assez idiot pour tenter quoi que ce soit au beau milieu de sa réception.

Discrètement, je décrochai avant de glisser mon téléphone dans mon sac.

— Alors, repris-je assez fort pour que Rhys m'entende mais sans exagérer non plus, c'est donc ici que se trouve le bureau de Blackwell ? Dans l'aile est ? Êtes-vous sûrs que Mme Prince m'attend à l'intérieur ?

— Certains, grogna l'un des gardes.

Je ressortis la main de mon sac, sans raccrocher pour autant ni refermer ma besace afin que l'appareil puisse capter des bribes de conversation. Ils n'y virent que du feu.

Le plus petit du duo frappa quelques coups à la porte.

— Madame ? Elle est arrivée.

— Maia ! s'exclama une voix de femme.

Quelque chose clochait dans son intonation. Ce n'était pas un appel mais plutôt un gémissement, une supplique qui s'évanouit aussitôt dans le silence.

Je me précipitai à l'intérieur, non sans jeter un regard furieux aux deux gorilles. Mme Prince se trouvait bien là, dans le bureau faiblement éclairé de Blackwell où trônait une grande table en bois qui reflétait l'éclat de la lune, dont la lueur s'infiltrait par les vitres de la haute fenêtre en forme d'arche.

Juste à côté de la mère de Rhys se tenait la jeune serveuse aux cheveux roux que j'avais bousculée plus tôt dans la soirée. Elle braquait un pistolet sur la tempe de Mme Prince. Et de sa main libre, elle avait collé son index sur sa bouche pour m'intimer de me taire.

— On va régler cette histoire calmement, hein, ma belle ? (Elle s'exprimait avec un accent qu'elle devait avoir masqué auparavant. En effet, je reconnaissant à présent parfaitement cette voix et son intonation australienne.) À moins que tu veuilles voir ce luxueux mobilier sali par des morceaux de la cervelle de cette chère Naomi ?

Chapitre 18

Naomi… Pouvait-il s'agit de la Naomi de Natalya ? Je dévisageai la prisonnière, tellement immobile qu'on aurait pu la croire morte, si ce n'était la terreur dans ses yeux.

L'un des gardes me poussa brusquement vers l'intérieur de la pièce. L'autre referma la porte et la verrouilla. Je levai lentement les mains, sentant déjà la chaleur palpiter dans mes paumes.

— Oh, oh ! Non, non, non ! On baisse les bras, fit la serveuse en agitant son doigt. Oublie tes pouvoirs. Pas de grabuge ici !

— Vous êtes Jessie, n'est-ce pas ?

Elle ne ressemblait en rien à la photo que j'avais vue sur l'écran du complexe, mais ce ton chantant et moqueur était reconnaissable entre mille.

— Tiens donc ! Aidan t'a parlé de moi ? C'est touchant qu'il se souvienne d'une ancienne camarade !

— Aidan, murmura Naomi, dis-lui que…

Jessie plaqua sa main sur la bouche de son otage.

— Chut, enfin !

L'air de rien, je baissai le regard pour vérifier si mon sac était toujours ouvert, sans rien qui puisse gêner la transmission de notre conversation.

— C'est donc toi, Jessie Stone, continuai-je le plus clairement que je le pouvais sans éveiller les soupçons. Exact, j'ai déjà vu ta photo. Tu as bien changé depuis tes treize ans.

— J'y ai un peu travaillé quand j'en avais le temps. Je voulais me pomponner pour faire mon grand retour, tu comprends ? Je n'ai pas vu Aidan depuis tellement longtemps !

Elle se pencha, pressant de plus belle le canon de son arme contre la peau de madame Prince.

— Que t'a-t-il appris à mon sujet ?

— Que tu étais une psychopathe.

— Vraiment ?

— Pas exactement, mais tu m'as donné un petit indice en pointant un flingue sur la tempe de sa mère.

Je me tortillai et sentis mon sac, bien ouvert, buter contre ma hanche. La ravisseuse éclata de rire.

— Je dois l'admettre, t'as du cran ! Mais t'es pas très futée.

Son regard fou se posa sur mon collier et elle se gratta la nuque – comme j'avais moi-même l'habitude de le faire.

Les gardes, en bons soldats disciplinés, restaient impassibles.

— Jessie, il est tard et ils n'ont toujours pas appelé, fit remarquer l'un d'eux. Il devrait déjà être dehors à l'heure qu'il est.

— Je le sais, Anderson, O.K. ? Bon sang… (Sans cesser de jurer, elle fouilla dans sa poche de pantalon.) Qu'est-ce qu'ils foutent ?

— Qu'est-ce que tu attends de moi, exactement ? lui demandai-je.

Je m'agrippai à la bandoulière de mon sac pour éviter de lui sauter à la gorge, car je devais rester prudente : d'une simple pression sur la gâchette, Rhys perdait sa mère.

— Laisse partir Mme Prince, insistai-je.

— Impossible, j'ai besoin d'une garantie. Tu vas venir avec nous… enfin, avec Vasily et moi. Nous allons rendre visite à Saul.

Lorsqu'elle m'avait piégée dans le tunnel, Jessie avait déjà tenté de me kidnapper avec l'aide d'un monstre gigantesque… Enfin, c'est vrai qu'il s'était avéré être humain au final – ou plutôt, il l'avait été un jour. Alex. Le simple souvenir de cet être me glaçait le sang.

— Même s'il a retrouvé son anneau, ce type a un emploi du temps de ministre, tu sais. Il ne peut pas être au four et au moulin. On a un plan, un truc de dingue ! Et notre organisation doit être militaire, tu comprends ? Par exemple, là, il est l'heure pour toi de venir avec nous.

— Sauf qu'il y a comme un hic, rétorquai-je d'une voix tremblante. Vasily se trouve en ce moment même au fond d'une geôle, entre les pattes d'un malade en blouse blanche qui le torture.

Elle soupira.

— C'est ce que j'ai entendu dire, en effet. J'aurais dû recevoir confirmation, à l'heure qu'il est. Dès que ce sera fait, il me serait plus facile de t'emmener.

— De quoi tu parles ?

Elle haussa les épaules.

— Bon, étant donné que je n'ai pas de nouvelles, je vais prendre les choses en main. (Elle arma son pistolet.) Rapplique, et pas un bruit, ou je fais valser la matière grise de la maman !

Naomi poussa un cri, étouffé par la main de sa tortionnaire qui, les yeux luisant de gaieté malsaine, enfonçait toujours plus l'arme contre son crâne.

— Non... protestai-je d'une voix blanche, les doigts crispés sur ma robe. Tu ne ferais pas ça...

La détonation fut assourdie par le silencieux au bout du canon. Figée, incapable de comprendre ce qui venait de se passer, je sentis l'un des gardes derrière moi s'écrouler à terre alors que son collègue, horrifié, ne put retenir un haut-le-cœur.

— Je répète, dit la jeune fille en replaçant l'extrémité de son pistolet sur les tempes de Mme Prince. Rapplique. Et pas un bruit. Avant que je m'énerve...

Naomi ferma les yeux pour s'obliger au calme. Comme je constatai que j'avais tout essayé pour gagner du temps, je me résignai à la suivre. Soudain, j'entendis des objets rouler sur le sol dans mon dos.

— Qu'est-ce que... rugit le garde en évitant les boules métalliques qui glissaient sur le parquet comme des billes d'enfant.

Jessie pencha la tête :

— C'est quoi, ce truc ?

Après un déclic, une lumière aveuglante inonda le bureau. Je me couvris les yeux et trébuchai au moment où quelqu'un entrait en trombe. La seconde d'après, je distinguai le bruit d'un poing rencontrant un os, et celui d'un corps qu'on écrasait contre le mur.

— Pas un geste !

Tout se déroula très vite. En quelques secondes, ma vision se fit de nouveau nette : à mes côtés, Rhys braquait un pistolet sur la fille dérangée dont l'arme n'avait pas quitté la tempe de sa victime. Brendan referma la porte, puis allongea le garde assommé à côté de celui tué par Jessie.

— Elle est cinglée, constatai-je en me frottant les yeux.

— Je sais, répondit mon ami sans baisser son canon.

Quant à Jessie, elle prit un air beaucoup plus enjoué à la vue de Rhys et commença à se trémousser malgré elle.

— Salut, Aidan ! (Elle ne semblait même pas s'apercevoir que Brendan la tenait également en joue.) Tu te souviens que j'ai toujours rêvé de rencontrer ta mère ?

Je n'en revenais pas ! Elle semblait prête à se jeter dans les bras de Rhys alors que quelques minutes plus tôt, elle menaçait encore de tuer Mme Prince.

— Effectivement… répondit-il, impassible.

— Tu m'avais promis de m'emmener. Avec tout un tas de conneries qui ne se sont jamais concrétisées. (Elle raffermit sa prise sur la bouche de Naomi, avant de chantonner :) Eh bien, me voilà ! Vivante ! Quelle surprise, n'est-ce pas, Aidan ? Dis, comment me trouves-tu ? Les chirurgiens ont fait du bon boulot, non ?

— Relâche ma mère, répliqua l'interpellé, toujours aussi calme. Tu es encerclée.

Il désigna la fenêtre du menton et, dans la nuit, je distinguai une silhouette et son pistolet, dont le métal brillait dans la lumière de la lune.

— Le directeur Prince Senior supervise les opérations de l'extérieur. Nous pouvons en rester là et éviter un esclandre, ajouta Brendan, qui braquait toujours son revolver sur Jessie. C'est terminé, mademoiselle Stone. Lâchez votre arme et faites-la glisser vers moi calmement. Évitons de mêler les invités à cette histoire.

— Ah bon, c'est fini ? (Jessie étouffa un gloussement. Elle semblait beaucoup s'amuser.) Alors, vous allez m'emprisonner, c'est ça ?

— Bien vu, ricana Brendan. Vous rejoindrez votre ami Vasily. Au fond du Trou.

Une ombre assombrit le visage de porcelaine de la démente.

— Il n'en existe qu'un seul véritable, et c'est le Gouffre du diable.

Je m'aperçus que le bras de Rhys tressaillait de manière presque imperceptible. Juste à ce moment, le téléphone de Jessie vibra dans la poche de son pantalon.

— Ah, parfait ! s'exclama-t-elle, le regard pétillant. Enfin !

Elle abaissa son arme et poussa Naomi vers l'avant d'un coup à l'arrière du crâne.

— Maman ! s'écrièrent Rhys et Brendan d'une même voix, sans pour autant quitter des yeux leur cible, qui se gratta de nouveau la nuque.

Je saisis la main tremblante de Naomi et l'attirai derrière moi.

— Ah, au fait, tu peux garder ça, lâcha Jessie en fouillant au fond de sa poche. C'est bien ce que tu cherchais, non ?

Elle jeta un petit objet brillant sur le plancher – une alliance. Était-ce celle de Mme Prince ? Je ne parvenais pas à saisir les intentions de cette malade, ni comment un larcin aussi mesquin pouvait s'intégrer dans les plans grandioses de Saul, mais j'en avais assez.

— Brendan a raison, fis-je en levant les mains, prête à en découdre. C'est terminé, tous les canons sont braqués sur toi. Je n'irai nulle part.

— Tu n'as pas tort sur un point : vous êtes plus nombreux. (Dans un geste de reddition, elle se courba et fit glisser son pistolet jusqu'à mes pieds.) Pour le reste, rien n'est joué !

Elle ferma les yeux puis inspira profondément, tête baissée.

— Pars, maman, souffla Rhys qui s'approchait peu à peu de Jessie. File retrouver papa.

— Attends, Aidan, s'écria Naomi, un bras levé. Il y a un truc qui cloche, elle…

Je sentis du mouvement derrière nous, du côté du mort.

— Seigneur… gémis-je, l'estomac soulevé.

Rhys et Brendan firent volte-face, et pointèrent leurs armes sur le garde du corps qui avait reçu une balle dans la tête. Quand le cadavre se releva, ses yeux roulèrent dans leur orbite.

— Qu'est-ce que c'est que ça ? hurla Brendan. Que se passe-t-il ?

Ils lui tirèrent dessus, plusieurs salves chacun. La dépouille vacilla et tangua sous la violence des déflagrations, mais ne dévia pas pour autant de sa trajectoire : elle continuait de tituber vers nous. Ce qui n'était pas sans rappeler la créature du tunnel. Jessie… Elle était…

— Maia, regarde-moi.

Je me retournai pour me trouver nez à nez avec elle, qui me tendait le petit téléphone noir que j'avais voulu ramasser pour elle dans la salle de réception. L'appareil cessa de vibrer.

— Écoute, m'ordonna-t-elle juste avant d'appuyer sur un bouton.

Ce bruit… on dirait des interférences.

Ce fut la dernière pensée dont je parvins à me souvenir avant le trou noir qui s'ensuivit.

Les portes s'ouvrirent à la volée.

— Que se passe-t-il ici ? Naomi ?

Blackwell apparut et je ne perçus pas la terreur dans ses yeux à la vue des armes, du garde zombie, des deux agents hors d'eux à côté de leur mère terrifiée. Mon esprit semblait ne plus fonctionner.

Les crissements infernaux des interférences brouillaient ma pensée. Je ramassai le pistolet à mes pieds et tirai, droit dans l'abdomen du maître des lieux.

— Maia !

Avais-je raté ma cible, ou Blackwell n'avait-il pas réagi comme je l'aurais cru ? En tout cas, la balle le toucha au côté gauche. Haletant à cause de la douleur, il s'écroula dans l'encadrement de la porte.

Des hurlements dont je me moquais me provenaient de tous côtés. Provenant de derrière la fenêtre, un coup de feu blessa Jessie à l'épaule, et fit exploser la vitre au passage. D'un rapide revers de la main, je neutralisai l'agent qui avait tiré, grâce à une volée de flammes en pleine figure qui lui arracha un hurlement.

Impuissante, je sentais ma nuque qui me brûlait toujours autant. Pourtant mes jambes se mirent en mouvement et, le poing toujours serré sur mon pistolet, je courus aussi vite que mes escarpins me le permettaient. J'ignorai les injonctions de Rhys pour suivre Jessie à l'extérieur en passant par la fenêtre brisée, et déchirai au passage ma robe sur un éclat de verre. Ensemble, nous courûmes à travers la pelouse, laissant derrière nous le chemin pavé.

— Alors, c'est pas si mal, hein ? Tu vas vite t'habituer ! (Elle riait, comme droguée à l'adrénaline, alors que nous piétinions des massifs de fleurs.) J'ai le tout dernier modèle de Grunewald !

Le nom sembla résonner dans mon cerveau, incapable de la moindre réaction.

— Ils nous en fourguent un à chacun. Les « enfants silencieux », c'est comme ça qu'ils nous appellent. Ces appareils ne sont pas équipés d'interrupteurs puisqu'ils fonctionnent vingt-quatre heures sur vingt-quatre ! Moi, je peux même cacher ma fréquence tant que le dispositif n'est pas abîmé. Le tien, c'est un ancien modèle, à une seule commande. Je doute qu'il tienne très longtemps. Dépêchons, avant qu'il rende l'âme.

— Arrêtez !

La voix de Rhys, altérée par sa course effrénée, me parvint dans la nuit.

Nous nous dirigions vers la rivière qui bordait le sud de la grande propriété. J'entendis un coup de feu, et juste après,

Jessie perdit le contrôle de son corps puis s'effondra dans l'herbe, m'emportant dans sa chute. Le tir devait l'avoir touchée car sa jambe saignait, juste au-dessus du genou.

Sans prêter attention à sa blessure, elle m'arracha mon arme des mains et la pointa sur Rhys. Mon regard passa de l'un à l'autre, qui se visaient mutuellement sous la lueur spectrale. Je restai insensible à la scène qui se jouait sous mes yeux. Mon corps était froid, creux, et mon esprit voluptueusement vide. Seule une injonction me traversa le cerveau : « *Obéis à Jessie. Échappe-toi avec elle, coûte que coûte.* »

On m'avait donné un ordre.

— Viens, Maia, me supplia Rhys qui tendait vers moi son bras libre, toujours en écharpe. Je t'en prie.

— Tu peux toujours rêver ! répliqua la blessée avant d'éclater de rire, malgré la douleur.

— Toi, la ferme ! J'en ai pas fini avec ta rotule !

— Oh, comme c'est mignon ! (Elle lui lança un sourire caustique puis se tourna vers moi.) Allez, on y va, Vasily nous attend.

— Quoi ? cracha l'agent. Qu'est-ce que vous avez fait ? Qu'est-ce que vous manigancez ?

Sans abaisser son arme, Jessie sortit son téléphone de sa poche.

— J'attendais un coup de fil pour me le confirmer, et ça y est.

La nouvelle ne me fit même pas frémir.

— Il t'a envoyé un signal, alors, continua Rhys qui s'approchait de nous à pas silencieux sur la pelouse humide.

— Tu ne croyais tout de même pas que Vasily allait rester enfermé éternellement ?

— Qui l'a aidé ?

Dans sa progression, le jeune homme écrasa un petit parterre de fleurs.

— La question serait plutôt : qui ne l'a pas fait ? On est bien plus nombreux que vous le pensez. Tu as vraiment mal choisi ton camp.

Tous deux se jaugèrent dans les ténèbres. Une partie de moi me hurlait de me ressaisir, mais impossible, mes pieds restaient plantés dans l'herbe tels deux piquets.

— La vie est injuste, tu ne trouves pas ? reprit Jessie. À l'époque, il y a des années… on a survécu à un sacré merdier dans ce complexe pourri. Les évaluations bidon, ces « exercices psychologiques » qui s'apparentaient à de la torture… Tu nous avais promis qu'on pouvait être libres et je t'ai cru. Je m'accrochais à l'idée qu'on s'évaderait ensemble pour échapper à la Secte. (Pour la première fois, sa voix avait pris un accent enfantin, immature et fragile, qui disparut aussitôt.) Pourtant, rien ne s'est passé comme prévu. On t'a tous écouté, mais tu es le seul à avoir encore une vie. Et tu t'es empressé de retourner dans le giron de l'organisation. (Elle secoua vigoureusement la tête, si bien que sa longue chevelure carmin continua d'osciller après que son crâne s'était immobilisé.) À la différence de Vasily et moi, tu avais ton petit papa et ta petite maman, pour te protéger. Tu as couru te réfugier sous leurs jupons. Tu t'es échappé d'une cage pour t'enfermer de toi-même dans une autre ! Tu resteras toujours le fiston dévoué à son papa. Tu ne seras jamais libre.

Elle avait asséné cette dernière phrase avec un petit sourire narquois.

— Parce que tu l'es, toi, Jessie ?

Elle se frotta l'arrière du crâne d'une main secouée de tremblements. S'en rendait-elle seulement compte ?

— Maia ! appela-t-elle soudain, et tout mon corps s'éveilla. Souviens-toi de ce que la petite voix t'a dit au téléphone. Nous devons y aller.

« Coûte que coûte. »

Elle avait raison, aussi je me relevai.

— Maia ?

Rhys baissa son arme et je vis la peur déformer ses traits.

« Coûte que coûte. »

Des boules de feu explosèrent à ses pieds comme autant de petites bombes. Il plongea pour les éviter, avant de se précipiter vers moi, tentant d'exploiter toutes les brèches de mon attaque, mais je n'avais de cesse de le repousser. Dans le tumulte, j'entendis le rire dément de Jessie déchirer la nuit. Elle avait réussi à se redresser en prenant appui sur sa jambe valide.

— Tue-le ! me hurla-t-elle, trop fascinée par la violence de mon pouvoir pour tirer elle-même. Tue-le, maintenant !

La douleur lancinante dans ma nuque se fit plus aiguë, comme si le collier semblait vouloir me décapiter. *« Obéis à Jessie. Échappe-toi avec elle, coûte que coûte. »*

J'essaie.

— Maia, réveille-toi ! Résiste ! hurla Rhys avant que je dresse un mur de flammes à ses pieds.

Il recula d'un bond, mais trop tard : une flammèche avait eu le temps de lui lécher la jambe, ce qui lui arracha un cri de douleur.

Un élancement me tenailla la poitrine en même temps qu'un froid s'emparait soudain du reste de mon corps. Une multitude de sensations étranges m'assaillit à mesure que Rhys se laissait tomber lourdement sur le sol, pour se rouler dans l'herbe et tenter d'éteindre le feu.

Maia… Maia… M'entends-tu ?

La voix entonnait une mélodie que j'avais entendue trop souvent, au cœur de mes nuits les plus terrifiantes.

Cet accent… Natalya.

Je t'avais prévenue… Tu les as laissés te mettre en cage… Tu accordes trop facilement ta confiance…

— Qu'est-ce que tu fous ? Tue-le ! Allez ! s'égosilla Jessie alors que mes mains s'étaient figées dans les airs.

Mes bras tremblèrent, comme s'ils hésitaient entre être tendus ou retomber mollement. Je n'attaquais plus, incapable de me souvenir de ce que je faisais une seconde plus tôt.

Son emprise sur toi diminue… Si nous unissons nos forces… Nous pouvons remporter cette bataille ensemble… Rien qu'aujourd'hui, l'espace de quelques instants… Maia, je t'en prie, laisse-moi sortir…

Trop de voix résonnaient dans ma tête. L'une me commandait de tuer Rhys, l'autre de m'anéantir moi-même.

Je ne vais pas y arriver seule. Laisse-moi faire… Toutes les deux, on… on peut s'entraider !

— Maia…

Rhys se remit sur ses pieds à grand-peine, mais sa jambe blessée se déroba et il retomba. Il rampa alors jusqu'à moi, à la force de ses doigts enfoncés dans le sol, puis poussa échapper un soupir d'épuisement avant de lever les yeux.

— Je t'en prie, reviens... Reviens-moi.

Lentement, douloureusement, mes lèvres s'écartèrent pour prononcer un mot, car c'était tout ce dont j'étais capable.

— Rhys...

— C'est pas vrai ! Il faut tout faire soi-même ! grogna Jessie en levant son arme.

Sa réaction eut sur moi l'effet d'un détonateur. J'abaissai la totalité des défenses mentales que je tentais de préserver depuis des mois, et en une fraction de seconde, une force nouvelle se déversa en moi. Natalya. Nos deux puissances fusionnèrent pour n'en former qu'une qui anéantit tout le reste, le brouillard d'ordres et d'interférences dans mon cerveau. Avec l'énergie associée de deux Effigies, j'écrasai la main de Jessie dans la terre. Mais mon adversaire, qui n'était sans doute pas en reste d'entraînement, réussit à se dégager. Alors qu'elle rampait pour s'éloigner, mes doigts s'enroulèrent autour de mon collier, et avec un grognement, je l'arrachai d'un coup sec.

— Et merde ! pesta la fugitive.

L'adrénaline recèle des pouvoirs inestimables... Malgré sa blessure à la jambe, la jeune femme se remit sur pied et détala à fond de train vers la rivière. Je devais la suivre, m'en tenir au plan. Mais...

J'eus l'impression d'être ballottée par deux courants contraires. Deux énergies s'opposaient soudain en moi, mettant mon équilibre en péril.

J'aurais dû me douter que ce n'était pas le travail d'équipe que j'imaginais.

— Non ! Arrête ! criai-je, me laissant tomber au sol, la tête entre les mains. Arrête, arrête !

J'étais… Je… je… je…

La douce densité de l'oxygène emplit de nouveau mes poumons. J'étais revenue à la vie, je reprenais possession de mon corps.

J'étais vivante.

— Maia ? Maia, que se passe-t-il ?

Je me demandai à qui pouvait bien appartenir cette voix et tournai doucement la tête. C'est alors que je le vis agenouillé devant moi, affaibli, la peau brûlée en plusieurs endroits.

La poignée de mon épée se matérialisa tout d'abord au milieu des flammes dansantes. La lame apparut ensuite, ensevelie dans l'herbe. Je reconnus cette sensation si agréable, ce fourmillement qui courait sur ma peau… La noire sauvagerie que l'on m'avait toujours forcée à contenir résonnait désormais dans chacun de mes os.

— Aidan, murmurai-je.

Il comprit aussitôt que la jeune fille qui lui répondait n'était pas Maia. Il s'assit, désarmé et impuissant, jusqu'à ce que la panique le submerge. Son corps se mit à trembler et son visage pâlissait à vue d'œil. La peur de la mort s'emparait de lui.

— Oh, non ! gémit-il. Oh, mon Dieu…

Que devait-il ressentir de voir une telle soif sanguinaire dans les grands yeux, si beaux, de celle qu'il aimait ? J'entendais ses cris et la lutte qu'elle menait tout au fond de moi. Elle ne tarderait pas à reprendre le dessus. Mais j'avais peut-être assez de temps pour accomplir ce que je souhaitais.

Aidan était étendu sur le dos et la terreur se lisait dans ses yeux écarquillés, rivés sur la lame de mon épée – Zhar-Ptitsa, reconnaissable entre toutes – que je brandissais au-dessus de ma tête.

— Vas-y, m'enjoignit-il.

Des larmes roulaient sur ses joues, et je m'aperçus que mes yeux s'humectaient à leur tour, alors que je m'apprêtais à tuer un homme que j'avais considéré comme un ami.

— Vas-y, fais-le, Natalya, je t'en supplie. (Mes mains tremblèrent dans les airs.) Mais… continua-t-il d'une voix chevrotante entrecoupée de sanglots, sache que je ne le voulais pas. Je suis désolé. tellement désolé.

J'hésitai… Pourquoi fallait-il que ma volonté vacille ?

— Maia ?

— Agent Rhys ! Mademoiselle Finley !

— Aidan !

— Aidan ! Mon Dieu, Aidan !

Une foule de personnes se précipitaient autour de nous. Des agents, dont certains que je reconnus. Brendan, le fils aîné du directeur Prince. Et Naomi… Ses escarpins à la main, elle courait vers nous, mais se figea lorsqu'elle avisa l'épée prête à frapper.

— Je vous ai toujours obéi ! hurlai-je à travers le brouhaha. Toujours ! Mais vous... (Je baissai les bras, laissant Zhar-Ptitsa retomber doucement sur la pelouse, et mes mains commencèrent à trembler.) Pourquoi ne m'avez-vous pas protégée ?

Je tombai à genoux alors que ma chère épée se changeait en braises qui s'évanouirent dans le clair de lune. C'en était terminé de moi : elle revenait.

Je fermai les yeux et laissai l'obscurité m'engloutir.

On raconta aux invités qu'un opposant de la Secte, armé, s'était infiltré dans la soirée pour tenter d'assassiner Blackwell. Notre scénario fut corroboré par les blessures de notre hôte ainsi que les dégâts dans son bureau. Mais les questions ne se tarirent pas pour autant. À mesure que les mécènes repartaient, les journalistes, avides de détails à glisser dans un article sur l'incident, envahirent la propriété.

Trempée de sueur dans ma robe déchirée, je m'assis, songeuse, sur les marches du perron pour regarder filer l'ambulance qui emportait Rhys.

— Natalya... murmurai-je tandis que le hurlement des sirènes s'éloignait. Tu ne m'avais pas menti, au final.

Ces mots étaient si lourds de sens qu'il me sembla qu'ils retombèrent au sol, telles des pierres. Je pris sur moi pour ne pas les imiter – mon corps était vidé de toute énergie et mon esprit, hanté par la vision de Rhys face à Natalya, prêt à accepter la mort.

Je m'étais trompée sur toute la ligne. J'étais cernée par les menteurs et les traîtres.

Du bout de mes doigts tremblants, j'effleurai mes lèvres en repensant à notre baiser. Brendan avait récupéré le collier cassé à titre de preuve, et je devais être raccompagnée d'urgence au complexe londonien pour faire examiner ma nuque. Or, même si je souhaitais plus que tout savoir ce qui m'était arrivé, je refusais de leur faire encore confiance. Mais fuir comme me cacher était tout aussi impossible. Que devais-je faire ?

Les larmes envahirent mes yeux. Je plongeai la tête dans mes mains.

— Maia ?

La voix venait de la file de voitures garées devant le bâtiment. Je relevai le menton et découvris, assise à l'arrière d'une Rolls-Royce noire étincelante, Naomi qui me faisait signe.

— Tout va bien, madame ? m'enquis-je en approchant.

Sa fenêtre était baissée, mais elle avait laissé sa portière ouverte, ce qui ne constituait pas pour autant une invitation à monter. Elle se tenait très droite et ses longs cheveux brillants plaqués sur sa poitrine faisaient l'effet d'une couverture.

— Si on veut… Je suis encore un peu sonnée.

Aucun doute là-dessus : ses mains pâles tremblaient sur ses genoux.

Était-elle au courant des actes commis par son fils ?

— Madame… (Je jetai un coup d'œil alentour pour m'assurer que personne ne nous entendrait, et baissai encore la voix.) La dernière fois que j'ai pratiqué la divination, Natalya m'a suggéré de vous parler. Elle m'a donné votre nom.

— Tiens donc…

Ce n'était ni tout à fait une question, ni tout à fait une affirmation.

— Ce qu'elle vous a confié autrefois… continuai-je, interrompue par la moue de mon interlocutrice.

— Je vois… Monte.

J'hésitai avant de grimper dans le véhicule. Quelle qu'elle soit, ma devancière ne m'avait pas poussée vers Mme Prince sans raison. La femme se déplaça pour me laisser m'asseoir à côté d'elle. Une fois que je fus installée, elle remonta la vitre pour nous isoler du reste du monde – même le chauffeur était resté à l'extérieur.

— Je vous en prie, dites-moi que vous comprenez ce qui se passe… gémis-je, appuyée contre le siège avant. Saul rôde et Jessie affirme qu'il prépare quelque chose de terrible. Et il a des complices pour l'aider, se battre pour lui, notamment des soldats dont les capacités sont similaires aux siennes… Enfin, aux nôtres ! Je ne sais plus à qui je peux me fier. (Mes yeux s'embuèrent au souvenir de Rhys et de notre baiser mais je fus vite tirée de ma rêverie par la brûlure au creux de ma nuque qui continuait à me lancer.) La Secte…

— La Secte n'est pas digne de confiance, me coupa-t-elle sans se départir de son calme.

Elle faisait de son mieux pour dissimuler son trouble, mais ses yeux trahissaient son inquiétude.

— Qui êtes-vous ? demandai-je, avant de froncer les sourcils et de la dévisager.

— Je suis membre du Haut conseil de la Secte, de l'une de ces soi-disant « Sept Maisons », répondit-elle, parfaitement impassible.

— Vraiment ?

Cette fois, je m'adossai contre la portière, abasourdie. Soudain, je compris pourquoi il m'avait semblé reconnaître sa voix : elle avait pris la parole, le jour où j'avais prêté allégeance dans la cathédrale, au moment où Blackwell m'avait ordonné de m'agenouiller comme une esclave devant cette institution en déroute. Au milieu d'une vague de moqueries, la voix de Mme Prince avait été la seule emprunte de raison et de bienveillance.

— Alors votre mari est à la tête d'une division de la Secte, et vous, vous êtes issue d'une dynastie de membres du Conseil…

Sans parler d'un fils récemment nommé directeur d'une division de cette même Secte, et d'un autre, meurtrier. Je dus me retenir de ricaner. Quelle famille sympathique !

— Cette histoire de dynastie est fausse, me corrigea Naomi. C'est une légende inventée de toutes pièces afin d'ensevelir nos affaires sous une couche de mystère. Chaque membre du Conseil est élu, à quelques exceptions près.

Elle fit tourner son alliance autour de son doigt, ce qui semblait être une habitude devenue un tic.

— Une catastrophe se prépare… Aussi bien au sein de la Secte qu'au sein du Conseil. Saul, le terroriste, ces soldats… ils ont tous un rôle à y jouer. Cette fille…

Jessie… Elle ne mentait pas. Nous allons bientôt être confrontés à une terrible tragédie. Je le sens. (Elle me sonda du regard.) Et vous, les Effigies, je vous demande de m'aider à l'empêcher.

Rien que d'y penser, j'en avais la bouche pâteuse et je fus de nouveau secouée de tremblements. J'aurais aimé lui dissimuler ma peur, mais ma voix, chargée de trémolos, me trahit.

— Comment ?

— C'est trop risqué de t'en parler ici.

Elle pencha la tête pour observer par la vitre derrière moi un agent qui sortait de la maison de Blackwell, un jeu de clés à la main.

— Nous ne pouvons pas nous téléphoner non plus, c'est trop dangereux. J'ai racheté la maison de Natalya, à Madrid, à l'insu de tout le monde, y compris de mon mari. Rejoins-moi là-bas dans quatre jours exactement, au crépuscule. Viens seule. Alors, je t'expliquerai tout. C'est ce que tu attendais, n'est-ce pas ? La vérité.

La vérité… Bien sûr que je n'attendais que ça depuis la minute où j'avais vu Natalya mourir sous mes yeux ! Et encore plus depuis que ses parents m'avaient conseillé de me méfier de la Secte, en Argentine. Si j'avais la moindre chance d'arrêter Saul, je ne voulais pas la laisser passer. Pourtant, je n'oubliais pas la douleur que Natalya avait ressentie lorsqu'elle avait reconnu Mme Prince à travers mes yeux. C'était la blessure que cause une trahison.

— Comment être certaine que je peux vous faire confiance ?

— Je comprends que tu doutes. Tu es la seule à pouvoir en juger. Quoi qu'il en soit, nous devons agir vite si nous ne voulons pas nous laisser submerger… Mais avant que tu partes… (Elle me retint fermement par la main alors que je m'apprêtais à ouvrir la portière.) Je dois à tout prix te dire quelque chose. Je me dois d'être honnête avec toi avant que tu te décides ou non à t'engager à mes côtés.

— Je vous écoute.

Le chauffeur approchait de la voiture.

— La mort de Natalya… Mon fils n'était que le bras armé. Il… il est devenu ce qu'il est à cause des erreurs de ses parents. Je n'ai pas su le protéger.

Son visage se contracta pour ravaler le torrent de larmes qu'elle n'avait jamais versé. Elle cligna des yeux pour le repousser définitivement.

— Il était le pistolet, reprit-elle. Mais une gâchette ne peut s'actionner seule. Je n'ai pas commandité le meurtre de Natalya, et pourtant j'ai son sang sur les mains.

Au regard franc, qu'elle avait braqué sur moi, ça ne faisait aucun doute : Naomi venait de se confesser à moi.

Ses derniers mots s'évanouirent dans le silence de mort de la voiture. Ce fut mon propre souffle qui me sortit de mon hébétude : je compris alors que j'étais restée bouche bée.

— Tu sais tout maintenant. Si tu veux toujours arrêter Saul, retrouve-moi à Madrid.

J'ouvris la portière juste au moment où le conducteur arrivait à notre hauteur. Ensuite, sans bouger, je regardai le véhicule emmener Naomi dans la nuit noire.

DEUXIEME PARTIE

Marche des ombres

Autour de la maison c'est la nuit d'encre ;
Par les fenêtres, elle dévisage,
Fuit la lumière, dans les coins rampe,
Et change avec la flamme changeante.

Mon petit cœur bat tambour,
Avec l'haleine du Croquemitaine sur mon visage ;
C'est la marche des ombres tordues autour
De la bougie, montant à l'assaut des marches.

L'ombre de la rampe, l'ombre de la lampe,
L'ombre de l'enfant allant au lit –
Toutes les vilaines ombres qui marchent au pas
Avec la nuit noire comme toit.

Robert Louis Stevenson
Jardin de poèmes enfantins,
traduction de Jean-Pierre Naugrette

Chapitre 19

Vasily avait réussi à s'enfuir. Brendan, qui craignait de décevoir son père, avait lancé plusieurs unités à ses trousses, mais je savais que c'était peine perdue. Ce cinglé avait profité d'infimes failles dans le système de surveillance de la Secte pour se faire la malle, et ce, grâce à l'aide de plusieurs agents désormais introuvables. Bien sûr, le Chirurgien, qui venait de perdre son joujou favori, était au comble du désespoir. Cheryl dut remuer ciel et terre pour étouffer l'affaire.

Quant à moi, j'avais d'autres préoccupations.

— C'est bon, Maia, c'est fini.

La voix de la technicienne m'était parvenue grâce à un petit interphone qui lui permettait de me joindre depuis l'autre côté de la vitre. Avec un grincement menaçant, sans doute dû à l'âge de son mécanisme, la table blanche sur laquelle j'étais allongée sortit du scanner.

— Avez-vous trouvé quelque chose ? demandai-je lorsque la femme entra pour détacher les sangles autour de mon cou.

— Eh bien, répondit-elle en m'aidant à me relever, tu sais, il va nous falloir du temps pour analyser…

— S'il vous plaît.

La pièce n'était pas chauffée et la blouse d'hôpital qu'on m'avait donnée, trop grande, ne protégeait pas mes jambes nues des courants d'air.

Je tendis le bras où ils m'avaient perfusée, pour l'agripper par sa chemise.

— Ne pouvez-vous vraiment rien me dire ? Je veux savoir ce qu'ils m'ont fait !

Elle se tourna vers les autres techniciens, qui observaient la scène de derrière la vitre.

— L'imagerie moléculaire *in vivo* ne permet pas de tirer de conclusions à ce stade de l'examen, avança l'un des scientifiques via l'interphone. Mais nous sommes déjà en mesure d'affirmer que nous avons repéré une structure moléculaire similaire à celle découverte dans le corps de l'homme que vous avez retrouvé dans le désert…

Le soldat mort… Philip. Si mes souvenirs étaient bons, il nous avait confié qu'il se trouvait à la merci de quelqu'un… Jusqu'à ce qu'il parvienne à se libérer pour se cacher dans le bunker où nous l'avions débusqué. Il voulait que nous le trouvions. Afin d'aider Alex, et peut-être d'autres…

— Pete et Dot ont parlé de nanotruc… Nanomachines ?

Jessie s'était fait implanter son dispositif au creux de la nuque et avait affirmé qu'il lui permettait de masquer sa fréquence tant qu'il fonctionnait. Le type du désert avait donc été repéré par les radars de la Secte à partir du moment où son dispositif avait lâché, quelle qu'en soit la raison.

Et s'il l'avait fait exprès ? Il était peut-être un dissident…

Je me frottai l'arrière du cou.

— Le collier que Pete et Dot m'ont donné n'est pas en cause… Attendez ! Mellie m'a injecté un sérum avant qu'on me passe le bijou. Est-ce qu'on ne pourrait pas les faire venir ? Eux sauront répondre à nos questions.

— Mellie Beasley est en train de se faire interroger en ce moment même, ainsi que le reste du personnel. Pour l'instant, elle se montre coopérative.

— Des nouvelles de Pete et Dot ?

— Ils se sont enfuis juste après l'évasion de Vasily.

Mon estomac fut soudain pris d'une crampe douloureuse. Pourquoi disparaître si l'on est innocent ? Le dispositif avait fonctionné pour contenir Natalya, certes, mais sous couvert de me le mettre, ils m'avaient injecté un produit en secret. Et quels que soient ses liens avec la Secte, Mellie était loin d'être toute blanche dans cette affaire. Dot, Pete, Mellie… Pourtant, ils m'avaient paru sympathiques !

— La bonne nouvelle, c'est que la substance dans votre organisme est partiellement dégradée. Dans quelque temps, elle n'aura plus aucun effet, m'expliqua l'un des chercheurs. C'est d'ailleurs ce qui nous empêche de déterminer sa composition avec certitude.

Jessie avait mentionné que mon appareil était ancien, de moins en moins efficace. Elle savait qu'il ne tiendrait pas longtemps, ce qui expliquait pourquoi elle avait tenté le tout pour le tout afin de m'entraîner avec elle. C'était leur unique chance, et ils avaient échoué. Ma force unie à celle de Natalya avait réussi à annihiler les particules à temps. À bien y réfléchir, nous formions une équipe de choc… Lorsqu'elle n'essayait pas de pirater mon corps, bien entendu. Depuis, je l'avais reléguée aux tréfonds de ma conscience. De toute façon, sa dernière apparition lui avait coûté beaucoup d'énergie. Mais pour combien de temps ?

— Jessie m'a donné un téléphone qui émettait un bruit semblable à des interférences radio.

— C'était probablement un déclencheur. Nos collègues du département Recherche et développement se chargeront d'étudier ce sujet. Enfin, quand ils ne feront plus eux-mêmes l'objet d'une enquête interne. (Il poussa un soupir.) Quelle pagaille !

— Très bien résumé, approuvai-je en descendant de ma table.

Au moins mon cou était-il libéré de son entrave et les démangeaisons cessaient peu à peu. Mais je ne parvenais pas à me détendre pour autant.

Manipulation mentale, pensai-je en secouant la tête. Je n'en revenais pas… Leur tentative avait été avortée, mais je savais qu'ils n'en resteraient pas là. Je me doutais qu'ils étaient déjà en train de fomenter un nouveau plan, avec l'aide de Vasily, par-dessus le marché.

Je devais rencontrer Naomi quelques jours plus tard et d'ici là, il fallait que je me prépare. J'avais besoin des filles.

— Sacrée nuit, hein ? me lança Chae Rin quand j'eus regagné notre dortoir.

Dégoulinante de sueur après son entraînement, elle était assise, jambes croisées, dans le fauteuil devant la table basse. Elle poussa un carton de pizza vers moi, ce que je pris pour une invitation.

— Je me sens presque coupable d'avoir participé à ce stage aussi facile qu'ennuyeux à Glasgow ! Est-ce que tu as mangé, au moins, depuis que tu es rentrée ? Sers-toi, on les a commandées il y a un jour ou deux, elles sont encore bonnes.

Tout le monde était plutôt aux petits soins avec moi depuis mes dernières aventures, ce qui me donnait l'impression réconfortante d'avoir des amies. Je ne m'en plaignais pas, mais j'évitais de prononcer ce mot devant Chae Rin, de peur de recevoir un bibelot en pleine figure. Une équipe, des amies… Je n'avais jamais vraiment connu ça, même avant de me retrouver sans famille. Cette idée était malgré tout agréable, surtout après avoir perdu autant de proches…

J'avais quelques mots à dire au destin, d'ailleurs. Quoi que je fasse, la vie me retirait les êtres qui m'étaient chers !

— Ça va, Maia ? demanda Lake qui se laissa tomber à côté de moi sur le canapé, me tirant de ma rêverie. Tu n'as pas l'air dans ton assiette.

— Tout va bien, mentis-je. On ne peut mieux, même.

Ma voisine grimaça à la vue de la pizza au pepperoni rassie et referma le couvercle.

— Comment va Rhys ? s'enquit-elle.

Je tentai de dissimuler mon sursaut par un étirement maladroit.

— Toujours à l'hôpital.

— Tu n'es pas allée le voir ?

J'y étais allée une fois, pendant qu'il dormait – comme toujours par le passé. Depuis cette soirée, le regarder dans les yeux me paraissait insurmontable.

Cette nuit-là, dans le jardin de Blackwell, mes pires craintes s'étaient avérées. Au départ, je m'étais imaginé qu'une fois la vérité révélée, j'y verrais clair dans toute cette histoire, mais c'était le contraire qui était en train de se produire.

Je pensai soudain à Belle, et mon estomac se noua. *Que faire ?*

Rhys m'avait suppliée de ne pas le détester, comme il avait supplié Natalya de le tuer. Il y avait forcément quelque chose que j'ignorais... Au fond de moi, je m'accrochais désespérément à cette idée.

Feignant ne pas avoir entendu la question de Lake, je me frottai le cou et demandai :

— C'est toujours irrité ?

Elle s'installa sur ses genoux et souleva mes cheveux pour m'examiner.

— Un petit peu. Ils ne t'ont pas ratée, dis donc... (Elle se rassit puis se laissa aller dans le canapé.) J'ai du mal à croire que Pete nous ait trahies. Il est un peu particulier, mais tellement beau. J'avais même envisagé de lui proposer un rencard après les *TVCA*. Pff...

Elle se mit à pianoter sur son téléphone.

— Rien n'est prouvé, tentai-je de la rassurer. L'enquête est en cours.

Je sursautai lorsque Belle, que je n'avais pas vue arriver, posa un bol de fruits frais sur la table, après avoir repoussé le vieux carton à pizza.

— Pour l'instant, nous devons considérer tout le monde comme des ennemis potentiels, asséna-t-elle avant de s'asseoir dans le fauteuil en face de Chae Rin – sa longue tresse oscilla dans son dos. D'après ce que tu nous as dit, cette Jessie appartiendrait à l'armée de Saul. Nous n'avons pas encore localisé les autres rescapés de Fisk-Hoffman, mais nous pouvons imaginer qu'ils ont les mêmes pouvoirs qu'elle… et qu'ils ne sont peut-être pas les seuls.

Je restai silencieuse un bon moment à essuyer mes mains moites sur mes jambes, pour finir par ne plus savoir où les poser. J'en profitai pour chasser le souvenir de Rhys au plus profond de ma mémoire. Alors seulement, je fus en mesure de lui répondre :

— Il reste deux personnes issues de cette base qui n'ont pas encore été repérées.

D'autres jeunes gens semblables à Philip et Jessie. Et Alex… Le souvenir de son visage en décomposition qui s'écrasait sur le sol me souleva le cœur.

— Mais on ne peut les qualifier d'Effigies, n'est-ce pas ? ajoutai-je.

— Dot nous a raconté qu'ils avaient trouvé tout un système électromécanique le long de la colonne vertébrale du mort. Enfin, du premier, je veux dire, clarifia Chae Rin. Philip, quoi. Pas du cadavre vivant qui a essayé de te bouffer.

— J'avais compris, rétorquai-je en attrapant une cerise pour la fourrer dans ma bouche.

— Dot et Pete nous ont clairement mises sur la piste d'une manipulation artificielle, continua Chae Rin. D'ailleurs, ils ne sont pas les premiers à avancer cette hypothèse ! Nombreux sont ceux qui pensent que les Effigies sont le fruit d'expériences gouvernementales… J'ai vu un reportage là-dessus sur Conspiration TV.

Lake renifla en faisant glisser son doigt sur l'écran de son portable.

— Tu regardes ce genre de documentaires ? Toi, tu sais t'amuser !

— Ça m'intéresse, rétorqua Chae Rin avec un regard noir. Donc, le journaliste disait que certaines personnes ont essayé de nous étudier afin de nous recréer. Vous avez sûrement entendu parler des recherches européennes illégales d'il y a des décennies ?

— Attends, intervins-je avant de me redresser, la bouche pleine du jus sucré d'une autre cerise. Lorsque j'étais sous son emprise, Jessie a parlé d'un certain Grune… (Je fronçai les sourcils en même temps que je me creusais la mémoire.) Grunewall… Non, Grunewald ! D'après elle, il était à l'origine du contrôle mental. Est-ce que vous connaissez ce nom ?

— Grunewald… répéta Belle en croisant les bras. Non, ça ne me dit rien.

Cet homme mystérieux était-il à la solde de Saul ? Travaillait-il pour la Secte ?

— C'est bien trop compliqué… se plaignit Lake.

Elle s'étendit de tout son long sur le canapé, posant ses jambes nues sur mes genoux, et remua ses orteils en même temps qu'elle appuyait sa tête sur l'accoudoir d'en face. Je ne me formalisai pas de son sans-gêne : elle avait l'art de faire accepter ce genre de familiarités.

— Et les *Ouvrages de Castor*, alors ? demanda-t-elle. Tu y as trouvé quelque chose en rapport avec le symbole dessiné par Natalya ?

— Non, mais je n'ai pu que les survoler.

— On s'en doute, grogna Chae Rin avant de sauter sur ses pieds pour faire les cent pas derrière le sofa.

— Et il y a toujours ça, nous rappela Belle qui sortit de sa poche la clé USB blanche qu'elle avait extorquée à Philip. J'ai essayé de la bidouiller de toutes les façons, mais impossible d'en tirer quoi que ce soit.

— Il faut absolument trouver un moyen de la craquer, décréta Lake. Tu as raison, Belle, nous devons à tout prix prendre une longueur d'avance sur Saul.

— Ah oui ? Et comment comptes-tu t'y prendre ? ironisa Chae Rin dans notre dos. Nous en sommes incapables. J'espère que tu n'envisages pas de la livrer à la Secte… Surtout maintenant qu'ils ont tenté de griller le cerveau de Maia. D'ailleurs, si vous voulez mon avis, nous ne sommes plus en sécurité ici. À la première occasion, on se barre d'ici.

— Mais où ? murmura Lake.

Belle ne cessait de triturer l'objet.

— L'idéal serait de confier cette clé à quelqu'un digne de confiance.

— Sans blague ? ricana Chae Rin. Et tu en connais beaucoup ?

— Attendez, oui ! (Je me relevai brusquement, sans prêter attention aux jambes de Lake, dont la gauche cogna la table basse. La douleur lui arracha quelques jurons.) Désolée… Moi, je connais quelqu'un qui peut nous aider !

Je m'en voulus de ne pas avoir songé à lui plus tôt mais l'idée de le voir m'ôta soudain de la poitrine le poids qui semblait m'étouffer depuis des lustres.

— Nathan !

— Qui ça ? demanda Chae Rin en penchant la tête.

— Mon oncle ! Il est super intelligent ! Il est dans l'équipe de génies qui bossent au Centre de contrôle de la défense à New York, pour l'Aiguille. (Envahie par un enthousiasme débordant, je parlais à une vitesse stupéfiante.) Il s'est même payé le luxe de choisir son employeur : on lui en a proposé des dizaines qu'il a refusés les uns après les autres parce qu'il ne voulait pas quitter sa ville, il préférait « vivre tranquille ». Si quelqu'un est susceptible de nous donner un coup de main, c'est bien lui ! Et… aïe !

Chae Rin venait de me frapper à l'arrière du crâne – juste au moment où la douleur commençait à se dissiper…

— Et tu as attendu tout ce temps avant de nous en parler !

— Hmm… j'avais l'esprit un peu encombré, ces dernières semaines, répondis-je, les dents serrées. D'ailleurs, comme Sibyl nous a interdit de joindre nos familles, j'avais, malgré moi, écarté l'idée de le revoir. Je n'ai pas achevé mon entraînement, après tout.

— Eh bien, dit Lake, Sibyl n'est plus directrice…

— En effet, admis-je.

Je n'avais pas eu de contact avec mon oncle depuis deux mois. Il était l'unique lien qui me restait de ma vie d'avant les monstres. Avec tout ce qui m'était arrivé ces derniers jours, je trouverai bien une excuse pour demander à lui parler en personne. Peu importait laquelle !

Pourtant, d'un coup, les coins de ma bouche s'affaissèrent et mes bras retombèrent le long de mon corps. Le souvenir de Nathan m'emplissait d'un espoir des plus rares en ce moment. Or, je venais de prendre conscience d'un problème.

— Si on se pointe chez lui pour lui confier cette clé, on le mettra en danger, soupirai-je avant de me rasseoir. Imaginez qu'il réussisse à la craquer et que la Secte, Saul, ou je ne sais qui l'apprenne… Mon oncle se retrouvera dans leur ligne de mire. Saul en a après moi, et je ne veux pas attirer son attention sur la seule famille qu'il me reste.

— De toute façon, rétorqua Chae Rin, on ne peut pas débarquer chez lui comme ça. Ce qu'il faudrait, c'est le rencontrer en toute discrétion.

Un rendez-vous secret ? Lui qui adorait les films d'espionnage, cette idée ne lui déplairait peut-être pas, après tout.

Lake se redressa comme si elle était montée sur ressorts et se mit à me secouer par les épaules.

— Les *TVCA* ! C'est ce dimanche !

Chae Rin leva les yeux au ciel.

— Oh, par pitié, lâche-nous avec cet événement ! Oui, Lake, on s'en souvient très bien, et, malheureusement, on y va, O.K. ? En revanche, là, on est en plein milieu d'une discussion importante.

— Mais je suis très sérieuse, moi aussi, affirma la jeune fille.

Elle afficha la page d'accueil du site dédié à la cérémonie, et, sous le logo noir et rouge éclatant, j'aperçus une adresse en lettres blanches : 229 Queen Street West, Toronto, Ontario.

— Je n'ai qu'à faire réserver une chambre dans notre hôtel pour ton oncle, sous un nom d'emprunt. Mon agent le fera sans réfléchir : il est bien trop occupé à régler la sortie prochaine de mon nouveau single pour se poser des questions.

— Merci, Lake ! m'enthousiasmai-je. Tu es vraiment géniale !

Mon regard retomba sur mon propre téléphone, coincé entre le carton de pizza et le saladier de fruits. Combien de fois avais-je voulu l'appeler, sachant pertinemment qu'il ne décrocherait pas à cause des ordres de la Secte ? Sibyl était persuadée que nous couper de nos familles nous rendrait plus aguerries, plus concentrées. Or, en cet instant précis, j'avais réellement besoin de lui.

Je devais juste m'assurer que cette aventure ne lui coûterait pas la vie.

Chapitre 20

Nous débarquâmes à Toronto vers midi, soit sept heures seulement avant le début des festivités. La Queen Street était déjà barricadée avec des barrières destinées à retenir les fans hurlants qui tomberaient en pâmoison sous l'œil ravi des caméras.

June et moi regardions les *Teen Viewer's Choice Awards* tous les ans : cette grande cérémonie de prix faisait référence auprès du public adolescent et la plupart des pop-stars du pays s'y pressaient, aux côtés d'actrices, d'acteurs, de top-modèles et d'un éventail de starlettes dont la gloriole se cantonnait à Internet. Tous se pavanaient dans la rue tapissée de rouge, avides de la moindre seconde d'attention. Ça nous amusait beaucoup.

Ce jour-là, j'aurais dû me joindre au lot de personnalités égocentriques qui se délectaient de l'adulation de leurs fans, mais j'étais bien trop angoissée pour m'en réjouir. Nous sortîmes de la voiture sous un soleil de plomb pour nous engouffrer dans l'hôtel de luxe où nous avions des chambres réservées. Je parcourus les quelques mètres à l'affût du moindre signe de la présence de Jessie ou de l'un de ses zombies dans la foule des Effigistes qui s'était massée autour de nous. Je ne vis que banderoles, larmes et flashes.

Un autre problème de taille se présenta : on ne me lâchait pas. Entre les employés de l'hôtel, me suppliant de leur signer un autographe, et le bataillon des organisateurs qui nous expliquaient le déroulement exact de l'émission, je n'avais pas une minute de répit. Sans compter l'agent de Lake, un homme d'aspect un peu mou, châtain, affublé d'un bouc noir assorti à son costume, qui tournait en rond en criant sur tout le monde. Il faisait des pieds et des mains pour étouffer le scandale qui malmenait l'image de sa protégée : la sortie du dernier single de Lake était encore reportée et les fans commençaient à lancer des pétitions sur Internet.

— Ce n'est pas ma faute ! pleurnichait notre starlette dans son téléphone alors que nous pénétrions dans l'hôtel.

Il n'y avait personne à l'autre bout du fil. Elle venait à peine de découvrir un nouveau fil de discussion sur *Doll Soldiers*, à l'initiative des Cygnes, dont le seul et unique but était de la traîner dans la boue à grand renfort de commentaires acerbes.

— Bande de tire-au-flanc ! J'aimerais vous y voir, à promouvoir un single, alors que vous avez des spectres aux trousses et un terroriste à capturer !

Mais sa colère était sans doute surtout provoquée par le fait que des vidéos des quatre membres de FDJ, son ancien groupe, envahissaient la toile. On les y voyait en train d'arriver à leur hôtel, à quelques rues du nôtre, sous les vivats de fans enragés.

Je lançai un coup d'œil prudent vers l'équipe de coiffeurs et de maquilleurs qui installaient leur atelier dans notre suite avant d'attirer Lake dans une chambre inoccupée.

— Mon oncle est là, n'est-ce pas ?

— Pardon ? Ah, oui, chambre 432. Et il s'appelle désormais M. Caldwell.

Amusée par ce petit jeu, elle fit signe à Belle de nous rejoindre.

— Tu as bien la clé ? la pressai-je aussitôt qu'elle eut fermé la porte.

Elle acquiesça en tapotant la poche de son jean.

— Tant qu'on est entre nous, regardez ça ! dit Lake avant de sortir de son sac à dos marron la boîte à cigares que nous avions retrouvée sous le parquet de la chambre d'enfant de Belle.

D'un bref coup d'œil par-dessus son épaule, je m'assurai que nous étions bien seules et m'approchai.

— Tu as apporté ça ici ! lâchai-je, éberluée.

— Ben oui… Vous savez, avec tout ce qui nous arrive en ce moment, j'ai préféré éviter de laisser ce trésor dans notre dortoir.

— Tu as pensé à tout, constatai-je, incapable de dissimuler mon admiration.

— Et comment !

Elle sortit cette fois de sa besace une paire de lunettes de soleil qu'elle me tendit, puis retira celle qui était fichée sur son crâne pour la donner à Belle.

— Maintenant, conclut-elle, restez vigilantes. On va être assaillies de fans et de journalistes curieux !

Nous hochâmes toutes deux la tête en signe d'accord avec et quittâmes la pièce. Mais l'agent de Lake cessa de beugler dans son téléphone juste au moment où nous tentions de nous échapper.

— Dites ! Où allez-vous, comme ça ? Filez vous faire maquiller !

— Ne t'inquiète pas, Henry, le rassura Lake. Elles vont prendre un peu l'air et seront de retour dans quelques minutes.

— Vous sortez ? Oh, moi aussi, j'ai comme une soudaine envie de me dégourdir les jambes… décréta Chae Rin. Je viens avec vous !

Elle se leva d'un bond, mais sa coiffeuse l'obligea à se rasseoir sans ménagement.

Je refermai la porte derrière nous, et le calme nous enveloppa. Nous chaussâmes nos lunettes noires avant d'entrer dans l'ascenseur au vingtième étage, où nous logions. J'avais rabattu ma capuche sur ma tête et serré les cordons au maximum afin de cacher mon visage. Quant à Belle, elle ne s'était tout simplement pas coiffée et se promenait en jean et sweat-shirt gris, ce qui suffisait à la rendre presque anonyme.

— Tu n'as pas revu ton oncle depuis longtemps ? demanda-t-elle en pressant le bouton du quatrième.

— Oui…

Ce serait la première fois qu'il me verrait en tant que Maia Finley, l'Effigie du feu. Il avait dû apprendre ma nouvelle identité comme tout le monde, en regardant la télévision, vu que je n'avais pas réussi à rassembler assez de courage pour le lui annoncer moi-même avant d'être happée par mes fonctions. Je regrettais de ne pas lui avoir dit de vive voix. J'avais été lâche – et je l'étais toujours.

Je levai les yeux vers Belle qui s'était adossée contre la paroi de l'ascenseur, les bras croisés.

— Maia ? Tout va bien ?

Sans doute avait-elle remarqué le tremblement de mes mains, que je m'empressai de fourrer au fond de mes poches.

Je repensai soudain à certains détails, ancrés dans ma mémoire depuis que j'avais rendu visite à Rhys à l'hôpital, quelques jours auparavant. Le rayon de lumière, à travers les rideaux, qui ensoleillait sa joue. Ses traits détendus et innocents, comme si le sommeil avait effacé la culpabilité et la peine qui le rongeaient. Il semblait en paix, le cœur rempli de cette quiétude qu'il avait supplié Natalya de lui octroyer après l'avoir trahie – avec la complicité de sa mère.

— Naomi Prince, la mère de Rhys, est membre du Conseil.

— Vraiment ? s'étonna ma camarade, suspicieuse.

— Et ce n'est pas tout… Elle m'a demandé d'aller la retrouver en secret à Madrid, dans l'appartement de Natalya. Nous avons rendez-vous demain, au coucher du soleil. J'ai hésité à vous en parler parce qu'elle a insisté pour que je m'y rende seule.

Belle ôta ses lunettes, et je regrettai aussitôt mes paroles. Dès qu'il était question de son ancien mentor, elle ne parvenait pas à contenir ses sentiments.

— Pourquoi là-bas ? Qu'a-t-elle de si important à te révéler ?

— La vérité. À propos de la mort de Natalya.

L'ascenseur s'immobilisa au moment où une ombre silencieuse assombrit le visage de l'Effigie de l'eau, sans altérer son expression pour autant.

— Comment pourrait-elle la connaître ?

Mes lèvres, lourdes comme du plomb, firent un effort surhumain pour s'entrouvrir, exactement en même temps que les portes de l'ascenseur. Le garçon qui attendait sur le palier du quatrième étage semblait impatient de nous voir libérer la cabine afin de prendre notre place. Tête baissée, nous lui laissâmes le champ libre.

— Chambre 432, lut Belle quand nous fûmes arrivées devant la porte.

Elle frappa, et le silence qui s'ensuivit me sembla interminable. Qu'allais-je dire à mon oncle ? Comment pourrais-je…

À la seconde où la porte s'entrebâilla et où j'aperçus ses cheveux châtains, j'oubliai toutes mes hésitations. Je lui sautai au cou et, dans mon enthousiasme, nous envoyai rouler sur le tapis en riant.

— Maia !

Affalé par terre, Nathan, la seule personne avec laquelle j'avais un lien de sang, s'esclaffait de sa voix tellement familière. Enfin, comme j'avais enfoui ma tête contre son torse, je dus relever mes yeux, pleins de larmes, pour m'en assurer. Son visage encore jeune s'illumina d'un large sourire, bien trop enfantin pour un trentenaire.

— Voyons, ça ne fait que deux mois ! protesta-t-il avant d'éclater de rire en découvrant toutes ses dents, simplement heureux de me revoir.

Lui comme moi n'avions plus personne d'autre au monde, après tout, depuis que, seule rescapée de la famille de son défunt frère, j'avais débarqué dans son appartement new-yorkais.

Après s'être assis – nous étions toujours au sol –, il prit mes joues entre ses mains, et fébrile comme j'étais, de nouveaux torrents de larmes jaillirent de mes yeux. J'avais conscience que dans notre dos, Belle avait toutes les peines du monde à refermer la porte.

— Désolée, marmonnai-je avant de me pousser.

Pour une entrée discrète, c'était raté.

Nathan ouvrit la bouche le premier :

— Après le massacre de l'hôtel à New York…

— Je sais… Je voulais t'appeler, mais…

— La Secte. Ils m'ont tenu au courant, ne t'inquiète pas. Enfin pour ce qui est de l'essentiel en tout cas. Le reste, je l'ai appris par les médias.

Nous nous dévisageâmes, et je pris alors conscience qu'il avait maigri. Mon oncle n'avait jamais été très épais, mais là, je trouvais que son corps était devenu très sec, de même que son visage, bien que toujours vif, à la peau mate. Et comment ignorer les poches sous ses yeux ?

— Tu ne dors pas, devinai-je.

Il avait la même allure après la mort de mon père.

La pression de ses doigts diminua, mais il garda ses mains posées sur mes joues.

— Je suis tellement désolé, balbutia-t-il enfin avant de verser à son tour de grosses larmes qu'il essuya une à une.

— J'aurais tellement voulu pouvoir t'épargner cette nouvelle épreuve.

Nous étions incapables de choisir les bons mots, aussi un silence chargé de sous-entendus s'abattit entre nous, brisé seulement par le claquement de ses mains qui retombèrent sur ses genoux.

— Nathan ! m'écriai-je soudain. Regarde ce que je sais faire !

Toujours assise, je me reculai un peu – on n'était jamais à l'abri d'un accident – et je claquai des doigts. Une minuscule étincelle jaillit et flotta au-dessus de mon pouce.

— Pas mal, mon petit briquet ! s'émerveilla Nathan.

— Et tu n'as encore rien vu ! crânai-je.

Ce fut le moment que choisit Belle pour me rappeler à l'ordre. Elle posa sa main sur mon épaule.

— Nous n'avons pas beaucoup de temps, me rappela-t-elle. Monsieur, je m'appelle…

— Belle Rousseau. J'ai entendu parler de vous, vous savez. (Il se releva d'un bond et lui serra la main avec des gestes gauches, comme toujours lorsqu'il était nerveux.) C'est un honneur de vous rencontrer. Eh bien, Maia, ta liste d'amies a sacrément évolué !

— Ouais, enfin, disons plutôt que maintenant, j'en ai.

Belle sembla un peu surprise par le terme utilisé, mais aussi, peut-être, un tantinet gênée. Était-ce le fruit de mon imagination et des jeux de lumière ou ses joues s'empourprèrent-elles légèrement ?

— Si on vous a fait venir ici, c'est pour vous confier une mission spécifique, se reprit-elle.

— Ah oui, l'homme qui m'a appelé m'a assuré que vous alliez m'expliquer la situation. C'était l'agent d'une autre Effigie, non ? Lake. Enfin, je crois… Je n'ai pas tout saisi : il hurlait dans le combiné et a fini par me raccrocher au nez.

— Ne t'inquiète pas, tu vas bientôt comprendre, dis-je avant de prendre sa main dans la mienne.

Il me fallut de longues minutes pour tout lui exposer en détail. Il avait entendu parler de Saul, mais pas du soldat mystérieux avec une marque dans le cou, ni de Jessie, qui dirigeait les morts par la pensée. J'en vins à lui parler du contrôle des esprits, puis de la clé USB que Belle, pleine d'à-propos, lui tendit.

— Ça va mieux, Maia ? (Il m'attira brusquement à lui pour vérifier l'état de ma nuque.) Tu es encore rouge ! Oh, mon Dieu, si j'avais su ce que tu endurais…

— Tu n'aurais rien pu faire, de toute façon, l'interrompis-je en haussant les épaules.

Il commença à arpenter la pièce, les mains dans les cheveux, puis s'assit dans un fauteuil près d'une fenêtre au rideau tiré. Après avoir repoussé le service à café qui se trouvait sur la table devant lui, il y installa son ordinateur portable.

— Je n'avais jamais entendu parler d'une nanotechnologie aussi avancée. Mais tout ça n'a rien de surprenant. Des entreprises du monde entier ont lancé des recherches pour tenter de reproduire les capacités des Effigies. Et je suis certain que dans le même temps, ils mettent au point des mécanismes pour contrôler les êtres ainsi modifiés.

— Mais pourquoi ? demandai-je.

— C'est plutôt évident, non ? En cas de guerre, une telle science constituerait une arme redoutable. (Il observa la clé.) Quand j'étais employé chez Caltech, j'ai eu vent de rumeurs à propos d'un programme élaboré conjointement par l'APRAD et un sous-traitant en matière de défense. Et le nom que tu évoquais tout à l'heure, Grunewald, revenait souvent.

— L'APRAD ? répétai-je en fronçant les sourcils.

— C'est l'acronyme de l'Agence pour les projets de recherche avancée en défense. (Il souleva l'écran de son ordinateur et l'alluma.) Elle est liée au département de la Défense des États-Unis.

— Sur quoi travaillent-ils ? interrogea Belle.

— « Travaillaient », corrigea mon oncle. C'était il y a des années, après le siège de Seattle, quand les spectres ont réduit cette grande ville des États-Unis en cendres... Bien entendu, le gouvernement a mis les bouchées doubles pour trouver des réponses à ses questions, quitte à entreprendre les projets les plus sombres. Et le Sénat ne s'y est pas opposé.

Il inséra la clé dans la machine et resta figé, les doigts crispés, devant l'écran noir qui s'afficha.

— Si je trouve là-dedans ne serait-ce qu'un semblant de ce à quoi je pense... Eh bien, tu t'es fourrée dans un sacré bourbier... (Il soupira.) Et j'y suis avec toi, maintenant.

— Désolée, m'excusai-je en m'agrippant au dossier de son fauteuil. Effigie ou pas, considère-moi comme une gamine qui te demande de l'aider à faire ses devoirs.

Il tourna la tête pour me regarder avec un sourire en coin.

— Sauf que les enjeux sont un brin différents de ceux d'un simple exercice de maths... Crois-moi, il y a pire qu'une convocation dans le bureau du proviseur.

Il se releva en s'étirant.

— Je ne voulais pas t'impliquer dans cette histoire, insistai-je.

— Ne t'en fais pas, tu t'es adressée à la bonne personne. (Son visage s'assombrit et il baissa la voix, presque instinctivement.) Si vos soupçons à propos de la Secte sont justifiés, alors vous ne pouvez pas leur faire confiance. Il n'y a aucun moyen de savoir combien de traîtres sont infiltrés dans vos rangs, ni combien il existe de soldats comme Jessie, à la botte de Saul. Je te déconseille fortement de retourner à Londres.

Mon téléphone vibra pour m'annoncer l'arrivée d'un message de Lake. Nous devions retourner sur-le-champ dans notre chambre son agent était à deux doigts d'envoyer les secours sur nos traces.

— On va devoir te laisser te débrouiller seul avec les secrets de la Secte, du gouvernement américain ou d'on ne sait qui. En attendant que tu en apprennes davantage sur ces tarés qui essaient de me kidnapper, je dois me préparer pour remettre le prix du garçon le plus sexy de l'année… C'est vraiment du grand n'importe quoi, ma vie !

— Sans blague, répondit Nathan avec un sourire malicieux. Filez, je reste ici, je me prépare un café et je me mets au travail ! (Il fit craquer ses phalanges.) Dire que mon dernier piratage informatique remonte au lycée…

— Restez discret, lui recommanda Belle.

Il s'apprêtait à attraper la cafetière, mais se ravisa.

— Bien reçu ! On se croirait presque dans un film d'espionnage, non ?

— C'est exactement ça ! lui répondis-je en levant les yeux au ciel.

— Bonne chance, conclut Belle.

Et nous l'abandonnâmes à son sort avec la clé USB.

Chapitre 21

Lake mit un point d'honneur à ne pas passer trop tôt sur le tapis rouge.

— Vous savez qui se pointe toujours en premier ? expliqua-t-elle alors que notre limousine démarrait. Les ringards, les starlettes de bas étage sorties tout droit de la téléréalité et autres. Nous sommes les Effigies ! Les garantes de la sécurité mondiale ! Allez, passe-moi mon téléphone, je vais nous prendre en photo.

Grâce aux vitres teintées de notre voiture, je pus m'amuser à prendre des poses incongrues auprès de Lake – comme cette moue ridicule qu'elle me força à faire sous prétexte que c'était la mode chez les chanteuses – sans risquer d'être remarquée par les piétons de Toronto. Chae Rin et Belle, elles, restèrent à bonne distance de nous – et l'une de l'autre. La série de clichés, que Lake s'empressa de diffuser, se retrouva sur *Doll Soldiers* dans la minute qui suivit.

Très vite, nous arrivâmes sur Queen Street, et fûmes assaillies de tous côtés par des hurlements, ce qui me mit les nerfs en pelote. Sous un ciel gris où le soleil brillait par son absence, les mains des fans hystériques se tendaient pour tenter d'atteindre la limousine. La foule n'était retenue que par des barrières d'un bleu fluorescent, luisant, qui rappelait les éclairs lancés par l'Aiguille. Peut-être s'agissait-il de dispositifs anti-spectres… Toronto était une ville fort bien protégée, et le reste du Canada pouvait compter sur un système de rails similaire au nôtre.

Au moins, pensai-je, *je n'aurai pas à me préoccuper de ces monstres ce soir.*

Pourtant, quand notre chauffeur arrêta la longue berline au pied des marches et que nous plongeâmes dans ce tumulte, j'aurais presque préféré me retrouver embringuée dans une mission périlleuse.

— *Regardez qui vient de fouler notre splendide tapis rouge !* s'exclama, dans un micro, une femme dont je ne reconnus pas la voix. *Les Effigies, toujours incroyables, vont me rejoindre d'un instant à l'autre… Faites du bruit pour les accueillir !*

La foule s'exécuta. D'immenses caméras nous encerclèrent, suivies de techniciens et d'agents de sécurité. Lake, qui s'était extirpée de la voiture la première, saluait déjà le public dans des postures qu'elle avait sans doute travaillées avec soin pour affronter les flashes. Elle était vêtue d'une robe courte aux épaules dénudées, dont la couleur rouge mettait en valeur son teint café au lait. Elle avait pris soin de commander les mêmes tenues pour nous dans des coloris différents : pêche pour moi, argent pour Belle, noir pour Chae Rin. D'après Lake, nous devions former une unité, mais garder chacune nos particularités. Quand je la vis s'entretenir avec l'équipe technique de l'émission pour s'accorder sur le déroulement de la soirée, je pris conscience de tout le travail qu'elle avait accompli, alors que nous étions accaparées par notre débâcle avec Saul. Elle voulait que cet événement soit une vraie réussite. Elle possédait une telle aisance, un tel aplomb, qu'elle semblait avoir assisté à ce genre d'événement des dizaines de fois. On aurait dit une plante qui se nourrit de l'énergie autour d'elle, qui s'épanouit à la lumière du soleil.

« *Mesdames et messieurs, je suis en compagnie des Effigies !* » s'égosilla la voix au micro.

À l'évidence, cette femme, grande et blonde, aux cheveux coiffés en arrière et drapée dans une robe beige au décolleté plongeant, était la présentatrice. Lake nous pressa de la rejoindre, mais la tâche était moins aisée qu'elle n'y paraissait. Mes talons aiguilles, beaucoup trop fins, me firent perdre l'équilibre alors que j'essayai de me retourner et je manquai de m'étaler sur le tapis.

— Oh, oh, on a besoin d'aide par ici…

Chae Rin me rattrapa par le bras et m'aida à marcher correctement. J'étais sûre et certaine que ce trébuchement furtif avait déjà fait le tour du net, mais qu'y pouvais-je ? Il me fallait continuer à sourire malgré mes joues écarlates et mon appréhension permanente lorsque je scrutais la foule.

« Hello ! » nous apostropha la présentatrice.

Seules Lake et moi lui rendîmes un salut qui se voulait tout aussi jovial que le sien.

— Bonsoir, mesdemoiselles… Venez par ici, face à la caméra.

Nous obtempérâmes. J'eus l'étrange impression de me faire diriger comme un troupeau, mais je me dis qu'il devait en être de même pour les stars sous les projecteurs.

— Quelle entrée ! reprit la femme au micro alors que Lake s'approchait d'elle. Une limousine ! Quelle classe ! Auriez-vous le goût du luxe ?

— Eh bien, Kacey, rétorqua Lake qui s'emparait du micro, on ne nous appelle pas les princesses guerrières pour rien !

La caméra venait sans doute de filmer la grimace gênée que je faisais sans y penser. Je me repris et affichai un sourire qui tenait davantage du rictus.

— Bien sûr ! Qui pourrait assurer la sécurité de la planète avec autant de charme ?

En dépit de ses efforts, je percevais clairement que Kacey – à son attitude trop lisse, trop affectée – n'était en réalité pas le moins du monde intéressée par notre présence.

— Formidable ! Formidable ! entonna-t-elle. Mon petit doigt me dit que vous n'êtes pas venues ici uniquement pour remettre un prix, aujourd'hui… Vous avez aussi été sélectionnées dans la catégorie « Personnalité la plus démente de l'année » : pas étonnant, avec tous les monstres que vous affrontez, n'est-ce pas ?

— On ne s'y attendait pas du tout ! s'exclama Lake avec la plus grande franchise. C'est un réel honneur pour nous d'être reconnues par notre public ! Pas vrai, les filles ?

— Ah oui ! Tout à fait ! C'est vraiment génial ! approuvai-je en hochant vivement la tête, les yeux écarquillés comme ceux d'une biche éblouie par les phares d'une voiture.

Je ne me faisais toujours pas à l'idée que je puisse avoir des fans.

Belle et Chae Rin, pourtant embarrassées, adressèrent à la caméra un sourire serein.

— Au fait, Maia, comment se déroule votre entraînement ?

— Très bien, répondis-je, tentant de dissimuler ma surprise. J'en ai retiré beaucoup de bénéfices jusqu'à présent !

— Ah oui ? Si je ne me trompe pas, vous étiez à un gala de charité en Angleterre, il y a encore quelques jours, et vous voici en ce moment même au Canada pour ces *TVCA !* Vous reste-t-il encore du temps pour vous battre ?

Quel coup bas ! Était-ce un piège ? Mon sentiment fut confirmé par une brève crispation sur les traits de Lake, qui retrouva son aplomb sur-le-champ.

— Nous rentrons tout juste d'une mission dans la région de Glasgow et nous travaillons d'arrache-pied à d'autres que nous ne sommes malheureusement pas autorisées à dévoiler. Mais nous ne voulions pas laisser passer une opportunité de rencontrer notre public. Toutes les jeunes filles doivent savoir que chacune d'entre elles peut devenir une héroïne et…

— Attendez, que vois-je ? la coupa Kacey dont le regard se portait désormais derrière nous. Je ne rêve pas ?

Nous nous retournâmes et découvrîmes quatre énormes Harley Davidson rose fluo qui pétaradaient sur le tapis rouge. Les motards, musclés, torse nu, semblaient tout droit sortis d'un spectacle pour enterrement de vie de jeune fille, et derrière chacun d'eux se trouvait un membre du groupe le plus en vogue de Grande-Bretagne : Filles de Jour.

— Quelle entrée ! Gros plan sur les motos ! lança la journaliste qui n'en revenait pas.

Sous le regard ulcéré de Lake, la foule se déchaîna. La présentatrice héla les jeunes filles tout juste arrivées : Joanna, Hailey, Misha et Cara. Leur tout nouveau style illustrait à merveille le titre de leur dernier tube, *Scandaleux* – débardeurs et jeans taille haute, queue de cheval au sommet du crâne, maquillage façon rebelles latino-américaines avec fond de teint hâlé pour cacher leur pâleur originelle. On était loin de leur image de départ, à l'époque où Lake faisait encore partie du groupe : des adolescentes bien propres sur elles à qui n'importe quelle gamine pouvait s'identifier. Un membre de leur équipe de production avait dû suggérer que leur groupe aurait davantage de succès encore dans des téléfilms pour jeunes ados. Et au vu du franc succès que remportait *Scandaleux*, classé en tête de tous les classements musicaux (la présentatrice se ferait sans doute une joie de les interroger là-dessus), ce revirement avait fonctionné.

— Hello Kacey !

Jo était aussi grande que Lake, mais avec la carrure d'une joueuse de football américain. Volontairement ou non, elle donna un grand coup d'épaule à mon amie alors que nous peinions à conserver notre place sous l'œil des caméras. Je devinai que Belle et Chae Rin se moquaient bien de se retrouver hors-champ.

— Oh, Victoria ! reprit la chanteuse. Comment vas-tu ma chérie ? Et ton single ? As-tu une date de sortie à annoncer ?

Lake plissa les lèvres, prit son air le plus malicieux et partit d'un rire adorable qui mystifia l'assemblée. Elle lança une grande tape dans le dos de Jo, juste assez forte pour que l'intéressée ne confonde pas avec un geste de pure amitié.

— Magnifique ! s'égosilla Kacey. D'anciennes camarades qui se retrouvent pour la première fois depuis des années ! Vous les avez, les gars ? demanda-t-elle à l'adresse des cadreurs.

À ce sujet, elle n'avait aucune inquiétude à avoir : deux nouvelles caméras nous avaient encerclées.

— Que ressentez-vous, Lake, de revoir votre ancien groupe ?

— Pour être honnête, je suis un peu sous le choc, commença la jeune fille qui détaillait de manière ostentatoire le nouveau look de sa concurrente. Vous avez tellement changé ! Regarde, Jo, tu es presque aussi mate que moi ! Tu es restée coincée dans une cabine de bronzage, ou quoi ? C'est incompréhensible, quand on pense que tu as toujours mis un point d'honneur à ne jamais t'exposer au soleil… (Elle ricana derrière sa main.) Tu tenais tant à ton teint de vampire !

— Eh oui, ma chérie, rétorqua l'autre. Je fuyais la lumière comme tes singles semblent fuir les classements ! Enfin, peu importe, ajouta-t-elle devant une Lake qui se hérissait. Je suis très heureuse d'être ici.

— Et comment ! souligna Kacey. Vous êtes nommées dans plusieurs catégories ! (Lake se rembrunit davantage lorsque la présentatrice insista sur ce détail.) Et vous allez interpréter *Scandaleux*, qui ne décroche pas du Top 100 depuis trois semaines !

— Attendez-vous à danser dessus tout l'été ! claironna une autre fille, plus petite et sèche.

Était-ce Misha ou Cara ?

— Puisque vous êtes réunies pour la première fois depuis des années, Jo, pouvez-vous nous dire ce que vous pensez de la nomination de votre ancienne chanteuse dans la catégorie « Personnalité la plus démente de l'année » ?

Encore un piège, qu'elle avait à peine dissimulé cette fois. Les lèvres de Lake se figèrent en un sourire de marbre, elle attendait l'offensive.

Jo pencha la tête pour faire balancer sa longue queue de cheval châtain clair.

— Eh bien, en ce qui me concerne, je suis ravie pour elle. Et à vrai dire, je suis aussi un peu surprise. Enfin, regardez, là, c'est notre petite Vicky ! (Son rire qui se voulait amical était en fait acerbe, aiguisé comme un sabre.) Elle nous a plus habitués à jouer les malades imaginaires qu'à mener à bien des missions d'Effigie. Elle me fait penser à un petit papillon qui prendrait enfin son envol, après de longues années sous forme de… hmm… C'est quoi, avant, les papillons ? Des vers ? demanda-t-elle, tout sourire.

— Lake, reprit Kacey. Nous savons tous que vous avez souffert d'une dépression à Milan. Est-il vrai qu'il s'agissait d'une excuse pour vous soustraire à votre devoir ?

L'intéressée, sans plus se soucier de faire bonne figure, laissa une expression horrifiée envahir son visage. Malgré les hurlements frénétiques et constants, beaucoup de spectateurs s'intéressaient à présent au débat avec passion. Kacey, qui devait avoir reçu une consigne du producteur dans son oreillette, changea de place.

— Eh bien, je crois que j'ai déjà pas mal abusé de votre temps ! continua-t-elle. Passez une merveilleuse soirée, mesdemoiselles ! Quant à vous, FDJ, j'ai encore quelques questions à vous poser à propos de votre nouveau tube !

Lake réussit à donner le change jusqu'au bout du tapis rouge, mais il suffisait de voir ses yeux rouges pour comprendre qu'elle ne s'était pas préparée à une telle attaque. C'était toute la perversité du show-business, de cabotiner à grand renfort de sous-entendus douteux. Mais cette fois, nous étions en direct et, vraie ou non, on venait clairement de souffler à des millions de téléspectateurs l'idée que notre camarade s'était soustraite à son devoir cosmique pour privilégier ce que beaucoup considéraient comme une carrière de célébrité ratée.

— Ça va, Lake ? demandai-je quand je lui pris la main après qu'elle eut trébuché sur ses talons aiguilles, ce qui ne lui était encore jamais arrivé.

— Elle a raison… Et alors ? Mes parents refusaient que je parte au combat, murmura-t-elle. Et ils sont toujours opposés à cette idée. Ils craignent de me voir mourir. Qu'y a-t-il d'aberrant ? Mais Jo peut-elle seulement le comprendre ?

Je serrai sa main à mesure que nous continuions notre marche forcée sous les flashes. Pour se redonner du courage, elle s'approcha de ses fans qui réclamaient des *selfies* et des autographes. Je fis mon possible pour la suivre.

— Chae Rin ! Chae Rin !

Nous cherchâmes à déterminer qui venait d'appeler notre collègue. Nous l'entendions à peine, mais bientôt, une jeune fille réussit à se frayer un chemin à travers la foule. L'interpellée se figea dès qu'elle la vit s'agripper à la barrière bleue.

— Unnie ? (Elle lâcha son sac et se rua vers la barricade.) Je n'y crois pas !

L'inconnue, qui portait une chemise au style un peu trop guindé pour un tel événement, ressemblait beaucoup à notre Effigie, avec des cheveux plus longs et plus souples. Elle était légèrement plus grande aussi, et ses joues, plus rondes, étaient en revanche tout aussi roses que celle de Chae Rin. J'avais déjà vu cette fille sur les images que Rhys m'avait montrées lors du trajet vers Montréal. C'était l'une des quatre membres de la famille Kim – probablement la sœur de notre coéquipière.

— Unnie !

Je n'avais jamais vu Chae Rin se comporter de la sorte : sa voix était enfantine et elle sautillait en étreignant sa sœur.

— Que fais-tu ici ?

— Je sais, je n'ai pas le droit de te contacter, mais quand j'ai appris que tu étais dans la sélection… Je me suis dit que je devais venir et tenter à tout prix de te voir.

Elle avait un léger accent, ce qui était normal puisqu'elle avait vécu à Daegu plus longtemps que sa sœur. Elle nous observa, et ses yeux formèrent deux adorables croissants lorsqu'elle nous sourit.

— Vous êtes les autres Effigies, n'est-ce pas ? Je suis Ha Rin, la sœur aînée de Chae Rin. Merci de veiller sur elle.

— Non mais qu'est-ce que tu crois ? protesta l'intéressée. Je peux me débrouiller seule !

Elle croisa les bras, contrariée pendant que Ha Rin lui ébouriffait les cheveux avec tendresse.

Tout ce que j'avais retenu de cette jeune femme, c'était qu'elle étudiait la météorologie à l'université de Colombie Britannique. Sa tenue – un chemisier strict, un fin gilet blanc et un pantalon de tailleur noir – collait tout à fait avec sa profession, mais détonnait franchement au milieu de ces adolescents bruyants, en sueur, et vêtus de T-shirt de rock.

— Sérieusement, pourquoi es-tu venue ? Quelque chose ne va pas ? (Chae Rin fut gagnée par la nervosité aussitôt qu'elle vit le sourire de sa sœur s'évanouir.) C'est maman ? Qu'est-ce qu'elle a ? Elle a refait...

— Je ne peux pas t'en parler ici. Je te rejoindrai dans ta chambre d'hôtel après l'émission, d'accord ? Envoie-moi un message quand tu seras disponible. Et ne t'inquiète pas, ce n'est pas très grave, ajouta Ha Rin sans grande conviction lorsqu'elle vit le visage de sa cadette se décomposer. J'essaierai de me trouver dans le public lorsque tu monteras sur scène !

— Mais comment ? m'étonnai-je. La fosse doit déjà être comble.

— Je me débrouillerai. Allez les filles, du balai !

Son chemisier cachait à merveille ses coudes pointus qu'elle utilisa avec brio pour se frayer un chemin sans douceur.

Je ris, espérant que Chae Rin m'imiterait, mais elle resta muette jusqu'au bout du tapis.

Le reste de la soirée passa comme un rêve. Dans les coulisses, des célébrités que je n'avais jamais vues en chair et en os vinrent me parler pour me demander ce que je ressentais lorsque je me battais contre des monstres ou me féliciter pour ma tenue… D'autres, en revanche, ne semblaient pas du tout prêts à partager le feu des projecteurs, même en l'absence de caméras. D'ailleurs, un groupe de mannequins élancées, devenues des personnalités mondaines dont mes camarades d'Ashford raffolaient, ne me rendit même pas mon salut. De même, un chanteur de soul aux yeux bleus, trop occupé à jeter son café à la figure d'un bénévole, ne remarqua pas que j'avais tenté de lui adresser la parole. Au moins, Aaron Jacobs, la coqueluche de la pop, m'accorda-t-il une minute de son attention. Il semblait bien mieux se porter depuis qu'il avait achevé sa cure de désintoxication.

Tout se déroulait au mieux. Belle discutait, quoique sans engouement, avec un jeune acteur qui avait un jour avoué être l'un de ses fans. Chae Rin, seule près du buffet, engloutissait la moitié d'un plateau de toasts. Je savourai ce bref instant de répit où notre seul souci était de nous prendre en photo avec des célébrités ou de lire des articles enflammés sur Internet, après les dernières semaines, pour le moins mouvementées. Durant ces quelques heures bienheureuses, je réussis à oublier mon lot de spectres et de terroristes. Je redevenais une simple adolescente.

Ma tête m'élança subitement. Je me penchai en avant, et grimaçai de douleur. Les FDJ venaient à peine d'interpréter *Scandaleux*, et bien qu'occupée à leur lancer des regards haineux au milieu de toute cette agitation, Lake aperçut mon malaise.

— Quelque chose ne va pas ? demanda-t-elle en me voyant presser une main sur mon front.

— Ne t'en fais pas…

J'aurais été autrement plus inquiète si la douleur dans ma nuque s'était ravivée. Mais là, je conclus que ce n'était probablement qu'une séquelle de la manipulation mentale dont j'avais été victime.

— Je suis juste un peu fatiguée.

— Ne t'en fais pas, c'est bientôt terminé, me rassura-t-elle.

Mon amie fut visiblement soulagée d'entendre la voix désincarnée d'une femme énumérer la liste des nominés. Le public explosa littéralement à l'énoncé de chaque nom, mais les nôtres déchaînèrent particulièrement les vivats. Depuis les coulisses, je ne quittais pas mon téléphone des yeux, d'où je suivais la retransmission du direct. Sur la vidéo du grand écran, un astucieux montage nous montrait toutes les quatre en pleine action.

— Et le gagnant est… (L'homme chargé de remettre le prix marqua une pause théâtrale.) En fait, ce sont des gagnantes, puisqu'il s'agit des Effigies !

— *Yes* ! s'écria Lake, le poing levé. Bien fait pour vous, bande d'abruties !

Elle prit soin de dresser son majeur à l'intention de Jo, avant de m'entraîner à sa suite pour rejoindre la scène.

J'eus l'impression de recevoir une grosse claque, entre les lumières, le froid mordant et le tumulte grandiose des hurlements qui résonnaient dans le ciel. Le grand écran, divisé en quatre, affichait une photo de chacune de nous, avec nos noms, sur des fonds de couleurs différentes. Le présentateur remit à Lake une sorte de trophée argenté à la forme indescriptible et nous nous alignâmes derrière elle.

L'Effigie du vent multiplia les remerciements tandis que nous posions pour paraître le plus mignonnes possible – en fin de compte, nous étions là pour ça. « Comportez-vous en stars. Soyez jolies. Soyez un exemple pour la jeunesse. Attirez des fans… et redorez l'image de la Secte pour qu'elle semble moins menaçante. » Telles avaient été les consignes, et même si notre regard sur l'institution qui nous employait n'était plus le même, il était trop tard pour annuler les plans de Sibyl. De toute façon, Lake ne nous l'aurait jamais pardonné. Il était évident qu'elle tenait autant à ce trophée qu'à rencontrer ses fans. Le prix n'était qu'un prétexte pour profiter de ce moment.

— Aïe…

Ma tête me lança de nouveau et je ne pus retenir une grimace devant les caméras.

Maia…

Non ! Mes bras retombèrent le long de mon corps. J'entendais Natalya que je pensais avoir endiguée dans les tréfonds de mon esprit après sa dernière tentative de pirater de mon corps.

Maia, ne baisse pas ta garde… Attention…

Je commençai à paniquer lorsqu'une nouvelle onde de douleur déferla contre mon crâne, comme si la Matriochka le martelait de coups de poing.

— Arrête…

À côté de moi, Belle pencha la tête, préoccupée.

Ne baisse pas ta garde… Attention !

Je rouvris les yeux et scrutai la foule, persuadée que quelque chose clochait. Je passai en revue des centaines de visages avant de tomber sur Ha Rin, qui se tenait tout près des barricades bleutées et faisait de grands gestes pour tenter d'attirer notre attention. Mais j'eus le sentiment que ce n'était pas elle que je devais guetter. Qu'est-ce que Natalya essayait donc de me…

Un fluide glacial sembla se répandre dans tout mon corps, me gelant jusqu'aux os, lorsque mes yeux se posèrent sur Vasily.

Ses cheveux filasse, blond sale, dépassaient de la capuche de son sweat-shirt.

Il me regardait, un sourire aux lèvres.

Mon cœur se serra si violemment que j'en eus le souffle coupé. En un instant, il avait quitté sa place entre deux gamines en pâmoison pour réapparaître derrière Ha Rin qui ne remarqua rien. D'ailleurs, personne ne s'aperçut de quoi que ce soit. Qui le pouvait ? Tout le monde avait l'esprit occupé – le public, le personnel, les stars, et même les Effigies.

Le fugitif avait le teint cireux, la peau couverte d'ecchymoses, et je savais que ses vêtements dissimulaient des blessures bien pires. Il semblait aux abois, comme un chien privé de nourriture depuis trop longtemps.

Voilà, il semblait affamé.

Ha Rin tentait toujours de capter l'attention de sa sœur. Mais Chae Rin, à qui Lake venait de passer le micro, était complètement distraite. Elle ne vit pas Vasily effleurer la tempe de son aînée avec deux doigts, index et majeur, serrés, pouce levé vers le ciel, comme s'il la menaçait d'un revolver.

Non, non, non ! Mes sens marchaient au ralenti à cause de la lumière aveuglante et du brouhaha, sans compter le cri persistant de Natalya. La panique me saisit. Les traits émaciés de l'ancien agent étaient déformés par la malveillance.

Ne baisse pas ta garde ! Attention, attention !

En un éclair, la main de Vasily plongea dans sa poche gauche.

— Arrête ! hurlai-je alors que retentissait la musique qui devait accompagner notre sortie de scène.

Soudain, je m'enflammai et le manche de ma faux apparut dans ma main, sa lame étincelant dans la nuit. Mes compagnons de scène reculèrent pour ne pas être brûlés par les étincelles.

— Qu'est-ce que tu fiches ? me cria Lake, qui s'était jetée à terre. Arrête ça tout de suite !

Les flashes crépitèrent plus que jamais. Malgré une pointe de frayeur, une vague d'excitation avait gagné le public, comme si j'offrais une démonstration de mes talents pour épater la galerie.

La main de Vasily ressortit de sa veste, et il me fallut quelques secondes pour comprendre qu'il ne manipulait pas un revolver, mais une télécommande. Il pianota sur les touches de l'appareil et, après m'avoir lancé un clin d'œil, disparut dans la foule.

L'écran géant derrière nous perdit le signal de la retransmission et afficha de la neige. Ma faux s'évanouit quand je me retournai, avec les autres, pour observer ce qui se passait.

— Qu'y a-t-il, à la fin ? s'énerva celui qui nous remettait notre prix.

Le personnel, complètement dépassé, était trop occupé à tenter de rétablir le signal pour se soucier de lui répondre. Frustré, il haussa les épaules avant de replacer le micro devant ses lèvres, figées dans un simulacre de sourire.

— O.K., chers amis, il semble que nous ayons un petit souci technique, mais, vous le savez, ce sont les aléas du direct ! Malgré nos efforts, tout peut arriver !

Même s'il tentait de faire passer la catastrophe pour une sorte d'incident propre aux émissions télévisées pour adolescents, je vis que la sueur perlait à grosses gouttes derrière son oreille. Il était inquiet. Et pour cause.

Un groupe de techniciens vint à nous.

— Mesdemoiselles, veuillez nous suivre, nous devons évacuer la scène.

Nous n'eûmes pas le temps de nous retourner que l'écran devint noir et la foule se tut.

— Bonsoir à tous, émirent les haut-parleurs.

Mon cœur se serra lorsque je reconnus la voix de Saul.

L'affichage de l'écran dévoila progressivement un chandelier lumineux, avant de laisser apparaître peu à peu ce qui me sembla être une cabane en bois. Je discernais désormais un lampadaire et un fauteuil. L'image continua à balayer la pièce, pour nous montrer une huile accrochée au mur, représentant un vieil homme mangeant sa soupe en compagnie de la Mort, des fenêtres obstruées par des planches et une plante en pot.

La caméra s'arrêta enfin sur un bureau, où Saul était assis, les jambes étendues pour poser ses pieds, chevilles croisées, sur le siège devant lui. Il était entouré de spectres en forme de loups, qui envoyaient des coups de dent dans le vide. Ces bêtes, leurs babines écumantes et leurs hurlements à la mort me rappelèrent aussitôt celles qui m'avaient attaquée à New York et en Argentine. La main métallique du jeune homme tapotait l'accoudoir avec un rythme régulier alors qu'il serrait de l'autre un couteau dont la lame reflétait la lumière du chandelier – tout comme la pierre blanche montée sur l'anneau passé à son doigt.

Un vieil homme, vêtu d'un costume élégant, était étendu à terre, ligoté et bâillonné. Sa respiration semblait pénible, et ses cheveux gris se soulevaient à mesure que son corps tremblait. Il écarquilla les yeux lorsque les loups s'éloignèrent de Saul pour s'approcher de lui en silence.

— Oh, mon Dieu ! gémit le présentateur qui en laissa tomber son micro, avec pour effet un larsen qui déchira les tympans de l'assemblée.

Lake bondit sur ses pieds.

— Que se passe-t-il ? s'égosilla-t-elle en s'agrippant à mon bras. Qu'est-ce qu'il fait ?

— Je reconnais cet homme, souffla Belle. Je crois… N'est-ce pas le Premier ministre de l'Ontario ?

Je fus incapable de lui répondre car, contrairement à elle, je m'intéressais très peu à la politique. Je vis ses mains remuer, prêtes à dégainer son épée pour se battre, même si elle savait qu'elle ne pouvait se lancer dans un combat contre un écran. De frustration la peau autour de ses yeux se plissa.

— On peut encore l'avoir, déclara Chae Rin qui venait de se poster face à nous. Essayons de repérer sa planque ! On va le sauver, pas vrai ? Allez ! Il faut faire quelque chose !

Elle attrapa le bras de Belle et, d'un geste un peu trop brusque, l'obligea à se retourner. Peut-être était-ce à cause de la tension ambiante, mais l'Effigie de l'eau le prit plutôt mal. Elle se dégagea de l'emprise de Chae Rin et la repoussa.

— Incroyable ! s'étrangla notre camarade canadienne. Alors vous comptez rester plantées là comme des débiles. Ah, je vois… Sans l'enjeu « Natalya », madame Belle n'en a rien à cirer, pas vrai ?

Les deux se jaugèrent sans un mot.

« *Vous me connaissez*, intervint notre ennemi, attirant tous les regards sur lui. *Je m'appelle Saul.* »

Dans sa voix puissante, je crus percevoir le raffinement délicat qui caractérisait Nick. Pourtant, la scène était d'une telle violence… Le Premier ministre était terrorisé, et on voyait sa salive goutter sous le linge blanc qui lui servait de bâillon. Pas de doute, nous étions en présence d'Alice.

La dernière fois que j'avais été confrontée à Saul en France, il m'avait bien fait comprendre que ses deux identités poursuivaient le même but : reconstituer cette pierre blanche afin de ramener Marian pour réaliser leurs vœux. Bien que leurs motivations soient différentes, la même détermination farouche les animait, ils ne reculeraient devant rien. Leur relation, fondée sur un antagonisme, semblait désormais s'épanouir entre la personnalité calme et réfléchie de Nick et la soif de sang d'Alice. Ce partenariat forcé me rappelait un peu celui que j'avais cru entamer avec Natalya, l'espace de quelques minutes, avant qu'elle ne tente de me voler mon corps.

« *Je m'appelle Saul*, répéta-t-il. *Je suis une Effigie.* (Il planta la pointe de son couteau dans le bureau.) *Tremblez devant moi !* »

D'un geste du bras, il fit s'élever du plancher un nuage de fumée noire qui se mua en une multitude de pattes. Les loups des ténèbres prirent vie. La chair morte et visqueuse remua sur leurs os, des gaz sombres s'échappèrent de leur toison, lorsqu'ils s'agitèrent au-dessus du pauvre homme tremblant. Je sus alors que nous ne parviendrions pas à le sauver.

« *Je n'agis pas seul, et je suis venu délivrer un message.* (Par réflexe, je serrai les poings alors qu'il poursuivait en se renfonçant dans son fauteuil et croisait les bras.) *Écoutez-moi bien, Tout ce que vous avez connu de peine et de terreur jusqu'à présent n'est rien en comparaison de ce qui vous attend. Ceux que vous croyez, naïfs que vous êtes, capables de vous protéger ne pourront m'empêcher de rien. Ils ne vous sauveront pas. Pire, ils vous trahiront.* »

Il agita une main, et les loups se penchèrent sur l'homme à terre, dont les cris désespérés résonnèrent contre les murs de bois : les bêtes déchiquetaient son corps.

Non ! Je me détournai de l'image, et malgré les hurlements de la foule mêlés à ceux du martyr, je réussis à entendre la menace de Saul :

« *Vous verrez... Dans sept jours, nous viendrons semer la mort.* »

Chapitre 22

— Bon sang, mais que se passe-t-il ? Henry, débrouille-toi pour rattraper ce merdier ! (Lake s'interrompit.) Je me fiche que tu ne bosses pas pour les autres filles ! La presse nous descend. Alors, bouge-toi !

Elle n'était pas la seule, dans notre chambre d'hôtel, à crier au téléphone. Debout devant la fenêtre occultée par un épais rideau, Belle, elle, s'acharnait sur Brendan. Chae Rin, assise en tailleur sur le canapé, se mordillait la lèvre d'un air distrait, à côté de sa sœur, Ha Rin, qui regardait les informations, les yeux rougis. De prétendus experts tentaient de décrypter l'intervention de Saul.

Que pouvaient-ils bien dire de plus ? John Walsh, Premier ministre canadien, avait été réduit en lambeaux sous les yeux horrifiés du monde entier. Étant donné qu'aucune défaillance dans les dispositifs anti-spectres n'avait été signalée, le crime avait dû être commis dans une zone morte. L'assassinat, qui avait déjà été officiellement qualifié d'acte terroriste, s'était déroulé pendant que les quatre Effigies – dont le rôle était de protéger le monde – se pavanaient dans une émission pour adolescents pour y récupérer le ridicule trophée de la catégorie « Personnalité la plus démente de l'année ». Je voyais déjà la une des journaux…

Incapable de tenir en place, je faisais les cent pas près de la porte. La voix de Natalya s'était de nouveau terrée dans les profondeurs de mon esprit, mais je ne parvenais pas à m'apaiser. Aussi sursautai-je lorsque l'on frappa à la porte.

— C'est moi, me rassura la voix de Nathan, que je laissai entrer.

— Qu'est-ce que tu fabriques ici ? (Je refermai aussitôt derrière lui.) Si quelqu'un te découvrait…

— Ne t'inquiète pas, personne ne m'a vu. Nous sommes dans de sales draps…

Il avait installé son ordinateur sur une table à proximité du réfrigérateur et s'était laissé distraire un instant par les cris des orateurs à la télévision.

— Tu as tout vu ? lui demandai-je.

— Oui… J'étais à deux doigts de descendre une ou deux bouteilles de scotch du minibar, même si je ne suis pas porté sur l'alcool.

— Sept jours…

— Je sais. Mais son ultimatum vise surtout à attiser cette atmosphère hystérique de terreur mêlée de colère contre la Secte. (Il posa un regard anxieux sur moi.) Et contre vous.

— Les officiels de la Secte proposent déjà des rendez-vous aux dirigeants du monde entier, annonça Belle après avoir raccroché. Sauf que la plupart sont furieux et refusent tout dialogue.

— On aurait dû faire quelque chose ! gémit Chae Rin. (Elle plongea la tête dans ses genoux, puis la redressa pour dévisager Belle.) Vraiment !

— Quoi donc ? se défendit l'Effigie de l'eau. Nous ne pouvions rien tenter de là où nous étions !

Chae Rin se releva, aussitôt retenue dans son élan par sa sœur qui lui attrapa le bras.

— C'est bien le problème ! Nous sommes les Effigies, bon sang ! On est censées se trouver sur le terrain pour se battre et pas se dandiner sur un plateau télé déguisées en clowns ! Notre boulot n'est pas d'être jolies sur une photo, mais de protéger les gens ! C'est ce que je… (Elle croisa le regard de Ha Rin avant de baisser la tête.) Saul a proclamé au monde entier qu'il était une Effigie. Je n'ose même pas imaginer ce que doivent penser mes parents en ce moment…

— Je suis certaine qu'ils vont bien, répondit sa sœur. Enfin…

Elle s'interrompit et Chae Rin, anxieuse, releva la tête.

— Enfin quoi ?

— Non, non, rien… Je…

— Nous recevons des menaces publiques et ni mon agent ni son équipe n'y peuvent quoi que ce soit, s'indigna Lake en appuyant son portable contre son front. Bon alors, quelles sont les directives ? Comment retrouver Saul ?

— Brendan nous demande de rentrer tout de suite au complexe londonien, intervint Belle.

— Non ! s'écria mon oncle avec un geste de la main en signe de refus. Surtout pas ! Croyez-moi, n'obtempérez pas.

— Pourquoi donc ? le pressai-je.

Il approcha une chaise de la table, s'y assit et ouvrit son ordinateur portable.

— Eh bien, c'est un sujet épineux… précisa-t-il à l'intention de Chae Rin, qui, comprenant l'allusion, se redressa et tapota l'épaule de sa sœur.

— Unnie, je suis très heureuse que tu sois là, mais… ne m'en veux pas… (Elle pressa ses paumes sur les oreilles de son aînée et lui fit baisser la tête.) C'est pour ton bien !

— O.K., répondit la jeune femme, hilare. Qui a dit que c'était étrange ?

Je vins me poster dans le dos de Nathan, en train d'insérer la clé USB blanche dans son ordinateur.

— Tu as trouvé quelque chose ? demandai-je alors que Belle et Lake me rejoignaient.

— Je n'ai réussi à contourner que les premières protections de ce petit appareil.

En deux ou trois clics, il fit apparaître une fenêtre noire, où s'afficha bientôt une série de lettres vert foncé en haut à gauche.

« Projet X19 »

En dessous, l'écran se divisa en quatre parties, chacune occupée par une icône et un titre :

« Phase I : Recherche

Phase II : Programme “Enfants silencieux”

Phase III : Minerva

Phase IV : Consolidation »

— « Projet X19 »… murmurai-je, hypnotisée par le curseur qui clignotait après le nombre.

— Qu'est-ce que c'est ? demanda Lake en se penchant par-dessus mon épaule. Qu'y a-t-il dans ces dossiers ?

— Je ne sais pas, avoua mon oncle. (Il cliqua sur une icône et un message d'erreur s'afficha aussitôt avant que l'écran ne s'éteigne.) Je suis bloqué là.

— Ce programme, là… (Je fermai les yeux pour essayer de me souvenir des divagations de Jessie quand nous avions couru dans le jardin de Blackwell.) Jessie a employé les mêmes termes pour se désigner. Elle a dit que Grunewald avait installé des dispositifs comme le sien sur tous les « enfants silencieux ».

— Je vous ai déjà parlé de ces sociétés qui tentent de reproduire les pouvoirs des Effigies. Et d'après ce que vous m'avez raconté, on a détecté des nanotechnologies dans le corps de Philip, l'homme retrouvé mort dans le désert. Ils ont donc créé de toutes pièces des soldats surpuissants… (Le visage sombre, Nathan tapota sur son clavier.) On dirait que la phase II a réussi.

— Mais il y a d'autres étapes, m'inquiétai-je. Que signifie « Minerva » ? Je me demande même si j'ai envie de le savoir…

— Je l'ignore. Tout ce que je peux affirmer, c'est que « X19 » fait partie d'un code de communication entre les divers centres municipaux de contrôle anti-spectres, dont celui où je travaille, et la Secte. La technologie à l'origine des DAS a pu être développée grâce aux recherches de cette institution. Au moindre problème, les communications étaient cryptées afin de protéger les données sensibles. « X19 » est en quelque sorte la signature de la Secte.

— La Secte ! s'exclama Lake. Nous y voilà ! Alors ce sont eux les criminels !

Les enfants de Fisk-Hoffman avaient très bien pu être choisis pour intégrer un programme secret de l'organisation. Entre ces gosses, les traîtres du département Recherche et développement, les agents qui avaient aidé Jessie à nous coincer dans le tunnel, et désormais, la signature… Je peinais à croire que tous ces liens entre la Secte et Saul ne puissent être dus qu'au hasard. Restait à savoir à quand remontait cette alliance ? Leur coopération était-elle récente, ou travaillaient-ils main dans la main depuis l'apparition de l'Effigie autoproclamée ? Peut-être étaient-ils de mèche depuis plusieurs mois, avant même le début des attaques. Incroyable !

Je m'agrippai au dossier de la chaise de mon oncle. La Secte entière ne pouvait avoir pris le parti de Saul. Pourtant, une opération de cette envergure nécessitait forcément un grand nombre d'agents. Une véritable institution au sein de l'institution ! Naomi m'avait prévenue : quelque chose se tramait au sein même de l'organisation.

— C'est logique, conclus-je. Les enfants de Fisk-Hoffman, déclarés morts, réapparaissent tout à coup. Leurs certificats de décès ont donc dû être falsifiés par des gradés au sein de la Secte. Attendons-nous à découvrir d'autres trafics.

Les enfants de Fisk-Hoffman… Jessie, Alex et Philip avaient tous pris contact avec Saul. Nous avions la certitude que Vasily, même s'il ne possédait pas de pouvoirs, travaillait pour le terroriste. Quant à Rhys…

Rhys. Mes doigts s'engourdirent et une douleur me tenailla le ventre au souvenir de son regard, qu'il avait plongé dans le mien, alors qu'il se trouvait à mes pieds et que Natalya m'emplissait d'une rage vengeresse. Il était l'un des gamins de cette base maudite, et il était présent lorsque l'incendie s'était déclaré. Avait-il une part de responsabilité dans cet accident ? Pourtant, alors que Vasily avait été averti, Rhys avait été surpris lorsque nous étions tombés dans une embuscade à l'intérieur du tunnel. Je n'avais aucun doute à ce sujet. Mais qu'allions-nous encore découvrir ? J'enfouis ma tête dans mes bras.

— Ce qui m'inquiète, ce sont les prochaines phases, déclara Belle. « Minerva », « Consolidation »... La réapparition en fanfare de Saul peut signifier qu'elles ont déjà commencé.

— Tu... (La voix de Lake était altérée par l'angoisse.) Tu crois qu'on doit s'attendre à pire que de fausses Effigies ?

Elle se raidit, terrifiée d'avance par la réponse que l'intéressée apporterait à sa question.

— Comment savoir ? (Son regard, pourtant, ne laissait guère place au doute : c'était oui.) Nous devons en apprendre plus. Nathan, tu te sens capable de contourner la sécurité de ces dossiers ?

— En fait, commença-t-il en se frottant le cou, lorsque l'on est confronté à un algorithme asymétrique de ce type, entrer un code secret ne suffit pas, en général. J'ai déjà été surpris de réussir à naviguer aussi loin dans les données. Mais là, avec ce message d'erreur, je me retrouve face à un mur. Les informations les plus importantes sont protégées par une sorte de voile, et le soulever me prendra un certain temps. Ce dont je suis certain, c'est que je ne peux rien faire de plus pour le moment.

Il éjecta la clé et se releva.

— Où vas-tu ? demandai-je.

— À New York, répondit-il en refermant son ordinateur. Si je dois craquer cet engin, j'aurai besoin de matériel bien plus performant que ce portable ! Le CCD a investi dans des bécanes à la pointe de la technologie. Et puis, il y a quelques… détails que j'aimerais vérifier là-bas.

Par exemple, comment le centre avait-il pu être piraté quelques mois auparavant ? Je tendis la main pour l'attraper par la manche.

— C'est trop dangereux ! Et si tu te faisais repérer ? Et s'ils te…

— S'ils m'envoyaient au goulag ? (Il me lança un sourire amusé.) Eh bien, je n'ai qu'à me débrouiller pour ne pas être repéré. Ne t'inquiète pas pour moi. Vous avez bien assez de problèmes comme ça, toutes les quatre.

— Sept jours, insistai-je. L'horloge tourne…

— Avec son intervention d'aujourd'hui, Saul a seulement cherché à vous décrédibiliser, la Secte et vous. Non seulement auprès du grand public, mais aussi auprès des dirigeants de ce monde. Mais vous ne pouvez pas retourner au sein de l'institution et suivre leurs ordres. Qui sait ce qui vous y attend ? Quoi que vous décidiez désormais, agissez avec prudence. Et ne vous séparez jamais.

— Alors direction Madrid, décréta Belle. On va rencontrer Naomi. Toutes les quatre.

Lake et Chae Rin échangèrent un regard interloqué alors que l'Effigie de l'eau se dirigeait vers la chambre où nos valises étaient entreposées.

— Madrid ? l'interrogea Lake. Pourquoi ? Et qui est cette Naomi, d'abord ?

— La mère de Rhys. Elle détient des informations qui pourraient se révéler utiles. C'est du moins ce qu'elle a laissé entendre à Maia.

— Et si elle refusait de parler ? demandai-je en repensant à notre entretien chez Blackwell. Elle a insisté pour me rencontrer en tête-à-tête.

— Tentez tout de même le coup, intervint Nathan. Tu ne peux pas te déplacer seule en ce moment, c'est trop dangereux.

— Je suis d'accord, on y va toutes, quitte à la forcer à cracher ce qu'elle sait, ajouta Chae Rin avec un haussement d'épaules. Je ne pouvais qu'imaginer ce qu'elle sous-entendait par « forcer », car j'avais beau avoir désespérément besoin de ces réponses, je n'étais pas du tout prête à les obtenir de mes poings.

— Mais comment nous y rendre sans alerter la Secte ? s'interrogea Lake.

— Inutile de chercher à le leur cacher ! répliqua Belle depuis la chambre.

Chae Rin déboucha les oreilles de sa sœur.

— Je repars pour de nouvelles aventures, Unnie ! Embrasse papa et maman, et veille sur eux.

— C'est justement au sujet de maman que je suis venue te voir, répliqua la jeune femme en s'asseyant sur le bout du canapé.

Le visage de sa sœur s'assombrit.

— Comment va-t-elle ? Elle a eu une autre… (Elle nous jeta un coup d'œil gêné.) Une autre crise ?

Ha Rin, très embêtée, nous adressa le même regard embarrassé.

— Elle voudrait juste te voir, et… Ah ! (Elle poussa un long soupir et esquissa un sourire attristé.) Ce serait tellement plus pratique de pouvoir parler en coréen !

— Comme si c'était ma faute… (Malgré son ton indigné, Chae Rin semblait penaude.) Allons discuter dehors.

Quelques minutes après qu'elles eurent refermé la porte derrière elles, Belle, valise à la main, ressortit de la chambre en pleine conversation téléphonique. Je ne prêtai pas attention à elle, jusqu'à ce que j'entende le nom de son interlocuteur et que mon cœur cogne soudain dans ma poitrine.

— C'est Rhys ? Qu'est-ce qui se passe ? (Je me précipitai vers elle.) Tout va bien ? ajoutai-je timidement.

Ma partenaire plaqua un index sur sa bouche pour m'intimer de me taire.

— Tu es sûr que c'est possible ? Super ! Merci, Rhys, c'est très sympa. (Elle raccrocha et lâcha un soupir de soulagement.) Je viens de lui demander de nous affréter un jet pour une mission bidon. Souvenez-vous… La Secte a la possibilité de nous détecter partout avec nos fréquences d'émission de cylithium, et nous ne sommes pas en mesure de les masquer comme le font Saul et sa clique. Rhys m'a confirmé qu'il saurait convaincre Brendan de nous envoyer à Madrid. C'est le mieux qu'il puisse faire.

Qu'il soit enclin à nous aider ne rendait pas plus douce la vérité sur son passé. D'autant que j'étais loin d'avoir élucidé cette histoire.

— Que lui as-tu dit ?

— Rien à propos de sa mère, répondit-elle en faisant rouler sa valise jusqu'à la porte. Juste que c'était important, et il a eu l'air de comprendre.

— Mais…

— Ne t'en fais pas, Maia, s'exaspéra Belle avant de se tourner vers moi. C'est Rhys ! On peut lui faire confiance.

Je restai interdite. Lake partit à son tour boucler sa valise et ce n'est que lorsqu'elle m'appela que je sortis de ma rêverie. Nathan s'apprêtait, lui aussi, à retourner dans sa chambre afin de préparer ses affaires, mais quand il fit mine de prendre congé, je compris à quel point j'avais besoin de me confier à quelqu'un. Je décidai alors de l'accompagner jusqu'à sa suite.

— Quelque chose ne va pas ? s'enquit-il après avoir refermé la porte derrière moi. Maia ? Est-ce que… tu pleures ? Dis-moi ce qui t'arrive.

Je gardai la tête baissée, le visage caché par mes boucles emmêlées, mais des spasmes secouaient mes épaules. Il m'avait entendue… Au point où j'en étais, je relevai la tête, laissant couler mes larmes, et je m'exécutai. À la fin de mon récit, j'aurais juré que lui aussi avait les yeux rougis.

— Mon Dieu, Maia… Je n'avais aucune idée de ce que tu endurais. Je suis vraiment désolé.

Il soupira pour tenter de reprendre contenance et posa délicatement les mains sur mes épaules.

Je pensais que me livrer à quelqu'un m'aiderait à me libérer mais au contraire, je me sentais encore plus perdue.

— Je ne sais plus quoi faire. Si je révèle à Belle que Rhys a assassiné Natalya, elle le tuera. Je refuse de prendre ce risque. Mais ce que nous apprendra Naomi peut tout à fait provoquer le même effet. Belle n'avait personne… Enfin, c'est encore pire ! Natalya était la seule famille qu'elle ait jamais eue. Son mentor. Son héroïne. C'était…

Je repensai soudain à notre visite en France, dans le foyer d'accueil de notre équipière, et au moment où, sous les yeux de la gérante, elle avait demandé aux enfants, sans détour, s'ils étaient battus.

Je secouai la tête. Natalya avait représenté le seul repère de Belle.

Comme je la comprenais… Après la mort de ma famille, je m'étais parfois retrouvée étendue dans mon lit, les yeux grands ouverts, à fixer le plafond, assourdie par le silence oppressant de la solitude qui m'avait assaillie la nuit des funérailles jusqu'à faire vibrer mes os.

Et puis Saul était apparu. J'avais quitté ma maison, mon oncle, j'avais rencontré de nouvelles personnes, et soudain, même si j'étais toujours dévastée, ma vie ne m'avait plus semblé si dénuée de sens. Depuis, je volais de ville en ville, remplissais des missions, combattais des monstres, échappais à la mort… épaulée par ces alliés qui comptaient désormais beaucoup pour moi.

— Je ne veux plus perdre aucun de mes proches. Ni Belle, ni Rhys, ni qui que ce soit d'autre. Je veux que plus rien ne change.

J'essuyai mes larmes à la hâte sans tenter de me cacher de mon oncle. Il prit mes mains dans les siennes.

— Mais Maia… Même si ce garçon a été acculé à tuer Natalya… ça va finir par se savoir. Tu ne réussiras pas à garder ce secret éternellement. Et plus tu attends pour en parler à ton amie, pire ce sera le moment venu.

— Je sais, articulai-je dans un sanglot, la mâchoire crispée. Je sais très bien mais… Je ne peux pas ! Je me hais !

Mon oncle pencha la tête en plissant les yeux.

— Ce n'est pas tout, n'est-ce pas ? Éprouverais-tu des sentiments pour ce garçon ? (Mes larmes s'écrasèrent sans bruit sur ses mains.) Je suis tellement désolé pour toi, murmura-t-il avant de me prendre dans ses bras.

— Vas-y, juge-moi, répliquai-je en me dégageant de son étreinte pour libérer ma voix. Dis-moi que je suis idiote, faible, égoïste, inconsciente, la plus nulle des héroïnes de la planète, cruelle, névrosée et hyperémotive, hystérique… Ce que tu veux. Tout ce qui te vient à l'esprit !

— Tu ne me laisses que l'embarras du choix, constata Nathan avec un petit rire. Mais je vais me taire car je suis bien mal placé pour te juger. Ce n'est pas comme si j'étais à ta place. Et pour être honnête, je ne le souhaiterais pas à mon pire ennemi ! (Je levai les yeux, et son doux sourire me réconforta. Je poussai un soupir de soulagement et mes épaules s'abaissèrent du même coup.) Tu portes un bien lourd fardeau, Maia, et je…

Sa voix se brisa et il eut besoin d'un moment avant de reprendre la parole.

— Je suis désolé… Tu es la fille de mon frère, mais je ne te suis d'aucune aide.

— Ne dis plus jamais ça ! Il n'y a rien de plus faux.

— Et pourtant… Je ne peux alléger ta peine. Tout ce que je peux faire, c'est te donner un conseil. (Il posa une main sur ma tête.) Les secrets ne restent jamais enfouis. Ils finissent toujours par être révélés au grand jour. Ne te laisse pas surprendre, Maia, agis vite. Même si ce n'est pas aujourd'hui, dis-leur la vérité dès que tu le pourras.

Je me trouvais face à deux possibilités, et aucune des deux ne menait vers une solution satisfaisante. Je fus parcourue par un frisson de terreur, suivi par une chair de poule, ce qui ne présageait rien de bon. J'étais coincée.

— Je t'en prie, sois prudent, lui recommandai-je avant de le laisser seul dans sa chambre.

Chapitre 23

Nous nous trouvions à bord d'un jet minuscule, secoué par les vents, qui nous déposa en plein centre-ville. Bien que nous ayons un ordre de mission, nous refusâmes le van affrété par la Secte pour notre transport sur place.

Le caractère officiel de notre déplacement comportait aussi, bien sûr, son lot de désagréments. Malgré la crise que traversait l'organisation, les cadres demeuraient pointilleux sur les déplacements de la flotte aérienne. Aussi Rhys n'avait-il réussi à nous autoriser à rester que quelques heures à Madrid. Nous disposions donc de très peu de temps, ce qui nous obligeait à remplir nos obligations avant la fin de la journée, puis à repartir pour Londres dans la foulée, bien que je n'aie aucune envie de retourner au complexe londonien. L'avion n'était pas même censé quitter le tarmac.

Naomi voulait me voir au crépuscule. Nous avions donc une chance de respecter le délai que la Secte nous avait accordé, à condition de nous dépêcher. Belle loua une voiture et nous roulâmes dans les rues de Madrid, affublées de casquettes et lunettes noires.

— Dis donc, tu nous avais caché que tu parlais espagnol ! lança Chae Rin depuis le siège arrière.

Ce fut à peu près le seul commentaire qui ponctua notre itinéraire : nous n'étions pas d'humeur à bavarder.

Belle, pour s'y être déjà rendue, connaissait le trajet jusqu'à l'appartement de Natalya. Elle nous conduisit à travers la ville sans hésiter, sous un ciel limpide et une chaleur agréable. La capitale espagnole n'avait pas échappé à la mondialisation et, à chaque coin de rue, nous tombions sur les mêmes grandes chaînes de cafés, de restaurants et de vêtements que dans les autres métropoles de la planète. Malgré tout, certains endroits me dépaysèrent, comme la place de Cybèle, dominée par un haut bâtiment, tel un château de marbre blanc, qui se dressait dans le ciel matinal. Le nez collé à la vitre, je regardais défiler les artistes et les vendeurs, les passants en rollers qui glissaient sous le ciel d'azur – tous bien à l'abri grâce au DAS local. Celui-là, implanté à l'écart de la cité, consistait en une tour immense surmontée d'une structure cinétique dont les disques métalliques émettaient une fréquence protectrice jusqu'à des centaines de kilomètres à la ronde. Elle n'était pas visible depuis le cœur de Madrid, mais nous l'avions survolée en arrivant.

L'appartement de Natalya était proche d'un parc gigantesque, au beau milieu du quartier de Salamanque qui regorgeait de restaurants chics et de cafés à la mode. Belle nous emmena justement dans un bar, tout proche, situé sur les toits. Il était très tôt et l'enseigne n'ouvrirait que quelques heures plus tard mais notre camarade connaissait le propriétaire – fort probablement un ami de Natalya, au départ. L'homme accepta de nous accueillir en secret tant que son établissement était fermé, par contre, nous devions quitter les lieux avant la soirée et le déferlement des clients. Exactement ce dont nous avions besoin.

— Tout va bien ? m'enquis-je auprès de Chae Rin qui était installée sur la terrasse.

Assise à l'une des tables vides, elle tenait à la main, à ma grande surprise, un verre d'eau. Compte tenu de la situation, elle en aurait profité, d'ordinaire, pour commander une boisson alcoolisée. Mais notre équipière n'était plus que l'ombre d'elle-même. Affalée sur sa chaise, son pâle et doux visage marqué par l'anxiété, elle fixait son gobelet à moitié vide.

Lorsqu'elle me vit arriver, son expression se durcit.

— Qu'est-ce que tu me veux ?

— Doucement, ripostai-je en levant mes paumes dans un geste pacifique. Je te demandais juste comment tu allais. Rien de plus. Je m'inquiète pour toi, c'est tout. Tu es calme depuis trop longtemps, ça ne te ressemble pas.

— Tiens donc, tu te fais du souci pour moi !

Impossible de savoir si le rire sarcastique de l'Effigie de la terre était censé me blesser, ou s'il était dirigé contre elle-même. Puis, d'un signe, elle m'invita à m'asseoir à côté d'elle, ce que j'acceptai aussitôt.

— Gamine, tu te rappelles notre rencontre au Québec ? Tu m'as harcelée pour que je participe à un combat que, d'ailleurs, nous n'avons toujours pas remporté vu que nous enchaînons les galères. Tu ne lâchais pas l'affaire.

— C'est vrai. (Je détournai le regard, dans un accès de honte.) Je n'ai pas été très sympa, je regrette.

Elle secoua la tête avec un petit sourire.

— Non, ça va. Je me suis vengée avec mes poings, on est quittes. Mais… Tu sais, à un moment, je t'ai répondu que ce sont surtout les familles des Effigies qui souffrent.

Je m'en souvenais très bien, d'autant plus après avoir revu mon oncle et pris conscience de ses inquiétudes, de ses tourments. À présent, je comprenais parfaitement ce qu'elle avait voulu dire.

— Après les *TVCA*, ma sœur m'a appris que notre mère avait eu une nouvelle…

Elle hésita et me jeta un regard furtif. Chae Rin, toujours tellement sûre d'elle, serrait son verre entre ses mains, comme une enfant intimidée à l'idée de révéler un secret.

— Pardon, reprit-elle. Ce n'est pas un sujet facile à aborder. On n'en parle jamais dans ma famille, et ma mère ne peut pas aller consulter de médecin, car tout le monde s'y oppose. Je ne sais pas si tu piges, c'est dur à expliquer…

— Je comprends l'essentiel.

À l'époque où je l'avais rencontrée, au *Cirque de Minuit*, Chae Rin semblait bien plus préoccupée par le sort de sa famille que par le risque d'une attaque d'ampleur mondiale dirigée par Saul. Et je ne m'en étais pas tellement étonnée…

— C'est juste qu'elle ne va pas bien, tu comprends. Elle reste à la maison la plupart du temps et mon père s'occupe d'elle. Elle a toujours été anxieuse, mais depuis que je suis devenue une Effigie, c'est de pire en pire. (Elle s'appuya contre le dossier de sa chaise et, plissant les yeux, fit face au ciel radieux.) Elle est inquiète et paranoïaque.

Et tu vois, moi, avec mon tempérament, je suis souvent en une des journaux à cause de missions foirées, de rixes, ou de destructions de voitures... Ça n'aide pas.

— Mais en plus tu sauves des vies. Le public ne se focalisera pas éternellement sur ces incidents. Il reconnaîtra bientôt tes qualités, qui sont bien plus nombreuses que tes défauts.

Elle ne semblait pas convaincue.

— Je n'en sais rien... Le truc, c'est que... (Elle se tortilla les doigts et tarda à reprendre.) Même avec le merdier qu'on se coltine tous les jours, même quand je foire... je préfère encore être ici que là-bas, à m'occuper d'elle. Ma sœur arrive à l'encaisser. Mais moi, les crises d'anxiété de ma mère me terrifient plus que les spectres.

Elle secoua la tête avec un soupir puis reprit :

— C'est horrible, pas vrai ? Je me dégoûte. Ne te méprends pas... Elle me manque, et je l'aime. J'étais heureuse lorsque j'ai appris qu'elle venait me voir au cirque... mais sûrement parce que je savais qu'elle repartirait au bout d'un jour ou deux. Comment puis-je apprécier de me trouver n'importe où plutôt qu'au chevet de ma propre mère ? Et regarde où nous avons atterri !

D'un geste, elle désigna l'horizon madrilène qui se découpait dans le ciel matinal, les échoppes et marchés dans les rues en contrebas, et le magnifique dispositif anti-spectres, minuscule dans le lointain.

— Notre situation ne cesse d'empirer. Depuis l'apparition de Saul, nous vivons comme des nomades, toujours à voyager de ville en ville dans l'espoir de l'arrêter. J'ai l'impression d'être le personnage d'un mauvais jeu vidéo !

— Un jour, j'ai rêvé que je me trouvais dans *Metal Kolossos*. Le joueur m'avait tellement mal équipée en défense que je finissais terrassée par un elfe noir. Ce qui était vraiment étrange, vu qu'il n'y en a pas dans le jeu.

Je me figeai sous le regard ébahi de Chae Rin et serrai les lèvres, confuse.

— Notre combat ne cessera jamais. Mais… à un moment ou à un autre, je devrai bien y retourner. Je le dois. Tu ne crois pas, Maia ?

L'entendre prononcer mon prénom m'ébranla plus que je ne m'y attendais. D'habitude, elle me donnait du « gamine », ou me traitait parfois de « débile ». Je me retins de rire face à la mine grave de mon amie. Je perçus d'ailleurs dans son regard l'ombre de la lassitude, propre à ceux qui ont vécu bien plus longtemps que leurs dix-huit années.

— Pour l'instant, tu risquerais de mettre ta famille en danger, si tu rentrais chez toi. Nous n'avons pas d'autre choix que de nous battre pour intercepter Saul au plus vite. Je sais que c'est difficile, mais… (Je pris une profonde inspiration, afin de rassembler assez de courage pour lui adresser un sourire confiant.) Tant que nous sommes ensemble, rien ne nous arrivera, n'est-ce pas ? Ne t'inquiète pas, Chae Rin, nous formons une équipe.

Elle releva un sourcil d'un air amusé, sirota son eau et laissa son regard se perdre sur la vue qui s'offrait à nous. Je le pensais. La situation avait beau nous échapper totalement, nous pouvions toujours compter les unes sur les autres. Parcourir le monde dans l'espoir d'arrêter Saul… Je devais admettre qu'aussi terrible et dangereuse que puisse paraître cette perspective, ma vie n'avait pas que des aspects négatifs. J'avais désormais un but, et des amies. Je n'avais plus grand-chose en commun avec la Maia d'un an plus tôt, enfermée dans sa chambre, désespérément seule après la mort de sa famille.

Les moments de solitude se faisaient rares ces derniers temps, ce que j'appréciais.

— Merci, Chae Rin, murmurai-je.

— Pardon ? (Elle reposa son verre.) De quoi ?

Trop embarrassée pour m'expliquer, je me relevai.

— Allez, viens, il y a de plus en plus de passants dans les rues. Et même à cette hauteur, quelqu'un pourrait nous reconnaître.

Je tirai sur sa manche et insistai jusqu'à ce qu'elle me suive bon gré mal gré à l'intérieur. Nous devions arrêter Saul, pour le bien de tous. C'était la seule façon de retrouver ceux que nous aimions l'esprit tranquille. Mais tant que durerait notre combat, nous devions compter les unes sur les autres. Ce n'était pas seulement un souhait, mais une nécessité : être toutes les quatre ensemble.

Je ne voulais plus perdre aucun de mes proches.

Nous quittâmes le bar juste avant la tombée de la nuit. Nous avions décidé de laisser nos affaires dans les vestiaires de l'établissement, mais Lake prit la précaution de garder quelques objets importants dans son sac à dos. Coiffées de nos casquettes et cachées derrière nos verres teintés, nous nous mêlâmes avec précaution au flot de citadins en quête de restaurants et de discothèques. Ignorant le nombre exact de soldats aux ordres de Saul et ne sachant si notre présence à Madrid avait été divulguée ou non au sein de la Secte, nous étions contraintes à la plus grande vigilance. Nous observions donc chaque passant avec attention, sans pour autant tomber sur Jessie ou Vasily.

La porte de l'immeuble émit un bourdonnement lorsqu'elle se déverrouilla, juste quand nous nous arrêtâmes devant. Naomi devait nous attendre. Le hall d'entrée était désert, mais nous nous dépêchâmes de grimper les douze étages jusqu'à l'appartement de Natalya. Nous suivîmes Belle, qui, une fois en haut, s'immobilisa et resta un long moment la main sur la poignée de la porte massive en bois de pêcher. Je toquai.

Un homme en noir nous ouvrit. Était-ce un agent de la Secte ? Plus loin dans le couloir, sa collègue, aux lunettes teintées, nous attendait sans un mot. Il lui adressa un signe avant de nous autoriser à entrer et ses larges épaules heurtèrent le mur lorsqu'il s'effaça pour nous céder le passage.

L'endroit était exactement comme dans le souvenir de Natalya : le portemanteau en forme d'arbre, tout à gauche, le réfrigérateur chromé qui jouxtait la table basse ainsi que le lavabo à vasque transparente. Et, accrochées aux murs écrus, des reproductions d'œuvres pop art glamour. Ma gorge se noua à la vue de ces lieux familiers. Enfin, le couloir étroit débouchait dans le salon.

Je fus soudain prise de vertige. Cette carafe en cristal, posée sur l'étagère, je la savais remplie de scotch. Cette belle bibliothèque, ce mobilier épuré, ce coin de plafond qui s'inclinait et… ce fauteuil, toujours au centre de la pièce.

Natalya y était assise juste avant de mourir. Chaque chose avait conservé sa place, conforme au souvenir, à cette vie antérieure... À la scène de crime.

— Maia ! Ça ne va pas ?

Lake, qui portait son sac sur une épaule, le mit sur son dos pour pouvoir me soutenir.

— Avez-vous été suivies ?

Avec un halètement, je me retournai et me trouvai face à Naomi, toujours aussi belle, avec sa peau délicate et ses longs cheveux de jais qui retombaient sur sa poitrine. Vêtue d'une simple robe mauve, elle était installée dans un fauteuil – pas celui de mon souvenir, mais une sorte de banquette placée sous les hautes fenêtres qui s'étendaient sur presque toute la longueur du mur. Les phares d'une voiture dans la rue projetèrent leur lumière sur Naomi à travers les persiennes. Malgré le faible éclairage, je discernai nettement les grands yeux bruns de Mme Prince.

— Avez-vous été suivies ? réitéra-t-elle d'un ton légèrement pressant.

— Non, répondit Belle.

Notre hôte resta un moment silencieuse.

— Maia, finit-elle par lâcher avant de réajuster son châle sur ses épaules, je t'avais demandé de venir seule.

Son regard, inquiet, se posa sur l'Effigie de l'eau et je compris sur-le-champ son trouble.

— Ouais, et ça ne nous plaisait pas, lança Chae Rin en croisant les bras. Vous êtes la mère de Rhys, c'est ça ?

— Maia nous a révélé que vous faisiez partie du Conseil, ajouta Lake qui me tenait toujours par le bras.

Mme Prince, dont les doigts faisaient tourner son alliance autour de son annulaire, se tortilla sur son siège.

— Vraiment ? Et que vous a-t-elle appris d'autre ?

— N'en faites pas un drame, grogna Chae Rin. On préférait ne pas la laisser venir seule, c'est tout. Et si vous crachiez le morceau, maintenant ?

Même si j'étais un peu incommodée par l'odeur de renfermé qui flottait, je m'étais remise de mon malaise. Pourtant, Lake ne desserrait pas son emprise.

— Pourquoi ici ? lançai-je. Pourquoi avoir choisi cet endroit ? Et pourquoi souhaitiez-vous me voir seule ?

Naomi se leva pour s'approcher de la fenêtre et observer la ville.

— Tu sens sa présence, n'est-ce pas ? Tel un fantôme tapi dans l'ombre...

— Vous voulez que je pratique la divination, articulai-je, alors que je portai mes doigts crispés sur ma gorge.

— Ce n'est pas de Natalya dont nous avons besoin, mais de Marian, la première de ta lignée. L'Effigie du feu originelle.

La première ? Je sentis les regards incrédules de Lake et de Chae Rin se poser sur moi. Quant à Belle, elle ne quittait pas Naomi des yeux.

— Pourquoi Marian ? demandai-je.

— Nous n'avons que peu de temps, répondit la mère de Rhys, qui, absorbée par les lumières de la ville, ne semblait pas avoir entendu ma question. Je dois être de retour en Virginie demain matin. J'ai prétexté avoir envie de prolonger mon séjour en Angleterre pour que mon mari accepte de partir sans moi. Hormis Rosa et James, personne ne sait que je suis ici. (D'un geste de la tête, elle nous indiqua les deux agents toujours postés devant la porte d'entrée, aux aguets.) Mais je ne saurais dire si j'ai été suivie. Alors je dois faire vite.

— Eh bien, allez-y, dites-nous tout, enchaîna Chae Rin. Saul est toujours en liberté, sans doute en train de comploter la fin du monde, alors nous avons tout intérêt à passer à la vitesse supérieure.

— Il n'est pas seul, précisa Naomi, à voix plus basse. Il a des agents de la Secte à sa solde, dont certains sont membres du Conseil. De toute façon, vous avez dû le deviner. Sinon, comment Saul, sans aucune aide, aurait-il pu prendre le contrôle de tant de DAS ?

Nathan avait déjà tenté de m'expliquer son métier, mais je n'y avais pas compris grand-chose. Tout ce que j'avais retenu, c'était que le Centre de contrôle de la défense de New York employait un grand nombre d'ingénieurs experts qui exerçaient leurs talents sur des machines dernier cri. À moins que le terroriste n'ait le pouvoir d'abattre les dispositifs anti-spectres d'un claquement de doigts, il avait forcément eu besoin d'un groupe infiltré... Ou de quelques pirates informatiques performants. Il n'y avait pas d'autre explication.

— C'est pour cette raison que Baldric s'est enfui.

— Et de qui s'agit-il, madame ? s'enquit Belle en s'approchant de la table basse. Natalya a déjà mentionné ce nom devant un prêtre de notre connaissance.

— Baldric Haas, répondit Naomi avant de porter ses deux mains à son cœur, sans cesser de triturer sa bague, tel un tic nerveux. Il est membre du Conseil et sa famille, tout comme la mienne, est au service de la Secte depuis sa fondation. Nous seuls connaissons l'existence du dernier volume des *Ouvrages de Castor*, celui qui a été rédigé en secret.

— Il y aurait donc un treizième tome ? m'exclamai-je, abasourdie, en guettant la réaction de mes amies.

Naomi hocha la tête.

— On raconte qu'il contient des découvertes tellement dangereuses que Castor ne pouvait les divulguer, pas même à la Secte. Mais comme il était incapable de se résoudre à détruire ce manuscrit, il l'a confié à la famille Haas. Ils en sont les dépositaires depuis cette époque. Mais depuis quelque temps, Baldric semblait inquiet.

— Pourquoi tant de secrets ? la pressa Lake. C'est à notre sujet ?

— À propos de vous, oui, et des spectres. Mais aussi sur les origines de notre civilisation, ajouta-t-elle avant de baisser les paupières comme pour mieux se souvenir. En tout cas, c'est ce qu'il m'a confié, mais je n'ai aucun moyen de le vérifier. Baldric est sans doute, aujourd'hui, le seul être humain vivant à avoir connaissance du contenu de ces pages. Le problème, c'est qu'avec sa tendance paranoïaque, il ne me faisait pas complètement confiance. Au début de l'année, il a été le premier à m'alerter des rumeurs au sujet d'une possible trahison au sein de la Secte. Peu après, Saul est apparu. Troublant, non ? Baldric était persuadé que les informations contenues dans le livre avaient un lien avec les catastrophes qui nous avaient frappés, et avec Saul.

Mais il ne voulait rien m'expliquer de plus tant qu'il n'aurait pas placé le volume en lieu sûr.

— Vous avez affirmé connaître les détails de la mort de Natalya, intervint soudain Belle en s'approchant du fauteuil où Naomi se trouvait quelques instants auparavant. Dites-moi ce que vous savez, je vous prie.

Mme Prince et moi échangeâmes un regard bref, puis elle baissa les yeux, tentant de cacher le tremblement de ses mains.

— À chaque génération, les Haas conservent l'ouvrage dans un endroit différent, afin de brouiller les pistes. Baldric s'était mis en tête de récupérer le livre à son dernier emplacement, le Musée national de Prague. Hélas, il est tombé malade, et m'a donc chargée de la mission. Or s'il était vraiment espionné, je ne pouvais prendre le risque de m'y rendre seule. J'ai donc envoyé Natalya. (Elle fixa son regard sur le visage de Belle et continua son récit.) À cette époque, elle nourrissait déjà un certain nombre de soupçons… Il y a six mois environ, après les attaques de Francfort, elle était venue se confier à moi.

— Francfort… se souvint Belle. Sibyl nous en a parlé, en effet. Natalya y avait affronté Saul. C'était juste avant qu'il ne déchaîne ses attaques. Mais elle n'avait pas eu le temps de savoir qui il était, ni ce qu'il voulait.

— Je cherchais quelqu'un pour m'épauler, reprit Naomi. Je lui ai donc parlé du livre et de la nécessité de le récupérer en secret de la Secte. Or, en bon soldat, Natalya rechignait à agir sans en référer aux autorités. Je lui ai alors répété les paroles de Baldric : dans ce livre, nous trouverions les réponses à nos questions. Et je lui ai promis de la protéger de l'organisation.

— Mais vous avez échoué, termina l'Effigie de l'eau à sa place alors que son interlocutrice baissait la tête.

— Elle s'est fait pincer, je n'ai rien pu faire. Ensuite, tout s'est enchaîné très vite, et nous risquions trop gros pour agir. Baldric, pétrifié, a fui l'Angleterre. Natalya voulait tenter à nouveau de récupérer le volume, une fois que l'affaire se serait tassée, mais…

— On l'a assassinée avant, n'est-ce pas ? continua Chae Rin. Elle n'en a jamais eu l'occasion.

Naomi esquissa un pas chancelant vers Belle.

— Je suis tellement désolée. Je sais qu'elle comptait plus que tout pour toi, qu'elle était ta seule famille. (Ses yeux s'embuèrent.) Pardonne-moi…

— Savez-vous qui l'a tuée ?

Pour toute réponse, elle obtint le silence. Belle semblait calme, mais j'étais bien placée pour savoir que son masque impassible pouvait réserver de nombreuses surprises. Naomi ne desserra pas les lèvres, mais pour ma part, je ne pouvais garder le secret plus longtemps. Ça n'avait que trop duré, je devais passer aux aveux.

Je me tordis les doigts et me mordis le coin des lèvres jusqu'à en avoir les larmes aux yeux. Je ne pouvais me taire davantage. Quels que soient mes sentiments, et qu'importaient les conséquences, je devais surmonter ma peur pour faire confiance à Belle.

Mais, alors que je m'apprêtais à ouvrir la bouche, Naomi me devança :

— C'est moi.

À ces simples mots, froids, succédèrent des secondes lugubres et silencieuses.

Je me sentis glacée jusqu'aux tréfonds de l'âme, comme emportée par l'œil d'une tempête. À peine avais-je eu le temps de cligner des yeux que le salon était couvert d'une couche de givre qui scintillait sur les livres de la bibliothèque, au plafond… De la neige, même, s'amoncelait sur les meubles. L'épée de Belle était déjà plaquée contre la gorge de Naomi. Dans l'instant, nos trois voix crièrent à l'unisson :

— Arrête !

Je fus la première à m'approcher. D'une main, je bloquai le coude de ma coéquipière, sans pour autant parvenir à adoucir le regard meurtrier qu'elle braquait sur Mme Prince. Les gardes du corps, alertés, se précipitèrent à la rescousse, mais Belle érigea un épais mur de glace pour leur barrer la route et les confiner dans le couloir.

— Oui, c'est moi qui l'ai tuée, confirma Naomi avant de renverser la tête pour l'appuyer contre la persienne. Je l'ai exposée au danger en l'envoyant à Prague. C'est ma faute si elle est morte.

— L'avez-vous assassinée, oui ou non ? (Belle raffermit sa pression sur la gorge de la femme, et quelques gouttes de sang perlèrent sur fil de sa lame.) Parlez ! De toute façon, même si vous ne l'avez pas fait, je suis certaine que vous connaissez au moins le meurtrier !

Lake sautillait, incapable de contrôler son angoisse grandissante.

— Oh mon Dieu… C'est pas vrai… Elle ne va pas la tuer ? Je t'en prie, ne la tue pas !

— Belle, arrête, s'il te plaît ! hurlai-je. La vérité…

— N'a aucune importance, m'interrompit Naomi en me regardant droit dans les yeux. Je l'ai tuée. Ce sont mes décisions qui l'ont menée à sa perte. Et ça n'a pas commencé avec Prague… mais bien avant. (Elle se mit à trembler avant d'éclater en sanglots, et ses larmes se mêlèrent peu à peu au sang pour venir tacher son corsage.) Ce drame est arrivé parce que je suis faible. Je suis incapable de protéger qui que ce soit. Et je ne l'étais pas plus à l'époque que maintenant.

Faisait-elle allusion à Rhys ? Sourcils froncés, je relâchai le bras de ma camarade. Je voulus combler les silences de Naomi, mais, même coincée par la lame de Belle, elle secoua la tête de toutes ses forces.

— Je t'en prie… Je t'en supplie, ne fais pas ça… bégaya-t-elle à mon intention. Tout est ma faute. Je dois payer pour mes péchés.

— Ce n'est pas suffisant ! gronda Belle.

— Assez ! Arrête ça tout de suite !

Chae Rin s'était avancée pour s'emparer de la pointe de l'épée, sans même une petite grimace à cause de l'effort.

— Je me suis juré de retrouver l'assassin de Natalya, répliqua Belle sans ciller face au regard menaçant de l'Effigie de la terre. Et de le tuer. Je la vengerai coûte que coûte.

Je reculai d'un pas, et mes pieds me parurent lourds comme du plomb. Je ne me trompais donc pas.

— Et qu'y gagneras-tu ? répliqua Chae Rin. (Des deux guerrières, aucune ne semblait prête à céder. Elles se dévisageaient, hébétées.) Madame, continua-t-elle sans un regard pour son interlocutrice, vous avez envoyé Natalya à Prague pour récupérer le volume secret, n'est-ce pas ? Comme elle n'y est pas parvenue, nous pourrions nous en charger…

Naomi pesa ses mots.

— D'après Baldric, ce livre contient des informations qui nous permettraient d'affronter les catastrophes à venir. Il a beaucoup insisté sur le fait que le Conseil ne doit pas s'en emparer. Mais il s'est enfui, s'est évanoui dans la nature, et je ne peux plus entrer en contact avec lui pour lui demander son aide. Nous avons besoin de ce volume. Sinon…

— Sinon quoi ? la pressa Chae Rin sans lâcher l'épée.

— Marian… Baldric m'a affirmé que la première Effigie du feu disposait de connaissances que lui-même ne possédait pas. Je voulais demander à Natalya de la retrouver, mais… (Son souffle s'accélérait à mesure que Belle augmentait la pression.) Maia, toi tu peux tenter la divination ici !

— Marian est la toute première, elle en aura pour des lustres avant de la trouver ! s'exclama Lake.

Belle m'avait expliqué un jour, pendant l'entraînement, qu'il fallait croiser chacune des Effigies précédentes pour atteindre l'une d'entre elles en particulier. Or j'étais incapable de dépasser Natalya, qui en profitait à chaque fois pour s'approprier mon corps. Je me pris la tête entre les mains.

— Belle, allons récupérer ce volume secret, insista Chae Rin.

— Non.

— Et merde !

D'un bref coup de coude, l'Effigie de la terre dégagea Naomi des griffes de notre coéquipière dont elle brisa ensuite la lame grâce à sa force prodigieuse. L'épée se dissipa dans les airs en un nuage de poudre de glace. Mais la jeune fille n'avait pas tout à fait mesuré sa force et Mme Prince se retrouva au sol. Elle tentait encore de se relever à l'aide du rebord de la fenêtre quand Belle fonça derechef sur elle.

— J'ai dit : stop ! s'énerva Chae Rin.

De sa main en sang, elle repoussa Belle contre la fenêtre, mais son adversaire, par réflexe, agrippa le col de sa chemise. La tension, aussi glaçante que l'atmosphère, était palpable. J'étais incapable ne serait-ce que d'esquisser un mouvement.

— Oh, y en a marre ! craqua Lake, la voix tremblante et les mains crispées sur les bretelles de son sac à dos.

— Tu sais quoi, Belle ? siffla Chae Rin. Tu me fatigues avec tes embrouilles ! Tu menaces d'éliminer une femme dont le seul tort est de se sentir responsable de la mort de quelqu'un. C'est flagrant qu'elle n'a tué personne, et toi, tu continues à essayer de la transpercer de ton épée ! Qu'est-ce qui cloche chez toi ? Ça ne te ressemble pas de…

— D'être aussi froide ? ricana l'intéressée. Allons, tu es la mieux placée pour savoir que c'est faux.

— Que tu sois une garce, je suis au courant. Et en temps normal, je m'en accommode. Mais tu n'es pas une meurtrière. Tu agis de manière très étrange depuis qu'on est revenues de France. Enfin, je dirais même depuis la mort de Natalya. Rappelle-toi ce que tu as fait dans le bunker du désert ! Et, ce n'était pas la première fois que tu dépassais les bornes… Tu es plutôt douée pour le cacher, mais tu es en train de t'effondrer, Belle. Complètement. Nous l'avons toutes remarqué.

Elle nous désigna d'un mouvement du menton pour illustrer ses propos. Elle avait raison. Notre amie avait perdu pied depuis la mort de son mentor, et apprendre qu'il s'agissait en fait d'un assassinat maquillé en suicide n'avait rien arrangé.

Soudain, je me souvins de cette soirée passée avec elle, en France, au bord d'une rivière. Elle m'avait enseigné la divination, mais pas dans l'optique d'atteindre Marian. Elle m'avait secouée, suppliée… Je me rappelai très bien son désespoir.

Et ce sentiment ne l'avait pas lâchée.

— Alors, que décides-tu ? demanda Chae Rin en resserrant sa poigne. Tu es sur le point de tuer la femme d'un directeur. As-tu vraiment envie de toutes nous envoyer en prison, alors que la Secte vit des heures noires et que nous avons moins de sept jours pour arrêter Saul ?

— Et pourquoi pas ?

— Mets-toi bien dans la tête que j'ai l'intention de rentrer chez moi. (Les mots, sourds, étaient sortis de sa gorge comme s'ils avaient été rejetés par son tourment. Chae Rin tremblait.) Je veux revoir ma famille. Ma mère.

— Moi aussi, chuchota Lake, au bord des larmes. Je sais que je représente beaucoup pour mes parents, et ils ont déjà été tellement patients…

— Avant tout, nous devons mettre Saul hors d'état de nuire, se reprit Chae Rin. Et ton comportement minable et égoïste risque de nous en empêcher.

— Vous, vous avez toutes des proches encore vivants, souffla Belle. Mais moi… Cette femme m'a volé la seule qui me restait. Elle vient de l'avouer.

— Belle… intervins-je en déglutissant à grand-peine, les poings serrés, tandis que Naomi, muette, retenait ses sanglots et secouait imperceptiblement la tête avec l'air de me supplier. Je sais ce que c'est de perdre sa famille, tu te souviens ?

Sauf que moi, j'avais encore Nathan, et la plupart de mes grands-parents. Je n'étais pas seule au monde comme Belle. Elle ne connaissait même pas ses origines.

— La vengeance ne t'apportera rien. Je t'en prie… Je ne te reconnais pas. (Des larmes roulaient sur mes joues.) On est censées se serrer les coudes. Vous êtes mes seules amies. Ma sœur…

Lake posa sa main sur mon épaule pour me réconforter. Parler de June me laissait toujours sans forces, en proie à une espèce de douleur fantôme, comme si, chaque fois, je découvrais qu'il me manquait un bras.

— Ce combat est vain, continuai-je. Nous devons rester soudées. (Je pris une profonde inspiration.) Je ne veux plus perdre aucun proche.

Je n'eus pas besoin d'en dire davantage. L'atmosphère commença à s'apaiser. Belle se détendit, et Chae Rin la relâcha. Nous restâmes plantées là, gênées, à éviter de croiser le regard des autres. Je tendis ma main à Naomi pour l'aider à se redresser.

— Belle, appela-t-elle.

— Silence, gronda l'autre en s'éloignant.

— Non, je dois parler. (Naomi serra mon poignet avec force.) En tant que membre du Conseil, j'ai vu Natalya prêter allégeance à la Secte. Je vous ai toutes vues. Et puis, je suis retournée me prélasser dans ma tour d'ivoire, alors que vous, vous combattiez au péril de vos vies au nom d'une cause que nous vous avions imposée.

Comment aurais-je pu oublier la sensation de vide que j'avais ressentie lorsque je m'étais agenouillée devant Blackwell, dans la cathédrale d'Ely ? La voix de Naomi dans cette flopée de récriminations avait alors été la seule à m'apporter un peu de réconfort. Poussée par la culpabilité et l'impuissance, elle avait dû se décider à me tendre une main bienveillante.

— Je n'avais jamais pris conscience du poids de vos responsabilités jusqu'à la mort de Jemma Moretti. C'était une Effigie du vent, comme toi, Victoria. Elle s'est suicidée. (Naomi resserra son emprise.) J'entends encore sa mère gémir, le jour de son enterrement. Depuis, j'ai décidé d'utiliser mon énergie pour vous épauler, pour être avec vous. Lorsque Natalya a reçu ses pouvoirs d'Effigie, elle s'en est servie pour assassiner un mafieux envers qui sa famille était endettée.

— Ah bon ? Je ne savais pas…

Et vu ses sourcils froncés, Belle non plus.

— Je l'ai couverte. Je pensais que soutenir les Effigies, autant que je le pouvais, me délivrerait de ma culpabilité. Je voulais me sentir utile à nouveau. Voilà aussi pourquoi j'ai tout de suite accepté d'aider Baldric à réaliser ses plans, même s'il était question de manigancer contre la Secte, car leur seule vocation est d'envoyer de jeunes filles à la mort. J'ai voulu tenter de changer les choses. Mais j'ai échoué. J'ai condamné Natalya au même sort funeste que les autres. Et je pourrais très bien en faire autant avec vous. (Elle lâcha mon poignet et s'écarta de nous. Ses cheveux noirs brillaient dans la lueur de la lune qui filtrait à travers les persiennes.) Peut-être ne pourrai-je jamais expier mes fautes, poursuivit-elle, mais je n'ai d'autre choix que de m'en remettre à vous, les Effigies. Pardonnez-moi… Je vous en prie, trouvez ce livre ! Il existe un passage secret souterrain au musée. Baldric l'a indiqué à Natalya, et donc à toi aussi, Maia.

Elle m'observa d'un air entendu, puis posa son regard, empreint de toute la tristesse qu'elle avait pu éprouver, sur Belle, avant de reprendre.

— Récupérez-le avant la Secte. Si Baldric dit vrai, cet ouvrage nous permettra de faire cesser ce carnage. Je veux le croire… Mon unique souhait est d'arriver à briser ce cercle vicieux. Toutes ces jeunes filles, entraînées pour servir de chair à canon, qui se battent et finissent par y laisser leur vie… La douleur, la revanche… Nous devons y mettre un terme.

Belle répéta ce dernier mot comme si elle l'entendait pour la première fois.

Naomi ferma les yeux.

— Il faut changer les choses en profondeur. Baldric lui-même le disait avant de disparaître de la circulation. La Secte, l'humanité. (Ses lèvres tremblaient.) Notre monde a besoin de renouveau. Si seulement… Si seulement nous étions libres.

Les fenêtres explosèrent, traversées par une salve assourdissante, dont trois balles vinrent se ficher dans le corps de Mme Prince. Nous restâmes figées, perplexes. Nous ne comprîmes ce qui venait de se passer que lorsque Naomi s'écroula au sol.

Chapitre 24

Je me précipitai à terre alors que les stores s'écrasaient sur les bris de verre. Lake hurlait mais mon esprit était focalisé sur Naomi. Je devais l'atteindre. Le cœur battant la chamade, je m'agenouillai et rampai vers la mère de Rhys avec précaution pour éviter les tessons. Lorsque je parvins à son corps secoué de convulsions, je remarquai qu'une balle l'avait touchée à l'épaule, et deux à la poitrine. Ses paupières tremblaient, ses yeux se révulsaient.

Je la pris dans mes bras et courus. Mon rythme cardiaque s'accéléra de plus belle quand je dérapai sur une plaque de verglas. Je réussis à nous réfugier derrière le canapé juste au moment où un commando d'hommes en noir suréquipés franchissait les fenêtres brisées, suspendus à des cordes.

Accroupie à côté de moi, Belle fit fondre le mur de glace d'un geste de la main pour libérer les deux gardes du corps, James et Rosa, qui déboulèrent dans la pièce en faisant feu.

— Donne-la-moi ! me cria la femme avant de plonger vers nous.

James passa tout près de moi en courant quand soudain, une balle me perfora la jambe. Hurlant de douleur, je me

d'abattre Naomi avant qu'elle ne nous révèle quelque chose d'important. Au moins, nous savons que nous sommes sur la bonne piste ! (Le souffle court, elle grimaça à la vue de la femme tremblante dans les bras de la garde du corps.) La meilleure solution est encore de nous rendre à Prague au plus tôt pour devancer nos adversaires. De toute façon, comme Belle nous l'a rappelé, personne ne doit nous voir ici.

— Partons vite, déclara l'Effigie de l'eau en se relevant. Couvrez vos visages. Il va nous falloir quitter la ville par nos propres moyens. Si nous remontons dans le jet, nous serons de nouveau sous la houlette de la Secte, et ils ne nous laisseront plus jamais échapper à leur surveillance.

— Oubliez votre avion, intervint James, un bras ensanglanté. Je vais vous escorter avec l'hélicoptère que nous avons utilisé pour venir.

— Et Naomi ? m'enquis-je.

— Ne vous en faites pas, Rosa conduira Mme Prince à l'hôpital avec le plus grand soin.

Aucune alternative ne nous vint à l'esprit, d'autant que le temps pressait. La gorge serrée par les sanglots, je jetai un dernier regard à la mère de Rhys, qui agonisait dans les bras de la garde du corps, avant de m'arracher à ce spectacle. Enjambant plusieurs cadavres, nous nous précipitâmes à l'extérieur.

Des voitures de police s'alignaient déjà dans la rue, mais tout le monde était trop occupé à courir et sauver sa peau pour remarquer que les quatre Effigies faisaient partie des fuyardes. Tête baissée, nous nous joignîmes aux résidents de l'immeuble qui dévalaient l'escalier pour atteindre la sortie de secours. James nous guida ensuite jusqu'à l'arrière de l'immeuble, où était garé leur véhicule.

— Montez, dit-il.

Nous nous exécutâmes. Lake, toujours sonnée par l'explosion, gémissait à côté de moi. Je déchirai ma manche afin de lui confectionner un bandage autour du crâne alors que la voiture filait dans la nuit. L'hélicoptère de Mme Prince nous attendait, prêt à décoller, dans un héliport privé à la sortie de la ville. Nous grimpâmes et bouclâmes nos ceintures.

— *Armure électromagnétique enclenchée*, annonça une voix féminine dans mon casque.

Le bourdonnement dans mes oreilles s'amplifia à mesure que l'hélicoptère décollait et que le vertige s'emparait de moi. C'était d'ordinaire le moment que mon estomac choisissait pour me signifier qu'il n'appréciait guère le changement d'altitude, mais, ce soir-là, mon organisme était trop engourdi pour s'offusquer des turbulences ou du tangage de l'appareil. Aussi, je me renversai en arrière pour m'appuyer au dossier.

Belle était montée à l'avant à côté de notre pilote. J'étais pour ma part coincée entre Chae Rin et Lake, endormie, dont le corps, seulement maintenu par sa ceinture, dodelinait tellement que sa tête semblait prête à se décrocher. Craignant qu'elle se blesse, je la redressai et la calai contre son siège avant de replonger dans mon hébétude.

— Ce coucou ne nous amènera jamais jusqu'à Prague, décréta Chae Rin, dont la voix, couverte par le vacarme de l'hélico, me parvint grâce au système de communication intégré à mon casque.

— Nous devrons nous arrêter pour remplir le réservoir d'essence, admit James. Cet appareil est sans doute moins confortable qu'un jet affrété par la Secte, mais il est plus rapide qu'une voiture, et imparable en termes de discrétion. Au moins, vous ne risquez pas d'être prises en filature.

— Merci de nous aider, fis-je, parcourue par un frisson qui laissa mon bras nu couvert de chair de poule.

Lake avait été la seule à avoir la présence d'esprit d'emporter quelques affaires avec elle. À part son sac à dos, tous nos bagages étaient restés dans le bar de Madrid. Je pouvais dire adieu à mes vêtements de rechange…

— C'est ce que désirait Mme Prince, nous apprit-il alors que personne n'osait lui en parler.

Au même moment, Rosa devait se trouver dans la salle d'attente d'un hôpital madrilène, du moins, je m'accrochais à le croire. Mais dès que je fermais les yeux, le visage de Rhys, dévasté, me revenait en mémoire. Je serrai mes poings sur mes genoux.

— Ils vont deviner que nous sommes mêlées à cette histoire. Ils nous savaient à Madrid, notre disparition soudaine va leur mettre la puce à l'oreille.

— Et ils vont nous traquer, termina Belle, dont je vis le front se plisser sans que son regard ne se détache de la fenêtre. Il va falloir faire vite. (Elle posa son regard sur James.) Et nous entourer de personnes dignes de confiance.

À la différence de Saul, il nous était impossible de masquer nos fréquences. Puisque la Secte pouvait nous retrouver où que nous soyons dans le monde, à quoi bon tenter de fuir ? Nous n'avions aucun indice nous permettant de leur attribuer l'attaque de l'appartement, mais j'étais convaincue que nous la devions à l'organisation. Quand bien même ils seraient innocents, ils auraient tôt fait de nous retrouver pour nous emprisonner et nous interroger au sujet de l'attentat contre Mme Prince, au mieux. Or le temps pressait et nous faire rattraper était exclu.

Le vol se déroulait en silence. Chacun d'entre nous était plongé dans la noirceur de ses pensées. Entre-temps, l'hélicoptère avait quitté la zone couverte par le DAS de Madrid. Nous fendions les airs à basse altitude, ce qui me permit d'admirer, dans la nuit, une chaîne de montagnes – terre noire, striée de neige en ses sommets. Même si je ne pouvais les identifier avec précision dans l'obscurité, je discernai, au loin, des formes qui se mouvaient avec une rapidité effroyable contre les versants rocailleux : des spectres. Ils paraissaient très nombreux et parcouraient les pics à une vitesse vertigineuse. Le spectacle suffisait à m'inquiéter.

— Une zone morte… soufflai-je. Juste en bas…

— Pour ce que j'en sais, dit James, certaines de ces montagnes sont protégées par les industries minières. Mais elles ne peuvent étendre leur territoire à cause…

Un grognement couvrit la fin de sa phrase alors que notre hélicoptère traversait soudain une zone de turbulences, du moins le croyions-nous, au début.

Médusée, je ne quittai pas la fenêtre des yeux. De l'autre côté, je discernai peu à peu un museau dans les nuages. Les nuées laiteuses tourbillonnèrent sur elles-mêmes jusqu'à être aspirées par un funeste trou noir. Des yeux sans âme brillèrent telles deux opales dans la nuit, et le reste du spectre s'amalgama. De sa crête et de sa peau parcheminée s'élevaient des volutes de fumée noire, et, au sommet de son crâne se dressait une unique corne. Le spécimen était affublé d'ailes minuscules, implantées dans son dos, et de petites pattes qui pendaient ridiculement sur son poitrail. Sa longue queue oscillait à mesure qu'il fendait les airs pour se diriger vers nous à travers les airs.

— Tout va bien, nous assura James, pourtant plus effrayé que nous. Notre armure électromagnétique est toujours opérationnelle.

— J'espère ! murmura Chae Rin sans quitter le monstre des yeux.

Lorsqu'elle fut assez haut, la créature calqua sa trajectoire sur la nôtre, et avança parallèlement à l'hélicoptère pendant une poignée de minutes déconcertantes. Je restais hypnotisée par les ondulations de ce corps grêle dans les ténèbres. On aurait dit un animal de compagnie qui nous suivait à la trace.

Quatre autres bêtes tombèrent du ciel pour continuer leur chute vers la terre. Quelque chose avait dû attirer leur attention dans les montagnes.

Haletante, je me retins à ma ceinture pour ne pas être trop secouée par les brusques embardées répétées de l'appareil.

— Ah, grogna James. Ça, c'est des turbulences. Accrochez-vous ! (Il resserra sa poigne sur les commandes, et nous fîmes un écart si violent que Lake se réveilla en sursaut.) Je vais reprendre la situation en main.

Mais il n'en eut pas le temps. Depuis le sol, deux coups de feu furent tirés, à trop peu d'intervalle pour nous laisser la moindre marge de manœuvre. L'hélicoptère tangua avec violence, nous projetant les unes sur les autres. Je me cramponnai à ma sangle de toutes mes forces, mais mon corps était comme éjecté de mon siège alors que notre pilote s'échinait à redresser l'engin.

— Que se passe-t-il ? hurlai-je. C'était quoi ?

— J'en sais rien ! vociféra James, les mâchoires crispées.

Belle tentait d'identifier le point de tir, quand deux autres salves résonnèrent. Un hurlement déchirant, semblable à un chant de baleine, retentit d'entre les nuages en même temps qu'une explosion illuminait le ciel juste devant nous.

— Touché ! s'écria Chae Rin, les yeux écarquillés de voir un spectre retomber en se tortillant, la queue en flammes. Ils visent les spectres, pas nous !

On aurait pu rêver meilleure nouvelle, car nous étions au milieu des créatures. Juste à ce moment-là, une déflagration décapita un spectre en plein vol, et une autre fit exploser notre rotor arrière. Secouée violemment, la carlingue enclencha son système de détresse, et une sirène nous transperça les tympans. Nous tombions.

James actionna des dizaines de commandes, sans réussir pour autant à ralentir notre chute.

— Sors-nous d'ici ! haletai-je, la main serrée sur le bras de Lake.

Mon amie ne parvenait pas mieux à respirer que moi. Elle tenta de lever les bras pour retenir notre descente, mais les secousses incessantes de l'habitacle ne lui permettaient pas de se concentrer.

— Sautez ! hurla-t-elle. Sautez maintenant ! (Elle s'empara de son sac et détacha sa ceinture.) Faites-moi confiance !

L'heure n'était pas à la discussion. Belle entraîna notre pilote, pétrifié, dans le vide, par la porte ouverte, bientôt suivie par Chae Rin, Lake et moi. Le souffle court et le visage piqué par le froid, je tombai à pic dans la nuit. J'aperçus au loin les deux parties sanglantes du corps d'un spectre s'écraser sur un versant de montagne, mais il m'était toujours impossible de déterminer d'où était venu le tir.

Une autre bête fut touchée, mais de nouvelles s'élevèrent pour former un cercle et foncer droit sur nous, la gueule béante. Belle et moi attaquâmes de concert : un spectre explosa tandis que l'autre retombait comme une pierre, pris dans un bloc de glace. Le vent sifflait à mes oreilles.

— Lake ! hurla Chae Rin.

Mais notre chute se faisait déjà moins rapide. Un courant d'air m'enveloppa, doux comme une caresse, et me soutint tel un coussin. Au fur et à mesure que nous perdions de l'altitude, nous commençâmes à discerner les silhouettes de ceux qui avaient attaqué les spectres. Nous découvrîmes trois personnes, vêtues d'épais manteaux boutonnés jusqu'au cou et chaussées de bottines d'escalade. Au début, je crus reconnaître une femme et deux hommes, mais m'aperçus très vite que l'un d'eux n'était qu'un enfant. Je ne parvenais pas encore à voir leur visage, mais je distinguais très bien les canons fumants de leurs fusils longs de plus d'un mètre – ils étaient pointés sur nous.

— Attendez ! m'écriai-je.

Je me rendis compte qu'ils ne nous regardaient pas lorsque j'entendis un dernier spectre fondre sur nous dans mon dos. Nos pieds touchèrent terre à l'instant où une nouvelle salve fut tirée sans atteindre sa cible. Belle avait déjà son épée en main, mais Chae Rin nous devança : elle fonça sur la bête, et plongea pour enserrer son large cou entre ses bras à la puissance extraordinaire. La créature se débattit et notre équipière fut traînée sur le sol rocailleux avant de parvenir à s'agripper à la mâchoire du spectre. Grâce à son pouvoir, elle ouvrit ensuite la terre sous l'animal démoniaque et le repoussa dans la faille jusqu'à ce qu'il soit englouti. Elle se retira au dernier moment afin de laisser aux rochers le soin de fracasser sa proie. Lorsque le sol eut fini de trembler, à la surface, seule dépassait une corne, que Chae Rin brisa d'un coup de pied.

J'entendis alors un cliquetis derrière mon crâne.

— Qui êtes-vous ? tonna la femme, d'une voix grave à l'accent espagnol prononcé, alors qu'elle appuyait le canon de son arme contre ma nuque.

— Nous ne sommes pas très difficiles à reconnaître… Mais je vous accorde un petit indice : nous venons de vous aider à anéantir quelques-unes de ces bestioles, tentai-je pour alléger l'atmosphère.

— Du calme, Abril, intervint l'homme à ma droite.

Son visage était à demi masqué par une écharpe bleue, mais à l'intonation de sa voix, teintée d'accent écossais, je le devinais à peine plus âgé que nous. Il tenait toujours son fusil géant qui avait décimé une bonne partie de la meute de spectres. Je reconnus aussitôt l'alliage métallique, les barres bleues qui s'éclairaient sur les côtés pendant qu'il se rechargeait : c'était l'arme que Howard avait utilisée durant l'attaque de New York – propriété de la Secte. Le design était parfaitement identique. L'inconnu la posa le temps de fouiller dans son sac et d'en extirper un manche en métal qui, lorsqu'il tira dessus, s'allongea pour révéler de nouveaux segments.

— Nous devons établir un champ de protection si nous ne voulons pas être dévorés vivants. Baisse ton arme, le combat n'est pas terminé.

La terre vibra sous nos pieds, comme pour lui donner raison.

— Ils arrivent !

L'enfant venait à nous en courant. Son écharpe, à demi déroulée, me laissa entrevoir sa peau mate avant qu'il se précipite sur son fusil pour viser les sommets. Un groupe de spectres tout aussi noirs, fumants et putréfiés que les autres dévalait les coteaux sur leurs pattes semblables à celles des araignées. Malgré leurs imposants abdomens de cigales, les bêtes fonçaient droit sur nous à une vitesse ahurissante.

De la main, je déviai le canon d'Abril, dont les yeux étaient écarquillés de terreur. Elle se reprit aussitôt et rangea le revolver dans son holster avant de bondir pour s'emparer de son fusil à spectres.

Les formes sombres, bien que massives, se révélèrent assez vives pour éviter les tirs sans ralentir leur progression.

Soudain, le gamin plongea sur le côté, évitant de justesse un coup de patte acérée.

En un éclair, l'une des créatures apparut derrière James et Lake. Ils n'eurent pas même le temps de se retourner que le garde du corps était déjà projeté au loin. Il retomba dans la neige avec un bruit sourd sous les hurlements de l'Effigie du vent. Était-il seulement toujours en vie ?

Belle s'élança entre les rafales de tirs d'Abril et trancha deux pattes monstrueuses d'un coup d'épée. Chae Rin, elle, créa un tourbillon dans le roc montagneux pour engloutir un spectre, et manqua de justesse d'aspirer l'enfant du même coup.

Nous nous trouvions en plein tumulte. Lake s'aida d'un grand cri pour repousser un monstre, mais deux autres surgirent aussitôt. Je m'élançai, puisant au plus profond de mes ressources pour les incendier. Je parvins à embraser quelques pattes, mais je devais éviter à tout prix la végétation environnante, au risque de tous nous brûler.

Quelque part, derrière moi, l'Écossais s'affairait à nous créer une protection avec son mystérieux bâton pendant que ses camarades continuaient de faire feu avec les armes de la Secte. Un spectre réussit malgré tout à pénétrer dans notre périmètre de sécurité. L'instant d'après, j'entendis un déclic rageur, sans effet.

Je me retournai pour voir l'enfant, qui observait avec effroi son arme récalcitrante, essayant en vain de la secouer pour la réveiller. Quand le spectre fonça sur lui, je bondis pour le protéger.

— Derrek ! hurla Abril, incapable de se défaire du monstre qu'elle combattait.

Le petit lâcha son fusil en criant, avant de tomber à la renverse et de se couvrir la tête avec le bras. Je projetai une vague de flammes qui léchèrent la tête cuirassée du spectre sans toucher sa proie. La créature dressa sa patte pointue comme une lame prête à embrocher le garçon. Une seconde plus tard, je hurlai de douleur, surprise par la griffe monstrueuse qui venait de traverser mes chairs et ressortit de mon bras maculé de mon sang, dont quelques gouttes tombèrent sur le front de Derrek, hébété. Dans ses grands yeux bleus, je voyais le reflet de la scène : Effigie et spectre, deux erreurs de la nature, s'affrontant à mort, dans un combat dont l'enjeu était sa vie d'humain. De mon bras indemne, j'empoignai la patte et y envoyai une colonne de flammes, jusqu'à ce que le torse de la bête prenne feu. Puis, dans un ultime effort, je délogeai la pointe de mon bras et m'écroulai en serrant mon membre meurtri contre moi, juste avant que l'insecte géant ne s'effondre.

— Ça va aller ?

À sa prononciation, il me sembla reconnaître un accent d'Europe de l'Est mâtiné de nombreuses influences, comme s'il avait trop voyagé pour se forger une réelle identité langagière. Il retira son écharpe et son béret, révélant des joues rondes et des lèvres roses ainsi qu'une touffe de cheveux bruns et raides qui lui couvraient les oreilles.

— Tu… tu m'as sauvé la vie, déclara-t-il, admiratif.

— Maintenant, j'aurais besoin d'un bandage… répondis-je, avant de remettre la séance « premiers secours » à plus tard, lorsque je vis arriver d'autres spectres.

— C'est bon ! cria l'Écossais.

Il était enfin venu à bout de son engin, un haut tripode dont les montants métalliques reflétaient les éclats de la bataille. Après quelques cliquetis, l'arme fut opérationnelle.

— Bien fait pour vous, bande d'ordures ! jura-t-il entre ses dents.

Dès que le dispositif s'activa, un rayon de lumière bleue atomisa les spectres à des kilomètres à la ronde.

Le combat était terminé, mais nous n'étions pas au bout de nos peines. Le jeune homme ôta son écharpe et fit tomber sa capuche d'un mouvement de la tête. Des mèches de cheveux, assorties à ses yeux noisette, retombèrent en boucles sur son front alors qu'il scrutait les montagnes dans la nuit, sa mâchoire carrée crispée.

— Allez, on se casse. On a peu de temps devant nous. (Il me regarda et sourit.) À moins que les petits corps indestructibles des Effigies ne soient munis de DAS ?

— L'invincibilité, c'est pas encore ça ! fis-je en montrant mon bras lacéré.

— Et pour la taille, on se passera de tes commentaires, gronda Chae Rin sans se priver de le toiser. (Il ne sembla pas s'en formaliser. D'ailleurs, son sourire s'élargit lorsqu'elle s'approcha de lui, décoiffée et menaçante.) Qui êtes-vous ?

— Des trafiquants, répondit Belle aussi sec, sans détacher ses yeux des fusils. Ces armes appartiennent à la Secte. Vous les avez volées… (Elle les dévisagea l'un après l'autre.) C'est votre fonds de commerce, n'est-ce pas ?

— Bien vu, rétorqua l'Écossais.

En règle générale, la Secte ne s'en préoccupait pas : notre mission était de combattre les spectres, pas les humains, aussi affreux soient-ils. Ces individus étaient de véritables criminels qui avaient étendu leur réseau de contrebande au-delà des zones mortes et n'hésitaient pas y faire transiter tout et n'importe quoi d'illicite, des drogues aux personnes elles-mêmes. En revanche, ces trois-là ne semblaient rien transporter de particulier.

— Nous ne sommes pas méchants, vous savez, rétorqua le jeune homme en levant les mains en signe d'apaisement.

— Vous nous avez tiré dessus, répliqua Chae Rin.

— Par accident ! On visait les spectres… Allez, vous voyez bien qu'on n'a rien à voir avec la racaille ordinaire, on ne fait de mal à personne. Nos armes…

— Celles de la Secte, rectifia Belle.

— Cette technologie anti-spectres, s'obstina-t-il, a été conçue pour des personnes qui en ont besoin. Vous avez bien remarqué que nous ne sommes pas une menace pour vous. Je ne me suis pas embarqué là-dedans pour bousiller de l'Effigie… (Il se redressa.) Et de toute façon, nous venons de nous sauver la vie mutuellement, alors je propose qu'on en reste là et que chacun reparte de son côté. Derrek, Abril, vous allez bien ?

— Oui, Lucas, répondit le garçon en se relevant. Mais attends, cette fille m'a sauvé et elle saigne.

— T'inquiète, elle va s'en sortir. J'ai entendu dire que les Effigies guérissaient vite, pas vrai ? lança-t-il avant d'éclater de rire.

— Ouais, sauf que je me vide de mon sang, là. (Je titubai.) D'ailleurs, je crois que je vais m'évanouir…

— Navré, fit-il en rangeant son trépied. Mais je suis certain que vous allez vous en tirer. Vous savez prendre soin les unes des autres, non ? Allez, au plaisir !

Il se détourna pour faire signe à Abril de le rejoindre et nous salua de la main. Il fit quelques pas puis se retourna d'un coup.

— Vous allez vraiment nous laisser partir sans rien dire ?

— Nous devons venir avec vous, décréta Belle. Pas seulement parce que nous avons besoin de soins, mais aussi parce que nous n'arriverons jamais à nous repérer dans les montagnes.

Lucas pencha la tête.

— Désolé, mais je ne me souviens pas de vous avoir invitées à nous suivre.

— Et je ne vous en ai pas demandé la permission.

Les doigts d'Abril tressautèrent comme si elle s'apprêtait à dégainer.

— Vous croyez qu'on va vous dénoncer ? intervins-je en retenant une grimace de douleur. Soyez tranquilles, on se fiche complètement de vos magouilles. Nous voulons juste sortir de la montagne. Et vous n'allez pas cracher sur quelques paires de bras en plus, si ?

Certes, ma musculature semblait sur le point d'exploser, mais bon…

Les trois trafiquants se concertèrent.

— O.K., abdiqua finalement Lucas avec un geste de résignation. Vous avez intérêt à ne pas avoir menti, je risque gros, moi. (Il brandit le trépied.) Nous devons tout transporter jusqu'au campement. D'ailleurs, maintenant que j'y pense, notre chef, Jin, appréciera sans doute de vous rencontrer.

— Il a besoin d'être soigné, fit Chae Rin en montrant James, que Lake portait à bout de bras.

— Ça marche. Allez, venez, on s'occupera de votre pote, répondit Lucas avec un soupir, avant de se mettre en route.

Abril et Derrek ramassèrent leurs effets et lui emboîtèrent le pas sur les sentiers rocheux. Nous les imitâmes, non sans échanger quelques regards inquiets.

De nos trois compagnons, Abril était la seule à être originaire du coin. Peu loquace, elle se contentait de répondre par de vagues grognements à l'évocation de son nom. Je la soupçonnai d'être bien plus à l'aise pour aboyer des ordres et coller un canon sous le nez d'autrui.

Lucas, à l'inverse, se montra très volubile et intéressé par la gent féminine, quelle que soit sa représentante. Je le surpris en train de me reluquer à plusieurs reprises, et je doutais que ce soit pour s'assurer que je tenais le choc malgré ma blessure. Derrek m'avait confectionné un bandage avec un tissu trouvé au fond de son sac. Pourquoi un gamin de treize ans sillonnait-il les montagnes en compagnie d'un groupe de criminels ? La raison m'échappait, mais j'avais déjà constaté bien plus étrange en ce bas monde.

Nous comprîmes au cours de notre périple qu'ils appartenaient à un clan de nomades qui recueillait parfois des âmes vagabondes, au gré des circonstances. Abril, par exemple, était orpheline et s'était échappée d'un gang des plus violents avant de se joindre à eux.

D'ordinaire, ces petits groupes faisaient partie de réseaux d'envergure qui se donnaient pour mission de transporter des marchandises en contrebande. Mais il existait des clans plus petits et autonomes, comme le leur, qui choisissaient leurs missions et risquaient leur vie pour gagner leur salaire. Les trois acolytes avaient été envoyés en détachement par Jin, leur chef, afin d'explorer un nouvel itinéraire à travers les monts, et leur DAS les avait lâchés en route. Quelle vie dangereuse…

La température montait à mesure que nous perdions de l'altitude, mais il faisait encore assez froid pour me maintenir en alerte. Je manquais de sommeil, aussi je ne réussis pas à évaluer le temps que nous prit la descente.

— Nous sommes bientôt arrivés ! Alors les filles, si vous nous expliquiez ce que vous fabriquiez dans le coin ? demanda Lucas en remontant le trépied qui glissait sous son bras.

Le champ généré par l'engin était toujours aussi puissant. Il émettait des cercles concentriques de lumière bleutée qui se perdaient dans le lointain, dissipant l'obscurité par intermittence. Les feuillages reflétaient cette lueur, sublime spectacle quelque peu gâché par les bruits rageurs des spectres au-delà de notre périmètre de sécurité.

— Les quatre Effigies paumées au beau milieu du pic d'Urbión ! poursuivit l'Écossais. Dire que je vous ai vues il y a quelques jours à une cérémonie de remise de prix… Vous ne chômez pas ! Le tour du monde en quatre-vingts jours, tu parles… (Son rire était réconfortant.) D'ailleurs, permettez-moi de vous dire que vous étiez très jolies.

— Merci ! répondit Lake, candide, qui s'agrippait toujours aux bretelles de son sac.

— Ouais, bien sûr, merci, grogna Chae Rin en hissant James sur son dos.

Ce n'était pas le poids du garde du corps qui la gênait car avec sa force surhumaine, elle pourrait le porter tout le long du trajet sans s'essouffler, mais les inepties qu'il bredouillait, délirant, à son oreille.

— Nous devons rejoindre notre destination au plus vite, enchaîna Belle.

— Pas de repos pour les guerrières, n'est-ce pas ? D'ailleurs, il vaut mieux… J'ai vu la vidéo du terroriste, hier. Saul, c'est ça ? (Je serrai les dents par réflexe lorsque j'entendis ce nom.) Si je me souviens bien, il nous a donné sept jours… Ou un truc dans le genre, ajouta-t-il en haussant ses larges épaules.

La main pressée sur mon bandage sanglant, je m'astreignais à la plus grande vigilance car le moindre caillou suffirait à me faire déraper jusqu'en bas du sentier dans la forêt montagnarde.

— Voilà pourquoi nous sommes pressées, répondis-je. On a besoin d'un moyen de transport.

— Et pour faire quoi ? s'étonna-t-il. Vous allez arrêter Saul ?

— Oui ! Bien sûr que nous allons l'arrêter, nous sommes les Effigies !

J'avais répondu avec plus de vigueur que je ne l'aurais voulu, sûrement pour défier son sourire ouvertement moqueur.

Abril, un long fusil fixé dans le dos, nous guidait vers la vallée. Il faisait plus chaud désormais, aussi avait-elle abaissé sa capuche. J'avais découvert avec surprise son crâne rasé et ses traits fins. Même si elle se trouvait plusieurs mètres en avant, je pus l'entendre ricaner.

— T'as quelque chose à dire ? aboya Chae Rin en resserrant la prise de son coude autour des genoux de James.

Bien entendu, la jeune femme ne répondit rien, malgré les incitations de Derrek.

— Vous ne pouvez pas vraiment lui reprocher d'être sceptique ! la défendit Lucas. Je ne sais pas si vous êtes au courant, mais depuis le message de l'autre cinglé, le monde entier se demande où vous êtes et ce que vous fichez. La dernière fois qu'on vous a vues, c'était dans cette émission ridicule, comme le premier groupe de midinettes venu.

Je serrai mon bandage encore plus fort, jusqu'à sentir le sang s'infiltrer sous mes ongles.

— Tu veux dire que… la population a perdu confiance en nous ? demandai-je d'une voix calme.

— Ah oui, et depuis un bail ! Remarquez, pour moi, c'est pas un souci, je continue à faire ce que j'ai à faire. De toute façon, on n'a jamais compté sur les Effigies pour nous sortir du pétrin. Mais vous avez quand même laissé Saul s'échapper après l'avoir capturé… Maintenant il se balade dans la nature et tue des hommes politiques quand bon lui semble… D'ailleurs, ce gars est une Effigie lui aussi, non ? Ne vous demandez plus pourquoi le nombre de vos fans est en chute libre.

Aucune de nous quatre ne répliqua. En ce qui me concernait, j'avais l'esprit trop accaparé par la douleur cuisante qui me dévorait le bras pour me laisser atteindre par les mots de Lucas.

— Pas moi, intervint soudain Derrek, devant nous. Moi j'ai pas perdu confiance en elles. Si elles n'avaient pas été là ce soir, on serait morts. En tout cas, moi je serais mort, ajouta-t-il avec un sourire à mon intention. Si elles sont ici, c'est pour une bonne raison.

— Tu crois ? répondit son ami, qui nous lança un regard dubitatif.

— C'est très compliqué, expliquai-je alors que l'image de Naomi, à l'agonie, me revenait à l'esprit. Mais nous faisons tout ce qui est en notre pouvoir étant donné les circonstances.

— Savez-vous seulement ce que Saul prépare ?

— C'est ce que nous devons découvrir, répondit Belle, les yeux plissés et la mine encore plus sombre que d'ordinaire.

Son ton péremptoire laissait comprendre sans équivoque que les questions étaient terminées. Nous restâmes silencieux, excepté Lucas, qui se lança aussitôt dans un monologue sur la montagne. Dans ce calme relatif, nous continuâmes notre périple jusqu'à ce que nous entendions des éclats de voix.

— Ils sont là-bas, derrière le bosquet, nous informa Lucas. Je me demande comment ils vont réagir…

La cacophonie s'amplifiait au fur et à mesure que nous approchions. Enfin, nous découvrîmes un petit groupe affairé à emballer des équipements estampillés du logo de la Secte avant de les entasser dans des fourgonnettes. D'autres, assis autour d'un feu de camp, préparaient des fumaisons. Tout ce petit monde s'égaillait non loin d'un lac magnifique, dont la surface d'obsidienne se ridait à la moindre caresse du vent. À quelques mètres de nous, je remarquai une boule métallique coincée entre les racines protubérantes d'un arbre : le même dispositif que celui que nous avions utilisé au Sahara. J'en aperçus alors d'autres tout autour du campement. Ainsi vivaient ces nomades : au jour le jour, tentant d'échapper aux spectres dont ils occupaient le territoire.

— Bienvenue au Lagon noir, les filles !

Sur ce, Lucas émit un sifflement et aussitôt, toute l'attention se porta sur nous. Bien entendu, nous fûmes reconnues sur-le-champ. Un membre de l'assistance porta la main à son revolver, mais notre guide l'interrompit d'un geste.

— Du calme ! Ces demoiselles ne sont pas ici pour fouiner dans nos affaires. Elles ont juste besoin de regagner la ville. (Il me tapota le dos.) Elles sont de passage… tombées du ciel juste au moment où une horde de spectres virulents commençait à nous donner du fil à retordre. Quatre étoiles filantes ! ajouta-t-til en souriant.

— Qu'entends-tu par « donner du fil à retordre » ? demanda un homme à la carrure imposante qui nous tournait le dos.

Il détacha son regard du lac pour nous faire face en balayant le sol des pans de son long manteau brun. Le bas de son visage était couvert d'une barbe broussailleuse qui masquait presque entièrement ses lèvres fines et roses. Ses yeux perçaient à travers une frange de cheveux parfaitement lisses qui me rappela aussitôt celle de Derrek. Le gamin courut vers lui et soumit son crâne aux caresses vigoureuses de son père.

— Que s'est-il passé, fiston ?

— Notre équipement était défaillant, papa. Si les Effigies n'étaient pas apparues, on serait morts. (Il pointa son doigt vers nous alors que nous pénétrions avec précaution dans le campement.) Elle, avec les cheveux frisés, elle m'a sauvé la vie.

Il lui parlait de moi. Le regard du paternel navigua entre mon visage et mon bras en sang.

— Elle a besoin d'être recousue. Abril, aide-la.

La jeune femme n'en avait manifestement aucune envie, mais elle se contenta de me toiser avec mépris. Sans se départir de son air renfrogné, elle me fit vaguement signe de la suivre alors qu'elle se dirigeait vers une camionnette. À l'arrière, nous trouvâmes un kit de premiers secours au milieu de quelques glacières. Abril s'assit sur l'une d'entre elles avant de retirer son manteau, révélant son corps anguleux. Elle s'empara de la boîte qu'elle fouilla pour en extirper aiguille et désinfectant.

— Tu vas y aller doucement, n'est-ce pas ? m'inquiétai-je avec un sourire timide.

Elle ne cilla pas : j'allais douiller.

Alors qu'elle se mettait au travail, Chae Rin confiait le corps inerte de James à deux hommes qui le déposèrent sans ménagement près d'un rondin de bois. Je tentais de ne pas regarder mon infirmière de fortune à l'œuvre, pendant qu'elle recousait mes chairs avec la délicatesse d'un bûcheron, sans le plus petit égard pour mes plaintes. Les dents serrées, j'observais ce qui se passait à l'extérieur. Chacun au campement s'était remis à sa tâche, remplissant les véhicules d'armes et de dispositifs anti-spectres.

— Monsieur ! appelai-je, avant de sursauter à la piqûre de l'aiguille.

— Jin, corrigea-t-il. Je m'appelle Jin, et je vous remercie d'avoir sauvé mon fils.

— C'est normal. (Je lançai un regard à mes amies, qui m'adressèrent des signes d'encouragement.) Nous avons vraiment besoin d'aide. Nous survolions la région en hélicoptère lorsqu'on nous a tiré dessus. Puis, nous nous sommes écrasés au beau milieu des montagnes.

— C'était un accident, intervint Lucas, s'immisçant dans la conversation. Je tiens à préciser que le coup ne venait pas de moi, mais d'Abril.

L'intéressée leva les yeux au ciel.

— Peu importe. En revanche, nous devons quitter les montagnes au plus vite. Nous aurions besoin d'une voiture ou bien d'un van…

Je grognai lorsque Abril m'infligea un traitement brutal comme pour me réprimander d'avoir évoqué de manière si peu subtile les véhicules anciens et délabrés garés autour du lac.

— Elles sont sur la trace de Saul, papa, intervint Derrek. Tu sais ? Le terroriste !

— Vraiment ? lança le chef.

Il glissa ses doigts dans sa barbe fournie, et à mon grand étonnement, ils n'y restèrent pas coincés. Il alla s'asseoir sur une bûche toute proche, s'étira puis ajouta :

— Il a été repéré dans des organisations similaires à la nôtre.

— C'est-à-dire ? Aïe !

Je rétractai furtivement mon bras puis le tendis à nouveau, ce qui n'émut pas un brin Abril.

Belle, intriguée, s'avança vers Jin.

— Comment le savez-vous ?

— On bouge beaucoup, répondit l'homme de sa voix grave, qui n'était pas sans rappeler les ronronnements présents dans les transports en commun et qui finissent par faire partie des bruits de fond de notre inconscient. On apprend beaucoup de choses quand on sait tendre l'oreille, continua-t-il.

— Tiens donc ! rebondit Chae Rin. Et qu'avez-vous entendu dire ?

Il posa les coudes sur ses genoux et son menton sur ses mains entrelacées.

— La plupart des exactions ont eu lieu en Europe, mais on en a rapporté en Afrique du Nord. Des vols d'armes de pointe, ainsi que des rapts.

— Comment ça ? s'étonna Lake avant d'essuyer la sueur de son front.

— Peut-être ces hommes et ces femmes ont-ils disparu de leur plein gré, avança Jin en la dévisageant de son regard aussi noir et mystérieux que le lac. Il n'y a pas si longtemps, j'ai eu vent d'un camp abandonné dans une forêt de Roumanie. Nous avions déjà été confrontés à ce groupe, une histoire de bataille de territoire. Ce genre de conflit est inévitable quand on traverse les terres d'un autre clan. Mais si les rumeurs sont avérées, on peut y retourner l'esprit tranquille. Le terrain a été rasé. On n'y a retrouvé aucun corps : rien que des cendres, des empreintes… et des spectres.

— Allons, ne nous dis pas que tu crois à ces légendes de grand-mère… railla Lucas, qui ne parvint pourtant pas à retenir un frisson sous son épaisse veste de montagne.

— Il est apparu avec le vent et n'a laissé aucune trace derrière lui, voilà ce que l'on raconte, conclut Jin

L'air sombre, je jetai un regard à mes camarades.

— Hmm… Ça lui ressemble bien.

— À quoi ça rime, tout ça ? s'impatienta Chae Rin. Ce cinglé s'attaque à des clans de trafiquants, et pour se détendre, il tue des politiciens en direct à la télé. Il va finir par faire un burn-out…

— Apparemment, les seuls campements à se faire attaquer sont ceux qui trafiquent des armes ultra puissantes, comme le nôtre. Les marchandises ne proviennent pas seulement de la Secte : certains modèles tout récents ont été conçus par les armées. (Il se tourna vers moi pour ajouter :) Ce que nous avons là pourrait se révéler très dangereux, même pour vous, les Effigies. (Je me raidis, mais il secoua la tête.) On en vend une partie, et nous utilisons le reste pour notre protection. Si Saul débarque, on sera prêts. Mais ses pouvoirs sont tels que je crains l'issue d'une telle bataille…

— Alors vous croyez à ces histoires ? demanda Lake, qui malmenait les bretelles de son sac à dos.

Jin laissa retomber ses bras entre ses cuisses.

— Je suis dans le circuit depuis assez longtemps pour savoir que derrière chaque rumeur se cache une part de vérité. On fait notre boulot sans se faire repérer par les radars. Mais si même nous, nous ne parvenons pas à échapper aux plans de Saul… Si vous pensez pouvoir l'arrêter, ne vous gênez pas. Je ferai tout mon possible pour vous aider. (Il adressa un signe à un groupe d'hommes qui venaient de charger des malles argentées dans un camion.) Videz une de nos plus petites fourgonnettes ! On pourra s'en passer.

— Merci, dit Chae Rin. Mais sachez que la Secte est capable de nous détecter en permanence, à cause de nos émissions de cylithium.

— Quoi ? (Lucas manqua de lâcher sa bière.) La Secte peut vous tracer ?

Tous les regards se braquèrent sur nous. Fort heureusement, Abril venait tout juste de terminer son œuvre. La fin de notre halte au campement approchait à grands pas.

Jin était déjà debout.

— Vous auriez dû nous le dire plus tôt. Au boulot, tout le monde ! On termine de charger et direction plein ouest !

— Mais… voulut ajouter Lake, qui tentait d'éviter de se faire piétiner par les trafiquants affolés. La Secte ne se préoccupe pas des activités illégales…

— Elle s'en préoccupera quand elle s'apercevra qu'on leur a volé quelques bricoles, coupa Lucas avant de faire un signe à Abril.

La jeune femme se leva de sa glacière pour prendre part au branle-bas de combat général, non sans nous assassiner une dernière fois du regard. Mais je n'y fis pas attention : les paroles du trafiquant m'avaient donné une idée.

— L'inoculation ! (Sans cesser de masser mon bras meurtri, je me relevai.) Jin, vous nous avez dit posséder des armes efficaces contre nous, n'est-ce pas ? Avez-vous des pistolets inoculateurs ?

— Tu délires ou quoi ? intervint Chae Rin, les sourcils froncés.

— Imagine que nous devenions impossibles à traquer lorsque nos pouvoirs sont bloqués.

— C'est pas bête, approuva Belle.

Jin ordonna à ses hommes de décharger les mallettes argentées, et après quelques recherches acharnées, nous en trouvâmes une qui contenait cinq tubes longs et fins. L'arme que j'avais utilisée contre Saul était d'aspect plus grossier que ces nouveaux modèles. Pas plus grands que ma paume, ils évoquaient des stylos à bille, à l'exception de la petite pompe métallique au sommet : ces ustensiles ne contenaient pas d'encre, mais bien le « poison d'Effigie », si tel était le nom de cette substance.

— Je ne savais pas qu'ils continuaient de produire ces machins, murmura Lake, penchée au-dessus de mon épaule pendant que j'examinais le petit appareil. Est-ce à cause de Saul ?

— Ouais, sans doute, rétorqua Chae Rin, perplexe. Repose ce bidule. On prend le lot, cria-t-elle à la ronde. Ça pose un problème à quelqu'un ?

Si c'était le cas, personne n'osa le mentionner.

Jin, qui se tenait à côté de son fils, reprit la parole :

— Prenez le dernier van de la file. (Il désigna un petit véhicule encore plus vétuste que les autres, tout rouillé, stationné de l'autre côté du lac paisible.) Dirigez-vous vers le nord pour regagner la ville. Lucas va vous fournir une carte.

— Merci, répondit Belle. Nous allons emmener notre ami pour lui trouver un médecin.

Nous ne devions pas perdre de vue la mission que Naomi nous avait confiée : trouver le volume secret. Et pourquoi pas lever le mystère de l'existence de Saul du même coup. Le compte à rebours continuait, nous n'avions plus de temps à perdre.

— Mesdemoiselles les Effigies, tonna Jin alors que nous nous dirigions vers la fourgonnette, Saul est très puissant. Même nous, ici, dans nos montagnes, n'en sommes pas à l'abri. On compte sur vous, conclut-il, les mains sur les épaules de son fils. Nous tous !

Personne, dans le campement, n'avait interrompu sa tâche pendant le discours de leur chef, mais leurs regards trahissaient l'inquiétude qui les étreignait.

Le devoir des Effigies… Nous ne pouvions ni ne souhaitions nous y soustraire. Nous fîmes le serment silencieux de faire de notre mieux et reprîmes notre route.

Chapitre 25

Natalya, debout au pied du lit, regardait le vieil homme en fauteuil roulant aller et venir dans sa petite chambre, jetant des piles de vêtements dans la collection de valises posées au sol. Plonger dans ce souvenir ne m'avait pas demandé beaucoup d'efforts, sûrement parce que ma devancière était toujours sonnée après le dernier bannissement que je lui avais fait subir. Je savais qu'il n'en serait pas toujours ainsi : je sentais sa présence plus forte de jour en jour. Je devais pourtant en passer par là, puisque Baldric n'avait révélé l'emplacement du volume secret qu'à Natalya… Je devais donc étudier cette séquence en détail, et le plus tôt serait le mieux.

Lorsque Naomi avait évoqué le descendant des Haas, j'étais loin d'imaginer ce personnage à la peau parcheminée, dont les petits yeux luisaient sous des mèches grises. Il portait un chapeau melon et une moustache blanche, généreuse, qui dissimulait ses lèvres, telle une queue de poisson frétillant sous son énorme nez chaque fois qu'il éternuait à cause de la poussière omniprésente. Discrètement, Natalya se couvrait les narines, et je ne pouvais l'en blâmer. Ce souvenir ne me procurait aucune sensation particulière, pas même celle de mon propre corps. Mon attention était accaparée par les grains de poussière qui dansaient entre les rideaux. Le seul élément notable pour décrire cette chambre d'une banalité extrême.

En dehors d'un lit, d'une chaise et d'une table, Baldric ne s'était donné aucun mal pour aménager son intérieur. Combien de temps avait-il vécu dans ces lieux ?

— Rien ne vous y force, commença Natalya.

Le vieil homme tapota ses longues jambes pour lui intimer de s'écarter de son passage et ses bras actionnèrent les roues, frôlant le jean de l'Effigie lorsqu'il passa devant elle pour atteindre la table.

— Vous n'êtes pas obligé de fuir, reprit-elle. Je peux retourner à Prague et réessayer.

— Vous avez dû quitter la Petite Chambre à la hâte car vous étiez suivie. C'est bien ce que vous m'avez raconté, n'est-ce pas ? (Sa voix, grave et rauque, était altérée par la panique qu'il ne dissimulait qu'à peine.) La Secte était sur vos traces.

— Non. (Elle ramassa un livre qui était tombé du lit.) Je me suis retrouvée face à Aidan Rhys.

Rhys. Exactement comme dans le rêve de Marrakech. Mon cœur s'emballa, mais je devais me calmer. Perdre mon sang-froid revenait à laisser une plus grande marge de manœuvre à Natalya, qui récupérait de sa puissance. Quelles que soient les révélations que je m'apprêtais à entendre, je devais les assimiler sans faiblir si je voulais sortir de ce souvenir indemne.

— Donc vous avez été suivie par la Secte, conclut-il avant de lui arracher l'ouvrage des mains.

— Aidan est mon ami… répondit Natalya, incrédule avec un mouvement de la tête.

— Certainement pas. C'est le fils du directeur Prince, et je peux vous dire qu'on a fait entrer la loyauté dans le crâne de ce pauvre gosse par la manière forte ! C'est gravé dans sa chair.

— Il était venu visiter le musée avec des amis…

Le vieil homme acariâtre la dévisagea comme s'il allait lui lancer le livre au visage, au lieu de quoi il laissa tomber le volume dans une valise.

— Tiens, donc ! Il se trouvait là en même temps que vous par hasard, et vous l'avez cru. Quelle naïveté… C'est un agent de la Secte. Ils l'ont probablement envoyé pour vous suivre. Ce qui veut dire qu'ils vous ont déjà repérée… Qu'ils m'ont dans le viseur, moi ! (Un voile de terreur assombrit son visage.) Si mes soupçons à propos de cette institution sont avérés, alors croyez-moi, il faut que je disparaisse au plus vite. Et nous ne devons plus tenter de récupérer le grimoire, désormais. Vous ne feriez qu'indiquer son emplacement à la Secte !

— Le treizième volume… murmura Natalya en fronçant les sourcils. Contient-il vraiment des secrets que même la Secte ne connaît pas ? Des révélations sur les Effigies ?

— Entre autres, mais peu importe : le livre reste à sa place. Et pour être sûr de ne plus attiser la curiosité de la Secte, j'ai le devoir de disparaître. Monsieur Boones !

Quelques secondes plus tard, un homme à peine plus jeune que lui, à en juger par sa chevelure grisonnante, se posta dans le chambranle de la porte.

— Préparez la voiture, je vous prie, ordonna Baldric. Nous partons dès que possible.

— Très bien, monsieur, répondit le majordome, qui inclina son buste vers l'avant en guise de salut puis repartit, guindé dans sa livrée noire.

— Vous vous étiez engagé à tout me révéler, plaida Natalya. C'est pour cette raison que j'ai accepté de vous aider.

— Sacré réussite ! grogna l'autre avant de s'immobiliser, comme pétrifié, un objet posé sur les genoux.

— J'ai essayé ! J'ai tenté ma chance parce que je voulais savoir et que vous m'aviez promis de me dire la vérité !

— De toute façon, les secrets de la Secte ne vous regardent pas.

— Vous croyez ? s'étrangla Natalya, les poings serrés. Avez-vous une idée de mon chiffre, Baldric ?

— C'est-à-dire ? demanda distraitement l'interpellé, avant de ramasser un autre livre tombé du lit.

— Quatorze ! Je combats sous la direction de cette organisation depuis quatorze ans, et je vais probablement y laisser ma peau. Je leur ai tout donné. Ils ont réussi à me convaincre qu'il était dans mon intérêt de devenir une enfant-soldat. J'ai voulu leur faire confiance. J'ai essayé… Mais quand Naomi m'a révélé que cette institution était sans doute corrompue, je… Oh ! Écoutez-moi ! (Elle s'interposa sur le chemin de son hôte afin de lui bloquer le passage. Baldric dut se tordre le cou pour soutenir son regard furieux.) Je mérite de savoir si tout ce pour quoi je me suis battue n'a été qu'un mensonge. J'ai gagné le droit de savoir qui je suis. Quel que soit le prix à payer.

Baldric baissa les yeux. Le silence retomba entre eux, jusqu'à ce que la moustache du vieil homme remue et qu'il reprenne :

— « Et parmi les ombres, tu les trouveras. »

— Les *deoscali* ? Quel rapport avec ce culte idiot ? répliqua Natalya, qui releva les sourcils, incrédule.

— Vous avez raison sur ce dernier point, et pour quiconque vénère les spectres. Mais il y a beaucoup à apprendre des vieux enseignements d'Emilia Farlow. Le secret des ombres… et le secret des êtres qui demeurent en elles.

— Mais enfin, que voulez-vous dire ?

Baldric recula et franchit la porte laissée ouverte. Il tendit la main comme s'il allait fermer derrière lui, mais se ravisa.

— Avez-vous déjà entendu parler de l'allégorie de la caverne, mon enfant ?

— Platon, bien sûr, déclara-t-elle avec un signe de tête affirmatif.

— Exact. (Ses doigts se crispèrent sur la poignée de la porte.) Des hommes et des femmes incultes, prisonniers d'un spectacle d'ombres sur les parois de leur grotte et incapables de tourner la tête pour découvrir les marionnettistes derrière eux.

— Les ombres sont des mensonges, commenta Natalya.

— Mais ces êtres n'ont rien connu d'autre. Comment pourraient-ils se douter que ce qu'ils voient n'est qu'une mise en scène projetée grâce à un feu allumé dans leur dos ? Qu'est-ce qui leur indique que ces ombres ne sont pas réelles ?

— Je n'aime pas les devinettes, s'énerva Natalya. Expliquez-moi clairement.

Il relâcha la poignée.

— Pardon, mais avec l'apparition des spectres, ma famille est devenue experte en faux-fuyants. 1865… Peut-être les secrets de ces jours anciens ne doivent-ils pas rester enfouis à jamais. Les péchés de ces petites filles… (Il se perdit dans ses pensées mais se secoua aussitôt pour reprendre ses esprits.) N'y retournez pas. Oubliez ce que je vous ai dit et ne me cherchez pas lorsque la véritable bataille commencera.

Natalya s'apprêtait à répondre lorsque je la sentis me bâillonner de ses mains et me tirer violemment en arrière. La chambre de Baldric disparut d'un coup et je tombai dans le vide. Forcément… Elle tentait de me prendre par surprise. Je me débattis de toutes mes forces, mais l'ancienne Effigie du feu tenait bon. Nous luttâmes en même temps que nous chutions dans un gouffre ténébreux. Des scènes traversèrent mon champ de vision. Natalya en plein combat, face à des journalistes ou lors d'une mission pour la Secte, puis les bouteilles vides qui s'amoncelaient dans son appartement.

Je découvris ensuite Belle, toute jeune. Elle ne devait pas avoir plus de treize ans, mais elle était déjà grande et efflanquée. Affalée, à demi consciente près de toilettes sales, les jambes pliées selon des angles étranges, elle perdait beaucoup de sang. Natalya l'avait retrouvée, mais elle ne savait que faire à part serrer les poignets de la petite fille. Par le téléphone posé sur le sol, les secours lui dispensaient des conseils médicaux, sans qu'elle puisse y répondre autrement que par des sanglots silencieux.

— C'est ma faute… articula Belle. J'ai tué les spectres, mais je n'ai pas réussi à les sauver. Chaque soir, lorsque je ferme les yeux, j'entends les agents me répéter : « Tu es une incapable ! Tu es une incapable ! » J'en ai assez. S'il te plaît, laisse-moi mourir.

— Laisse-moi partir ! hurlai-je en me débattant comme un beau diable, jusqu'à ce qu'une lumière blanche m'aveugle.

— Tout va bien, gamine ? me lança Chae Rin depuis l'arrière.

D'un sursaut, j'étais de retour dans le monde des vivants et me trouvais ceinturée sur le siège passager d'une fourgonnette. Incapable de répondre, je m'efforçai d'essuyer de mes deux mains la sueur sur mon visage.

Le vieux véhicule délabré que Jin nous avait gracieusement fourni était un modèle Volkswagen de collection qui datait des années soixante, mais qui avait manqué d'entretien. Tous les équipements étaient rouillés, la peinture – rouge sur le haut, blanche en bas – s'écaillait, et les rideaux des fenêtres sentaient le renfermé. J'avais beau comprendre qu'ils ne nous aient pas donné leur plus beau camion, chaque secousse de ce vieux tacot me hérissait un peu plus. Au moins, ils avaient fait le plein d'essence.

Nous venions d'entamer un voyage de presque vingt heures. Naomi nous avait priées de nous rendre à Prague au plus vite, mais pour l'instant, nous devions nous contenter de cette guimbarde qui pétaradait à travers la campagne. Nous nous étions déjà inoculé le sérum afin que la Secte ne puisse nous traquer. Nous avions aussi pris soin de déposer James dans le premier hôpital que nous avions croisé lorsque nous avions quitté les montagnes. Avec une extrême lenteur et force tremblements, il nous avait remis de l'argent et promis de nous prévenir en cas de rumeurs au sein de la Secte, ou s'il recevait un message de Naomi – si elle était toujours en vie. Pour Rhys, je l'espérais de tout cœur.

— J'ai l'impression que le poison d'Effigie a aussi bloqué mes capacités là-dedans, marmonnai-je en tapotant mon crâne. J'ai quand même réussi à atteindre un souvenir, mais je ne crois pas avoir appris grand-chose d'intéressant… Tout ce que je sais, c'est qu'on devra se rendre dans la « Petite Chambre » du musée. En revanche, pour ce qui est de ce que nous sommes censées faire une fois sur place…

— Ce n'est pas grave, tempéra Lake, allongée sur une banquette, son sac à dos sur le plancher. D'après James, Naomi a dépêché quelqu'un qui travaillait pour Baldric afin de nous guider et nous aider à entrer après la fermeture.

Mon téléphone vibra, et un message s'afficha :

Où es-tu ?

J'inspirai profondément. Rhys…

— Ne me dis pas que… (Dans le rétroviseur, je vis Chae Rin s'appuyer sur le dossier de Lake afin de m'observer de plus près.) Mais si, c'est ton portable !

Un deuxième message arriva :

Es-tu blessée ? Est-ce que tout va bien ? Ma mère est au plus mal.

Naomi… Je me mordis les lèvres à la réception d'un troisième message :

Dis-moi où tu es, je viendrai t'aider.

— Éteins ça tout de suite ! gronda Chae Rin avant de me lancer l'un des coussins sales que nous avions trouvés dans la camionnette. On vient justement de s'inoculer un produit pour ne pas se faire repérer, espèce de débile !

C'est vrai… James nous avait même fourni un téléphone jetable pour pouvoir nous appeler.

— Elle a raison, Maia, ils peuvent nous localiser grâce au Wi-Fi et au GPS, renchérit Belle, droite comme un i à la place du conducteur, les jointures blanches à force de serrer le volant.

Mes yeux s'attardèrent sur ses poignets jusqu'à ce qu'un second coussin de la part de Chae Rin me rappelle d'éteindre mon portable.

— A-t-il mentionné quoi que ce soit d'utile ? demanda Lake avant de pousser de la pointe du pied les vieux rideaux du van. Baldric, je veux dire.

— Je n'ai presque rien compris de ses paroles. (Je me reposai sur l'appuie-tête.) Il a parlé d'ombres projetées sur un mur…

— Comme dans la cachette du désert !

Je clignai des yeux. En effet… Comme celles qui ressemblent à des spectres dans l'église londonienne aussi, même si le pasteur Charles était catégorique : ce n'en était pas. Soudain, je me remémorai les mots de Baldric.

« *Mais il y a plus à apprendre des vieux enseignements d'Emilia Farlow. Le secret des ombres… et le secret des êtres qui demeurent en elles.* »

— Il a aussi évoqué des péchés commis par des « petites filles », au XIXe siècle, ajoutai-je en me redressant.

— Ah bon ?

Lake se dressa d'un bond pour tirer de son sac la boîte à cigares – que nous avions gardée avec nous dans le dortoir du complexe de Londres.

— Tu l'avais avec toi ? s'étonna Chae Rin, qui fronça les sourcils.

— Oui. Depuis Toronto. Je l'avais déjà montrée aux autres. (Elle souleva le couvercle.) Ce que tu viens de dire m'a rappelé un truc, Maia. Je cherche à comprendre depuis un moment le rapport avec cette poupée…

Devant la réticence de Lake à toucher l'objet dont le visage était couvert de boue séchée, Chae Rin l'attrapa. Du bout des doigts, elle lissa le costume de servante du poupon puis me le montra. Les yeux arrachés de la petite chose semblaient me menacer.

— Flippant, fit Chae Rin, dégoûtée avant de se mettre à coiffer avec douceur les cheveux de laine noire de la pauvre figurine.

— Je ne te le fais pas dire, approuva Lake, qui fut saisie d'un frisson. Son visage de fillette machiavélique donne la chair de poule ! Mais Alice et Nick… N'étaient-ils pas déjà en vie, à cette époque ?

— Attends… (Je tendis la main vers elle.) Montre-moi la lettre.

Je parcourus la missive des yeux, comme je l'avais déjà fait des centaines de fois au cours des semaines passées. Un détail évident me perturbait, sans que j'arrive à le reconnaître…

— Bien sûr ! Emilia ! m'écriai-je en tapotant la feuille, alors que Chae Rin clignait des yeux comme pour mieux comprendre.

— Qui ?

« Deux ans après ton décès, ma chère amie, ma sœur… lus-je à haute voix, je songe toujours à toi, à Patricia, Emilia, et, même à Abigail. Peut-être est-ce une forme de culpabilité. »

— Emilia ? interrogea Lake.

— Dans le souvenir de Natalya, Baldric a cité Emilia Farlow.

Belle jeta un bref coup d'œil à la feuille avant de reporter son attention sur la route.

— Emilia Farlow est la créatrice du culte *deoscali*, déclara-t-elle.

— De nos jours, les *deoscali* vénèrent les spectres, mais à l'origine, les enseignements de la fondatrice étaient tout autres, expliquai-je à mesure que je me remémorais les explications que le pasteur Charles m'avait fournies d'un air si serein. Selon elle, les spectres n'en étaient en fait pas. Ou bien, ils n'étaient pas méchants… Ou alors seulement en certaines circonstances… (Je pressai la main sur mon front.) Je ne sais plus ! En tout cas, ils contrôleraient la vie, la mort, et le destin.

— Ça ne peut être une coïncidence, décréta Chae Rin.

— Je suis tout à fait d'accord, approuva Belle dont le regard sérieux était rivé sur l'horizon. Le volume secret nous en apprendra sans doute davantage. Dépêchons !

Elle accéléra et se tint coite pendant que nous filions sur l'autoroute bordée de filets anti-spectres semblables à ceux que l'on trouvait en Angleterre. Au bout de notre septième heure de trajet seulement, alors que les deux autres dormaient à poings fermés et que mes paupières commençaient à peser, je trouvai enfin le courage d'engager la conversation.

— Tu sais, lors de ma séance de divination… J'ai vu un autre souvenir de Natalya, sans rapport avec Baldric.

Belle comprit tout de suite l'allusion, probablement parce que mon expression trahissait ma culpabilité d'avoir assisté à l'un des moments les plus sombres de sa vie.

— Tu ne devais pas être assez concentrée. Souviens-toi, cette pratique peut être dangereuse, Maia. À l'avenir, sois plus prudente.

— Le souhaites-tu vraiment ? murmurai-je avant de me reprendre, mais cette fois, je ne me sentais pas aussi coupable.

À présent, je savais à quel point c'était affreux qu'une autre personne se saisisse de votre esprit et tente de l'enfouir dans les ténèbres.

Belle soupira, presque imperceptiblement.

— J'ai d'abord cru que Natalya s'était rendue à Prague pour me laisser un message… Elle savait que j'avais prévu de me rendre au Musée national. En réalité, c'est elle qui m'en avait donné envie en en parlant soudain à plusieurs reprises quelques semaines auparavant. Comment aurais-je pu deviner ce qui se cachait derrière un tel engouement ?

— Vous ne vous disiez pas tout ?

— Natalya ne partageait que ce qu'elle souhaitait, répondit-elle avec un rire triste. Elle a toujours conservé une certaine distance entre nous. Peut-être pensait-elle ne pas être à la hauteur de l'estime que j'avais pour elle.

— Qui sait ? Ce n'est pas le genre de chose qui est près de m'arriver…

Je lui adressai un sourire moqueur et m'enfonçai dans mon siège. À bien y regarder, j'aurais juré apercevoir ses lèvres s'étirer, mais elles retombèrent aussitôt.

— Il ne faut jurer de rien. Je sais que ta vie n'a pas été facile non plus, Maia. C'est ce qui fait que je me sens proche de toi. Je sais à quel point tu as souffert.

Je restai interdite. Il était rare d'entendre Belle mentionner un quelconque point commun entre nous – hormis notre statut et le poids de la mort de Natalya. Mais la douleur d'avoir perdu des êtres chers, plus forte que la magie et nos mystérieux liens d'Effigies, résonnait dans la partie humaine, vulnérable, de notre être. Drôle de ressemblance… Et même si l'adolescente groupie qui l'attendait devant le Lincoln Center de New York était à présent bien loin, j'avais toujours un besoin maladif de trouver quelque chose à partager avec elle.

— Même si nous n'avions aucun lien de sang, reprit Belle, Natalya était la seule famille que j'aie jamais eue. Sans elle, j'aurais rendu les armes depuis longtemps. (Pour toute réponse, je baissai la tête.) Tu dois le savoir aussi bien que moi. Sans famille, on n'est rien : voilà la plus terrible des souffrances, avoua-t-elle. On se lance dans une quête désespérée pour tenter de remplir le vide à tout prix, de tromper la solitude. Natalya n'était peut-être pas parfaite, mais grâce à elle, je n'étais plus seule. Elle m'a aidée à devenir quelqu'un. Je lui dois tout.

— Comme je te comprends… (Le sommeil me gagnait, mais je luttai car nous avions encore tant de choses à nous dire.) J'ai mon oncle, bien sûr, mais ce n'est pas pareil. Perdre mon père et ma mère, c'était affreux. Et perdre ma sœur…

Comment avais-je réussi à survivre, les premiers jours, avec Nathan ? Et lui, comment avait-il fait, alors que je me refermais sur moi-même sans la moindre envie d'exister ?

— Et puis, continuai-je, je suis devenue une Effigie et je vous ai rencontrées. (Je me retournai pour observer Lake et Chae Rin, toujours plongées dans leur sommeil.) C'est pourquoi…

Même si mon secret pesait lourd sur ma conscience, même si j'avais le sentiment de trahir mes amies, je ne pouvais leur révéler la vérité. Ce n'était pas seulement à cause de mes sentiments pour Rhys ou parce que sa mère m'avait suppliée de garder le silence. Qu'adviendrait-il lorsque Belle aurait abattu Rhys ? Qu'elle aurait franchi ce point de non-retour ? Tout s'écroulerait, et il en serait fini des Effigies.

C'était pour Belle que je conservais mon secret, pour nous quatre. Et peut-être aussi pour moi.

J'appuyai ma tête contre la fenêtre et laissai enfin mes paupières se fermer.

— Je n'ai pas envie que ça change. Je ne veux plus perdre aucun proche. Tu ne me haïras pas, n'est-ce pas, Belle ?

Le sommeil m'emporta avant que je puisse entendre sa réponse.

Chapitre 26

Le dispositif anti-spectres de Prague était constitué d'un réseau de tuyaux souterrains qui s'étendait au-delà des limites de la ville. Belle nous apprit que cet ouvrage avait coûté très cher et que sa construction avait débuté après la dissolution de la Tchécoslovaquie. La rénovation du système entier avait été l'occasion d'une grande campagne nationale pour saluer le nouveau départ du pays.

Un DAS souterrain devait sans doute présenter des avantages scientifiques, mais, en termes d'esthétique, cette technique permettait surtout de conserver les paysages vierges de toute trace de ces technologies qui nous rappelaient sans cesse notre captivité. Au fil des siècles, Prague était restée intacte, avec son labyrinthe romantique de ruelles étroites minutieusement pavées. Flèches et dômes d'édifices gothiques, antres de secrets séculaires, se dressaient dans le ciel, aux côtés des coupoles incurvées des églises baroques… Nous arrivâmes en pleine après-midi et traversâmes le vieux quartier où étaient bâties de hautes demeures traditionnelles aux toits rouges, puis un secteur qui regroupait des appartements plus modernes. À aucun moment nous ne repérâmes une trace des lueurs salvatrices du champ magnétique qui protégeait cette ville sublime et ses habitants.

Avant tout, nous devions trouver le Musée national, bijou d'architecture néo-Renaissance. La façade en pierre ocre était percée de plusieurs dizaines de rangées de fenêtres en arche. L'apparente simplicité du bâtiment rectangulaire était trompée par la délicatesse des sculptures, l'assemblage artistique des briques, et les quatre imposantes tours à base carrée qui se dressaient à chaque extrémité et dont les dômes pointaient vers le ciel. Les statues de gardiens ailés qui ornaient la coupole de l'immense entrée devaient être particulièrement impressionnantes le soir, lorsqu'elles se découpaient dans la nuit.

J'étais persuadée que notre van miteux attirerait tous les regards, mais les passants qui déambulaient sous les arbres ou autour du parterre fleuri étaient bien plus intéressés par la statue d'un homme à cheval – saint Venceslas, d'après Belle.

Je ne parvenais pas à croire qu'un souterrain secret puisse exister sous ce vaste édifice à l'insu de l'ensemble des membres du personnel. Le directeur du musée avait entamé une longue collaboration avec la famille Haas, afin de tout mettre en œuvre pour protéger leurs secrets, même s'il en ignorait la teneur. Si l'on en croyait James, l'homme était prêt à nous aider par loyauté envers les dépositaires du grimoire. Naomi l'avait prévenu de notre arrivée, mais il nous était impossible de débarquer en plein jour, au risque d'attirer l'attention de la foule des visiteurs. Il nous fallait attendre la tombée du jour et la fermeture du musée, même si le soir les badauds restaient nombreux autour du bâtiment. Fort heureusement, nous avions prévu de ne pas entrer par la porte principale.

— Comment ? Vous voulez qu'on grimpe ? s'étonna Lake.

— Le directeur va désactiver le système de sécurité afin de nous faciliter le passage, répondit Belle en guise d'acquiescement.

— De l'escalade… (Lake se laissa retomber contre son siège.) De mieux en mieux ! Je vais finir par regretter ces maudits dortoirs…

— Cesse de pleurnicher, ce n'est pas la mer à boire, la rabroua Chae Rin. Ce ne sont que deux étages, et avec les échafaudages à l'arrière, ça va être un jeu d'enfants !

— Tu parles ! se lamenta l'Effigie du vent au moment où le petit téléphone noir se mit à vibrer sur un siège à l'arrière.

— Allô ? James ! Qu'y a-t-il ? commença Chae Rin, qui venait de décrocher après avoir envoyé une pichenette sur le front de la boudeuse.

Elle plaqua sa paume sur l'appareil, au niveau du micro, et nous informa qu'il appelait pour nous donner des nouvelles de Naomi.

Presque quarante-huit heures s'étaient écoulées depuis l'attaque. Nous scrutâmes le visage de notre camarade en silence, à l'affût du moindre indice, alors qu'elle écoutait et acquiesçait. J'aurais dû regarder ailleurs… Mon cœur se serra lorsque je vis son expression s'assombrir.

— Toujours dans un état critique, finit-elle par nous répéter.

— Oh non… murmura Lake avant d'étendre ses jambes sur la banquette.

— Pardon ? (Chae Rin se redressa d'un coup, les yeux écarquillés.) Qu'est-ce que vous venez de dire ?

— Que se passe-t-il ? la pressai-je.

Elle attendit d'avoir raccroché pour répondre.

— La Secte a ouvert une enquête sur l'agression de Naomi. Quelqu'un nous a vues sortir de l'appartement. Enfin, t'a vue, toi, Maia.

— On m'a repérée ? articulai-je en même temps qu'un frisson me parcourut l'échine et que mes extrémités se glacèrent d'un coup.

— L'affaire a été publiée dans les journaux. Nous sommes recherchées par l'organisation. Le directeur Prince est furieux.

Comment était-ce possible ? J'avais pourtant pris soin de couvrir mon visage ! Je déglutis et tapai dans mes mains pour attirer l'attention de mes amies.

— Dans ce cas, dépêchons-nous d'entrer dans le musée pour dénicher ce vieux bouquin et découvrir la vérité.

— Et après ? demanda Chae Rin. On ne pourra pas échapper éternellement à la Secte.

— Peut-être, mais nous ne pouvons pas non plus continuer à travailler pour eux. Vous avez entendu mon oncle…

— Nous sommes dans de sales draps ! (De dépit, elle jeta le téléphone sur la banquette.) Nous voilà reléguées à l'état de fugitives, maintenant ! Les Effigies, recherchées pour leur lien supposé avec une tentative de meurtre sur la femme du directeur de la Division nord-américaine…

— Tu veux dire que tout le monde nous prend pour des criminelles ? se lamenta Lake. Cette fois, c'est fini pour de bon, mon nom est sali, mes fans vont se détourner de moi… Et que vont penser mes parents ?

— Du calme, dit Belle, impassible.

— Parle pour toi, la Reine des neiges ! gronda Chae Rin. Tu ne comprends pas que cette affaire est en train de tourner au vinaigre ?

— Et s'ils nous capturent ? s'inquiéta l'ancienne pop-star. Je ne pourrais jamais sortir mon single, mes contacts ne sont pas assez influents !

— J'ai dit, du calme. (Belle ne s'était pas retournée, mais dans le rétroviseur, Chae Rin n'avait rien raté de la métamorphose du visage de l'Effigie de l'eau, soudain froide comme la pierre.) N'oublions pas que la Secte est peut-être elle-même responsable de cette agression. Quelqu'un aurait décidé de tuer la femme d'un des directeurs, comme par hasard, juste au moment où les Effigies se trouvaient en sa compagnie.

Elle se mit à tapoter du bout des ongles sur le volant à mesure tout en continuant à nous exposer son raisonnement.

— En temps normal, la Secte aurait fait des pieds et des mains pour étouffer l'affaire et en livrer sa propre version au public. Leur premier travail aurait été de contacter le témoin et de s'assurer qu'il ne parlerait pas à la presse. Ces déclarations ne sont peut-être qu'un moyen pour nous faire paniquer. Alors, restons calmes.

Ironie du sort, Belle, elle-même, avait perdu patience – et elle aurait tué la femme du directeur, si nous n'avions pas été là. N'empêche qu'elle avait raison. Garder la tête froide n'était pas des plus aisé, mais nous nous y efforçâmes et notre chauffeur nous conduisit dans un lieu au calme où attendre le crépuscule. Natalya lui avait souvent décrit cet endroit, à environ une demi-heure au nord-ouest de la ville : Wild Sarka, une réserve naturelle dont le nom était issu d'une légende que ma devancière aimait beaucoup. Nous nous garâmes avenue Evropská. J'entrouvrant les vieux rideaux de la fourgonnette pour laisser une douce brise me caresser les doigts pendant que j'admirais le feuillage dense des arbres alentour.

Si l'on en croyait la légende, Sarka, une fière guerrière, avait péri en se jetant du haut de ces falaises. Je pouvais concevoir la fascination qu'avait pu exercer ce mythe sur Natalya. En revanche, il ne soulevait pas le même enthousiasme chez moi. À mes yeux, les tragédies n'avaient rien de beau. Surtout en ces instants où de terribles épreuves s'annonçaient à moi, alors que j'avais déjà tout perdu. J'essayais de garder mon calme, comme me l'avait conseillé Belle, mais ce n'était pas chose aisée, étant donné que mon nom circulait dans l'affaire de la tentative de meurtre sur Mme Prince.

La mère de Rhys… Qu'avait-il pensé de moi lorsqu'il avait eu vent de ces informations ? Quant à mon oncle… Et mes camarades de classe ? et mes professeurs restés à New York ? Chae Rin avait raison : on était dans le pétrin jusqu'au cou. Notre dernier atout était un vieux grimoire mystérieux au contenu inconnu du monde entier, excepté d'un vieux bonhomme angoissé qui avait disparu de la circulation. Et pendant ce temps, le délai que nous avait laissé Saul se réduisait comme peau de chagrin.

Plus le temps s'écoulait, plus je me sentais comme un lion en cage. Je devais sortir de ce van. Je n'avais pas utilisé mes jambes depuis plusieurs heures, aussi j'avais besoin de m'étirer et de respirer de l'air frais, au lieu de cet oxygène vicié aux relents poussiéreux – et d'aller aux toilettes, aussi.

— Pas question ! asséna Chae Rin. Maintenant qu'il fait nuit, nous devons retourner au musée.

— Allez ! Juste une minute ! Je resterai dans les buissons !

— Beurk, fit Lake en plissant le nez alors que je commençais à m'envelopper de l'une des étoles qu'elle avait embarquées dans son sac à dos.

— Personne ne me verra, je vous le promets.

L'Effigie de l'air scruta les environs à travers les fenêtres latérales de la fourgonnette afin de s'assurer que la voie était libre, puis me passa des lunettes noires.

— Tu as dix minutes, décréta Belle.

Je hochai la tête et sautai du véhicule. Mes jambes me firent l'effet de nouilles trop cuites. Je titubai jusqu'à me retrouver dans la nature, peu à peu plongée dans les ténèbres. La nuit s'infiltrait entre les arbres majestueux qui renfermaient les secrets des vies passées qui hantent encore les contes de fées : histoires d'amour, suicides, corps ensanglantés abandonnés dans le sillage des guerriers. Comme June aurait aimé se trouver là… et voir le monde avec mes yeux, pendant que je le parcourais comme occupation quotidienne. Elle avait toujours rêvé de s'octroyer une année sabbatique, après ses études, pour voyager. La lueur blanche de la lune sur les feuilles me rappela soudain qu'en fait, je vivais sa vie.

Je m'enfonçai dans les sous-bois, évitant les racines et les champignons qui poussaient sur les troncs des arbres morts. J'inspirai l'air pur, pour tenter de me rasséréner, quand, soudain, une main agrippa mon poignet et m'attira derrière un arbre.

Mon premier réflexe fut d'invoquer mes flammes, mais je ne pouvais compter sur mes pouvoirs pour l'instant, puisque je m'étais inoculé le poison. Prête à m'engager dans un combat à mains nues, je ruai, serrai les poings et me retournai. Toutes mes forces me quittèrent lorsque je découvris le visage de mon agresseur.

Rhys.

Étais-je en train d'halluciner ? Impossible : il m'avait attirée si près de lui que je distinguais avec précision les contours de sa mâchoire, et son regard doux, attentif. Quelques mèches noires, ébouriffées, s'échappaient de sa casquette.

Mon ventre se noua, et pendant un bref moment, abasourdie, je ne parvins à détacher mes yeux de lui. Je revis alors le corps de Naomi, blessé et ensanglanté, et me souvins que mon nom était lié à cette attaque.

À l'évidence, Rhys n'était pas venu en mission. Vêtu d'une veste courte en velours côtelé et d'un jean, il ne possédait aucune arme, même si je savais qu'il pouvait se montrer dangereux sans. Je me préparais de nouveau à me battre. Mais il m'attrapa par les épaules et me fit pivoter en tous sens pour s'assurer que je n'étais pas blessée.

— Tout va bien ? demanda-t-il.

— Comment m'as-tu retrouvée ? fut tout ce que je réussis à répondre.

— Est-ce que ça va ? s'obstina-t-il.

— Je n'ai pas tiré sur ta mère ! (Il se raidit aussitôt puis retira sa casquette, plus raide qu'avant.) Je ne lui ai rien fait... Tu vas me dénoncer ? finis-je par demander après avoir rassemblé tout le courage qui me restait.

Il jeta son couvre-chef contre un arbre et reposa sa main sur mon épaule. Il me poussa alors contre le tronc avec douceur et délicatesse, puis m'embrassa. Ce fut court, mais tellement agréable. À peine avais-je pris conscience du contact de ses lèvres sur les miennes, que déjà son visage s'éloignait du mien. J'étais encore sous le choc lorsqu'il répondit :

— Non, je ne te trahirai pas.

Il me relâcha pour se détourner et ramasser sa casquette. S'il croyait que je n'en profiterais pas pour m'échapper... eh bien, il avait raison. J'étais comme enracinée, incapable d'aller où que ce soit.

— Lorsque j'ai su que ma mère avait été blessée, j'ai demandé à mon frère de me prêter un jet pour la rejoindre à Madrid, mais je suis venu à Prague. Rosa m'avait informé que vous vous y rendiez, et James m'a décrit votre voiture. Un vieux Volkswagen mal repeint ! Vous avez des goûts de luxe, les filles ! ajouta-t-il avec un sourire.

Rosa et James, bien sûr... Ils protégeaient sa mère. Forcément, ils le connaissaient et lui faisaient confiance. Après tout, eux n'étaient pas au courant de son lourd secret.

— Tu as peur… reprit-il lorsqu'il s'aperçut du trouble qui m'assaillait. (Il fit une pause.) Tu as peur parce que je suis là.

— C'est vrai.

— Je te l'ai dit : je ne vais pas te dénoncer.

— La Secte et ton père sont à nos trousses. Ils pensent que nous sommes responsables de ce qui est arrivé à ta mère.

— En effet. Mais ils ne peuvent plus vous tracer. Et je ne parlerai pas.

Je levai les yeux sur lui.

— Mais tu ne mens jamais à la Secte.

— Je ne te trahirai pas. (Même s'il chuchotait, je percevais dans sa voix le désespoir de ne pas être écouté.) Je ne te ferai jamais de mal.

— Tu as tué Natalya.

Un lourd silence, de ceux capables d'étouffer des secrets pendant des siècles, s'abattit entre nous. Peu à peu, le chant des grillons qui nous encerclaient sembla s'éloigner. Je m'attendis qu'il écarquille les yeux, mais il ne cilla pas. Je crus qu'il me tournerait le dos ou tenterait d'échapper à mon regard accusateur à peine dissimulé… Il ne bougea pas.

— Quand bien même, lâcha-t-il, tu n'as rien à craindre de moi.

Épuisée, je n'avais plus assez d'énergie pour laisser s'exprimer toutes les émotions que j'avais imaginé éprouver lors de ce moment tant de fois fantasmé. Toujours adossée contre le tronc noueux, je secouai la tête et cherchai son regard.

— Pourquoi as-tu fait ça ?

Les épaules avachies, il reposa la casquette sur sa tête et fixa ses yeux au ciel.

— Belle le sait-elle ?

— Je ne le lui ai pas dit.

— Elle me tuera.

— C'est pourquoi je me suis tue.

— Tu me protèges d'elle ? demanda-t-il en se tournant vers moi.

— J'essaie de vous sauver tous les deux. Mais peut-être ai-je eu tort. (Je sentais la colère sourdre dans ma poitrine, et enflammer les mots qui sortaient de ma bouche.) Sais-tu seulement à quel point ce secret est lourd à porter ? À quel point me taire me torture ?

— Je suis désolé, bredouilla-t-il, tête baissée. Tu ne mérites pas d'être tourmentée de la sorte. Et je ne mérite pas ta protection.

— Parfaitement ! (Je fis un pas vers lui, les mains tremblantes.) Pourquoi as-tu commis ce crime ? Que s'est-il passé ?

Il se tut un trop long moment avant de se décider à me répondre :

— J'ai reçu des ordres par une ligne cryptée, de la part d'une voix déformée, que je n'ai pas pu reconnaître. Tout ce que je sais, c'est que ce genre d'injonction émane toujours des plus haut gradés de l'institution. Ce sont des ordres du Conseil. On m'a dit que Natalya était devenue un danger pour la Secte, que je devais garder un œil sur elle.

— Ben voyons…

— Quelqu'un comme Natalya pouvait occasionner d'immenses dommages si elle changeait de camp. Elle avait le pouvoir de tuer un nombre incalculable de personnes. D'ailleurs, c'est déjà arrivé… Dans les années cinquante, Mary Lou Russel, alors qu'elle était en formation au sein d'un complexe de la Secte, a décidé soudain d'entreprendre un génocide pour, selon ses termes, purifier sa race… Elle a été éliminée de la même façon que ta devancière. Ces instructions ne sont jamais données à la légère. Et lorsqu'on les reçoit…

— Pourquoi t'ont-ils confié cette mission, à toi ?

— Parce que j'étais son ami. (Le visage toujours baissé, il faillit s'étrangler en prononçant ce mot.) Je m'y refusais, aussi j'ai ignoré cet ordre aussi longtemps que j'ai pu. Mais ils ne m'ont pas lâché, me rappelant sans cesse le sort réservé aux traîtres. La Secte n'aurait jamais décidé d'éliminer son élément le plus efficace sans une bonne raison. Je devais obéir. Personne d'autre n'aurait été capable de l'approcher d'aussi près que moi. Natalya était une guerrière indomptable, l'une des plus puissantes Effigies de l'histoire. Comment aurions-nous pu l'arrêter ?

— En trahissant son secret, peut-être. Oh, Rhys… (Nos yeux s'emplirent de larmes en même temps, mais seules les siennes coulèrent.) Est-ce toi qui nous as espionnées ? demandai-je calmement.

Il secoua la tête.

— Je suis venu pour vous aider, rien d'autre. Pour une fois, je n'agis pas sur ordre de la Secte, mais de ma propre initiative. Je ne suis pas juste un pion sur leur échiquier. Enfin, c'est ce que j'ai décidé, mais…

— Si c'est la vérité, alors tu dois savoir ce qui se passe réellement au sein de l'institution qui t'emploie. Et les vraies raisons qui les ont poussés à te demander de tuer Natalya. (Je m'interrompis, le temps de voir ses sourcils se froncer, lentement, à mesure que le doute s'emparait de lui.) Tu ignores vraiment tout, n'est-ce pas ?

Il ne pouvait pas cacher le trouble mêlé de terreur dans ses prunelles.

— Que se passe-t-il ?

Je lui racontai tout. Depuis le Projet X19, dont la deuxième phase consistait à transformer ses anciens camarades en monstres, jusqu'au contrôle de la pensée. Puis, je lui parlai des assaillants non identifiés qui avaient tenté de tuer sa mère alors qu'elle nous dévoilait l'existence du livre de Baldric et la mission qu'elle avait confiée à Natalya.

— Attends, ma mère fait partie du Conseil ? me coupa-t-il, à priori sincèrement étonné.

— Tu ne le savais pas ?

— Non… (Il resta silencieux un moment, les yeux dans le vide.) L'identité de ses membres doit rester secrète. Seuls ceux qui en font partie se connaissent. Brendan et moi l'ignorions, mais mon père doit être au courant. Ça m'étonnerait qu'elle le lui ait caché. Et quand bien même, il aurait fini par le découvrir.

— C'est Naomi qui nous a envoyées ici. Notre but est de comprendre qui est Saul. Qui sont les spectres. Qui nous sommes et d'où nous venons. Si nous y parvenons, alors nous pourrons devancer notre ennemi, voire trouver un moyen de l'arrêter. Mais il semble que quelqu'un veuille nous en empêcher. C'est pour cette raison qu'on a voulu assassiner ta mère, et qu'on t'a donné l'ordre d'éliminer Natalya. (Rhys recula de quelques pas, avant d'être arrêté par une gigantesque racine sortie de terre.) Tu m'as dit que tu avais reçu cet ordre de très haut, n'est-ce pas ? Sans doute de quelqu'un du Conseil, peut-être d'un directeur. Imagine que ce soit ton… (Je m'arrêtai, mais trop tard : il s'était accroupi au sol.) Pardon, m'empressai-je de balbutier. Je ne voulais pas insinuer…

— Tu as raison… Mon père pourrait tout à fait être impliqué. De toute façon, je ne peux même pas affirmer qu'il est incapable de faire du mal à sa propre famille. Ce ne serait même pas son coup d'essai, vu qu'il m'a envoyé là-bas…

— Dans le camp du Groenland.

Il inspira une grande rasade d'air, tremblant, hagard.

— Brendan ne mentait pas : c'était un centre prestigieux, autrefois. Mais à la mort de Fisk-Hoffman, c'est son fils, un véritable sadique, qui en a pris la direction. Alors tout s'est très vite détérioré, les entraînements, par exemple, sont devenus plus brutaux. Personne ne s'est rendu compte de rien jusqu'à ce que l'on en découvre les diplômés… comme Andrew Brighton.

Le Chirurgien. Cet agent de la Secte s'était fait une réputation grâce à ses talents d'« interrogateur » mais n'était rien d'autre qu'un tueur en série. Brendan avait qualifié ce glissement de « mauvaise passe » : euphémisme du siècle !

— Ou la mère de Vasily, fis-je en me rappelant le visage du traître déformé par le chagrin lorsque

Brendan l'avait forcé à regarder la photo de la femme décédée.

Rhys acquiesça.

— Ils n'étaient pas de la même promotion, il est donc peu probable qu'ils se soient connus. Mais ils ont reçu la même éducation de ce système cruel. Les meurtres de Brighton ont permis de pointer les dérives du complexe, et le Conseil s'est saisi de l'affaire. Le Groenland prenait un nouveau départ. Du moins, c'est ce qu'ils ont proclamé. C'est à cette époque que ma promotion est arrivée, mais… (Il soupira en secouant la tête.) Rien n'avait changé. Tout notre apprentissage consistait à ne pas réfléchir, agir sans pitié, obéir.

Je me demandais bien quels souvenirs Rhys pouvait revivre lorsqu'il fermait les yeux. J'avais compris l'essentiel sans qu'il me le raconte. Vasily, Jessie, lui-même. Leurs actes parlaient pour eux. Je ne connaissais que trop bien les séquelles que pouvait laisser cet endroit maudit.

— Après l'incendie, les rares survivants que nous étions avons signé une clause de confidentialité nous enjoignant à ne jamais révéler ce que nous avions vécu dans cette base. À cette époque, je n'étais pas en état de désobéir. Même Brendan n'en a rien su. Mon père, lui, n'a jamais paru disposé à en parler. Mais rien ne dit qu'il n'a pas raconté à ma mère ce que j'avais subi là-bas.

Il s'assombrit, sans doute parce qu'il repensait à l'état de Naomi.

— Qui sait ? enchaînai-je aussitôt. Naomi a découvert récemment que Saul bénéficiait de l'aide de membres du Conseil. Ces personnes étaient sans doute au courant de ce qui se tramait dans ce camp. Peut-être même la réouverture a-t-elle été décidée en connaissance de cause avec pour objectif le rapt des enfants. D'ailleurs, rien ne prouve que l'incendie ait été accidentel.

Je m'emportais et fus surprise de constater que non seulement Rhys me suivait dans mon raisonnement, mais qu'il semblait y adhérer. Tout son corps se raidit.

— Ouais, dit-il d'une voix monocorde. Écoute, je n'en sais rien. Quand bien même, j'ignore s'ils auraient choisi Jessie et les autres pour leur projet. Ni si mon père était impliqué. Tout ce dont je suis sûr, c'est que lui m'y a envoyé pour que je rentre dans le rang comme on livre un animal à un centre de dressage, et qu'il n'a pas été déçu. D'après lui, c'était une manière comme une autre d'apprendre la loyauté tellement chère à notre famille. D'ailleurs, c'est aussi ce que croyait ma mère. Toute notre vie était vouée à la Secte. Le complexe du Groenland m'a inculqué la loyauté et mon père a fait en sorte que je ne l'oublie pas.

« Une gâchette ne peut s'actionner seule », m'avait soufflé Naomi. Aucun des deux parents n'avait su mettre un terme aux souffrances que leur fils endurait, car ils étaient trop aveuglés par leurs principes et leurs actes.

— Mais maintenant, reprit-il en se redressant, je suis là pour toi. Pour t'épauler.

À cet instant précis, je me souvins que je bavardais avec le meurtrier de Natalya. Je ne pus masquer la crainte dans ma voix.

— On se débrouillera très bien toutes les quatre. On n'a pas besoin d'aide.

— Bien sûr que si. Rosa n'en a parlé à personne d'autre.

— De quoi ?

— L'alliance de ma mère… répondit-il après avoir levé la main. Elle avait un mauvais pressentiment, et dans le doute, elle l'a fait examiner : un mouchard y était fixé.

Une vague de chaleur me submergea lorsque je songeai aux conséquences de ce qu'il m'apprenait.

— Tu veux dire… que nos conversations ont été espionnées ? (Il acquiesça, et j'en eus le souffle coupé.) Alors ils savent que nous sommes ici. Il faut que j'y aille.

Les dix minutes allouées par Belle étaient passées depuis longtemps, et je m'étais aventurée un peu trop loin dans la forêt. Les filles devaient me chercher. Et si Rhys avait réussi à me trouver… Inutile de m'attarder.

— Je viens avec vous.

Il fit mine de me prendre la main mais je reculai pour qu'il ne puisse me toucher.

— Non. Je te répète que nous n'avons pas besoin de toi.

— Je peux vous aider. Laisse-moi te le prouver !

— Oublie. (Je tentai de faire abstraction de son air penaud qui me bouleversait et je serrai les poings.) Merci de m'avoir dit la vérité, mais tu as tué Natalya. Peu importe ce que je… (Les mots peinaient à sortir de ma gorge nouée.) De toute façon, tu mérites la prison.

— Non, je mérite la mort, répondit-il avec un naturel désarçonnant. Mais je veux vous être utile. Une fois que toute cette histoire sera terminée et que vous serez en sécurité, je me dénoncerai. J'ai pris cette décision il y a quelque temps déjà.

J'eus beaucoup de mal à empêcher mes lèvres de trembler.

— Et que feras-tu s'ils t'ordonnent de me tuer ?

— Je t'ai déjà dit que je ne te ferai jamais de mal.

— Pourquoi ? Pourquoi mériterais-je que tu leur désobéisses ?

Pour la première fois, il esquissa un sourire timide, à la fois triste et inquiet.

— Je t'aime. Et avec toi, je peux être moi-même.

Tout mon corps fut paralysé par sa déclaration. Je ne sus que répondre.

Il était là, devant moi, brisé, et je compris alors qu'il l'avait toujours été, même bien avant que je le rencontre. Il était parvenu à me le cacher et je ne pouvais le lui pardonner. Devais-je pour autant ignorer l'élan de mon cœur ? ainsi que ses yeux implorants et les larmes qu'ils avaient retenues toutes ces nuits dans le Gouffre du diable ?

Il méritait d'être incarcéré. Je ne voulais pas de sa présence auprès de moi, mais je ne supportais pas non plus son absence. J'étais tiraillée et mon cœur en pâtissait. Alors, je choisis le compromis.

— Voici notre numéro de téléphone, dis-je avant d'énoncer les chiffres une première fois. (Je n'eus pas à les répéter, car il me fit un signe de la tête pour m'indiquer qu'il les avait mémorisés.) Ouvre l'œil et préviens-nous du moindre danger.

— Tu parles de la Secte.

Il avança d'un pas vers moi, mais je me dérobai pour retourner auprès de mes amies.

— Je te fais confiance, lançai-je par-dessus mon épaule. Ne me trahis pas, comme tu l'as fait avec Natalya.

Sans attendre sa réaction, je le laissai seul au milieu des arbres.

Chapitre 27

À la nuit tombée, les réverbères illuminaient les pavés et les hautes bâtisses d'une teinte dorée des plus romantiques. Le musée ressemblait à un château de la vieille Europe de l'Est, avec ses dômes illuminés de blanc et ses pierres rougeoyantes sous l'éclairage de la cour. Nous nous garâmes assez loin pour ne pas attirer l'attention avant de nous diriger vers l'arrière du monument à pied. Après avoir sauté par-dessus un grillage, nous nous approchâmes de l'échafaudage.

— Lake, tu as bien la boîte à cigares avec toi ? m'enquis-je en pointant son sac à dos.

— Oui, confirma-t-elle, même si je serai moins à l'aise pour grimper. Je me sacrifie, vous pourriez me remercier !

— Cesse de te plaindre, grogna Chae Rin.

— Allez, fit Belle qui observait la structure métallique. C'est parti !

Le directeur du musée nous avait confirmé, par l'intermédiaire de James, qu'il avait désactivé l'alarme et laissé une fenêtre ouverte, mais seulement pour quelques heures. Autant dire que nous n'avions pas le temps de lambiner.

Sans surprise, Chae Rin fut la meilleure de nous toutes au moment de grimper. Sans doute devait-elle son aisance à sa carrière de circassienne, qui lui avait assuré équilibre et agilité. Quand vint mon tour, faisant de mon mieux pour suivre le mouvement, j'agrippai une barre de métal et me hissai tant bien que mal à l'aide d'appuis hasardeux de mes pieds.

Lorsque nous fûmes parvenues à une certaine hauteur, une toile qui couvrait l'échafaudage nous empêcha de continuer notre progression par les côtés. Malgré tout, nous profitâmes de ce voile pour monter à couvert, même si je doutais qu'à une telle distance quiconque puisse encore nous apercevoir. Peut-être Rhys était-il posté quelque part, en bas, occupé à surveiller les alentours pour nous couvrir, ainsi que je le lui avais demandé.

Au fur et à mesure de notre ascension, l'air se faisait plus froid mais j'ignorais mes frissons. Je m'interrompis pour embrasser du regard la vue qui s'offrait à nous : le square Venceslas dans son ensemble, les rues à l'éclairage ambré, les phares aveuglants des voitures en mouvement. Un spectacle à couper le souffle. Enfin, nous atteignîmes la vieille lucarne carrée indiquée par le directeur : la troisième en partant du flanc ouest. Belle y appliqua une pression du poing, et la vitre pivota en grinçant. L'une après l'autre, nous pénétrâmes dans une salle d'exposition dont les toiles représentaient des clowns.

— Pourquoi ce sujet en particulier ? grimaça Lake alors qu'elle scrutait les caricatures pessimistes et avant-gardistes, aussi inquiétantes que déprimantes, de ces éternels amuseurs de foules insatiables de spectateurs cruels.

— Que de souvenirs… fit Chae Rin avec un soupir nostalgique. Bref, descendons. Nous avons rendez-vous au rez-de-chaussée.

Depuis le souvenir de Natalya, j'avais conservé quelques souvenirs de la topographie des lieux. Nous descendîmes des escaliers, passâmes sous des portes voûtées. Nous étions entourées de murs et de colonnes de marbre noir veiné de splendides traînées blanches. Grâce à la divination, je réussis à nous conduire jusqu'à une arche, dans un recoin du musée, dont l'entrée était barrée par un ruban jaune. Nous nous engageâmes tout de même dans le long couloir sombre qui débouchait sur un accès sécurisé.

— Attendez, fit Lake. Le code…

— Je le connais, la coupai-je.

Comme si je l'avais déjà composé des dizaines de fois, mes doigts pianotèrent avec légèreté sur les touches, puis la porte métallique s'ébranla pour nous laisser passer.

La « Petite Chambre », selon les termes de Baldric. Pour sûr, la pièce était plus haute que large. Je revoyais, et cette fois de mes propres yeux, ces deux niveaux d'étagères en arc-de-cercle, pleines de livres. Des milliers de pages… Des tableaux étaient accrochés aux murs ou posés à terre. Nous y étions. Le directeur du musée nous avait amenées aussi loin qu'il le pouvait. Désormais, je devais m'en remettre à Natalya, si elle était disposée à m'aider.

Nous nous dispersâmes dans le cabinet, plongé dans les ténèbres. Je cherchai un interrupteur à tâtons. Soudain, de curieuses lampes aux formes variées s'illuminèrent au-dessus de nos têtes : elles étaient suspendues au plafond par des chaînes qui leur donnaient l'air de pendentifs dont les éclats rouges et orangés se reflétaient sur le marbre.

— Qui a bien pu créer cet endroit ? s'étonna Chae Rin, qui plissa les yeux, éblouie par le luminaire juste au-dessus d'elle.

— Que doit-on faire, Maia ? me demanda Lake.

Elle passa entre deux globes terrestres sans socle et s'arrêta devant un monstre enchaîné : le spectre fossilisé. Je ne m'en souvenais que trop bien… Natalya avait été fascinée par cette créature cristallisée – pétrifiée, selon la terminologie exacte, bien qu'il brille désormais comme du cristal. On aurait dit un dragon aux ailes déployées, prêt à prendre son envol et à nous dévorer toutes, avec sa mâchoire béante hérissée de crocs.

— Splendide… ironisa l'Effigie de l'air. Et maintenant, comment allons-nous nous débrouiller pour trouver ce bouquin ? Les deux étages sont combles !

Belle étudiait un portrait suspendu au-dessus de la cheminée, dans le coin ouest de la Petite Chambre. *Bartholomäus Blackwell II : 1849-1910*. Un ancêtre de l'homme que nous connaissions. Ils avaient pour point commun leur longue chevelure noire bouclée, ainsi qu'un goût vestimentaire des plus douteux. Lorsque je croisai son regard de toile, quelque chose remua en moi. Natalya.

Je pressai la main contre mon front, persuadée qu'un indice m'échappait.

— Tout va bien ? s'enquit Chae Rin en me secouant par l'épaule.

Le souvenir m'était parvenu à travers les yeux de Natalya. Or cette forme de divination n'était pas correcte, puisqu'elle ne permettait pas de détacher ses émotions et ses sentiments. Entrelacer deux âmes est un processus aux conséquences des plus imprévisibles, et le résultat est rarement fiable. Certaines émotions avaient pu m'induire en erreur et d'autres m'échapper, tout comme j'avais pu enregistrer de manière biaisée les pensées qui me traversaient l'esprit. Je devais m'y replonger, m'immerger à nouveau dans ce rêve.

Je fermai les yeux. Un mois s'était écoulé depuis que j'avais visionné ce souvenir, je ne pouvais donc pas me le rappeler avec précision. Pourtant, des sensations de déjà-vu m'assaillirent. Je ressentis l'angoisse, l'empressement de Natalya à dissimuler son message pour Belle. Elle s'était dirigée vers le premier niveau d'étagères afin d'en retirer la toute première édition des *Ouvrages de Castor*, bien à l'abri dans ce lieu secret. Seuls douze volumes étaient alignés. Mais pourquoi diable mes yeux revenaient-ils inlassablement sur ce portrait ?

Natalya aussi avait été obnubilée par ce tableau.

Aucune importance.

Sans doute s'était-elle dit la même chose. Pourtant, elle était poursuivie, n'avait pas une minute à perdre mais s'était tout de même arrêtée devant la toile.

Aucune importance... ne cessai-je de me répéter, alors que tout en moi me criait de m'y intéresser.

— Aide-moi à décrocher ce portrait, demandai-je à Belle.

Elle me souleva sur ses épaules et, les bras tendus, je pus me saisir du tableau. Sur le mur, nous découvrîmes une minuscule inscription latine en lettres cursives noires.

— « *Et in tenebris invenies* », lus-je avant d'énoncer, très lentement, la traduction, que je connaissais par cœur. « Et parmi les ombres, tu les trouveras. »

— Qu'est-ce que ça veut dire ? demanda Lake alors que je sautai du dos de Belle.

Je me remémorai les peintures de spectres de l'église du pasteur Charles : des ombres qui dansaient sur les murs de pierre, dans la seule lueur des vitraux.

— Les spectres sont des ombres. (Je pivotai afin d'observer le spécimen pétrifié au centre de la pièce.) Ici…

Je rejoignis Lake auprès du fossile et passai par-dessus la chaîne pour caresser la surface de cristal.

— De quoi parles-tu ? questionna-t-elle.

À vrai dire, je n'en avais pas la moindre idée, mais j'étais persuadée que le treizième volume ne se trouvait pas là. Baldric ne l'aurait jamais abandonné entre deux bouquins sur une étagère, à la portée du premier venu. Quelque chose m'échappait…

— Attendez…

Je grimpai sur le piédestal du dragon et me hissai sur la pointe des pieds.

— Regardez, il tient un objet dans sa gueule !

Je posai les pieds sur les articulations des pattes pliées de la bête pétrifiée, avec d'immenses précautions et juste assez de force pour me soulever de terre. Lorsque mes yeux rencontrèrent les siens, sombres, luisant sous la couche de minerai, une pensée m'assaillit : ce spectre n'était pas un fossile, il n'était pas mort. Sa chair et son exosquelette avaient changé de texture, mais ainsi que nous l'avaient démontré Pete et Mellie au complexe londonien, il suffisait d'un simple traitement pour le ramener à la vie. J'en fus d'autant plus déroutée qu'au même moment, je m'agrippais à son cou et me tenais toute proche de ses longues dents que la cristallisation avait acérées.

Mon intuition était la bonne : tout au fond de sa gueule, se trouvait une clé. Je me contorsionnai, avec une grimace, pour récupérer l'objet sans m'écorcher aux crocs.

— Oui ! soufflai-je en l'extrayant.

Soudain, un grand vacarme s'éleva de derrière une bibliothèque et me déconcentra. Je fis alors un faux mouvement, glissai le long des pattes du spectre et tombai à terre.

— Que se passe-t-il ? s'alarma Lake en m'aidant à passer la barrière. Cette étagère est-elle bien en train de bouger ?

— C'est une blague ? lâcha Chae Rin, incrédule, à mesure que le pan pivotait pour ménager une ouverture sur les ténèbres.

À moins de retourner sur nos pas, nous n'avions aucune autre issue. L'entrebâillement très étroit nous força à entrer de profil pour nous engager une par une dans le passage secret. Les filles sur les talons, je m'engageai dans une volée de marches grinçantes qui semblaient mener dans les entrailles de la terre et aboutirent dans un couloir de briques rouges, faiblement éclairé, qui se terminait par une porte en fer verrouillée. La clé que je venais de récupérer s'inséra sans mal dans la serrure et le battant s'ouvrit sur un espace assez vaste pour servir de salle d'exposition au musée.

À part la poussière, les lieux semblaient bien tenus. Peut-être Baldric, en tant que dépositaire du volume secret, y était-il venu à plusieurs reprises. Le plafond était orné de délicates moulures représentant des rosiers grimpants aux floraisons généreuses. De chaque côté de la pièce, des armures de chevalier, armées de véritables lances, étaient soigneusement alignées. J'avançai sur le sol de marbre, hypnotisée, à l'entrée, par deux spectres majestueux pétrifiés, que seule une corde en velours séparait des visiteurs potentiels. Il s'agissait encore de deux dragons, mais bien plus grands que celui de la Petite Chambre : leurs ailes frôlaient le plafond. Juste au milieu du mur derrière les bêtes, je remarquai un superbe tableau qui représentait une jeune fille potelée, aux joues roses, vêtue d'une robe lavande de l'époque victorienne, et dont les cheveux noirs étaient attachés de manière élaborée sur le sommet de son crâne. Au bas de ce magnifique portrait, se trouvait une légende :

« Pour Patricia Haas : 1848-1865 »

— « Patricia Haas », lus-je à voix basse alors que mes amies se dispersaient dans le reste de la pièce.

D'après Naomi, la famille de Baldric avait conservé le volume secret de génération en génération. Le prénom de la jeune fille me rappela pourtant la lettre d'Alice à Marian : *« Emilia, Abigail et Patricia »*.

— Venez voir ! s'exclama Lake, tout excitée, avant de franchir l'une des deux portes qui donnaient dans la grande salle juste devant nous.

— Décidément, cet endroit n'est pas commun… observa Chae Rin en détaillant les trois statues de marbre blanc qui ornaient le centre de la pièce.

Je les reconnus sur-le-champ. Trois femmes complètement nues dont les longues cascades de cheveux préservaient l'intimité. C'étaient les répliques exactes de celles de la maison de Blackwell. Ces statues tenaient elles aussi une perle, dans des postures presque identiques. Bien que leurs yeux soient creusés dans la pierre, toutes les trois possédaient un regard perçant qui semblait nous observer. Comme si elles attendaient notre venue.

Chambre secrète ou non, nous demeurions dans un musée et les trois œuvres étaient disposées selon les règles du lieu. Montées sur un piédestal circulaire en plein centre de la pièce, elles se faisaient face en un triangle imaginaire. Juste à côté, une plaque dorée fixée à son support, similaire à celles censées renseigner les visiteurs, indiquait : « *Fātum* ».

— Vous croyez que ça peut signifier « destin » ou « fatalité » ? demandai-je à la ronde.

— Le sort, expliqua Belle alors qu'elle s'approchait de la corde en velours. Le destin… Parfois, la mort. À d'autres époques, on l'utilisait pour « parole de Dieu » : la volonté divine, en quelque sorte. (Elle se tut un instant, sans quitter les sculptures des yeux.) Pourquoi ces statues ont-elles été créées ? Et pourquoi les a-t-on cachées ici ? Qui sont les femmes représentées ?

— La pièce d'à côté est fermée, constata Chae Rin. Mais je ne comprends rien à ces statues. Pas plus qu'à ce machin d'ailleurs ! s'exclama-t-elle.

Elle désigna alors une horloge digitale fixée au mur qui indiquait 20 heures – ce qui était impossible, puisque nous étions entrées après minuit.

Belle contourna les barrières pour s'approcher du socle des statues.

— Regardez ces rainures... (Aux pieds de chaque femme de marbre était creusé un sillon se terminant au bord du piédestal.) Elles permettent de déplacer les sculptures, continua-t-elle.

Notre amie observa un long moment ces aspérités avant de sauter sur le socle pour tenter de pousser les statues.

— C'est tellement étrange, commenta Lake qui secoua la tête sans manquer de prendre quelques photos.

— Qu'essaies-tu de faire ? demanda Chae Rin, qui s'approcha à son tour.

Malgré les efforts de Belle, les statues, bien plus grandes et plus lourdes que nous, n'avaient pas bougé d'un centimètre. Elles étaient inébranlables.

— Inutile, conclut-elle. Les effets de l'inoculation commencent à se dissiper, mais je n'ai pas encore recouvré toute ma force. Et toi, Chae Rin ?

Nous ne nous étions pas administré de poison d'Effigie depuis un bon bout de temps. Peu à peu, la magie se réveillait au fond de moi et reprenait ses marques dans mon corps. J'en déduisis que l'Effigie de la terre devait ressentir la même chose.

— Je ne vois pas à quoi ça va nous avancer, mais après tout, pourquoi pas ? grommela-t-elle après avoir poussé un soupir.

Elle leva les mains et se concentra pour canaliser tout le pouvoir dont elle disposait. Alors, lentement, l'une des statues se déplaça dans son sillon avec un crissement atroce.

Nos pouvoirs revenaient, nous devions donc en finir au plus vite et filer. Nous ne pouvions prévoir combien de temps la Secte mettrait à nous retrouver, d'autant que le mouchard dans la bague de Naomi avait pu les mettre sur notre piste depuis Madrid.

Belle n'en démordait pas. Chae Rin, en sueur, grimaçait mais continuait à faire glisser les sculptures jusqu'à les placer sur le périmètre de leur socle. À l'instant où la dernière s'insérait dans son encoche, une sonnerie retentit à l'extérieur de la pièce. Par réflexe, mon attention se porta sur l'horloge : elle n'indiquait pas l'heure qu'il était.

— C'est un compte à rebours, compris-je. Dix-neuf minutes et cinquante-neuf secondes. Cinquante-huit secondes…

— Parfait, admit Lake, les yeux rivés sur les statues. Que se passe-t-il à la fin de ce décompte, au juste ? Devons-nous commencer à nous inquiéter ?

— Vous avez entendu ce bruit, là-bas ? demanda Chae Rin, le souffle court, en désignant la porte du menton.

Je sautai du piédestal, puis par-dessus la corde et me précipitai en dehors de la pièce aux statues. J'avais vu juste : en face de nous, à l'autre bout de la grande salle, un mince filet de lumière m'indiqua que la seconde porte s'était entrouverte. Nous avions dû déverrouiller ce passage lorsque nous avions manipulé les statues. Et à en croire le compte à rebours, mieux valait se dépêcher d'y jeter un coup d'œil. Mes camarades sur les talons, je traversai la pièce aux dragons et me faufilai dans l'interstice.

Je perçus aussitôt un changement d'atmosphère : la gravité semblait bien plus prononcée et l'air était chargé d'une énergie invisible. Mes pas devinrent lourds et mal assurés. Ce sentiment m'était familier, j'avais déjà connu un tel état.

— C'est quoi, ce délire ? s'exclama Lake en même temps qu'elle refermait la porte derrière elle. C'est étrange… (Elle porta la main à sa poitrine.) Je ressens, comment dire…

— Un grand calme, termina Belle à sa place. (Elle ferma les yeux et releva la tête comme pour s'imprégner de l'atmosphère.) Je suis parfaitement sereine.

— C'est exactement la même sensation qu'à l'église ! m'exclamai-je, repensant à la cave, lieu de paix profonde, du pasteur Charles.

Cet endroit aussi était similaire : du sol au plafond, tout était en pierre. Je fermai les yeux pour profiter du silence et vider mon esprit de ses pensées. Je sentis alors le murmure d'une caresse le long de mes jambes et de mes bras. Je n'avais rien éprouvé de tel dans le lieu de culte, mais cette fois, je n'aurais pas pu l'ignorer. Plus précisément… *ces entités* ne se laissaient pas ignorer. Quelle qu'elle soit, j'étais connectée à cette présence, à la fois palpable et diffuse, dans l'air. Ou bien étions-nous peut-être toutes reliées à la même puissance, à la source de la magie qui habitait les tréfonds de nos âmes ? Je levai la main : dès que mes doigts recroquevillés s'effleuraient, une flamme naissait, sans me demander le moindre effort.

— Super ! s'exclama Lake, la voix tremblante. Quelque chose vient de me toucher la joue. Vous croyez que c'est hanté, ici ?

C'était bien le mot, oui. Cette cave, comme celle du pasteur Charles, était pleine de cylithium, encore plus concentré. Pourtant, ce que je ressentais n'était pas seulement l'effet de cette substance.

Pouvait-il s'agir d'esprits ? Soudain, les divagations du religieux ne me semblèrent plus aussi folles.

— Il y a quelque chose par terre, observa Chae Rin. (Elle se dirigea vers le centre de la pièce. L'un des pavés, bien plus grand que les autres, était scellé de béton et surmonté d'une poignée.) On dirait une trappe.

À bien y regarder, les inscriptions qui y étaient gravées faisaient davantage penser à une pierre tombale… Outre quelques mots, un symbole était tracé. De l'endroit où je me trouvais, je ne discernais que des serres, mais il ne m'en fallut pas plus pour reconnaître un spectre.

— Qu'est-ce qui est écrit ? demandai-je avant de m'avancer pour lire, sans attendre la réponse.

Belle s'accroupit devant la trappe et l'épousseta.

— « Invoquez le calme », lut-elle.

Toujours ce même mot. Castor avait mentionné, dans le premier volume de ses *Ouvrages*, l'existence de tels lieux.

Le battant semblait lourd mais Belle tira sur la poignée et le souleva sans mal : nos forces étaient décuplées par l'atmosphère mystérieuse.

Le treizième volume... Il était là, sous cette sépulture dépouillée, dans une cavité obscure d'environ soixante centimètres de profondeur. Rien n'indiquait l'importance de ce livre. D'ailleurs, il était en tout point semblable aux autres tomes, avec sa couverture gravée d'argent : *XIII*. Je me baissai pour passer les doigts sur le chiffre romain qui était suivi d'une autre inscription.

— « Et parmi les ombres, tu les trouveras », lus-je à voix haute.

La phrase, rédigée en anglais et en petites lettres au bas de la couverture, était surmontée d'un étrange symbole : la flamme que j'avais vue dans le bunker de Saul et que Natalya avait dessinée.

— « Car seulement dans le calme, vous les entendrez. »

Belle venait de lire une inscription gravée à même le sol, dissimulée jusqu'alors par le volume. Sous les mots figuraient trois symboles, trois tourbillons qui s'unissaient pour n'en former qu'un.

« Seulement dans le calme. » Je sentis un nouvel effleurement dans ma nuque. Telles des anguilles dans un bocal, les entités nous frôlaient, silencieuses et pourtant tellement expressives. Étaient-elles réellement des esprits ? Chaque fois qu'elles me touchaient, toutes les cellules de mon corps s'éveillaient. Lake, Belle, Chae Rin et moi convergeâmes vers le même point, sans même échanger un mot. D'un commun accord, nous nous plaçâmes en cercle et, sans en avoir réellement conscience, je tendis le livre

vers le centre. L'une après l'autre, mes consœurs posèrent les deux mains sur l'ouvrage. Nous étions comme guidées par une force invisible, une sorte de murmure que seules nos âmes percevaient, unies par des vérités secrètes. Enfin, je posai ma seconde paume sur la reliure.

En une seconde, mon âme fut aspirée à l'extérieur de mon corps, loin de cette cave et de mes comparses. Je traversai un nombre incalculable de portes et fus propulsée dans l'espace infini. Des scènes floues défilèrent à grande vitesse devant mes yeux.

Cette sensation ne m'était pas étrangère. À l'hôtel *Le Manoir*, lorsque Saul m'avait embrassée, la nuit où il avait attaqué New York, le contact de ses lèvres m'avait entraînée de force hors de moi. Je venais de replonger dans cet état éthéré, mais où me trouvais-je ? Dans les tréfonds de ma conscience : c'était tout ce que je savais d'après le faible aperçu que j'en avais. Je parcourais l'enfilade de portes rouges avec une rapidité incroyable. Chacune s'ouvrait tellement vite sur mon passage que je discernais à peine les filles qui se tenaient devant. Je remontais le temps, sans limite. Je traversais les souvenirs de feu, de tragédies, de morts, jusqu'à atteindre l'origine. Je fermai les yeux.

Et je…

Je…

Je les rouvris. J'étais étendue dans un champ, au milieu d'un incendie. La chaleur était insupportable. Derrière moi, de la fumée chargée de braises s'élevait d'une grande maison prise dans les flammes qui s'étiraient pour lécher le ciel crépusculaire.

Au loin, je voyais ces monstres cauchemardesques qui dévalaient les cieux vers la terre dans leur manteau de fumée noire incandescente. Les dragons et serpents semblaient tout droit sortis des bestiaires légendaires, que le père d'Alice avait passé de longues années à collectionner alors qu'il parcourait le monde pour en découvrir les mystères. Sauf que là, je ne me trouvais pas face à des créatures imaginaires, mais bel et bien à des monstres de chair noire et pourrie, au creux de laquelle s'enfonçaient deux yeux blancs à la fois vides et menaçants.

Nous étions en sécurité, Alice s'en était assurée. Mais au-delà des arbres qui clôturaient la propriété de Dornheim, j'entendais les hurlements des villageois qui n'avaient pas notre chance et le fracas de maisons qui s'écroulaient : mort et destruction. J'avais échappé au même destin funeste, comme en témoignaient les larmes sur ma robe et les entailles sur mon corps.

Rien de cette tragédie n'émut notre chère Alice. Debout à quelques pas de là, essoufflée, la pierre blanche serrée dans la main, elle ne se préoccupait plus de moi.

La fumée m'asphyxiait. La suie souillait ma livrée blanche mais donnait des reflets grisâtres à celle, bleu nuit, d'Alice. Bientôt, les flammes engloutiraient la ville entière. Mon pouvoir ne suffirait même pas à toutes les contenir. Cet incendie dévastateur ne laisserait rien derrière lui.

— Est-ce donc ce que vous souhaitiez ? lui criai-je. Était-ce là le monde dont vous rêviez, lorsque vous avez commencé ce jeu ? Regardez autour de nous ! (D'une main ensanglantée, je délaçai ma coiffe blanche, déjà à demi décrochée, pour la jeter dans l'herbe.) C'est un massacre... C'est la fin du monde !

— Non, ce n'est que le début !

Malgré son teint maladif, Alice m'avait toujours fascinée, avec ses cheveux blonds qu'elle laissait voltiger autour de ses traits anguleux et ses yeux bleus, d'ordinaire sombres des secrets qu'ils recelaient. À présent, ses prunelles étaient lumineuses et sauvages. Elle écarta les bras, comme pour étreindre la terre entière.

— Inutile de me juger, tu es aussi coupable que nous toutes !

Je frissonnai en me remémorant le regard désespéré de la jeune maîtresse.

— Par notre faute, Mlle Patricia est morte. Et qui sait ce qu'il est advenu de Mlles Abigail et Emilia ? (Le sourire d'Alice s'évanouit.) Ne ressentez-vous donc rien ? insistai-je alors que le vent soulevait mes jupes. Combien de vies doivent encore être sacrifiées, mademoiselle ?

Mes mots n'eurent d'autre effet que d'attiser sa colère.

— Ne t'avise pas de présumer de mes sentiments, petite souillon ! Ce ton que tu oses employer avec moi est insupportable !

Elle avait disparu. L'Alice que je connaissais se trouvait reléguée dans les tréfonds de sa mémoire éthérée, brisée quelque part à l'intérieur de ce corps sans âme qui se dressait devant moi.

Peut-être avais-je seulement eu l'illusion de la connaître. La douleur que je ressentais dans ma poitrine semblait me le confirmer.

— Mademoiselle, repris-je, la langue pâteuse. Si, comme moi, vous aviez vu les conséquences de vos actes, ressentiriez-vous du remords ? Ou bien en êtes-vous incapable ?

— Je t'ai dit de surveiller ton langage ! (Ses mains, dont l'une dégoulinait de sang, tremblaient de rage. Elle devait s'être coupée sur les bords tranchants de la pierre.) N'oublie jamais que mon père t'a sortie de ton bourbier... De la jungle ! C'est lui qui t'a arrachée à ta vie de sauvage pour que tu vives dans le monde civilisé !

— Votre père m'a révélé où *elles* se trouvent. (Je parlai vite, comme si chacun de mes mots risquait d'être le dernier.) « Car seulement dans le calme, vous les entendrez. » Mademoiselle, rendons-nous en ces lieux ! Demandons-leur d'exaucer un dernier vœu ! Allons-y ensemble, je peux vous y emmener et nous mettrons un terme à cette horreur !

— Mais, ma *chère poupée** [1]... As-tu seulement imaginé que je n'aie pas envie de faire cesser quoi que ce soit ?

Mes doigts se crispèrent sur les plis de ma robe. Ce petit éclair de folie que je percevais parfois dans son regard m'avait toujours terrorisée. Le plus souvent, je m'esquivais pour y échapper. Désormais, je n'avais nulle part où me cacher, mais je ne pouvais continuer à trembler devant elle.

1. Tous les passages en italiques suivis d'un astérisque sont en français dans le texte. (N.d.T.)

— Alors, il est de mon devoir de t'arrêter.

— Vraiment ? Toi ? (Elle releva le menton, un sourire narquois aux lèvres.) Mon Nicholas n'aurait jamais posé les yeux sur toi, si je ne t'avais pas éduquée et si je ne t'avais pas enseigné notre langue civilisée ! Tu aurais dû me croire, Marian, quand je t'ai dit que j'allais tout changer. J'ai modifié ton destin ! Je t'ai donné de quoi te vêtir, je t'ai élevée, j'ai fait de toi un être complet, *ma petite poupée** ! (Elle partit d'un rire diabolique qui me glaça.) Écoute-moi bien : je ne m'arrêterai pas, et tu n'y pourras rien.

En silence, dans un souffle brûlant, la poignée se matérialisa au creux de ma paume.

— Ma chère demoiselle… (La lame d'acier s'érigea à partir de la garde : l'épée légendaire née et forgée dans le feu.) J'étais déjà accomplie bien avant de vous rencontrer.

Je brandis mon arme, dont le métal refléta mon visage à la peau sombre et mes yeux noisette plissés par la détermination. En un éclair, Alice disparut pour réapparaître derrière moi, un couteau dans la main.

— Maia !

Lake ?

Oui, Maia… C'était bien moi !

Je fus secouée par un spasme violent, et soudain mon âme se retrouva aspirée en sens inverse. L'écho de mon nom se faisait de plus en plus net, pour m'arracher à la vision apocalyptique et me rejeter dans le présent, dans les sous-sols du musée. Le souffle court, je m'effondrai sur le sol. Lorsque ma tête, au contact de la pierre, cessa de tourner, je remarquai que je n'étais pas la seule à être tombée. Lake s'efforçait de se remettre à genoux. Chae Rin était assise, penchée en avant sur ses jambes tendues. Belle était la seule à être restée debout, mais elle avait plaqué une paume sur son front, comme pour lutter contre le tournis.

Je serrai très fort mes paupières et les rouvris, juste pour m'assurer que j'étais toujours moi-même. Le treizième volume gisait par terre.

— Que s'est-il passé ? Vous avez vu Alice, vous aussi ?

— Comment ? demanda Chae Rin, visiblement étonnée. Pas du tout.

Je ramenai mes genoux entre mes bras tremblants.

— Vraiment ? Alors ce n'était que moi…

— Je l'ai regardée mourir, souffla enfin Lake. (Elle avait réussi à s'agenouiller, mais se tenait au mur pour conserver son équilibre.) Patricia, elle s'est… suicidée.

La voix vacillante, sans doute à cause des sanglots qu'elle retenait, elle se couvrit la bouche de la main.

— Nous avons vu des souvenirs de nos Effigies respectives, expliqua Belle. Les premières.

Le silence retomba.

— « Les maillons d'une chaîne. Un jeu dangereux… » : c'est ce que répétait Abigail, dit soudain Chae Rin, qui, recroquevillée dans un coin, se balançait d'avant en arrière.

— Quant à moi, j'ai vu Emilia, répondit Belle. Elle se trouvait à York, en plein carnage et tentait de sauver le plus de monde possible, sans perdre de vue son objectif principal : trouver Castor. Elle avait quelque chose à lui dire, mais quoi ? (Elle secoua la tête.) Ce n'était pas très clair.

— Dans mon souvenir, Marian et Alice se disputaient, racontai-je à mon tour. Elles se trouvaient dans l'enceinte d'une grande propriété en flammes et il y avait des spectres dans tout le ciel. Marian insistait pour qu'elles mettent un terme à quelque chose.

Nous avions, à coup sûr, vu différentes pièces d'un même puzzle, mais lequel ? Une chose était certaine : les cinq jeunes filles étaient liées par un pouvoir surnaturel, dont elles avaient transmis la charge à travers les générations.

— Comment avons-nous pu atteindre ce niveau de divination ? s'étonna Chae Rin.

Le volume… Au *Manoir*, c'était le baiser de Saul qui m'avait plongée dans la mémoire de Marian. Or, nous savions que Nick et Alice avaient été très proches de la première Effigie du feu. Ce livre contenait sans nul doute un secret auquel nous étions toutes intimement liées.

— On emporte ce bouquin, décréta Belle en le ramassant d'un geste déterminé. Et on se dépêche, nous sommes en pleine possession de nos pouvoirs désormais. La Secte est probablement déjà à nos trousses.

En même temps que j'aidais Lake à se relever, je jetai un dernier coup d'œil à la trappe et à son inscription.

« Car seulement dans le calme, vous les entendrez. »

Entendre qui ? Et où se trouvaient ces lieux dont Marian avait parlé, ceux mentionnés par Castor ? Plus j'en apprenais, moins je comprenais.

— Allez, Maia, grouille ! m'intima Chae Rin avant de bondir hors de la pièce, à la suite des autres.

Je fus la dernière à me mettre en marche, et la seule à ne pas être touchée.

Je me précipitai derrière la porte et évitai les fléchettes de justesse, mais mes coéquipières n'eurent pas cette chance. Je vis Chae Rin tituber, Lake s'écrouler, et Belle s'appuyer sur une statue pour retirer d'une main tremblante la longue seringue de son cou. Celle qui m'était destinée s'était fichée dans le chambranle de la porte.

— Sors de ta cachette, Maia !

Mon ventre se noua lorsque je reconnus la voix de Vasily. Prise de vertige, je tentai de trouver des raisons à sa présence. Comment était-il parvenu à nous retrouver ? Qu'avait-il en tête ?

Après avoir délogé sa seringue, Chae Rin leva la main. La terre commença alors à vibrer sous nos pieds, avec pour seule conséquence un faible tremblement qui ne dura pas plus d'une seconde.

— Vas-tu laisser tes amies croupir ici, Maia ? Allez, montre-toi ! me défia l'odieux personnage, dont je savais à sa voix qu'il souriait.

— Bouge-toi, greluche ! cria Jessie avant d'éclater carrément de rire. On a une surprise pour toi !

Consciente de devoir leur faire face à un moment ou à un autre, je me fis violence pour sortir de la cave, prête à attaquer, et je me figeai. Jessie étranglait Rhys dans le creux de son bras et pointait un revolver sur sa tempe.

L'agent, dont la trachée était tellement compressée qu'il ne pouvait plus parler, restait particulièrement stoïque, à la différence de moi. J'écarquillai les yeux et mon cœur se mit à battre la chamade. J'entrouvris les lèvres pour prononcer son nom et sentis aussitôt l'aiguille s'enfoncer dans ma chair.

Chapitre 28

Je trébuchai et me rattrapai à l'une des armures dont la lance tomba au sol dans un grand fracas. Je levai les yeux et vis les filles autour de moi qui tentaient de reprendre leurs esprits. Vasily et Jessie se tenaient, avec leur otage, dans l'encadrement de la grande porte en fer, prêts à tirer. Ils étaient en tenue civile, mais n'en paraissaient pas moins menaçants.

— Vous allez vous sentir un peu assommées après l'inoculation. Cette formule est plus puissante que la précédente. (Il rangea son canon à fléchettes dans sa veste et rajusta sa queue-de-cheval.) Simple mesure de sécurité.

Les baskets de Jessie grincèrent sur le marbre lorsqu'elle se tortilla pour nous observer par-dessus l'épaule gauche de Rhys.

— Vous êtes toutes là ? Parfait ! (Son rire sardonique résonna sous le haut plafond.) Vous allez assister à l'envol du cerveau de notre joli Aidan…

D'un geste, Vasily lui ordonna de se taire. Il était le plus raisonnable des deux, ce qui en disait long. Pourtant, même désarmé, il m'effrayait bien plus que son acolyte.

— Maia, il est temps, dit-il sans prêter attention à la moue de Jessie avant de me tendre la main. Viens avec moi. Je sais que tu ne souhaites pas voir mourir Aidan.

J'avais réussi à me redresser, mais je retombai à la renverse, la vision brouillée. Je sentis mon dos cogner contre l'armure et espérai qu'elle ne s'effondrerait pas tout entière.

— Comment nous avez-vous repérées ? demandai-je, même si je connaissais déjà la réponse.

Rhys m'avait dit que la bague de Naomi contenait un mouchard. Jessie l'avait dérobée pour la trafiquer avant de la lui rendre lors de la soirée de Blackwell. Ils étaient donc au courant de tous nos déplacements depuis ce moment.

— Tu as laissé tes empreintes digitales quand tu as composé le code, lança Vasily, qui gardait encore quelques séquelles de sa rencontre avec le Chirurgien.

Son visage était zébré de cicatrices, et sa peau desséchée, comme s'il avait vieilli de plusieurs années en quelques jours. Mais le sourire dont il nous gratifiait et qui semblait sorti d'un roman de Lewis Carroll n'en avait pas été altéré pour autant.

— Tu aurais dû mettre des gants… Erreur de débutante !

— D'ailleurs, ajouta Jessie qui n'arrivait plus à se contenir, Vasily filait déjà Natalya depuis des mois ! Comment avez-vous pu penser qu'il ne trouverait pas ce qu'elle cherchait ? Vous nous prenez pour des demeurés ?

Belle s'agita, sa main tremblait contre le sol.

— Du calme, articula Rhys.

Il avait dû répéter ces deux mots à sa tortionnaire des milliers de fois, car sans voir son visage, il savait qu'elle commençait à s'exalter. L'espace d'un instant, elle sembla lui obéir, par simple habitude. Puis elle se ressaisit et renfonça le canon de son arme sur la tempe de son otage.

— Il a raison, Jessie, renchérit Vasily. Inutile de s'énerver. Cette fois, Maia va venir avec nous, pas vrai ?

— Pour aller où ? demanda Chae Rin.

Mes amies commençaient à sortir de leur torpeur, mais je savais pertinemment qu'elles n'étaient pas en mesure de se battre. D'ailleurs, je ne l'étais pas davantage. À cause de ces maudites fléchettes, l'amplification soudaine de nos pouvoirs dans cette cave mystérieuse n'était plus qu'un souvenir. Nous étions privées de force et de magie.

— Nous l'emmenons voir Saul. Nous avons besoin de toi, Maia. Tu es la dernière pièce du puzzle, car tu es la seule détentrice d'un secret, même si tu ne le sais pas encore…

J'entendais encore les suppliques désespérées, les sanglots étouffés de Marian.

« "Car seulement dans le calme, vous les entendrez." Mademoiselle, rendons-nous en ces lieux ! Demandons-leur d'exaucer un dernier vœu ! Allons-y ensemble, je peux vous y emmener et nous mettrons un terme à cette horreur ! »

— Tiens, comment va ce cher Saul ? lançai-je pour tenter de les déstabiliser. Toujours occupé par son projet X19 ?

Jessie, qui ne réussit pas à cacher sa surprise aussi bien que Vasily, serra les dents et raffermit sa prise autour du cou de Rhys.

— Si tu poses cette question, c'est que tu en sais un peu trop, mais pas encore assez pour représenter une menace, répondit l'ancien agent.

— Je sais que la Secte est divisée et qu'il en va de même du Conseil. Je sais aussi que Baldric était terrifié à l'idée de travailler avec les alliés de Saul. Vous, en d'autres termes.

La clé USB que nous avions confiée à Nathan avait mis en évidence la responsabilité de la Secte. De plus, les nanomachines que Mellie m'avait injectées étaient similaires à celles que portaient Jessie et ses semblables. Baldric avait eu raison de soupçonner une corrélation entre les soldats de Saul et l'organisation.

Or, pourquoi le jeune homme aurait-il intérêt à collaborer avec cette institution ? Durant la bataille, en France, Nick m'avait expliqué qu'Alice et lui avaient la même ambition de rassembler les fragments de la pierre blanche pour exaucer un de leurs vœux. Ils avaient probablement un autre projet, qui nous échappait pour le moment. Quels secrets cachait encore Saul ?

— Pourquoi t'ont-ils recruté, Vasily ? (Je lui adressai un regard méprisant.) Tu n'as aucun pouvoir et tu ne faisais pas plus partie du programme « Enfants silencieux » que Rhys.

— Un de mes plus proches associés m'a parlé de ce projet, un jour, avoua-t-il simplement. Je n'ai pas hésité.

— Tu voulais aider Saul ?

— Ça n'a rien à voir avec lui. Ni avec la Secte, d'ailleurs. C'est l'univers entier qui va changer, Maia ! (Il plongea les deux mains dans ses poches.) Nous allons créer un monde où de pauvres gamines comme vous ne seront plus obligées de se battre. Vous serez affranchies de vos devoirs et pourrez vivre librement ! N'est-ce pas ce que tu désires ?

Je décelai en lui la même sincérité que lorsqu'il avait été confronté à la photographie de sa mère, brisée par la même éducation que lui.

— Le seul moyen d'y parvenir, réussit à articuler Rhys, c'est de détruire la Secte.

— Bien sûr qu'il faut la détruire, Aidan. (La voix de Vasily se fit plus aiguë sous l'effet de la colère.) Après ce qu'ils t'ont fait ! Ce qu'ils m'ont fait… Et ce qu'ils ont fait à… (Il n'acheva pas sa phrase, mais je savais qu'il pensait à sa mère.) Agents ou Effigies, nous ne représentons rien pour eux. Nous devons tout rebâtir de façon plus prestigieuse, cette fois. C'est l'unique moyen de parvenir à nos fins !

Sans rien ajouter, il longea la rangée de chevaliers, avec dans le regard une lueur de cruauté identique à celle que l'on voyait dans les yeux des spectres pétrifiés.

Je me redressai contre le mur du fond, adossée au portrait de Patricia pour faire face à mon interlocuteur. J'étais privée de ma magie, et pas assez expérimentée pour l'emporter contre un adversaire de sa trempe. Mais je ne pouvais pas le laisser m'emmener sans résister.

Et il semblait que Belle était du même avis. Je ne l'avais pas vue s'emparer de la lance tombée à terre. Elle se dirigeait pourtant vers nous, agrippée fermement à son arme.

— Vasily ! J'aimerais t'entendre de nouveau. (Pendant qu'elle avançait, elle laissait la pointe métallique racler le sol en marbre avec un crissement.) Et si tu reprenais au moment où tu suis Natalya ?

Rhys croisa mon regard, et nous nous comprîmes sur-le-champ. L'Effigie de l'eau, qui avait toujours le treizième volume dans la main, le fit glisser jusqu'à ce qu'il heurte les pieds d'une armure. Elle était prête pour le combat.

— Qui ? demanda Vasily dans un éclat de rire. Pardon, je n'ai pas entendu : quelqu'un a parlé de Natalya ?

— Vous allez tout me dire, asséna la jeune fille en pivotant sur ses talons afin d'affronter le trio.

— Belle ! s'exclama Lake, qui avait réussi à se relever mais n'osait plus bouger, et regardait attentivement chaque côté de la pièce. Calme-toi !

— Personne ne t'a mise au courant ? (Vasily se délectait de l'expression de Rhys.) Elle n'existe plus. Tu devrais le savoir à présent... Elle ne comptait pour personne. Je ne me souviens même plus du traitement que je lui ai réservé.

La lance trembla entre les mains de Belle. J'aperçus alors du coin de l'œil les chiffres rouges de l'horloge au-dessus des statues dans la pièce opposée. *Dix secondes, neuf secondes...*

— Écoutez-moi, intervins-je en posant la main sur le bras de Belle, qui me repoussa aussi sec sans même m'accorder un regard.

Haletante, les muscles tendus, elle pointait son arme vers Vasily.

— Est-ce toi qui l'as tuée ?

Quatre secondes. Trois secondes.

— Peut-être, ricana l'autre. Tu es pitoyable à t'en soucier encore ! Crois-moi, tu es bien la seule…

Belle leva le bras pour abattre sa lance mais fut interrompue par une sonnerie. Deux petits volets s'ouvrirent de chaque côté du portrait de Patricia.

Chae Rin, les yeux écarquillés, sauta prestement sur ses pieds et demanda :

— C'est quoi, ces trucs ?

Des mitraillettes visaient l'intérieur de la grande salle, et elles firent feu.

Belle et moi plongeâmes au sol, les bras sur la tête alors que Chae Rin et Lake se réfugièrent derrière les armures. Rhys profita de cette distraction pour se défaire de l'emprise de Jessie, qui tira en représailles. Le vacarme des mitraillettes couvrit la détonation mais je vis l'arme lui glisser des mains. Rhys et elle se précipitèrent chacun d'un côté. Les deux canons visaient à présent le sol et balayaient consciencieusement la pièce de gauche à droite, comme pour s'assurer qu'aucune vie n'en réchapperait. La famille Haas n'avait pas lésiné sur la protection.

Les tirs s'interrompirent. Court répit, ou arrêt définitif, qui savait ? Belle ne semblait guère s'en soucier : en un éclair, elle traversa le grand hall pour débusquer Vasily. Il s'élança à sa rencontre, esquiva la pointe de la lance et répliqua par un coup de poing dans l'estomac. Chae Rin se précipita en renfort, mais fut interceptée par Jessie, qui tenta de lui attraper les poignets, alors même que Rhys tirait son ancienne camarade en arrière. Pendant qu'ils se démenaient contre elle, je vis l'horloge redémarrer son compte à rebours… *Dix secondes. Neuf secondes.*

— Tout le monde, à couvert ! hurlai-je avant de me tapir derrière une armure. À couvert !

Les uns et les autres se dispersèrent pour se cacher. Ce petit jeu pouvait durer longtemps si nous n'y mettions pas fin ! Nous devions trouver un moyen de nous échapper, où nous y laisserions tous notre peau. Alors, juste sous mes yeux, Jessie profita d'un moment d'inattention de Chae Rin pour lui foncer dedans, en prenant bien garde à rester courbée, sous la ligne de tir. Elle lui envoya un coup de poing avant de l'attraper par le cou.

— Arrête ! m'écriai-je, impuissante.

Aux pieds de l'assaillante, Rhys faisait son possible pour la déstabiliser, mais il se trouva vite empêché par la pluie de balles. Mon amie était en danger.

Non loin de moi, Lake ouvrit son sac à dos pour en sortir la boîte à cigares. Elle releva le couvercle à la volée et ramassa les petits éclats de pierre disséminés dans ce bazar miniature. Allait-elle prononcer un vœu ? Elle choisit un morceau blanc, sans le moindre fragment noir, pas du tout du genre à exaucer un souhait…

Je vis alors les spectres sortir de leur immobilité. Les monstres frémirent avant d'étirer lentement leur cou, alors que leur gangue de cristal se craquelait et fondait sur leur chair.

— Lake… Lake ! Qu'as-tu fait ?

— Rien ! J'ai juste… Je voulais… (Les éclats rocheux tombèrent de ses mains tremblantes.) C'est tout ce qui m'est venu à l'esprit… gémit-elle, comme pour m'implorer de la comprendre.

Elle venait de réaliser le même exploit que Saul en France, lorsqu'il avait commandé aux spectres de s'enrouler autour du train. Lake avait dû se souvenir des propos de Pete au sujet des propriétés de la pierre et de ses effets sur la biologie de ces créatures. Il pouvait les figer, ou les faire revivre.

L'instant d'après, la peau de cristal des dragons démoniaques se brisait au sol à grand fracas. Si le but de Lake avait été de distraire Jessie, la mission était accomplie… L'Effigie de la terre ne demeura pas en reste : elle écarta son adversaire de toutes ses forces.

— Immobilise-les ! criai-je.

Mais Lake, les mains tremblantes et poisseuses, n'arrivait plus à ramasser les fragments de pierre. Les spectres rugirent, déployèrent leurs ailes et détruisirent les mitraillettes, dont nous vîmes un impressionnant morceau de métal voler sur nous. Lake et moi abandonnâmes les cailloux pour nous mettre à l'abri. Si les fusils étaient hors d'état de nuire, notre nouvel adversaire n'était pas plus enviable. Les bêtes ne s'étaient pas encore défaites de tout leur manteau de cristal qu'elles nous prenaient déjà pour cible.

— Courez ! hurla Lake.

Elle abandonna son sac pour se ruer et m'entraîner dans sa fuite. Chae Rin était prête, et Rhys remis sur ses pieds. Jessie, Belle, Vasily, peu importait que nous ayons été en train de nous affronter… nous courûmes à toutes jambes vers la porte, les dragons aux trousses. Nous nous précipitâmes dans le couloir pour sortir de la grande salle, sans même tenter de nous retourner. Derrière moi, j'entendais les hurlements des spectres qui détruisaient tout, jusqu'aux murs, sur leur passage. Nous étions en plein carnage. Je fus la dernière à m'engager dans l'escalier, et je sentis la moitié des marches s'écrouler sous mes talons. Je réussis à pénétrer par la minuscule ouverture aménagée dans la Petite Chambre, mais les monstres ne firent pas dans la dentelle : ils anéantirent la paroi en une pluie de brisures de bois et de livres. Les globes roulaient au sol et l'un d'eux me fit trébucher. Je tentai de me redresser lorsqu'un battement d'ailes me projeta en arrière. Je sentis le côté gauche de ma cage thoracique craquer contre la porte que je heurtai de plein fouet.

— Maia ! s'écria Rhys.

Il s'interrompit et se figea avant de se retourner. Grimaçant de douleur, je levai les yeux et remarquai les spectres en train de se dissoudre. Peut-être étaient-ils en train de se décomposer depuis le début, mais nous ne le comprîmes qu'à cet instant. Les surfaces qui n'étaient plus cristallisées furent les premières à disparaître, mais j'étais certaine que le reste finirait par connaître le même sort. Une brume noire s'échappait de leurs entrailles, leurs os se changeaient en fumée.

— C'est l'effet du DAS ! comprit Rhys.

Les bêtes, moins vaillantes, semblaient pourtant toujours déterminées à mener leur attaque avec ce qui leur restait de corps. Rugissant avec férocité, elles tapèrent de la patte sur le sol et cognèrent leurs ailes contre les murs.

— Allez, on se casse, fit Chae Rin.

Mais je ne pouvais pas bouger, torturée par la douleur insupportable dans mes côtes. Rhys me souleva dans ses bras, pianota sur le boîtier pour saisir le code (il devait l'avoir retenu au passage de Vasily) et m'entraîna hors de la Petite Chambre.

Il traversa le musée au pas de course, les autres Effigies dans notre sillage. Mais notre adversaire n'était pas désarmé et une fléchette siffla à l'oreille de mon compagnon alors que nous approchions de la porte d'entrée. Les spectres, qui semblaient décidés à causer le plus de dégâts possible avant de mourir, faisaient trembler le sol. Ils ne résistèrent pourtant pas longtemps. Bientôt, leurs faibles cris s'évanouirent, nous indiquant qu'ils avaient disparu. Mais, à la seconde où nous passâmes les portes du musée, je compris que nous n'étions pas libres pour autant.

Des membres de la Police nationale et de la Secte étaient en faction le long des escaliers qui menaient au perron de l'entrée principale. Certains étaient accroupis derrière les portières de leur véhicule, d'autres s'étaient postés devant la statue de Venceslas.

Tous nous tenaient en joue.

— Effigies, vous êtes en état d'arrestation ! vociféra l'un des agents.

Je n'aurais su dire qui nous interpellait de la sorte, mais je savais, au vu de l'hélicoptère au-dessus de nos têtes, que chaque détail juteux de cette arrestation serait retransmis à la télévision.

— Levez les mains en l'air et rendez-vous aux autorités de la Secte !

Un œil par-dessus l'épaule de Rhys m'apprit que Vasily maintenait Jessie auprès de lui, dans l'ombre de la porte.

Il retira sa veste en silence, et mon cœur sembla s'arrêter lorsque, sous son vêtement, j'aperçus le treizième volume.

Obnubilée par les mitraillettes et les spectres, j'en avais perdu de vue nos ennemis humains. Vasily, tout sourire, avait réussi à s'emparer du précieux livre à notre insu. Nous ne pouvions plus rien contre eux et ils le savaient bien. J'étais incapable de prononcer le moindre mot tant mes côtes me faisaient souffrir.

Jessie me tira la langue, et ils disparurent dans les ténèbres du musée, nous laissant à la merci de nos geôliers.

Chapitre 29

Nous rentrâmes à Londres menottées après, malgré tout, un passage dans un hôpital praguois. J'appris qu'ils m'avaient mise sous sédatifs durant vingt-quatre heures, le temps pour mes réserves en cylithium de se reconstituer et de me guérir, avant de m'inoculer l'inhibiteur de pouvoir dans la foulée. Nous avions toutes subi un traitement similaire, après quoi ils purent nous jeter à l'arrière d'une camionnette pour nous renvoyer contre notre gré dans le complexe londonien. Ils avaient utilisé un poison de première qualité, nous étions hors service.

Qu'aurions-nous pu faire, de toute façon, face à une foule de détracteurs horrifiés, mêlés aux fans exigeant des explications ou nous traitant de meurtrières ? La Secte avait pris soin de nous couvrir la tête avec des sacs de jute, afin de masquer nos expressions aux médias. En revanche, l'institution n'avait pas, semblait-il, jugé utile de nous faire entrer par une porte de service pour garder notre arrivée secrète.

Rhys n'était pas avec nous, puisque c'était un agent de la Division nord-américaine. Le directeur Prince avait usé de son influence pour obtenir l'extradition de son fils, qui serait donc bientôt assigné à la surveillance paternelle. Ce qui, pour le jeune homme, était probablement encore pire. Quant à nous, direction le Trou.

Brendan dirigeait notre sinistre procession vers un endroit que j'avais déjà visité avec lui. Le directeur Prince était venu à Londres pour l'entretenir des nouvelles procédures de la Secte. Derrière le mur d'agents, je tentai discrètement de capter l'attention du frère de Rhys afin de lui faire comprendre que je n'étais pas responsable de l'état de leur mère. Je ne pus qu'entrevoir son visage avant que les gardes me jettent dans une cellule. Je crois que Brendan était déterminé à ne rien laisser voir de sa confusion ou de sa douleur. Pourtant, lorsque je saisis le revers de son pantalon et prononçai le nom de son frère, un masque glacial s'abattit sur son visage.

— C'est la Secte qui est responsable de l'accident de Naomi, pas nous ! Cette organisation est infiltrée par des traîtres, et il y en a sûrement parmi les agents ici présents ! lâchai-je sans me préoccuper des regards assassins qui se tournèrent vers moi.

— C'est vrai, renchérit Chae Rin tout en résistant aux hommes qui voulaient l'enfermer dans une autre cellule. La Secte est complètement corrompue et c'est nous qu'on enferme. Vous plaisantez ?

— Silence ! nous intima Belle.

Elle avait raison : nous ne devions pas leur dévoiler notre jeu. J'en avais bien conscience, mais je ne pouvais rester là, les bras ballants. Il nous restait moins d'un jour avant que Saul mette ses menaces à exécution. Pas question de moisir au Trou !

— Vous serez bientôt interrogées, annonça Brendan sans même se tourner vers moi. Je vous conseille de garder vos théories du complot pour ce moment-là, vous en aurez besoin.

— Je t'en prie ! Tu as bien vu la vidéo de Saul. Son message était très clair. Quels que soient ses plans, nous devons le combattre ! (Il ne répondit pas et je me mis à pleurer, de frustration.) Crois-moi, s'il te plaît ! Je ne mens pas, demande à Rhys !

D'un mouvement sec, Brendan libéra son pied, que j'agrippai toujours.

— Rhys… dit-il d'une voix rauque. C'est le nom de jeune fille de ma mère.

Il sortit sans même nous regarder. Je dus retirer ma main lorsque les agents refermèrent la lourde porte en fer de ma geôle, en même temps que trois autres se rabattirent aussi. Nous étions en cage.

Les minutes et les heures s'écoulaient et j'étais toujours seule, transie, dans cette pièce minuscule aux murs en terre rouge. Ma cellule n'avait rien à voir avec celle, d'un blanc aveuglant, où Brendan m'avait amenée pour que j'assiste au supplice de Vasily, que le jeune directeur avait aussi nommé « interrogatoire ». Allions-nous être torturées ?

Hormis des toilettes tellement répugnantes que je décidai de m'en passer même si je devais rester enfermée des dizaines d'années, il n'y avait rien, pas même une couchette. Les murs étant insonorisés, nous ne pouvions communiquer entre nous. Recroquevillée dans un coin, les genoux serrés entre mes bras, je me demandais ce que faisaient mes amies. Vasily avait affirmé que Saul serait bientôt prêt à agir… Notre place n'était pas dans ces cellules !

Je restai cloîtrée un nombre incalculable d'heures. J'allais m'assoupir lorsque ma porte grinça.

— Howard ? fis-je, sans reconnaître ma propre voix.

La gorge en feu, je relevai la tête à grand-peine. L'homme, en costume noir et cravate, l'uniforme des agents, avait les yeux cachés par des lunettes noires, et c'était sûrement préférable car je n'avais pas la force d'affronter sa déception.

— Howard, murmurai-je à mesure qu'il approchait. Quelque chose ne tourne pas rond à la Secte.

Il m'apportait un plateau-repas composé de haricots, maïs et portion d'une viande indéfinissable et était talonné par cinq autres agents, armés jusqu'aux dents. Eveline, sa femme, déposa un plateau identique dans la cellule de Lake, en face de la mienne. L'Effigie du vent me sembla au plus mal. Lorsqu'elle remercia Eveline en s'essuyant les yeux, je compris qu'elle avait pleuré.

— Demande à Rhys, tentai-je à nouveau. Où… se trouve-t-il ? Si tu lui demandais…

— Il n'est pas disponible, répondit-il sur un ton très formel. (Puis, à voix plus basse mais assez claire pour que je l'entende sans s'approcher de moi :) Il est en mission.

— De quoi parles-tu ?

Il jeta un regard furtif en arrière et mit un genou en terre.

— Le directeur Prince Senior l'a envoyé à Oslo. (Il déposa mon la tablette au sol avec un tintement métallique qui me mit les nerfs à vif.) Pour participer à l'arrestation de Saul.

— Est-il passé à l'attaque ? demandai-je sans le vouloir alors que je cherchais son regard derrière ses verres noirs.

— Ce ne sont pas tes affaires. (Je me jetai sur lui, m'agrippant désespérément à sa veste, mais il me repoussa aussitôt pour m'envoyer valser contre un mur.) Vous n'êtes plus concernées, j'ai dit. Dans quatre heures, des collègues du département Recherche et développement viendront contrôler votre état de santé avant de vous administrer une nouvelle injection. Profites-en pour manger… À moins que tu ne préfères te laisser mourir de faim.

— Saul passe à l'offensive, et vous enfermez vos armes les plus puissantes au fond d'un trou… grommelai-je. Finalement, peut-être comptes-tu parmi les traîtres, Howard. (Il ne répondit pas.) Si le DAS d'Oslo est hors service, les spectres doivent avoir envahi la ville !

— Le dispositif fonctionne encore, répliqua-t-il de manière tellement brusque que je sursautai. Pour l'instant, du moins. C'est la ville la plus fortifiée du monde. Sans doute est-ce la raison du choix de Saul. Il cherche à nous envoyer un message.

Un agent au visage mauvais se posta dans l'embrasure de la porte.

— Silence, ici ! Agent Day, si vous avez terminé…

— En effet. (Il se releva en époussetant ses genoux.) Pour la dernière fois, Finley, ce n'est plus de ton ressort. (Il se retourna vers moi.) Occupe-toi plutôt de manger, Maia.

Je n'eus le temps de déceler dans ses verres teintés que mon propre reflet avant qu'il tourne les talons et sorte tout en caressant ses joues mal rasées. La porte se referma sur lui.

La nourriture semblait avariée et desséchée, comme si on avait vidé sur le plateau des boîtes de conserve périmées depuis un bail. Mais mon corps, tellement affaibli que j'en avais mal à la tête, en avait besoin. D'un doigt, je tirai le plateau vers moi et m'emparai de la cuillère, seul couvert à ma disposition. Saul était passé à l'action… D'après mes souvenirs, Oslo se situait en Norvège. Jusqu'alors, le terroriste ne s'était attaqué qu'à des villes dont le DAS était défectueux. Comment avait-il réussi à assujettir une capitale aussi protégée sans l'aide des spectres ?

Nous devions trouver un moyen de nous échapper pour agir. Nous ne pouvions rester là à croupir plus longtemps, même si la Secte, en tout cas certains de ses membres, en avait décidé autrement.

J'avais l'impression de manger du charbon assaisonné de cendres. Du bout de ma cuillère, je triturai l'infâme morceau de viande, me demandant s'il s'agissait de veau. J'avais reculé le moment de m'y confronter car je lui trouvais, mais peut-être était-ce le fruit de mon imagination, une odeur pas nette. Je retournai la tranche pour mieux l'examiner.

Incroyable…

Les sourcils froncés, je me penchai pour observer mon plateau de plus près : quelque chose avait été fixé sous la chair ! Je lâchai la cuillère et attrapai le petit objet :

c'était une oreillette. Je reconnus aussitôt le petit bout de plastique couleur chair, de la forme du conduit auditif, exactement identique à ceux utilisés par la Secte et dont Howard m'avait équipée à chacune de nos missions. C'était lui qui l'avait cachée là.

J'essuyai l'appareil, couvert de gras, et l'enfonçai dans mon oreille.

— Allô ? Quelqu'un m'entend ?

— *C'est pas trop tôt !* railla Chae Rin. *J'étais à deux doigts de croire que tu n'y arriverais jamais.*

— *Eveline aurait pu m'avertir plus clairement,* intervint Lake. *J'ai failli avaler le mien.*

— *Ça va, Lake ?* m'enquis-je, préoccupée par sa voix fluette.

— *Oui, merci,* répondit-elle. *On a toutes connu des moments plus fastes, pas vrai ? Mais nous n'avons pas le temps de nous apitoyer, trouvons un moyen de sortir d'ici !*

— *Nous avons quatre heures avant qu'ils viennent nous chercher,* fit Belle de sa voix calme et posée. *Nous ne pourrons pas nous échapper sans aide.*

— *Effectivement*, intervint un nouvel interlocuteur.

Je sursautai : c'était Eveline !

— *C'est pourquoi nous prenons ce risque*, ajouta une voix masculine.

— Howard ! m'écriai-je. Tu…

— *Soyez tranquilles, nous utilisons une ligne sécurisée. Mais…*

Il s'interrompit pour saluer quelqu'un. J'entendis le bruit de ses pas, ainsi que la rumeur de la présence d'autres personnes et en déduisis qu'il était en déplacement.

— *Mais nous allons devoir redoubler de vigilance*, termina Eveline à sa place.

— *Combien êtes-vous ?* demanda Belle.

— *C'est une opération délicate. Nous sommes contraints d'agir en effectif restreint, mais nous allons vous faire sortir. Saul a attaqué Oslo il y a une heure. Nous avons sous-estimé son réseau.*

— C'est-à-dire ? m'inquiétai-je, même si je ne voulais pas vraiment connaître la réponse.

— *Il s'est constitué une véritable armée*, répondit Howard. *Il s'est entouré de mercenaires, de gangs, de criminels… De marginaux équipés d'armes militaires et des mêmes gadgets que la Secte.*

Jin avait vu juste : Saul avait rallié des groupes de trafiquants à sa cause pour attaquer.

— *Et ce n'est pas tout.* (Je perçus un frisson presque imperceptible dans la voix d'Eveline.) *Cette fille… celle dotée de pouvoirs, que nous avons vue dans le tunnel. Elle contrôle toute une légion de morts-vivants pour le compte de Saul.*

— Jessie. (Sans même m'en apercevoir, je serrai les poings en prononçant son nom.) C'est l'un des soldats spéciaux de Saul. Nous pensons qu'elle a été modifiée au cours de la deuxième phase du Projet X19.

— *Le Projet X19 ?* répéta Howard.

— C'est un plan machiavélique de grande envergure mené par Saul ainsi qu'une partie de la Secte. La phase II s'intitule : « Programme "Enfants silencieux" ». De ce que nous savons, il existerait deux autres surhumains comme Jessie : les derniers gamins donnés pour morts dans l'incendie de Fisk-Hoffman. Ce sont des Effigies artificielles.

— *Alors ils ont réussi…*

Howard n'acheva pas sa phrase et j'enchaînai.

— Ils se nomment Gabriel et Talia. Si vous réussissez à mettre la main sur eux, il serait bon de les interroger…

— *Nous devons nous concentrer sur le massacre qui est en train d'avoir lieu en ce moment même à Oslo, Maia.*

Je pensai aussitôt à Rhys, envoyé au milieu de ce carnage sur les ordres de son père, et ma gorge se noua.

— *Saul a envahi la ville et pris le contrôle du centre de défense et le DAS ne va pas tenir très longtemps. C'est déjà un carnage, mais une fois que les spectres attaqueront, nous ne pourrons plus rien faire. Surtout sans les véritables Effigies.*

— *Et je suis prête à parier que c'est pour cette raison que nous avons été enfermées ici sans la moindre explication,* cracha Chae Rin. *Bon sang !* (Je l'entendis cogner du poing contre le mur et grogner de douleur.) *Rendez-moi mes pouvoirs, ça devient urgent !*

— *On s'en occupe. Votre prochaine inoculation est prévue dans un peu moins de quatre heures. Passé ce délai, vos forces reviendront assez vite. Vous allez recevoir la visite d'un ou deux agents. Regardez sous vos plateaux.* (Je découvris un double fond, que je soulevai pour y trouver une seringue minuscule.) *Voilà qui devrait les calmer temporairement,* expliqua Howard. *Mais vous devrez agir vite, et vous n'aurez pas le droit à l'erreur. Après, l'un d'entre nous vous dira où aller.*

Nous avions un plan, que nous mettrions à exécution quatre heures plus tard. J'espérais seulement que nous serions dans les temps. Il était impossible pour Howard et Eveline de garder la ligne active car dans ce complexe, les murs avaient des oreilles, mais au moins je pouvais discuter avec les autres filles. Belle nous indiqua comment tenir l'outil qui nous servirait d'arme et dans quels endroits il était préférable de piquer.

— *C'est flippant de voir que tu connais des trucs pareils*, observa Chae Rin.

— *Je l'ai appris pendant mon entraînement,* rétorqua Belle, agacée. *Cachez la seringue au creux de votre paume, ou enroulez-la dans une serviette.*

— *Et après ?* soupira Lake, sceptique. *On les force à nous mener à Saul ? Je ne vois pas comment ça pourrait fonctionner…*

Je fis pivoter le petit objet entre mes doigts pour l'observer sous toutes les coutures.

— Ne perdons pas espoir…

Au bout d'une heure à peine, l'une de nos portes s'ouvrit.

— Que se passe-t-il ? m'affolai-je. Les filles ?

— Que me voulez-vous ? entendis-je Belle s'insurger. L'inoculation n'est pas prévue avant trois heures !

— Ordres du directeur Prince Senior. L'heure de votre interrogatoire au sujet de la tentative de meurtre sur Mme Prince a été avancée. (Comme l'agent s'éloignait, sa voix était moins audible, mais je pus capter le reste de ses paroles.) Félicitations ! Tu es la première. Emmenez-la dans la cellule d'interrogatoire, et préparez le nécessaire du Chirurgien.

Je me relevai d'un bond, et par réflexe, me mis à marteler ma porte du poing. C'était inutile, la pièce était insonorisée. Les agents ne pouvaient entendre mes cris, mais Belle, si. Son oreillette les lui transmettait.

— Belle, défends-toi ! Utilise la seringue !

Elle n'en fit rien. Cette solution ne semblait pas envisageable, car d'après ce que j'entendais, ils étaient plus de deux. Si elle avait tenté quoi que ce soit, notre plan aurait été divulgué, et nous n'aurions plus jamais eu la moindre chance de sortir de ces cachots, sauf pour être « interrogées ». Je savais trop bien ce que les Prince entendaient par là, et les horreurs dont était capable le Chirurgien.

— Belle, criai-je, ne t'occupe pas de nous, échappe-toi !

— *Sauve-toi !* insistèrent nos deux autres camarades d'une même voix.

— Assez, répliqua-t-elle soudain. Vous croyez que ça me fait peur ?

Ses mots furent aussitôt suivis d'une gifle, dont j'entendis l'impact avec une netteté incroyable.

— Elle n'a pas la langue dans sa poche, celle-là ! Sale petite Française prétentieuse !

Belle avait fait mine de s'adresser à l'agent, mais sa phrase nous était adressée. De frustration, je donnai un coup de pied dans la porte.

— On y va, entendis-je en même temps que le raclement du plateau de mon amie sur le sol.

Belle attendit que les agents qui l'avaient convoyée quittent la cellule d'interrogatoire pour triturer son oreillette.

— *Bienvenue*, commença une voix caverneuse dont je me souvenais très bien.

Ce furent les derniers mots que j'entendis. Belle avait sans doute écrasé son micro.

Chapitre 30

— *On doit agir !* répétait Chae Rin, pour la énième fois en trente minutes. *Que sont-ils en train de lui faire ?*

— *Qui sait ?* murmura Lake. *Peut-être utilisent-ils une autre méthode avec Belle. Peut-être qu'ils ne la…*

Elle ne put terminer sa phrase. À sa voix, il me sembla qu'elle tremblait. Je regrettai amèrement de leur avoir raconté ce dont le Chirurgien était capable. D'autant que d'après ce que Brendan m'avait expliqué, l'interrogateur ne s'en tenait pas à la torture physique. Il s'attaquait aussi à l'esprit et pouvait manipuler les émotions d'autrui pendant des heures. Belle avait beau avoir une résistance mentale impressionnante, elle avait aussi ses faiblesses, qui seraient d'autant plus faciles à déceler lorsqu'elle serait en proie à une violente douleur…

— *Howard ! Howard !* se remit à appeler Chae Rin. *Eveline ! Êtes-vous là ?*

Quelques minutes plus tard, une voix lui répondit :

— *Oui, c'est Eveline. Je suis désolée, je devais m'isoler.* (Elle baissa d'un ton.) *J'ai… j'ai tout entendu, pour Belle, mais je n'étais pas en mesure de vous répondre.*

À en juger par les trémolos dans sa voix, elle disait vrai.

— On vous appelle depuis des plombes ! m'écriai-je. Qu'est-ce que vous fichiez ?

— *On se prépare au déploiement. Howard est déjà dans le hangar. Du renfort a été réclamé à Oslo, la situation a encore empiré.*

— *Et le DAS ?* demanda Lake, effrayée par avance de la réponse.

— *Ils ont commencé à évacuer la ville.*

— Sortez-nous d'ici, et vite ! Il faut libérer Belle ! implorai-je, recroquevillée au sol.

— *Vous ne pouvez rien faire d'autre jusqu'à la prochaine inoculation. Lorsque vous serez dehors, préparez-vous à suivre ses directives à la lettre.*

— Les directives de qui ? Eveline ? (Je me tapotai l'oreille car la transmission déclinait.) Eveline ?

Elle n'était plus disponible. En effet, je n'avais plus d'autre choix que d'attendre, prisonnière des secondes qui ne semblaient plus défiler. Ma porte finit enfin par grincer. Vive comme l'éclair, j'attrapai ma seringue, enroulée dans une serviette propre.

— Mellie…

Je serrai mes lèvres desséchées. L'ancienne assistante de Dot pénétra dans ma cellule, un agent sur les talons et une mallette argentée à la main. Je reculai jusqu'à me retrouver dos au mur du fond. Sans me saluer ni même prêter attention à mon mouvement de recul, elle sortit la main de la poche de sa blouse blanche afin d'ouvrir sa petite valise.

— Je pensais que le département Recherche et développement était sous surveillance depuis vos exploits, constatai-je, narquoise. Dois-je en déduire que vous avez réussi le test de loyauté haut la main ?

— Tout à fait, répondit-elle d’un ton froid. (Ses cheveux coupés au carré penchèrent à droite puis à gauche pendant qu’elle fouillait dans sa valisette.) Alors que Dot et Pete… De toute façon, j’ai toujours été loyale.

Ses collègues s’étaient enfuis de la Secte sans laisser d’adresse, mais nul ne pouvait dire si c’était parce qu’ils avaient quelque chose à se reprocher ou parce qu’ils avaient eu peur.

Mellie désinfecta mon cou avec un morceau de coton, comme elle l’avait déjà fait par le passé.

— C’est vous qui m’avez injecté ce machin à contrôle mental.

Elle se moqua brièvement de mon vocabulaire puéril, mais il en aurait fallu davantage pour me déstabiliser. Je jetai un regard à l’agent posté devant la porte, qui nous observait de derrière ses verres teintés.

— Dites-moi la vérité. Est-ce Dot qui vous a ordonné de m’injecter ce truc ?

— Dot a toujours été reconnue par ses pairs comme quelqu’un de brillant. Pourtant, elle peine à se rappeler ne serait-ce que la date du jour. Croyez-vous vraiment qu’elle ferait une bonne conspiratrice ?

— Et vous ? rétorquai-je en tressaillant lorsqu’elle me toucha, alors que l’air frais de la cellule venait faire frissonner ma peau humidifiée par l’alcool. Peut-être qu’eux deux sont étrangers au complot, mais on ne peut pas en dire autant de vous, n’est-ce pas ?

Savoir Pete et Dot innocents m'apporta un profond soulagement l'espace de quelques secondes, puis je vis Mellie sortir son stylo à injection de la mallette. J'observai le petit instrument, dont la chercheuse vérifiait le contenu, puis reportai mon attention sur le garde.

— Et vous, de qui tenez-vous vos ordres ?

Il ne cilla même pas.

— Ne vous en faites pas, répondit Mellie en tapotant la seringue d'une chiquenaude. Vous rencontrerez notre chef bien assez tôt.

— Vous semblez très convaincue… rétorquai-je avec un grand sourire alors qu'elle levait son aiguille vers moi. J'ai presque de la peine pour vous !

Soudain, des bruits de lutte résonnèrent depuis la cellule de Chae Rin, le combat débutait. Mellie se retourna vivement, les yeux écarquillés. Sans perdre une seconde, je profitai de son étonnement pour la frapper de toutes mes forces au visage.

— C'était de bon cœur, ajoutai-je en me précipitant dans son dos, ma seringue en main.

Je fus bien plus rapide que l'agent, stupéfait, qui n'eut que le temps de dégainer. D'un coup de pied, je le désarmai avant d'éviter le coup de poing qu'il s'apprêtait à m'asséner. Alors que je tentai de reprendre mon équilibre, il me saisit par le cou, laissant le sien à découvert.

C'était le moment. Je n'avais pas le droit à l'erreur.

J'enfonçai ma seringue dans sa nuque. Il bafouilla, haleta et relâcha sa prise à mesure que j'appuyai sur la pompe. À présent, le poison s'insinuait dans son système nerveux. Il n'abandonna pas le combat pour autant et m'envoyer un nouveau coup, moins précis cette fois-ci. Malgré tout, je ne baissai pas ma garde : profitant de sa lenteur, je visai sa rotule, qui craqua. Il se courba sous l'effet de la douleur, et je l'achevai d'un uppercut en pleine mâchoire. Comme je n'avais pas encore récupéré mes pouvoirs, j'en eus particulièrement mal aux doigts, mais je n'eus pas à le regretter. L'agent s'écroula en arrière dans le couloir, avec un bruit sourd qui me ravit.

— Ras-le-bol des manigances de la Secte ! Vous nous avez fait perdre assez de temps ! m'exclamai-je alors que je l'enjambai pour sortir, lui assénant au passage une dernière tape à l'arrière du crâne, ce qui acheva de l'assommer.

Lake et Chae Rin déboulèrent de leur cellule, juste à temps pour assister à ce coup de grâce.

— Ben dis donc, gamine... lâcha Chae Rin. Tu l'as...

— Fouillez leurs poches, la coupai-je avant de m'accroupir près du garde inconscient. Ils utilisent une carte à puce pour entrer dans la salle d'interrogatoire.

Elles s'exécutèrent sur-le-champ. Les poches de Mellie et de son acolyte étaient vides.

— J'ai trouvé ! s'écria Lake.

Elle revint en brandissant le même accessoire que Brendan avait utilisé pour rendre visite au Chirurgien.

Je m'en emparai et glissai le sésame dans le boîtier d'ouverture. La porte céda.

Les larmes roulaient déjà sur mes joues avant même que je remarque les taches rouges dans ses cheveux blonds, et le sang qui dégoulinait de son ventre. Son T-shirt traînait sur le sol, aussi, nous pouvions voir toutes les coupures, trous et brûlures sur son abdomen dénudé. Je pensais que de nous quatre, Belle serait la plus capable de supporter la torture. Mais je vis les pleurs sur son visage, mêlés à la sueur et au sang. Les trois heures que je venais de vivre n'avaient été pour moi qu'un long silence. En réalité, je ne l'avais tout simplement pas entendue hurler.

Le Chirurgien ne sembla pas perturbé par notre intrusion alors que nous nous précipitions vers notre amie. Il ne tenta pas non plus de nous attaquer. De toute façon, son but n'était pas de nous arrêter et il avait déjà obtenu ce qu'il voulait. Brendan avait raison à son sujet : il n'était pas agent de la Secte par devoir. Il recula, les mains levées en signe de reddition pendant que Lake, en larmes, détachait l'Effigie de l'eau.

— On en apprend beaucoup lorsque l'on s'intéresse aux entrailles de quelqu'un, dit-il soudain. Cette fille renferme tant de douleurs… L'étudier s'est avéré très instructif. (Je m'emparai du scalpel sanglant sur la desserte.) Non, Maia, je ne crois pas que tu en sois capable, ajouta-t-il, le regard serein au-dessus de son masque d'opération. Ton amie, en revanche, pourrait bien se révéler surprenante, le moment venu. Du moins c'est ce que je soupçonne, à présent. La torture peut produire des effets dévastateurs sur un être humain, tu n'en as pas idée…

— Maia ! hurla Chae Rin. (Je pris alors conscience que je brandissais l'arme au-dessus de ma tête.) On doit y aller.

Lake et elle avaient aidé Belle à remettre son T-shirt, et soutenaient à présent notre amie, qui avait passé un bras autour de chacune d'elles.

Elles avaient raison. Je repensai soudain à June : elle n'aurait pas aimé me voir agir ainsi. Je baissai le bras et lâchai la lame. Mais le Chirurgien avait quelque chose à ajouter :

— Je crois que tu auras bientôt l'occasion de te faire une idée, ma petite…

Un bon coup au visage fut suffisant pour le réduire au silence. Il s'écroula, inconscient.

— Allons-y, dis-je.

Nous traînâmes tous les corps assommés dans l'une de nos cellules et refermâmes la porte sur eux. Belle n'était pas en état de courir pour remonter le long escalier sombre. À chaque nouveau pas, je sentais mes pouvoirs revenir : la magie reprenait vie dans nos corps. Et nous en aurions bien besoin pour le combat qui nous attendait pour sortir du complexe.

Une fois parvenues au rez-de-chaussée, nous suivîmes un dédale de couloirs. Des tirs s'abattirent sur nous dès que nous ouvrîmes la porte. Nous nous accroupîmes dans un coin, alors que les balles fusaient au-dessus de nos têtes. Dans sa chute, Belle, ses mains tremblantes plaquées sur son crâne, grogna de douleur.

— Que quelqu'un fasse quelque chose ! m'écriai-je en tentant de convoquer le feu.

J'avais beau sentir l'énergie affluer en moi, je n'étais pas encore capable de provoquer la moindre étincelle au bout de mes doigts.

— Capturer et libérer. Capturer et libérer. Capturer et libérer ! marmonna furieusement Lake. Je peux plus voir vos sales tronches ! hurla-t-elle.

Une bourrasque se déclencha dans la pièce et s'abattit sur nos adversaires. Je me relevai juste à temps pour les voir se faire emporter, heurter les murs et retomber, désarmés, dans des positions étranges.

— Je crois que j'ai retrouvé mes pouvoirs, constata Lake en clignant des yeux.

— Tu as toujours été plus rapide que nous dans ce domaine, répondit Chae Rin avant de reprendre le bras de Belle. On s'arrache ! Allez, la Reine des neiges, fais-nous plaisir, guéris vite, s'il te plaît. On ne va pas te trimbaler sur notre dos jusqu'à Oslo.

Pour toute réponse, Belle ânonna quelques mots inintelligibles.

Nous passâmes les portiques de sécurité et nous élançâmes hors de la zone d'emprisonnement. Nous étions libres, en tout cas pour l'instant. Mais où aller ?

— Allô ? appelai-je dans le couloir désert en même temps que je tapotais mon oreillette. Eveline ? Howard ? Y a quelqu'un ?

— Si on trouvait le parking, on pourrait voler une voiture. proposa Lake. Je sais comment trafiquer les fils. (Indignée par nos regards éberlués, elle haussa les épaules.) Pourquoi vous me regardez avec cet air étonné ?

— *Ce ne sera pas nécessaire. Nous vous avons prévu une voiture.*

Je me figeai, en plein milieu du couloir.

— Si… Sibyl ? appelai-je, incrédule.

— Au sol ! souffla l'Effigie du vent avant de me pousser dans le renfoncement le plus proche alors que deux agents approchaient.

— Sibyl, murmurai-je, où êtes-vous ?

— *Gardez vos questions pour plus tard.*

Fidèle à elle-même, notre ancienne directrice allait droit au but. Par chance, les agents entrèrent dans une salle sans nous remarquer, mais nous serions bientôt repérées.

— *Nathan,* reprit-elle dans mon oreillette, *donnez-moi leurs coordonnées.*

Les dernières minutes avaient été tellement chargées en émotions que je crus avoir rêvé. Pouvait-elle vraiment s'être adressée à mon oncle ?

— *Elles sont dans l'aile Est du bâtiment A4*, lui répondit une voix assurée.

— Nathan ! m'exclamai-je.

— *Plus tard*, me réprimanda Sibyl, malgré elle.

— *Maia*, reprit mon oncle, *descendez l'escalier de secours, derrière la troisième porte, jusqu'au niveau souterrain.* (On aurait dit qu'il pouvait déceler le moindre de nos mouvements.) *Puis vous emprunterez la porte no 2 qui donne dans le parking. Une escouade vous y attend.*

J'avais besoin d'explications et l'assenais de questions pendant tout notre trajet dans la cage d'escalier qui nous emmena hors du bâtiment, jusqu'au parking.

— *Comme tu le sais,* finit par répondre Sibyl, *la Secte est divisée. Lorsque je m'en suis rendu compte, j'ai mis en place cette ligne sécurisée et n'y ai donné accès qu'à des personnes de confiance.*

— Pardon ? s'étonna Lake. C'est vous qui êtes à l'origine de ce réseau ?

Mon amie trébucha sous le poids de Belle, qui marmonna quelques mots incompréhensibles.

— *Vous croyiez vraiment que pendant tout ce temps j'étais restée chez moi à me tourner les pouces ?* (C'était bien la première fois que j'avais plaisir à entendre le ton autoritaire et agacé de Sibyl.) *La Secte est une organisation d'envergure mondiale, mesdemoiselles, et si on laisse la corruption s'infiltrer, c'est le monde entier qui est en danger. Si on veut y mettre un peu d'ordre, nous avons besoin d'aide à tous les niveaux.*

— *Sibyl a envoyé un agent me chercher à New York pour m'installer dans un endroit sécurisé,* ajouta mon oncle. *Elle avait intercepté un message de la Secte qui indiquait que j'avais été repéré, au Centre de contrôle.*

— Alors il y a bien une taupe au CCD, conclus-je en m'agrippant très fort à une balustrade.

— *C'est bien pire. Saul n'aurait pas réussi à bloquer tous ces DAS avec l'aide d'une seule personne.*

— Maintenant qu'il est à Oslo, nous devons l'arrêter, intervint Chae Rin. Comment comptez-vous nous y envoyer, Langley ? En jet privé ?

— Vous n'allez pas à Oslo, mais au département des Communications. La priorité est d'empêcher le directeur Prince Senior de nuire.

Le père de Rhys ?

Lake trébucha de nouveau, arrachant un grognement d'impatience à Chae Rin, qui soutenait le second bras de Belle. L'Effigie de l'eau les repoussa alors doucement et secoua la main lorsqu'elles revinrent vers elle.

— Ça va mieux, marmonna-t-elle avec une grimace. Je commence à… me régénérer. (Ses yeux bleus, ternes et fuyants, semblaient dire le contraire. Mais elle ferma les paupières et secoua la tête pour annoncer en prenant une grande inspiration :) Ça va aller.

Nous atteignîmes enfin le sous-sol et fonçâmes vers la sortie n° 2. Nous jetions des regards en tous sens, en quête de nos alliés. Section B-2, d'après les indications de Nathan… En effet, à l'endroit convenu, deux agents nous faisaient signe, postés devant la voiture qui devait nous emmener.

Des tirs fusèrent. L'ascenseur, à quelques mètres seulement, venait de libérer deux autres employés de la Secte qui firent feu dès qu'ils nous virent. Nos guides ouvrirent les portières de la voiture afin de s'y mettre à couvert et nous crièrent :

— Montez !

Nous courûmes à toute vitesse. Chae Rin eut juste assez de forces pour créer une crevasse sous les pieds de nos poursuivants, mais alors même que nous sautions dans le van qui démarrait dans la nuit noire, toute une armée envahit le parking.

— Les sirènes… constatai-je simplement lorsqu'elles retentirent. (Tout le complexe devait à présent être informé de notre évasion.) Sibyl, on doit se barrer d'ici et vite, repris-je. Pourquoi nous envoyer aux Communications ?

— *Parce que d'après mes informateurs, Brendan Prince ne parvient pas à faire entendre raison à son père, et il est trop lâche pour utiliser la manière forte. Arthur Prince se retrouve entre le marteau et l'enclume… Oslo est un champ de bataille. Saul nous a promis l'horreur, et il tient parole. Les spectres encerclent la ville, il est impossible d'y entrer ou d'en sortir. Nous nous préparons à un nouveau siège de Seattle.*

Chae Rin enfonça son poing dans le dossier du siège avant.

— On devrait y être ! Si on peut atterrir à Oslo avant…

— *Bientôt, Oslo n'existera plus*, intervint mon oncle.

Le silence retomba dans le van qui filait dans la nuit.

— Que… (J'eus du mal à reprendre ma respiration.) Que veux-tu dire ?

— *J'ai découvert quelque chose sur la clé USB.* (Sa voix était empreinte de terreur.) *Il n'est pas question des soldats mais d'une arme que la Secte élabore depuis des années dans le secret le plus total. Peu de gens en connaissent l'existence, pas même Sibyl. Il s'agit de Minerva.*

Ce nom… La troisième phase du Projet X19.

Chae Rin fronça les sourcils.

— Et alors ? C'est quoi ?

— *Un satellite secret détenu par la Secte et doté d'un canon à particules capable de viser n'importe quel point du globe,* expliqua l'ancienne directrice. *Et si nous ne l'arrêtons pas, Arthur l'utilisera pour tuer Saul, quitte à anéantir une ville entière, ainsi que tous ses habitants.*

Chapitre 31

— Comment ? La Secte détient une arme de destruction massive ? m'exclamai-je alors que mes ongles s'enfonçaient dans l'appuie-tête de la conductrice sans même que je m'en aperçoive.

J'avais crié tellement fort qu'elle se tortilla sur son siège, mais je me moquais de lui avoir fait peur.

— *Apparemment,* expliqua Nathan, *ce canon aurait été mis au point il y a environ une décennie, et ne doit servir qu'en ultime recours, en cas d'attaque massive de spectres. Jusqu'à présent, il n'a jamais été employé, et seuls certains membres du Conseil connaissent son existence. Alors, soit le directeur Prince était au courant depuis le début, soit cette arme lui a été révélée lorsqu'il a été promu à son poste. Dans tous les cas, nous allons bientôt assister à la phase III.*

— La phase III consisterait donc à atomiser une ville. (Je donnai un coup de poing dans le siège.) Mais pourquoi ?

— *Je ne sais pas,* reconnut Sibyl. D'ailleurs, *je n'arrive pas non plus à déterminer ce que Prince sait du Projet X19. Quoi qu'il en soit, s'il donne le feu vert pour Minerva, on est dans le pétrin. Certes il réussirait à mettre Saul hors d'état de nuire, mais au prix de milliers de vies humaines.*

Imaginez la quantité de cataclysmes qui s'ensuivraient sans que nous puissions les empêcher. Vous devez arrêter le directeur, Maia, quitte à le tuer.

Il suffisait de voir les visages de Lake et Chae Rin pour comprendre que nous étions mal en point, affamées et épuisées. Combien de temps pourrais-je tenir encore ? Aurais-je le cran d'assassiner le père de Rhys ?

Une pensée me traversa soudain et je me renfonçai dans mon siège, les mains tremblantes.

— Rhys est à Oslo ! Il a été déployé là-bas... sur ordre de son père.

— Alors là, ça craint, lâcha Chae Rin, horrifiée. Soit Prince avait l'idée en tête depuis longtemps et l'a envoyé sciemment à la mort, soit il se moque de sacrifier son fils...

— Mais non, il en est incapable ! (Je me tournai vers Belle pour obtenir son approbation et la trouvai immobile, les yeux à moitié clos.) Belle ! m'exclamai-je en la secouant. Tu vas bien ?

Elle me repoussa et se redressa.

— Ça va, répondit-elle d'une voix apathique. Laisse-moi tranquille.

— Mais...

— Assez ! cria-t-elle avant de poser sa tête dans ses mains. Mon corps... est en train de guérir.

Mais qu'en était-il de son esprit ? Je n'osais imaginer ce qu'elle avait subi, d'autant qu'elle n'avait pas vraiment eu de temps de convalescence. Son cou était encore zébré de cicatrices et sa tempe gauche, marquée de traces de brûlures, surmontée de quelques cheveux calcinés.

Elle me surprit à la dévisager et ôta sur-le-champ ses barrettes afin de se cacher derrière sa crinière dorée.

— Il m'a dit quelque chose d'étrange, reprit-elle, le regard à nouveau dans le vague.

Je me penchai alors qu'elle se frottait le visage.

— Quoi ?

— Un truc… À propos de moi. Il a dit que je serais toujours seule.

Elle me dévisagea, et je compris que quoi qu'ait fait le Chirurgien, il ne s'était pas contenté de blesser sa chair. Il l'avait dépossédée de sa personnalité – vidée. Elle me regardait comme si nous étions des étrangères l'une pour l'autre.

— Mais ce n'est pas vrai, n'est-ce pas ? Maia… tu es de mon côté, pas vrai ? Du côté de Natalya.

Je me raidis.

— Réveille-toi ! On a des problèmes plus importants à régler pour l'instant ! la rabroua Chae Rin sans ménagement depuis le siège de derrière.

Mais sous ses dehors brutaux, l'Effigie de la terre semblait inquiète, elle aussi.

— Des problèmes plus importants… répéta Belle, comme si elle cherchait le sens de ces mots. (Elle baissa la tête, les mains tremblantes.) Vasily avait raison, plus personne ne se préoccupe de Natalya.

— Super, grogna Chae Rin en secouant la tête. Vraiment génial !

Nous approchions du bâtiment sud, qui abritait le département des Communications. Nous étions attendues de pied ferme par trois rangées d'agents – celle de devant à plat ventre et celle du milieu accroupie – qui pointaient leurs canons sur nous, et firent feu sans sommation. Notre chauffeuse fit un écart pour tenter d'échapper aux balles, mais l'une d'elles frôla tout de même le crâne de Lake.

— Foncez ! hurla Chae Rin.

La conductrice s'exécuta sans rechigner et soudain notre comité d'accueil se mit à hurler avant de s'éparpiller pour ne pas se faire rouler dessus. La fourgonnette s'encastra dans le bâtiment, et nous en sortîmes à la hâte. Belle repoussa la main que je lui tendais pour l'aider à avancer, ses jambes la soutenaient parfaitement. Sans avoir la moindre stratégie, nous nous précipitâmes vers le centre des Communications principales.

Je m'attendais à être mise en joue par la plupart des agents du bureau, alors qu'une partie d'entre eux, absorbés par leurs moniteurs, n'avaient pas même dégainé. En revanche, je ne m'attendais pas à voir l'image de Saul sur l'écran principal à l'entrée de la salle. Entouré de son armée de criminels, il se tenait devant une magnifique bâtisse blanche dont les fenêtres en arche étaient surmontées par l'inscription « *Nobel Fredssenter* », suivie de sa traduction, « Centre Nobel de la paix ».

Saul avait le sens de l'ironie, c'était indéniable. Sans doute le devait-il à Alice. Nick n'était pas non plus en reste : ce qu'il m'avait avoué au Maroc en disait assez long sur sa mentalité, et à en croire ses desseins, identiques à ceux de son alter ego… Ils étaient aussi dangereux l'un que l'autre.

Je vis des spectres tournoyer à bonne distance au-dessus de lui. Les bêtes glissaient comme des courants d'air, slalomaient entre les colonnes de fumée et les flammes qui s'élevaient partout, haut dans le ciel. Sur la chaussée gisaient des individus, hommes et femmes, vêtus de l'uniforme de la Secte. Les trois derniers survivants étaient à genoux, dos à la caméra, face aux canons des fusils braqués sur eux.

Saul demanda qu'on ajuste la caméra, et l'image tressauta légèrement.

— Il se filme en direct, murmura Lake.

En effet, une barre de progression était affichée en bas de l'écran. Son intervention nous était-elle seulement destinée ou allait-il s'adresser au monde entier ?

— Que se passe-t-il ? (Le directeur Prince arracha son regard sévère de l'écran et nous dévisagea, les yeux exorbités.) Qu'est-ce que vous faites ici ?

— Parce que vous croyez qu'on va vous laisser raser toute une ville, espèce d'abruti, rétorqua Chae Rin de son langage fleuri. Ouvrez les yeux ! Vous voyez bien qu'il reste des survivants !

— Bougez-vous, enfin ! cria le directeur à ses agents, sans écouter notre amie. Capturez-les et renvoyez-les au Trou !

— Non ! Ne tirez pas !

Les mains en l'air, Brendan était sorti de l'ombre de son père. Prince Senior enrageait.

— Brendan…

— Non, papa ! Elles ont raison, il faut tout arrêter, sinon on va tuer des innocents !

— Les résidents sont en train d'évacuer la zone, les pertes seront minimes. C'est notre seule chance d'éliminer Saul.

— Même si vous tuez votre propre fils dans l'opération ?

Je reposai lentement mes yeux sur les agents agenouillés à l'écran. Deux d'entre eux étaient des femmes, le troisième un jeune homme dont les cheveux sombres se détachaient même sous le voile de la nuit. Ce fut alors que Vasily, un sourire encore plus machiavélique que d'ordinaire aux lèvres, apparut dans le champ de la caméra. Il s'empara de la tignasse brune du jeune homme et l'obligea à se retourner. À l'expression de Vasily, je devinai tout de suite l'identité de son otage.

— Vous ne pouvez pas… (J'avançai vers le directeur d'un pas vacillant, sans me soucier des revolvers qui s'armaient sur mon passage.) Vous ne pouvez pas faire ça. C'est votre fils ! Je vous en prie… Ne le tuez pas.

Arthur Prince n'était pas dénué de sentiments à l'égard de son fils. D'ailleurs, son visage reflétait les émotions qui s'affrontaient en lui. Il baissa la tête, comme pour dissimuler – en vain – la douleur physique que lui causait cette lutte intellectuelle.

— Ouvrez les négociations, finit-il par ordonner à un agent assis devant l'un des ordinateurs les plus proches.

Aussitôt, les techniciens des Communications pianotèrent sur le clavier avec un cliquetis rapide. Prince Senior se redressa alors pour adopter sa posture de chef de la Secte, même si ses ennemis ne pouvaient pas le voir.

— Saul, tonna-t-il, nous envoyons des renforts à Oslo. Rendez-vous pendant qu'il est encore temps.

— Oh, Arthur, Arthur, Arthur… (Saul, avec son air d'enfant terrible, remua l'un de ses doigts métalliques devant la caméra. Pas de doute, nous nous adressions à Alice.) Combien de fois devrais-je te répéter que nos intérêts sont les mêmes, à toi et moi ? Je fais tout ça pour toi. Pour la Secte.

— Il suffit ! cracha Prince. Cessez cette mascarade ! La Secte n'a rien à voir avec vos agissements ! Libérez vos otages !

Sa colère semblait tellement sincère. Était-il persuadé de ce qu'il avançait ?

— Mes prisonniers ? (Le terroriste arracha un fusil à l'un de ses sbires et, sans même prendre le temps de viser, tira dans la tête de l'une des femmes agenouillées, qui mourut avant de toucher le sol.) Voilà, plus que deux.

Je fus submergée par une vague de panique lorsqu'il mit Rhys en joue. Jessie hurla de rire hors champ : sans doute se reconnaissait-elle dans la personne d'Alice, jeune fille tout aussi névrosée qu'elle. Ensuite, Saul arma son fusil et se mit en position, prêt à appuyer sur la détente, avec des mouvements très lents.

— Stop ! cria Brendan.

— Arrêtez ! hurla son père en même temps, sur un ton résigné. Ne… ne tuez pas mon fils.

— Ah, c'est vrai ! C'est ton rejeton, j'avais presque oublié !

Saul adressa un signe à Vasily, qui s'empressa d'envoyer un violent coup de pied dans le visage de Rhys dont le corps, sous le choc, pivota et s'écroula sur le côté. Le tortionnaire le laissa se tordre de douleur un instant avant de lui soulever le crâne, face caméra, afin de nous montrer le faciès couvert d'ecchymoses et ensanglanté du jeune homme. Mon Dieu…

— Je me demande tout de même s'il ne mérite pas de mourir, continua Saul. Es-tu certain de devoir le sauver ? (Il avança de quelques pas pour s'agenouiller auprès de Rhys.) Après tout, c'est un meurtrier. Il a commencé à tuer dès l'enfance. Puis il a continué en tant qu'agent… Qui est sa dernière victime déjà, Vasily ?

Mes lèvres s'entrouvrirent et je poussai un cri muet, en même temps que je levai la main, comme si je pouvais museler Vasily d'où j'étais.

— Natalya, répondit l'autre avec un haussement d'épaules. Natalya Filipova.

Mon bras retomba mollement.

Un silence de mort s'abattit dans la pièce. Plus personne n'osait bouger, ni même souffler.

— Tu as entendu ? s'exclama Saul, tout sourire. J'espère que le monde entier l'a entendu… Je vais répéter, au cas où certains n'aient pas écouté. Aidan Rhys, fils cadet du directeur de la Division nord-américaine de la Secte, a assassiné la légendaire, l'héroïque Natalya Filipova ! Et elle n'a rien vu venir. (Il baissa les yeux sur Rhys.) N'est-ce pas ?

Alors que l'otage peinait à répondre, Vasily lui relâcha les cheveux et le gifla. Le front de l'agent heurta le sol avec une force telle que j'entendis le bruit du choc, mais il était toujours conscient. Son bourreau l'attrapa ensuite par une manche et l'obligea à s'agenouiller.

— As-tu une objection ? insista patiemment Saul.

— N… non.

Même s'il avait été murmuré, j'avais entendu ce petit mot.

Saul, pourtant, se rapprocha et pencha la tête vers lui.

— Comment ? Je dois être dur de la feuille.

— Non, répéta Rhys plus fort, malgré le sang qui coulait de sa bouche. Je ne… Je ne le nie pas. J'ai tué Natalya.

Les quelques agents qui nous tenaient encore en joue baissèrent leurs armes pour scruter les écrans, horrifiés. Nous étions plus d'une trentaine dans cette salle, et seuls retentirent des hoquets de surprise. Brendan recula jusqu'à heurter un écran, les yeux emplis de larmes. Le directeur, stoïque, serrait les poings contre ses cuisses.

Puis, derrière moi, Belle finit par bouger.

Je me retournai pour croiser son regard, toujours hagard, braqué sur moi. Un éclair étrange traversa ses prunelles. Un gouffre semblait se creuser en elle, son visage se décomposait, et ses yeux ne se détachaient pas de moi. En fait, ils me transperçaient, sans même ciller. Puis, elle jeta des œillades dans tous les sens, cherchant désespérément quelque chose auquel se raccrocher. Elle était dévastée.

— Un meurtre maquillé en suicide… Petit tour de passe-passe dont la Secte est spécialiste ! D'ailleurs, il n'est pas le seul coupable.

La foule de criminels armés se fendit pour laisser passer une jeune femme qui avançait la tête baissée, et dont les cheveux épais et bouclés caressaient la peau mate. Aussitôt, je ressentis dans la poitrine une douleur profonde, aussi soudaine qu'inexpliquée. *Quelque chose ne va pas !* hurlait une voix au fond de moi.

— Ne croyez pas que les Effigies soient vos amies, asséna Saul.

La fille releva la tête et je découvris son visage.

Mon visage.

Je tombai à genoux. Tout le monde me regardait, et moi… je me regardais. La jeune femme était mon portrait craché, de l'arrondi de son front à la pointe de son menton, en passant par l'arête de son nez. Celle qui n'était pas moi observait la caméra d'un air absent lorsque Saul lui fourra un fusil entre les mains. Sans la moindre émotion, apparemment, elle leva son arme et visa l'autre femme en pleine tête pour la tuer l'instant d'après.

— Vous voyez ? (De son bras libre, Saul, presque amoureusement, attrapa la fille par l'épaule et la serra contre lui.) On ne sait jamais de quoi les autres sont capables ! N'est-ce pas, Maia ?

Mais ce n'était pas Maia. À ce moment précis, les mots qu'avait prononcés Saul, au Maroc, me revinrent en mémoire. Cette promesse atroce, porteuse d'horreurs à venir…

« Nous vivons dans un monde d'ombres, Maia. Et souviens-toi que c'est là que se tapissent les secrets. Bientôt tu comprendras. Je t'enverrai un signe qui ne pourra pas t'échapper. »

— Impossible… (Je me penchai vers l'avant jusqu'à poser mes mains sur le sol pour m'accroupir.) June ? murmurai-je.

Chapitre 32

Le monde s'écroulait. Autour de moi, tous criaient. Je ne parvenais plus à me concentrer, jusqu'à ce que Chae Rin nous rappelle à l'ordre.

— Secouez-vous un peu, les filles ! Je ne suis pas votre baby-sitter.

Elle semblait me parler de très loin.

— June... June... Ju...

Je manquai de m'effondrer, mais mon amie me rattrapa de justesse. Lake et elle semblaient terrorisées, tout comme les agents dans la salle, enfoncés dans leurs sièges, dont les regards naviguaient de la Maia de l'écran à moi. Mais ce n'était pas Maia.

June.

En cet instant, mon propre visage me fixait.

Étais-je en train de délirer ?

Ma sœur, June. La fille dont j'avais partagé l'apparence... Mon visage était aussi le sien et j'y reconnus chacun de mes défauts. Mes yeux se remplirent de larmes. L'acné qu'elle avait avant de mourir semblait avoir disparu – après tout, ce n'était peut-être pas elle. Et si c'était moi ? Impossible, j'étais là. Mais cette fille ne pouvait pas non plus être ma sœur décédée.

À moins qu'elle soit toujours en vie…

Je me remémorai mon voyage à Madrid et la fusillade qui avait failli coûter la vie à Naomi. J'avais pris toutes les précautions du monde pour cacher mon visage et pourtant, des témoins m'avaient aperçue… Serait-ce…

Non, c'était absurde.

Mais si June était vraiment toujours en vie ? Si elle était revenue d'entre les morts… Était-ce pour me punir ? Une sorte de justice divine selon Saul ?

Or June n'aurait jamais fait de mal à qui que ce soit. Elle aurait été incapable de tuer. Je vacillai, retombai à genoux et me mis à haleter.

Lake s'accroupit et me secoua par les épaules.

— Maia, s'il te plaît, ressaisis-toi ! Respire calmement avec moi, O.K. ?

Alors que je tentais de caler mon souffle sur le sien, un grondement de frustration s'éleva de l'autre côté de la pièce.

— Coupez la communication et assurez-vous qu'il ne nous entende pas ! tonna le directeur Prince Senior d'une voix de stentor. Cette plaisanterie a assez duré, relancez la procédure de tir.

— Papa ! s'écria Brendan en s'agrippant à son bras.

— J'en ai assez ! (Il se dégagea de l'emprise de son fils.) Nous devons anéantir Saul, et vite !

Je me redressai pour le dévisager, horrifiée à l'idée qu'il allait déclencher Minerva, alors que Rhys se trouvait toujours sur place, tout comme June.

— Préparez-vous au lancement.

— Dans tes rêves !

Chae Rin leva les mains et le sol se mit à trembler sous nos pieds, mais avant qu'elle puisse exercer davantage ses talents, une balle vint se loger dans son bras.

— Chae Rin ! hurla Lake qui la rattrapa dans sa chute.

— Qu'est-ce que tu fiches ? demanda Brendan, les yeux écarquillés, à son père, dont le revolver était encore fumant.

— Saul s'amuse à nous faire passer pour des abrutis ! s'écria son paternel, le bras tremblant. Le monde entier a les yeux braqués sur nous. Nous devons agir !

— Et montrer à tous que nous sommes capables de détruire une ville ?

— Pour en sauver des centaines d'autres ! C'est pour le bien de la Secte. Je ne laisserai pas ce terroriste détruire mon empire !

Il se révélait enfin, l'homme qui, en désespoir de cause, avait serré la main de personnalités politiques douteuses à la soirée de Blackwell, l'homme prêt à salir son nom au profit de l'organisation. Cette fois, sa détresse était palpable. D'ailleurs, il émanait de lui comme des vapeurs d'alcool.

Il allait tuer son fils et la fille qui portait le même visage que le mien.

Brendan ne put contenir sa fureur.

— Tu ne veux pas qu'ils détruisent l'institution que tu as créée, mais tu es prêt à abattre ton propre enfant !

— Lui s'est déjà détruit aux yeux du reste du monde… Tout est fini pour lui. (Il se retourna vers son aîné.) Et je…

— Vous n'en avez rien à faire.

Ahurie, je marchai droit sur lui, le pas lourd, comme si je me trouvais dans un rêve. L'image du visage de ma sœur ne me quittait plus. June était en vie, mais Rhys et elle allaient devoir mourir. Juste à cause de cet homme, et de personne d'autre.

— Cela vous est égal, que votre fils vive ou meure, voilà ce que vous alliez dire.

Prince, drapé dans son orgueil sinistre et millénaire de père lâche, me défia du regard.

— J'ai élevé un guerrier, pas un assassin.

— Comment oses-tu avoir honte de lui, après ce que tu lui as fait subir ? s'indigna Brendan, la main sur la crosse de son propre revolver, prêt à dégainer. Les entraînements, la maltraitance, le lavage de cerveau… Comment pouvais-tu espérer qu'il parvienne encore à discerner le bien du mal ?

— Lancez la bombe, ordonna Prince Senior, les yeux illuminés par la folie.

— Non !

Nous avions tous crié. Brendan pointait le canon de son arme sur les techniciens, sans savoir lequel intimider. Mon esprit faisait tournoyer autour de moi les fantômes de Rhys, Natalya et June pour m'inciter à en finir. L'envie de tout brûler me saisit. Alors, je fis étinceler mes doigts, et je me souvins soudain de mes parents et de ma sœur, emportés sur des civières, sous une bâche noire. Je repensai à leurs corps carbonisés et plaquai ma paume contre mon front.

June ne pouvait être en vie.

Cette image était une grotesque manipulation mise au point par Saul, sous la houlette de cette psychopathe d'Alice et de son cruel assistant, Nick.

C'était…

— Papa, souffla Brendan dont les jambes tremblantes finirent par se dérober, qu'as-tu fait ?

— Le nécessaire, répondit Prince, glacial.

Un silence de plomb s'abattit sur la pièce.

Mon attention se porta sur le chronomètre, en haut à droite de l'écran, qui commença un décompte de cinq minutes. Saul n'avait aucune idée de ce qui l'attendait – pas plus que June, ou Rhys. À Oslo, aucun habitant ne se doutait que le ciel allait bientôt leur tomber sur la tête. Ils allaient tous mourir.

L'ordinateur de l'un des techniciens, à l'autre bout de la pièce, se mit à biper.

— Un appel vidéo, monsieur, dit l'homme.

— Je prends.

Le directeur, soudain livide, dut regretter l'ordre qu'il venait de donner car l'écran afficha le visage arrogant de Blackwell, qui semblait à la fois exaspéré et amusé.

— Arthur… commença le président du Conseil, je ne pensais pas que vous en arriveriez à de telles extrémités. Nous sommes très déçus.

— Le Conseil ? bafouilla Prince.

— Nous avons suivi cette mission de près. Je les avais prévenus que vous n'étiez pas capable de faire face à la situation, mais puisque vous êtes tellement bien placé dans la hiérarchie de la Secte… un agent de haut rang ! (Jambes croisées, il tapota un doigt contre son genou.) Peut-être était-ce tout simplement ça, le problème.

Le menton du directeur était agité par des spasmes.

— Mais c'est le Conseil qui m'a demandé de régler cette affaire ! Le sénateur Abrams en personne m'a suggéré d'agir de cette manière. Je me suis occupé du cas de Saul !

— En effet. (Les commissures des lèvres de Blackwell se relevèrent en un rictus.) Et maintenant, je vais m'occuper du vôtre.

Une escouade de policiers fit irruption dans la salle. Lake, Chae Rin, Belle et moi les évitâmes de justesse alors qu'ils se déployaient en pointant leurs armes sur chacun.

— Le bâtiment est encerclé ! hurla l'un des militaires. Directeur Prince Senior, directeur Prince Junior, ainsi que l'ensemble du personnel de la Secte, vous êtes en état d'arrestation pour acte de terrorisme !

Père et fils pâlirent, ne sachant que faire, ni où regarder. Quelques techniciens avaient déjà les bras en l'air en signe de reddition, alors que les autres semblaient aussi désarçonnés que leurs supérieurs.

— Acte de terrorisme ? éructa Prince à l'intention de Blackwell. Vraiment ?

— Je crains que vous n'ayez fait le mauvais choix, cette fois, Arthur, répliqua l'autre avec un hochement de tête théâtral. Pourquoi diable Abrams vous a-t-il suggéré une idée pareille ? Qui pourrait envisager une telle issue ?

— Blackwell, auriez-vous… commença Prince, les yeux écarquillés et le cou cramoisi, alors qu'il commençait à comprendre.

— Bien sûr, que j'ai appelé la police ! Et soyez rassuré, Abrams sera interpellé, lui aussi, ainsi que tous les membres du Conseil qui partagent vos idées grotesques. Nous nous sommes réunis avec quelques dignitaires étrangers pour une séance de travail des plus fructueuses. Il en est ressorti que nous ne pouvions plus nous permettre de laisser la Secte mener ses missions de cette manière complètement farfelue. Et aujourd'hui, vous venez de nous démontrer une fois de plus que vous n'avez pas les épaules pour gouverner, et que votre petit royaume n'est qu'un colosse aux pieds d'argile.

— Mains en l'air ! vociféra un agent de police. Je ne le répéterai pas, monsieur !

À mesure que des agents des forces de l'ordre continuaient d'investir la salle et que l'évacuation des techniciens débutait, Blackwell se racla la gorge pour attirer de nouveau l'attention de Prince.

— Vous êtes un criminel, vous feriez mieux de coopérer.

— Je ne suis pas… s'étrangla Price, les dents serrées.

— Ce que vous êtes, Arthur ? Un père prêt à sacrifier la vie de son enfant pour conserver les petits privilèges et la réputation dont vous avez hérité grâce à votre nom de famille. Un sinistre gamin capricieux aux mains couvertes de sang. (Son sourire s'élargit.) Mais l'adage dit vrai, tel père, tel fils.

— Effigies, veuillez nous suivre !

Nous étions acculées contre un mur par un groupe de policiers qui, nous menaçaient de leurs armes, terrifiés.

L'un d'eux tremblait tellement que les menottes à sa ceinture s'entrechoquaient.

— Laissez-moi réfléchir… fit Chae Rin, perplexe. Non.

Lake les balaya d'une violente rafale, et avant que les autres policiers puissent nous mettre en joue, Chae Rin avait ouvert une brèche dans le mur derrière nous. Nous nous y faufilâmes et nous précipitâmes dans le couloir dont Belle scella l'entrée d'un mur de glace, sur lequel les balles ricochèrent.

— Belle, fis-je, tu…

Je me souvins des aveux de Rhys et ne pus achever ma phrase. Mon amie était dévastée et courait désormais sans m'adresser le moindre regard. Elle resta muette durant toute notre fuite à travers le bâtiment.

— *Blackwell…* lâcha calmement Sibyl dans mon oreillette, lorsque la communication fut rétablie. *S'il a manipulé le directeur Prince afin qu'il lance Minerva, c'est qu'il fait partie du Projet X19. Tout ce qu'ils ont réussi à faire, c'est retourner l'opinion du monde entier contre la Secte et contre les Effigies. Après tout, c'était peut-être leur plan depuis le début… Et si c'était ça, la phase III, et non pas l'arme en elle-même ?*

— Où pouvons-nous aller ? demanda Lake pendant que nous marquions un arrêt pour reprendre notre souffle. Le bâtiment est encerclé !

— Il existe un passage souterrain que peu de gens connaissent et qui permet de sortir du complexe. Vous devez quitter la ville, jusqu'à ce que l'on soit en mesure de vous procurer un moyen de transport. Dot, Pete et Cheryl sont

déjà en train d'y travailler. Continuez dans ce couloir, et prenez la prochaine à gauche.

Nous suivîmes ses instructions. J'étais à bout de souffle, percluse de douleurs et de doutes mais mes jambes continuaient de me porter dans les galeries du complexe. Nous n'avions pas pu arrêter Saul. Ni Prince. Les cinq minutes venaient de s'écouler. Désormais, Rhys, et la population de toute une ville étaient mortes. Quant à June… Plus rien n'avait de sens. De toute façon, il était trop tard pour tenter de comprendre.

— *Le rayon a frappé,* souffla mon oncle. *La ville est…*

Il n'eut pas besoin de poursuivre. Nous étions des Effigies de pacotille, doublées de fugitives.

Rhys, pardonne-moi, pensai-je, les joues baignées de larmes.

J'étais effondrée, je venais de perdre un proche de plus.

Tous ces non-dits à cause de ma couardise… Mon corps semblait sur le point de se désagréger. J'étais déjà hantée par le merveilleux sourire, que je ne reverrais plus jamais, du garçon qui m'avait déclaré sa flamme. Je fus saisie d'une envie de hurler, pleurer, jurer, et mourir. Mais je me devais de continuer à avancer dans ce tunnel. C'était ce qu'il aurait voulu. Je séchai mes larmes, attentives aux instructions de Sibyl, qui nous guidait jusqu'à un parking souterrain désert, à l'exception de deux voitures, où nous attendaient autant d'agents, comme plus tôt.

— À partir d'ici, nous devrions nous séparer, déclara soudain Belle.

— *Mauvaise idée,* commenta Sibyl. J*e n'arrive toujours pas à comprendre ce que je viens de voir, mais une chose est sûre : le monde entier a vu Maia Finley, une Effigie, prêter main-forte à Saul dans la destruction d'une grande ville.*

— Nathan… articulai-je, le ventre noué.

— *Je sais,* répondit-il aussitôt d'une voix faible. *Je l'ai vue, moi aussi.*

Entendait-il les sanglots que je retenais à coups de profondes inspirations pour tenter de me reprendre ?

— *Cette catastrophe est de l'ampleur du siège de Seattle,* continua Sibyl. *Et aux yeux de l'humanité, les Effigies et toute la Secte sont impliquées. Vous devez rester ensemble.*

— Nous sommes des fugitives désormais, rétorqua Belle. Les autorités vont forcément rechercher un groupe de quatre jeunes filles. Si nous nous séparons, il sera plus compliqué de nous repérer.

Notre ancienne directrice se tut, puis après un long silence, poussa un soupir.

— D'accord, deux par voiture.

— Maia, m'appela aussitôt Belle dont les yeux profondément cernés me dévisageaient avec rudesse, tu montes avec moi.

Je ne protestai pas.

— Je n'y crois pas… déplora Lake. Alors on se sépare vraiment ?

Alors que l'un des agents nous ouvrait la portière arrière, nous nous rapprochâmes les unes des autres afin de former un cercle, toutes les quatre. Tellement proches, et pourtant déjà éloignées par l'inconnu. Belle évitait nos regards. Ses yeux injectés de sang restèrent résolument rivés au sol quand Lake, Chae Rin et moi nous tenions la main.

— Tout ira bien. (Happée par les affres du désespoir et de la terreur, je tentai de rassembler ce qui me restait de courage.) Nous nous retrouverons bientôt.

— Je ne le sens pas, avoua Chae Rin. J'étais plutôt du même avis que Sibyl, cette fois. Mais bon, si vous pensez que c'est vraiment la meilleure solution… Ne vous faites pas capturer, les filles. Et encore moins tuer. Ça me ficherait sacrément en rogne, compris ?

Lake éclata d'un rire qui sonnait faux avant de serrer ma main dans la sienne. Je levai les yeux vers Belle, qui nous ignorait toujours, retranchée qu'elle était dans ses pensées. J'attrapai quand même sa main et lui adressai un grand sourire, sans même qu'elle s'en rende compte.

— O.K., lançai-je finalement en relâchant les mains de mes deux amies. C'est parti ! On se retrouve en lieu sûr.

— Ça roule ! s'exclama Lake. À plus, les filles !

Le ton enjoué de l'Effigie du vent avait beau être forcé, il me réconforta – c'était certainement son intention.

Nous nous engouffrâmes dans nos véhicules respectifs et empruntâmes des voies souterraines avant de déboucher à l'air libre, loin du complexe. À la première intersection, les deux voitures s'engagèrent sur des chemins différents. Je me retournai pour suivre des yeux le véhicule de Lake et Chae Rin alors qu'il s'enfonçait dans les ténèbres.

— Où va-t-on ? demandai-je, craintive.

— Dans le Pas-de-Calais, répondit notre chauffeur en me regardant dans le rétroviseur. Nous y retrouverons des personnes qui nous aideront à traverser la France.

— La France… répéta Belle de manière évasive. L'endroit où je suis née, mon chez-moi…

Elle retomba dans son mutisme. Je m'étais attendue à la voir s'affaler contre la portière de la voiture mais, au contraire, elle resta droite comme un i, à tel point que son dos semblait maintenu par des barres de fer. Sur ses genoux, ses doigts étaient recroquevillés selon des angles inattendus. Elle ne desserra pas les dents des presque deux heures que dura notre périple. Quant à moi, je me cantonnais à mon côté de banquette, les mains crispées sur ma ceinture de sécurité et les yeux rivés sur les ondes bleues du dispositif anti-spectres destinées à protéger l'autoroute des horreurs qui rôdaient dans les parages. Je n'avais pas dormi depuis tellement longtemps que j'avais perdu la notion des heures. J'étais exténuée, mais je ne pouvais me permettre d'abaisser mes paupières, même si j'en mourais d'envie, car à la minute où je fermerais les yeux, je verrais son visage. Je verrais Rhys se faire atomiser par une arme à l'apparence d'une magnifique lumière astrale. Et puis, l'absolution. Aussi, je me forçais à ne pas quitter les radiations bleues du regard.

Je retins mes larmes jusqu'à notre arrivée aux falaises blanches de Douvres. Pour l'instant, nous étions en sécurité car les côtes étaient protégées par les DAS alentour, mais la traversée s'effectuerait sans protection. L'agent nous informa qu'un navire de pêche devait arriver d'une minute à l'autre pour nous embarquer. Le bateau serait certainement pourvu de son propre système de défense, sans quoi il risquerait de se faire engloutir par les monstres sous-marins à chaque sortie en mer. Nous attendîmes patiemment, au bord de la falaise, mais après quelques minutes, nous n'avions toujours rien en vue.

— Ils sont en retard, s'impatienta notre chauffeur, en regardant sa montre.

— Redman, lâcha soudain Belle à l'intention du jeune homme, je souhaiterais m'entretenir avec Maia.

L'agent quitta l'horizon du regard pour la contempler d'un air surpris.

— Comment ? (Il pencha la tête.) Écoutez, je suis navré mais la situation…

Elle lui envoya un coup de poing en plein visage.

— Qu'est-ce que tu fais ? m'écriai-je alors qu'elle soutenait le corps inconscient de notre guide.

Elle s'empara de l'oreillette de Redman et l'écrasa. L'instant d'après, elle m'attira par le bras, enfonça un doigt dans mon oreille et fit connaître le même sort à mon dispositif de communication. Puis, elle jeta les appareils à la mer.

Envahie par la panique, je reculai afin de m'éloigner d'elle et du gouffre.

— Que fais-tu ? répétai-je alors qu'elle lâchait Redman, qui retomba lourdement à terre.

— Je te l'ai déjà dit. Cet homme m'a appris des choses. (Ses cernes noirs donnaient un air maladif à son regard.) Des choses… étranges.

— Tu parles du Chirurgien ? demandai-je alors que mes pieds glissaient sur le gravier.

— D'après lui, je resterais seule toute ma vie. (Elle gardait la tête baissée, mais l'inclina légèrement sur un côté, le regard dans le vague.) Je crois qu'il avait raison…

Elle s'approcha de moi à pas mesurés. Je croisai les bras pour tenter d'empêcher mes mains de trembler.

— Belle… Je ne sais pas ce qu'il t'a fait…

Mensonge… Il l'avait torturée physiquement, mais aussi mentalement et émotionnellement. Elle avait été à sa merci pendant trois longues heures, alors que j'étais enfermée dans ma cellule, incapable de l'aider. Pourtant, j'étais celle qui lui avait fait le plus de mal.

— Je croyais qu'il avait tort, reprit-elle. Que j'avais enfin trouvé de véritables amies sur qui je pouvais compter.

Ses yeux bleus désespérés se rivèrent de nouveau sur moi pour me dévisager.

— Mais… c'est le cas, Belle, bégayai-je.

— Alors j'aimerais te poser une question, entre amies. (Mes lèvres tremblèrent car je savais déjà ce qu'elle allait me demander.) Et en tant qu'amie, je te demande de me répondre avec sincérité. Étais-tu au courant ?

Elle plaqua la paume de sa main sur un trou que l'autre cinglé avait percé dans son T-shirt.

— Belle… articulai-je, les larmes aux yeux.

— Le savais-tu, depuis tout ce temps ?

Que pouvais-je dire ? Le monde entier avait été témoin des aveux d'Aidan Rhys pour le meurtre de Natalya.

— Je t'en prie, Maia. Réponds-moi.

Incapable de parler, je serrai les lèvres pour ne pas éclater en sanglots. Soudain, je m'immobilisai et me courbai, prise d'une terrible douleur abdominale, alors que Belle continuait d'approcher.

— Maia, dis-moi. Souviens-toi…

Le vent fraîchit, et des flocons de neige se matérialisèrent autour de l'Effigie de l'eau pour s'accumuler autour de ses mains et former une épée.

— Je te le demande en tant qu'amie.

Médusée, je ne quittai pas des yeux cette lame que j'avais tant admirée, et soudain, je me souvins que l'idée d'utiliser deux voitures différentes venait de Belle.

Je pouvais mentir, lui assurer que je ne savais pas, que les aveux de Rhys m'avaient autant surprise que les autres. Mais j'en avais assez des mensonges. L'homme que je protégeais de mon silence était mort. Je ne le reverrais plus jamais. Et j'étais lassée – lassée de tout.

— Maia, savais-tu qu'Aidan avait tué Natalya ?

— Je l'ai appris il y a quelque temps, oui.

Belle fut d'une rapidité redoutable. L'épée s'abattit sur ma tête en moins de deux, mais par pur instinct de survie, je réussis à l'éviter de justesse. L'Effigie de l'eau était tellement bouleversée que son acuité coutumière était ébranlée, heureusement pour moi. J'évitai ses coups maladroits alors que ses cris de rage déchiraient la nuit. J'invoquai ma faux, qui émergea d'un tourbillon de flammes, afin de contrer ses attaques, mais je ne cessai de perdre du terrain. Lorsque des cailloux roulèrent sous mes talons pour dégringoler dans le vide, je pris conscience qu'elle m'avait acculée au bord de la falaise.

D'un coup d'épée, elle brisa ma faux, qui se dissipa.

Je peinais à croire ce qui se passait. C'était dément.

— Belle ! Je suis désolée !

— Tu étais au courant ! (Elle racla la pointe de son épée contre la roche.) Tu as vu ma détresse et tu m'as trahie ! Je te faisais confiance, comme aux autres.

— Je sais.

Je levai les mains à la fois pour calmer sa fureur et pour protéger ma vie. Les larmes s'écoulaient de mes yeux, ruisselant sur mes joues, jusqu'à mes lèvres et mon menton.

— Je sais, et je te demande pardon. J'avais peur que tu ne commettes l'irréparable !

— Comme tuer ton amoureux ?

Ses cheveux emmêlés masquaient son visage. Elle les plaqua en arrière, et je découvris ses yeux emplis de haine, de mépris, de chagrin. Le sourire sarcastique de qui vient de voir son monde s'écrouler et n'a plus rien à perdre se dessina sur ses lèvres.

— Il est mort, maintenant, susurra-t-elle. Le protéger n'aura pas servi à grand-chose…

Un sanglot étouffé m'échappa à la pensée de Rhys. Les paroles acerbes de Belle venaient de me faire prendre conscience de la réalité du sort du jeune homme et ravivaient ma souffrance.

— Ce n'était pas que pour lui, Belle, mais pour toi aussi ! Regarde-toi, tu n'es plus toi-même ! Tu n'es pas une meurtrière. La mort de Natalya est en train d'avoir raison de toi, de te transformer ! Alors qu'elle n'aurait…

Elle pointa son épée droit sur mon cœur.

— Ne me dis pas ce qu'elle aurait souhaité, rugit-elle, le souffle court. Tu n'étais pas à sa place. Tu ne m'as pas connue à cette époque. Tu n'as pas vu Mme Bisette me battre et Natalya me sauver. Tout ce que tu percevais, c'est une bande de guerrières. Tu n'étais pas là ! Ce n'est pas toi qui m'as sauvé la vie ! (Elle enfouit sa main libre dans ses cheveux et se mit à pleurer à chaudes larmes.) Toi, tu m'as trahie ! Tu étais mon amie, et tu m'as trahie ! Pourquoi ? Hein, pourquoi ? (Elle hurlait désormais.) Pourquoi, Maia, pour…

Le flot de ses lamentations s'interrompit lorsqu'elle baissa les yeux et comprit ce que je savais déjà, et pour cause… La lame élégante de son épée me transperçait la poitrine.

Elle resta interdite. Son visage humide de larmes reflétait la lumière de la lune. Elle semblait n'avoir pas conscience de la scène qui se déroulait sous ses yeux, comme si elle n'avait pas remarqué que du sang s'écoulait de mon cœur, de mes lèvres.

Je ne ressentais même plus la douleur. Je n'étais plus que clémence. Insensible, je lui pardonnais. Mes lèvres frémirent en même temps que les pleurs ruisselèrent en silence de mes yeux. Je levai mes doigts tremblants vers cette lame d'acier dont je connaissais chaque détail tant je l'avais admirée, nuit après nuit, lorsque je visionnais des centaines de vidéos de ses combats seule contre les monstres. J'avais rêvé que cette force devienne mienne. Je posai la main sur l'épée qui avait transpercé ma chair, mes veines, mes os. Alors, je me concentrai sur ce contact et réussis à entrouvrir les lèvres une dernière fois.

— Je… je voulais… juste… (J'inspirai, fébrile, avant de faire la seule chose dont j'étais encore capable : lui sourire.) Je… voulais juste… ne plus ja… jamais perdre… aucun proche.

La lame se retira de mon corps au moment où j'exhalais un dernier souffle, qui s'éleva dans l'air glacial. Je titubai vers l'arrière, et la lune, les étoiles et la nuit tourbillonnèrent autour de moi, jusqu'à ce que mes yeux roulent dans leur orbite et que je plonge dans les ténèbres.

Je chutai de la falaise, sans pour autant cesser de sourire.

Remerciements

J'aimerais, pour commencer, exprimer ma gratitude à ma mère – un soutien permanent pour moi – et à mon frère aîné, qui me rappelle sans cesse la chance que j'ai d'être un auteur publié. Je veux par ailleurs remercier mes cousins, mes tantes, mes oncles et ma famille étendue, qui ont chanté mes louanges auprès de leurs amis. Il faut aussi que je mentionne ici Chandrima, Don et Daniel, mon comité de thèse, qui ont supervisé l'écriture de mon mémoire alors que j'écrivais *The Effigies*… ce qui, comme vous l'aurez deviné, n'avait rien d'évident. Merci à l'équipe de Simon Pulse, à commencer par ma merveilleuse éditrice, Sarah McCabe, qui continue à m'aider à orienter la série dans la bonne direction, ainsi qu'à Simon & Schuster Canada pour leur aide dans l'organisation de divers événements promotionnels. Et, pour finir, un grand merci à tous les fans de *The Effigies*, dont l'enthousiasme me pousse à continuer d'écrire. Si j'en suis là aujourd'hui, c'est uniquement grâce à vous !

Achevé d'imprimer en France en octobre 2017 par Aubin Imprimeur

Le papier de cet ouvrage est composé de fibres naturelles, renouvelables, recyclables et fabriquées à partir de bois issu de forêts plantées expressément pour la fabrication de pâte à papier.

ISBN : 978-2-37102-139-6
Dépôt légal : novembre 2017

Loi n° 49-956 du 16 juillet 1949 sur les publications destinées à la jeunesse, modifiée par la loi n° 2011-525 du 17 mai 2011

Numéro d'édition : 0057-023-02-01

Numéro d'impression : 1708.0105

LUMEN